너를 부르는 시간

UNREQUITED LOVE (暗戀.橘生淮南 1)

暗戀·橘生淮南

너를
부르는
시간

1

바웨창안 지음 • 강은혜 옮김

달다

일러두기

- 인명 및 지명은 국립국어원 외래어표기법에 따라 중국어 발음으로 표기했습니다.
- 책 제목은 『　』, 시, 단편은 「　」, 영화, TV 프로그램, 노래 제목은 〈 〉로 표기했습니다.
- 각주는 모두 역자 주입니다.

차례

　　　　　그 집 애

Dear Diary:

기억을 조작할 수 있을까?

불가능하다면, 미화하고 위안하며 자기를 기만하는 기억은 대체 어디에서 오는 걸까?

만일 가능하다면, 우리는 어째서 그 많은 중요한 사건 가운데 쓸데없이 자질구레한 것들만 기억하는 걸까? 너무나 선명해서 그냥 지나칠 수 없는, 세월의 거울 앞을 막고 섰던 주인공의 얼굴은 오히려 모호해졌는데 말이다.

내가 정말로 그 애를 보긴 했을까?

정말로 엄마가 내 손을 꽉 쥐고 찬찬히 말했을까? "뤄뤄, 저기 쟤가 바로 그 집 애야."

그 집 애.

빨간 폭죽 부스러기와 화려하고 조잡한 오색 테이프가 시끌벅적한 공기 위를 떠다녔다. 오가던 손님은 하나도 기억나지 않지만, 아주머니 한 분이 몸을 숙이곤 날 비롯한 아이들에게 이렇게 물었던 건 어렴풋이 기억난다. "신부가 참 예쁘지? 너희들도 나중에 신부가 되고 싶니?"

모두가 병아리 떼처럼 입을 모아 대답했다. "되고 싶어요 ~~~."

이런 대수롭지 않은 작은 동작과 냄새, 말투 같은 것들이 부드러운 손처럼 살며시 다가와 내 심장을 꽉 움켜잡는다. 그때의 모든 감각이 이런 사소한 기억을 따라 다시금 되살아난다. 지금 이 순간도 내 영혼은 그 조그마한 몸뚱이에 머문 채, 붐비는 손님들에 이리저리 밀리면서도 기쁨으로 떠들썩한 분위기를 어떻게든 통과해 이 새롭고도 모순적인 세상의 일부가 되려고 애쓰는 것만 같다.

그 당시 내 눈에 비친 세상은 혼돈스럽고 쓸데없이 자질구레한 것으로 가득했다.

그런 쓸데없는 일로.

바로 그런 쓸데없는 일로.

이렇게 오랫동안 내가 잊지 못한 건, 사실은 그런 것들이었지, 그 애가 아니었다.

—뤼즈의 일기에서

제1장

마음속 악마

뤄즈는 멍하니 책상 앞에 앉아 눈앞에 놓인 공백의 새 노트를 응시했다.

만년필이 종이 위에 누워 있고, 뚜껑은 한쪽에 내버려 둔 지 오래였다. 몇 번이나 펜을 들었다 내려놓았는지 모른다. 일단 날짜라도 쓰자고 결심했지만, 이번에는 펜 끝이 뻑뻑해서 도저히 글씨가 써지지 않았다. 하얀 종이 위에는 메마른 잉크 자국과 움푹 파인 난감한 흔적만 남았다.

펜을 너무 오래 놓아두었다.

룸메이트 장바이리는 방금 전화를 받자마자 쌩하니 나가버렸다. 다 먹은 컵라면 용기를 탁자 위에 그대로 둔 바람에 냄새가 방 안에 가득 퍼져 오랫동안 빠지지 않았다. 뤄즈가 멍하니 종이 위에 선을 긋는 동안 라면 냄새는 점점 더 코를 찔렀다.

두 사람이 쓰는 기숙사 방인데 청소는 항상 뤄즈의 몫이었다. 그 점에 대해 뤄즈는 한 번도 불평한 적이 없었다. 그녀가 부지런해진 건 그저 지저분함을 견디는 능력이 남보다 떨어지기 때문이었다. 장바이리의 지저분함을 참을 수 없으니 몸소 움직일 수밖에.

인내는 위대한 지혜다.

오전에 장바이리는 평소처럼 침대에 앉아 타로 카드를 들고 '이달의 운세'를 봤는데, 한사코 뤄즈에게도 한 장 뽑게 했다. 뤄즈는 카드를 뽑아서 보지도 않고 곧장 침대 위 '용한 점쟁이'에게 건넨 후, 다시금 고개를 숙이고 히가시노 게이고의 탐정 소설 속으로 빠져들었다.

시간이 얼마나 지났을까, 뤄즈는 별안간 천장 부근에서 들려오는 날카로운 외침을 들었다. "내 말 듣긴 한 거야? 어쨌거나 넌 인내해야 한다고, 인내! 기다릴 줄 아는 사람이 비로소 지혜로운 사람이야!"

뤄즈는 고개를 들고 맥없이 그녀를 흘겨보았다. "선생님과 같은 방을 쓰게 된 후로 전 반강제로 지혜로운 사람이 된 것 같네요."

침대 위층의 '용한 점쟁이'가 또 뭐라고 떠들었지만 그녀는 아무것도 들리지 않았다. 장바이리는 고등학교 때부터 타로 카드, 별자리, 자미두수를 배웠다. 그러나 운명을 안다고 해서 혼란스러운 생활이 바뀌진 않은 듯했고, 장바이리도 왜 그런지 이해하지 못했다.

그건 네가 하늘의 뜻만 기다리면서 인간의 일을 다하지 않아서야, 뤄즈는 생각했다.

뤄즈는 운명을 믿지 않았다. 하늘의 재앙을 믿고 사람으로 인한 재난을 잊을까 봐 두려웠다. 사람으로 인한 재난은 증오하고 저항할 수 있어도 하늘의 뜻은 거스를 수 없다. 운명을 믿는다고 무슨 희망이 있을까?

하지만 장바이리의 말에도 맞는 구석이 있었다. 기다릴 줄 아는 사람이 비로소 지혜로운 사람이라는 것. 인내는 확실히 필요했다.

사실, 그 말을 뤄즈보다 더 잘 아는 사람은 없었다.

여전히 잡생각에 빠진 채 고개를 들어 시계를 보니 어느새 30분이 훌쩍 지나 있었다.

눈앞의 백지가 눈이 시리도록 하얬다.

뤄즈는 자리에서 벌떡 일어났다. 의자 다리가 시멘트 바닥에 긁히며 귀를 찌르는 비명 소리를 냈다.

뤄즈는 장바이리가 두고 간 컵라면 용기를 들고 국물이 넘치지 않도록 조심하며 천천히 화장실로 들어가 부어버렸다. 방으로 돌아와서는 창문을 열어 환기를 하고, 장바이리가 울 때 바닥에 버린 코 묻은 휴지 뭉치들을 깨끗이 치우고 손을 씻었다. 그리고 숨을 깊이 들이마시곤 다시금 책상 스탠드 스위치를 돌려 켰다.

이 일련의 행동은 마치 종교의식처럼 보였다.

그리고 마침내 다시 만년필을 쥐고 연습장 위에 선을 북북

그었다. 잉크가 부드럽게 나올 때까지.

　9월 15일, 맑음
　그 애를 보았다. 아주 멀리서, 첫눈에 뒷모습이 보였다. 그다음 순간 하늘에서 떨어진 커다란 감이 보였다.

　펜촉은 '다'의 마지막 획에서 멈췄다. 정신을 차렸을 때는 그 부분이 이미 조그마한 파란 원으로 번져 있었다.

　2시간 전, 뤄즈는 학교 안 북쪽 정원을 산책하고 있었다.
　초가을에 베이징은 일 년에 한 번 있을까 말까 한 좋은 날씨를 누리며 포악한 모습을 감춘 채 온화하고 밝은 모습을 드러낸다.
　땅 위에 나무 그림자가 얼룩덜룩 내려앉았다. 뤄즈는 어릴 때처럼 고개를 숙인 채 발걸음을 내딛을 때마다 보도블록 정중앙의 십자화 무늬를 밟으려고 신경을 썼다. 어릴 적, 엄마와 가구 도매시장에서 남들 보따리를 들어주며 물건을 배달했었다. 뤄즈는 엄마 뒤를 힘겹게 따라다녔는데, 그때마다 발바닥과 종아리가 당겨서 저리고 아팠다. 엄마는 그런 뤄즈를 돌아보며 붉게 충혈된 눈으로 몹시 안쓰러워하면서도 입으로는 이렇게 말했다. "걸을 때마다 보도블록 한가운데 있는 그 조그만 십자화를 밟도록 해봐." 뤄즈는 게임을 하듯 열심히 그 규칙을 지키며 머리 위로 내리쬐는 뜨거운 태양을 잊었다. 한여름의 그 긴

여정은 정말로 부지불식간에 끝이 났다.

이렇게 해서 습관이 되어버렸다.

갑자기 바람이 불어와 뤼즈는 무의식적으로 발걸음을 멈추고 고개를 들었다.

마침 2, 3미터 앞 갈림길에서 한 사람이 모퉁이를 돌아 그녀 앞을 걸어갔다.

외투는 달라졌어도 여전히 그녀가 평생 못 알아볼 리 없는 뒷모습이었다. 뒤통수에 제멋대로 뻗친 머리카락 몇 가닥, 단정한 자세, 살짝 치켜든 머리. 꼿꼿해도 거드름을 피우는 것처럼 보이지는 않았다.

뤼즈가 멍하니 있는 사이, 갑자기 커다란 감 하나가 훅 떨어지더니 그녀의 시선을 스치고 앞에서 반 미터도 되지 않는 지면에 부딪히며 으깨졌다. 방금 걸음을 멈추지 않았더라면 정수리에 명중했을 터였다. 그러나 감의 사체는 이미 뤼즈의 온몸에 지저분한 과즙을 튀기고 말았다. 처참했다. 감도, 뤼즈도.

앞에 가던 사람이 감이 퍽 하고 부딪혀 짓이겨지는 소리에 뒤를 돌아보았다. 뤼즈는 그의 시선이 자신에게로 옮겨지기 전에 황급히 몸을 돌려 줄행랑을 쳤다.

뛰는 와중에도 머릿속으로는 딱 한 가지 생각뿐이었다. 그애가 날 비웃지는 않을까 하는.

뤼즈가 그에게 처음으로 보인 뒷모습은 이렇게 당황하며 줄행랑치는 모습이었다.

뤄즈는 계속해서 뛰고 또 뛰었다. 계단을 두 단씩 성큼성큼 뛰어올라 기숙사 문을 열고 나서야 비로소 가쁜 숨을 몰아쉬었다.

호흡이 안정되자, 뤄즈는 엉망진창으로 더럽혀진 외투와 바지를 찬찬히 갈아입었다. 옷장을 열어보니 보이는 건 하나같이 어두운 쿨톤뿐이었다.

컬러풀한 옷을 싫어하는 건 아니었다. 다만 어울리지 않을 뿐.

대입 시험 전날, 학년 전체가 번화한 시내 중심가에 있는 지정 병원으로 신체검사를 하러 갔다. 뤄즈는 붉은 도장이 잔뜩 찍힌 신체 검사표를 문 앞에 앉아 있는 선생님에게 제출한 후, 책가방을 메고 시내에서 가장 긴 상점가를 거닐었다. 집에 돌아가기 싫어서 발걸음은 더디기만 했다.

시험 전에 해야 할 번거로운 일 중 하나가 마무리되었다. 그녀는 고등학교 시절이 이렇게 끝나가는구나 생각했다.

고개를 들자 한 작은 옷 가게 쇼윈도에 걸린 샛노란 민소매 원피스가 보였다.

그렇게나 찬란하고 눈부신 샛노란색이었다.

5월에 민소매 원피스를 진열하다니, 마치 여름의 도래를 알리는 대대적인 예고장 같았다.

그날 뤄즈는 기분이 좋지 않았다. 책가방에는 두꺼운 모의고사 문제집과 시험지 뭉치가 들어 있었다. 그것은 대입 시험이 뿌린 초대장이었다. 이 외나무다리 같은 시험이 두렵지도 않았고, 조만간 문제집의 바다에서 벗어날 수 있다는 기대나 흥분도 없었다. 오히려 곤혹감이 더 컸다. 이렇게 한 걸음씩 나아가면 결국엔 행복에 가까워지는 걸까, 아니면 멀어지는 걸까.

알 수 없는 초조함은 사그라지지 않았다. 평소처럼 참아야 한다고, 분수를 지켜야 한다고 자신을 다잡아 보아도 아무 소용없었다.

뤄즈는 한참을 배회하다가 결국 가게로 들어가, 게으름을 피우고 있던 점원에게 쇼윈도의 그 원피스를 입어봐도 되냐고 우물쭈물 물었다. 점원은 그녀를 위아래로 훑어보곤 귀찮은 듯 자리에서 일어났다.

뤄즈는 가슴이 두근거렸다. 뜻밖의 용기가 가슴속 가득 차올랐다.

좁은 피팅룸에서 뤄즈는 허둥지둥 민소매 원피스를 입었다. 어깨에 드러난 촌스러운 하얀 브래지어 끈이 아쉬웠다. 피팅룸 문을 열자, 맞은편 거울에 안색이 어두운 여자아이가 멍한 표정으로 서 있었다. 문 뒤로 몸을 반쯤 내밀고 잔뜩 움츠러든 우스꽝스러운 모습과 10년 넘게 그대로인 촌스러운 포니테일 머리는 샛노란색에 대비되어 영양이 부족한 촌뜨기처럼 보였다.

뤄즈는 흠칫했다. 살짝 민망했지만 마음은 기적적으로 안정을 되찾았다.

"뤄즈, 넌 자신을 알아야 해. 뭘 해야 하는지, 뭐가 어울리는지."

방금 되뇐 공허한 도리는 거리를 폭주하던 뤄즈를 설득할 수 없었지만, 거울 앞 촌뜨기 앞에서는 지극히 설득력이 있었다.

뤼즈는 점원의 눈치를 견디며 태연하게 옷을 갈아입은 후, 버스를 타고 집으로 돌아가 책상 앞에 앉아 책을 펼치고 공부를 계속했다. 샛노란 민소매 원피스로 스스로를 조롱하고 비웃는 사람이 있다니, 아무도 믿지 못할 것이다. 십대 소녀가 고행승처럼 꾹 참고 견디는 법을 수련하다니.

그러나 뤼즈는 줄곧 그런 것에 능숙했다.

이번에는 좀 다른 듯했다.

뤼즈는 감줍으로 지저분해진 몸을 이끌고 기숙사로 도망쳤다. 당황스러웠기 때문이기도 했다. 그날처럼 갑작스럽게 찾아온 당황스러움이었다.

어떤 책에서 봤는지는 잊어버렸지만, 신이 손가락을 살짝 움직이면 한 사람의 운명이 추락한다고 했다. 그럼 신은 왜 손가락을 움직이는가……. 그건 어쩌면 그냥 가려워서일 수도 있다. 짜증이 난 뤼즈가 착실하게 바닥을 기어가는 작은 무당벌레를 발로 눌러 죽이는 것처럼 말이다. 이유는 없었다.

아까는 도망치는 것에만 정신이 팔려 있었는데, 어째서 지금은 도망치기 직전에 그의 눈빛이 산산이 부서진 감에서 그녀의 복사뼈로 옮겨졌다는 게 기억나는 걸까. 그는 눈썹을 치켜올린 웃는 듯 마는 듯한 표정이었다. 하얀 목이 아래턱까지 이어지며 그렇게나 아름다운 곡선을 그리고 있었다.

당황한 와중에 그건 또 어떻게 봤을까?

봤다 쳐도, 펜 끝은 어째서 움직이지 않는 거지?

뤄즈는 고등학교 시절 아주 두꺼운 일기를 썼었다. 일기의 내용은 딱 하나, 한 사람에 대한 구구절절한 묘사였다. 그런데 어찌 된 영문인지 졸업하고 짐을 챙겨 학교를 떠나던 날 잃어버리고 말았다.

너무 오래되었다. 너무 오래되어서 어떻게 다시 펜을 들어야 할지 알 수 없었고, 너무 오래되어서 이제는 머릿속에 남은 아름다운 턱선과 웃음을 머금은 놀란 눈빛을 장문의 글로 능숙하게 묘사할 수 없었고, 너무 오래되어서 당시 파란 글씨로 노트를 채웠을 때 느꼈던 구차한 만족감도 떠오르지 않았다.

너무 오래되었다.

뤄즈는 고개를 돌렸다. 굳게 닫힌 문에는 전신 거울이 걸려 있었다. 살짝 뒤로 기울이면 거울에 비친 자신의 모습을 볼 수 있었다. 약간 창백한 피부, 뾰족한 아래턱, 콘택트렌즈를 끼기 시작한 후로 더 이상 파묻히지 않는 예쁜 눈…….

확실히 너무 오래되었다. 너무 오래되어서 자신이 더 이상 그 촌뜨기가 아니라는 것을 깨닫지 못할 정도로 말이다. 고개를 파묻고 공부만 하던 여고생들은 대학생이 되면 외모적으로 큰 변화를 겪기 마련이다. 하지만 옛 친구들과 거의 연락하지 않는 뤄즈는 동창 모임에서조차 으레 인사치레로 건네는 "앗! 너 엄청 예뻐졌다" 같은 칭찬을 들어본 적이 없었다. 그래서 거의 자각하지 못했다.

심장이 지나치게 빨리 뛰었다. 신이 움직인 손가락은 그녀가 아무리 주저리주저리 떠들어보아도 무슨 일이 벌어질 것만 같은 느낌을 가라앉혀 주지 못했다.

지금의 난 더 이상 그 옛날의 촌뜨기가 아냐. 그렇지?, 뤄즈는 생각했다.

그러니 어떤 이야기는 이제 새로운 전환점을 맞이해야 하는 것이 아닐까?

확실히 지금은 더 이상 샛노란 민소매 원피스로 마음속 악마를 복종시킬 나이가 아니었다.

제2장

고요한 세월

장바이리가 평소처럼 문을 벌컥 열고 들어왔을 때, 뤄즈는 막 일기장을 덮고 통계학 과제를 계속하려던 참이었다. 등 뒤에서 문이 닫히는 큰 소리가 났지만 뤄즈는 익숙한 듯 고개도 돌리지 않았다.

장바이리가 침대 위에 털썩 앉았다. 숨소리에 울음기가 섞여 있었다.

끝나지 않는 막장 드라마. 뤄즈는 한숨을 내쉬었다. 장바이리 같은 여자애는 늘 속상해하면서도 절대 마음을 접지 않았다.

휴대폰 버튼이 삑삑거리는 소리가 났다. 장바이리가 전화를 걸고 있었다.

"마지막으로 다시 한 번 말할게. 네가 진작에 짜증이 난 건 아는데, 그래도 내 입장은 그래. 만약 내일 길에서 내가 어떤 남학생 팔짱을 끼고 웃고 떠들며 걸어가다가 너랑 마주쳐. 그런데 그 사람을 그냥 오빠 동생 하는 사이라고 소개하면, 넌 아무렇지도 않을 것 같아?!"

어쩌면 신경이 쓰일지도. 뤄즈는 펜 끝을 흔들며 생각했다. 넌 걜 사랑하니까 신경이 쓰이겠지만, 걔가 널 신경 쓰는 건 걔가 독단적이라서 그렇다고.

과제에 집중하기는 글러 보였다. 장바이리의 통화 내용을 띄엄띄엄 듣다 보니 문제 풀이 맥락도 띄엄띄엄 이어졌다.

다른 사람의 말을 엿듣는 것이 습관이 되었다.

뤄즈는 오직 뒤에서 보는 걸 좋아했고, 뒷모습 보는 걸 좋아했다. 어쩌면 이 세상을 처음으로 인식했을 때 본 것이 바로 번화함 뒤의 모습이어서인지도 모른다.

누구나 머릿속에 이 세상에 대한 데이터베이스를 구축해야 하겠지만, 그 내용이 반드시 직접 경험한 것일 필요는 없다. 뤄즈는 다른 사람의 기쁨과 슬픔을 읽음으로써 자신을 괴롭게 만드는 상황을 피해왔다. 대부분, 그러니까 눈을 뜬 순간이나 스쳐 지나가는 몇 초 동안, 낯선 사람의 표정과 단편적인 말만으로도 반나절 동안 흥미진진하게 곱씹어 보기 충분했다.

그러므로 장바이리와 룸메이트가 된 건 하늘의 뜻이 분명했다. 배우라면 늘 관객이 필요한 법이니까.

전화를 끊은 장바이리는 결국 울음을 터뜨렸다.

"울지 마. 벌써 10분 지났어." 뤄즈는 시계를 흘끗 보고는 계속 끄적이며 말했다.

"속상해서 견딜 수가 없어. 오늘은 시간 연장할래."

뤄즈는 미간을 살짝 찌푸리며 장바이리를 돌아보았다. 장바이리가 말했었다. 우는 시간이 10분을 넘어서는 안 된다고, 여자에게 가장 중요한 건 유약함과 강인함을 적절하게 유지하는 것이라고. 적절한 타이밍에 멈춰야지, 다른 사람이 업신여길 만한 행동을 해서는 안 된다고 말이다.

뤄즈는 그 말을 들으며 입꼬리를 실룩였지만, 그 후로 매번 성실하게 책임을 다하며 장바이리를 일깨워 주었다. 10분 됐으니 유약함과 강인함의 정도를 지켜달라고.

장바이리에게는 지켜야 할 '여인의 규범'이 많았는데, '10분'이라는 작은 규칙도 그중 하나였다. 이런 규칙들은 타로 카드와 함께 장바이리의 인생을 지도하고 있었다. 그러나 장바이리의 여성 자립 규범은 한 번도 지켜진 적이 없었다. 매번 눈물을 쏟을 때마다 10분 안에 그치지 못했고, 유약함과 강인함을 적절하게 유지하지도 못한 채 그저 남들이 하찮게 여길 행동만 완벽하게 실천했다.

하지만 하찮은 시선을 받는 건 너무 자주 그래서였다. 보는 사람이 자신도 자칫하면 똑같이 굴 거라는 걸 잊을 정도로 말이다. 남자 친구가 다른 여자의 어깨를 감싼 채 보란 듯이 돌아다니는 걸로 모자라, 이제 오빠 동생 하기로 했다며 건들건들 소개한다면 여자들 대부분은 아마도 장바이리처럼 버럭하지 않을까. "네 그 여동생이랑 같이 꺼져버려!" 그런 다음 침대로 아름답게 몸을 날리고 펑펑 울겠지.

뤄즈는 방금 장바이리의 쓰레기통을 치울 때 주변에 담뱃재가 흩어져 있었던 게 떠올랐다. 그걸 치우느라 한참을 쓸어야 했다. 장바이리는 거칠거나 반항적인 소녀도, 담배를 좋아하는 것도 아닌, 그저 요 며칠 난데없이 어떤 소설의 제멋대로 구는 여주인공에 푹 빠진 것뿐이었다. 그러나 안타깝게도, 소설 속 여주인공은 술집 긴 카운터에 기대어 침침한 불빛 아래에서 멋들어지게 연기를 내뿜었지만, 장바이리는 담배 피우는 연습 도중 가련하게도 뤄즈의 손에 옷깃을 잡혀 기숙사 밖으로 내쫓겼다.

뤄즈는 이번 실패가 장바이리의 마음에 아무런 상처도 남기지 않으리라고 믿었다. 시간이 좀 지나면 분명 아직 중독되지도 않은 담배를 고통스럽게 끊은 척하면서 술주정하는 여자를 연기하는 데 푹 빠질 것이다.

장바이리를 보는 건 텔레비전을 보는 것과 큰 차이가 없었다. 유일하게 아쉬운 건 마음대로 채널을 바꿀 수 없다는 정도였다. 만약 뤄즈 손에 리모컨이 있었다면 가장 먼저 텔레비전을 껐을 것이다.

뤄즈는 사실 장바이리의 진실함을 아주 좋아했다. 사람들은 자신을 초연하고 침착한 모습으로 포장하고 싶어 하지만, 혼자 있을 때는 장바이리처럼 침대에 엎드려 엉엉 울지 않는가?

아니면, 뤄즈처럼 아무것도 신경 쓰지 않는 것처럼 보여도 실제로는 체면을 가장 신경 쓰면서 자신에게마저 진실하지 못하거나.

그런 생각이 들자, 뤄즈는 자신도 모르게 눈을 들어 책장에 빼꼼히 삐져나온 새 일기장을 바라보았다.

장바이리가 별안간 고개를 들었다. 오래 울어서인지 감기에 걸린 것처럼 목소리가 잠겨 있었다. "뤼즈, 네 컴퓨터 지금 켜져 있지? 음악 좀 틀어줄래? 조용한데 나만 울고 있으니까 분위기가 안 나."

장바이리는 속상할 때면 조용한 걸 특히 두려워했다. 그녀의 말로는, 뤼즈처럼 '정물 소묘' 같은 사람과 함께 살려면 용기가 필요하다고 했다.

뤼즈가 손가락으로 터치스크린을 두어 번 문지르자 절전 모드에 있던 모니터가 다시 밝아졌다. 대충 아무 목록이나 선택해 재생을 누르니, 흘러나온 음악은 생뚱맞게도 〈경기병 서곡〉이었다. 뤼즈는 소리 없이 웃음을 터뜨렸다. 지금 이 상황에서는 분위기가 더더욱 맞지 않았다.

하지만 어쨌거나 갑자기 방으로 뛰어 들어온 장바이리와 아무런 가식 없는 울음소리와 전혀 어울리지 않는 교향곡은 아까 일로 당황했던 뤼즈에게 조금의 활기를 되찾아 주었다. 형광등이 머리 위에서 흔들거렸다. 변한 건 아무것도 없었다.

뤼즈는 일기를 쓰다가 잉크에 물든 오른손 검지를 흘끔 바라보곤 담담하게 웃었다.

감 하나와 의외의 사건. 아무런 의미도 없는 것들이다. 당황할 게 뭐 있겠어.

종종 울음소리와 전화로 말다툼하는 소리가 흘러나오는 이 작은 방은 사실 뤼즈에게는 아주 고요한 장소였다. 어릴 때부

터 클 때까지, 뤄즈는 이렇게 마음을 고요하게 해주는 공간을
가져보지 못했다.

그냥 이렇게 살자, 뤄즈는 생각했다. 사람들이 말하는 평온
한 세상과 고요한 세월은 아마도 아무 일도 일어나지 않고, 아
무것도 원하지 않는 상태일 것이다.

넌 아무것도 원하지 않아, 뤄즈는 자신에게 다시 한 번 되뇌
었다.

제3장

언젠간 다시 마주칠 사람

이튿날 오후, 뤄즈는 신청서와 성적표 사본을 끼운 클리어 파일을 들고 법학대 사무동으로 복수전공을 신청하러 갔다.

좁은 길을 따라 걸으며 수시로 머리 위 감을 조심하면서, 마침내 햇살이 반짝이는 탁 트인 구역에 도착했다. 도로에는 많은 자전거들이 오가고 있었다. 그때 별안간 옆에서 여학생이 "어머!" 하고 소리를 질렀다. 사람들의 시선을 따라가 보니 한 남학생이 천천히 자전거를 타며 오고 있었다. 한 손에는 캉스푸* 컵라면을 받쳐 들고 다른 한 손에는 젓가락을 든 채, 핸들에는 손도 대지 않고 라면을 먹으면서 유유하고 침착하게 뤄즈 앞쪽 그리 멀지 않은 곳에서 균일한 속도로 달리고 있었다. 그 느릿느릿한 속도라니, 뤄즈는 그 남학생이 밥 먹을 시간이 없

*   康師傅, 중국 라면업계 1위 브랜드.

었던 게 아니라 일부러 그러는 거라고 확신했다.

행인을 한 명씩 지나칠 때마다 남학생은 싱긋 웃으며 이렇게 물었다. "식사하셨어요? 한 입 드실래요? 캉스푸, 바로 이 맛이죠!" 뒤쪽 멀지 않은 곳에서 한 무리의 수상쩍은 남학생들이 휴대폰으로 영상을 찍고 있었다. 뤄즈는 그리하여 더욱 확신했다. 남학생은 내기에 져서 일부러 이런 추태를 부리는 거라고.

뤄즈는 그렇게 생각하며 소리 내어 웃었다. 남학생은 고개를 돌렸다가 그 웃음기 가득한 눈과 마주친 순간 손이 삐끗해 컵라면을 몸에 쏟고 말았다.

친구들이 박수를 치며 왁자지껄 떠들어댔다. 난처해진 뤄즈는 어색하게 웃으며 종종걸음으로 현장을 벗어났다.

너무 급하게 걸었는지, 고개를 들었을 땐 이미 법대와는 멀리 떨어진 동문東門 사무동 앞 작은 마트까지 가 있었다. 뤄즈는 갑자기 목이 말라 마실 걸 사러 마트로 들어갔다.

그리고 그렇게 성화이난을 보았다.

뤄즈는 그 순간 두려움에 휩싸여 고개를 들고 상상 속 감나무를 바라보았다.

평소에는 보기 힘든 사람을 갑자기 이틀 연속으로 마주치다니, 신이 손가락을 꼼지락거리며 말썽을 부린 것이 틀림없었다. 그것이 복이 될지 재앙이 될지는 모르겠지만, 재앙이라면 피할 수 없을 것이다.

대학 입학 후 1년간, 그를 본 것은 이번이 세 번째였다. 그들은 '오후의 홍차' 음료 페트병을 동시에 잡았다. 사실 뤄즈는 일부러 그 병을 잡은 거였다. 어디서 나온 용기인지는 모르겠지만, 머리로 깨닫기도 전에 손이 먼저 나갔다. 그런데 성화이난은 그저 미안하다고 하면서 손을 떼고 옆에 있던 다른 병을 집어 들었다. 뤄즈가 당황한 듯 웃으며 괜찮다고 말할 때, 그는 이미 몸을 돌려 계산대로 걸어가고 있었다. 뤄즈는 그가 사과하는 목소리조차 제대로 듣지 못했지만, 논리적인 추론에 따라 그가 한 말은 분명 "미안"일 것이라고 판단했다.

알고 보니, 그에게 자신은 모르는 사람이었다. 정말 모르는 사람이었다.

뤄즈는 고등학교 3년 내내 그가 자신을 어떻게 생각할까 묵묵히 추측했었다. 대단하진 않아도 나름 이름이 알려진 유명인이라고 생각했는데, 지금, 마침내 밤낮으로 고민하던 수수께끼의 답을 얻고 말았다.

유명인은 무슨, 자신은 그저 평범한 한 사람에 불과했다.

뤄즈는 음료 냉장고 앞에서 입을 헤벌리려 했지만 벌어지지 않았다. 한 번 더 시도하자 드디어 미소가 지어졌다.

어쩌면 기념비적인 날일 수도 있었다. 이날 그녀는 처음으로 그와 인사를 나누었던 것이다. 비록 뒷모습에 대고였지만.

계산하려는 점원이 눈앞에 대고 손가락을 흔들고 나서야 뤄즈는 퍼뜩 정신을 차리고 얼른 손에 들고 있던 홍차 페트병을 건넸다.

그 홍차는 지금까지 살면서 자신과 그의 손이 가장 가까이 닿은 물건이었다. 그러나 문학 작품에 나오는 '그의 차가운 손

가락이 내 손등을 스칠 때 보송보송한 느낌이 났다' 같은 느낌
은 전혀 없었다. 머릿속이 백지가 되어 아무것도 생각나지 않
았다.

홍차 뚜껑은 아무리 잡고 돌려도 돌려지지 않았다. 법대 건
물 앞에 도착했을 때, 뤄즈의 양쪽 손바닥은 새빨개졌고, 오른
손 손아귀에는 병뚜껑의 미세한 세로줄 무늬까지 찍혔지만 여
전히 한 모금도 마실 수 없었다.

법대에서 수속을 마치고 나오니 벌써 3시였다. 뤄즈는 이 시
간을 무척 좋아했다. 햇살이 찬란하면서도 눈이 부시지 않았
다. 뤄즈는 손에 들린 홍차를 살펴보며 걷다가, 고개를 들고 귀
신에 홀린 듯 다시 동문 사무동 앞 마트로 되돌아갔다.

정말로 귀신에 홀리기라도 한 걸까? 뤄즈가 실소하며 무심
코 문 쪽을 본 순간, 빨간 재킷에 까맣고 윤기 나는 머리를 높이
올려 묶은 여학생이 눈에 들어왔다. 미모가 상당해서 그냥 지
나치기 어려울 정도였다.

그런데 그보다 더 눈길을 끄는 건 여학생 옆 사람이었다.

귀신에 홀린 것 같다고 자조하던 뤄즈의 미소가 그대로 굳어
버렸다.

성화이난이 검정색 브이넥 울 스웨터를 입고 두 손을 주머니
에 찔러 넣은 채, 계단 위에 서서 여학생을 무표정하게 내려다
보고 있었다. 여학생은 그의 소매를 쥐고 뭐라고 말하고 있었
다. 모양새를 보니 서로 팽팽하게 대치 중인 것 같았다.

이거야말로 귀신에 홀린 것 아닌가. 돌고 돌아서 또 그를 보게 되다니.

뤄즈는 순간 숨이 턱 막히는 느낌이었다. 하지만 망설이지 않고 숨을 깊이 들이마신 후 성큼성큼 걸어갔다. 고개를 숙이고 걷느라 못 본 척하며 붐비는 계단 위에서 여학생 어깨에 부딪히고는 고개를 들어 놀란 표정으로 말했다. "앗, 죄송합니다."

뤄즈는 자신이 미친 게 틀림없다고 생각했다. 무슨 짓을 하는 거야?

바로 그때 성화이난이 잽싸게 말을 받았다. "뤄즈?"

뤄즈가 깜짝 놀라 고개를 끄덕이기도 전에, 성화이난은 곧장 그 여학생에게 웃으며 말했다. "나 친구랑 할 얘기가 있으니까 먼저 가."

여학생이 방금 성화이난의 소매에 같이 쥐고 있던 자존심이 또 다른 동성의 등장으로 거둬진 것이 뻔히 보였다. 여학생은 잠시 멈춰서 표정을 가다듬고는 웃으며 말했다. "음, 그럼 나중에 다시 얘기하자. 천 선배가 준 양식은 너한테도 보냈어."

아마도 앞뒤가 맞지 않는 말이었는지, 성화이난의 얼굴에 어색한 표정이 떠올랐다.

여학생은 몸을 돌려 자리를 떠났다. 살짝 치켜든 고개에는 타고난 거만함이 약간 담겨 있었고, 뤄즈 쪽으로는 조금도 눈빛을 기울이지 않았다.

뤄즈는 여학생이 멀리 간 후에야 성화이난에게로 고개를 돌리고 웃으며 말했다. "아, 있잖아, 그러니까……. 하, 너 나한테 고마워해야 하는 거 아냐?"

말을 내뱉자마자 뤄즈는 혀를 깨물고 싶었다. 침착해, 뤄즈. 너 왜 그래? 침착하라고!

성화이난은 살짝 놀란 듯했지만, 짐짓 시치미를 떼는 대신 시원스럽게 고개를 끄덕였다. "그럼 내가 커피 쏠게. 고마워."

이게 바로 성화이난이었다.

그렇기에 뤄즈도 당황할 수 없었다.

뤄즈는 내친 김에 고개를 끄덕였다. "그래, 그럼 부탁할게."

다만 기분이 그리 좋지는 않았다.

어쩌면 그녀가 오랫동안 기대해온 그와의 첫 만남이 너무나도 가식적이고 부자연스러워서일 것이다.

깊이 생각하지 말자, 뤄즈는 걸으며 생각했다. 기회는 준비된 사람을 편애하는 거야. ……그녀가 준비한 시간은 확실히 너무 길었다.

뤄즈는 과감하게 그의 발걸음을 따라갔다. 급하게 몸을 돌리다 행인과 부딪혀 얼른 사과를 하고, 고개를 숙여 잔머리를 정리했다. 손가락이 왼쪽 귓불을 스칠 때 뜨거워서 깜짝 놀랐다.

커피숍에 앉아 있을 때, 뤄즈는 살짝 어색함을 느꼈다. 손가락으로 머리를 빗었고, 줄곧 등을 곧게 펴고 있다가 너무 경직된 것 같아 엉덩이를 슬쩍 움직여 푹신한 가죽 소파 위에서 편안한 자세를 찾았다.

이 일련의 동작을 마치고 황급히 고개를 들어 그를 향해 웃었는데, 보이는 건 성화이난이 테이블 위 찻잔 받침을 멍하니 바라보는 모습이었다.

뤄즈의 웃음이 굳었다. 난처해진 그녀는 얼른 고개를 돌려 측면에서 쏟아져 들어오는 눈부신 햇빛을 피했다.

아무리 머리를 쥐어짜 보아도 침묵을 깨뜨릴 수 없었다. 이럴 때는 무슨 말을 해야 할까? 뤄즈를 쫓아다니던 사람이 없었던 것도 아니고, 남학생과 자연스럽게 밥을 먹고 수다를 떤 적이 없었던 것도 아니었다. 하지만 지금, 맞은편에 앉아 있는 사람은 성화이난이었다.

성화이난인 것이다.

이 모든 상황이 너무 갑작스러워서 어떻게 손쓸 틈이 없었다. 자신이 초래한 것임에도 말이다.

성화이난은 딴생각에서 돌아와 태연한 표정으로 입을 열었다. "참, 너…… 나 알아? 내 이름은 성화이난이야."

그가 그녀에게 자기소개를 했다. 이번 생에 그가 그녀에게 세 번째로 한 자기소개였다.

첫 번째는 너무 오래전 일이라 뤄즈는 감히 회상할 수도 없었다.

두 번째는 공적인 자리에서의 정식 소개였지만, 그녀에게만 한 것은 아니었다.

그건 고2 때 개교 88주년 기념식 날이었다. 그는 학생 대표로 재학생을 대표해 구령대에 올라 발표를 했다. 그때의 자기소개는 "안녕하십니까, 저는 2학년 3반 성화이난입니다"였다.

초등학교 때부터 지금까지 모든 격식 있고 지루한 개학식과 졸업식에서 학생 대표들은 기계적으로 열변을 토하며 미리 써 놓은 원고를 휙휙 넘겼지만, 오직 그 한마디는 넘어가지 않고 뤄즈의 마음속에 박혔다. 당시 당번이었던 그녀는 구령대 아래 그림자 속에 서 있어서 목소리의 주인공을 볼 수 없었다. 그렇지만 등 뒤에 있던 스피커에서 소년의 맑고 깊은 목소리가 무방비 상태인 귓가로 곧장 울려 퍼졌다. 그녀는 당황하며 옆에 있던 난간을 꽉 잡고 가볍게 숨을 들이마신 뒤, 흥분한 관중들의 웅성거림 속으로 고개를 숙였다. 얼굴은 시종일관 담담하고 무표정했다.

"네가 누군지는 알아." 뤄즈가 고개를 끄덕였다.

"아, 그래?"

어떻게 아는지 설명해야 할까? 그가 우등생으로 유명해서 모르는 사람이 없었다고 말할까? 이런 식상한 말을 듣기 좋아한다면 그야말로 이상한 게 아닐까?

성화이난은 첫마디를 던진 후 딱히 할 말이 없는 것 같았다. 하지만 이런 상황이 곤란해 보이지도, 이야깃거리를 찾으려고 애쓰는 것 같지도 않았다. 그저 유유히 창밖을 바라볼 뿐, 눈빛에 담긴 여유는 방금 뤄즈의 행동과 선명하게 대비되었다.

그 여유가 별안간 뤄즈를 쿡쿡 쑤셨다. 몇 년간 은은하게 느껴왔던 통증이 찰나에 날카로워졌다. 자신은 대체 언제까지 겁쟁이처럼 굴려는 걸까?

뤄즈는 컵을 내려놓고 목청을 가다듬은 후 말했다. "고등학교 때 너에 대해 들어본 적 있어. 본 적은 많지 않지만. 난 주변 사람들과도 대부분 그랬어. 이름은 아는데 통성명을 한 적이 없어서 얼굴이랑 일치가 안 되는 거지. 그런데 넌 정말 아주 유명했어. 네가 지나갈 때면 누군가 '봐, 성화이난이야'라고 소리쳤거든. 그래서 나도 널 알게 됐고."

성화이난이 가지런한 이를 드러내며 웃었다. "맞아. 나도 그래. 한 학교에서 3년을 지내다 보면 어떻게든 낯이 익게 되잖아. 그러다 어떤 일을 계기로 갑자기 말을 트기도 하고. 예를 들면 버스에서 발을 밟았다든지, 잔돈이 없어서 앞에 가는 낯은 익지만 모르는 학생에게 빌린다든지, 아니면⋯⋯."

"아니면 식당에서 음식을 받거나 쉬는 시간에 물을 뜨다가 상대방에게 쏟거나 하면서 말야. 그렇게 싸우면서 정이 드는 거지." 뤄즈가 말을 받았다. 성화이난의 여유로운 표정이 굳어지는 것이 보였다. 모두 예상대로였다.

싸우면서 정이 드는 거지. 너와 네 전 여자 친구처럼.

그 말이 성화이난에게 미친 살상력은 예상보다 훨씬 컸다.

어째서 그런 말을 한 건지 자신도 알 수 없었다. 그 말이 그의 반감을 일으킬 수 있다는 걸 뻔히 알면서도 말이다. 하지만 일단 입 밖으로 내뱉고 그의 반응을 보니 별안간 기분이 좋아졌다. 음울한 즐거움이었다. 마치 복수에 성공한 것처럼.

뭘 복수하는 거지? 방금 안절부절못하던 자신보다 초연하게 굴어서? 뤄즈는 확실히 설명하기 힘들었다.

공기 중에 성화이난을 원망하며 이를 가는 또 다른 뤄즈가 떠다니면서, 자리에 앉아 있는 뤼즈의 안절부절못하고 가식적인 모습을 차갑게 비웃는 것만 같았다.

뤼즈는 커피 잔을 어루만졌다. 생각이 점점 멀리 날아갔다.

제4장   꿈을 이룬 셈이야

커피 잔을 보고 있자니 어딘가 눈에 익었다.

문득, 어렸을 때 엄마가 제일경공업국 퇴직을 앞두고 그녀를 데리고 인사처의 어떤 아주머니 집에 선물을 주러 갔던 일이 생각났다. 뤄즈는 아주머니 집 언니 방에 앉아 코코아 잔을 받쳐 들고, 지금처럼 찻잔 가장자리를 빙빙 어루만지고 있었다.

"찻잔이 예뻐?" 그 언니가 입을 삐죽거리며 물었다.

뤄즈는 예의 바르게 고개를 끄덕였다.

"예쁘지? 넌 비싸서 못 살걸? 이거 엄청 비싼 세트야. 깨뜨리면 네가 물어내야 해!" 언니는 고개를 들고 '흥' 하고 코웃음을 치더니, 그녀를 혼자 방 안에 내버려 두고 나가버렸다.

"예쁘긴 뭐가 예뻐." 어린 뤄즈는 천장을 바라보며 조그맣게 말했다. "아무리 봐도 똥처럼 생겼는데."

"확실히 똥처럼 생겼네." 다 큰 뤄즈가 뜨뜻미지근하게 중얼거렸다. 손 안의 커피 잔은 짙은 갈색에, 게다가 나선형이었다.

성화이난이 더 이상 못 버티고 물을 뿜으며 소리 내어 웃었다. 뤄즈는 깜짝 놀랐다.

그가 숨을 고르며 물었다. "이 컵 말이지? 모양 아니면 색깔?"

뤄즈는 잠시 어리둥절했지만 천천히 상황을 파악했다.

"Both." 뤄즈도 눈웃음을 지었다.

"사실 나도 이 컵을 처음 봤을 때 그렇게 생각했어. 그런데 다들 나보고 저질이라더라고."

"내가 저질이라고 말하고 싶은 거야?" 뤄즈는 어처구니가 없었다.

분위기가 어느새 풀어졌다.

그들은 떠오르는 대로 함께 아는 친구들과 선생님에 대해 이야기했고, 각자 선택한 과목에 대해 평가했다. 이런저런 잡담이었지만 가십거리 같은 건 전혀 없었고, 시종일관 예의 있고 신중한 태도로 똑똑하게 대답을 주거니 받거니 하면서, 언행에 조금의 실수도 없었다.

분위기가 썰렁해지는 것도 걱정, 말을 많이 해서 실수를 하는 것도 걱정이었다.

빛 속의 그 사람은 빛과 그림자에 의해 환하고도 어둡게 나뉘어 있었다. 뤄즈는 그 앞에서 어떻게 웃어도 자연스럽지 않았다. 사실 그는 아까부터 계속 정신이 팔린 채로, 주의력의 3분의 1 정도는 딴생각에 빠져 있었다. 뤄즈는 느낄 수 있었다.

그가 바이올린 곡을 좋아한다고 말했을 때, 뤄즈는 무척 흥분하며 어렸을 때 바이올린 연습을 땡땡이치면서 악보와 의자를 가져다 놓고 연습하는 것처럼 꾸며 엄마를 속인 일을 재잘재잘 떠들었다. 그러다 절반쯤 이야기했을 때 돌연 입을 다물었다. 그의 시선이 조금씩 비껴가고 있었기 때문이다. 그는 씁쓸하게 웃더니 고개를 흔들었고, 마지막으로는 실없이 웃었다.

뤄즈는 멈췄다. 아주 한참 동안, 그는 자기만의 세계에 빠져서 각양각색의 미소를 지었다.

그 순간, 뤄즈는 약간의 분노와 함께 모욕을 받은 느낌이 들었다. 하지만 곧 햇살에 금빛으로 물든 성화이난이 시선 가득 들어왔다. 그의 편안한 호흡과 입가에 걸린 무방비 상태의 행복한 미소까지.

뤄즈는 이게 무슨 기분인지 알 수 없었다. 궁리 끝에 꺼낸 화제가 무시당했다는 곤혹스러움과 속상함일까, 상대방의 차분하고 멋진 모습에 홀려 기쁜 건지 아닌지 천지 분간을 못 하는 걸까. 아니면 그저 맞은편에 앉아 그를 바라볼 수 있다는 구차한 행복일까?

뤄즈는 그의 쓴웃음을 쭉 지켜보았다. 그가 퍼뜩 정신을 차리고 고개를 갸웃거리며 쳐다보았을 때, 뤄즈는 한마디도 할 수 없었다.

그의 모습은 마치 수업 시간에 PSP(휴대용 게임기)를 갖고 노는 데 정신이 팔렸다가, 고개를 들자마자 선생님이 뚫어져라 지켜보고 있는 걸 발견했을 때 같았다. 난감하고 당황스럽지만 무턱대고 무슨 행동을 취할 수도 없는 상황. 딴짓한 걸 선생님이 눈빛으로 경고하는 것인지, 아니면 질문에 대한 대답을 기다리는 것인지 어찌 알겠는가. 뤄즈는 "너 내 말 듣긴 한 거야?"라고 투덜거리며 최소한 그에게 사과할 방향을 알려주어야 하지 않을까 생각했다.

그러나 뤄즈는 그저 손을 흔들어 종업원을 불러서 커피값을 계산해달라고 할 뿐이었다.

"커피값 떼먹을 생각은 마. 고마워." 그녀는 아주 진솔하고도 명랑하게 웃어 보였다.

그녀는 진솔한 척하는 걸 가장 잘했다.

여기까지 하자, 뤄즈는 생각했다.

"기숙사까지 데려다줄게." 성화이난이 뒤통수를 긁적이며 미안하다는 듯 웃었다. "어느 동이야?"

"괜찮아. 사실 방금 나도 그냥 산책하러 나온 거였거든. 아직은 들어가고 싶지 않아."

그때 맞은편에서 가무잡잡한 남학생이 걸어오더니 성화이난을 주먹으로 툭 치며 말했다. "이 새끼, 몰래 누구랑 데이트하냐? 몇 번째 여자야?"

"컵라면남?" 뤄즈는 이 사람이 바로 길에서 자전거를 타며 컵라면을 먹던 그 남학생이라는 것을 기억해냈다.

두 남학생이 동시에 아리송한 표정으로 그녀를 바라보았다. 뤄즈는 손을 흔들며 말했다. "그럼 갈게. 안녕."

"설마, 내가 데이트를 방해한 거야? 저기 예쁜 분, 둘이 계속 말씀 나누세요. 제가 바로 사라지겠습니다!"

뤄즈가 줄곧 억눌러온 분노가 드디어 출구를 찾은 것 같았다. 뤄즈는 남학생의 그 장난스럽게 웃는 얼굴을 바라보며 손으로 살짝 코를 막고 차분하게 말했다. "얼른 사라지셔야 할 것 같네요. 땀에서도 우육탕 냄새가 나거든요."

성화이난이 폭소했다. 가무잡잡한 남학생은 그녀의 눈빛에 찔려 어찌할 바를 몰라 멍하니 있다가, 티셔츠 앞섶을 코 밑에 대고 연신 냄새를 맡아보았다. "방금 옷 갈아입었는데……."

한참 후, 그는 바보같이 웃으며 말했다. "미안합니다, 미안합니다!" 그러고는 곧장 줄행랑을 쳤다. 성화이난이 이번에는 제대로 집중해 뤄즈를 바라보았다. 뤄즈의 눈매는 예리하면서도 차분했다.

그는 잠시 멈추어 뭔가를 진지하게 생각하는가 싶더니, 한참만에야 입을 열었다. "미안."

뤄즈는 어깨를 으쓱했다. 가무잡잡한 남학생을 대할 때의 날카로움은 온데간데없었다. 뤄즈는 살짝 피곤했지만 웃으며 대답했다. "커피 고마워. 그럼 안녕."

뤄즈는 몸을 돌려 멀리까지 걸어갔다가 갑자기 뒤를 돌아보았다.

성화이난의 뒷모습은 여전히 바르고 단정했다. 가볍게 휘날리는 머리카락 몇 가닥이 그녀의 시야에서 미미하게 흔들렸다.

고등학교 시절, 매일 아침 자신의 앞을 걸어가던 그 뒷모습과는 약간 달랐지만, 딱히 다르지 않은 것 같기도 했다. 뤄즈는 그의 뒤를 쫓아갔다.

"성화이난!"

자신의 목소리가 똑똑히 들렸다. 마침내 그의 등 뒤에서 그의 이름을 소리쳐 부른 것이다.

오늘은 역사적인 날이었다. 비록 그다지 즐겁지는 않았지만.

"커피 사겠다고 해줘서 고마워. 그런데 이번 건 내가 갈취한 거나 마찬가지야. 사실 난 일부러 끼어든 거였거든. 너희가 계속 팽팽하게 대치 중이길래, 내 맘대로 영웅 흉내를 내봤어. 다행히 네가 날 기억하고 있어서 망정이지, 안 그랬으면 난 정말로 뻔뻔하게 너한테 작업 거는 사람이 돼야 했을걸. 다음에 또 그런 일이 있으면 최대한 마트 문 앞은 피해줘. 사람들이 많이 지나다니는 곳이잖아. 넌 아주 차분하긴 했지만 그 여자애에겐 좋지 않아. 아무리 충동적이고 아무것도 신경 쓰지 않는 사람이라도, 그렇게 많은 사람들이 보고 있으니 난처했을 거야. 나중에 돌이켜 생각해보면 분명 아주 후회할걸. 물론 내가 너한테 뭐라고 훈계할 자격은 없어. 그저 내가 왜 등장했는지 설명한 것뿐이니까 개의치 말아줘." 뤄즈는 할 말을 단숨에 쏟아내곤 그를 향해 활짝 웃어 보였다.

오늘 유일하게 진솔하고도 자유로운 웃음이었다.

성화이난의 웃는 얼굴에도 눈에 띄게 진솔함이 묻어났다.

"고마워."

"천만에." 뤄즈가 웃으며 말했다. "네가 기지를 발휘한 거야. 그 뛰어난 대처 능력을 보니까 실전 경험이 많은 것 같던데."

그의 미소가 더욱 찬란해졌다. 하지만 그녀의 말에 반박하는 대신 뜬금없이 불쑥 한마디를 던졌다. "고등학교 때 널 알지 못해서 아쉽다."

뤄즈는 그 말에 웃음을 거두었다.

아쉬운 일은 그것 말고도 많았다. 그녀는 말없이 깔끔하게 몸을 돌려 자리를 떠났다.

성화이난은 그 자리에 그대로 서서 뤄즈의 뒷모습을 잠시 바라보다가, 다시 두 손을 주머니에 넣고 멍하니 하늘을 바라보았다. 기숙사를 들락날락하는 여학생들이 다들 곁눈질로 자신을 바라보고 있다는 건 전혀 눈치채지 못했다. 그는 휘파람을 휘익 불고는 어깨를 으쓱하곤 마트 쪽으로 걸어갔다. 세탁 세제를 아직 사지 않았던 것이다.

두어 걸음 걷다가 다시 멈춰 선 그는 휴대폰을 꺼내 연락처를 뒤졌다. 'L'을 입력하자 화면에 명단이 주르륵 떴다. 그리고 곧 '뤄즈'라는 이름을 찾아냈다.

대학에 갓 입학했을 때, 그는 선배 누나에게서 전화고등학교 동문회 주소록을 빌려 같이 P대를 다니고 있는 학생들의 전화번호와 메일 주소를 모두 저장해놓았었다.

어쨌든 언젠가는 쓸모가 있었다.

뤄즈는 휴대폰 진동을 느꼈다. "성화이난 님의 신규 메시지 1개."

"널 아는 동창한테 전화번호 받았어. 이건 내 전화번호야. 성화이난."

뤄즈는 가볍게 한숨을 내쉬었다.

사실 성화이난의 번호는 진작에 알고 있었다. 대학에 입학하자마자 선배 언니의 기숙사로 달려가 전화고 동문회 주소록을 빌렸던 것이다. 당시 그녀는 얼굴을 붉히며 전화고에서 P대로 진학한 동창들과 알고 지내며 서로 돕고 싶다고 설명했다. 선배 언니는 뤄즈의 말에 귀를 기울이지도 않은 채, 무심히 사과를 우물거리며 책꽂이에서 주소록을 뽑아 건넸다.

뤄즈는 그중 딱 한 사람의 전화번호만 저장했다. 한 번도 사용하지 않은 번호였지만, 연락처 목록에는 단독 그룹으로 분류해놓았다.

성화이난이 다른 사람에게 자신의 휴대폰 번호를 묻는 모습을 떠올리자, 뤄즈는 살짝 즐거워졌다. 상대방은 그를 놀리며 이렇게 말하지 않았을까. "야, 그건 왜 물어봐? 무슨 꿍꿍인데?" 그러나 그 순간의 기쁨은 곧 깊은 실망감으로 뒤덮였다.

그냥 이렇게 서로 아는 사이가 되었구나.

그렇게 오랫동안 기다리고, 그렇게 오랫동안 상상해왔는데, 지금 그녀는 전혀 즐겁지 않았다. 뤄즈는 고개를 들어 구름 한 점 없이 높은 가을 하늘을 바라보며 생각했다. 이렇게 꿈을 이뤘다고.

그녀가 꿈을 이룰 때, 그는 딴생각에 빠져 있었다.

여기까지 하자. 됐어.

설마 진짜로 연극의 한 장면처럼 "난 널 사랑해, 하지만 너랑은 상관없어"인가.

뤄즈는 줄곧 그 말을 아주 문학적이고 고상한 평계라고 생각했다. 그녀를 포함한 무수히 많은 사람들의 체면을 살려주었으니 말이다.

뤄즈는 문자 메시지를 잘 보관한 후 휴대폰을 주머니에 넣어버렸다. 답장은 하지 않았다.

다만 기숙사에 돌아온 후 곰곰이 생각한 끝에, 조심스럽게 의자를 밟고 올라가 그 '절대로 열리지 않는' 홍차 페트병을 수납장 꼭대기에 슬며시 세워놓았다. 거의 천장에 닿을 지경이었다. 그런 다음 의자에서 폴짝 뛰어내려 와, 비스듬히 석양빛을 받아 전체가 호박처럼 밝게 빛나는 홍차 페트병을 묵묵히 바라보았다. 마음이 축축하게 젖어들었다.

제5장   넌 정말 아주 나쁜 놈이야

저녁 식사 시간이 되어 뤄즈는 기숙사를 나와 학교 3호 식당으로 향했다. 식사 시간이긴 해도 주말에는 사람이 많지 않았다. 기분이 울적해 입맛이 없어진 뤄즈는 대충 반찬을 골라 담아 식판을 들고 천천히 창가 1인석을 찾았다.

"뤄즈!"

목소리가 들리는 쪽을 바라보니 장바이리가 남자 친구와 창가 옆 식탁에 마주 보고 앉아 있었다.

약 1시간 전, 장바이리는 퉁퉁 부은 눈으로 기숙사로 돌아와 침대에 오도카니 앉아 있다가 전화 한 통을 받았다.

이렇게 설명하는 게 비교적 간단할 것이다. 사실 구체적인 과정은 이랬다. 휴대폰 벨소리가 울리자, 장바이리는 바로 전화를 끊어버렸다. 벨소리가 또 울리자, 장바이리는 또 끊었다. 세 번째로 벨소리가 울렸을 때, 장바이리는 아예 계속 울리도록 놔둬 버렸다…….

그 이후로도 휴대폰은 지칠 줄도 모르고 한 번 또 한 번 벨소리를 울려댔다.

장바이리의 휴대폰 벨소리는 K-POP 일렉트릭 댄스곡이었는데 귀가 따가워 죽을 지경이었다. 책상 앞에 앉아 있던 뤄즈가 잔뜩 찌푸린 얼굴로 뒤를 돌아보니, 장바이리는 곁눈질로 휴대폰 액정을 흘끔거리고 있었다. 마음속으로 격렬한 투쟁을 벌이는 중인 듯했다.

뤄즈는 그녀에게 선택의 기회를 주기로 했다.

"전화를 끄든지 아니면 받든지. 짜증 나."

장바이리는 입술을 깨물더니 결국 휴대폰을 들고 복도로 나가 전화를 받았다. 그 후로 방에 돌아오지 않았는데 지금 이렇게 식당에 나타난 것이다.

이 두 사람의 화해 속도는 놀랍지도 않았다. 뤄즈는 예의상 식판을 들어 보이곤 시선을 옮겨 계속해서 자리를 찾아보았다.

하지만 장바이리가 연신 손을 흔들었다. 어떻게든 뤄즈를 그들 옆으로 부를 심산인 것 같았다. "제발, 와서 같이 먹자."

장바이리의 남자 친구가 입꼬리를 올리며 가식적인 웃음을 지었다. 그는 창밖을 바라보며 장바이리의 말에 대꾸하지 않았다. 뤄즈는 둘 사이의 분위기를 민감하게 감지했다. 아무래도 자신이 구원투수로 나서야 할 상황인 것 같아 고개를 끄덕였다.

장바이리의 남자 친구 이름은 거비였다. 아주 잘생긴 남학생으로, 눈꼬리가 가늘고 길게 뻗었으며 콧대가 오똑했다. 얇은 입술이 오밀조밀하면서도 여성스럽지 않았다. 이에 비해 장바이리의 외모는 그저 그럭저럭이었다.

그들은 한때 익명으로 학교 게시판 인기 게시글 3위에까지 오른 별종 커플이었다. 뤼즈는 신입생 등록을 하러 갔던 날부터 그들을 피할 수 없었다.

그날 장바이리는 거비와 함께 기숙사에 등장했다. 두 사람은 캐리어를 바닥에 내던지곤 책상 옆에 기대어 물을 마시며 부채질을 했다. 마침 침대에 이불을 깔고 있던 뤼즈는 침대 가장자리에 무릎을 꿇은 자세로 몸을 돌려 그들에게 인사하며 이름과 고향을 말하곤 다시 하던 일을 계속했다. 장바이리는 문을 들어선 후부터 옆에 있는 남학생에게 계속해서 투덜거렸다. 애교와 아양의 숙련도는 떨어졌는데 말은 정말 많았다. 예를 들자면 이랬다. "방이 작긴 한데, 그래도 두 사람만 쓴다니 운이 좋다.", "모기장 설치하는 게 가장 싫어. 하지만 베이징은 9월의 늦더위도 무섭다니깐.", "서문 근처에는 KFC만 있고 맥도날드는 없어. 나보고 어떻게 살라는 거야.", "생수는 역시 네슬레보단 농푸산첸*이 맛있어." ……뤼즈는 울적해졌다. 아무래도 선천적으로 귀가 밝은 단점을 고쳐야지, 안 그럼 엿듣기 좋아하는 천성 탓에 기숙사 방에서 피곤해 죽을지도 몰랐다.

별안간 장바이리가 뭔가 생각났는지 그녀를 불렀다. "참, 있잖아, 뤼……."

----

* 農夫山泉, 중국의 대표적인 생수 브랜드.

"뤄즈." 남학생이 말을 이었다.

"아, 그렇지, 뤄즈 맞지? 뤄즈, 우리 방금 유심칩을 새로 샀는데, 네 전화번호 좀 알려줘."

뤄즈는 마침 이불 커버 모서리에 이불솜을 넣는 중이어서 고개도 돌리지 않고 대답했다. "미안, 아직 새 번호를 신청하지 않아서 말야. 일단 네 번호 먼저 저장할게. 1분만 기다려줘."

뤄즈는 휴대폰을 꺼냈다. 장바이리가 번호를 읊기 시작했고, 그녀는 휴대폰에 그대로 입력했다.

"끝 번호 35를 36으로 고치면 내 번호야. 난 거비라고 해."

뤄즈는 의아한 표정으로 고개를 들어 장바이리 옆에 있는 '절대 미남'을 비로소 자세히 살펴보았다. 그는 창턱에 비스듬히 기대어 의미심장한 미소를 짓고 있었다.

이보다 더 놀라운 건, 옆에 있던 장바이리의 표정이 노골적으로 싸늘해졌다는 것이다.

뤄즈는 고개를 끄덕이곤 몸을 돌려 계속해서 이불솜에 커버를 씌웠다.

그 후 2주 동안, 장바이리는 뤄즈에게 딱히 말을 걸지 않았고, 뤄즈도 상대방의 전술에 전적으로 호응해주었다. 그동안 마트 등 여러 곳에서 종종 그 두 사람을 보았지만, 뤄즈는 인사도 하지 않고 아예 못 본 척했다. 좁은 길에서 맞닥뜨려 어쩔 수 없이 고개를 들어야 할 경우에는 장바이리 쪽으로 건성으로 고개를 끄덕이고 지나가며 거비의 존재를 완전히 무시해버렸다.

그 시기에 뤄즈와 장바이리는 함께 지내는 기본 방식을 구축

했다. 장바이리는 앙심을 품는 스타일이 아니었다. 2주 후, 시끌벅적한 학생회 신입 모집 기간에 거비가 진짜로 '여우 같은 년'을 만나자, 장바이리는 뤄즈에 대한 적의와 경계심을 완전히 내려놓고, 오히려 뤄즈의 음울한 면을 개성이라며 자연스레 받아들였다. 고등학교 때 친구들처럼 뤄즈를 오만하다고 손가락질하거나, 기분 나쁜 일 있냐며 꼬치꼬치 물어보지도 않았다.

나중에 뤄즈는 이게 바로 말로만 듣던 전화위복인가 하는 생각이 들었다.

"고작 그걸 먹는 거야?" 장바이리가 뤄즈의 딴생각을 끊으며 젓가락으로 식판에 담긴 국화오트밀과 공심채볶음을 가리켰다.

"배가 안 고파서." 뤄즈가 말했다.

"다이어트해? 아니지?" 거비가 입꼬리를 올리며 끝말을 길게 늘여 뺐다. 살짝 놀리는 말투였다. 뤄즈는 그저 고개를 숙인 채 예의 바르게 웃으며 대꾸하지 않았다.

"정말로 살이 찐 거면 남자들은 그렇게 반응 안 해. 내가 너넬 모를까 봐? 그저께 학교 가수 선발 대회 예선전에서 너네 남학생 몇 명이 무대에 오른 참가자마다 웃음거리로 만들었잖아. 바로 너랑 같이 다니는 그 무리들 말야. 생긴 것도 참가자들보다 훨씬 떨어지던데 거울도 안 보나 봐." 장바이리는 젓가락 끝을 깨물며 전혀 동의하지 않는 듯 말했다.

"어라, 넌 안 그랬다는 듯이 말한다?" 거비가 웃었다. 웃는 모습이 그야말로 경국지색이었는데, 눈으로는 뤄즈를 뚫어지게 바라보았다.

"난…… 그냥 너희 무리를 외면하는 게 좀 그랬을 뿐이야."

"사실은 네가 우리한테 외면당할까 봐 두려웠겠지."

"너 말 다했어?!" 장바이리는 입에 여전히 젓가락 끝을 문 채 곧장 새빨갛게 달아오른 얼굴로 거비를 흘겨보았다. 두 사람이 또다시 한판 붙으려 하자 어이가 없었지만, 곧 뤄즈는 이곳에 앉아서 해야 할 임무를 성실하게 수행하기 시작했다. "바이리, 이거 네가 고른 거지? 여기 마라 맛 야보쯔* 맛있어? 근처에 저우헤이야**가 생겼다던데……."

장바이리가 뤄즈를 돌아보며 말했다. "딱 두 조각 남았네. 너 먹어. 나 콜라 사러 갈 건데, 너도 마실래?"

뤄즈가 대답하기도 전에 장바이리는 바로 튀어나갔다.

"말 돌리는 것도 참 어설프네." 거비가 차갑게 웃었다.

뤄즈는 고개를 숙이고 오리 목에서 살이 가장 두껍게 붙은 안쪽을 깨물었다. 웃지도 말하지도 않았다.

"너도 얼마 전에 감기 걸렸다면서?"

뤄즈는 거비가 일부러 '너도'를 강조했다는 걸 눈치챘다.

"응."

"지금은 좀 나았어?"

---

* 鴨脖子, 오리 목.
** 周黑鴨, 오리고기 전문 체인 브랜드.

쓸데없는 말 참 많네. 뤄즈는 미간을 살짝 찌푸리며 고개를 들어 그를 보았다.

"넌 정말 아주 나쁜 놈이야." 그녀의 말투는 마치 야보쯔가 짜다고 말하는 것처럼 차분했다.

거비가 미처 반응하기도 전에 멀리서 장바이리가 외치는 소리가 들렸다. "와서 나 좀 도와줘. 세 잔을 시켰는데 들고 갈 수가 없어."

거비는 움직이지 않았다. 뤄즈는 젓가락을 내려놓고 콜라 두 잔을 받아 왔다. 장바이리는 직접 손에 들고 온 잔 하나를 거비 앞에 내려놓았다.

그러고는 마치 썰렁한 분위기를 참지 못하겠다는 듯 계속해서 말을 쏟아냈고, 뤄즈도 그녀를 따라 있는 말 없는 말 몇 마디 지껄였다. 거비는 여전히 묵묵히 입을 다문 채, 기 싸움이라도 하듯 오트밀을 떠먹는 뤄즈를 끈질기게 주시했다.

뤄즈는 두 사람이 너무 오래 기다리지 않도록 오트밀을 후딱 해치웠다. 세 사람은 식판을 들고 일어났다. 장바이리가 맨 앞에서 먼저 식판을 반납했다.

"우리가 대화한 건 이번이 두 번째 같은데, 혹시 나한테 원수 진 일 있어? 왜 항상 말로 날 공격하는 건데?" 거비가 눈을 가늘게 뜨고 말했다. 분노에 약간의 가식이 섞여 있었다. 뤄즈는 시선을 똑바로 받아치며 그의 숙련된 미소와 몸에 밴 자세를 바라보았다.

그러나 그녀는 목구멍까지 올라온 말을 모두 삼켜버렸다. 고작 두 번째 대화였지만 그녀는 알았다. 거비 같은 사람이 가장 좋아하는 스타일은 자신감 넘치고 뛰어난 말발로 자신을 구워 삶는 여학생이란 것을. 그러니 잠깐만 참으면 모든 것이 평온해질 터였다.

"네가 장바이리랑 단짝이라는 말은 못 들었는데. 근데 넌 걔되게 챙긴다." 상대방은 끈질겼다.

하지만 네가 사리분별을 못 한다는 말은 익히 들어 알고 있지, 뤄즈는 속으로 중얼거리며 식판을 반납대 위로 밀어 넣었다. 그리고 티슈를 꺼내 손을 닦으며 장바이리에게 외쳤다. "저기, 난 마트에 가야 해서 먼저 갈게."

뤄즈는 외투를 잠그는 걸 깜빡했다가 식당 문을 연 순간 온몸에 찬바람 세례를 맞았다. 그녀는 몇 걸음 걷다가 몰래 그들이 떠나간 방향을 바라보았다. 장바이리가 외투도 입지 않은 채 거비에게 팔짱을 끼고 가는 뒷모습이 가을바람 속에서 유난히 애잔해 보였다. 뤄즈는 살짝 슬퍼졌다. 그녀의 머릿속에 그 두 사람이 함께 있는 모습은 서로 손깍지를 낀 것이 아니라 장바이리가 거비의 팔짱을 낀 모습이었다. 영원히, 아주 꽉.

일주일 전, 거비는 감기에 걸렸다며 밤 10시 반에 전화를 걸어서는 따뜻한 것이 먹고 싶다고 했다. 장바이리는 먼 길도 마다 않고 학교 밖 식당 자허이펀으로 달려가 돼지 간이 들어간 시금치죽과 녹두전병을 포장해서는 품에 안고 거비의 기숙사로 배달했다. 그런데 거비는 짐짓 관심 있는 표정으로 장바이리의 룸메이트인 그녀에게 집적거리기나 하다니.

"너도 감기 걸렸다면서? 지금은 괜찮아?"

나쁜 놈. 뤄즈는 다시 고개를 절레절레 저었다.

하지만 굳이 장바이리에게 이 남자는 믿을 만하지 못하니 웬만하면 빨리 헤어지는 게 낫다고 말해주는 헛고생을 할 생각은 없었다. 장바이리는 지난 일 년간 거비의 갖은 스캔들을 처리하며 세찬 바람과 거친 파도를 헤쳐 나왔으면서도 여전히 그를 꽉 쥐고 포기하지 않았다. 그러니 괜히 불필요하게 장바이리의 인내심을 시험할 필요가 없었다.

뤄즈가 방관자이기에 상황을 똑바로 보는 것일 수도 있지만, 당사자인 장바이리가 원하기만 하면 얼마든지 알 수 있었다.

인내는 위대한 지혜, 이건 장바이리가 직접 말한 것이다.

제6장 　왜 단념해야 하는데

　　장바이리가 기숙사 방 안으로 돌진해 들어왔을 때, 뤄즈는
마침 의자에 앉아 내리쬐는 햇빛이 만든 사각형 빛을 바라보며
멍을 때리고 있다가 느닷없는 커다란 목청에 깜짝 놀라 정신을
차렸다.

　　"왜 안 나가? 동아리 신입생 모집 중이잖아. 엄청 바글바글
해. 애니 동아리에서는 코스프레도 하더라."

　　저번에 성화이난을 만난 이후로 벌써 2주가 흘렀다. 9월 말,
늦더위는 이미 물러가서 날씨가 선선해졌다. 오늘은 햇살은 찬
란했지만 유난히 추웠다. 게다가 뤄즈는 하필이면 '달마다 찾
아오는 그 며칠의 기간'이라 손발이 얼음처럼 차가웠다. 뤄즈
는 스웨터 옷깃에 목을 파묻고 두 손으로는 따뜻한 물잔을 받
쳐 들고 잔뜩 웅크린 채 멍하니 앉아 있었다. 이맘때는 바깥이
그늘진 실내보다 훨씬 따뜻하기도 했지만, 어쨌거나 움직이고

싶지 않았다.

거비는 청년단위원회의 동아리 연합부 부장이었다. 요 며칠 동아리마다 신입 회원을 모집하느라 시끌벅적했는데, 그는 상급자로서 해야 할 일이 아주 많았다. 그런데 1학년 간사는 이제 막 뽑힌 데다 아직 일이 손에 익지 않았고, 2학년의 기존 부원들은 딱히 나설 만한 직함이 없어 진작에 뿔뿔이 떠나고 말았다. 이렇게 인재가 부족한 상황에서 장바이리는 이름 없는 주역이 되어 적극 발 벗고 나섰다. 매일 어찌나 바쁘게 움직이는지, 두 사람이 일주일이 넘도록 싸우지 않았다는 사실에 뤄즈는 대단히 놀랐다.

장바이리는 뤄즈를 의자에서 끌어 일으키더니 기관총처럼 다다다 말을 쏟아냈다. "이따가 부원 몇 명이 와서 저녁때 있을 파티에 대해 의논할 거야. 넌 시끄러운 걸 가장 싫어하잖아? 나가서 한 바퀴 돌고 와. 네 꼴 좀 봐. 10월도 안 됐는데 무슨 스웨터야? 너 북방 사람 아냐? 정말 쪽팔린다야."

장바이리는 말을 마치자마자 전화를 받았다.

"저녁때 정말로 밥 사준다구? 나가기 귀찮은데 배달시키자. 나한테 파파존스 할인 카드도 있거든. 30프로 할인되는 학생 카드. 지난번에 그 초미녀 류징이 다들 끌고 가서 만들었잖아. 잊어버렸어? ……어쨌든, 이따가 너네 부원들 오면 너한테 전해주라고 할게. 딴소리하지 마, 네가 나 사준다고 했다?"

장바이리는 애교스럽게 웃으며 뤄즈의 책상 위에 털썩 앉았다. "응, 걔네들은 좀 이따 올 거야. 회의는 끝났어? ……아이참,

짜증 나! 알았다고!"

뤄즈는 어쩔 수 없다는 듯 고개를 들어 한창 열정적으로 전화에 대고 스파크를 일으키는 장바이리를 바라본 후, 느릿느릿 겨울 스웨터를 벗고 외투를 걸치곤 문을 나섰다.

목적지 없이 발 가는 대로 걸었다. 가는 길 내내 고개를 들고 샛노랗게 물든 은행잎과 그 틈새로 쏟아져 내려오는 눈부신 오후 햇살에 시선을 고정한 채, 하늘을 향해 다섯 손가락을 쫙 펼쳐 햇살 조각이 눈을 찌르도록 내버려 두었다.

무료했다. 아이엘츠(IELTS) 단어집을 챙겨 오지 않은 게 약간 후회되었지만, 장바이리의 그 닭살 돋는 애교를 떠올리자 돌아가기 싫어졌다.

뤄즈가 건물 앞에 한 줄로 늘어선 자전거를 바라보며 멍하니 있는데, 문득 누군가의 시선이 느껴졌다.

낯선 여학생이 그녀를 향해 미소 짓고 있었다. 여학생은 연한 남색 금속테 안경을 썼는데 눈 사이가 약간 멀었으며, 하얗게 바랜 청바지와 연보라색 긴팔 티셔츠를 입고 있었다. 바지는 사이즈가 맞지 않아서 허벅지 부분이 꽉 끼어 보였다.

뤄즈는 불현듯 그 여학생이 고등학교 동창이라는 기억이 났다. 이름이 정원루이였던 것 같았다.

"왜 그렇게 멍하니 있어?" 정원루이가 물었다.

"아니, 그냥 생각 좀 하느라……, 앞으로 내가 뭘 해야 하는지." 상대방의 친밀한 말투에 뤄즈는 약간 적응하기 어려웠다.

"밥 먹었어?"

"지금은 너무 이르지 않아? 기숙사 가서 정리 좀 한 다음에 먹으려고."

"그럼 같이 먹자."

뤄즈는 의아하여 눈썹을 치켜올리며 무의식적으로 고개를 끄덕였다. "그래."

뤄즈는 정원루이를 잘 몰랐지만, 그해에 전화고를 졸업한 학생이라면 누구나 반팔 티셔츠와 칠부바지 차림에 샌들을 신고 중간 체조를 하던 3학년 3반 여학생을 기억할 것이다. 그 추운 3월에 말이다. 모두가 목 디스크라도 걸린 것처럼 고개를 돌려 그 여학생을 바라봤었다.

뤄즈는 그 여학생이 공부를 아주 잘했고, 지금은 P대 컴퓨터공학과에 다닌다는 것만 알고 있었다. 당시 정원루이의 똘끼 있는 행동에 대해 뤄즈는 우등생의 괴벽이겠거니 하고 이해했다. 누군들 괴벽이 없겠는가? 자신에게도 한 무더기 있었다.

하지만 정원루이와 뤄즈는 이제껏 말 한마디 나눠보지 않은 사이였기에, 이번 초대는 특히나 괴이하게 느껴졌다.

정원루이는 고깃집 구석에 앉자마자 가볍게 물었다. "술 좀 마시고 싶은데, 괜찮지?"

알고 보니 같이 술 마셔줄 사람을 아무나 한 명 잡아 온 거였다. 그렇게 생각하니 뤄즈는 마음이 훨씬 편안해졌다.

식탁 위에 고기와 맥주가 차려졌다. 두 사람은 침묵 속에서 식사를 하기 시작했다. 정원루이는 맥주를 한 잔, 또 한 잔 마시다가 가끔 고개를 들어 뤄즈를 향해 어색하게 웃어 보였다.

이상하리만치 조용한 분위기는 정원루이가 술을 많이 마셨을 때까지 지속되었다.

"난 예전엔 아주 평범했어."

이 식사 자리처럼 밑도 끝도 없는 서두였다. 멍하니 있던 뤄즈는 얼른 정신을 차리고 고개를 끄덕이며 듣고 있다는 표시를 했다.

"그 애에게 다가가려고 난 열심히 공부해서 반 5등 안에 들었지."

뤄즈는 입을 벌렸지만 무슨 말을 해야 할지 떠오르지 않았다. ……너 정말 대단하다? 아니면, 그 애가 누군데?

"그런데 소용없더라. 그래서 난 아주 고약한 행동을 해서 자신에게 벌을 주었지."

정원루이는 말을 마치고 고개를 들어 약간 붉게 충혈된 눈동자로 뤄즈를 집요하게 바라보았다.

뤄즈는 당황스러웠다. 남의 시시콜콜한 스캔들을 듣기엔 상황도 좋지 않고 흥미도 없었다. 이런 뜬금없는 식사 자리에 대해 남은 건 후회뿐이었다.

"예를 들면…… 예를 들면 어떤 고약한 행동을?" 뤄즈는 그래도 마지못해 질문을 던졌다.

정원루이는 대답 대신 한쪽 입꼬리를 올리며 냉소를 지었다.

살짝 난처해진 뤼즈가 부연 설명을 했다. "내 말은, 어째서 그런 행동을 한 건데?"

"그 애 마음속 내 이미지를 망쳐버리려고." 정원루이가 대답했다.

뤼즈는 그 대답에 이끌려 잠시 멈칫했다가, 이어 고개를 숙이고 식어버린 삼겹살에 응고된 하얀 기름 덩어리를 바라보았다.

뤼즈가 떠올린 건 자신이었다. 성화이난의 마음속에 자신이 어떤 이미지일지 어찌 궁금하지 않겠는가? 홍차 페트병을 동시에 집었을 때는 아무런 인상도 없었고, 처음 같이 커피를 마셨을 때는 마음이 딴 곳에 가 있었는데, 자신의 이미지는 대체 어떨까? 그 이미지도 혹시 커피숍에서 가식적으로 굴고 화를 내는 바람에 모조리 망가진 건 아닐까?

뤼즈가 한숨을 내쉬었다.

"아무리 성적이 올라도 그 애에게 다가갈 방법이 없다면, 차라리 접근 가능한 길을 모조리 없애자, 그럼 깔끔하게 단념할 수 있겠지……, 난 아마도 그렇게 생각했나 봐." 정원루이는 딸꾹질을 하며 헤헤 웃더니, 컵에 남은 술을 단숨에 들이켜곤 덧붙였다.

뤼즈는 그 말에 웃었다. 상당히 특이한 발상이었다.

"하지만 그래도 단념할 수가 없더라. 이렇게까지 됐는데도 여전히 마음을 접을 수가 없더라고."

그게 어찌 그리 쉽겠는가. 뤼즈는 아무 말 없이 계속 고개를 숙인 채 미소 지었다.

"내가 그 애를 왜 좋아했는지 알고 싶어?"

뤼즈는 움찔해서 고개를 들었다.

"그 애는 완벽했거든. 우리 집은 그 애 집과 길 하나를 사이에 두고 있었어. 그 애는 매일 단정히 앉아서 책을 보거나 문제를 풀었고, 수업 시간에 몰래 휴대용 게임기로 게임을 하면서도 선생님이 질문하면 뭐든 척척 대답했지. 걸어갈 때면 바람을 타고 상쾌한 섬유유연제 향이 났고, 농구 하고 와서 땀을 뻘뻘 흘릴 때도 고약한 냄새가 나지 않았어. 내가 용기를 내서 티슈를 건네니까 그 애는 아주 듣기 좋은 목소리로 '고마워'라고 말해줬지. 그리고 웃을 때면 눈이 보기 좋게 휘어졌고……."

"난 딱히 꿈이 없었어. 집안의 모든 기대는 남동생 몫이었고, 내가 이렇게 좋은 대학에 합격했는데도 엄마 아빠는 의외의 좋은 소식이라고만 여길 뿐이었어. 우리 집 식구들은 다 아주 평범해. 저녁 식사를 하면서 계란값이 오른 것 가지고도 말다툼을 하는데, 난 그런 식구들이 창피해서 멀리 숨어버리고 싶어. 하지만 그 애는, 그 애는 내가 만나본 사람 중에 가장 좋은 사람이야. 내가 예전에 만나본 사람들과는 달라."

"그래, 나도 내가 예쁘지 않다는 걸 알아. 난 그 애와 안 어울려. 하지만 신은 원래부터 불공평하잖아. 설마 내가 알아서 마음을 접어야 하는 거야? 내가 왜 그 애보다 못한 사람들을 좋아해야 하는데? 그 애보다 못한 사람이 나와 더 어울려서? 내가 왜 단념해야 하는데? 왜 뒤로 물러나서 차선을 택해야 하는데?!"

정원루이는 말할수록 감정이 북받치는지 눈물을 비처럼 쏟으며, 마치 눈싸움이라도 하듯 앞에 놓인 고기 접시를 뚫어져라 바라보았다. 잔뜩 힘이 들어간 몸이 미세하게 떨리고 있었다. 뤄즈는 처음에는 정원루이의 느닷없는 감정 호소가 마치 쇼 같아서 웃음을 꾹 참고 있었다. 그런데 여기까지 듣고 나니 자신도 모르게 탄식이 나왔다.

그래, 왜 단념해야 하지? 신은 이렇게 사람을 괴롭힌다. 일단 불순한 의도를 품고 좋은 것을 보여준 후, 우리가 그것을 간절히 탐하며 다른 모든 것을 무시할 때 다시 그것을 거둬들이며 "꿈 깨, 이건 너랑 아무 상관도 없어"라고 말하는 것이다.

그렇기에 우리는 단념하지 않는다.

신은 대놓고 불공평해도, 인간에게는 고집을 부릴 권리가 있으니까.

뤄즈는 생각할수록 씁쓸해졌다.

하물며 뤄즈는 이미 알고 있었다. 처음부터 끝까지 이름은 언급되지 않았지만, 정원루이가 말하는 '그 애'는 바로 성화이난이라는 것을.

정원루이는 성화이난을 사랑했지만 그는 그녀를 사랑하지 않았다. 그건 아주 따분하고도 도무지 잠잠해지지 않는 화젯거리였다. 정원루이는 고등학교 1학년 때부터 성화이난을 좋아했고, 고백했고, 차였다. 그리고 성화이난에게 여자 친구가 생기자 단념하기로 맹세했다. 대학생이 되자 그는 여자 친구와 헤어졌고, 그녀는 용기를 내서 다시 한 번 고백했다가 또다시

'아주 온화한 미소'로 거절당하고 말았다.

뤄즈가 한 일은 바로 적절한 시기에 미소를 짓거나 한숨을 내쉬고, 고개를 젓거나 끄덕이면서 아주 관심 있다는 눈빛으로 조용히 바라보는 거였다.

정원루이는 짝사랑이 너무 괴롭다고 말했다. 그에게 여자 친구가 생겼다는 소식을 듣고는 꽃샘추위에 전교생 앞에서 얇은 옷을 입고 중간 체조를 하며 자진하여 놀림거리가 되었고, 그렇게 자학하면서 자신은 그런 벌을 받아 마땅하다고 생각했다.

그건 그녀가 고등학교 때 마지막으로 저지른 바보 같은 일이었다.

하지만 이번 생의 마지막은 아니었다.

정원루이가 말했다. 다 잊었다고 생각하고 마음을 내려놓았는데, 대학생이 되어서도 자신도 모르게 그의 전 여자 친구의 특징을 진지하게 연구하게 되었다고. 그 결과, 자신을 활발한 왈가닥 여학생으로 만들어갔다고.

뤄즈는 어처구니가 없었지만 마음속에서는 상냥한 감정이 솟아올랐다. 이 이상한 여자아이는 다른 사람에게 호감을 얻는 방법을 모르는 듯했다. 그러나 뤄즈는 그녀의 어리석은 수법을 비웃고 싶지 않았다.

여학생들은 종종 친한 친구들끼리 모여서 어떻게 하면 그 남학생과 엮일 수 있을까, 어떻게 하면 그 남학생의 마음을 사로잡을 수 있을까 이러쿵저러쿵 쑥덕거리곤 하지만, 뤄즈는 정원루이처럼 고군분투하는 바보 같은 여학생이 더 마음에 들었다.

아무도 응원하지 않을지라도 홀로 용감하게 이루고 말겠다는 마음가짐이 바로 이런 것 아닐까.

물론 인정해야만 했다. 비극적인 영웅을 좋아하는 것에는 남의 불행을 기뻐하는 어두운 심리가 없지 않은 법이었다.

정원루이는 완전히 취해서 더 이상 쉬쉬하며 얼버무리거나, "사실 이젠 정신 차렸어. 지금 난 그 애를 그렇게까지 신경 쓰지 않아" 같은 체면 만회용 대사를 치는 대신, 테이블 위에 엎드려 조그맣게 훌쩍거렸다. 뤄즈는 마침내 긴 한숨을 토해내며 시선을 오른쪽 유리창으로 옮겼다. 편안하면서도 냉담한 표정이었다. 베이징의 가을밤은 약간 스산했다. 고깃집 안팎의 온도차 때문에 유리에 미세한 수증기가 맺혔다.

뤄즈는 시험 삼아 술 한 병을 들고 단번에 들이켰다.

모두가 사랑받지 못한 사람들이었다. 뤄즈는 그렇게까지 용감하지 못했기에 술을 마시며 경의를 표할 수밖에 없었다.

세상에는 그런 사람들이 있다. 아주 평범한 보통 사람에게는 존재만으로도 아이러니가 되는.

예를 들면 성화이난처럼.

"참, 너랑 그 애 전 여자 친구랑 같은 반이었지?"

뤄즈는 맞은편 사람이 깊은 잠에 빠진 줄로만 알았다가 깜짝 놀랐다.

"응."

"친해?"

"아니."

"그럼 지금도 연락해?"

"아니."

정원루이는 별안간 껄껄 웃기 시작했다. "거짓말쟁이."

제7장

내가 가장 보고 싶은 것

뤄즈는 재빨리 그녀를 흘겨보며 입을 꾹 다물었다. 눈빛이 서서히 차갑게 식었다. 맞은편 정원루이는 여전히 한쪽 뺨을 테이블에 딱 붙인 자세로 계속해서 껄껄 웃어댔다.

"거짓말쟁이." 그녀가 또 말했다.

뤄즈는 몸을 돌려 계산을 해달라고 사장님을 불렀다. 정원루이가 별안간 큰 소리로 말했다. "걘 안 어울려! 거짓말쟁이라고!"

허공에서 사장님을 부르던 뤄즈의 손이 움찔했다. 걔?

어쨌거나 나는 아니었네, 하고 뤄즈는 살짝 안도했지만, 정원루이가 계속 소란을 피워서 다른 손님들의 눈총을 받게 될까 봐 어쩔 수 없이 큰 소리로 계산해달라고 외쳤다. 그런데 하필이면 그 시점에 손님이 너무 북적여서 아무도 그녀의 부름에 응하지 않았다.

"다 가식이라고, 다 꾸며낸 거야!"

"소리치지 마." 뤄즈가 미간을 찌푸렸다.

"걔가 돌아오려고 하잖아. 걘 후회하는 거야. 어제야 비로소 알았어. 걘 후회하고 있다고." 정원루이가 하염없이 눈물을 뚝 뚝 흘렸다. 뤄즈는 문득 그녀가 술에 취한 이유를 알 수 있었다. '걔'가 돌아왔기 때문이었다. 그래서 정원루이 앞에 펼쳐져 있던 원래부터 아득했던 희망이 절망으로 바뀌었던 것이다. 뤄즈는 정원루이에게 말해주고 싶었다. '걔'가 돌아오든 말든, 네가 좋아하는 사람이 널 이미 거절했으니 애초부터 상관없는 일이라고 말이다. 하지만 결국엔 꾹 참았다. 방금 정원루이가 남들은 항상 자기한테 일찌감치 포기하라고 충고하는데, 자신은 어째서 계속 총부리를 들이받느냐며 한참을 울며불며 하소연하지 않았는가?

뤄즈의 침묵에 정원루이는 끝까지 대답을 듣고 싶었는지, 빨갛게 충혈된 눈동자로 뤄즈를 바라보며 물었다. "네 생각은 어때?"

"나한테 무슨 생각이 있겠어? 어떻게?"

"난 안 믿어. 거짓말쟁이."

뤄즈는 결국 인정하고야 말았다. 오늘 정원루이와 밥을 먹기로 한 건 아주 어리석기 짝이 없는 결정이었다고.

"말해, 얼른 대답하라고. 너한테 아무 생각이 없을 리 없어. 넌 걜 안 좋아한다는 거야? 그렇게나 괜찮은 사람을?"

"괜찮은 사람이면 내가 꼭 좋아해야 해?"

"걔 안 좋아해?"

정원루이는 똑같은 질문을 집요하게 반복할 뿐이었다.

뤄즈는 머리가 살짝 어지러웠다. 이렇게 오랜 시간을 지나오면서, 마침내 누군가 그녀에게 성화이난을 좋아하는 거 아니냐고 확실하게 질문을 던진 것이다. 하지만 질문을 던진 사람은 술에 취한 편집증 환자였고, 장소는 하필이면 시끌벅적하고 기름 연기 자욱한 고깃집이었으니 참으로 살풍경하지 않을 수 없었다.

뤄즈가 그 질문에 대답할 리 없었다. "걔가 누군데?"라고 모른 척 딱 잡아떼는 말이 금방이라도 입 밖으로 튀어나오려고 했다.

어쨌거나 정원루이도 이제까지 짝사랑 상대가 누군지 딱히 명확하게 밝히지 않았으니, 아예 질문을 정면으로 받아친 다음 재빨리 후퇴하는 것이 나았다.

그러나 뤄즈는 그 말을 잽싸게 목구멍 뒤로 꿀꺽 삼켰다.

방금, 정원루이는 그녀에게 그의 예전 여자 친구와 같은 반이었냐고 물었고, 뤄즈는 조금의 망설임도 없이 그렇다고 대답했다. 즉, 자신이 정원루이의 설명을 통해 남자 주인공의 신분을 추측했다는 걸 인정한 셈이었다. 지금 다시 모른 척하는 건 아무래도 불가능했다.

실책이었다.

뤄즈는 정신을 차리고 맞은편에서 붉게 충혈된 눈으로 대답을 기다리는 여학생을 진지하게 바라보았다. 순간 등줄기가 오싹해졌다.

앤 정말로 취한 걸까?

"너, 걔 좋아하지?" 정원루이가 끈질기게 물고 늘어졌다.

이 위기일발의 순간에 뤄즈의 휴대폰이 울렸다. 그녀는 화면
도 보지 않고 바로 전화를 받았다. 장바이리였다. 열쇠를 깜빡
두고 나왔는데 경비실에 아무도 없어서 예비 열쇠를 빌릴 수도
없다며, 최대한 빨리 기숙사로 와달라는 거였다.

뤄즈는 이 기회를 놓치지 않고 이런저런 말을 한참 늘어놓으
며 시간을 끌다가 전화를 끊었다. 맞은편 사람은 다시 테이블
위에 엎어져 있었다. 아까 그 질문은 이렇게 끝나고 말았다.

계산을 할 때까지도 정원루이는 깨어나지 않았다. 뤄즈는 계
산을 마치고 정원루이를 깨워 거의 질질 끌다시피 하며 식당을
나섰다. 정원루이는 뤄즈에게 기댄 채, 술 냄새를 풀풀 풍기며
계속해서 뭐라고 구시렁거렸다. 몸이 꽤나 무거웠다. 뤄즈는
비틀거리며 힘겹게 발걸음을 옮겼다. 자신이 재수가 없어도 너
무 없다는 생각이 들었다.

"너 혼자 올라갈 수 있지?" 뤄즈는 컴공과 여학생 기숙사가
자신의 기숙사와 나란히 있다는 것을 기억하곤 정원루이를 기
숙사 입구까지 직접 데려다주었다.

"응." 정원루이는 또다시 깔깔 웃기 시작했다. 1시간 전에는
그 웃음소리가 암탉 같았는데, 지금은 마녀처럼 들렸다.

"그럼 얼른 올라가. 안녕."

"뤄즈……." 정원루이가 출입문에 기대어 반쯤 감긴 눈으로 그녀를 불렀다.

"왜?"

"난 걔가 또다시 목적을 달성하도록 그냥 두진 않을 거야. 걔뿐만 아니라, 그 누구도 성공 못 할 거야."

뤄즈는 아무 말 하지 않고 표정에 너무 싫은 티가 나지 않도록 자제했다.

"내가 비열하고 뻔뻔하다고 생각하는 거 알아. 헤헤, 어쨌거나 다들 거짓말쟁이잖아. 누가 더 고상한 것도 아니고. 하지만 내가 사랑을 쟁취하기 위해 그 두 사람을 방해하는 거라고 생각한다면, 하하하, 틀렸어. 걔가 날 좋아하지 않을 거라는 거 알아. 이 세상에 여자가 나 하나만 남는다 해도 걘 차라리 게이가 될지언정 날 좋아하진 않을걸." 정원루이는 웃음을 터뜨렸다. 눈동자가 순간 밝게 빛나다가 순식간에 어두워졌다. "그렇지만 내가 바라는 건, 걔가 날 좋아하게 되는 게 아니라……."

정원루이는 카드를 찍고 문을 열었다.

"내가 가장 보고 싶은 건, 걔가 아무도 좋아하지 않게 되는 거야."

뤄즈의 눈앞에서 철컹 하고 문이 닫혔다. 뤄즈는 정원루이가 비틀비틀 휘청거리며 기숙사 로비 모퉁이를 돌아 들어가는 것을 눈으로 배웅했다.

그렇게나 무시무시한 소원이라니.

질투하는 사람 눈에 행복은 얻는 게 아니라 다른 사람이 얻지 못하는 것에 있었다.

뤼즈는 묵묵히 한참을 서 있다가 몸을 돌려 자리를 떠났다.

제8장

약수삼천, 마음대로 쏟아라

복수전공 수업은 대부분 매주 토요일과 일요일 오전에 있었는데, 뤄즈는 금요일 밤늦게까지 미드를 보느라 늦잠을 자고 말았다. 뤄즈는 숨을 헐떡이며 강의동까지 종종거리며 달려갔다. 가방이 엉덩이 뒤에서 달랑거려 마치 채찍질을 당하면서도 속도를 못 내는 늙은 말이 된 기분이었다.

뤄즈는 슬그머니 뒷문으로 들어가 혹시라도 소리가 날까 봐 조심스럽게 문을 닫았다.

다행히 계단식 대형 강의실이었다. 요즘 교수님들은 학생들이 늦게 오고 일찍 나가는 것에 익숙한지, 출석도 좀 늦게 불러서 학생들이 문자를 보내 친구를 불러올 만한 충분한 시간을 벌어주었다. 하지만 뤄즈는 여전히 지각할 때마다 민망했다.

뤄즈는 맨 뒷줄 접이식 의자를 조용히 펼쳐 앉았는데, 고개를 들자마자 성화이난이 보였다. 그는 바로 앞자리에 앉아 있었다.

다른 생각을 할 새도 없이, 서서히 퍼지는 싱그러운 아리엘 세탁 세제 향기를 맡을 수 있었다. 뤼즈는 저도 모르게 웃음이 나왔다.

고등학교 때, 성화이난 곁을 스쳤을 때 이런 향기가 났었다. 그 후 까르푸 세제 진열대 앞에서 브랜드 제품마다 향기별로 집어 들고 킁킁거리며 똑같은 향기를 찾으려 했었다. 예민한 경찰견이라도 된 것처럼 말이다.

그 뒤로 그녀는 이 향기의 세제로만 옷을 세탁했다. 하지만 사람은 자신의 옷에서 나는 향기를 맡지 못하는 법이다. 향기의 발원지는 오직 하나였고, 우연한 만남을 통해서만 퍼졌다. 혼자 아무리 세제에 옷을 담가봤자 의미가 없었다.

예를 들면 지금처럼.

뤼즈는 바위처럼 굳어서 그의 살짝 숙인 뒤통수를 뚫어져라 바라보았다. 이야기는 아직 끝나지 않았던 것이다. 단순한 기쁨이 마음속에서 끓어올랐다.

누구나 하늘이 자기 편이기를 바란다. 뤼즈도 마찬가지였다. 고등학교 때부터 모든 우연에 특별한 의미를 붙여왔다.

그런데 하늘이 느닷없이 선사한 이번 행운은 마치 〈운명 교향곡〉에서 심벌즈가 쾅 하고 울리는 것처럼 모든 것의 시작을 예고하는 듯했다.

지금 뤼즈는 또다시 그와 마주쳤다. 앞으로 이 수업에서 더 자주 마주치게 될 것이다.

법학 개론 수업이 불현듯 지극히 의미 있게 느껴졌다.

성화이난 옆에 앉은 사람은 저번에 커피숍 입구에서 줄행랑을 쳤던 그 남학생 같았다. 옆모습이 깔끔하고 입체적이며 피부는 까무잡잡하고, 웃는 표정이 아주 따스해 보였다.

"젠장, 교재가 뭐 이렇게 두꺼워? 어제 서점에서 사 올 때부터 느낌이 쌔하더라니, 기말고사는 또 책 없이 보래! 피를 한 바가지 토할 정도로 외워야 한다는 거잖아!" 남학생이 떠들어댔지만 시끌벅적한 교실 안에서는 잘 들리지 않았다.

성화이난은 아무 말 없었다.

그 남학생은 또다시 뭐라고 투덜대다가, 갑자기 손을 뻗어 성화이난의 목을 조르며 말했다. "야, 이 새끼야, 그만 놀아! 이건 또 뭔데?"

성화이난의 목소리는 아주 듣기 좋았다. 여학생과 말할 때보다는 좀 더 편안하고 거친 말투였다.

"〈역전재판 4〉, 고등학교 때 3까지밖에 못 해봤거든. 추억도 회상할 겸."

"추억은 무슨, 이 자식, 너 내 말 안 듣고 있었지!" 남학생은 계속해서 성화이난의 목을 쥐고 이리저리 흔들다가 팔꿈치로 뤼즈의 컵을 쳐서 엎고 말았다. 다행히 책상 위에는 책 대신 방금 가방에서 꺼낸 연습지 몇 장만 놓여 있었다. 그러나 뤼즈의 상황은 좋지 않았다. 교실에 들어오기 직전 뜨거운 물에 타놓은 커피가 온몸에 튀어버린 것이다.

옷이 더러워지는 건 상관없었지만, 문제는 너무 뜨거웠다.

뤄즈는 헉 하고 숨을 들이마셨다. 옆에 앉아 있던 여학생이 비명을 질렀고, 주변 학생들의 시선이 뤄즈에게로 쏠렸다.

그 남학생은 무척이나 놀랐는지 '미안해'라는 말도 꺼내지 못하고 그저 입을 딱 벌린 채 뤄즈를 뚫어져라 바라보고만 있었다. 뤄즈가 허둥지둥 가방을 뒤지고 있을 때, 갑자기 앞줄에서 손 하나가 불쑥 나오더니 티슈 한 뭉치를 건넸다.

고개를 들어보니 성화이난이었다. 그가 한숨을 쉬며 말했다. "미안."

뤄즈는 관대하게 웃으며 티슈를 받고 고맙다고 인사한 후, 옷을 닦으면서 한편으로는 책상 위에 생긴 '웅덩이'를 종이에 흡수시켰다.

뒤처리가 대강 마무리되었다. 뤄즈는 휴지 조각이 잔뜩 달라붙은 하늘색 셔츠를 이러지도 저러지도 못한 채 내려다보았다. 세계지도처럼 얼룩덜룩했다. 뤄즈는 고개를 들어 돌처럼 굳어버린 남학생을 향해 손가락 하나를 흔들어 보였다. "정신 차릴 때도 됐을 텐데. 겁먹을 거 없어. 너한테 옷값 물어내라고 울며 불며 매달리지 않을 테니까."

그 남학생은 마침내 정신을 차리고 허둥지둥 말했다. "미, 미안해."

저번에 뤄즈가 남겨준 트라우마에서 아직까지도 벗어나지 못했는지, 이번에는 말을 더듬을 정도로 겁에 질려 있었다.

뤄즈는 하는 수 없이 연신 손을 내저으며 말했다. "괜찮아,

괜찮아. 진짜야."

성화이난이 얼굴을 찌푸리며 복잡한 표정을 짓다가, 한참 후에야 천천히 입을 열었다. "안 아파? 굉장히 뜨거웠을 텐데."

"아, 그냥 살짝." 그녀는 미소를 유지했다. "괜찮아, 난 가죽이 두껍거든. 수업 들어."

뤼즈는 다시 자리에 앉아 아랫배와 허벅지를 살살 어루만져 보았다. 사실 살짝 아프긴 했다. 하지만 그 사실을 알아차렸을 땐, 옆에 있던 학생이 그녀 대신 이미 비명을 지른 후였다.

나쁘진 않았다. 그에게 어떻게 인사를 해야 할지 고민할 필요가 없어졌으니까.

강단 위 나이 지긋한 교수님은 여전히 법학 개론의 커리큘럼 구성과 학습 필요성에 대해 시시콜콜 설명 중이었다. 하지만 모든 말이 왼쪽 귀로 들어와 오른쪽으로 나가는 바람에 아무 의미도 없게 되었다.

뤼즈는 멍하니 칠판 위쪽 프로젝터 화면을 주시했다. 입가에 찬찬히 미소가 떠올랐다. 교활하면서도 상냥한 미소, 얼굴마저도 달콤하게 물들었다.

곁눈질로 누군가의 시선이 느껴졌다. 알고 보니 성화이난이 한 손으로 턱을 받치고 눈썹을 찌푸린 채 책상에 비스듬히 기대어 그녀를 살펴보고 있었다.

민망해진 뤼즈가 고개를 갸웃거리며 왜 그러냐고 물으려고 할 때, 성화이난은 쑥스러운 듯 웃더니 다시 고개를 돌렸다.

장밍루이가 성화이난의 얼빠진 모습을 보고 똑같이 뒤를 돌아보았다.

"야, 정신 차려!" 장밍루이가 성화이난 귓가에 대고 말했다.

성화이난은 나른하게 그를 흘겨보고는 고개를 숙이고 교재를 펼쳐 목차를 훑어보았다.

"반했냐? 내가 보기엔 괜찮은데. 외관이며 내부 사양 다 갖췄겠다, 다가가기도 쉽잖아. 가성비도 분명 좋을 거야."

"꺼져. 요 며칠 광고를 많이 봤나 보다? 이게 무슨 컴퓨터 조립인 줄 아냐?" 성화이난은 가식적으로 씨익 웃었다.

"아닌 척하지 마. 그게 아니면 방금 뭘 보고 있었는데?"

성화이난은 머뭇거리며 아무 말도 하지 않았다.

뤼즈는 성화이난이 왜 말을 하려다 말았는지 곧 이유를 알수 있었다.

교수님이 10분 휴식을 선언하자마자, 그는 다시 몸을 돌려 뤼즈에게 물었다. "너 정말 안 아파?"

뤼즈는 어이가 없어서 웃었다. "어째 내가 아프다고 외치기를 바라는 것 같다?"

정작 이 사달을 일으킨 장본인은 남의 일 구경하듯 히죽거리며 말했다. "미녀 아가씨, 상대해주지 마. 얜 뜨거운 물에 콤플렉스가 있거든. 내 기억이 틀림없다면, 얘가 첫사랑이었던 여자 친구를 알게 된 계기가 바로 그 여자애한테 뜨거운 물을 쏟아서였대. 걔는 뜨거워서 잔뜩 찡그린 얼굴로 얘한테 엄청 욕을 퍼부었다나. 우리 도련님이 마침 또 마조히스트잖아. 약수삼천* 중에 한 바가지만 쏟기를 기다린 거지."

성화이난은 커피숍에서처럼 눈에 띄게 반응하지는 않았다. 지난 일을 들먹이는 데 익숙한 듯, 상대방이 자신의 과거를 폭로할 줄 미리 예상한 듯 가볍게 웃으며 부정하지도 화를 내지도 않았다.

얼떨떨해진 뤼즈가 바로 그 남학생을 바라보며 말했다. "나한테 무슨 암시라도 주고 싶은 거야? 니가 나한테 뜨거운 물을 쏟았으니까 나도 너한테 심한 욕을 퍼부어야 하는 건가? 어쩌면 우리 사이에 인연이 있을 수도 있잖아?!"

궁지에 몰린 남학생은 얼굴이 온통 새빨갛게 달아올랐고, 성화이난은 웃느라 책상 위에 엎드려 일어나지도 못했다.

"너 정말 쟤한테 반한 거 아냐?" 영감님의 수업이 계속되는 와중에 장밍루이는 아무렇지도 않은 척, 그러나 웃음기 없이 성화이난에게 물었다.

"그건 왜 자꾸 물어보는데?" 성화이난은 고개를 숙이고 필기에 열중했다.

....

* 弱水三千, 엄청나게 많은 물. 『홍루몽』에 '약수삼천 중에서 한 바가지의 물만 취하겠다'는 구절이 나온다. 많은 여인들 중에 오직 그 여인만 바란다는 일편단심의 의미.

장밍루이의 펜 끝이 멈추었다. 그는 고개를 들어 강단을 슬쩍 보고는 펜 뚜껑을 닫고 가볍게 물었다. "너네 고등학교 동창이지? 이름은 뭐야?"

성화이난이 잽싸게 그에게로 시선을 돌렸다.

"나한테 사양이랑 모델명, 예상 가격을 알려달라는 거야?" 그는 히죽거리며 얼굴이 새빨개진 장밍루이를 바라보았다.

장밍루이의 얼굴이 붉어진 걸 알아챈 사람은 거의 없었다. 그의 피부가 너무 까무잡잡하기 때문이었다.

"경제학부 국제무역학과 뤄즈. 뤄양고성(洛陽古城)의 뤄, 즈는, 어…… '귤나무를 북쪽에 심으면 탱자가 된다(橘生淮北則爲枳, 중국어 발음으로는 '쥐성화이베이쩌웨이즈')'라고 할 때의 '즈'……일 거야." 성화이난은 굳이 뤄즈의 이름까지 해석해준 후, 어색하게 잠시 멈추었다가 말을 이었다. "게다가 우리 고등학교 여신이었어. 최소한 종합 랭킹에까지 오른 여신이었지. 공부 잘하지, 외모 되지, 성격 좋지. 아직 솔로라니까 실현 가능성 면에선 너도 희망이 있어."

장밍루이는 억지로 웃어 보이곤 대꾸하지 않았다.

"야, 왜 아무 말이 없어? 지금 머릿속으로 계획 세우는 거지?" 성화이난이 웃으며 말했다.

장밍루이는 대답하지 않았다. 성화이난이 자기 앞에서 이렇게 수다스럽게 굴면서 끊임없이 농담을 늘어놓는 건 처음이었다. 하지만 어찌 되었든 그는 억지로 웃어 보일 수밖에 없었다.

성화이난도 입을 다물었고, 두 사람은 조용히 필기를 했다.

장밍루이는 그렇게까지 둔하거나 덤벙거리는 사람은 아니었다. 그는 그들이 침묵하는 사이에 뭔가가 천천히 꺼지는 소리를 똑똑히 들었다.

수업이 끝나고, 뤄즈는 가방을 정리하다가 아까 물을 쏟은 남학생이 맞은편에서 자신을 바라보는 걸 발견했다.

"내가 아이스크림 살게. 사죄의 의미로."

뤄즈는 깜짝 놀랐다. 성화이난의 얼굴에도 똑같이 의외라는 표정이 떠올랐지만, 그건 아주 잠깐일 뿐이었다. 그는 가방을 한쪽 어깨에 둘러메고 그녀를 향해 눈을 찡긋하더니, 웃으면서 장밍루이의 귓가에 크지도 작지도 않은 목소리로 말했다. "친구 쪽팔리게 하지 마라." 그러고는 재빨리 자리를 떠났다.

"난 장밍루이야." 남학생의 두 뺨은 여전히 발그레했다. 그는 까무잡잡하고 이목구비가 시원시원해서 상당히 호감형이었다.

몇 초가 흐르고 나서야 상황을 이해한 뤄즈는 한숨을 내쉬었다. "이 옷이랑 커피 때문이라면 사죄할 필요 없어. 난 괜찮으니까. 만약 정말로 뜨거운 물을 쏟은 인연 때문이라면……."

장밍루이의 얼굴이 더욱 붉어졌다.

"그럼 더더욱 그럴 필요 없고." 뤄즈가 장난스러운 말투로 말했다. "성화이난이랑 고등학교 때 서로 아는 사이는 아니었지만 소문은 들어서 알아. 걔와 그 여자애의 시작은 아주 흥미로웠지. 뻔하지도 않았고. 하지만 결국엔 헤어지는 걸로 끝났

잖아. 똑같은 상황으로 시작하는 건 불길해. 우리는 그냥 그만
두는 게 좋겠어."

농담은 농담이었지만 거리감은 두었다. 뤄즈는 그가 알아들
으리라 믿었다.

"하하, 아냐, 괜찮아. 오해하지 마." 장밍루이는 상당히 민망
해했다. 뤄즈는 살짝 마음이 약해졌지만, 일이 엉뚱하게 진행
되기 전에 처음부터 확실히 말해두는 편이 좋을 것 같았다.

게다가 성화이난이 중매쟁이 같은 모습으로 가버린 것에 약
간 짜증이 나기도 했다.

"너 그날 내가 봤던 애 맞지? 독설은 여전하네. 방금 성화이
난이 그러는데 네가 고등학교 때 여신이었다더라. 성적과 미모
를 겸비한. 역시, 역시 명불허전이네."

그건 성화이난이 장밍루이 앞에서 지어낸 말에 불과하다는
것을 뤄즈는 알고 있었다.

"속았네. 그건 내가 아냐."

장밍루이가 어리둥절해 반문했다. "엉?"

"진짜 여신은 성화이난에게 뜨거운 물을 뒤집어썼거든." 뤄
즈는 더 이상 말하고 싶지 않아 가방을 집어 들고 "안녕"이라고
말하며 뒷문으로 걸어갔다.

몇 걸음 걸었을까, 별안간 등 뒤에서 풀 죽은 목소리가 들려
왔다.

"뤄즈, 맞지?"

뤄즈가 뒤를 돌아보았다. "응, 성화이난이 알려줬어?"

"너 성화이난 좋아하지." 장밍루이는 뤄즈를 보지도 않고 책상에 시선을 고정한 채 말했다.

요즘 귀신이라도 씐 것일까. 어째서 보는 사람마다 성화이난을 좋아하는 거 아니냐고 묻는 건지. 그것도 전혀 모르는 낯선 사람이.

"선 안 넘는 게 좋을 거야." 뤄즈는 인정도 부인도 하지 않았다.

자신의 한마디에 장밍루이의 얼굴이 새빨갛게 달아오르자, 뤄즈는 누그러진 말투로 조용히 말했다. "오해하지 마. 잘생긴 사람이랑 대화하는 여학생 모두가 그와 친해지고 싶어 하는 건 아니니까."

비록 그녀는 분명 친해지고 싶지만 말이다.

"너도 분명 성화이난을 좋아할 거야." 장밍루이가 홀린 듯이 말했다.

"나도?" 뤄즈는 그 말을 듣고 어리둥절했지만, 그의 표정에서 뭔가를 은근히 포착하곤 웃음을 터뜨렸다. "장밍루이, 혹시 예전에 좋아하던 여학생이 성화이난을 좋아한 거 아냐?"

장밍루이의 표정이 미묘하게 변했다. 무슨 말을 할 것처럼 입을 벌렸지만 끝내 고개를 숙여 시선을 피했다.

뤄즈는 말문이 막혔다. 아닌 척 거짓말도 할 줄 모르다니, 무슨 말을 해야 할지 난감했다.

사람들이 다 나가고 두 사람만 교실에 멍하니 서 있었다. 뤄즈는 잠시 생각하다가 그에게 다가가 약간의 미안함을 담아 말했다. "아이스크림 사줄래? 아까 한 말은 다 잊어줘. 미안."

장밍루이는 정신을 차리고 즉시 바보같이 웃어 보였다. "그래."

뤄즈는 인정했다. 이렇게 쉽게 생각을 바꾸게 하다니, 확실히 무척 귀여운 사람이었다.

교문에서 멀지 않은 곳에 데어리 퀸과 하겐다즈가 나란히 있었다. 장밍루이가 입구에서 한참을 머뭇거리자, 뤄즈가 앞장서서 데어리 퀸으로 들어갔다.

"난 네가 그런 물질적인 사람이 아닐 줄 딱 알았어!" 장밍루이가 뒤에서 싱글벙글하며 외쳤다.

두 사람은 모두 '그린티 아몬드 블리자드'를 주문했다. 점원은 신참인 모양인지 블리자드를 주문한 손님에게 "컵을 뒤집어도 쏟아지지 않아요"라며 시범을 보일 때의 표정과 동작이 모두 조심스러웠다. 자신도 완전히 믿는 것 같지는 않아 보였다.

뤄즈는 먹음직스럽게 한 입 크게 베어 물었다.

"내 제안이 너무 갑작스러웠지, 미안해." 장밍루이가 말했다.

"그래도 이렇게 왔잖아." 뤄즈가 웃었다.

두 사람은 방금 들은 법학 개론 수업에 대해 이야기를 나누었다. 뤄즈가 잠깐 생각하다가 물었다. "왜 법학을 복수전공으로 선택한 거야? 생물 전공이면 수학 쪽을 선택하는 사람이 더 많지 않아?"

"우린 복수전공을 이수할 생각 없어. 중요한 건 GPA랑 GRE니까. 법학을 복수전공 신청하게 된 건, 어느 날 길을 가다가 홍보 게시판을 봤는데, 성화이난이 갑자기 문과생의 생활은 어떤지 알고 싶다며 날 끌고 가더니 같이 신청해버렸거든. 어차피 중도에 포기하더라도 선택과목 학점으로 전환하면 되니까 손해 보는 것도 아니고."

문과생의 생활을 알고 싶다고? 뤄즈가 웃으며 말했다. "아, 그랬구나."

두 사람은 대번에 할 말이 없어졌다. 잠깐의 침묵 후, 장밍루이가 천천히 입을 열었다. "네 추측이 맞아. 내가 좋아하던 여학생이 나한테 접근했던 이유가 성화이난 때문이었지 뭐야. 난 아무것도 모르고 좋아했어. 완전 바보 같았지."

"나한테 굳이 말해줄 필요는 없는데." 뤄즈가 부드럽게 웃으며 말했다.

"그냥 푸념이라고 생각해줘. 다른 사람한테는 말한 적 없어." 장밍루이의 표정은 살짝 난처해 보였다.

"그럼 왜 하필이면 나한테 말해주는 거야?"

"그게 중요해?"

뤄즈는 웃으며 더 이상 캐묻지 않고 작은 스푼으로 아이스크림을 힘껏 파냈다.

"그 일은 성화이난 탓이 아니니까. 그래서 다른 사람한테는 말하고 싶지 않았어. 걔가 난처해지는 건 싫었거든. 성화이난은 아주 단호하게 거절했고 여지조차 남겨주지 않았어. 게다가 그 여자애는 확실히…… 괜히 혼자 오버한 거였지." 장밍루이의 마지막 한마디에는 약간의 울컥함이 묻어 있었다. "그리고 확실히 날 이용하기도 했고. 성화이난이랑은 아무 상관없어."

그 말에 마음이 움직인 뤄즈는 그제야 장밍루이를 진지하게 바라보았다.

"장밍루이, 넌…… 참 괜찮은 사람인 것 같아."

"어?"

"성화이난에게 화풀이하지도 않고 여전히 좋은 친구로 지내 잖아. 그건 정말 쉽지 않은 일이야. 표면적으로는 성화이난에 게 아무런 책임이 없대도, 만약 다른 사람이었다면 아마 그 일 이후로 소원해졌을걸. 잘못이 있고 없고를 떠나서 체면상 그냥 넘길 수 있느냐 없느냐가 가장 중요할 테니까. 개랑 계속 친구 로 지내면서 그 일을 아무에게도 말하지 않았다니, 넌 정말 현 명하고 도량이 넓은 사람이야." 뤄즈는 진심으로 말했다.

"에이, 정말? 뭐가 그렇게 좋다고." 장밍루이는 어색하게 뒤 통수를 긁적였다.

"바로 이거 때문에라도." 뤄즈는 손에 들고 있던 블리자드를 가리켰다. "넌 정말 좋은 사람이야." 뤄즈가 달콤하게 웃었다.

"사실 난 네 말처럼 좋은 사람은 아냐." 장밍루이가 쑥쓸하 게 웃었다. "개 앞에서 널 불러냈잖아. 개랑 미리 상의도 없이. 어쩌면 두려웠나 봐."

뤄즈는 어안이 벙벙했다. 대체 왜 성화이난 앞에서 보란 듯 이 불러낸 건데? 하지만 그녀는 입을 꾹 다물었다.

"걜 쫓아다니는 여학생들이 꽤 많거든. 근데 아무에게도 응 해주지 않더라. 우리 기숙사 형제들은 개가 전 여자 친구를 아직 못 잊어서 그런 것 같다고 생각했어. 겉으로는 멀쩡하게 공부할 땐 공부하고, 게임할 땐 게임하고, 동아리나 학생회 활동도 활발하게 참여하지만, 그래도 내가 보기엔……." 장밍루이는 한참을 망설였다. 혹시라도 남 이야기를 한다고 질책할까봐 걱정하는 표정이 서려 있었다.

"괜찮아질 거야. 시간만 충분하다면 말이지. 우리 같은 제삼자는 걱정하지 않는 게 좋아." 뤄즈가 즉시 말을 끊었다.

장밍루이는 나랑은 상관없다는 듯한 뤄즈의 말투에 한참 동안 놀란 표정을 감추지 못했다.

"응, 그래야지." 그는 이마의 땀을 닦았다.

장밍루이는 뤄즈를 기숙사 문 앞까지 데려다주고 헤어지기 전 불쑥 한마디를 던졌다.

"미안해. 오늘 내가 생각 없는 말을 많이 했지."

뤄즈는 그저 웃기만 할 뿐 긍정도 부정도 하지 않았다.

"사실…… 마음에 두지 마. 난 너희 둘이 아주 잘 어울린다고 생각하니까." 장밍루이는 뤄즈를 떠보듯 바라보았다.

뤄즈는 눈을 깜빡거리며 웃었다. "이거 칭찬인 거지?"

장밍루이는 뤄즈의 말쑥한 뒷모습이 모퉁이를 돌아 사라지는 것을 멍하니 바라보며 생각했다. 난 왜 뤄즈에게 아이스크림을 사주었을까? 난 뭘 하려는 걸까?, 하고.

별안간 문자 메시지 하나가 도착했다. "승리 귀환을 미리 축하한다."

장밍루이는 좀 의외라고 느꼈다. 성화이난은 누구와도 사이가 좋았고, 기숙사에서 여학생에 관한 이야기를 할 때면 늘 재치 있는 말로 결론을 내곤 해서 다들 그의 통찰력에 감탄하곤 했다. 그러나 몇몇 룸메이트 친구들이 기숙사 여섯째의 연애 사업을 도와주자며 함께 출동할 때, 성화이난은 그저 나른하게 창가에 기대 감자칩만 우물거렸지 한 번도 끼지 않았다. 특히 그 난감했던 삼각관계 이후, 성화이난은 더더욱 남의 스캔들에 관심을 갖지 않았다.

그런데 오늘은 보기 드물게 열정적이었다.

장밍루이는 법학 개론 수업 때 뤼즈에 대한 성화이난의 가식적이고도 열정적인 소개와 계속해서 자신을 놀리며 잔소리를 늘어놓던 것을 떠올렸다. 저번 일을 교훈 삼아 이번에는 자신에게 뤼즈를 다급하게 밀어주고 딱 선을 그은 것일까, 아니면 다른 이유가 있는 걸까?

수업 시간에 두 사람이 다시금 침묵에 빠졌을 때, 장밍루이는 문득 성화이난이 말을 계속해줬으면 좋겠다는 생각이 들었었다.

이렇게 멈춰버리면 침묵이 모든 감정을 집어삼킬 것만 같았다.

우정도 끝나버릴 수 있을까?

제9장 　모두와 다를 바 없는 행인 A

　뤄즈는 느릿느릿 기숙사를 향해 걷다가, 거비가 커다란 장미꽃 한 다발을 들고 기숙사 입구에 서 있는 것을 보았다.

　마침 상대방도 뤄즈를 보았다. 뤄즈는 하는 수 없이 예의 있게 고개를 끄덕이며 인사를 건넸다.

　거비는 거침없이 그녀를 향해 웃어 보였다. "아가씨, 장바이리 지금 기숙사에 있어?"

　"자고 있어."

　"어쩐지 전화해도 안 받더라. 그럼 나 대신 꽃 좀 전해줘."

　뤄즈는 고개를 끄덕이며 손을 뻗어 거비가 전해준 꽃을 받았다. 그런데 그녀가 꽃다발을 꽉 잡았는데도 상대방은 손을 풀지 않았다.

　"걔가 제발 화 좀 풀었으면 좋겠다. 이렇게 기숙사까지 찾아가서 꽃다발 들고 서 있는 건 난생처음이라고. 내 성의를 계속 무시하면 나도 그만할 거야."

뤄즈는 손을 풀고 한 걸음 물러나 그 잘생긴 얼굴로부터 멀찍이 떨어져 말했다. "그럼 얼른 가서 내려오라고 할게."

그녀가 들어가려고 할 때, 거비가 뒤에서 조용히 말했다. "넌 정말 내가 본 여자애들 중에 가장 무미건조해."

뤄즈는 어이없어 하며 말없이 카드를 찍고 기숙사로 들어갔다.

"냉미녀와 그냥 얼음은 달라. 넌 단수가 딸리니까 좀 더 수련을 해야 밀당을 잘할 수 있어. 지금 이대로는 안 된다고."

뤄즈는 푸흡 하고 웃으며 고개도 돌리지 않고 말했다. "누가 너한테 작업 걸겠대?"

복도 모퉁이를 돌 때 뒤에서 나지막한 목소리가 들렸다. "쳇."

장바이리는 각양각색의 여학생들과 신경전을 벌이고 나면 늘 침대에 엎드려 통곡하곤 했는데, 방금 주변의 유혹을 득의양양해하던 거비의 모습과 강력하게 대비되어 뤄즈는 자기도 모르게 씁쓸함을 느꼈다.

뤄즈는 기숙사로 돌아가 장바이리를 흔들어 깨웠다. 그녀가 말을 마치기도 전에 장바이리는 이불을 젖히고 허둥지둥 이층 침대 계단을 뛰어 내려와 맨발로 너저분한 책상 앞에 서서 클렌징 폼을 찾기 시작했다.

"아, 맞다." 장바이리가 뤄즈의 책상 앞을 가리키며 말했다. "어젯밤에 들어오다가 편지함에 네 편지가 있길래 챙겨 왔어."

뤄즈는 책상 위에 놓인 편지 두 통을 집어 들었다. 보낸 사람 주소는 없었고, 받는 사람 쪽에 '뤄즈' 두 글자만 아주 예쁘게 적혀 있었다.

딩수이징일 것이다.

딩수이징은 고등학교 때 뤄즈와 친하게 지내던 몇 안 되는 친구였다. 그녀는 남쪽 지방에 있는 유명한 Z대 국제정치학부에서 1학년 2학기를 마쳤을 때, 돌연 자퇴를 하고 미술 특기생으로 다시 대학 입학시험을 보기로 결심했다. 그 결정은 거의 모든 사람을 깜짝 놀라게 했다.

하지만 그 '모든 사람'에 뤄즈는 포함되지 않았다. 대학교 1학년 때 두 사람은 연락이 끊겼다. 딩수이징의 편지가 아니었다면 뤄즈는 그녀가 자퇴했다는 것도 영원히 몰랐을 것이다.

뤄즈는 보고 듣는 것이 이렇게나 적었다. 심지어 '정원루이가 성화이난을 좋아하는 것'처럼 전교생이 다 아는 빅뉴스도 모르고 있었다.

딩수이징은 다시 고등학생으로 돌아가 화실 아니면 교실에 있었고, 인터넷에 접속하는 일도 드물어서 우체국을 애용하게 되었다. 편지 대부분은 딩수이징이 수업 시간에 책상에 엎드려 끄적거린 낙서였다. 어쩌면 외로워서였거나 그냥 시간을 때우기 위해서였을 것이다. 편지에도 딱히 중요한 내용은 없었고 분량도 많았다 적었다 했다.

이 두 편지는 일주일 간격으로 온 것이었다. 뤄즈는 편지함을 잘 확인하지 않아서 첫 번째 편지는 억울하게도 일주일이나 편지함에 누워 있었다.

그거 알아? 오늘 지리 선생님이 네 필기 노트에 있던 지역 국토 정비 부분을 복사해서 반 전체에 나눠줬어. 정말 지적재산권을 무시하는 사람이라니까.

연습지 위에는 이 세 문장만 적혀 있었다.

우푯값이 싸다고 해도 이럴 수는 없지.

뤄즈는 입가를 씰룩거리며 두 번째 편지를 들어 아무렇게나 열었다. 봉투 안에는 여전히 연습지 한 장만 달랑 들어 있었다. 한쪽 면에는 편지가 쓰여 있고, 다른 한쪽에는 방정식 풀이가 어지럽게 적혀 있었다.

뤄즈, 난 너한테만 이렇게 대충 손에 잡히는 대로 연습지에 편지를 써. 어차피 넌 상관하지 않을 테니 돈도 아낄 수 있잖아. 다른 애들은 예쁘고 빳빳한 편지지에 답장을 써주는데, 난 네 연습지 한 번도 받아본 적이 없네. 나한테 답장해줄 생각은 한 번도 안 해봤어?

솔직히, 정말 알고 싶다. 네 마음속에 우리 같은 사람들이 있기는 하니?

정말 알고 싶어.

넌 내가 아는 어떤 사람과 무척 비슷해. 넌 누구에게든 신경 쓰지 않고 냉담하지. 내가 존재하지도 않는 것처럼 느껴질 정도로 말야. 하지만 그 사람은 누구에게나 잘해줬어. 내가 사랑

이라고 오해할 만큼. 네가 정말로 다른 사람을 신경 쓰지 않는
지 아닌지는 모르겠어. 하지만 그 사람이 정말로 날 사랑하지
않는다는 건 알아.

뤄즈는 몇 초간 멍하니 있다가 편지를 다시 읽어보았다.

오랫동안 답장을 못 받은 딩수이징이 결국 화를 냈다.

뤄즈는 정말 묻고 싶었다. 자신이 신경 쓰지 않는다는 '우리
같은 사람들'이 대체 누굴 말하는지.

딩수이징은 매일 소설과 잡지에 파묻혀 있으면서도 조금만
노력하면 반에서 10등 정도의 성적을 유지할 수 있었다. 게다
가 인맥도 굉장히 좋고 팔방미인이어서 뤄즈 같은 모범생과도,
예잔옌같이 유명한 미모의 여학생과도, 심지어 가십 떠들기와
독설이 특기인 쉬치차오와도 오랜 친구처럼 굴면서 남의 복잡
한 고민거리에 귀를 기울였다.

뤄즈는 그녀와 많은 말을 하지는 않았다. 만나면 먼저 인사
하고, "수학 문제 정말 어렵다.", "숙제로 시험지를 그렇게 많
이 내주다니, 역사 선생님 정말 미친 거 아냐?" 같은 불평 몇 마
디를 나누고, 매일 하굣길 일부 구간을 동행하기도 했다. 딩수
이징을 오만하고 냉담한 뤄즈의 몇 안 되는 친구 중 하나라고
생각하는 사람들이 많았지만, 뤄즈는 그렇게 생각하지 않았다.
두 사람 모두 확실히 알고 있었다.

대학 원서에 자신의 성적으로 갈 수 있는 가장 좋은 학교와
전공을 적어낸 이후, 다들 딩수이징은 대학에 가서도 마음껏

활개를 치며 대학이라는 새로운 세상에서도 뤼즈 같은 책벌레보다 훨씬 잘나갈 거라고 생각했다. 딩수이징이 뜬금없이 자퇴를 하고 미술 공부를 하겠다고 선언하기 전까지 말이다.

그날, 딩수이징은 뤼즈에게 처음 편지를 썼고, 뤼즈는 그제야 이 모두가 아는 소식을 알게 되었다. 편지의 내용은 억울함과 곤혹스러움으로 가득했다. 마치 뤼즈가 그녀의 정신세계에서 붙잡을 수 있는 유일한 지푸라기라도 되는 것처럼 말투도 절망적이었다.

물론 약간의 숨겨진 속사정도 있었다. "난 결국 증명할 수 있을 거야. 도망치는 것도 비웃는 것도 아니라는 걸. 내가 증명해 낼 때까지 그 사람은 기다리지 않을 수도 있겠지만."

그러나 뤼즈는 그 말에 담긴 뜻을 깊이 생각해보지 않았다. 이렇게 일부러 드러낸 꼬리는 전혀 그녀의 흥미를 불러일으키지 못했다.

뤼즈가 줄곧 높이 평가해왔던 딩수이징의 똑똑한 머리와 측은지심이 답장을 쓰게 만들었다. 하지만 딱 두 문장뿐이었다.

　　힘내. 난 네 선택을 존중해.

이미 엎질러진 물이었다. 자퇴까지 한 마당에 옆에서 이래라저래라 하는 건 정말 막돼먹은 짓이었다. 게다가 뤼즈는 어영부영 살아가던 똑똑한 머리가 꿈을 위해 용감하게 분투하기를 진심으로 바랐다.

그 이후로 딩수이징이 그녀에게 편지 쓰기를 좋아하게 될 줄
은 생각지도 못했다. 나중엔 답장도 하지 않았는데 말이다.

그렇게 아무 말이나 늘어놓는 편지는 쓰는 사람의 마음을 평
안하게 하는 데 목적이 있었으니, 어쩌면 답장을 하고 말고는
중요하지 않을 것이다.

사실 그들 사이에 연락이 끊긴 지도 이미 오래되었다. 고등
학교 때의 뤄즈는 대충 친구를 사귀며 표면적인 평화를 유지했
고, 대학에 진학한 후로는 같은 교실에서 늘 마주치던 관계에
서 벗어나자 더욱 깊숙이 틀어박혀 종적을 감추었다.

돌이켜 보면 대학만이 문제였던 건 아닌 것 같다. 뤄즈와 딩
수이징은 고등학교 3학년 2학기 때부터 이미 소원해져 있었다.

어느 날 모의고사가 끝난 후, 뤄즈는 초조해하며 구석에 웅
크리고 앉아 에드거 앨런 포의 단편집을 대충 넘겨보고 있었
다. 딩수이징이 다가오더니 불쑥 물었다. "방금 예잔옌이 나가
서 배구하자고 했을 때 왜 대꾸도 안 했어?"

"걔가 화를 내더라. 네가 자기를 무시한다고." 딩수이징이
덧붙였다.

"그래?" 뤄즈는 무척 의심스러웠다. 방금 자신을 부른 사람
은 분명 없었다. 오늘은 약간 정신이 나간 상태라 책을 집중해
서 보지도 못했으니, 다른 사람이 부르는 소리를 못 들었을 리
가 없었다.

그러나 뤄즈는 여전히 예의 바르게 미소를 유지하려고 노력
했다. "내가 못 들었나 보다. 소설 보는 데 너무 집중해서 말야.

이따가 내가 걔한테 사과할게."

하지만 딩수이징의 본심은 딴 데에 있었다.

"우린 다 너랑 친구가 되고 싶어 하는데 넌 너무 겉도는 것 같아. 반 애들 다 네가 너무 오만하고 냉랭하대. 넌 네 시험지 빼고는 다 무시하잖아."

딩수이징의 말투에서 처음으로 헤헤거리는 둥글둥글한 분위기가 사라졌다.

뜬금없는 비난에 원래부터 우울했던 뤄즈의 기분이 긴급 소집되었다. 그녀는 예의 바른 미소를 거두고 담담하게 물었다. "넌 장민을 어떻게 생각해?"

딩수이징은 한참 어리둥절해하다가 황망하게 교실을 둘러보며 장민의 모습을 찾았다. "……괜찮은데, 왜?"

뤄즈는 곁눈질로 구석에 앉아 고개를 숙인 채 새로 발간된 지루한 교내 신문을 넘겨보는 장민을 보았다. 꾀죄죄한 연보라색 패딩이 황토색 피부를 더욱 초췌해 보이게 했다.

"걔랑 친해?"

"아니. 그건 왜 물어보는데?" 딩수이징도 미간을 찌푸렸다.

"그럼 나랑 장민이 뭐가 달라? 걔가 성적이 나쁜 것 말고는 우린 둘 다 책 보는 거, 구석에 웅크리고 있는 걸 좋아해. 둘 다 말수가 적고 아이쇼핑이나 노래방 가는 걸 싫어해. 그런데 넌 왜 장민한테는 오만하다고 안 해? 왜 장민은 없는 사람 취급하면서 나한텐 안 그러는데? 난 이제껏 다른 사람 험담한 적 없고, 힘닿는 데까지 친구들을 열심히 도왔어. 내가 그렇게까지 비난받을 정도는 아닌 것 같은데?"

"우린 그냥……." 딩수이징은 말문이 막혀 잠시 생각하다가 입을 열었다. "우린 그냥 네가 즐거웠으면 해서 같이하자고 한 거야. 널 생각해서."

"단순히 내가 즐겁길 바란 거라면, 정말로 날 '구출'해주고 싶었던 거라면, 내가 예잔옌이 부르는데도 안 나가는 걸 봤을 때, 왜 내 기분이 아닌 예잔옌이 무시당했다는 것만 생각한 건데?"

뤄즈가 기억하기론 당시 딩수이징은 그저 꿀 먹은 벙어리처럼 뚫어져라 자신을 바라보았고, 자신은 처음부터 끝까지 담담한 말투로 손에 든 책에 시선을 고정했다. 나중에 딩수이징이 어떻게 나갔는지는 기억도 나지 않았다.

그건 아마도 고등학생 시절 3년간 뤄즈가 유일하게 처음으로 기세등등하게 나섰던 때였을 것이다. 진정한 열여덟 살 여자애처럼 기세등등했다.

만약 그날 뤄즈의 기분이 조금만 나았더라면 딩수이징의 쏟아지는 비난 앞에서도 그저 웃으며 대꾸했을 것이다. "그럴 리가. 뭐가 그렇게 심각해? 이따가 걔 오면 내가 사과할게."

하지만 그날 하필이면 감정을 억누르지 못했다.

뤄즈는 딩수이징이 자신과 친구가 되는 일에 어째서 이렇게 집착하는지 줄곧 이해할 수 없었다. 어쩌면 누구에게나 오만과 집착의 대상이 있는지도 모른다. 예를 들어 뤄즈에게는 그게 성적이었고, 딩수이징에게는 인맥이었다.

뤄즈는 그나마 능력이 있어서 남들에게 무시당하지 않는 걸 기뻐해야 하는지도 모른다. 존재감 전혀 없는 장민과는 다르게 말이다.

뤄즈는 자신의 삶에서 그저 스쳐가는 사람이 몇 명이나 되는지 딩수이징과 토론하고 싶은 마음이 없었다. 스쳐가든 아니든 뭐 어떻겠는가. 딩수이징에게는 예쁜 편지지가 많았다. 뤄즈가 답장을 보내지 않으면 부족한 감은 있겠지만, 그것도 나름 충분하다고 할 수 있었다.

그렇게 생각하며 뤄즈는 약간 감정적으로 백지 한 장을 꺼내 이렇게 썼다.

뒷면에 푼 방정식 틀렸더라. 그건 쌍곡선이지 타원이 아냐.

그러니까 난 네 편지를 자세히 봤다는 거지. 앞면이든 뒷면이든.

제10장   고급 보모

10월 1일 국경절 황금연휴가 떠들썩하게 시작되었다. 뤄즈는 본가로 돌아가지 않고 베이징에 남아 계속 과외를 하며 돈을 벌었다. 9월 30일 밤에는 밤을 새서 1만 자 정도 번역을 끝냈다. 처음엔 꼼꼼하게, 나중에는 요령껏 하면서 끝까지 버티다가 몽롱한 상태로 지정된 메일 주소로 완성본을 보낸 후, 곧장 침대 위로 쓰러져 곯아떨어졌다.

밤이 되어서야 일어나 보니 배가 고파 위가 쓰렸다. 뤄즈가 힘겹게 빵 봉지를 뜯고 있는데 침대 위 휴대폰에서 윙윙거리며 진동이 울렸다.

"발신자: 티파니 어머님."

뤄즈는 대학교 1학년 때부터 과외를 했다. 그녀의 과외는 약간 특별했는데, 까놓고 이야기하자면 아이를 돌봐주는 보모에 다름없었다. 아이들은 미국 국적 중국인의 아이들로, 남매였다. 오빠는 초등학교 5학년, 동생은 4학년. 2년 전에 귀국해 상하이에서 국제학교를 1년 다니다가 다시 엄마를 따라 베이징 분교로 전학을 왔다.

아이들을 만나기로 한 첫날에는 기사가 운전하는 포르쉐 카이엔이 학교로 와 뤄즈를 태우더니 1시간 반을 달려 순이順義구에 있는 별장 마을에 도착했다. 티파니 집은 마치 동화에 나오는 사탕집처럼 아기자기하게 예뻤다. 뤄즈는 차에서 내리자마자 남자아이가 예쁜 골든레트리버를 끌고 정원의 하얀 울타리를 열어 그녀를 향해 뛰어오는 것을 보았다. 그 뒤에는 여자아이가 쫓아 나오고 있었다. 하얗고 달콤한 얼굴이 일본 애니메이션에서 튀어나온 '로리' 같았다.

두 아이가 뤄즈 앞에 멈춰 섰다. 여자아이는 웃을 때 깊은 보조개가 파였다.

"I'm Tiffany, and who are you?(전 티파니예요. 근데 누구세요?)"

뤄즈의 입가에 경련이 일었고, 충격으로 온몸이 부서질 것만 같았다. 눈앞의 모든 것이 청춘드라마의 프레임처럼 보였다. 뤄즈가 보고 들은 것이 적어 소심해서였을까. 하지만 이 모든 상황이 갑자기 눈앞에 생생하게 펼쳐진다면 누구라도 정신을 못 차릴 것이다.

아무리 놀랐어도 뤄즈는 겉으로는 여전히 침착한 척할 수 있었다. 그녀는 고개를 기울이며 달콤하고도 상냥하게 말했다.

"I'm Juno.(난 주노야.)"

그런 다음 고개를 들어 장미꽃 담장 앞에 서 있는 아름답고도 창백한 아주머니를 향해 고개를 끄덕였다.

아이들의 음악 선생님이 순백의 그랜드 피아노 앞에 앉아 라흐마니노프 협주곡을 연주했고, 뤄즈는 아이들에게 이끌려 골든레트리버와 함께 풀밭으로 나가 프리스비를 던지며 놀았다. 밤에는 정원에서 바비큐 파티를 했는데 필리핀 가정부가 일가족 주변에서 바삐 움직였다.

소설에 나오는 고위 간부와 금수저의 생활은 정말 허풍이 아니었다.

뤄즈는 한숨을 내쉬며 그나마 현실과 아주 동떨어진 건 아니라고 생각했다. 최소한 아직까지 장원과 성루와 영국식 집사를 보지는 못했으니 말이다.

오후 내내 뤄즈는 영어와 중국어를 섞어서 이야기했다. 아이들에게 작문과 문법을 교정해주고, 티파니 어머니가 준비한 반드시 암송해야 할 당시唐詩를 풀이해주고, 티파니가 바이올린을 연습할 때 함께 있어주었다. 그중 가장 중요한 임무는 아이들과 놀아주는 거였다.

사실 뤄즈는 아이들과 친하지 않았다. 어린아이 공포증이 있어서 자신보다 나이가 세 살만 어려도 어찌할 바를 몰랐다. 친근하게 어르고 달래는 건 그녀의 특기가 아니었다. 아이들과 어울리는 방법 따위는 더더욱 알지 못했다. 사실 아이들은 모두 뤄즈를 좋아했지만, 좋아하기만 할 뿐 다가오진 않았다. 아이들은 겁을 내면서도 호기심 어린 눈으로 그녀를 바라보았고,

조심스럽게 과일 한 조각을 건넸으며, 그녀를 에워싸고 이야기를 들었고, 다른 사람 품에 뛰어들어 애교를 부렸다.

그러나 뤄즈는 어쩔 수 없이 두 아이에게 잘 보이려고 노력하며 아이들의 호감을 살 수 있기를 바랐다. 월급이 높으면서도 그다지 큰 능력을 필요로 하지 않는 일자리였다. 이 일자리를 꼭 잡고 싶었던 뤄즈는 줄곧 주변에서 조용히 관찰하던 여주인 앞에서 자신의 모든 재능과 친화력을 '무의식적으로' 보여주어야 했다.

결국 그녀는 20여 명의 후보를 제치고 영광스러운 '부잣집 가정교사'가 되었다…….

뤄즈는 이 경력을 이력서에 적어야 할지 말지 고민했다.

그리고 이렇게 반년 가까이 흘렀다. 뤄즈는 티파니 남매와 점점 친해졌고, 첫날처럼 활발하고 친절한 척할 필요도 없어졌다. 뤄즈는 서서히 원래 모습을 회복했다. 아이들 수업에는 여전히 열심이었지만, 함께 놀아줄 때면 늘 정신을 딴 데 팔고는 했다.

빈부 격차는 이미 익숙해졌다. 이제는 티파니 집에서 낡은 기숙사 건물로 돌아올 때마다 방금 시간을 거슬러 돌아온 것마냥 마음이 허하고 갖가지 느낌이 몰려들지는 않았다.

티파니 어머니는 미국에서 전화를 한 거였다. 그녀는 뤄즈에게 내일 두 아이를 데리고 해피밸리 놀이동산에 가서 놀아줄

수 있냐고 물었다. 뤼즈는 핑계를 대며 거절했다. 휴일에 놀이
동산이면 사람이 많을 것이 뻔했다. 두 아이는 미국, 도쿄, 홍콩
의 디즈니랜드를 모두 가보았으니 해피밸리에는 딱히 흥미가
없을 것이고, 게다가 안전하지도 않았다. 사고라도 나면 어떡
하나 걱정이 되었다.

그런데 저쪽에서는 부탁을 거듭했다. 뤼즈는 살짝 신기하게
느껴졌다.

"아주머니, 무슨 일 있으세요?"

뤼즈는 매번 티파니 어머니를 '아주머니'라고 부를 때마다
거북스러웠다. 그녀는 너무 젊어 보였고, 속세에 물든 것 같지
도 않았다.

"뤼즈, 사실 제이크랑 약간 문제가 있어요. 가출하려다가 우
리한테 들켰거든요. 최근에 반 친구들과 여동생한테도 줄곧 못
되게 굴었고요. 원래 황금연휴 땐 안 와도 된댔잖아요. 아이들
데리고 미국에 갈 계획이었거든요. 그런데 제이크가 한사코 안
따라가겠다지 뭐예요. 지금 집에서는 지야 혼자 아이들을 보고
있어요. 뤼즈를 매일 귀찮게 하는 건 미안해서요. 그냥 내일 하
루만 아이들이랑 놀아주면서 기분 전환도 하는 게 어때요? 베
이징에 온 지도 1년이 됐는데, 아이들이 아직 딱히 밖에 나가본
적이 없어요."

뤼즈는 아무래도 수상쩍었지만 계속 거절하기도 미안했다.

"그럼 내일 아침 8시에 출발할게요. 해피밸리는 9시 정도에
오픈할 테니 일찍 갈수록 좋아요. 늦으면 줄 서느라 아무것도

못 타거든요."

"그래요, 그럼 내일 아침 8시에 학교 동문으로 샤오천을 보낼게요. 샤오천이랑 같이 다니면 애들 돌보기가 한결 수월할 거예요. 사실, 제이크는 동생이랑 같이 가기 싫다면서 뤄즈랑 둘이서만 가겠다고 해요. 애들이 계속 싸우는데, 설득 좀 해줘요."

"최선을 다해 볼게요. 걱정 마세요."

이른 아침, 뤄즈는 비몽사몽간에 동문 앞에서 찬바람을 맞으며 차를 기다렸다. 지난밤에는 1시 넘겨서 잠이 들었다. 원래는 갓 사 온『열세 번째 이야기』를 대강 넘겨볼 생각이었는데, 보다 보니 푹 빠져들었다.

자동차 전조등이 두 번 깜빡였다. 뤄즈가 눈을 크게 뜨고 보니 뒷좌석에서 티파니가 조그마한 손을 흔들고 있었다.

"Juno, here!(주노, 여기예요)!"

티파니가 뤄즈를 부르는 소리에 근처에 있던 한 커플이 놀라 쳐다보았다. 뤄즈는 얼른 고개를 숙이고 차에 올라탔다.

뤄즈는 가는 길 내내 온갖 수단을 동원해 두 아이가 대체 무슨 말썽을 부리는 건지 침착하게 알아내려 애썼다. 하지만 아무리 관찰을 해봐도 귀찮게 굴기 선수인 티파니는 평소와 다름없이 장난꾸러기였고, 제이크는 말수가 훨씬 줄어서 대답이 거의 없었다.

"주노 언니, 프란치스카가 그러는데 단팥 밀크푸딩이 굉장

히 맛있대요. 다음에 올 때 만들어주면 안 돼요? 오빠도 그거
좋아하지? 그지?"

제이크는 창밖을 바라보면서 웅얼거렸다. "응."

차가 막히지 않아서 30분도 채 되지 않아 창밖으로 해피밸
리의 거대한 인공 산과 각종 고공 놀이기구가 보이기 시작했
다. 운전기사 샤오천이 주차를 해야 해서 뤄즈는 두 아이를 데
리고 먼저 차에서 내리며 정문 빨간 풍선 밑에서 기다리겠다고
했다. 제이크가 갑자기 큰 소리로 말했다. "아저씨도 같이 들어
가면 난 안 놀 거예요."

샤오천이 동행하는 건 집안 어른과 타협한 결과였다. 그런데
제이크가 현장에서 태도를 바꿀 줄이야. 샤오천이 아이들 어머
니도 아니니 어찌할 방법도 없었다. 뤄즈가 이리저리 달래보았
지만 제이크는 여전히 고집을 부렸다.

결국 뤄즈는 샤오천에게 눈짓을 했다. '뒤에서 멀찍이 천천
히 따라오시면 될 거예요. 어차피 오늘은 거의 줄 서다가 시간
을 버릴 테니까요.'

입구를 들어서자마자, 뤄즈는 익숙한 듯 아이들을 데리고 곧
장 '개미 왕국'으로 향했다. 거기에는 아이들이 좋아하는 과격
하지 않은 놀이기구와 어린이 식당, 4D 영화관이 있었다.

아이들은 어른처럼 가는 곳마다 비교하며 불평하는 일이 적
었다. 디즈니랜드를 두루 섭렵한 두 꼬마는 해피밸리에서도 여
전히 흥분을 감추지 못했다. 제이크의 흥미도 고조되기 시작했

다. 티파니는 청개구리 회전 점프 의자에 앉아 연신 비명을 질러대며 밑에 있는 뤄즈에게 사진을 찍어달라고 손을 흔들었다.

그렇게 점심까지 들들 볶였다. 뤄즈를 완전히 편안하게 만들어준 4D 어린이영화 〈개미 왕국〉을 본 후, 그들은 비로소 작은 식당에 앉아 점심 먹을 준비를 했다.

뤄즈는 그들을 자리에 남겨둔 채 지갑을 들고 줄을 서러 갔다. 제이크는 뒤에서 끊임없이 외치고 있었다. "아이스크림은 바닐라랑 초콜릿 섞인 걸로요!"

"헐, 지금 우리보고 이 꼬마애들 사이에 껴서 밥을 먹으라는 거야? 너무 비인간적이잖아!"

줄을 서 있던 뤄즈는 귀찮다는 듯 고함 소리가 난 곳을 돌아보았다가 예상치 못한 익숙한 목소리의 대답을 듣게 되었다.

"어쩔 수 없어. 여기가 아까 거기보단 사람이 적다고. 음식 종류도 많고. 그렇게 지조가 있으면서 방금 제수씨가 개미 기차보고 귀엽다고 했을 때 왜 너도 타고 싶다고 응석을 부린 건데?"

시끌벅적한 가운데 여러 학부모들이 경계하면서도 의아한 눈빛으로 이 갑작스레 뛰어 들어온 젊은이를 훑어보고 있었다.

제11장   로맨스는 갑자기 찾아온다

성화이난은 말을 마치고 무심코 고개를 들어 벽에 붙은 메뉴를 보다가 마침 쓴웃음을 짓고 있던 뤄즈와 눈이 마주쳤다.

마침 제이크 옆 넓은 자리가 비어 있었다. 방금 큰 소리로 떠들던 남학생이 분홍색 옷을 입은 여학생을 이끌고 그 자리에 앉아서는 몸을 돌려 또 다른 두 커플을 불렀다. 오직 성화이난 홀로 그 자리에 서서 뤄즈를 보며 웃고 있었다.

"정말 우연이네." 그가 걸어왔다.

뤄즈는 자신도 모르게 귓불을 문지르며 고개를 숙이고 웃었다. "그러네. 난 동생들 데리고 놀러 왔어."

"우리 기숙사 둘째 형이랑 다섯째, 여섯째가 형수님이랑 제수씨 데리고 여기 오면서 나까지 끌고 왔지 뭐야. 동생들은 어디 있어?"

뤄즈는 그에게 손가락으로 가리켜 보였다. 방금 큰 소리로 떠들던 남학생이 제이크와 이야기를 나누고 있었다.

마침 그때 뤄즈가 주문할 차례가 되었다. 뤄즈는 주문을 마친 후, 식판을 받쳐 들고 자리로 돌아왔다. 성화이난은 한 손에 소프트 아이스크림을 하나씩 들고 그녀 뒤를 따라와 두 아이에게 건넸다.

"자, 너희 아이스크림이야."

아이들이 뤄즈를 바라보았다. 뤄즈가 고개를 끄덕이자, 아이들은 아이스크림을 받아 들고 성화이난에게 예의 바르게 고개를 숙여 인사했다. "감사합니다."

"먹지 마." 기숙사의 몇 째인지 모를 남학생이 제이크의 손에서 아이스크림을 빼앗으며 말했다. "이름이 뭐냐고 묻는데 왜 대답 안 해? 안 알려주면 이거 안 줄 거야."

뤄즈는 어이가 없었다. 다섯 살 꼬맹이들이라면 모를까, 한 명은 5학년, 한 명은 대학교 2학년인데 지금 뭐 하는 짓이람.

"제이크." 제이크가 쌀쌀맞게 대답했다.

"진작에 말해줬으면 좋았잖아. 잭, 맞지?" 남학생은 씨익 웃으며 아이스크림을 건넸다.

"제이크." 제이크는 여전히 냉랭한 표정으로 아이스크림을 받자마자 홱 고개를 돌리고는 그에게 눈길도 주지 않았다.

"뭐라고?" 남학생은 무척이나 난처한 표정이었다. 뒤에 있던 그의 여자 친구가 어색하게 웃으며 끼어들려다가 결국엔 입을 다물었다.

"제-이-크, 얘 이름은 제이크예요." 뤄즈가 옆에서 식판 위에 담긴 음식을 2인분으로 잘 나누어 두 아이 앞에 덜어주었다.

"삐쳐서 그런 거니까 신경 쓰지 마세요." 뤄즈가 남학생을 위로하듯 웃어 보였다.

"누가 삐졌다고 그래요?!" 제이크가 갑자기 고개를 들고 새빨개진 얼굴로 뤄즈를 바라보았다.

"너." 뤄즈가 가볍게 말하며 웃음을 거두고 제이크를 바라보았다. 어린아이가 어찌 눈싸움에서 이기겠는가. 몇 초도 지나지 않아 제이크는 고개를 숙이고 꿍얼거리기 시작했다.

"멋대로 굴지 말고 일단 밥 먹어. 이따가 아까 오면서 본 물 위에 떠 있는 커다란 풍선 타러 가자." 뤄즈가 가볍게 제이크의 어깨를 토닥였다.

제이크는 여전히 툴툴거리며 포크를 들었다.

뤄즈는 반년 동안 제이크와 필리핀 가정부, 그리고 여동생과의 전투를 냉정하게 방관하며 무수히 많은 요령을 터득했다. 당연히 제이크를 다루는 건 식은 죽 먹기였다. 어린애를 다루는 가장 좋은 방법은 말려들지 않는 거였다.

성화이난이 적절한 때에 끼어들었다.

"참, 소개할게. 이쪽은 뤄즈, 고등학교 동창이야. 지금은 우리 학교 경제학부에 다니고. 그리고 이쪽은 우리 기숙사의 다섯째와 제수씨, 여섯째와 제수씨, 그리고 둘째 형님이랑…… 아, 형수님은 전화하러 갔네. 어쨌거나 지금 다들 장거리 연애 중인데, 마침 연휴라서 베이징으로 놀러 왔길래 같이 왔어."

"정말 우연이네." 뤄즈가 웃었다.

뤄즈와 그들 사이에는 두 아이가 앉아 있었다. 하지만 뤄즈는 몇 사람이 모여 성화이난과 자신을 놀리는 걸 어렴풋이 들을 수 있었다. 싱글 남녀가 몇 마디만 나눠도 애매하게 웃으며 놀리기 마련이었다. 대부분은 그저 분위기를 띄우고 화제를 찾기 위해서였지만 말이다.

밥을 먹을 때 티파니는 쉬지 않고 종알거렸다. 뤄즈는 티파니의 기상천외한 질문들에 대답해주면서, 제이크를 수시로 대화에 끌어들이는 것도 잊지 않았다.

뤄즈는 제이크가 집에서 사랑받지 못했다는 걸 어렴풋이 느낄 수 있었다.

"네 동생들은 어쩌다 베이징에 온 거야?" 성화이난이 갑자기 그녀 뒤로 와 섰다.

"사실 난 얘네 가정교사야."

성화이난이 호기심을 보였다. "오, 뭘 가르치는데?"

"영어, 수학, 바이올린, 이야기 들려주기, 당시 암송, 그리고 티파니의 개인 옷장 패션쇼 감상하기랑…… 개 산책." 마지막 한마디를 말할 땐 뤄즈도 약간 부끄러웠다.

성화이난이 웃으며 눈을 빛냈다. 당황한 뤄즈가 티슈로 입가를 닦았다. 얼굴에 뭐라도 묻었나?

"오후에 너네랑 같이 다녀도 괜찮지?"

뤄즈는 왁자지껄 떠드는 성화이난의 일행들을 바라보며 눈썹을 살짝 찌푸렸다. "아무래도 같이 다니기는 무리일 것 같은데."

"내 말은, 나만 너네랑 같이 다니겠다고."

뤄즈는 고개를 들고 놀란 표정으로 그를 바라보았다. 성화이난이 어깨를 으쓱하며 어쩔 수 없다는 듯 말했다. "세 커플이랑 다니는 건 상상했던 것보다 훨씬 괴롭더라고."

뤄즈가 초승달 같은 눈웃음을 지으며 고개를 숙여 제이크에게 물었다. "오후에 우리 이 형이랑 같이 다닐까? 어때?"

제이크가 몸을 돌려 그를 바라본 순간, 성화이난은 따스한 봄 햇살 같은 무해한 미소를 지어 보였다. 뤄즈도 그 미소에 잠시 넋을 잃었다. 제이크는 거절하지 않고 쿨하게 고개를 끄덕였다. "괜찮아요."

참견하고 싶어 근질근질한 사람들을 뒤로하고서, 성화이난은 두 손을 주머니에 찔러 넣고 눈웃음을 치며 티파니에게 물었다. "이제 어디로 가고 싶어?"

티파니는 조그마한 머리를 지도에 파묻었다가 잠시 후 고개를 들고 큰 소리로 말했다. "우리 아직 회전 그네 못 탔어요. 아까 줄이 너무 길었거든요."

뤄즈는 밧줄에 의자가 잔뜩 매달려 있는 회전판을 바라본 후 안도의 한숨을 내쉬었다. 좋아, 이건 어른도 탈 수 있겠어.

그러나 줄곧 말이 없던 제이크가 갑자기 고집스러운 얼굴로 말했다. "유치해. 난 자이로스윙 탈 거야."

자이로스윙이라니, 뤄즈는 웃음이 나왔다. 바로 그 하늘 위에서 그네처럼 왔다갔다 흔들거리는 커다란 회전판? 놀이동산에서 비명이 가장 집중된 곳인데.

티파니가 소리쳤다. "싫어, 오빠. 그거 너무 무섭단 말야!"

"짜증 나. 넌 너대로 놀아, 난 나대로 놀 거니까."

분위기가 순식간에 얼어붙었다. 티파니가 입을 삐죽거리며 '금구슬'을 한 방울 한 방울씩 뚝뚝 떨어뜨렸다.

"오빤 내가 싫지. 다 알아."

그러고는 몸을 돌려 뛰어갔다.

이건 또 무슨 상황이지? 뤄즈는 즉시 그 뒤를 쫓았다. 티파니는 울며 달려가는 이모티콘의 현실판이었다.

뤄즈는 티파니를 잡아 품에 끌어안았다. "다 큰 아가씨, 화 풀어."

티파니는 엉엉 울었고, 뤄즈는 한 손으로는 그녀를 안고 한 손으로는 열심히 가방을 뒤져 휴지를 찾아서는 쭈그리고 앉아 티파니의 눈물을 조심스럽게 닦아주었다.

"오빠는 나랑 안 놀아줘요. 난 오빠랑 같이 있으려고 엄마 따라 미국 가서 노는 것도 싫다고 했는데. 오빠는 맨날 날 거들떠 보지도 않아요. 그러면서 사람들이 나만 좋아하고 오빠는 싫어한다고 하고, 우리가 다 오빠를 비웃는다고 하고, 자기는 엄마가 직접 낳지도 않았다고 그러고……."

뤄즈는 머리가 살짝 띵했다. 이런 이야기는 계속하고 싶지 않았다.

"혹시 오빠가 반 친구들이랑 싸우고 집에서 화풀이하는 건 아닐까?"

"아니에요. 오빠 집에서 기분 나쁜 일 있으면 학교 가서 화풀이하는걸요."

난감했다. 이 여자애는 눈물범벅이 되어서도 머리는 아주 맑았다.

"오빠 서원 아저씨랑도 싸워요. 아저씨가 우리한테 준 것들도 다 버렸다니까요. 아저씨가 우리한테 얼마나 잘해주는데, 오빠는 꼭……."

뤼즈는 최선을 다해 달래주었다. 아무것도 듣고 싶지 않으면서도 머릿속으로는 무책임하게 상상력을 발휘하기 시작했다. 혹시 아이들 엄마가 재혼을 하려고 해서 남자아이가 성질을 부리는 걸까?

그렇다면 서원 아저씨는……. 뤼즈의 기억에 티파니가 보여준 앨범에는 세 식구가 세계 각지에서 즐겁게 보내는 사진들이 대부분이었다. 그런데 딱 한 장, 티파니 어머니와 젊은 남자가 해안에서 찍은 사진이 무척 인상적이었다. 그 사진을 보자마자 네 글자가 떠올랐다. '선남선녀.'

두 사람은 친밀한 자세도 아닌, 그저 나란히 서 있을 뿐이었다. 그 잘생긴 남자의 짙은 회색 셔츠는 바닷바람에 구겨졌고, 시원한 단발머리를 한 티파니 어머니는 난간에 기대어 있었다. 하얀 치맛자락이 바람에 날리며 노을에 층층이 물들어 마치 이 세상 여인이 아닌 듯 아름다웠다.

티파니 어머니는 아무렇지도 않게 뤼즈에게 말했다. 자신은 이혼했으며, 혼자 두 아이를 키우고 있다고.

"티파니는 말이 아주 많아요. 가만히 있질 못한다니까요. 똑똑하긴 한데 죄다 잔머리예요. 제이크는, 내가 많이 미안해요. 집에 여자들밖에 없는데 신경 써줄 시간이 없어서 견문을 넓혀준 적도 별로 없네요. 그래서 성격도 약간 꼬마 가보옥* 같아요. 학교 다닐 때도 여자애들하고만 놀고요. 원래는 가정교사로 남학생을 들일 생각이었는데, 내가 또 오랫동안 집을 비우다 보니, 알죠? 아무래도 불편하잖아요. 뤄즈가 제이크를 너무 봐주지 않았으면 해요. 규율도 강조해주고. 좀 사내아이답게요. 사실 미국에 있을 때 내 친구가 제이크를 바꿔보려고 했었는데, 결국 실패했어요."

뤄즈는 티파니 어머니가 했던 말을 떠올려 보았다. 그 미국의 친구가 혹시 서원 아저씨일까?

'가보옥'이라는 점에는 뤄즈도 매우 동감했다. 예전에 제이크가 이야기를 들려달라고 떼를 쓴 적이 있었는데, 뤄즈는 무서운 이야기로 제이크를 놀래줄 생각이었다.

"갑자기 숲속에서 불빛이 번쩍했어요. 마리안은 조심스럽게 불빛을 따라갔어요. 그런데 별안간 눈앞에!"

"뭔데요?" 티파니가 목을 움츠리고 귀를 막았다.

"It must be a fairy!(분명 요정일 거예요!)" 제이크가 옆에서 흥분한 목소리로 외쳤다.

....

* 『홍루몽』의 주인공. 응석받이에 우유부단하며 상당한 기분파. 주로 집안 친족 여성들하고만 어울리려고 한다.

요정이라……. 뤄즈는 열한 살짜리 바비인형 애호가 제이크 학생 때문에 말문이 막혀버렸다.

뤄즈는 생각에 잠긴 채 여전히 조잘거리는 티파니를 바라보았다. 이 모든 문제가 티파니 때문이 아니란 걸 알기에 위로 대신 그저 등을 토닥이며 불만을 털도록 내버려 두었다. 원래 성격이 이러니 한바탕 울면 괜찮아질 것이었다.

뤄즈는 군이 자초지종을 파악하고 싶지 않았다. 고용주의 가정사는 모를수록 좋았다.

고개를 돌려보니 성화이난은 엉거주춤 몸을 숙이고 제이크와 이야기 중이었다.

뤄즈는 단독으로 성화이난과 같이 있다는 이 중대한 사실이 전혀 실감나지 않았다. 게다가 이 만능 데이트 장소인 놀이공원에서 말이다.

그들은 바로 이렇게 만났다. 베이징 인구가 그렇게나 많은데, 뤄즈는 우연히 그를 만났다. 원래 이렇게 운이 좋은 사람이 아니었는데.

뤄즈의 눈에 담긴 세상이 미세하게 흔들렸다.

오후 가을 햇살이 몸 위로 쏟아졌다. 뤄즈의 품에는 붉은 입술에 하얀 치아의 예쁜 여자아이가 기대어 있었고, 멀리서는 성화이난이 눈웃음을 지으며 또 다른 쿨한 남자아이를 성격 좋게 달래고 있었다.

마치, 마치 아이들의 다툼을 중재하는 젊은 부부 같았다. 뤄즈는 이런 황송한 장면을 꿈도 꿔본 적 없었다.

얼마나 오랫동안 지켜봤을까, 성화이난은 뤄즈의 시선을 느꼈는지 고개를 돌려 그녀를 바라보았다. 뤄즈는 다급히 고개를 숙였다. 귓불이 불에 덴 것처럼 뜨거웠다. 거울로 비춰보지 않아도 무슨 색인지 알 수 있었다.

뤄즈는 얼굴을 붉히는 경우가 드물었다. 그러나 부끄러울 때는 귓불이 가장 먼저 새빨개졌다.

"뤄즈, 이렇게 하자. 네가 먼저 애네 둘 데리고 회전 그네 타고 있으면, 내가 제이크 대신 자이로스윙 줄 서고 있을게. 1시간은 넘게 서야 할 것 같으니까 봐서 놀고 싶은 거 더 있나 보고, 다 놀고 나서 나한테 와도 돼. 전화로 연락하고."

성화이난이 다가와서는 뤄즈에게 말했다. 눈동자에 장난스러운 웃음기가 담겨 있었다. 마치 방금 그녀가 난처해한 걸 알고 웃는 듯했다.

그는 말을 마치고 고개를 숙여 제이크에게 물었다. "괜찮아?"

제이크가 온순하게 고개를 끄덕였다.

"그럼 동생한테 사과해."

제이크는 다시금 원래의 수줍고 부끄러워하는 모습을 되찾았다. 성화이난의 거듭된 격려에 티파니에게 다가와 말했다. "울지 마, 오빠가 잘못했어."

"쟤한테 뭐라고 한 거야?" 뤄즈는 고개를 갸웃거리며 성화이난에게 물었다.

"우리 남자들만의 비밀이야. 그렇지?" 그는 고개를 숙여 제이크와 눈을 마주치며 웃었다. 수상쩍었다.

"그럼 실례할게." 뤄즈는 살짝 미안해졌다.

"괜찮아, 얼른 가서 회전 그네 타고 와. 난 줄 서러 갈게."

뤄즈는 왼손에 티파니, 오른손에 제이크의 손을 잡고 몇 걸음 걸어가다가 망설이며 뒤를 돌아보았다. 성화이난의 뒷모습은 인파 속에서도 여전히 눈에 띄었다.

성화이난도 갑자기 뒤를 돌아보았다. 두 사람의 눈빛이 마주쳤다.

뤄즈의 머릿속이 '웅' 하고 울리며 뒤죽박죽이 되었다. 그녀는 그를 향해 대충 웃어 보이곤 고개를 돌려 황급히 걸어갔다.

그는 이제껏 뒤를 돌아본 적이 없었다. 그녀가 그의 뒤를 따라가던 고등학교 3년 내내, 그는 한 번도 이렇게 아무 이유 없이 뒤를 돌아본 적이 없었다.

"주노 언니, 저 오빠 좋아하죠?" 티파니는 눈물이 채 마르기도 전에 호들갑을 떨며 뤄즈를 훔쳐보았다.

뤄즈는 혼을 내는 대신 어안이 벙벙해져 물었다. "어? 그렇게 티 나니?"

"손에 땀 났거든요." 티파니가 사악하게 웃었다.

제이크가 옆에서 긴 탄식을 내뱉으며 아주 깔보는 눈빛으로 두 사람을 바라보았다.

"여자들이란."

제12장

헛된 기쁨

아이들이 땀을 뻘뻘 흘리며 놀고 있을 때 뤼즈는 전화를 받았다.

"거의 입구까지 왔어. 너희들도 얼른 와."

뤼즈는 아이들의 손을 잡고 문득 이렇게 말하고 싶어졌다. "자, 우리 아빠 찾으러 가자."

이 생각에 뤼즈도 깜짝 놀랐다. 이렇게 대담한 상상은 평생 해본 적이 없었다. 그 달콤함에 질식해버릴 것만 같았다.

서둘러 도착했을 때 성화이난은 그들을 향해 손을 높이 흔들고 있었다.

입구에 들어선 뒤에도 놀이기구 밑에서 또 20여 분 줄을 서야 했다. 티파니와 제이크는 딱 붙어서 소곤소곤 귓속말을 했고, 뤼즈는 오늘 하루 놀이공원에서 겪었던 일을 성화이난에게 신나게 이야기했다.

"검표하는 분이 내가 애들이랑 줄 선 걸 모르고 입구에서 손으로 날 딱 막더니 이러는 거야. '누님, 설마 청개구리 점프 의자를 타려는 건 아니시죠? 타봤자 재미도 없고 의자도 튀어 오르지 않을 텐데요.'……."

뤄즈는 자신이 말이 이렇게 많은지 몰랐다. 저수지 수문이라도 열린 것 같았다. 하지만 그가 즐겁게 웃는 모습을 보니 계속해서 말하고 싶었다. 성화이난은 키가 아주 컸다. 뤄즈는 여자치곤 작은 키가 아니었는데도 그를 살짝 올려다보아야 해서 목이 뻐근했다. 일행은 여전히 천천히 앞으로 이동하고 있었다.

마침내 이야깃거리가 떨어졌다. 뤄즈는 길게 숨을 내쉬며 겸연쩍게 그를 향해 웃어 보였다. "미안, 내가 말을 시작하면 끝이 없어서."

성화이난이 자상하게 가방에서 생수 한 병을 꺼내 건넸다. "괜찮다면 내 물 마실래? 목마르지?"

뤄즈는 물병에 입을 대지 않고 마셔야 할까, 아니면 그냥 마셔야 할까 고민했다. 물병을 쥔 손에 살짝 힘이 들어가면서 페트병이 우그러지는 소리가 났다.

앞뒤 가리지 않고 뤄즈는 곧장 입을 대고 마셨다.

물병을 돌려줄 때, 뤄즈는 성화이난의 얼굴도 수상쩍게 붉어진 것을 발견했다.

"네 얘기 듣는 거 좋다. 오늘은 평소보다 훨씬 활발하네. 얄미운 말도 안 하고." 성화이난은 말하면서 손을 뻗어 그녀의 머리카락을 쓰다듬었다.

시간이 그대로 멈춘 것만 같았다. 뤄즈는 깜짝 놀라 성화이난을 뚫어져라 바라보았다. 그가 눈빛을 피하며 말했다. "얼른 올라가자."

그들은 마침내 계단을 올라가 놀이기구 바로 밑에 도착했다. 자이로스윙 회전판이 고공에서 아래로 곤두박질칠 때마다 그들에게서 15미터도 채 떨어지지 않은 곳을 지나며 강한 바람을 일으켰다. 비명 소리가 가까워졌다가 멀어졌다가 다시 가까워졌다가 멀어졌다. 뤄즈는 티파니의 작은 손에 땀이 가득 배어 나온 걸 느낄 수 있었다.

뤄즈는 허리를 굽히고 작은 소리로 물었다. "우리 그냥 타지 말까? 남자들만 가서 타라고 하자."

하지만 티파니는 떨면서 대답했다. "싫어요. 오빠가 타면 나도 탈 거예요."

뤄즈는 티파니를 꼭 껴안고 말했다. "그래, 우린 안 무서워."

오히려 제이크가 아까보다 부드러워졌다. 무서워하는 모습이 역력했지만 애써 침착한 척하며 여동생에게 말했다. "나랑 같이 탈 필요 없어. 타기 싫으면 타지 마."

"오빠, 무섭구나."

"내가 무서워한다고 누가 그래?!"

뤄즈가 아이들이 싸우는 걸 웃으며 보고 있는데, 문득 성화이난의 목소리가 들렸다. "무서워? 만약에 너도……."

"난 여기 올 때마다 이거 타."

"그래?" 성화이난이 눈썹을 치켜올리며 웃었다.

회전판이 다시금 곤두박질치며 바람이 뤄즈의 머리카락을 성화이난의 얼굴 위로 흩날렸다.

성화이난은 뤄즈가 갑자기 손을 뻗어 제이크의 팔뚝을 꼬집는 걸 보았다.

"아얏! 뭐예요!"

뤄즈가 혀를 내밀며 말했다. "아프니? 그럼 내가 꿈을 꾸는 건 아니구나."

그러고는 고개를 숙이곤 그렇게나 생기 있게 웃었다.

"정말로 꿈이 아냐."

네 사람은 한 줄로 나란히 앉았다. 안전요원이 몸에 안전장치를 채워주었다.

벨소리가 울렸다.

"정말 안 무서워?"

뤄즈는 양쪽 어깨가 너무 꽉 고정되어 있어서 간신히 고개를 돌려 성화이난의 짓궂게 웃는 옆모습을 보았다.

"사실…… 조금 긴장돼." 뤄즈는 쑥스러운 듯 혀를 내밀었다.

놀이기구가 움직이기 바로 직전, 뭔가 따스한 것이 뤄즈의 왼손을 덮었다.

뤄즈의 손이 살짝 움찔했지만, 놀이기구가 하늘로 올라가는 순간 망설임 없이 방향을 돌려 그의 손을 잡았다. 꽉 잡고 놓지 않았다.

티파니와 제이크의 비명 소리가 애써 침착한 척하는 뤄즈의 얼굴을 할퀴고 지나갔다. 뤄즈도 그들과 함께 소리를 질렀다.

무섭지 않았다. 즐거운데, 그걸 어떻게 표현해야 할지 모를 뿐이었다.

꿈을 꾸는 건 아닐까? 너무 빠른 거 아닐까? 그 생각은 금세 스쳐 지나갔다. 그러거나 말거나.

뤄즈는 평생 지금처럼 기쁜 적이 없었던 것 같았다. 보드랍고 상쾌한 기분이었다. 회전판이 다시금 뤄즈를 새파란 하늘 위로 높이 올렸다. 눈을 뜨자 해피밸리의 우뚝 솟은 인공 산과 드넓은 인공 호수가 공중에 거꾸로 매달려 있었다. 그녀는 정말로 날고 있었다.

자이로스윙은 두 아이의 열정에 불을 확 질렀다. 아이들은 롤러코스터를 타러 달려갔다. 공중에 매달린 열차가 뒤집힌 채 인공 산 사이를 질주할 때 네 사람은 함께 오른손을 쭉 뻗어 슈퍼맨 흉내를 냈다. 트로이 목마, 범퍼카, 오디세이…… . 뤄즈는 이렇게 마음껏 웃어본 지도 참 오랜만이라는 생각을 했다. 뤄즈와 성화이난은 각자 범퍼카를 몰며 두 아이가 함께 탄 범퍼카를 죽어라 뒤쫓다가 서로 정면으로 부딪쳤다. 그리고 업그레이드된 후룸라이드의 첫째 줄에 앉아 26미터 높이에서 수직으로 미끄러져 내려오며 연신 비명을 질렀다. 온몸이 물에 흠뻑 젖었다. 뒷줄에 앉았던 사람이 안경을 잃어버려서 한 배에 탄 사람들이 모두 고개를 숙이고 검은 뻘테 안경을 찾는 바람에 위쪽 조그만 다리 위에 있던 사람이 대야를 들고 그들의 머리 위로 물을 끼얹는 걸 눈치채지 못했던 것이다……

네 사람은 너무 피곤해서 말도 나오지 않았다. 그저 기다란 벤치에 앉아 각자 소프트아이스크림을 먹는 데 집중했고, 옷은 모두 젖어서 몸에 딱 붙어 있었다. 바람이 불어와 뢰즈는 몸을 부르르 떨었다. 공교롭게도 등 뒤에서는 석양이 따뜻하게 내리쬐고 있어서 온도차가 너무나 심했다.

문득 가방 속 휴대폰에서 진동이 울리는 느낌이 들었다. 방수를 위해 네 사람의 휴대폰을 모두 뢰즈의 가방 이중 포켓 속에 넣었었다. 뢰즈는 진동이 울리는 검정색 휴대폰을 찾아 무심코 화면에 또렷하게 떠오른 알림 내용을 보았다.

"잔옌 님의 신규 메시지 1개."

뢰즈가 휴대폰을 건네며 말했다. "네 휴대폰 진동이 울린 것 같아."

성화이난은 웃으며 휴대폰을 받았다가 화면을 보자마자 눈살을 찌푸렸다.

뢰즈가 지켜보는 걸 느꼈는지 성화이난의 시선이 휴대폰에서 뢰즈의 얼굴로 옮겨갔다. "왜?"

뢰즈는 고개를 저으며 웃고는 찬란한 석양을 향해 돌아앉았다. 티파니가 마침 자연스럽게 그녀의 품으로 머리를 기댔다.

"춥니?" 뢰즈가 물었다. "아이스크림 다 먹으면 돌아가자. 감기 걸리면 안 돼. 집에 가면 따뜻한 물에 목욕하고."

"가기 싫어요." 제이크가 옆에서 끼어들었다. "맨날 이렇게 즐거웠으면 좋겠어요. 평소엔 항상 지루하거든요."

너희가 얼마나 행복한지 모르는구나. 뤼즈는 고개를 숙여 피곤한데도 더 놀고 싶어 하는 두 아이를 바라보았다.

"방금 오디세이에서 가장 재미있었던 구간은 바로 높은 곳에서 아래로 떨어질 때의 그 몇 초간이었어. 우리는 그 전에 오랫동안 줄을 서야 했고, 끝난 후에는 여기 앉아 오들오들 떨며 옷을 말려야 했지. 단지 그 몇 초간 신나게 비명을 지르려고 말야. 즉, 평소 지루했기 때문에 오늘 이렇게 재미있게 놀 수 있었던 거야. 사람은 평생 대부분의 시간을 지루하게 보내니까."

성화이난이 옆에서 그녀를 빠르게 흘끗 바라보았다.

뤼즈가 일어나며 말했다. "자, 다 먹었지? 그럼 가자."

운전기사 샤오천이 전화를 받고 방향을 알려주었다.

"같이 가자. 이 시간에 해피밸리 앞에서는 택시 잡기 힘들어." 뤼즈가 고개를 숙인 채 말했다.

"그럼 부탁할게." 정신이 딴 데 팔린 듯한 목소리였다. 뤼즈는 고개를 들고 나서야 그가 여전히 무표정하게 휴대폰을 뚫어져라 쳐다보고 있는 걸 발견했다.

뤼즈는 순간 등이 꼿꼿해졌지만 이내 천천히 풀어졌다.

"천만에." 뤼즈가 말했다.

그들은 두 아이를 사이에 두고 멀리 떨어져 서 있었다. 너무 멀어서 방금 공중으로 올라갔을 때 꽉 잡았던 두 손은 존재하지도 않았던 것만 같았다.

차 안 모두가 침묵했다. 두 아이는 서로에게 기대 뤼즈 품으로 기울어진 채 단잠에 빠졌다. 운전석 옆에 앉은 성화이난은 옆얼굴만 보였다. 뤼즈는 창밖으로 빠르게 스쳐 지나가는 건물들을 바라보았다. 축축하게 젖은 옷 때문에 그녀는 다시금 부르르 떨었다. 성화이난의 휴대폰에서는 수시로 진동이 울렸다. 그가 문자에 답장을 보내면서 나는 미세한 버튼 음이 그녀의 귓가를 살살 간질였다.

성화이난은 침묵에 빠진 채로 뤼즈를 기숙사 앞까지 데려다주었다. 사람과 사람 사이의 분위기는 세상에서 가장 약한 것인지, 살짝 잡아당기기만 해도 망가지고 변형될 수 있었다.

"오늘 정말 즐거웠어. 많이 도와줘서 고마워." 뤼즈가 예의를 차리며 말했다.

"천만에. 난 그 애들이 정말 좋아."

"참, 제이크가 너한테 무슨 말 했어?"

"별거 없어. 그냥 쭈뼛쭈뼛하면서 자기가 남자답지 못한 걸 엄마가 싫어한다고 하더라. 우물쭈물하는 걸 보니 말하기 좀 그런 눈치던데. 어쨌거나 난 낯선 사람이잖아. 그 애도 속으론 생각이 깊어."

"응. 애들도 널 아주 좋아하더라."

또다시 몇 분의 침묵이 흘렀다.

"참, 저번 일 아직 너한테 사과를 못 했네. 많이 짜증 났지?" 성화이난이 불쑥 입을 열었다.

"뭐가?"

"장밍루이가 말해줬어. 걔가 널 아주 좋아해."

뤄즈는 가슴이 철렁해 몇 초간 아무 말도 할 수 없었다.

"걔가 날 좋아하는데 네가 왜 사과해?" 뤄즈가 느릿느릿 말했다.

단지 몇 분간이었지만, 놀이공원에서 그렇게 찬란하게 웃던 무방비 상태의 주노는 서서히 차가워지며 다시 뤄즈가 되었다.

"……아니, 걔는 친구로 좋아한다는 거야. 나보고 아무렇게나 엮는다고 한마디 하더라. 네가 기분 나빴을 거라고."

"어." 뤄즈는 잠시 멈추었다 말을 이었다. "나도 걜 알게 돼서 좋았어."

"그럼 다행이네."

"하지만 커플로 엮는 건 사양할게."

"어."

뤄즈는 휴대폰 진동을 느꼈다. 꺼내서 보니 새로운 메시지가 와 있었다. 딩수이징의 문자였다.

"넌 항상 이래, 뤄즈. 항상 이렇게 남들이 활기차고 풍성하다고 여기는 생활을 멸시하지."

한때, 이렇게 복잡하면서도 억지스러운 짧은 문장도 딩수이징은 연습지에 써서 편지로 보내왔었다. 그런데 지금 마침내 끝나버렸다.

다 끝났다. 그럴싸한 거짓 우정, 그리고 마치 영원히 지지 않는 석양 같은 놀이동산도.

뤄즈가 기숙사로 들어가려고 할 때, 성화이난이 갑자기 살짝 망설이는 투로 말했다. "뤄즈, 난 우리가 아주 좋은 친구가 될 수 있을 것 같아."

뤄즈는 문득 남자에게 속은 여자들이 어째서 '처음에 네가 나한테 어쩌고저쩌고'라고 히스테릭하게 소리치며 의미 없는 정의를 세우려는 헛된 생각을 품는지 이해할 수 있었다. 왜냐하면 그녀도 이렇게 묻고 싶었기 때문이었다. "이럴 거면 놀이동산에서 왜 내 손을 잡은 건데?"

뤄즈는 등을 쭉 펴고 그를 돌아보며 빙그레 웃었다. "그래?"

"정말이야⋯⋯. 넌 확실히 아주 괜찮은 여자야." 웃는 표정은 아주 예의 바랐지만 말투에는 망설임이 묻어 있었다. 마치 어떤 단어를 사용해야 그녀가 상처를 받지 않을까 고민하는 듯했다. 그의 눈동자에는 높은 곳에서 내려다보는 듯한 미안함과 연민이 담겨 있었다. 그 표정이 뤄즈의 눈을 시리게 했다.

"나도 내가 아주 괜찮은 여자라는 거 알아." 뤄즈가 웃었다.

괜찮은 여자라서 네게 손을 잡힐 자격은 얻었지만, 네가 계속 잡고 있을 정도는 아니었지.

성화이난은 멍하니 그 자리에 굳은 채 무슨 말을 해야 할지 모르고 있었다.

"어쨌거나 고마워." 뤄즈는 말을 마친 뒤 카드를 찍고 기숙사 안으로 들어갔다.

고마워, 나에게 헛된 기쁨을 한 아름 안겨줘서.

제13장 　 　닭과 오리의 대화

뤄즈는 꽤 오랫동안 성화이난을 다시 만나지 못했다.

문자도 없었고, 심지어 법학 개론의 두 번째, 세 번째 수업에도 성화이난은 오지 않았다. 오히려 장밍루이가 줄곧 그녀 옆에 앉았다.

뤄즈는 가볍게 물었다. "성화이난은 어디 간 거야?"

장밍루이가 말했다. "토론 대회 준비하느라 수업 쨌어."

"토론 대회?"

"며칠 전 우리 학부가 토론 대회에서 너희 경제학부를 꺾었거든. 다들 그러더라. 사회과학 계열의 그 누구도 말재간은 우리 논리력 갑인 이과생을 못 이긴다고."

뤄즈의 멍하니 정신이 팔린 모습을 본 장밍루이는 방금 꺼낸 화제가 심각한 낭비였음을 깨달았다.

"너도 입담이 대단하잖아. 나한테는 독설을 술술 퍼붓던데,

토론 대회에 나가지 그랬어?"

뤄즈가 웃었다. "내 말솜씨는 그저 악을 제거하고 평화를 수호할 뿐이야."

장밍루이는 쳇 하고 고개를 돌렸다.

국경절 황금연휴가 끝난 후 첫 번째 주말, 뤄즈는 티파니 어머니를 만났었다. 그녀는 제이크의 변화를 이야기하며 두 아이가 저번에 함께 놀이공원에 갔던 남학생을 좋아한다고 했다. 한술 더 떠서 뤄즈에게 그 남학생이 매주 와서 제이크와 놀아주며 뤄즈와 함께 가정교사를 맡아줄 수 있는지 물었다. 콤비처럼 말이다.

뤄즈는 물어보겠다고 대답했다.

놀이공원에서 돌아온 후, 뤄즈는 그 이상하고 어색한 분위기가 자기만의 착각은 아닐 거라고 확신했다. 그녀는 성화이난의 문자를 기다렸다. 그가 뭐라도 설명해주기를 기다렸다. 단지 사과의 한마디일지라도 "미안해, 충동적으로 네 손을 잡는 게 아니었는데"라고 확실하게 말해주기를 바랐다……. 하지만 아무것도 없었다.

뤄즈는 먼저 적극적으로 연락하지 않았다. 여러 말 할 필요 없다는 확신이 들었다. 그때 자신은 거절하지 않고 그의 손을 꽉 잡았었다. 그 행동이 뭘 의미하는지, 그렇게 똑똑한 그가 어찌 모르겠는가?

뤄즈는 만약 그의 문자를 다시 받는다면 분명 크리스마스 안부를 묻는 단체 문자에 불과할 것이라고 생각했다.

하지만 제이크에 관한 일로 그에게 꼭 연락해야 했고, 안 그럼 오후 과외 때 할 말이 없을 것이었다. 법학 개론 시간에 뤄즈는 마지못해 그에게 문자를 보냈다. 아이들 어머님이 전하는 감사와 제안을 한 글자 한 구절 신중하게 고르며, 할 말도 없는데 괜히 문자하는 것처럼 보이지 않도록 최대한 노력했다.

한참이 지나서야 답장을 받았다.

"고마워할 거 없어, 나도 걔네가 좋다고 했잖아. 하지만 미안, 내가 요즘 너무 바쁘거든. 학생회랑 토론 대회 때문에 할 일이 많아서. 어머님께 전해줘. 시간 날 때 종종 들러서 애들하고 놀아주겠다고. 돈은 안 받고. ^_^"

뤄즈는 어안이 벙벙했다. 돈을 받는 게 비열한 건가?

그녀는 자신에게 말했다. "고의가 아닐 거야. 빈정거리는 게 아냐. 뤄즈, 속 좁게 굴지 말고 쓸데없는 생각 마. 일부러 그런 게 아닐 거야……."

하마터면 그 일을 잊어버릴 뻔했다. 오디세이를 타고 내려왔을 때, 성화이난은 두 아이가 쓰레기를 버리러 간 사이에 그녀에게 일주일에 몇 번이나 과외를 하러 가냐고 물었다. 뤄즈는 시급 150위안으로 매주 두 아이와 6시간 정도 공부하고 놀아준다고 대답했다.

눈을 감으면 성화이난이 잔잔한 얼굴로 담담하게 말하는 모습이 떠오르는 듯했다. "괜찮네, 보수도 좋고. 게다가 애들도 이렇게 귀엽잖아."

"애들 기분 맞춰주는 건 정말 힘들어. 하지만 무슨 일을 하든

다 힘들겠지. 돈 버는 건 확실히 쉽지 않아." 당시 뤄즈는 그렇게나 솔직하게 그에게 말했다. 그녀는 그가 오해하지 않으리라 여겼다.

너무 순진했다. 돈이 얼마나 중요한지 그가 어떻게 알겠는가.

성화이난은 여전히 깨끗하고 멋진 어린이 양복을 차려입고 계단 위에 서서 공을 안은 채, 그녀에게 손을 내미는 남자아이였다.

다만 뤄즈는 처음부터 그를 올려다보았고, 일부 행동에 쉽게 알아차리기 힘든 구차함과 분노를 감추고 있을 뿐이었다. 그녀는 꼿꼿하게 서서 높은 곳으로 가려고 노력했지만, 여전히 그를 올려다보아야 했다.

뤄즈는 미친 듯이 되뇌었다. 내가 생각이 많은 거야, 생각이 많은 거야, 하고. 그러나 눈물은 눈시울을 수없이 맴돌다 결국 뚝, 뚝 떨어지고 말았다.

"너 괜찮아?" 장밍루이가 옆에서 당황해 어쩔 줄 몰라 했다.

"괜찮아." 뤄즈는 휴지로 눈물을 닦고, 방금 아무 일도 없었던 듯 필기를 계속했다.

아무 일도 없었다. 그에게 잡혔던 손, 그리고 감춰져 있던 경멸. 모든 건 다 오해였다.

장밍루이가 묵묵히 그녀를 바라보았다. 오래도록. 2주간 함께 수업을 들으면서 장밍루이는 뤄즈가 대개는 반응이 느리고 미적지근하다는 걸 알았다. 그녀를 혼자 만날 수 있는 수업 시간에 뤄즈는 거의 말이 없어서 대체 무슨 생각을 하는지 통 알수 없었다. 그들 사이를 가로막은 두꺼운 벽이 장밍루이가 가까스로 찾은 화젯거리를 입 밖에도 내지 못하게 만들었다.

하지만 뤄즈는 말수는 적어도 말에 재치가 있어서 간단한 말로도 완벽하고도 실감나게 이야기를 이어가곤 했다.

그때의 뤄즈는 깨어 있었다. 시시각각 전투를 준비하는, '드러내려고' 노력하는 뤄즈였다.

그때는 맨 처음 법학 개론 수업에서 처음 만났을 때로, 누군가도 함께였다.

장밍루이의 눈빛에 뭐라 설명하기 어려운 열등감과 연민 한 가닥이 스쳤다.

여자들은 다 그랬다. 뤄즈도 그렇고, 그 애도 그랬다. 예전에는 봐도 몰랐지만 지금의 그는 다 알 수 있었다.

가을 공기에는 뭔가 특별한 냄새가 있다. 맑고 서늘한 그 냄새를 뤄즈는 아주 좋아했다. 뤄즈는 가까스로 전반부 수업을 들은 후 펜을 내려놓고 강의동 밖으로 달려나갔다. 그리고 제대로 서기도 전에 숨을 깊이, 폐가 아플 정도로 깊이 들이마셨다가 다시 천천히 내뱉었다.

운동장을 달리지 않은 지도 이미 꽤 오래되었다.

갑자기 문 앞에 서 있는 정원루이가 눈에 들어왔다. 저번의 그 긴 대화 이후, 정원루이는 매번 강의동에서 뤄즈를 볼 때마다 시선을 돌리고 난처한 듯 입을 꾹 다물었다. 뤄즈도 아주 눈치 빠르게 그녀를 못 본 척했다. 정원루이의 기분을 이해할 수 있을 것 같았다. 마음의 수문이 더 이상 못 버틸 것 같아 다급하게 아무나 붙잡고 하소연을 했는데, 감정을 추스르고 다시 생각해보니 아주 수치스러웠을 것이다. 하소연을 들은 당사자가 동정심이라고는 없이 깔깔대며 자신을 비웃는 것 같고, 어쩌면 발가벗겨진 것보다 더 난감할 것이다.

그러나 정원루이는 모를 것이다. 사실 그녀들은 아주 비슷하다는 것을. 뤄즈는 남을 비웃을 자격도 없었다.

뤄즈는 문득 정원루이가 했던 "걔가 돌아오려고 하잖아"라는 말이 떠올랐다.

놀이공원에 갔던 날, 분위기가 갑자기 가라앉은 건 예잔옌에게서 문자가 온 후부터였다. 예잔옌이 돌아온 걸까?

그럼 또 어쩌겠는가. 핵심은 예잔옌이 아니었다. 뤄즈는 씁쓸하게 웃었다.

불현듯 엄마에게 전화를 하고 싶어졌다. 잘 지내는지, 북쪽 지방은 벌써 이렇게 추운데 무릎이 아프지는 않은지 묻고 싶었다.

비록 뤄즈는 매주 금빛 햇살을 받으며 아름다운 두 남매 그리고 골든레트리버와 신나게 프리스비 놀이를 했지만, 여전히 자신의 무거운 짐과 두려움을 시시각각 느꼈다. 뤄즈는 늘 기억해야 했다. 똑같은 세상에서 똑같은 꿈을 꾸더라도 똑같은 운명은 아니라는 것을.

그들의 궤적은 간혹 겹칠 뿐이었다.

그러나 성화이난은 알지 못할 것이다. 어쩌면 똑똑한 그가 이해할 수는 있겠지만, 체감하는 건 영원히 불가능할 것이다.

이런 복잡한 생각들이 모조리 하나로 엉키며 뤄즈는 처음으로 자신과 그의 거리는 애초부터 아득했다는 걸 실감했다.

예전에는 일부러 그와 거리를 두었기 때문에, 그 아득한 거리가 마치 자신이 만들어낸 것처럼 보였고 최소한 난처할 일은 없었다. 그러나 자신이 벌벌 떨며 쭈뼛쭈뼛 손을 뻗은 지금, 그들은 정말로 10만 8천 리나 떨어져 있었다. 애초부터 닿을 만한 거리가 아니었던 것이다. 게다가 손을 뻗은 자신을 보고 웃기까지 했다.

교실로 들어서자, 장밍루이가 갑자기 수상쩍게 다가오더니 말했다. "방금 성화이난이랑 문자를 했는데, 걔가 너희 고등학교 때 예쁜 애들에 대해서 모두 한마디씩 묘사해줬어."

"어?"

"너에 대한 내용도 있어."

"그만하지."

"쯧쯧, 예쁜 애들은 겉으로는 겸손한 척하면서 속으론 좋아한다니까."

"다들 가식 떠는 거야."

"오, 너도 인정하는 거네?"

"뭘 인정해? 고등학교 때 난 미인 축에도 못 꼈어."

"왜?"

"음……." 뤄즈는 진지하게 생각하는 척했다. "고등학교 철부지 남학생들은 아침 일찍부터 예쁘게 단장한 성숙한 분위기의 여학생을 좋아하잖아. 나 같은 사람 좋아하는 걸 아직 못 배웠을 때야."

뤼즈는 뻔뻔스럽게 큰소리치며 장밍루이를 빤히 보고 웃었다. 장밍루이는 대번에 얼굴이 빨개졌다.

피부가 까무잡잡해도 얼굴이 빨개지는 건 티가 났다.

"야, 내가 겸손하게 굴지 않았다고 네가 이러면 나보고 어쩌라고."

장밍루이는 정신을 차리고 목소리를 가다듬었다. "정말이야. 정말로 네 얘기도 있었어. 성화이난이 그러는데, 고등학교 때 친구들은 농구하고 농구 잡지 보는 것 말고 유일한 낙이 바로 예쁜 여학생들을 찾아서 명단을 작성하는 거였대. 아주 살짝 예쁘장하기만 하면," 장밍루이는 일부러 마지막 구절을 강조했다. "모조리 명단에 넣었다지."

"그리고?"

장밍루이가 눈썹을 치켜올리며 말했다. "그리고, 그리고 말이야, 성화이난이 글쎄……."

그는 뤼즈를 쳐다보며 웃음을 참았다.

"걔가 그러는데, 고등학교 때 한 번도 널 눈여겨본 적이 없대."

그의 말이 끝나자, 두 사람은 또다시 몇 초간 침묵에 빠졌다.

장밍루이가 별안간 바닥에 쭈그리고 앉아 크게 웃기 시작했다.

"뤼즈, 나 때문에 화나 죽겠지!"

장밍루이는 이런 초등학생 수준의 말을 마치곤 아주 신난다는 듯이 쌩하니 도망쳤다. 그가 깡충깡충 뛸 때마다 뒤통수의 머리카락이 함께 들썩거렸다. 뒷모습만 보면 흡사 사탕을 받고 좋아하는 어린애 같았다.

마침 휴대폰 진동이 울렸다. 성화이난의 문자가 아주 제때에 도착했다.

"미안, 장밍루이가 나보고 고등학교 때 널 알았냐길래 딱히 눈여겨본 적 없다고 했거든. 근데 걔가 엄청 좋아하면서 그 말로 너한테 복수를 하겠대. 그러게 왜 자꾸 걔한테 막말을 해서는. 미안……."

뤄즈는 어처구니가 없었다.

장밍루이의 유치한 행동에 똑같이 굴 생각은 없었지만, 뤄즈는 그래도 약간 씁쓸했다.

어찌 됐든, 정말로 조금도 눈여겨본 적 없었을까?

정말로? 조금도 없었을까?

뤄즈가 고등학교 때 했던 숱한 추측들이 하나씩 매정한 답을 얻고 있었다.

그녀는 자리에 앉아 아무 목적 없이 교재를 넘겼다. 몇 분 후, 휴대폰에서 다시 진동이 울렸다.

"화났어?"

뤄즈는 무척이나 말하고 싶었다. 이미 한참 전부터 화가 나 있었다고.

하지만 그렇게 말할 만한 배짱이 없었다. 왜냐하면 그녀가 이 모호하고 약한 관계에 연연하고 있기 때문이었다. 연연해하는 사람은 어떻게든 끝까지 감내하는 법이다.

"마음이 산산조각 나서 한 조각씩 다시 맞추는 중이야. 나 대신 장밍루이에게 전해줘. 내가 졌다고."

"어쨌거나 내가 사과할게." 성화이난의 답장이었다.

"네 사과는 항상 아주 이상해. 저번에는 장밍루이가 날 좋아한다고 사과하더니, 지금은 고등학교 때 날 몰라서 사과한다니, 나보고 대체 어떻게 '괜찮아'라고 말하라는 거야?"

성화이난은 더 이상 답장하지 않았다.

이때 수업이 시작되었다. 장밍루이가 물컵을 받쳐 들고 자리로 돌아와 조심스럽게 뤄즈의 눈치를 살폈다.

"화났어?"

"화는 안 났지만 네 체면을 세워줄게. 그래, 열받아서 죽을 것 같아."

"내 체면을 세워준다고?"

"날 열받게 하려는 게 네 목적 아냐?"

"누가 그래?!"

장밍루이가 다시금 얼굴을 붉히더니 고개를 돌려 그녀를 상대도 하지 않았다.

이럴 때도 뤄즈는 여전히 유연하게 대처하면서 조금도 난감해 보이지 않았다. 그녀에게는 그렇게나 쓸모 있는 가면이 있었다.

털털한 장밍루이는 친구들에게 정보를 캐내는 데 선수였다. 그는 성화이난에게 뤄즈가 고등학교 때 어땠냐고 물었다. 성화이난의 대답은 이랬다. "딱히 눈여겨본 적 없어. 그냥 문과반 1등이라는 것만 알았지."

장밍루이 자신도 왜 뤄즈의 마음을 아프게 하려는 건지 알지 못했다. 뤄즈가 자제력을 잃는 모습을 보는 것이 재미있는 일처럼 느껴졌다.

어쩌면 단지 뤄즈를 일깨우기 위함이었을지도 모른다. 뤄즈가 정신을 차리면 다른 한 사람도 현실을 제대로 볼 수 있을 것처럼 말이다.

제14장

말할 수 없는 비밀

오후, 티파니 집에 도착한 뤄즈는 티파니 어머님께 완곡하게 상황을 설명했다. 성화이난이 아주 바쁘다고, 하지만 두 아이를 친동생처럼 생각하고 종종 와서 함께 놀아줄 것이라고 말이다.

뤄즈는 티파니의 실망한 얼굴을 보았다. 제이크는 툴툴거리며 자기 방으로 들어가 뤄즈를 상대도 하지 않았다. 갑자기 몸과 마음에 무력감이 가득 몰려왔다.

뤄즈는 아이들과 거의 반년을 함께 보낸 반면, 그는 고작 하루 아이들과 해피밸리에 갔을 뿐이었다.

성화이난은 이렇게 그녀를 좌절시켰다. 그의 우월감과 친화력과 뛰어남과 분주함과 무신경함을 이용해서.

그러나 뤄즈는 그 모든 면에서 그에게 달리는 데다, 그를 사랑하기까지 했다. 그가 손을 잡았을 때 거절조차 하지 않았다.

상황이 이보다 더 엉망일 수 없었다.

뤄즈는 마침내 미소가 나오지 않아 피로감을 감추지도 않은 채 탁자 옆에 말없이 앉았다.

정말 너무 피곤했다.

"차 좀 들어요. 친구가 윈난에 놀러갔다가 오래 묵힌 보이차를 보내왔거든요. 내가 차 끓일 줄 모를까 봐 일부러 배불뚝이 자사호까지 딸려서요. 먼저 끓는 물에 우려서 흙을 씻어내고, 다시 꿀을 넣어서 차갑게 식혔어요. 가을이긴 해도 난 시원한 걸 좋아하는 편이라, 괜찮죠?"

티파니 어머니가 한참 말을 늘어놓고 나서야 뤄즈는 비로소 정신이 들었다. "네? 아, 괜찮아요. 저도 시원한 걸 좋아해요. 감사합니다."

뤄즈는 유리잔을 받았다. 찻물은 약간 거무튀튀한 갈색이었다. 한 모금 마시니 쓰면서도 떫지 않고 의외로 맛있었다.

"차 좋아해요?"

"모르겠어요." 뤄즈는 어깨를 으쓱했다.

"그럼 커피는요?"

"그것도 모르겠어요."

상대방이 눈썹을 치켜올리며 옅은 미소와 함께 바라보자, 뤄즈는 살짝 부끄러웠다.

"사실은 이래요. 평소 차는 립톤 티백에 뜨거운 물 부어 마시는 게 고작이고, 커피는 밤새워 책을 볼 때 대충 물에 탄 네슬레 믹스커피가 다거든요. 그래서 아주머니처럼 매일 진지하게 차

를 끓이고 커피를 내린다면, 제가 과연 차나 커피를 좋아할지
잘 모르겠어요."

티파니 어머니가 웃음을 터뜨렸다.

"늘 고민 있는 얼굴에 말수도 적은데, 어떨 땐 또 이렇게 솔
직하니까 살짝 적응이 안 되네요."

뤄즈는 언제 이렇게 많이 간파되었는지 짐작할 수 없었다.
두 사람은 마주치는 일이 드물었고, 이야기를 나눈 적도 거의
없었다.

분명 자신보다 10여 년은 더 살아온, 또 그렇게나 대단한 여
성이니 한눈에 자신을 꿰뚫어보는 것이 이상할 것도 없었다.

"제가 고민이 있다고요?" 뤄즈는 두 손으로 잔을 받쳐 들고
차를 홀짝거렸다.

"뭔가 말할 수 없는 비밀을 가지고 있는 것처럼 보이거든요."

나중에 저우제룬周杰倫의 신작 영화 〈말할 수 없는 비밀〉이
개봉되었을 때, 뤄즈는 그녀에게 속마음을 간파당했던 일을 다
시금 떠올렸다. 비록 자신의 비밀은 저우제룬 감독의 그 자아
도취적인 영화에 묘사된 것처럼 그렇게 아름답진 않았지만 말
이다.

"아마…… 그런 셈이죠. 말할 수 없는 건 아니고요." 뤄즈는
반박하지 않았다.

"말할 수 없는 게 아니라면, 그럼?"

"아무도 물어본 적 없어서 말한 적 없을 뿐이에요." 뤄즈는
대답을 마치고 나서야 비로소 생각이 났다. 물어본 사람이 있

긴 했다. 다만 그중 하나는 마녀처럼 시뻘겋게 충혈된 눈으로 술병을 들고 있었고, 다른 하나는 바보처럼 여자 친구가 잘생긴 남자를 따라 도망갔다는 슬픔에 빠져 있었다. 그러니 그 앞에서 어떻게 털어놓을 수 있었겠는가.

뤼즈가 차를 다 마시자, 상대방은 한 잔 더 마시겠냐고 물었다.

"네, 주세요. 이제 대답해드릴 수 있을 것 같아요. 전 차 마시는 게 좋아요."

티파니 어머니가 웃었다. 햇살이 통유리창을 통해 쏟아져 내리며 그녀의 웃는 얼굴을 금빛으로 물들였다. 뤼즈는 문득 그 바닷가에서 찍은 사진이 떠올랐다. 부드러운 햇살 아래 단발머리 여성. 비록 지금 그녀의 머리카락은 아주 길었지만, 청순가련한 소녀의 모습이 여전히 남아 있었다.

"그럼 따뜻한 걸로 마셔요." 그녀는 차반茶盤 앞에 앉아 물을 끓이기 시작했다.

"저…… 앞으로 '아주머니'라고 부르지 않아도 될까요?"

"음?"

"그렇게 부르면 약간 죄를 짓는 기분이라서요. 저보다 몇 살밖에 많지 않아 보이시거든요."

"정말?" 그녀가 눈을 깜빡거리니 더 어려 보였다. "고마워요. 그럼 서열은 각자 알아서 따지도록 하고, 애들이 뤼즈를 '언니'라고 부르니까, 뤼즈도 날 '언니'라고 부르면 되겠네요."

"네." 뤼즈는 만약 남자였다면 분명 그녀와 사랑에 빠졌으리라 생각했다.

"그런데 내 이름이 뭔지, 무슨 일을 하는지는 알아요?"

뤄즈는 고개를 저었다.

"해피밸리에서 애들을 어르고 달래면서도 대체 뭐 때문에 티격태격하는 건지 안 물어봤어요?"

"네. 티파니가 조금 말해주긴 했지만, 계속 울어서 거의 못 알아들었거든요."

"그럼 제이크는 어떻게 달랬어요?"

"제가 달랜 게 아니에요. 제이크가 언니한테 말한 그 형이었어요."

"재미있네요. 그 남학생도 처음부터 끝까지 무슨 일인지 물어보지 않았다니, 두 사람 다 정말 안심이에요."

그녀가 찻주전자를 내려놓았다. "사람들은 내가 혼자 이런 큰 집에서 두 아이를 키우는 걸 보면 다들 내가 누군지, 어째서 이렇게 돈이 많은지, 남편은 어디 있는지 궁금해해요. 내 앞에서 묻지 않아도 뒤에서 캐묻더군요. 내가 이혼했다고 하면 뤄즈는 믿겠어요? 그런데 전혀 관심 없는 표정이네."

뤄즈가 태연하게 웃었다. "관심이 전혀 없는 건 아니에요. 얘기하신다면 당연히 듣고 싶죠. 하지만 굳이 여쭤볼 정도로 흥미롭지 않은 것뿐이에요."

"알바비에만 관심 있고 말이죠?"

뤄즈는 계속해서 솔직하게 고개를 끄덕였다.

티파니 어머니가 웃으며 남아 있는 찻물을 두꺼비 모양의 다우 위에 버리며 고개를 숙이고 편하게 말을 계속했다. "하지만…… 뤄즈의 집안 사정에 대해서는 나도 간략하게 알아요. 다른 사람한테 물어서 몇 마디 들었거든요."

"괜찮아요, 딱히 부끄러울 것도 없는걸요."

"내가 젊었을 때 뤄즈처럼 똑똑했더라면 아주 많은 일들이 일어나지 않았을 텐데."

뤄즈는 말없이 웃기만 했다.

"내가 왜 이런 얘기를 하는지 생각해본 적 있어요?"

뤄즈는 잠시 생각하다 대답했다. "어쩌면 제 기분이 안 좋아 보여서 풀어주려는 걸 수도 있고, 절 자르려는 걸 수도 있고, 아니면…… 언니가 지금 딱히 할 일이 없어서일 수도 있죠."

할 일이 없어서가 분명했다.

뤄즈는 오늘 왜 이렇게 막나가는지 알 수 없었다. 진짜로 성화이난 때문에 자극을 받았는지 거침없었다.

"두 번째 거만 빼고 다 맞아요. 내가 왜 뤄즈를 자르겠어요? 게다가 그렇게 함축적으로 말할 필요 없어요. 그냥 심심했냐고 바로 말하면 되는걸." 상대방이 웃음을 터뜨렸다.

"그럼 진짜로 심심해서서예요?" 뤄즈가 씨익 웃었다. 갈수록 건방져졌다.

"그래요. 나도 비밀이 있는데, 친구가 없거든요." 그녀의 목소리가 낮아졌다. "비밀을 가진 사람은 고독하죠. 그건 아주 정상이에요."

뤄즈가 깜짝 놀라 고개를 들자, 그녀는 여전히 평온한 미소를 지으며 매력적으로 윙크를 해 보였다.

"뤄즈, 우리 친구해요."

뤄즈는 완벽하게 어우러진 주변 조명 불빛을 황홀하게 바라보았다. 왠지 살짝 꿈을 꾸는 듯했다. "네? 왜요?"

"뤄즈의 의향을 물어보는 거예요."

이번에는 망설이지 않았다. "좋아요."

"그럼…… 우리 비밀 교환해요. 어때요? 자기 비밀을 솔직하게 말하기."

뤄즈는 눈앞의 이 사람이 평범한 사람은 아닐 것이라 확신했다. 왜냐하면 자신이 이미 미혹된 것 같았기 때문이었다.

"좋아요." 뤄즈가 대답했다.

"그럼 성의를 보일 겸 내가 먼저 말할까." 티파니 어머니가 웃었다. "난 젊었을 때 남들 보기에 아주 수치스러운 일을 했어요. 제이크와 티파니는 아빠가 다르거든. 공통점이라면, 그들 모두 나와 결혼할 수 없다는 거였고."

뤄즈는 깜짝 놀랐지만 겉으로는 조금도 티 내지 않았다. 혹시라도 이 용감한 자백을 놀랠까 봐서였다.

비록 그 용기는 여러 해가 지난 후 나온 것이었지만 말이다.

티파니 어머니는 모든 사람의 이름과 지명과 시간을 감춘 채 평온하고도 나지막한 목소리로 이야기를 계속했다. 뤄즈는 마치 유미주의 예술영화의 프롤로그에 있는 것만 같았다. 시간은 여유롭게 흐르는 넓은 강물처럼 천천히 그녀의 마음을 씻어주었다.

"……서원의 부모님은 지금도 허락하지 않고 계세요. 그분들 눈에 난 티파니 엄마이기도 하지만 제이크의 엄마이기도 하니까. 속았든 아니든, 한때 유부남과 엮였던 여자죠. 사실 내가 원한다면 가질 수도 있었지만……, 한 가정이 나 때문에 사분오열되고 죽네 마네 난리 치는 걸 보는 건 참 재미없잖아요. 만약 서원이 계속 버티겠다고 했으면 나도 끝까지 버텼을 거예요. 물러나겠다 했어도 상관없었죠. 이 나이에 집착할 게 뭐 있겠어."

"부모가 자녀 인생에 개입하면 안 되는 거잖아요." 뤄즈가 진지하게 말했다. "그분들이 허락하든 말든 의미 없어요."

"도리는 도리고 삶은 삶이고." 그녀는 오히려 상관없다는 듯 웃었다.

"……노인네들은 언젠간 죽잖아요."

뤄즈는 자신이 이런 잔혹하고도 유치한 말을 뱉은 것에 놀랐다. 말이 떨어지기도 전에 맞은편 여인은 큰 소리로 웃기 시작했다. 눈꼬리에 세월의 흔적이 드러나 있었지만 당당하고도 빛났다.

"정말 좋네." 그녀가 뤄즈를 바라보았다. "뤄즈는 정말 젊어. 참 좋아."

뤄즈도 그 순간에야 깨달았다. 아무리 어른스럽다고 생각한다 한들, 자신의 몸에는 여전히 젊은 사람만이 누릴 수 있는 용기와 날카로움이 걸쳐져 있다는 것을. 손 놓을 줄 모르고, 후퇴하기 싫어하고, 단념하지 않으려 하고.

"자, 내 비밀은 다 말했는데. 이제 뤄즈의 비밀을 말해봐요."

뤄즈가 그 말에 고개를 드니 웃음기 어린 두 눈동자가 보였다.

뤄즈는 입을 연 순간, 롤러코스터가 고공에서 급강하하는 듯
한 두려움이 엄습했다. 몇 마디를 하며 '비록, 하지만, 설령, 그
럼에도'의 논리 관계를 남용했고, 말이 두서없이 어지러웠다.

맞은편 사람이 웃었다. "시간 순서대로 하나씩."

민망해진 뤄즈가 뒤통수를 긁적이며 고개를 끄덕였다.

"다섯 살 때, 아빠가 돌아가셨어요." 뤄즈가 말했다.

뤄즈의 삶이 정말로 〈운명 교향곡〉이라면, 그 분위기의 급전
환을 상징하는 심벌즈 소리는 결코 하늘에서 떨어진 감 따위가
아니라, 외할머니 집에 울린 날카로운 전화벨 소리가 가져온
소식이었다.

저녁 무렵 티파니가 아래층으로 내려왔을 때, 엄마와 주노
언니가 통유리창 앞에 마주 앉아 적갈색 보이차 한 잔씩을 들
고 무엇 때문인지 침묵하고 있는 것을 보았다.

뤄즈는 남아서 저녁 식사까지 했다. 제이크는 여전히 뭐 때
문에 뾰로통한지 파악할 수 없어 그저 이렇게만 말해주었다.
"걱정 마, 내가 그 형을 꼭 다시 데려올게."

그 형이 뤄즈가 하는 일을 어떻게 생각하는지 생각하면 여전
히 마음이 쿡쿡 쑤셨지만, 덕분에 머리가 한결 맑아졌다.

뤄즈는 자발적으로 제안했다. 앞으로 아이들의 학습 내용을
엄격하고도 체계적으로 관리하되, 아이들과 노는 시간은 과외
비에 포함시키지 않겠다고 말이다. 그럼 매번 올 때마다 좀 더

머물며 아이들과 놀아줄 수 있었다.

"제가 청렴해서도 아니고, 멸시받을까 봐 그러는 것도 아니에요. 그냥 이렇게 애들이랑 있으면 저도 좀 쉬는 것 같아서요." 뤄즈가 설명했다.

티파니 어머니도 미안함을 가득 담아 고개를 저었다. "내 생각이 짧았네. 이제까지 마음이 편치 않았겠어. 애들 기분 맞춰주면서 돈 버는 것 같아서. 미안."

뤄즈는 이렇게 똑똑하고 아름다운 여성을 좋아하지 않거나 믿지 않기란 매우 어렵다는 걸 깨달았다.

물론, 뤄즈는 마침내 그녀의 이름을 알게 되었다. 비록 지금 사용하는, 개명한 이름이었지만.

"주옌 언니, 다음에 봐요. 고마웠어요." 뤄즈는 차에 타기 전, 대문의 장미 담장 아래 서 있는 그녀에게 작별 인사를 했다.

아름다운 옥계단은 그대로인데 아름다운 얼굴만 바뀌었네.*

밤, 뤄즈는 침대 위에 누웠다. 마음이 훨씬 평온해졌다. 알고 보니 비밀을 말한다는 건 이렇게나 중요한 일이었다.

뤄즈가 기억하기론, 고3 끝 무렵에 딱 한 번 비밀을 말하고픈 충동이 들었었다. 그녀는 6층으로 올라가 성화이난의 교실

....

* 雕欄玉砌應猶在, 只是朱顏改: 이욱(李煜)의 시에서 인용. 여기서 '아름다운 얼굴(朱顏)'이 바로 주옌의 이름이다.

문 앞에 서서 크게 심호흡을 했다. 주변을 오가는 학생들이 그녀를 보고 있는지도 상관하지 않았다. 그들은 순식간에 배경이 되었고, 뤼즈의 시야에는 하얀 빛이 투과되는 교실 문만 보였다. 호흡이 천천히 진정되었지만 용기도 함께 사라져버렸다.

침착하게 몸을 돌려 6층 모퉁이의 여자 화장실로 들어갔는데, 들어서자마자 줄을 서 있던 예잔옌과 마주쳤다. 예잔옌이 웃으며 말했다. "너도 왔구나? 우리 4층에 물이 너무 심하게 새잖아. 5층엔 사람이 너무 많고. 화장실 갈 때마다 계단을 올라가야 한다니 정말 귀찮아."

뤼즈가 웃으며 말했다. "맞아, 맞아."

하려고 했던 말은 결국 입 밖으로 내지 못했다. 6층 여자 화장실은 그녀의 비밀을 상냥하게 품어주었다. 몇 년이 흐르고, 뤼즈는 점점 더 과묵하고 침착해졌다. 예전의 그 찰나의 용기조차 사라져버린 듯했다.

입을 여는 것에는 용기가 필요하다. 책임을 지는 용기 말이다.

말하지 않으면 아쉽지만, 말하고 나면 후회만 남기 때문이다.

제15장

증오를 품은 사람은 모두 외롭다

뤄양은 눈에 보이는 자전거 뒷자리에 털썩 앉았다. 10분쯤 기다리자 뤄즈가 멀리서 걸어오는 것이 보였다. 슬리퍼를 신고, 오른손으로는 뒤통수를 털고 있었다.

"이제 막 씻었어?"

"응." 뤄즈는 뒤통수의 머리카락을 탈탈 치며 물방울을 털어 냈다. "전화했을 때 막 씻고 나온 참이었어. 오늘은 목욕수건을 깜빡하고 안 가져갔지 뭐야. 조그만 수건 하나밖에 없어서 머리가 덜 말랐어. 자꾸 등에 달라붙어서 불편해."

"날이 이렇게 추운데, 감기 걸리면 안 되니까 얼른 들어가. 너네 엄마가 나보고 가져다주라더라. 자." 뤄양은 발밑의 커다란 봉투를 가리켰다.

"무겁지 않아?"

"무슨 말을 하고 싶은 건데? 힘들게 가져다줘서 고맙다고?

별말씀을."

"그럼 위층까지 들어다 줘."

뤄양이 씁쓸하게 웃으며 한숨을 내쉬었다. "이럴 줄 알았다. 그럼 나 데리고 들어가. 경비실에 대신 방문자 등록 좀 해주고."

"오빠는 이렇게나 착하고 성실한데, 혹시 평소에 괴롭힘을 당하는 건 아니지?" 뤄즈가 히죽거리며 그를 바라보았다.

이 말은 어딘가 익숙하게 들렸다.

당시 이 말을 했던 여자아이는 길지도 짧지도 않은 커트머리를 하고 있었다. 히죽거리며 다가왔던 그 모습은 친근하면서도 경박하지 않았다. 그녀가 그의 귓가에 대고 물으며 숨을 토해냈을 때, 그는 머리카락이 쭈뼛 곤두서는 것 같았다.

뤄양은 재빨리 다시 정신을 차리곤 손을 뻗어 뤄즈의 엉망이 된 머리카락을 쓰다듬었다.

"나한테 뭐 얻어내려고 애교 부리지 마. 네가 날 가장 많이 괴롭혀."

이 말도 그 여자아이에게 했던 것 같다. 오빠가 여동생에게 하는 말투였지만, 오늘 뤄즈와 비교해보면 말투는 똑같을지언정 느낌은 그렇게나 달랐다.

그의 반응은 언제나 반 박자씩 느렸다.

뤄즈는 그가 들어올 수 있도록 문을 잡아주었고, 뤄양은 물건을 내려놓고 곧장 방 밖으로 나왔다. 방 안에 여학생이 낮잠을 자고 있어서 그는 조심스럽게 움직였다.

"너넨 둘이서만 살아?"

"다른 기숙사는 네 명씩이야. 근데 이 방이 특히나 작은 편이라 우리 둘만 써."

"잘됐네." 그는 여동생의 괴팍한 성격을 떠올렸다.

"참, 염자 언니는 잘 지내?"

"잘 있지. 걔 전공은 대학원 수업이 적어서 매일 한가해. 그리고 권익연합회 여학생부 부장이 됐는데, 말하자면 Z대 여성연합 및 가십단 단장인 셈이야."

뤄즈가 웃었다. "장거리 연애는 힘들지 않아?"

"그럭저럭. 전화도 있고 문자도 있고, 정 급하면 기차나 비행기도 있잖아. 옛날 사람들은 몇 달에 한 번씩 편지 보내는 걸로도 잘 살았는걸. 참, 무슨 일 있으면 연락해. 우리 회사가 너네 학교랑 가깝잖아. 주말에 학교에서 밥 먹기 싫으면 연락해. 맛있는 거 사줄게."

"걱정 마, 내가 가만 놔두지 않을 테니까."

"공부하느라 많이 바빠?"

"괜찮아, 버틸 만해. 오빠는 야근 자주해?"

"지금은 괜찮은데, 11월 말부터 바빠질 거야. 출근하는 건 학교 다니는 것보다 재미가 없어. 이젠 목표도 없고."

"왜 목표가 없어? 집 사고 차 사고 결혼해서 애도 낳아야지, 부모님 봉양해야지, 염자 언니한테 다이아 반지도 사줘야지, 아이 분윳값 벌어야지. 목표를 삶에 맞추면 되는 거 아냐?"

뤄즈가 재잘거리며 방으로 들어가 책꽂이에서 책을 꺼냈다.

"조용히 해. 룸메이트 깨겠다." 뤄양이 보다 못해 한마디 했다.

"걱정 마, 절대 안 깨. '잠'이라는 한 글자는 얘를 너무 과소평가하는 거야. 보통은 '기절'하거든." 뤄즈는 두꺼운 책 두 권을 가져와 뤄양의 손 위에 내려놓았다. "저번에 오빠가 얘기한 전략분석 관련 책이야. 내가 대신 구해 왔어. 경쟁전략의 아버지, 마이클 포터가 쓴 거."

뤄양이 말없이 손에 든 책을 조심스럽게 넘겨보는 와중에 페이지 사이에서 얇은 편지봉투가 툭 떨어졌다. 그는 바닥을 흘끗 보고는 편지를 주워 들어, 봉투에 꾹꾹 눌러 쓴 필적을 손가락으로 훑으며 입을 굳게 다물었다.

뤄즈는 여전히 책장 정리에 여념이 없었다. 뤄양이 헛기침을 하며 편지를 그녀에게 건넸다. "이거…… 친구가 보낸 거야?"

"어?" 뤄즈는 편지를 받아 들곤 무심히 말했다. "내가 왜 여기에 껴놨지? 친구가 보낸 건데, 아마 마지막 편지일 거야."

"남자 친구는 아니지?" 뤄양의 웃음에 약간의 가식이 섞여 있었다. 그는 그 말을 내뱉는 자신이 너절하다고 느꼈다.

"재미없어." 뤄즈가 고개를 저었다. "봉투에 주소 쓴 거 봐. 그게 어디 남학생 글씨야?"

뤄양은 뤄즈가 편지를 아무렇게나 서랍에 집어넣는 것을 보고 웃으며 대꾸하지 않았다.

보온병을 들고 복도를 지나가던 두 여학생이 뤄양을 보곤 호기심 어린 눈빛을 보냈다. 뤄양은 그들의 발걸음 소리가 멀어지는 것을 들으며 그새를 못 참고 다시 입을 열었다.

"고등학교 때 친한 친구?"

"일부러 화젯거리 찾지 말아줄래? 할 말 없으면 잠깐 자든 가." 뤄즈가 입을 삐죽거렸다.

뤄양은 말문이 막혀 눈을 부라렸지만, 결국 누그러져서 아무 말 하지 않았다.

'됐어, 다 지난 일인데 굳이 또 신경 쓸 것까지야.' 그는 손을 뻗어 뤄즈의 젖은 머리카락을 헝클어뜨렸다. "넌 꼭 집에서만 제멋대로더라. 나한테 못되게 굴기나 하고."

뤄양의 아버지는 뤄즈의 둘째 삼촌이었다. 뤄양은 뤄즈보다 세 살이 많았고, Z대 졸업 후에 베이징으로 날아와 직장을 잡았다. 소꿉친구였던 여자 친구와 타지에 떨어져 있게 된 지는 벌써 반년이 넘었다. 얼마 전 그는 홍콩·마카오 통행증을 발급받으러 고향에 다녀와 겸사겸사 뤄즈에게도 물건을 전해주었다.

뤄즈의 엄마는 줄곧 집안사람들과 관계가 냉랭했다. 막내딸이었던 뤄즈의 엄마는 돌이킬 수 없는 결혼 생활에 제멋대로 뛰어들었고, 부모형제의 그 어떤 충고도 듣지 않았다. 그래서 집안과 완전히 사이가 틀어진 채 본가를 떠났다. 나중에 뤄양의 할머니가 돌아가셨을 때, 뤄즈는 처음으로 그 집 대문에 들어설 수 있었다.

뤄양은 그 전에 뤄즈를 본 적이 있었지만 당시엔 너무 어려서 기억이 거의 없었다. 나중에 다시 만났을 때는 이름이 뭐였는지도 생각나지 않았다. 그날 어른들은 본채에서 중풍에 걸린 할아버지 곁을 지키느라 정신없었고, 뤄즈의 엄마도 매우 슬프게 울었다. 뤄양은 그 마르고 창백한 여자아이가 다른 방 침대 위에 놓인, 이미 돌아가신 지 몇 시간이 지난 할머니 시신 앞으로 걸어가 아무런 두려움도 슬픔도 없이 손을 뻗어 할머니의 손을 잡는 모습을 언뜻 보았다.

뤄양은 문 앞에 서서 입을 쩍 벌렸다. 뤄즈가 또다시 할머니의 청백색 얼굴을 만지며 낭랑한 목소리로 차분하게 말하는 소리가 들렸다. "차갑다."

뤄즈는 고개를 돌려 아연실색한 뤄양을 보고는 웃으며 인사를 했다.

"오빠, 나 눈물이 안 나와. 어떡하지?" 뤄즈는 어렸을 때부터 눈이 예뻤다. 그 시선을 받고 있자니 뤄양의 두려움도 차츰 옅어졌다.

"눈물이 안 나오는 게 뭐?" 당시 그는 초등학교 5학년이었기에 오빠 노릇을 어떻게 하는지는 알고 있었다.

"장례식 때는 다 울어야 하잖아. 저 사람들을 봐." 뤄즈는 손을 뻗어 다른 방에서 서로 얼싸안고 우는 고인의 지인들을 가리켰다. "하지만 난 외할머니를 잘 몰라서 눈물이 안 나와."

당황한 뤄양이 어쩔 줄 모르고 있을 때, 정작 이 여동생은 고개를 비스듬히 기울이고 그를 쳐다보다가 몸을 돌려 이미 차가워진 시신을 바라보았다.

여러 해가 지난 후, 뤄양은 뤄즈가 "난 외할머니를 잘 몰라서"라고 진지하게 말하던 모습을 떠올리며 웃음을 금치 못했지만, 곧이어 마음속에 서늘함과 쓰라림이 몰려왔다.

그는 용기를 내어 할머니 곁으로 다가갔다.

사실 여전히 이 방이 무섭긴 했다. 어른들과 함께 침대 앞에서 고개를 숙여 절을 하고 곧장 나간 후로는 아무도 들어온 적이 없는 방이었다. 차갑고 딱딱하게 굳은 몸과 얼굴은 평소 무뚝뚝한 얼굴로 한 입으로 두말하지 않는 할머니와 너무도 달랐다.

뤄즈는 분명 아직도 그의 대답을 기다리고 있었다. 뤄양은 거실에서 모호하게 들려오는 울음소리에 귀를 기울였다. 자신도 모르게 코끝이 찡해지며 금방이라도 울음이 나올 것처럼 입을 삐죽거렸다.

"할머니는 아주 엄격하셔서 늘 화를 내셨어. 하지만 실은 아주 좋은 분이셨지. 모두 할머니께 결정을 맡겼고, 모두가 할머니를 의지했어. 할머닌…… 참 좋은 분이었어."

약간은 동문서답이었고, 그는 찌질하게 울기 시작했다. 정신이 들었을 때, 뤄즈가 그의 등을 위로하듯 토닥여주고 있었다. 그 맑고 빛나는 눈동자에는 나이에 걸맞지 않은 이해심과 동정이 가득 담겨 있었다.

장례식 때, 뤄즈는 줄곧 뤄양의 뒤를 따라다녔다. 장례식장에서 시신과 마지막 인사를 나눌 때, 모든 자손들은 한 줄로 서서 장례식장 가득 울리는 슬픈 음악 속에서 통곡했다. 손님들은 줄지어 유리관 앞으로 다가가 세 번 허리를 굽혀 절했다. 뤄양은 울고 울다가 구석에 있는 뤄즈를 흘끗 바라보았다. 뤄즈는 한마디도 하지 않고 그저 유리관에 시선을 고정하고 있었다. 중요한 일을 생각 중인 것처럼 보였다.

뤄양은 지금까지도 그때 뤄즈의 종잡을 수 없던 표정을 잊을 수 없었다. 딱히 무서운 표정은 아니었지만, 그런 어른 같은 표정을 귀여운 꼬마가 짓고 있으니 약간 괴이했다.

나중에 뤄즈의 엄마도 집안 형제자매들과 어울리는 일이 잦아졌는데, 뤄즈를 함께 데려오는 일은 드물었다. 뤄양이 두 번째로 뤄즈를 본 건 중학교 1학년 때였다. 당시 그는 친구들과 함께 집에 가다가 뤄즈가 지하 도서 대여점에서 성큼성큼 걸어 나오는 것을 보았다. 초등학교 3학년짜리 여자애가 만화책 두 권을 안고 그의 놀란 눈빛을 받아쳤다.

"아, 오빠구나." 뤄즈는 전혀 낯설어하지도 않고 씨익 웃었다.

제16장   만약 황용이 없었다면

그들은 상당히 쿵짝이 잘 맞는 남매가 되었다. 두 사람의 학교는 아주 가까워서 뤄양은 종종 학교가 파하면 뤄즈를 찾아가곤 했다. 둘은 부근의 바비큐 노점과 분식집을 쭉 돌아보곤 강가에 앉아 사 온 것들을 먹으며 수다를 떨었다.

어린 시절에 친근감을 쌓지 못했던 여동생은 그보다 세 살 어렸지만, 서먹서먹함이나 세대 차이라곤 조금도 느껴지지 않았다. 뤄양은 매번 그 점을 떠올릴 때마다 신기했다. 정말로 남자아이가 여자아이보다 정신적으로 늦게 성숙해서 그런 걸까?

뤄양은 줄곧 알고 있었다. 이 여동생의 차분한 겉모습 아래에는 지극히 강렬하고 풍부한 내면의 세계가 있다는 것을. 그 세계가 어떤 모습인지는 조금도 알지 못했고, 탐구해볼 흥미도 없었지만 말이다. 그에겐 고민거리가 있는 경우가 드물었다. 어린 시절에는 말 잘 듣는 아이인 데다 착하고 무던해서, 오히려 뤄즈에게 놀림을 받거나 말대꾸를 듣는 경우가 흔했다.

고등학교 시절에는 그들이 사촌 관계라는 걸 모르는 친구들이 이런 소문을 퍼트리기도 했다. 뤄양에게 어렸을 때부터 함께 자란 어린 여자 친구가 있는데, 두 사람이 같이 있으면 마치 곽정과 황용* 같다고 말이다. 뤄양은 그 이야기를 뤄즈에게 농담처럼 들려줬는데, 뜻밖에도 무척이나 어이없다는 반응이었다.

"오빠 친구들은, 그러니까 내가 아주 바보 같다고 돌려서 말한 거야?"

뤄양은 기가 막혔다.

그는 어릴 때부터 인간관계가 특히나 좋았다. 하지만 그 '좋은 사람' 뤄양은 세상에 믿을 사람이라곤 부모님과 뤄즈뿐이라는 것을 항상 명심했다. 그는 사람들을 허물없이 대했고 허물없이 경계했다. 그가 성격이 좋은 이유도 단지 진심으로 마음에 두고 걱정하는 일이 많지 않았기 때문이라 할 수 있었다.

뤄즈는 비록 보기에는 냉담해도 뤄양 앞에서는 단연코 진실하고 자연스러웠다. 그와 함께 있을 땐 마음 놓고 먹어대거나 농담 따먹기를 했고, 웃고 싶을 때 웃었으며, 기분이 안 좋으면 그를 걷어차기도 하면서 막무가내로 행동했다.

다만 아무리 머리를 쥐어짜 보아도 이 여동생이 자신에 대한 이야기를 한 적 있는지는 도통 생각나지 않았다. 그가 그녀에 대해 아는 건 모두 세월이 조금씩 새겨놓은 흔적이었다. 그럼

---

* 〈사조영웅전〉의 주인공들.

에도 뤄양은 뤄즈가 커가는 것을 지켜봤다고 감히 말할 수 없었다. 그가 느끼기에 뤄즈는 자신을 만나기 전에 이미 형태가 갖춰져 있었고, 그가 참여한 부분은 성장이라기보다는 윤색에 가까웠다.

그러던 어느 날, 대학 입학시험을 앞둔 뤄양과 고등학교 입학시험을 앞둔 뤄즈는 함께 대학교 자습실에서 시험 준비를 했다. 뤄양은 책 더미에서 고개를 들어 창밖의 햇살을 바라보았다. 곧 다가올 대입 시험과 공장제도 개혁 때문에 실직을 앞두고 시끄럽게 싸우는 엄마 아빠를 생각하자, 처음으로 인생에 대한 약간의 슬픔과 곤혹스러움을 느꼈다. 그는 뤄즈를 오랫동안 바라보았다. 그와 나란히 꿇어앉아서도 눈물 한 방울 흘리지 않던 어린 여동생은 어느새 예쁘게 자라났는데, 이제껏 그 또래 여자아이라면 흔히 있을 법한 우울함이라고는 실오라기만큼도 드러낸 적 없었다. 다른 사람들보다 우울할 자격이 충분했는데도 말이다.

그런데 뤄즈는 미래를 그렇게나 또렷하고 절대적으로 보고 있었다. 마치 모든 걸 장악하고 있다는 듯이, 그저 차근차근 앞으로 나아가면 된다는 듯이.

왠지 모르게 불쑥 질문이 나왔다.

"너 옛날에 할머니 장례식 때 할머니를 뚫어져라 쳐다봤잖아. 뭘 보고 싶었던 거야?"

뤄즈가 모의고사 시험지에서 고개를 들고 전혀 놀란 기색 없이, 굳이 회상할 것도 없다는 듯 곧장 담담하게 웃으며 말했다. "별 이유 없었어. 그땐 그냥 좀 이상했거든. 왜 사람은 죽고 난 뒤에 살아 있을 때보다 더 사랑을 받을까."

뤄양이 의아한 듯 물었다. "왜…… 그런 생각을 해?"

뤄즈는 웬일로 귀찮아하지도 않고 계속해서 태연하게 말했다. "내가 미워하는 사람들은 모두 죽거나 내 삶에서 멀리 떠나갔어. 그래서 다른 사람들은 모두 산 사람의 편에서 그들을 불쌍해하고 그들의 좋았던 점을 생각하는데, 나만 여전히 죽은 사람을 미워하면서 그냥 넘어갈 수 없으니 좀 외롭더라고."

뤄양은 깜짝 놀랐다. 손 밑에 쌓여 있던 복습 자료들이 사라락 바람에 흩날렸다. 뤄즈는 얼굴빛 하나 변하지 않고 고개를 숙인 채 계속 책을 보았다.

'넌 누굴 미워하는 건데?' 그의 질문은 바람 소리를 따라 멀리 날아가 다시는 입가로 돌아오지 않았다.

헤어지기 전, 뤄양은 뤄즈에게 건강 꼭 챙기라고 여러 차례 당부했다. 운동도 하고, 맨날 컴퓨터 앞에만 앉아 있지 말고, 시력을 보호하고……, 결국 뤄즈가 귀찮다는 듯 말을 끊었다. "오빠, 염자 언니한테 전염이라도 된 거야?"

뤄양이 웃으며 손을 내젓다가 문득 입을 열었다. "솔직히 말해서 그 편지." 그는 귀신에 홀린 듯 또 그 일을 언급했다는 걸 깨닫고 놀라 멈칫하면서도 결국 끝까지 말하기로 결심했다. "글씨가 아주 특별하더라."

"걘 글씨 아주 잘 써. 유화랑 소묘 실력도 대단하고. 독학으로 배웠대."

"그래?" 뤄양은 고개를 끄덕이며 이를 꽉 깨물고 묻고 싶었던 말을 목구멍 뒤로 삼켰다. 그리고 평소와 다를 바 없이 너그러운 미소를 지어 보였다. "자신을 잘 돌보도록 해. 간다, 다음에 또 보자."

"저번에 새해에 염자 언니가 베이징에 온다고 그랬지? 정말로 확정된 거야?"

"응, 별일 없으면 새해 연휴 때 올 거야."

"그래, 그럼 그때 봐."

뤄즈는 줄곧 천징을 '새언니'가 아닌 '염자 언니'라고 불렀다. 뤄양은 고3 때 처음으로 천징을 그들이 함께 공부하는 도서관으로 데려와 뤄즈에게 정식으로 여자 친구라고 소개했다. 뤄즈는 처음 보자마자 천징이 드라마 〈사조영웅전〉 구 버전의 목염자*를 닮았다며 '염자 언니'라고 부르겠다고 떠들었다.

나중에 뤄양은 천징이 성격도 목염자와 굉장히 닮았다고 인정할 수밖에 없었다. 다정한 천징을 볼 때마다 뤄양은 포근한 집 같다고 생각했다. 그들이 사귄 지도 벌써 5년이 넘었다. 두 사람은 안정적이고 손발이 척척 맞았다.

그런데 지금 뤄양의 눈앞에는 그 편지봉투가 책장 사이에서

....

* 〈사조영웅전〉의 등장인물. 주변 사람들이 곽정과 맺어주려 했지만 곽정에게는 황용이 있었고, 목염자도 이미 양강을 사랑하고 있었다.

미끄러져 떨어지는 모습이 슬로모션으로 반복해서 재생되고 있었다. 알 수 없는 두려움과 함께.

곽정과 목염자, 삶이 평온하다면 행복하지 못할 것도 없었다.

다만 황용이 없다는 전제 하에 말이다.

뤄양이 손을 흔들며 작별 인사를 하려다가, 문득 진작에 관심을 가졌어야 할 화제가 떠올랐다. "너 혹시 좋은 소식 없어?"

"좋은 소식?"

"모른 척하긴. 남자 친구 말이야."

뤄즈가 웃음을 터뜨렸다. "없어. 내가 오빠 줄 알아? 진작에 준비해뒀다가 마누라를 싸 들고 대학에 입학하게."

"널 보살펴줄 사람이 있으면 우리도 안심할 수 있잖아. 괜찮은 사람 있으면 생각해봐."

난 이미 오랫동안 생각해왔어.

뤄즈는 왼손 손가락을 몇 차례 살짝 집어보았다. 목욕을 하고나서 너무 얇게 입어서인지, 차가운 손바닥은 놀이공원에서의 온도를 잃은 지 오래였다.

그녀는 뤄양의 꼿꼿한 뒷모습을 보며 어린 소녀처럼 바보 같은 미소를 지어 보였다.

뤄양은 그녀의 삶에 흔치 않은 밝은 빛이었고, 그 따사로움으로 그녀를 안심시켜 주었다.

고개를 숙이고 돌아가는 길에 불현듯 오늘의 뤄양은 뭔가 이상하다는 생각이 들었다.

뤄양은 우물쭈물하는 일이 드물었다. 늘 햇살 아래 펼쳐진 드넓은 해안처럼 한눈에 바라다보이는 사람이었다. 일에 문제가 있는 걸까, 아니면 천칭과 다투었을까, 아니면…….

아니면 그가 뤄즈를 모르듯이 그녀가 모르는 그의 모습이 있는지도 모른다.

하지만 뤄즈는 엄마를 믿듯이 그를 믿었다. 이런 게 바로 가족이었다. 만약 혈연관계도 없고, 어릴 때부터 알고 지낸 사이가 아니라 수많은 인파 속에서 만났다면, 뤄즈는 뤄양 같은 사람과 친구가 되고 싶지 않았을지도 모른다. 그가 그녀에 대해 알고 있는 건 어쩌면 주옌보다 적을지도 모른다.

하지만 지금 뤄양은 뤄즈의 오빠였다. 그녀의 말을 알아듣지 못한다 해도, 그녀의 비밀을 모른다 해도, 사람을 위로하는 적절한 방법을 모른다 해도, 뤄즈는 여전히 그의 존재로 인해 따스함을 느끼고 안심할 것이다.

외부인에게는 이 얼마나 제멋대로고 막무가내인 신뢰일까.

| 제17장 | 모른 척하기와 체면 차리기 |

　　일요일 오후, 뤄즈는 티파니와 제이크가 다니는 국제학교에
서 열리는 가족 축제에 초대를 받아 두 아이의 공연을 보러 갔
다. 축제의 마지막을 장식한 건 연극 〈이상한 나라의 앨리스〉였
다. 티파니는 회중시계를 가지고 다니는 토끼 역할이었고, 제
이크는…… 나무 그루터기 역할이었다.

　　저녁 식사를 하고 학교로 돌아오니 8시가 넘어 있었다. 북문
부근에 있는 컨벤션센터는 불이 환하게 켜져 있었다. 활짝 열
린 창문에서는 수시로 웃음소리와 박수 소리가 터져 나왔다.
어둠 속에서 뤄즈는 고개를 돌려 입구에 걸린 붉은 플래카드
위에 적힌 글씨를 자세히 살펴보았다.

　　토론 대회 준결승 주제였다. 이번에 생물학부와 법학부의 토
론 주제는 꽤나 대담했다. '고등학교에서 학생들에게 무료로
콘돔을 나눠줘야 하는가.'

뤼즈는 고개를 들어 2층에서 노랗게 빛나는 불빛을 주시했다. 생물학부 토론팀에는 분명 성화이난이 있다.

그러나 문득 깨달은 사실은, 올라가서 살짝 볼까 하는 욕망이 조금도 없다는 거였다. 난처한 상황을 피하고 자존심을 지키려는 것도 있었지만, 더 큰 이유는 무대 위아래에서의 그의 모습과 표정과 자세와 말투를…… 마치 지금 눈앞에 있는 것처럼 생생하게 묘사할 수 있을 것 같아서였다. 뤼즈는 이렇게나 그를 속속들이 알고 있었다. 마치 소스코드를 이미 확보한 것처럼, 임의의 장소와 대상만 설정하면 마음속 그 사람을 아주 적절하고도 위화감 없이 집어넣을 수 있었다.

어쩌면 바로 이런 이유로, 뤼즈는 그와 마주치는 일이 아주 드물었음에도 그를 그리워하지 않았나 보다.

그는 줄곧 있었으니까.

발걸음을 돌려 돌아가는 길에 덩치 큰 남학생들 몇 명과 마주쳤다. 그들은 맞은편에서 건들건들 걸어오며 좁은 길을 빈틈없이 막고 있었다. 뤼즈가 고개를 숙이고 왼쪽으로 몸을 돌려 길을 비켜주는데, 누군가 느닷없이 뤼즈의 이마를 손가락으로 튕겼다.

"여, 너였구나!"

뤼즈가 고개를 들었다. "어, 너구나."

"토론 대회 보러 안 갈래? 친구들이랑 밥 먹고 오는 길인데, 가서 성화이난 응원하려고."

"야, 됐거든. 네가 무슨 넷째를 응원한다고 그래. 넌 그 법학부에 예쁜……." 옆에 있던 뚱뚱한 남학생은 말을 끝마치기도 전에 장밍루이의 헤드록에 걸렸다.

뤄즈는 똑똑히 보았다. 헤드록을 걸고 있는 장밍루이의 표정에는 부끄러움보다 난감함이 더 컸다. 저번에 같이 데어리 퀸 아이스크림을 먹을 때 그가 말해준 '잘못된 만남'이 떠오르자 이해가 되었다. 어쩌면 아침저녁으로 붙어 다니면서도 속사정을 모른 채 놀려대는 이 형제들보다, 지금 장밍루이를 가장 이해할 수 있는 사람은 오히려 잘 알지도 못하는 그녀일 것이다.

뤄즈가 연민을 느끼려던 순간, 한 남학생이 그녀에게로 주의를 돌렸다. 뚱뚱한 남학생이 신대륙이라도 발견한 것처럼 소리쳤다. "와, 너 맞지? 그날 해피밸리에서!"

다른 두 남학생도 옆에서 거들었다. "맞네, 맞아. 넷째가 널 따라서 애들 데리고 도망쳤잖아! 완전 서운했다고! 말해봐, 두 사람 무슨 관계야?"

뤄즈는 그 여러 가지 의미가 담긴 질책을 묵묵히 삼키며 고개를 들고 장밍루이의 빛나는 눈동자를 보았다. 알 수 없는 표정이 담겨 있었다. 어쩌면 밤이 너무 어두워서일 것이다.

"나도 걔에 대해 잘 몰라. 그저 겸사겸사 도와준 것뿐이거든. 걔가 너희랑 같이 다니면 들러리가 된 기분이라고 하던데. 게다가 나중에 너희들이 가니까 걔도 가버려서 같이 놀지도 않았어." 뤄즈가 웃으며 설명했다. "딱 몇 번 만났는데, 법학 개론 시간에. 장밍루이도 거기서 알게 된 거고."

뤄즈의 말투가 너무나 평온해서인지, 남학생들은 더 이상 캐물을 흥미를 잃고 다시금 장밍루이에게로 총구를 돌렸다. 다들 그가 법학 개론 수업을 듣는 목적에 대해 질문 공세를 펼쳤고, 이야기의 화제는 다시금 법학부 여신에게로 되돌아갔다. 뤄즈가 자리를 뜨려는데, 갑자기 장밍루이가 도발하듯 큰 소리로 외쳤다. "뤄즈, 너 정말 성화이난 대회 안 보러 갈 거야?"

뤄즈의 가슴속에 불꽃이 맹렬하게 타올랐다.

그녀는 고개를 돌리고 가볍게 말했다. "참, 너네 길 건널 때 장밍루이 특히 잘 살펴봐. 차에 부딪히지 않도록 말야."

"왜?" 뚱보 남학생이 어리둥절한 표정으로 반문했다.

"날이 너무 어둡잖아. 운전기사가 못 보면 어떡해."

그녀는 계속해서 앞으로 걸어갔다. 장밍루이의 얼굴은 야경에 잠겨 들었고, 남학생들의 천지를 뒤흔들 만한 웃음소리가 그녀의 등 뒤에서 터져 나왔다.

네 번째 법학 개론 수업 시간, 뤄즈는 곧장 늘 앉던 구석 자리에 앉았다. 의외로 옆자리에 장밍루이가 없었다. 지난 2주간 그는 매번 일찌감치 맨 뒷줄에 앉아 뤄즈를 부르며 대신 자리를 맡아놨다고 했다. 사실 일부러 맡을 필요도 없는 자리였지만.

뤄즈는 자리에 앉아 교실을 쓱 둘러보았다. 성화이난이 보였다. 하지만 그는 장밍루이와 함께 저 멀리 셋째 줄에 앉아 있었다. 바로 그때, 휴대폰 진동이 울렸다. 화면에 성화이난의 이름이 찍혔다.

"혹시 너무 늦게 와서 맨날 그런 구석에 앉는 거야? 앞으로 내가 너 대신 앞쪽에 자리 맡아줄까?"

뤄즈는 잠시 어안이 벙벙했다.

"괜찮아. 난 여기 앉는 걸 좋아해. 고마워." 뤄즈가 답장을 보냈다.

3주 동안 사라졌다가 다시 이런 미적지근한 말로 관계를 풀어버리다니. 뤄즈는 망연자실했다. 그녀는 그를 좋아하지만 그는 분명 그녀를 좋아하지 않았다. 이건 맹목적인 자기비하가 아니었다. 손을 잡고 나서 3주간 사라지고, 다시 이렇게 얼어붙은 관계를 마음 내키는 대로 녹여버리는 건 결코 마음이 끌리는 사람에게 하는 행동이 아니었다. 이렇게 나온다면 포기하자. 반드시 포기해야 해. 손잡았던 일은 더 이상 마음에 담아두지 말자.

뤄즈는 마치 정치 교과서를 암송하듯 그 생각을 세 번 거듭 되뇌었다.

"혹시 좋아하는 극장판 애니메이션 있어? 단편도 괜찮아. 13화 정도 되는 거. 장편을 쭉 이어서 볼 시간이 없어서 영화로 보려고." 그가 물었다.

뤄즈는 곰곰이 생각하다가 답장했다. "옛날 건데, 〈추억은 방울방울〉. 시간 있으면 봐봐."

그는 꽤 이상한 말투로 대답했다. "그러니까, 〈추억은 방울방울〉이라고?"

뤄즈는 휴대폰을 파우치에 넣었다. 더는 말하고 싶지 않았다.

장밍루이가 뒤돌아봤을 때, 마침 뤄즈가 뒷문으로 들어오고 있었다. 남회색 체크무늬 셔츠와 간단하게 묶은 포니테일, 그녀는 무표정한 얼굴로 앞쪽 빈자리는 무시한 채 곧바로 맨 뒷줄 구석에 가서 앉았다. 성화이난도 뒤를 돌아보고 있었다.

뤄즈는 자리에 앉아 계단식 교실을 쓱 둘러보았다. 그녀의 시선은 그들을 스치면서도 마치 낯선 사람을 보듯 조금도 멈칫하지 않았다.

장밍루이는 문득 살짝 불편해졌다.

뤄즈와 함께 구석에 앉아 한마디도 나누지 않는 법학 개론 수업에 이미 익숙해진 것 같았다. 어쩔 수 없었다. 그들 곁에는 마찬가지로 법학 복수전공을 신청한 선배가 앉아 있었다. 농구팀에서 알게 되었는데 오늘 아침 우연히 마주친 것이다. 선배는 그들을 위해 자리를 맡아주며 같이 앉자고 했다. 장밍루이는 자리가 너무 앞쪽이라며 완곡하게 거절했다. 하지만 선배는 너털웃음을 터뜨렸다. "아침 운동하고 일찍 왔더니 마침 자리가 있었어. 괜찮아, 괜찮아, 고마워할 것 없어."

고맙기는 개뿔. 그는 하는 수 없이 웃으며 자리에 앉았다.

장밍루이는 수업 시간에 성화이난이 여러 번 뒤쪽을 돌아보는 것을 곁눈질로 보곤 슬며시 웃었다.

"뤄즈한테 갈 거야?"

수업이 끝나고, 장밍루이는 가방에 책을 넣으며 성화이난에게 물었다.

"뭐?" 성화이난은 무슨 뜻인지 이해하지 못한 듯했다.

"내 말은, 뤄즈 만나러 갈 거냐고. 너네 사이가 좋아 보이더라. 너도 수업 시간에 자꾸 뒤를 돌아보고 말이지. 좀 더 발전시켜 보는 건 어때?"

장밍루이의 순수한 미소는 평소와 다를 바 없었다. 성화이난이 웃으며 말했다. "무슨 꿍꿍이야. 너 혹시 너무 오래 참아서 어디 잘못된 거 아냐? 계속 그렇게 앉아 있게?"

"난 선배님과 나란히 앉고 싶지 않아." 그는 방금 선배가 떠나며 책상 가득 남겨놓은 휴지 조각을 바라보았다. "내가 선배 바로 옆에 앉았으니 넌 당연히 그 땀 냄새를 못 맡았겠지." 장밍루이가 정색하며 말했다.

"그래?"

"그리고 둘째 형님한테 듣긴 했는데, 네가 바빠서 물어본다는 걸 계속 잊고 있었네. 너네 같이 놀이공원 갔었어?"

'그리고 모두를 따돌리고 걔랑 따로 놀러 갔고.' 장밍루이는 그 말을 하려다가 목구멍 뒤로 삼켰다. 악의는 없었지만, 그 말은 아무리 들어도 질투하는 것처럼 들렸다.

저번에 아이스크림을 먹고 돌아왔을 때, 성화이난은 웃으면서 어떻게 됐냐고 물었고, 그는 진지하게 이렇게 말했다. "허튼 생각 마. 난 정말로 사과하는 게 목적이었으니까. 난, 걜 쫓아다닐 생각이 아니었다고."

장밍루이는 자신이 떳떳하다고 느꼈다. 그런 생각을 하며 멀리서 가방을 싸는 뤄즈를 흘끗 바라보았다.

"우연히 만났어." 성화이난이 대수롭지 않다는 듯 말했다.

"야, 이 새끼야, 좀 남자답게 굴어라. 기숙사 전체에서 너만 이래. 의도가 있으면서 우리까지 속이냐." 장밍루이가 히죽 웃었다.

"나한테 무슨 의도가 있는데?"

장밍루이는 별안간 화가 머리끝까지 치솟았지만 그저 순간일 뿐이었다. 그는 눈빛에서 뭔가 드러날까 봐 바로 고개를 돌렸고, 다시 평온을 되찾았다.

"이리 와, 이 형님이 밀어줄 테니까." 장밍루이가 곧장 몸을 돌려 외쳤다. "뤄즈, 같이 점심 먹자!"

뤄즈가 고개를 삐딱하게 기울인 채 미간을 찌푸리며 의심스럽게 쳐다보는 모습에, 그는 웃고 싶어졌다.

그런데 계단을 올라간 그는 뤄즈가 이미 가방을 다 챙기고 자신을 주시하면서도 뒤따라오는 성화이난에게는 눈길도 주지 않는 걸 깨달았다.

"뭘 그렇게 큰 소리로 불러. 네가 쏘는 거야?" 뤄즈는 장밍루이에게 일관성 있게 그다지 친절하지 않았다.

"나 돈 없는데." 그는 성화이난을 돌아보았다. "네가 쏴."

뜻밖에도, 성화이난은 흔쾌히 대답하면서도 어딘지 모르게 약간 어색해 보였다.

뤄즈는 고개를 숙이고 뭔가를 생각하는가 싶더니, 고개를 끄덕였다. "그래."

뤄즈는 교실을 나서자마자 복도에서 거비와 장바이리를 마주쳤다. 그녀가 장바이리에게 인사하고 비켜 가려는데, 갑자기 거비가 "성화이난" 하고 불렀다.

"쉬 선배가 너한테 그 돈 계좌에 들어왔냐고 묻더라. 비용 청구하려면 다음 주 화요일 오후까지 꼭 마무리하라고." 거비가 말했다.

"목요일 오전에 청구서 올렸어. 걱정 마."

"그럼 같이 밥 먹자. 마침 청년단위원회 일로 중요하게 물어볼 것도 있고."

"같이?" 성화이난은 고개를 숙인 장바이리를 흘끗 바라보았다.

"응, 우리 둘만. 벌써 12시네. 좀 조용한 곳으로 가자. 지금 안 물어보면 늦을 것 같아."

장바이리는 시종일관 고개를 숙인 채였다. 아까 뤄즈가 인사할 때부터 그랬다. 지금도 그녀는 미세하게 고개를 끄덕이며 넋 나간 사람처럼 앞으로 가려다가 뤄즈에게 딱 붙잡혔다.

"가자, 같이 밥 먹자." 뤄즈는 성화이난과 장밍루이를 향해 손을 흔들며 말했다. "나중에 먹자. 오늘은 괜히 무리하지 말고. 먼저 갈게."

장밍루이 혼자만 그 자리에 남았다.

너희 둘은 정말 환상의 조합이구나. 그의 얼굴에 처음으로 산전수전 다 겪은 듯한 웃음이 떠올랐다.

오늘 아침, 장밍루이는 마침내 쉬르칭에게 문자를 보냈었다. 어쨌거나 끝내 마음이 놓이지 않았기 때문이었다.

"오랜만에 연락했네."

"그러게. 잘 지냈어?" 쉬르칭의 문자는 얼핏 보면 평소와 다를 바 없었다.

"그럭저럭. 넌?"

"잘 지내지. ……너희도 잘 지냈어?"

너희? 너희가 누구데? 장밍루이는 짜증이 나서 휴대폰 전원을 꺼버렸다.

쉬르칭은 목숨 걸고 체면을 차리려는 뤄즈를 배워야 했다.

제18장

실마리 인물

장바이리는 말이 없었다. 뤄즈는 그녀의 어깨를 감싼 채 앞으로 걸어갈 뿐이었다. 정오의 햇살이 눈이 부셔서 뤄즈는 손으로 이마 앞을 가렸다. 주머니에서 진동이 울렸다. 성화이난에게서 온 문자였다.

"나 오늘 우리가 처음 만났을 때의 네 역할을 맡은 거 맞지?"

어색하긴. 그녀는 답장하지 않았다.

뤄즈는 휴대폰을 주머니에 집어넣고 시종일관 고개를 숙인 채 말이 없는 장바이리를 의심스러운 눈초리로 쳐다보았다. 그러다 갑자기 번뜩 떠오르는 생각에 가방에서 휴대용 티슈 한 팩을 꺼냈다.

"자."

장바이리는 티슈를 받아 들고 잠시 후 마침내 고개를 들었다.

"고마워." 그녀는 활짝 웃어 보였다. 비록 억지웃음이긴 했지만 아까보다 많이 명랑해져 있었다.

"내가 눈물 닦아야 하는 거 어떻게 알았어?" 장바이리가 부끄러운 듯이 뤄즈에게 물었다.

뤄즈는 웃음을 참을 수 없었다. "누가 눈물이래? 난 분명히 콧물 닦으라고 준 거거든? 눈물이었으면 소매로 닦았겠지, 안 그럼 계속 고개를 못 들었겠어?"

장바이리는 결국 날카롭게 소리를 지르며 뤄즈를 때리려고 쫓아갔다.

KFC에서 뤄즈는 2번 세트를 주문했다. 장바이리는 배가 안 고프다고 했지만, 뤄즈는 스트로베리 선데를 사주었다.

"슬플 땐 아이스크림을 먹으면 기운이 날 거야." 뤄즈가 스트로베리 선데를 건넸다.

아주 긴 시간 동안 뤄즈는 먹는 데만 열중했고, 장바이리는 조용히 앉아 선데를 먹으며 멍을 때렸다.

"뤄즈, 좋아하는 사람 있어?"

뤄즈는 햄버거를 다 먹고 손가락을 핥다가, 장바이리의 말에 생각해보지도 않고 솔직하게 말했다. "있어."

뤄즈와 장바이리는 잠들기 전에 시시콜콜 잡담을 나누는 일이 거의 없었지만, 그래도 줄곧 잘 통하는 편이었고 서로에게 솔직했다. 확실히 뤄즈는 장바이리 앞에서는 거짓말을 한 적이 거의 없었다.

"방금 거비랑 같이 밥 먹으러 간 남학생이야?"

뤄즈는 잠시 멈칫하다가 고개를 끄덕였다. "응."

명쾌하고 확고했다.

"정말 시원시원하네."

"그 말을 입 밖으로 내는 게 아주 힘들 거라고 생각했는데, 막상 해보니까 애쓸 필요도 없고 고민할 것도 없네 뭐." 솔직히 약간은 쑥스러웠다. 뤄즈는 어색하게 호들갑스러운 말투로 말했다.

"됐거든?" 장바이리가 그녀를 흘겨보았다.

"근데 왜 걔라고 추측한 거야? 그때 나랑 같이 나온 남학생이 한 명 더 있었잖아?"

그 말에 장바이리는 희어멀뚱하게 눈을 끔뻑이며 한참 기억을 더듬었다. 그 문제를 생각해본 적도 없는 것이 분명했다.

뤄즈는 속으로 묵묵히 장밍루이 대신 부당함을 호소했다. 신은 어째서 불공평한가.

"그리고, 너 방금 계속 고개 숙이고 콧물 걱정하지 않았어? 그런데도 어떻게든 캐물어 보려는 열정은 들끓고 있었구나. 정말 두 손 두 발 다 들었다."

"입 다물면 죽는 귀신이라도 들렸니!"

뤄즈는 웃으며 더 이상 놀리지 않았다.

"솔직히, 너네가 나올 때 고개 들고 슬쩍 봤는데, 걔가 한눈에 들어오더라고. 정말 잘생겼던데. 딱 보자마자 이 말이 떠올랐지. '겸손한 군자는······.'"

"겸손한 군자는 옥처럼 곱고 윤이 나는구나.*" 뤄즈가 고개를 숙이고 웃었다.

"맞아, 맞아. 너도 그렇게 생각해?"

"로맨스 소설에 널린 게 그 말이야. 잘생긴 남자가 지나치게 활발하지만 않으면 보통 그렇게 묘사하지."

"그렇게 인색하게 말하지 말아줄래? 로맨스 소설이랑 무슨 원수라도 졌어?" 장바이리는 계속 어쩔 수 없다는 듯 흘겨보았다. "근데 진짜야. 그 말이 어울리는 남학생은 이제까지 본 적이 없거든."

"그래서?"

"그래서 여자의 직감이 나한테 알려줬지. 넌 그 남자애를 좋아한다고."

"그래서 내가 꼭 걜 좋아해야 한다는 거야? 걔가 잘생겨서? 네가 거비를 좋아하는 건 걔가 잘생겨서라고 말할 생각은 마."

"사실이 그런 걸? 물론 그 이유가 전부는 아냐. 안 그럼 너무 경박하잖아. 그런데 잘생겨서 좋아하는 게 아니라면, 넌 걜 왜 좋아하는 건데?"

뤄즈는 장바이리의 눈에 담긴 태연함을 보고 자세하게 설명을 덧붙이고 싶지 않았다.

"말하자면 너무 길어. 게다가 딱히 사건이 있는 것도 아니고.

---

* 謙謙君子 溫潤如玉, 건륭황제가 그의 친형 천자밍과 헤어질 때 남겼다는 말. 문학 작품에서 흔히 미모가 수려한 남자를 묘사할 때 쓰인다.

명확하게 설명하기 힘드네." 뤄즈는 고개를 저었다.

"너네 정말 잘 어울리더라. 분위기가 딱 어울려. 내 생각에 개도 분명 널 좋아할 거야."

뤄즈가 명백한 쓴웃음을 지으며 천천히 말했다. "난 '분명'이라는 단어를 아주 싫어해."

고2 여름, 학교에 소문이 돌았다. 서로 알지 못하는 '선남선녀'에 대한 거였다. 뤄즈는 원래 그런 화려한 수식어를 싫어했다. 하지만 창턱에 앉아 바깥의 황량한 인공 호수를 바라보다가 모두가 수군거리는 것이 문과반 1등 뤄즈와 이과반 1등 성화이난이라는 것을 알았을 때, 그녀의 입가에 떠오른 옅은 미소가 유리창에 반사되어 눈에 들어왔다. 약간의 희망이 담겨 있었다.

나중에 받을 충격에 대한 희망이었다.

뤄즈는 그 이야기를 계속하고 싶지 않아 장바이리에게 물었다. "싸웠어?"

"서로 의견이 맞지 않았을 뿐이야. 옛날 얘기를 자꾸 꺼내서 개가 짜증을 냈어."

"그래?"

"사실 고등학교 땐 개도 날 안 좋아했거든." 장바이리가 어깨를 으쓱하며 말했다.

개도? 뤄즈는 씁쓸하게 웃었다. 장바이리는 정녕 그녀의 심장에 비수를 꽂아버렸다.

"그때 난 여러 번 고백을 하면서 내 가치가 점점 떨어지는 걸 느꼈어. 하지만 늘 될 대로 되라는 심정이었지. 어차피 걘 다 알고 있고 어차피 날 상대도 안 할 거라고 생각하니까, 좋아한다고 고백하는 게 오히려 아주 자연스러웠어. 그런데 나중에 우리가 정말로 사귀게 된 거야. 처음부터 걔 앞에서 고개를 들 수가 없더라. 내 과거 행동이 너무너무 쪽팔렸거든. 걔가 날 비웃는 것도, 내가 불쌍해서 사귀는 거라고 남들이 생각하는 것도 두려웠어. 그래서 고등학교 동창들 만나는 걸 피했고 동창회에도 안 나갔지. 물론, 동창회에 안 나가게 된 데에는 다른 이유도 있고. 하하, 걔가 예전에 좋아한 여자애를 만날까 봐 걱정돼서 어쩔 줄 모르겠더라니까."

"바이리……."

"하지만 싸울 때만 드는 생각이야. 뭐, 평소에도 간혹 떠오를 때가 있지만. 난 표현하지 않거든. 원래부터 완전히 지고 들어간 마당에 밑바닥까지 전부 보여주는 건 좀 아니잖아. 그런데 아무리 감추고 아닌 척해도 소용없어. 걘 다 기억하고 알고 있어. 항상 내 앞에서 우쭐해한다니까. 내가 진심으로 사랑한다는 거 걔도 다 알아. 가장 무서운 건, 내가 얼마나 자기를 사랑하는지 걔가 훤히 알고 있다는 거야."

장바이리의 눈시울에 맑은 액체가 넘실거렸다. 뤄즈는 얼른 휴지를 가져오려 했지만 장바이리에게 손을 잡혔다.

"그래서, 아주 너덜너덜해진 감정이지만 여전히 포기할 수가 없어. 정말로 헤어질 생각을 하면 눈물이 나. 헤어지자는 말도 매번 내가 꺼냈어. 하지만 걔가 날 달래면 난 다시 돌아오지. 너무 쉽게."

위로의 말이 모두 목구멍 안에 걸려 나오지 않았다. 뤄즈는 사레가 들려 눈이 시큰해졌다.

장바이리는 예쁘지 않았다. 개성은 충분했지만 귀엽지 않았다. 뤄즈처럼 냉담하고 모든 일에 아랑곳하지 않는 룸메이트가 아니었다면 그들은 진작에 기숙사 지붕이 떠나갈 정도로 난장판으로 싸웠을 것이고, 학교 게시판에도 '내 이상한 룸메이트를 낱낱이 까발립니다'라는 제목의 인기 게시물이 떠돌았을 것이다. 하지만 뤄즈는 이런 여학생이 소설 속 여주인공처럼 아무것도 상관하지 않는 척하며 한 사람을 헌신적으로 사랑하는 걸 볼 때마다, 그녀의 어리석음을 도저히 냉정하게 비웃을 수 없었다.

"걘 고등학교 때 내 친한 친구를 좋아했어. 걔가 여기저기 찔러보고 다니긴 했어도, 사실은 쭉 내 친구를 좋아했지."

무미건조하고 꾸밈없는 서술이 듣는 사람의 마음을 쓰리게 했다.

천모한은 장바이리가 살면서 본 가장 예쁜 여학생이었다. 부시장의 딸로, 잘생긴 거비와는 집안끼리도 어울리는 소꿉친구였다. 장바이리는 대만 로맨스 소설을 수백 권 꼬박꼬박 읽었지만, 평범한 중학교에서 시내 중점 고등학교로 진학한 그녀는 자신의 짝꿍에게 그런 캐릭터 설정이 있을 줄은 꿈에도 상상 못 했다.

당시 장바이리는 몰랐다. 막장스럽게도, 다름 아닌 자신이 완벽하게 실마리를 풀어줄 인물이 되었다는 사실을. 수없이 출연하면서 수없이 극의 흐름을 이끌었지만, 사실상 자신은 이 이야기와 조금도 관계가 없었다.

완벽했던 연인은 어떤 이유로 어쩔 수 없이 헤어져야 했고, 처음부터 끝도 없이 방해를 놓았던 여자 악역 2호인 그녀는 남주와 사귀게 되었다. 지금 여주는 헤어짐에 대한 슬픔과 기다림의 기나긴 시간을 보내고 있다. 오해와 의혹이 풀리고 다시금 인연을 이어갈 생각으로 말이다.

하지만 아무리 큰 포부 없이 자신을 평범하게 여기는 장바이리라 해도 그 상황을 기꺼이 받아들일 수는 없었다.

고1 때, 장바이리는 천모한과 짝꿍이 되었다. 장바이리는 현에서 시내 중점 학교로 올라와 기숙사 생활을 시작했다. 첫날, 그녀는 이제까지 접해보지 못한 것들을 보며 속으로 덜컥 겁이 났다. 그녀는 속으로 생각했다. 여기는 시내 중점 학교야, 예전의 그 지저분한 일반 중학교와는 달라, 하고. 그녀가 놀란 것들에는 교실의 새 책상과 의자, 스테인리스 창, 〈마루코는 아홉 살〉 애니메이션에 나오는 것처럼 듣기 좋은 수업 종소리, 거울과 손세정제와 핸드 드라이어가 구비된 깨끗한 화장실, 그리고 물결치는 곱슬머리와 볼륨 있는 몸매의 소유자인 짝꿍 천모한이 포함되어 있었다.

장바이리는 지갑을 열어 조그마한 사진을 꺼냈다.

뜻밖에 뤄즈도 약간 놀란 표정을 짓자, 장바이리는 저도 모르게 더욱 당황했다. 천모한은 뤄즈가 20년간 현실에서 봐온 여자들 중 가장 아름다웠다. 사진 속 고2 여학생은 눈처럼 하얀 피부에 삼단 같은 긴 웨이브 머리를 늘어뜨리고 있었다. 바람이 붉은 스카프와 검정 코트 옷깃을 흩날렸고, 그녀는 자작나무 숲에서 고개를 높이 들고 성큼성큼 앞으로 걷고 있었다. 얼굴에 걸린 자유로운 웃음이 비할 데 없이 아름다웠다.

"봐, 깜짝 놀랄 만큼 예쁘지. 너도 그런 표정을 지을 정도면."

장바이리가 마지못해 웃어 보였다.

"내가 놀란 건 네가 지갑 속에 연적의 사진을 넣고 다닌다는 거야. 정말 독특해."

장바이리가 그녀를 흘겨보았다.

"앤 내 마음속 악마야." 그녀가 솔직하게 말했다.

뤄즈는 장바이리의 이런 문학적인 묘사를 평소처럼 무시하는 눈빛으로 받아쳤다. "그래도, 얘한테 친구가 없다는 게 이상할 것도 없겠다."

"무슨 뜻이야?"

"오만한 성격이 아니더라도 절친은 없을걸. 쇼펜하우어가 이렇게 말했지. '진정 아름다운 여인은 진정한 동성 친구를 가질 수 없다.'……물론, 나도 이게 쇼펜하우어가 말한 건지 아닌지는 몰라."

그러니 어찌 건방지게 고개를 쳐들고 걷지 않겠는가?

장바이리가 얼빠진 표정을 지었다. 뤄즈는 알지 못했다. 자신의 한마디가 장바이리의 마음을 푹 찌르고 모든 여고생을 정죄했다는 것을.

질투.

제19장 ┊ 어여쁜 여주와 미모의 악역

천모한은 확실히 아주 오만한 여학생이었다. 그러나 로맨스 소설이라는 공통된 취미를 통해 장바이리는 반에서 천모한과 대화할 수 있는 몇 안 되는 사람이 되었다. 사실 거기에 대해 장바이리는 속으로 켕기는 게 있었다.

천모한이 로맨스 소설을 좋아한다고 말했을 때, 장바이리는 기쁘게 맞장구쳤다. "나도 그래." 천모한이 량펑이, 이수, 장샤오셴을 좋아한다고 말했을 때, 장바이리는 기쁘게 말했다. "나도 그래." 천모한이 남성우월주의자와 캔디형 여주가 난무하는 대만 소설을 가장 경멸한다고 말했을 때, 장바이리는 잠깐 말문이 막혔지만 웃으면서 "맞아, 아주 시시하지"라고 말했다.

사실 천모한이 대만 로맨스 소설을 좋아한다고 말했다면, 장바이리는 즉시 "난 시쥐엔, 구링, 위칭을 가장 좋아해!"라고 외쳤을 것이다.

장바이리는 서서히 알게 되었다. 천모한이 웃고 찌푸리고 행동하는 일거수일투족은 이수의 소설에 나오는 독립적이고 멋진 여주를 완벽히 재현하고 있었다. 유일하게 부족한 거라면 소설 속 여주처럼 독립적이고 멋있는 절친 무리였다. 어쨌든 장바이리 같은 여학생과 커피숍에 앉아 삶과 사랑을 청산유수처럼 논하기란 불가능했다. 그래서 천모한은 거의 남학생들하고만 어울렸다. 다른 사람이 뭐라 하든 상관없었다. 어차피 자기 앞에서는 감히 말도 못 꺼낼 것이었다. 천모한의 집안 배경은 공공연한 비밀이었기 때문이었다.

장바이리는 다른 사람처럼 그녀를 질투하지 않았다. 남들이 예쁜 여자애 시녀 노릇 한다고 수군거려도 상관없었다. 자신이 이건 우정이라고, 단순히 좋아하는 마음에서 비롯된 거라고 알면 되는 거였다.

그리고 부러운 마음에서도. 무척이나 부럽고, 굉장히 부러웠다.

고등학교 때, 장바이리는 천모한 앞에서는 감히 대만 로맨스 소설을 펼치지 못해도, 기숙사로 돌아오면 손전등을 들고 이불 속으로 들어가 읽곤 했다. 그리고 대학생이 되어서야 비로소 '사기캐'가 뭔지, '자캐'가 뭔지 알았다. 하늘에 맹세코 사실이었다. 장바이리는 소설을 보며 한 번도 자신을 주인공에 대입해 상상해본 적이 없었다. 그런 멋진 이미지는 상상 속에서 천모한의 모습이 되었다.

장바이리는 자신의 그 이상한 관대함에 자부심을 느꼈다.

그날까진 말이다.

고1 2학기, 직업학교의 불량 학생들과 지역 불량배들이 학교 주변에서 강도짓을 하곤 해서 학교 주변 치안이 불안한 상태였다. 그날 장바이리는 당번을 마치고 학교에서 늦게 나와 바로 기숙사로 돌아가지 않았다. 차를 타고 시내 마트에 나가 생활용품을 살 계획이었는데, 결국 불량배들을 맞닥뜨렸다.

그녀는 학교 옆문 근처에서 불량배들에게 붙잡혀 돈만 털렸다. 장바이리는 그 일을 떠올리면서 자신의 몸매와 미모가 불량배들에게 아무런 충동을 불러일으키지 않았다는 것에 매우 낙담했다. 심지어 불량배들이라면 으레 던지는 "오빠들이랑 같이 놀까?" 같은 대사도 없었다.

그녀가 지갑을 꺼내려 할 때, 갑자기 아우디 한 대가 돌진해 오더니 급히 멈춰 섰다. 차문이 열리고, 뒷좌석에서 남학생 한 명이 내렸다. 그는 차에 기대어 인상을 찌푸린 채 눈앞의 광경을 보며 담담하게 말했다. "아직도 안 꺼졌냐."

그리하여 불량배들은 고분고분하게 꺼졌다.

검푸른 하늘 아래 거비가 주황색 가로등 불빛을 받으며 웃는 듯 마는 듯한 표정으로 가볍게 물었다. "괜찮아?"

그 장면이 어찌나 아름답던지 장바이리는 숨을 쉴 수도 없을 정도였다. 심지어 지금도 눈을 감으면 그 모습이 눈앞에 선했다.

물론, 실제로는 그렇게 아름답지 않았을 수도 있다. 하지만 추억을 회상할 때는 늘 습관적으로 이렇게 덧칠을 하곤 했다.

그녀는 자신을 더욱 즐겁게 만드는 방법을 알고 있었다.

장바이리는 사실 진작부터 그를 알고 있었다. 전교생이 그가 꾸준히 천모한을 쫓아다닌다는 걸 알고 있었다. 초등학교 4학년 때부터 고1 지금까지. 그러나 어째서 천모한이 계속 그를 받아주지 않는지는 아무도 알지 못했다. 제5고등학교에는 두 가지 미스터리가 있었는데, 하나는 천모한이 왜 거비를 받아주지 않는가였고, 다른 하나는 쉬장성은 왜 머리가 자라지 않는가였다.

장바이리는 체면도 포기하고 천모한을 쫓아다니는 거비를 묘사할 만한 여러 가지 표현을 떠올려 보았다. 예를 들면 죽은 돼지는 끓는 물에 데이는 걸 두려워하지 않는다, 맨발인 사람은 신발 신은 사람을 두려워하지 않는다, 기왕 깨진 거 제대로 깬다…… 등등.

나중에서야 비로소 이상함을 느꼈다.

어째서 자신은 거기에 대해 감동하지도 않고, 거비를 집착한다고 평가하지도 않는 걸까?

어쩌면 그를 처음 봤던 날 때문일 것이다. 천모한은 그를 무시한 채 자리에 침착하게 앉아 있었고, 거비는 교실 뒷문 문틀에 기대어 입꼬리를 올리며 반드시 얻고야 말겠다는 듯 웃었다. 모두가 그들을 지켜보았고, 모두가 그 화면에서 비현실적으로 변하며 결국 그들 두 사람만 남았다.

어쩌면 그를 두 번째 봤을 때의 모습 때문일 것이다. 그는 한 여학생과 복도를 걸으며 무슨 말을 하고 있었고, 여학생은 어색하게 얼굴을 붉히면서도 기쁨을 감추지 못했다. 그가 몸을 돌려 자리를 뜨자, 여학생은 즉시 은근히 뽐내듯 말했다. "사람이 뭐 이렇게 가볍니."

또 어쩌면 자신이 천모한을 너무도 숭배하기 때문일 것이다.

하지만 장바이리는 생각이 너무나 많아서 자신도 뭐라고 확실히 말할 수 없었다. 그날, 가로등 불빛 아래에서 까맣게 빛나던 아우디, 그 무엇에도 아랑곳하지 않던 잘생긴 소년은 선뜻 나서서 구석에서 벌벌 떨던 자신을 구해주었다. 이 모든 것이 전광석화처럼 그녀의 마음을 강타했다. 그녀는 집으로 돌아와 소설을 펼쳤다. 모든 남주의 얼굴이 그로 변해 있었고, 모든 바보 같은 캔디형 여주는 자신이 되어 있으며, 남주 집안에 걸맞은 미모의 여자 악역은 모두 천모한으로 바뀌어 있었다. 그제야 자신이 그를 가볍다고 말하던 여학생과 똑같다는 걸 깨달았다. 그가 가벼운 사람이라는 걸, 그녀들을 가지고 논다는 걸 알면서도 여전히 얼굴을 붉히며 설레어했다.

그 이후로, 그녀는 다시는 천모한에게 농담을 하지 않았고, 더 이상 천모한의 애정사에도 관심을 두지 않았다. 장바이리는 스스로를 다독였다. 나는 당당하고 좋은 여자야, 난 질투하지 않아, 하고.

하지만 질투는 여전히 이렇게나 가장 적절한 시기에 깊이 뿌리를 내리고 흙을 뚫고 싹을 틔웠다.

영화 〈동사서독〉에 이런 말이 나온다. "누구든지 악독하게 변할 수 있다, 질투가 뭔지 알기만 한다면."

장바이리는 우정과 선량함을 사수하며 소설 속으로 푹 빠져들었다. 머릿속에 꿈틀거리는 생각을 잊고 싶었다.

하지만 그날 이후, 거비는 목숨을 구해준 대가로 장바이리와 친해졌고, 자꾸 그녀에게서 천모한에 대한 정보를 캐내려고 했다. 무슨 소설을 보는지, 무슨 잡지를 구독하는지, 성적은 어떤지, 매일 아래층으로 내려가 어느 반의 농구 시합을 보는지, 시선은 누구에게로 향해 있는지……. 자연스럽게, 장바이리도 거비 대신 천모한의 책상 위에 갖가지 작은 선물을 몰래 올려두는 일을 맡게 되었다.

피하고 싶어도 피할 수 없었다.

거비는 천모한을 따라 문과를 선택했다. 사실 그다지 큰 희생은 아니었다. 어차피 거비는 우주비행선이나 원자탄 같은 것에는 아무 흥미도 없었으니 이과를 포기한 것이 딱히 큰 손해는 아니었고, 머리는 또 좋아서 문과반 1등도 손쉽게 차지했다.

장바이리는 자신에겐 문과반이 더 맞는다는 걸 인정했다. 그녀의 성적은 천모한과 함께 중위권을 맴돌다가 단숨에 5위권으로 뛰어올랐고, 나중엔 안정적으로 3위권을 유지했다. 천모한은 그다지 언짢아하지 않고 담담하게 그녀를 축복해주었다.

사람들은 저마다 침범할 수 없는 우월감이 있기 마련인데, 천모한의 절대 영역이 성적표에 있지 않다는 건 분명해 보였다. 천모한은 장바이리가 자신에게서 멀어지며 공부에 더 많은 시간을 쏟는 것에 불만을 표시하지도 않았고, 쓸쓸해하지도 않았다.

이렇게 초연하고 대범한 천모한은 장바이리가 영원히 우러러볼 수밖에 없는 우상이었다. 게다가, 그런 그녀는 자신의 음침함과 속 좁은 모습을 더욱 부각시켜 주었다.

"그런데 오늘 문득 알고 싶어지더라. 천모한은 어째서 거비를 받아주지 않은 걸까? 걔가 그렇게 오랫동안 쫓아다녔는데. 거비는 확실히 능글맞고 여학생 꼬시는 걸 좋아하고 스캔들도 한 트럭이지만, 걔가 천모한에게 일편단심이라는 건 모두가 아는 사실이었거든. 소설에서 일부러 설정해놓은 캐릭터보다 훨씬 대단하다니까. 난 알아. 문과반 여학생 태반이 거비를 좋아했지만 다들 걜 아주 싫어하는 척해야 했지. 이런 심리, 넌 알지?"

뤄즈는 입가에 미소를 띤 채 고개를 끄덕였다.

장바이리의 이야기에 가장 큰 진전이 있었던 것은 고2 2학기, 기말고사를 앞뒀을 때였다. 장바이리는 수업이 끝나고 기숙사 입구에 거의 다 와서야 도시락을 교실에 놔두고 왔다는 걸 깨달았다. 다시 가서 가져오지 않으면 저녁에 밥을 담을 방법이 없었다. 서둘러 교실로 되돌아간 장바이리는 교실 문 앞에서, '본의 아니게' 들어서는 안 되는 것을 듣기에 가장 알맞은 장소에서, 거비가 신나게 외치는 소리를 우연히 듣고 말았다. "정말 내 고백을 받아주는 거야?!"

잠시 동안 침묵이 흘렀다. 장바이리는 천모한이 망설이다가 고개를 끄덕였으리라고 추측했다.

왜 그랬는지는 자신도 이해할 수 없었지만, 장바이리는 문을 열고 들어가 웃으며 가식적으로 말했다. "끝났네, 끝났어. 무르기 없기야, 내가 다 들었지롱!"

그날 거비는 평소의 가면처럼 시니컬한 웃음을 거둔 채 아이처럼 순수하게 웃고 있었다.

장바이리는 생각했다. 잘됐네, 얼마나 보기 좋고 얼마나 솔직한 웃음이야, 하고.

하지만 직감적으로 알 수 있었다. 천모한은 전혀 기뻐하지 않았고, 심지어 그녀가 교실로 들어선 순간 후회하고 당황하는 표정을 짓기까지 했다.

이튿날, 거비는 상기된 목소리로 천모한과 사귄다는 사실을 널리 공표했다. 그는 너무나 기뻐하며 마침내 이룩한 성과를 온 세상에 알리지 못해 안달이었다. 이유는 모르겠지만, 그날은 다들 천모한에게 특히 친근하게 대해주었다. 체육 시간, 여학생들이 모여 수다를 떨 때 놀랍게도 천모한도 한쪽에 앉아 있었다. 누군가 이 일을 언급하자, 모두가 한마디씩 물어보기 시작했다. 천모한은 담담한 모습을 유지하며 긍정도 부정도 하지 않았다. 심지어 회피하려는 것처럼 보이기까지 했다.

갑자기 누군가 간도 크게 한마디 했다. "거비는 능글맞고 입만 살아서 도무지 믿음이 안 가던데. 걔가 괜한 헛소리하는 거겠지."

장바이리는 꿈에도 생각하지 못했다. 글쎄 천모한이 고개를 끄덕이며 이렇게 말하는 것 아닌가. "그러게, 난 걔한테 대답하지도 않았는데."

장바이리는 화를 내는 일이 드물었다. 그녀는 늘 털털했고, 뜨뜻미지근했고, 무던했다.

하지만 모두가 "개도 참 뻔뻔스럽다, 천모한처럼 완벽한 여자애가 어떻게 아무나 남자 친구로 사귀겠냐"라고 재미있다는 듯 떠들며, 심지어 반 농담처럼 천모한의 미래 남자 친구는 어때야 한다고 토론할 때, 처음으로 무리에 끼어 살갑게 웃고 있는 천모한을 보자, 장바이리는 순간 화가 머리끝까지 났다.

장바이리는 어젯밤 거비가 아이처럼 순수하게 웃던 모습을 똑똑히 기억하고 있었다.

그녀는 생각할 겨를도 없이 벌떡 일어나 큰 소리로 천모한에게 말했다. "네가 대답했잖아. 어젯밤에 내가 똑똑히 들었는데, 어떻게 이럴 수 있어?"

천모한, 너 어떻게 이럴 수 있니.

제20장

관객

오해 사건은 한동안 떠들썩하게 이어졌다.

사실, 시작은 천모한이 진심으로 사랑한 사람이 그녀의 자존심에 깊은 상처를 입혔기 때문이었다. 천모한은 그 사람 앞에서 말했다. "오해야. 난 널 좋아하는 게 아냐. 사실 나한테는 남자 친구가 있어."

천모한에게는 확실히 10분 만에 일편단심의 남자 친구를 만들 만한 능력이 있었다.

그녀는 이수의 로맨스 소설을 많이 읽긴 했어도 본질적으로는 상당히 대만 로맨스 소설스러웠다.

어쩌면 정상을 참작해 용서할 수도 있었겠으나, 장바이리는 그 이야기가 천모한을 용서할 정도로 감동적일지는 영원히 알길이 없었다.

거비는 일주일을 학교에 나오지 않았다. 천모한과 장바이리의 자리는 서로 떨어졌다.

그리고 거비가 돌아왔다.

그는 냉랭한 얼굴로 천모한을 바라보았고, 경멸하는 눈빛으로 다른 여학생들을 바라보았다. 오직 장바이리를 볼 때만 친절했다.

친절함이었다. 사랑이 아니라.

그 눈빛을 번역한다면 이런 뜻이었다. '고마워, 의리를 지켜줘서.'

그날 이후 한동안 장바이리는 거비와 그림자처럼 붙어 다녔다. 같이 식당에 가서 밥을 먹었고, 그의 친구들도 여럿 알게 되었다. 그녀는 여학생들 사이에서 소외되었으며, 모두가 뒤에서 자신과 천모한을 비웃는다는 것도 알았다. 천모한이 진짜로 고백을 받아들였는지 아닌지 모를 경박한 남자 하나 때문에 절친과 원수 사이가 되었다고 말이다. 누구는 천모한에게 친구가 없어진 것이 쌤통이라 했고, 누구는 장바이리와 거비를 한통속이라고 했다.

장바이리는 더 이상 평온하지 않은 일상에 괴로웠고 남들이 수군거리는 것도 싫었지만, 마음만은 아주 또렷하고 후련했다. 천모한이 그녀의 마음속에 있던 그 완벽한 가면을 깨뜨렸으니 더 이상 마음을 졸일 필요도, 고민하며 열등감을 가질 필요도 없었다.

사실 우리는 똑같았던 거야. 그녀는 드디어 천모한과 자신을 직시하게 되었다.

비록 천모한을 마주할 때면 장바이리는 여전히 자신은 단지 정의감 때문에 나선 것이지, 소문처럼 누군가의 추종자를 분에 넘치게 노렸던 건 아니라고 주장했다. 최소한 그녀는 완전히 거짓말을 한 건 아니었다. 장바이리는 거비에게 구애하지 않았고, 그저 자기 분수대로 좋은 친구로서의 본분을 열심히 이행했으며, 거비의 넘치는 연애운에 한 번도 간섭하지 않았다.

그녀는 말하지 않았을 뿐이었다. 바로 사랑이 그녀를 정의감에 불타게 했다고.

크리스마스 때, 장바이리는 심지어 거비에게 주는 카드에 이렇게 쓰기까지 했다. "꽃은 해마다 비슷하게 피지만, 넌 해마다 다른 사람을 만나길."

거비 주변에 여자들이 계속 꼬이고, 그가 천모한을 용서하지 않고 있다 해도, 그는 여전히 천모한을 사랑했다.

어쩌면 그녀를 사랑하기 때문에 용서할 수 없는지도 모른다.

그러나 장바이리는 어렸고, 거비를 사랑했다. 어찌 영원히 침착할 수 있겠는가. 대입 시험 전날은 모두가 초조하고 예민했다. 장바이리도 예외는 아니었다. 거비의 몇 번째인지 모를 여학생이 장바이리를 찾아와선 더 이상 거비한테 붙어 있지 말고 눈치 있게 굴라고 충고했을 때, 장바이리는 마침내 어깨를 으쓱하며 "난 그저 거비의 보통 친구일 뿐이야"라거나 "거비가 좋아하는 사람은 따로 있어" 같은 아무도 믿지 않을 말을 하는 대신, 고개를 들고 상대방을 정면으로 바라보았다. "눈치 있게 굴라고? 걔가 날 좋아하지 않으면 내가 뭣 하러 붙어 있겠어? 그 점에 대해서는 네가 나보다 더 잘 알 것 같은데."

그런데 그녀가 입을 열었을 때, 놀랍게도 하늘이 그녀의 체면을 세워주려는 듯 그녀에게 시선을 집중시켰다. 계단 위쪽에서는 천모한이 내려오고 계단 아래쪽에서는 거비가 올라오고 있었다. 모퉁이에는 같은 반 학생들이 웃으며 무리 지어 걸어오고 있었다. 마치 감독이 미리 위치와 동선을 정해놓은 것 같았다.

여학생이 거비를 보더니 기세등등하게 물었다. "들었지? 너 얘 좋아해? 너네 셋이 그래서 서로 원수지간이 된 거야?"

말이 떨어지기가 무섭게 현장은 그 말에 호응하듯 10초간 멈춰버렸다.

거비는 그 여학생을 흘끗 보고 얼음처럼 차갑게 말했다. "꺼져."

천모한은 장바이리를 흘끗 보고 입가에 경멸하는 미소를 보일 듯 말 듯 지어 보였다.

장바이리는 한 명은 계속 위로 올라가고 다른 한 명은 계속 아래로 내려가는 모습을 지켜보았다. 두 사람이 어깨를 스치고 지나갈 때는 마치 절묘하게 편집된 영화 트레일러를 보는 것 같았다. 두 사람의 관계는 이 지경으로 얼어붙었지만 여전히 똑같이 당당하고 초연해서, 그녀를 포함한 주변 사람들이 상대적으로 의기소침하고 가증스럽게 보였다.

거비는 그 질문에 대답하지 않았지만, "꺼져"라는 한마디는 모두가 주목하던 수수께끼를 맞은편 여학생에게 던진 셈이었다. 아무도 방금까지 큰소리친 장바이리를 주목하지 않았고, 오히려 스스로 망신당한 여학생을 재미있다는 듯 바라보았다.

장바이리는 어쩌면 거비에게 감사해야 했다. 하지만 이 사건에서 중요한 건 그게 아니라는 것을 장바이리는 알고 있었다.

그 후로 거비는 역시나 장바이리가 붙어 다니는 것을 더 이상 허락하지 않았다.

사실 장바이리는 털털하게 다가가 이렇게 말할 수도 있었다. "이건 아니지. 너 정말 내가 널 좋아한다고 생각했어? 난 그저 걔가 날 귀찮게 할까 봐 임시방편으로 둘러댄 것뿐이야. 내가 방패처럼 네 문제를 얼마나 많이 해결해줬어? 그런데도 내가 내 권리를 지키기 위해 걔네들 화를 돋우는 것도 안 된다는 거야? 야, 거비, 넌 왕자병이나 고치지 그래?"

하지만 그녀는 그렇게 말하지 않았다.

대입 시험이 코앞이었다. 이미 지칠 대로 지친 장바이리는 더 이상 아닌 척하고 싶지 않았다.

다만, 이 어수선한 상황에 차마 그럴 수는 없어서 문자를 보내 정중하게 말했다. "널 좋아해."

고백은 아무래도 정중해야 했다.

그녀는 매일 문자를 하나씩 보냈다. 내용은 딱 한 문장이었다. "널 좋아해."

아침이라면 "좋은 아침"이라고 덧붙였고, 밤이라면 "굿나잇"이라고 덧붙였다.

장바이리는 줄곧 알지 못했다. 거비가 시험장에 들어가기 전, "행운을 빌어. 힘내. 널 좋아해"라는 문자를 받았을 때 어떤 표정이었는지.

그는 한 번도 답장을 하지 않았다. 장바이리는 고향으로 돌아가면서 그에게 작별 인사를 하지 않았고, 그에게서도 아무 소식이 없었다.

줄곧 운이 좋은 사람이었던 장바이리는 예상외로 대입 시험에서 거비보다 높은 점수를 받아 순조롭게 P대에 합격했다.

모두가 좋은 결과를 얻었다. 예를 들어 장바이리와 거비는 P대에 합격했고, 천모한도 W대 소수언어학과 커트라인을 넘겼다.

장바이리는 문자 보내는 것이 즐거움이었고 습관이었다. 그래서 8월 3일 이전에 자신이 눈치채지 못한 이상한 징조가 있었는지 기억도 나지 않았다. 그날, 아침에 문자를 보낸 후 중학교 동창들과 하루 종일 놀다가 밤이 되어서야 집에 두고 온 휴대폰을 보니, 놀랍게도 문자 하나가 와 있었다.

"그래."

뭐가 그래야? 장바이리는 거비가 글자를 아껴 보낸 짧은 문자를 뚫어져라 바라보다가 한참 후에야 정신이 들었다. 도저히 믿을 수 없었다. 달콤함이 마음속에서부터 천천히 흘러넘쳤다. 그녀는 환호성을 지를 최적의 시기를 놓쳐버렸다.

그리고 그들이 함께해온 1년여의 시간은 그렇게나 평범하고 인상적이었다.

어쩌면 거비는 온 마음을 다해 장바이리를 사랑한 건 아니었을 것이다. 하지만 아예 사랑하지 않았을까? 그것도 아닌 것 같았다. 솔직히 장바이리도 알지 못했다. 그녀가 유일하게 아는 건, 이 세상에 장바이리 자신만이 양심에 한 점 부끄럼 없이, 충분하고도 치열하게 불타고 있다는 거였다.

장바이리는 거비에게 여러 번 물었다. "날 사랑해?" 그는 이제껏 한 번도 직접적으로 대답하지 않았다. 회피하는 태도는 그녀를 언짢게 했지만, 그의 곁을 떠날 정도로 속상하지는 않았다.

그는 항상 각양각색의 대답을 내놓으며 질문을 피했다. 딱한 번 가장 감동적이었던 때는 대학 1학년이 끝나갈 무렵, 그가 동아리 연합부 부장으로 선출된 후 축하 뒤풀이 자리에서였다. 많은 사람들이 따라주는 축하주에 살짝 취한 거비가 장바이리를 힘껏 끌어당기며 "고마워"라고 말한 것이다. 모두가 그에게 장바이리한테 고마워해야 한다고 말했다. 장바이리는 여러모로 애를 쓰며 거비의 선거에 온 심혈을 기울였다. 선거 운동, 포스터 제작, 사람 포섭, 라이벌 정탐, 연설문 수정, 양복 골라주기, 리허설 시간표 짜기…….

사람들이 모두 돌아간 후, 그는 등 뒤에서 장바이리를 안은 채 아래턱을 그녀의 쇄골에 괴었다. 장바이리는 어깨와 마음이 간질거리는 것 같았다. 취중진담이라는 말도 있지 않나? 그녀가 얼른 조심스럽게 물었다. "거비, 날 사랑해?"

거비가 애매하게 웃었다. 장바이리는 맥주 냄새를 맡을 수 있었다. 거비는 로비 창밖으로 보이는 거대한 'M' 표지를 가리키며 말했다. "우리 맥도날드랑 KFC처럼 영원히 함께 있자."

장바이리는 실소했다. 그와 동시에 눈물이 또르르 흘러내렸다. 그랬다. KFC가 있는 곳이라면 부근에 꼭 맥도날드가 있었다. 그들은 영원히 함께였다.

그러나 그때 장바이리가 깜빡한 사실이 있었다. 사람은 술을 마시면 진심을 토하기도 하지만 헛소리도 한다는 걸.

거비가 KFC라면 천모한은 오리지널 치킨이었고, 장바이리는 그저 계절이 바뀔 때마다 출시되는 시즌 샐러드 또는 대구 튀김 같은 사이드 메뉴에 불과했다. 그녀는 언젠간 교체될 테고, 심지어 고객들도 눈치채지 못할 것이다. 하지만 오리지널 치킨이 없으면 KFC는 더 이상 KFC가 아니었다.

장바이리가 계속 집착하면 그와 영원히 함께할 수 있을지도 몰랐다.

어제 거비의 메일함에서 그 이메일을 보지만 않았더라면 말이다.

내가 전에 말했지, 우린 차라리 사귀는 게 낫겠다고. 그런데 넌 '차라리'라는 말이 내가 처음 말을 번복했을 때보다 훨씬 더 큰 상처였다고 했어. 그리고 난 지금 마침내 깨달았어. 참회하고 있고, 너한테 사과할게. 그 의미 없는 자존심을 버릴 거야. 하지만 그런다고 네가 돌아올 수 있을까? 내가 아주 비열하다는 거 알아. 하지만 내가 없었다면, 네 분노가 없었다면, 오늘 그 애의 행복이 있었겠어?

장바이리는 그제야 깨달았다. 거비가 자신의 스팸 문자 서비스 같은 고백을 받아줬던 건, 천모한이 "네가 정 마음을 못 접겠다면 차라리 사귀는 게 낫겠네"라는 말 한마디로 그를 완전히 격노하게 만들었기 때문이었다. 장바이리의 러브 스토리는 그저 홧김에 시작된 거였다.

거비가 천모한의 메일에 쓴 답장은 딱 한 문장이었다.

난 걔한테 미안한 일은 할 수 없어.

"있지, 거비가 이러는 건 나에 대한 배신이라고 할 수 있을까?" 장바이리가 손가락으로 책상을 두드렸다. 뤄즈의 혼백을 소환하려는 것처럼 보였다.

"듣고 있어." 뤄즈는 장바이리의 좀처럼 가만있지 못하는 손가락을 흘끔 바라보았다.

"걔가 이렇게까지 말했는데, 난 왜 여전히 이렇게 꿀꿀할까?" 장바이리가 물었다.

"왜냐하면 네가 듣고 싶은 말은 '난 걔한테 미안한 일은 할수 없어' 같은 선심 쓰거나 밀당하는 말이 아니었으니까. 넌 거비가 '예전엔 어려서 철이 없었는데 이제 다 지나간 일이야. 지금 내가 사랑하는 사람은 장바이리야. 단념해줬으면 좋겠다.

행복하길 빌어'라고 하는 말을 듣고 싶었을 거야." 뤄즈가 쓴웃음을 지었다.

장바이리는 조용히 들으며 오랫동안 아무 말이 없었다. 아까 말을 너무 많이 해서 지금은 쉬고 싶은 것 같았다.

창밖에는 이미 석양이 드리워져 있었다.

날이 점점 더 빨리 어두워졌다.

장바이리의 값싼 눈물이 또 흘러내렸다.

"인어가 흘린 눈물은 진귀한 보석으로 변해서 엄청 비싸게 팔린다는데. 네가 왜 그 생물종으로 태어나지 않았는지 참 안타깝다."

"다른 말 좀 해줄 순 없어? 위로가 되는 따스한 말 같은?" 장바이리가 마지못해 웃어 보였다.

"위로의 말이라고 할 만한 것들은 죄다 헛소리야."

"그럼 제안을 해준다면?"

"넌 안 들을 거야. 들어도 그대로 안 할 거고."

"내가 할 수 없는 일이래도 말해주는 건 괜찮잖아."

뤄즈는 장바이리가 자꾸 졸라대는 통에 피곤하다는 듯 눈을 들어 그녀를 주시했다.

그리고 한참 후에 조용히 입을 열었다. "헤어져."

밤, 티파니의 서재에 앉아 아이들이 옛 시 외우는 걸 바라보던 뤄즈는 장바이리와 KFC를 나오고 나서 그녀가 물었던 말을 떠올렸다.

"만약 너라면 헤어지겠지?"

"난 걜 사랑하지도 않는데 어떻게 네가 될 수 있어? 어떻게 네 심정을 알겠어? 내가 뭐라고 말하든 다 헛소리야. 내가 만약 너라면 말이지, 누가 내 고백에 '나도 널 좋아해'라는 말이 아닌 '그래'라는 답장만 틱 보냈다면 아예 처음부터 시작하지도 않았을 거야!"

장바이리는 코를 풀었다. "지금까지 붙어 있다니 나도 참 할 일이 없어. 넌 옆에서 보면서 웃겨 죽었겠다."

"난 널 용서했어." 뤄즈가 어깨를 으쓱했다. "그러게 누가 너 보고 대만 로맨스 소설을 좋아하래." 그리고 잠시 멈췄다가 다시 말을 이었다. "캔디형 여주는 어리석긴 해도 운명은 다 좋더라. 네 운명도 좋길 바라."

장바이리는 감격한 듯 그녀를 바라보았다. "하지만 내가 캔디인데 여주가 아니면 어떡해?"

뤄즈는 처음으로 말문이 막혀 장바이리를 흘겨보았다.

"아참." 두 사람이 헤어질 즈음, 뤄즈가 갑자기 장바이리를 불러 세웠다.

"왜?"

"다음에 다른 사람한테 네 얘기를 할 때는 고등학교 시절은 되도록 빼고 너네가 지난 1년 동안 행복했던 걸 얘기하도록 해. 최소한 네 세상에서는 네가 주인공이 되어야지. 비극적인 러브 스토리라고 해도 관객이 되는 것보다 낫잖아."

관객이 되는 것보다 훨씬 나았다. 뤄즈는 자신이 고3 때 쓴 일기를 떠올렸다.

그녀의 긍지는 일기 속 세부적인 묘사에 남김 없이 다 드러나 있었다. 예를 들어 일기에는 무조건 성화이난 한 사람의 이름만 등장했고, 그의 주변 사람에 대해서는 한 획도 쓰지 않았다.

제21장

사실은 삐쳐 있었어

또다시 토요일 법학 개론 시간이 되었다. 뤄즈는 늘 앉던 구석에 앉아 제출해야 할 중간 리포트를 마지막으로 살펴보았다.

고개를 들어 교탁을 보는 짧은 순간, 교탁 근처에서 물컵을 들고 있는 정원루이가 시야에 들어왔다. 정원루이는 조교 앞에서 교탁 위에 리포트를 제출한 후에 왼쪽 문으로 나가 복도 음수대에서 컵에 물을 받았다.

계단식 강의실에서 열리는 이 수업은 듣는 사람이 너무 많아서 정원루이도 듣는다는 걸 이제까지 전혀 모르고 있었다.

역시나 법학 복수전공을 신청했구나, 뤄즈는 속으로 생각했다.

정원루이는 걸어가면서 컵 뚜껑을 닫다가 입구로 급히 뛰어들어오던 성화이난과 부딪혀 그에게 물을 쏟고 말았다.

보아하니 컵에는 원래부터 물이 들어 있었던 것 같았다. 설마 뜨거운 건 아니겠지?

뤄즈는 웃었다. 요 며칠 처음으로 진심으로 즐거워서 웃은 거였다. 성화이난은 참 물과 인연이 많네. 약수삼천 중에 어느 바가지를 원하려나?

정원루이가 얼굴을 붉혔다. 거리가 꽤 멀었는데도 똑똑히 볼 수 있었다. 성화이난은 여전히 매너 있게 웃으며 손을 내젓고는 교탁 앞으로 걸어가 가방을 뒤져 리포트를 꺼내 제출했다. 정원루이는 문 앞에 서서 멍하니 성화이난을 바라보았고, 그가 고개도 돌리지 않고 곧장 뒤쪽으로 가 자리를 찾는 걸 보고는 침울하게 고개를 숙인 채 교실을 나섰다.

뤄즈는 살짝 탄식했지만 연민은 느껴지지 않았다. 연민을 느낀다면 먼저 자신부터 불쌍히 여겨야 했다. 자신과 정원루이 사이에 차이가 있다면, 정원루이는 저기 서서 그를 멍하니 바라보았고, 뤄즈는 자신의 눈빛이 향한 방향을 감추었다는 것뿐이었다.

그렇다면 장바이리는?

장바이리는 거비에게 헤어지자는 이야기를 꺼내지 않았다. 그저 필사적으로 거비를 꽉 쥐고 놓지 않았다. 장바이리는 느낌을 아랑곳하지 않는 것도, 완벽하고 깨끗한 사랑을 바라지 않는 것도 아니었다. 하지만 현실을 마주했을 때, 그녀가 할 수 있는 건 그가 속으로 무슨 생각을 하든 그의 손을 꽉 쥐고 놓지 않는 것이었다.

살아있을 때 누굴 사랑하든 상관없지만, 죽을 땐 반드시 나와 함께 묻혀야만 해.

피로감이 몰려왔다. 뤄즈는 일어나 리포트를 제출하러 갔다.

"뤄즈!"

장밍루이가 옆에 나타나더니 그녀와 함께 계단을 내려갔다.

"리포트 주제로 뭘 썼어?" 그가 물었다.

"'중세 혼인제도의 기원', 혼인법과 관계있는 주제인 셈이야. 어쨌거나 이 교수님은 변두리 주제를 다루는 걸 아주 좋아하시는 것 같아서. 넌?"

"아, 각국의 헌법과 사회제도…… 뭐, 아무튼 이것저것 바이두랑 구글에서 퍼와서 정리했어. 아마 교수님도 눈치 못 채실걸. 휴, 난 어렸을 때부터 글을 잘 못 써서 말야."

두 사람은 조교에게 리포트를 제출했다. 조교는 형식적으로 뤄즈의 리포트를 넘겨보더니 유들유들한 목소리로 길게 탄식했다. "여자들이란."

뤄즈는 조교에게 혀를 내밀어 보이곤 해맑게 웃었다.

"조교님이랑 아는 사이야?" 장밍루이가 물었다.

"모르는데." 뤄즈는 다시 무표정을 회복했다.

장밍루이는 미간을 찌푸리며 그녀를 바라보았다. 여자는 정말 이해하기 힘들었다.

뤄즈가 그에게 손을 흔들며 작별 인사를 하려고 할 때, 장밍루이가 불쑥 말했다. "같이 앉아도 돼?"

뤄즈가 고개를 끄덕였다.

"성화이난, 이리 와!" 장밍루이가 몸을 돌리고 큰 소리로 외쳤다.

뤄즈는 살짝 어질어질했다. 성화이난이 가방을 든 채 통로에서 고개를 끄덕이더니, 장밍루이 뒤쪽에 있는 그녀를 향해 웃으며 인사를 건넸다.

뭐 하자는 거지?

뤄즈는 오랜 수련 끝에 비로소 평정을 되찾고 자신의 패배를 인정하며 되뇌었었다. 인정하자, 이걸로 됐어, 하고 말이다.

그런데 지금 이건 또 뭔가. 설마 신이 또 그녀를 가지고 노는 건 아니겠지.

뤄즈는 물을 떠서 교실로 들어오는 정원루이를 흘끗 바라보며 다짐했다. 뤄즈, 냉정해야 해. 말한 건 반드시 지켜, 하고.

자리로 돌아온 그녀는 안쪽으로 옮겨 통로 쪽 두 자리를 그들에게 남겨주었다. 그리고 이어폰을 끼고 히사이시 조의 피아노 연주곡을 튼 후, 편안하게 의자 등받이에 기대어 이번에 새로 산 『800만 가지 죽는 방법』을 펼쳤다.

장밍루이와 성화이난이 걸어오더니 두 사람 다 가방에서 노트북을 꺼냈다.

"얼른 서둘러, 조교가 오후 2시까지 메일로 보내랬지? 젠장, 어떻게 너도 깜빡했냐?" 장밍루이가 황급히 노트북을 펼쳤다.

그런 거였다. 앞줄에 앉아 대놓고 노트북을 펼쳐 과제를 하면 교수님께 욕을 먹을까 봐서. 뤄즈는 씁쓸하게 웃었다.

"과제가 있는지도 몰랐지." 성화이난의 목소리는 약간 흐리멍덩했다. 흐리멍덩해서 귀여웠다.

"너 요즘 정신이 빠진 것 같다."

피아노곡은 그들의 대화를 덮어주지 못했다. 뤄즈는 CD 볼륨을 높이고 책에 집중했다.

뤄즈는 태연한 척하고 싶은데 그럴 수 없을 때면 고개를 파묻고 탐정소설 보는 것에 집중했다. 그러면 금방 인사불성으로 푹 빠져들어 주변 소음이 들리지 않을 정도로 무감각해질 수 있었다.

장밍루이가 그녀의 어깨를 톡톡 두드릴 때까지 말이다. 뤄즈가 이어폰을 뺐다.

"조교가 랜덤으로 출석 부른대." 장밍루이가 작게 말했다.

그의 말이 끝나자마자 조교가 큰 소리로 외쳤다. "뤄즈." 남쪽 사투리를 쓰는 조교는 L 발음이 잘되지 않았고, '즈'의 3성은 멋대로 4성으로 바꿔버렸다. 그래서 '지적장애'라는 뜻의 '뤄즈'처럼 들렸다. 주변 학생들이 웃으며 고개를 돌려 이름의 주인공을 찾았다. 장밍루이는 웃으며 책상을 두들겼다.

의외로 뤄즈는 여전히 고개를 숙인 채 책을 보며 낯빛 하나 변하지 않고 손을 들어 대답했다. "네!"

조교가 짓궂게 웃었다. 그 옹졸한 모습은 마치 영화 〈아이스 에이지〉에서 튀어나온 얄미운 다람쥐 같았다. 뤄즈도 그 모습을 힐끗 보곤 저도 모르게 웃음을 터뜨렸다.

장밍루이가 물었다. "저 자식 혹시 너한테 반한 거 아냐? 방금 리포트 낼 때도 뭔가 이상하더라니. 지금 이렇게 멀리 떨어져 있는데도 널 놀리잖아?"

뤄즈가 장밍루이를 흘겨보며 말했다. "나한테 반했다면 그

게 정상이지. 내가 이렇게나 괜찮은데." 그러고는 다시 이어폰
을 귀에 꽂았다.

장밍루이는 약이 올라 괴성을 질렀지만, 그 소리는 음표에
묻혀 뤼즈에게는 잘 들리지 않았다.

성화이난도 뭐라고 이야기했다. 그녀는 곁눈질로 그의 입술
이 움직이는 걸 보았다.

듣지 못한 데는 자연히 듣지 못한 이유가 있을 것이다. 뤼즈
는 하늘이 그녀를 도우리라 믿었다.

그리고 고개를 숙인 채 계속해서 책을 보았다.

쉬는 시간, 장밍루이가 일어나 기지개를 펴며 그녀를 슬쩍
밀었다.

"또 뭔데?" 뤼즈는 한창 재미있는 부분을 보던 중이어서 살
짝 짜증이 났다.

"쉬는 시간이야! 우리 내려가서 뭐 좀 먹으려고. 아침에 밥
먹을 시간이 없었거든. 너도 뭐 좀 사다줄까?"

"난 됐어, 고마워."

"그럼 같이 내려가서 한 바퀴 돌자. 앉아만 있으면 피곤하잖
아." 성화이난의 미소는 아주 따스했다.

따스해서 마치 아무 일도 없었던 것 같았다.

확실히 아무 일도 없었다. 그녀의 마음고생을 일로 치지 않
는다면 말이다.

성화이난의 웃는 얼굴과 그 온화하고 친숙한 말투에 뤼즈는

요 며칠간 처음으로 그를 진지하게 바라보았다. 그리고 처음으로, 그의 웃는 모습과 다른 사람이 보는 자신이 얼마나 닮았는지, 또 얼마나 무서운지 깨달았다.

뤼즈는 다시 장밍루이를 쳐다보았다.

"내가 너네 대신 노트북 지키고 있을게." 말을 마치고 다시 이어폰을 끼려고 했다.

"야……." 장밍루이가 또다시 그녀의 소매를 잡아당겼다.

"정말 귀찮게 그러네! 날 귀찮게 한 벌로 수이룽C 음료수 사와! 러스 감자칩도 추가해서! 잔말 말고 얼른 가!"

장밍루이는 뤼즈의 버럭하는 소리에 대꾸할 말을 못 찾아 입을 다물지 못했고, 성화이난은 웃으며 그를 끌고 나갔다.

두 사람이 교실 밖으로 한 걸음 내딛었을 때, 성화이난이 갑자기 고개를 돌려 그녀를 불렀다.

"뤼즈, 감자칩은 어떤 맛으로 사 올까?"

뤼즈는 무표정한 얼굴로 장밍루이를 쳐다보았다.

"종, 류, 별, 로, 하, 나, 씩!"

뤼즈의 머릿속은 결국 성화이난의 다양한 웃는 얼굴에 집중 공격을 받아, 아예 책을 덮고 CD도 끈 채 자리에 앉아 멍을 때렸다.

그러다 머리 위로 쏟아지는 감자칩 봉지에 놀라 정신을 차렸다.

오리지널 맛, 토마토 맛, 불고기 맛, 오이 맛, 피자 맛, 총 다섯

봉지에 그것도 가장 큰 사이즈였다. 성화이난은 벽에 기대어 빙그레 웃으며 그녀를 바라보았다. 감자칩을 공중 투하한 장밍루이는 그녀의 머리 위쪽에서 숨을 몰아쉬고 있었다.

그녀는 말없이 샤프를 꺼내 과자 봉지를 하나씩 뚫어 공기를 빼냈다. 과자 봉지가 모두 납작해졌다.

"뭐 하는 거야?" 장밍루이가 물었다.

"이래야 공간을 절약하지. 안 그럼 가방에 안 들어가."

"제법 똑똑하네." 이 말은 성화이난이 했다. 그는 마침 작은 사이즈의 오이 맛 감자칩을 먹고 있었다.

"맞아, 너무 똑똑해서 나도 내가 두렵다니까." 뤄즈는 쥬바다오의 모 소설 주인공의 명언을 인용하지 않을 수 없었다.

"만족해?" 장밍루이가 위에서 내려다보며 말했다.

"고마워." 뤄즈는 감자칩 한 봉지를 들고 그를 향해 흔들어 보였다.

"나랑은 상관없어……. 성화이난이 산 거야." 장밍루이가 말했다.

뤄즈는 벽에 기대어 선 성화이난이 자신의 반응을 무척 기대한다는 느낌을 받았다.

"어? 너 구두쇠야? 내가 너보고 사랬잖아?" 뤄즈는 아랑곳하지 않았다.

"뭐야, 내가 바보냐? 진짜 종류별로 털어 오는 건 바보들이나 하는 짓이야!"

"야, 그거 무슨 뜻이야?! 지금 누구보고 바보라는 거야?"

뤄즈가 일부러 무시한 성화이난이 결국 대화에 끼어들었다.

하지만 어째서인지 장밍루이가 갑자기 입을 다물었고, 뤄즈도 말하고 싶은 마음이 없어졌다.

세 사람은 기묘한 침묵에 빠져들었다. 이런 상황을 두고 머리 위로 천사가 날아가고 있다고 했던가?

그녀는 성화이난을 바라보았다. 성화이난은 얼굴을 살짝 붉히며 눈을 반짝였다. 난처해하면서도 여전히 집요하게 그녀를 쳐다보았다.

이게 뭐라고? 이게 대체 뭘 의미하는데?

그녀는 별안간 웃음을 터뜨렸다. 이 광경이 너무나 아이러니하게 느껴졌지만, 왜 그런지는 딱히 설명하기 어려웠다. 장밍루이 얼굴 가득 떠오른 곤혹스러움을 무시한 채, 뤄즈는 계속해서 웃으며 감자칩을 하나씩 가방에 챙겨 넣었다. 그러곤 자리에서 일어나 침묵에 빠진 두 남학생을 지나 뒷문으로 나갔다.

"뤄즈, 너도 법학 복수전공하는구나."

정원루이가 물컵을 들고 그녀를 바라보며 매너 있게 웃었다. 하지만 눈빛은 여전히 뤄즈 뒤쪽을 향하고 있었다.

뤄즈는 성화이난, 장밍루이와 함께 교실을 나가곤 하던 모습을 정원루이가 진작에 포착했을 것이라고 추측했다. 기분이 나빴을까? 따지고 보면 뤄즈는 그녀의 마음을 잘 알면서도 그녀가 좋아하는 사람과 아주 친하게 지내는 모습을 보여주었다.

상관없어. 그게 나랑 무슨 상관있다고, 뤄즈는 심드렁하게 생각했다.

뤄즈는 들고 있던 가방을 가리키며 말했다. "너도 신청했구나? 하하, 다음에 다시 얘기하자. 난 먼저 가볼게."

뤄즈는 한참 후에야 비로소 정신이 들었다. 자신이 낙담하고 포기한 줄 알았는데, 실은 성화이난을 일부러 모른 척했을 때부터 이미 삐쳐서 성질을 부리고 있었다.

알고 보면 그녀도 억지 부리기를 참 잘했다.

억지를 부린다는 건, 뻔히 심사가 뒤틀려 있으면서도 마치 세상사를 달관한 척하면서 걸핏하면 자신은 이미 마음이 식었다고 말하는 걸 의미했다.

뤄즈는 이 사람 앞에서는 도저히 솔직하고 활달하고 순수하고 편안해질 수 없음을 인정했다. 그래서 그와 친구가 될 수 없었고, 아무런 불만도 없는 척할 수 없었다. 그런 걸 할 수 있는 사람은 딱 두 부류였다. 진정으로 선량하고 마음이 깨끗한 사람, 또는 엄청난 꿍꿍이를 품고 인내하며 기다릴 줄 아는 사람. 뤄즈는 둘 다 해당되지 않았으므로 그저 씩씩거릴 수밖에 없었다. 이런 혼돈의 상황에서는 전진도 후퇴도 불가능했다. 뭔가 명분이 부족했다. 포기하고 싶어도 시원하게 포기할 수 없었다.

문득 장바이리가 예전에 거비에게 정중하게 문자를 보내 고백했을 때의 마음이 이해되었다.

그녀들에겐 솔직하게 인정하는 과정이 필요했다.

그래서 딩수이징이 그녀의 무관심을 타박했던 걸까. 감정에

대해 아무것도 모르는 그녀는, 하필이면 감정을 아는 사람에게
마치 그녀가 초연한 자세로 모두를 비웃는 듯 느끼게 했다.

그녀는 정말로 감정을 모르는데.

뤼즈가 기숙사에 들어서자마자 휴대폰에 문자 하나가 도착
했다.

성화이난이 물었다. "너…… 혹시 나한테 쭉 화나 있는 거
야?"

제22장 　　　　뤄즈, 힘내

뤄즈는 휴대폰을 만지작거렸다. 화면은 진작에 어두워졌지만 어렴풋이 그 문자를 볼 수 있었다.

그걸 보고 가장 먼저 머릿속을 스쳐 지나간 생각은 이랬다. 그래, 당연히 화났지. 아주 화가 났고 화가 난 지도 오래되었어. 설마 3주 동안 그걸 못 알아챈 거야? 왜 모르는 척해?

두 번째로 든 생각은, 문자가 아주 친근해 보인다는 거였다. 조금씩 기분이 좋아졌다.

그리고 세 번째로 든 생각은, 다른 사람에게 농락당했다는 약간의 슬픔과 처량함이었다. 성화이난은 둔한 사람이 아니었다. 그렇게 똑똑한 사람이 그녀가 화가 났다는 걸 3주 동안이나 모를 리 없었다. 그런데도 이렇게 뻔히 알면서 물어보다니.

여자의 마음은 과연 변화무쌍했다.

뤄즈가 멍하니 있는데 성화이난이 바로 전화를 걸어왔다.

"그냥 이렇게 수업 땡땡이치려고?"

"설마 내가 가방까지 챙겨 들고 화장실에 가는 줄 알았어?"

"방금 조교가 또 출석 불렀어."

"그럴 리 없잖아. 조교 머리가 어떻게 된 것도 아니고. 뭐, 방금 웃을 땐 확실히 약간 덜떨어져 보이긴 했지만."

"하하, 맞아. 널 속일 수는 없구나."

그리고 침묵.

뤄즈는 책상에 기대어 성화이난의 어쩔 줄 모르는 침묵을 누렸다. 처음 통성명을 하고 나서 커피숍에서 어색쭈뼛했던 걸 마침내 갚아준 것만 같았다.

"미안해." 성화이난의 목소리는 아주 태연했다.

너무나 태연해서 뤄즈는 자신의 세세한 생각과 과도하게 높은 자존심이 난처하게 느껴질 정도였다.

"어? 이번엔 또 뭐가 미안한데?" 뤄즈는 휴대폰 스피커 쪽에 귀를 바짝 갖다댔다.

"나도 모르겠어." 그의 웃음소리에 난감함이 묻어났다.

뤄즈는 천천히 한숨을 내뱉었다. 이렇게 질질 끄는 대화는 피곤했다.

"좋아. 용서해줄게."

성화이난은 한참을 침묵했다.

"잠깐 만날 수 있어? 나도 수업 쨌어."

"장밍루이는?"

"프로그램 짜고 있을걸."

"그래."

"11시네, 내가 점심 살게. 저번에 그 식사도 보충할 겸."

"그래."

"나 좀 기다려줄래? 노트북을 기숙사에 놓고 가려고."

"알았어."

뤄즈는 책상에 기대어 탁상 달력을 힐끗 바라보았다.

오늘은 11월 4일.

글쎄 11월 4일이었다.

딱 4년이었다. 뤄즈는 믿기지가 않아 입을 쩍 벌렸다.

그녀의 첫 일기는 11월 4일에 시작되었다. 매번 일기장을 들춰볼 때마다 그 페이지에서 시작했기 때문에, 첫 번째 단락은 완벽하게 암송할 수 있을 정도였다.

11월 4일, 맑음.

중간고사 각 과목 성적 발표가 끝났다. 마지막으로 점수가 깎인 건 의외로 국어가 아니라 영어였다. 나는 시험지를 안고 반으로 돌아갔다. 국어과 사무실 앞을 지나는데 담임선생님이 갑자기 고개를 내밀더니 나를 불렀다. "뤄즈, 잠깐 와보렴."

뤄즈, 잠깐 와보렴.

뤄즈는 눈을 감았다. 정말 4년이었다.

예전에 뤄즈는 그렇게나 구차하고 조심스러운 눈빛으로 그의 뒤를 좇았다. 비록 자신도 사실 아주 뛰어나고 거만한 여학생이었지만 말이다. 최소한 그녀의 활동 범위에서는 그랬다.

예전에 뤄즈는 종종 학교 꼭대기 층으로 올라가 『신개념 4』를 읽었다. 단지 영어 선생님이 그에게 강제로 그 교재의 본문 텍스트를 외우라고 했기 때문이었다.

예전에 뤄즈는 한 가지 주제뿐인 일기를 썼다. 매일 그의 뒤를 따라 교실로 들어갔고, 무의미한 묘사를 수없이 반복하며 그의 뒷모습을 한 글자 한 글자 또박또박 기록했다. 아침 햇살에 빛과 어둠으로 양분된 복도를 오가는 모습도 그녀의 눈동자 속에서 미세하게 흔들렸다.

예전에 뤄즈는 딱 한 번 실수로 그의 앞으로 걸어간 적이 있었다. 그녀는 우물쭈물 발걸음을 늦추며 그가 자신의 앞으로 걸어가길 바랐다. 그러나 그가 정말로 그녀를 추월한 순간, 심장이 갑작스레 얼음물에 빠져버린 느낌이었다. 그의 태연한 표정과 자신감 있고 굳세어 보이는 분위기가 서로 스치는 그 찰나에 그녀를 몹시도 비웃고 있었다.

낭패스럽고 조심스러운 그녀를 말이다.

뤄즈는 눈을 떴다. 이 4년에 자신은 떳떳해야 했다.

사실 처음에 마트 입구로 달려가 그를 곤란한 상황에서 구할 때부터 뤄즈는 '어떤 이야기가 생겨날까'에 대해 기대하고 있었다. 어쩌면 줄곧 기대를 품고 있다가, 그때 비로소 행동으로 옮겨 자신에게 기회를 준 데 불과했을지도 모른다. 여러 번의 우연한 만남은 실제로 그에게 다가갈 수 있는 기회가 되었고, 그녀는 그 기회를 피하지 않고 그대로 받아 직진했다. 그러나 자신이 그에게 어떤 모습으로 비춰졌을지는 그녀도 알지 못했다.

다만 생각했다. 이렇게 서서히 가까워지다 보면, 그 애도 어쩌면…… 자신을 좋아할 거라고.

솔직히 자신 있었다. 비록 예전에는 구차하게 그의 뒷모습을 바라보았어도 이제까지 자신이 사랑받을 가치가 충분하다는 점을 의심해본 적 없었다.

하지만 그의 눈에 어쩌면 자신이 그다지 특별하지 않을 수도 있다는 건 생각하지도 못했다. 아무리 일거수일투족을 특별하게 하려고 노력해도 말이다.

많은 대화 속에서, 뤼즈는 대화의 상대방이 그가 아닐 경우 그저 묵묵히 웃으며 귀찮아질 가능성이 있는 모든 것을 피했다. 그러나 그의 앞에서는 그럴듯하게 말하려 애썼고, 그가 그녀의 말에 미소 지을 수 있도록 노력했다.

뤼즈는 절대로 일부러 뭘 보여주려 하지 말자고 온 힘을 다해 자신에게 충고했지만, 이 사랑은 그녀에게 '원래 그대로의 모습'을 편하게 보여주지 못하게 만들었다. 그에게도 확실히 능력이 있었다. 그녀를 포기 맹세까지 할 정도로 낙담시켰고, 문자 하나로 그녀가 이제까지 쌓은 열정을 모조리 무너뜨렸다. 뭘 어떻게 하든, 무슨 말을 어떻게 하든, 무슨 생각을 어떻게 하든……, 그녀가 하는 모든 건 그의 일거수일투족에 코가 꿰어

끌려갔다. 서로 교류가 없었던 4년 전이든 지금이든.

마음대로 되지 않았다. 뤄즈는 일부러 그를 무시하거나 일부러 신경 쓰고 싶지 않았고, 일부러 냉담하거나 열정적으로 굴기 싫었고, 일부러 재치 있게 굴거나 냉정하고 싶지 않았다. 하지만 마음대로 되지 않았다.

이게 바로 사랑이겠지. 만약 사랑이 한 사람을 이렇게 만들 수 없다면, 사랑의 마력이란 너무나 미약하다는 거니까.

용기가 다시금 되돌아왔다.

어차피 이렇게 된 거, 어찌 열심히 '연기'를 해보지 않겠는가.

"뤄즈, 힘내." 뤄즈가 조그맣게 말했다

장바이리가 갑자기 벌떡 일어나 앉았다. 뤄즈는 깜짝 놀라 위층 침대를 빤히 쳐다보았다.

"침대에 있었어?"

"그럼. 주말엔 항상 오후까지 자잖아."

"완전 깜짝 놀랐어."

"나 방금 다 들었지롱. 전화랑, 그리고 '뤄즈, 힘내!'도."

장바이리의 얼굴은 살짝 부어 있었지만 즐거워 보였다.

뤄즈는 무슨 말이라도 해서 이 난처한 상황을 무마하고 싶었지만, 한참을 생각해봐도 할 말이 없었다.

"걔……한테서 문자 왔어. 내려갔다 올게." 뤄즈는 황급히 가방을 집어 들었다.

장바이리는 고개를 끄덕이다 갑자기 다시금 얼굴에 미소를 지었다.

"뤼즈."

"어?"

"힘내."

뤼즈는 코가 시큰거렸다. 방금까지 모아두었던 눈물이 손등 위로 툭툭 떨어졌다. 그리고 대답 대신 고개를 끄덕였다. 장바이리에게는 안 보이겠지만 말이다.

제23장

낭만이란 그 뒷이야기가 없는 것

성화이난은 두 손을 주머니에 찔러 넣은 채 문 앞에서 그녀를 기다리고 있었다. 몸의 절반 이상이 늦가을의 찬란한 햇빛 아래에 푹 잠겨 있었다.

"방금 뭐 하고 있었어? 감자칩 먹었어?" 그의 서두에는 뻔히 분위기를 띄우려는 의도가 담겨 있었다.

뤄즈는 눈을 들어 그를 바라보았다. 눈앞의 이 사람은 이렇게나 잘생기고, 이렇게나 점잖았다. 걸음걸이는 여유 만만했고, 온화한 표정 밑에는 자연스러운 위엄과 고귀함이 서려 있었다.

뤄즈는 열심히 감상했다. 상대방이 몸 둘 바를 모를 때까지.

"아니, 너한테 왕창 얻어먹으려고 배를 비워두고 있었어." 뤄즈가 웃었다. 웃을 수 있는 최대치로 웃었다.

이번에도 학교 커피숍이었다. 뤼즈는 창가 옆 밝은 자리를 골랐다.

"여기 괜찮아? 햇살이 좋은데 낭비하면 아깝잖아." 뤼즈가 말했다.

"그래, 나도 좋아."

주문받는 직원이 테이블 옆에 나른하게 서서 물었다. "식사세요, 음료세요?"

"뭐 먹을래?"

"돈코츠 라멘, 채소튀김, 그리고 따뜻한 우유 주세요." 뤼즈는 메뉴도 보지 않았다.

"저도 같은 걸로요." 성화이난도 메뉴를 덮었다.

단발머리 여종업원은 "음" 하고 주문을 들었다는 표시를 하곤 온몸에 뼈가 없는 것처럼 흐느적거리며 천천히 걸어갔다.

2분도 되지 않아 포장된 식기가 세팅되었다.

요리가 나오기를 기다리면서, 성화이난은 식기 포장 봉투에서 젓가락을 꺼내다가 문득 무슨 생각이 났는지 웃었다.

"아쉽게도 세 개는 아니네." 뤼즈는 즉시 기회를 잡아 불쑥 입을 열었다.

그는 고개를 들었다. 얼굴에 딱 적절한 호기심이 떠올라 있었다. "어떻게 알았어?"

"뭐가?" 뤼즈는 아무것도 모른다는 표정으로 그를 보았다.

뤼즈는 고1 때, 성화이난이 밥을 먹을 때마다 젓가락 세 개를 쓴다는 이야기를 들었다. 딱히 괴벽이 있어서가 아니라 그저 지루한 일상에 대한 도전이었다. 왼손으로 밥을 먹는 재주는 이미 익혔으니, 이번에는 젓가락 세 개로 먹는 걸 시도할 생각이었던 것이다.

다만 이건 모두 전해들은 이야기일 뿐, 직접 보지는 못했다. 그러나 젓가락은 본 적 있었다. 어느 날, 뤼즈는 담임선생님의 호출에 불려갔다가 식당에 아주 늦게 도착했다. 식사를 마치고 나가려는데, 왼쪽 앞 식탁 위에 식판 네 개가 놓여 있었다. 그중 그녀와 가장 가까운 쪽 식판 위에 젓가락 세 개가 놓여 있었다. 하얀 플라스틱 젓가락이었다.

뤼즈는 황급히 고개를 숙여 신발 끈을 묶었다. 오가는 학생들에게 그녀의 얼빠진 표정을 들키고 싶지 않았다. 처음에 식판을 들고 자리에 앉았을 때는 왼쪽 앞에 앉아 있는 남학생 넷을 전혀 의식하지 못했는데.

그녀는 못 보고 말았다.

이튿날 점심시간, 뤼즈는 혼자 식당에 앉아 몰래 젓가락 세 개를 쥐어보았다. 밥을 먹을 때는 원래대로 젓가락 두 개를 사용하며 눈으로는 다른 쪽 식탁에 앉은 남학생을 곁눈질했다. 누군가 그녀의 이상함을 눈치챌까 봐 괜히 마음이 켕겼다. 다행히 그는 식사를 마치고 떠났다. 마침 주변 식탁들도 썰렁해져서 그녀는 아주 정중하게 젓가락 세 개를 들고 실험을 하기 시작했다. 서툰 젓가락질로 밥알을 온 얼굴에 묻히고는 혼자 바보같이 웃었다.

정말로 아주 재미있었다. 개가 연습할 때도 친구들 앞에서 이렇게 얼룩 고양이가 되지 않았을까? 뤼즈는 휴지로 얼굴을 닦고 식탁 위에 엎드려 조용히 생각했다.

"나 고등학교 때, 젓가락 세 개로 밥 먹는 법을 열심히 연습했었어. 하지만 결국은 실패했고, 엄마한테 밥 제대로 안 먹는다고 혼나기까지 했지." 뤼즈는 옛일을 추억하는 척하며 젓가락 포장지를 주시했다.

성화이난은 굉장히 기쁘게 웃으며 말했다. "고등학교 때 젓가락 세 개 쥐는 법을 연습했다고? 하, 나도 그랬어."

뤼즈는 아주 놀라는 표정을 지으며 고개를 기울였다. "엉?"

성화이난은 아직도 정신을 차리지 못한 채, 웃음을 머금은 표정으로 그녀가 똥처럼 생겼다고 묘사한 컵을 빙글빙글 어루만졌다. "세상에, 너무 재밌네. 정말 생각지도 못했어." 그가 말했다.

라멘이 나왔다. 유백색 국물이 기분 좋게 만들어주었다. 계란 반쪽, 돼지고기 두 조각, 그리고 채소 몇 조각. 학교에서 파는 일본 라멘은 이렇게 나오는 것이 고작이었다.

그러나 성화이난은 난처한 표정이었다. 고개를 쭉 빼 살펴보니, 그의 라멘 그릇에 담긴 고기 두 조각은 전부 비계뿐이었다.

뤼즈가 웃었다.

"비계 싫어하지?"

그는 입을 꾹 다물고 고개를 끄덕였다. 어쩔 수 없다는 표정이었다.

"나도 비계 싫어해. 지금은 좀 나아졌지만."

"그래? 여자들은 대부분 비계를 싫어하는 것 같아. 나처럼 비계를 싫어하는 남자는 별로 없는 것 같고." 성화이난은 약간 부끄러운 듯 뒤통수를 긁적였다.

뤄즈는 그의 말에 대꾸하지 않고 추억에 잠긴 모습으로 실없이 웃으며 말했다. "어렸을 때, 다른 집에 손님으로 가면 꼭 누군가 나한테 반찬을 집어주곤 했어. 난 고맙다고 말하면서도 한편으론 참 난감했지. 왜냐하면 그 반찬들은 대개 내가 안 좋아하는 거였거든. 파랑 생강을 다져서 볶아 만든 양념이랑 비계 덩어리를 감히 식탁 위에 뱉을 수는 없어서 남들이 안 볼 때 슬쩍 손에 뱉었어. 그런 다음 의자 아래쪽 가로대 위에 놓았지. 식사를 마친 다음 몰래 처리할 생각이었는데, 한번은 딱 들키고 만 거야. 의자 가로대가 내가 뱉은 비계로 꽉 차버렸거든." 그녀는 진지하게 손짓까지 해가며 말했다.

"방금 말한 거 진짜야?" 성화이난이 이렇게까지 흥분한 건 처음이었다.

"당연하지." 그녀는 상관없이 이야기를 계속했다. "어른들은 웃느라 날 혼내지도 않더라. 난 거기다 부끄러운 줄 모르고 주인아주머니한테 아부까지 했지 뭐야."

"……뭐라고 했는데?" 그의 표정은 특히나 기대하는 것처럼 보였다.

그리고 뤄즈는 그가 어떤 우연한 대답을 기대하는지 알고 있었다.

"어른들이 물었어. 어떻게 이렇게 가지런하게 놨냐고. 그래서 내가 대답했지. 아주머니가 고기를 잘 자르셔서 모든 비계 크기가 똑같았다고. 안 그랬으면 가지런하지 못했을 거라고⋯⋯."

성화이난은 무척이나 즐겁게 웃으며 족히 1분 동안 그저 손만 내저을 뿐 아무 말도 하지 못했다.

"이런, 이런. 어쩜 이렇게 기막힌 우연이 있어. 그거 알아? 나도 어릴 때 그랬어. 너랑 똑같이! 의자 밑 가로대에 쭉 늘어놨다니까. 심지어 주인아주머니한테도 똑같이 말했다고⋯⋯. 세상에⋯⋯."

성화이난은 빨갛게 상기된 얼굴로 추억에 빠져들었다. 무척이나 즐거워 보였다. 다시금 그녀를 바라보았을 때 그의 눈빛은 맑게 반짝였다. 마침내 지기를 만난 것처럼 말이다.

"우연은 우연일 뿐이지. 이상할 건 없어."

"무슨 뜻이야?" 성화이난은 눈썹을 치켜올릴 때 이마에 살짝 주름이 잡히는 모습이 아주 귀여웠다.

"이 세상은 너무 크잖아. 네가 널 얼마나 잘나고 독특하고 개성 있다고 생각하든, 아니면 얼마나 변태적이고 음침하고 양심 없다고 생각하든 상관없이, 넌 결코 고독할 일은 없어. 왜냐하면 세상에는 유일무이라는 게 없으니까."

지금 그녀도 이렇게 우연을 만들면서 그의 모든 유일함을 없애고 있었다.

"그 말은 너무 찬물을 끼얹는 거 같은데." 그는 고개를 숙였지만 동의하듯 웃었다. "운명의 상대를 찾아서 그 사람 아니면 안 될 정도로 사랑하게 된 여자들이 화낼 거야."

"그것도 이 세상이 너무 커서 그래. 우리는 그중에서 아주 작은 공간과 시간만 차지할 수 있을 뿐이잖아. 다른 먼 곳에서 지금 사람보다 더 운명 같은 사람을 만날 수 있을지, 몇 년 더 인내심 있게 기다리면 정말 제대로 된 좋은 사람을 만날 수 있을지 모르는걸. 설령 잘못됐다는 걸 안다고 해도, 고집스럽게 이 사람이라고 인정한 사람에게 마음을 준다면 그는 그렇게 인생에서 유일무이한 사람이 돼버려. 그런 특별함과 그 사람 아니면 안 된다는 생각은 네가 스스로 만드는 거야. 원래부터 평범한 그 사람과는 사실 아무런 상관도 없지."

"단지 나와 만났기 때문에, 나한테 사랑받는다는 이유로 유일무이해진다고?" 그는 아주 흥미로운 듯했다.

"그런 사람을 만날 수 있다면 아주 좋겠지." 뤄즈가 가볍게 덧붙였다. 화제가 좀 무거워진 것 같아 이 이야기를 계속하고 싶지 않았다.

성화이난은 눈을 가늘게 뜨고 창밖을 바라보았다. 무슨 생각을 하는지 입꼬리가 위로 올라갔다.

정말 잘생겼네, 뤄즈는 그런 생각을 하며 고개를 숙이고 몰래 웃었다. 살짝 부끄러웠다.

"하지만 기적 같은 만남이라면…… 어렸을 때, 내가 아주 어렸을 때 좋아한 애가 있었어." 성화이난이 갑자기 화제를 돌리더니 득의양양하게 뜸을 들였다. 보기 드문 귀여운 모습이었다. 얼굴을 꼬집어보고 싶을 정도로.

이렇게 순수하게 즐거워하는 성화이난을 보며 뤼즈는 눈앞에 있는 사람이 하얀 셔츠를 입은 초등학생이 아닌가 의심스러웠다. 유일한 구분이라면 초등학생들이 매는 붉은 스카프를 매고 있지 않다는 것뿐. 그녀는 문득 장바이리가 그날 눈물을 머금고 미소 지으며 했던 말이 떠올랐다. 거비는 그때 아이처럼 순수하게 웃고 있었다고 말이다.

누구든 감동하지 않을 수 없었다.

"세 살 버릇 여든까지 간다는데, 어렸을 때부터 여자를 밝혔구나." 뤼즈가 말했다.

성화이난은 맞받아치지 않고 그저 난처한 듯 뒤통수를 긁적였다. "진짜야, 나도 왜 갑자기 그 일이 떠올랐는지 모르겠네. 정말 이상해."

그는 잠시 말을 멈췄다가 진지하게 그녀를 바라보았다. 눈빛이 이상했다.

"왜 그래?"

그는 어깨를 으쓱하더니 말을 이었다.

"어렸을 때, 출장 다니는 엄마 아빠를 따라 여러 도시를 가봤어. 이 도시만 해도 이곳저곳 다 가봤지. 각종 정부기관이며, 심지어 농촌 마을도. 하하, 나름 세상 물정을 돌아본 셈이야." 성화이난이 웃었다. "하지만 대부분 잊어버렸어. 누굴 만났고 어딜 가봤고……, 어렸을 때 기억은 아주 혼란스럽잖아."

"하, 나도 그랬는데." 그녀는 맞장구를 치며 그가 이야기를 계속하도록 격려했다.

"너도 부모님 따라서 여기저기 돌아다녔어?"

뤄즈는 멈칫했다가 고개를 끄덕였다.

사실은 아니었다. 부유한 그의 부모님과 비교하면 그녀와 엄마는 부랑자에 가까웠다.

"하지만 기억하는 건 있어. 한번은 어떤 친척의 결혼식에 갔는데, 너도 알다시피 애들은 시끌벅적한 걸 좋아하잖아. 결혼식이 뭔지도 모르면서. 그때 신부는 외국 유학을 다녀왔던 거 같아. 그래서 호텔에서 먹고 마시는 일반적인 결혼식과는 진행 방식이 달랐어. 텔레비전에 나오는 결혼식 같았지. 노천 잔디밭에, 풍선에, 새하얀 식탁……. 물론 신부는 그런 걸 상상했겠지. 하지만 실제로 잔디는 지저분했고, 식탁에는 붉은 천이 깔려 있어서 이도 저도 아닌 셈이었어. 하지만 애들에겐 그런 게 훨씬 재미있었지. 우리는 먼저 농구를 하다가 소꿉놀이, 공주와 기사, 협객과 교주 같은 놀이를 했지. 아, 웃지 마. 그런 건 아주 별 볼일 없는 RPG 게임이라고 보면 돼……."

뤄즈가 웃었다. "나도 어렸을 때 노는 거 좋아했어. 그땐 줄곧 내가 잇큐 오빠한테 시집갈 줄 알았는데."

"〈똑똑한 잇큐*〉 하면 샤오예즈지." 그는 장난스러운 표정을 지어 보였다.

"아니지, 신요우웨이먼이지."

....

* 聡明的一休, 1975년 10월 15일부터 1982년 6월 27일까지 방영된 중일 합작 애니메이션.

뤄즈는 그의 얼굴에 떠오른 실망스럽다는 표정을 보고 소리
내어 웃었다.

"어쨌거나 다들 학교도 들어가지 않았을 때잖아. 유치한 것
도 당연하지. 여자애들 몇 명이 같이 놀자고 소리치길래 남자
애들도 그냥 같이 소꿉놀이를 하기 시작했어. 근데 어떤 처음
보는 여자애가 조용히 옆에 서 있더라. 왼쪽 팔뚝에는…… 삼
베 완장을 차고 있었어. 아마 아빠가 돌아가셨던 것 같아. 그런
데 애처롭다기보단, 뭔가를 생각하는 표정이었어. 난 그때 쓸
데없는 일에 참견하는 걸 좋아했거든. 내가 꼭 모든 사람을 보
살펴줘야 할 것 같았어. 그래서 그 애를 무리 가운데로 불러와
서 같이 놀자고 했지. 걔는 순순히 고개를 끄덕였어. 그래서
난……."

"넌?" 뤄즈는 눈을 치켜뜨면서 흥미진진하게 그를 바라보았다.

"그렇게 보지 마, 마치 내가 잘못된 일이라도 한 것 같잖아."

"잘못된 건지 아닌지는 모르겠지만, 어쨌든 넌 뭔가 꿍꿍이
가 있었던 것 같은데?"

"됐거든?" 성화이난이 얼굴을 붉혔다. "그 놀이에서 난 황제
였거든. 난 그 애를 기쁘게 해주고 싶었어. 그래서 목소리를 길
게 늘여 빼고 큰 소리로 말했지……. 천명을 받들어, 짐이 저 여
인을 취하겠노라."

뤄즈는 잠시 멍하니 있다가, 그의 예상대로 미친 듯이 웃는
대신 소리 없이 환하게 웃었다. 태양이 호수 한가운데에 떠오

른 것처럼 환히.

"우린 그때 황궁 놀이를 하고 있었거든. 그러니까…… 황궁 말야. 당연히 태감 역할도 내가 했지. 다른 애들은 너무 둔해서 연기를 잘 못하더라고." 성화이난이 해명했다. 얼굴이 점점 더 빨갛게 달아올랐다.

뤄즈는 여전히 환하게 웃으며 눈시울이 붉어지는 것을 애써 감추었다.

"여자애들 몇 명이 결혼식 때 애들에게 갖고 놀라고 나눠준 풍선을 그 애 꽁지머리에 묶었고, 바닥에 떨어진 색색의 리본과 장식을 주워서 그 애 어깨에 붙여줬어. 지금 생각해보면 정말 추하기 짝이 없었는데."

"그런 다음 황제는 혼례를 올렸지."

"때마침 결혼식도 클라이맥스였는지, 멀리 무대에서 신랑 신부가 떠들썩한 안내 멘트를 따라 결혼 선언문을 낭독하고 있더라고."

"그래서 그들이 한 문장을 읽으면, 우리도 멀리서 따라서 한 문장을 읽었어. 잘 들리지도 않았고 들어도 무슨 뜻인지 몰랐지만, 그 애는 아는 게 많아서 내 귓가에 대고 뭐라고 말해야 할지를 속삭여줬어. 이렇게 황제와 황후는 '비단옷'을 갖춰 입고 서양식 혼약 선언을 하며 정식으로 부부가 됐지."

"그러다 보니까 다른 남자애들도 놀이의 방향을 파악하고는 다들 자기가 황제가 돼야겠다고 하면서 내분이 일어난 거야. 모두들 손에 목검 같은 무기를 들고 있었는데, 결국 정말로 싸움이 벌어지고 말았지 뭐야. 나도 다리에 찰과상을 입었고. 남자애들은 힘을 모아서 날 감옥에 넣으려고 했어. 그 감옥이라는 건 잔디밭 옆에 있는 물구덩이였는데, 애들은 진심으로 날거기 밀어 넣으려고 하더라고. 그중에서 몸집이 가장 큰 남자애는 텔레비전을 너무 많이 봤는지, 내 머리를 꽉 잡고 물속으로 집어넣어야 한다고 강조하기까지 했고. 겁 많은 애들은 놀라서 울음을 터뜨렸어. 그런데 황후 역할을 하던 여자애가 갑자기 달려들더니 그 몸집 큰 남자애를 곧장 물구덩이로 밀어버린 거야."

"난 그렇게 싸움 잘하는 여자애는 처음 봤어. 황궁 놀이만 할때는 무척이나 얌전했는데, 성질부릴 때는 대단하더라. 우리둘이 남자애 넷과 붙었는데도 전혀 밀리지 않더라니까."

성화이난은 말하다가 웃음을 터뜨리곤 맞은편을 바라보았다. 뤄즈가 엄숙한 얼굴로 컵을 만지작거리고 있었다.

그도 영문을 모른 채 잠시 조용히 있었다.

"물구덩이에 빠진 뚱뚱한 남자애는 사실 겁쟁이었어. 질질짜고 난리도 아니었지. 걔가 쪼르르 달려가서 엄마 아빠한테이르는 바람에 우리 쪽으로 시선이 쏠렸어. 부모님들이 하나둘오셔서 중간에 그 진흙 원숭이가 돼버린 친구를 둘러쌌지. 남자애 부모님은 눈을 부릅뜨고 그 여자애한테 따지러 갔고. 물론, 난…… 휴, 당연히 아주 의리 있게 걔 앞을 막고 서서 내가밀어 넘어뜨린 거라고 했어. 여자애가 무슨 그런 힘이 있냐고말야."

성화이난이 한숨을 내쉬었다. "우리 부모님은…… 좀 알려진 분들이라서, 그쪽 부모님이 감히 나한테 뭐라고 하지는 못했어. 대신 나보고 철이 없다면서 그 집 아들을 괴롭힌 건 분명 그 여자애일 거라고 물고 늘어지더라고."

뤄즈가 천천히 입을 열었다. "그다음엔?"

"그래서 우리 아버지 비서였던 정 씨 아저씨가 나서서 상황을 정리했지. 그 뚱보네 부모님은 몇 마디 투덜거리긴 했지만, 어린 여자애한테 손을 쓰지는 못했어. 일은 그렇게 흐지부지 끝났고, 애들은 다 어른들 손에 이끌려 결혼식 연회 자리에 앉았어. 정 씨 아저씨도 날 데려가려고 했는데, 난 아저씨 손에 이끌려 몇 걸음 가다가 문득 뒤를 돌아봤어. 그 여자애만 혼자 외롭게 그 자리에 서 있더라. 그래서 난…… 그 애한테 몇 마디만 하고 바로 자리로 돌아가겠다고 아저씨를 졸랐어. 아저씨는 한참 잔소리를 하셨지만 결국 허락해주셨어. 난 곧장 돌아가서 그 여자애의 손을 잡고……."

뤄즈가 묵묵히 그를 주시했다. 눈동자가 갈수록 밝게 빛났다.

"지금 생각해보면, 그때 난 어쩜 그렇게 껄렁껄렁했는지. 난 그 여자애한테 아까 고마웠다고, 정말 대단했다고 말했어. 우리 혼례식은 아까 그 녀석들 때문에 방해를 받아서 아직 마무리를 못 했는데, 보니까 무대 위의 신랑 신부가 해야 할 마지막 절차가 있어서 우리도 해야 한다고 말이지. 그리고, 그리고…… 난…… 눈 딱 감고 그 애한테 뽀뽀했어. 그리고 도망쳤고."

"그래서 그 뒤에는 어떻게 됐어?" 뤼즈가 미소를 지으며 물었다.

"그다음은 없어. 그 애는 먼저 가버렸는지, 결혼식이 끝나고 시끌벅적한 와중에 보이지 않더라. 지금은 어떻게 생겼는지도 잊어버렸어. 다시는 만나지 못했지."

"참 낭만적이네." 뤼즈는 고개를 숙이고 조그맣게 말했다.

"어? 뭐가 낭만적인데?" 성화이난이 의아하다는 듯 물었다.

"낭만이란 그 뒷이야기가 없는 거거든."

뤼즈는 그의 눈을 바라보며 정중하게 말했다.

제24장　｜　　뒷이야기

　성화이난은 그 말에 웃으며 고개를 삐딱하게 기울인 채 뤄즈를 진지하게 바라보았다.

　넌 모를 거야. 뤄즈가 한숨을 내쉬었다.

　낭만이란 늘 방관자가 알아차리는 법이었다.

　그 일은 성화이난에겐 어린 시절의 낭만적인 기적 같은 만남이었다. 조용한 여자아이, '뒷이야기'가 없는 만남.

　하지만 뤄즈에게는 아니었다.

　그것은 그녀와 그의 첫 만남이었다. 그녀는 늘 그렇게 불행했고 낭만과는 인연이 없었다.

　그녀는 그 모든 '뒷이야기'를 짊어졌다.

　왜냐하면 나중에, 그날 엄마가 명목상으로는 공장 사장 아들의 결혼식에 참석했지만, 실제로는 마오타이주*와 어린이 백과전서를 들고 성화이난의 아빠에게 아빠의 위로금을 부탁하러 간 거였음을 알게 되었기 때문이다.

왜냐하면 나중에, 엄마가 성화이난의 엄마에게 인사를 건넬
때 그 여자의 눈에 담긴 냉담함과 경멸을 보았기 때문이다.

왜냐하면 나중에, 그날 그의 등 뒤로 비치던 너무나도 아름
다운 석양이 줄곧 지지도 않고 한 번 또 한 번 그녀의 눈을 시리
게 찔렀기 때문이다.

그때, 그녀는 홀로 남겨져 계단에 앉아 있었다. 왼손에는 아
직도 엄마의 손바닥에 흥건하던 차가운 땀이 느껴지는 듯했다.

어린 뤄즈는 고개를 들었다. 짙푸른 하늘에는 물고기 비늘
같은 구름이 아득히 먼 곳까지 깔려 있었다. 그녀는 구름을 바
라보다가 문득 엄마에게 말하고 싶어졌다. 돈 안 받으면 안 돼
냐고.

돈 받지 말자고, 그 사람들이 안 주는 게 아니라 우리가 안 받
는 거라고.

그러면 울 일이 없지 않냐고.

고개를 똑바로 들고 있자니 목이 저렸다. 갑자기 어떤 머리
가 불쑥 튀어나오더니 하늘을 가렸다.

그였다. 그가 미소를 지으며 그녀에게 물었다. "넌 이름이 뭐
야? 내 이름은 성화이난이야. 남쪽 지역이라는 뜻이지. 우리 엄
마는 남쪽에서 왔지만, 그래도 난 북방의 사내대장부야. 그런

----

* 茅臺酒, 중국의 대표적인 고량주.

데 사람들이 다들 내 이름이 아주 듣기 좋대."

그녀가 대답하기도 전에 그는 다시 덧붙였다. "근데 왜 혼자 여기 앉아 있어? 여자애들이 소꿉놀이하자는데, 너도 와."

그는 말했다. "천명을 받들어, 짐이 저 여인을 취하겠노라."

다 큰 후에 뤼즈는 비로소 깨달았다. 대화는 아주 중요한 일이었다. 그 사소한 문장들은 사람과 사람 사이의 틈새를 메워주었다. 붐비는 것이 텅 빈 것보다는 좋았다. 최소한 황량하진 않았으니까.

침울했던 어린 시절, 뤼즈는 그 황량하지 않음을 얻기 위해 불의를 보고 참지 않았고, '얌전히 말썽 부리지 말고 있어'라는 엄마의 당부를 무시한 채 아무런 두려움 없이 남학생들의 주먹에 맞설 수 있었다. 휘두른 주먹은 제법 그럴듯해서 바람이 일었다. 등 뒤는 아직 잘은 몰라도 아주 믿음직한 친구에게 맡겼다. 영화 주연이 된 것 같은 흥분이 느껴지며 마침내 그녀의 유년기에 오랫동안 끼어 있던 먹구름이 흩어졌다.

삶에 한 줄기 햇살이 등장했다.

그가 말했다. "너 정말 대단하다, 남자애들보다 훨씬 잘 싸우던데."

그가 말했다. "무서워할 것 없어. 네가 밀었다고 절대로 말하지 마."

그가 말했다. "방금 신랑 신부가 한 것처럼 우리도 해야 해. 그래야 정식으로 나한테 시집오게 되는 거야."

그가 말했다. "나 잊어버리면 안 돼. 난 일단 정씨 아저씨한테 가봐야 하는데, 이따 널 찾으러 갈게!"

그 가사가 뭐였더라?

"네가 잠깐 빛난 걸로 나는 평생 현기증이 나."

뢰즈의 엄마는 백과전서와 좋은 술을 전하는 데 실패했다. 그런 서툰 방식으로는 애초부터 성공이 불가능했다. 사람이 많고 북적거려서 선물을 전달할 좋은 장소가 아니었다. 엄마는 한 손에 묵직한 선물을 들고 다른 한 손으로는 황급히 뢰즈를 잡아끌었다. 가는 길 내내 뢰즈는 애가 타서 한참을 망설인 끝에 울먹이며 말했다. "엄마, 우리 결혼식 끝난 다음에 가면 안 돼? 걔가 날 못 찾을 것 같아."

"걔 이름은 성화이난이야."

뢰즈를 바라보는 엄마의 눈동자에 감정이 용솟음쳤다.

"아, 그 집 애구나." 엄마가 참담하게 웃었다.

그러고는 차가운 손으로 그녀를 끌고 꿋꿋이 그곳을 떠났다.

이튿날, 뢰즈는 또다시 엄마 손에 이끌려 정부기관 몇 곳을 방문했다. 엄마는 들어가 일을 보면서 그녀를 접수실의 나이 지긋한 할머니에게 맡겼다. 뢰즈는 천진난만하게, 그리고 에둘러 할머니에게 물었다. "혹시 성화이난이라는 애 아세요? 아주 예쁘게 생겼는데 다들 걜 알더라고요." 할머니가 놀리듯이 말했다. "알지, 엄마한테 여기 유치원에 보내달라고 하면 걜 만날 수 있어!"

뢰즈는 바보같이 그 말을 진짜라고 믿고 잽싸게 안뜰로 달려갔다. 엄마한테 유치원에 다니고 싶다고 말할 참이었는데, 엄마가 울면서 어떤 아주머니한테 매달리는 모습을 보고 말았다. 그녀가 본 것은 성화이난의 엄마였다.

그들이 뭐라고 하는지는 들리지 않았다.

뤄즈는 조용히 안뜰을 빠져나와 다시는 유치원에 대한 이야기를 꺼내지 않았다. 이미 여섯 살이었다. 유치원에 다닐 나이는 진작에 지났다.

그리고 다시는 '성화이난'이라는 이름을 꺼내지 않았다. 그 애는 그 집 애였다. 엄마가 들으면 분노에 벌벌 떨 것이었다. 그 집.

그는 모습을 드러내지 않은 11년 동안 여전히 뤄즈의 청춘을 휘감았다.

다만, 그 11년 동안 처음 봤을 때의 따스함이 다시는 나타나지 않았을 뿐이었다. 그는 일종의 증오의 눈금이 되었다. 그녀가 안달하는 잣대였으며, 복수의 유일한 방법이었다.

이후 4년간, 그는 그녀를 흙먼지 속에 눌러놓고 구차한 꽃을 피워냈다.

이 모든 건 나중의 일이다. 그는 모르는 뒷이야기.

성화이난은 손을 뻗어 딴생각에 잠긴 그녀를 현실로 끌어당겼다. 채소튀김이 나왔다.

그가 접시를 가리키며 말했다. "다행히 여기엔 비계가 없네. 이따가 이 비계 두 덩어리를 의자 가로대 위에 놓으려고 하는데, 어때?"

그는 이 신기한 우연에 알 수 없이 흥분했다.

뤼즈는 일부러 그랬다. 처음부터 끝까지 일부러 그런 거였다. 비계 덩어리를 의자 가로대 위에 올려놓은 사람은 그였다. 그날 결혼식이 시작한 지 얼마 되지 않아 식탁 앞에서 성화이난의 엄마가 각종 아첨과 부러운 눈빛 속에서 소중한 아들의 개구쟁이 짓을 자랑하듯 늘어놓을 때, 뤼즈는 조용히 옆 테이블에 앉아서 밥을 먹고 있었다.

어찌 감히 비계를 의자 가로대에 올려놓겠는가? 이제껏 싫어하는 양파와 비계를 먹을 땐 늘 속이 거북한 걸 참으며 제대로 씹지도 않고 약 삼키듯 억지로 삼켰었다.

뤼즈는 라멘의 자욱한 수증기 사이로 그의 깨끗한 표정을 바라보곤 고개를 숙였다. 고개를 숙이자 눈물이 라멘 그릇으로 툭 떨어졌다.

"그치만, 고마워."

성화이난은 뤼즈의 뜬금없는 한마디에 몇 초간 어리둥절했다.

"뭐가 고마워?"

"나한테 밥 사줘서."

네가 기억해줘서, 네가 끝까지 마무리해준 작은 혼례식이 꿈이 아니라는 걸 알게 해줘서.

뤼즈는 평소에는 말이 적었지만 필요할 때는 경청할 줄 알았고 말도 잘했다.

〈슬램덩크〉에서 누가 가장 멋있느냐부터 도덕 수양과 법률 기초 수업을 매번 20분이나 늦게 끝내주면서 자신의 위장 5분의 3을 잘라낸 것을 대단한 일처럼 떠벌리는 교수님 이야기에 이르기까지, 대화 주제는 끝도 없었다. 뤄즈는 이제껏 대화하면서 눈과 눈썹까지 웃은 적은 처음이었다.

게다가 진짜 웃음이었다.

커피숍에서 나왔을 때는 이미 오후 1시였다. 자리에서 일어나 두어 걸음 걸어가던 그는 갑자기 몸을 돌려 비계 두 조각을 몰래 의자 가로대 위에 올려놓더니 자연스럽게 그녀의 소매를 잡고 성큼성큼 식당을 나섰다.

뤄즈는 가슴이 뛰고 얼굴이 화끈거렸다. 그때 문득 3호 식당에서 걸어 나오는 장밍루이가 시야에 들어왔다.

장밍루이도 그들을 보았지만, 인사를 하거나 웃지도 않고 그저 고개를 돌려 문 앞 거울만 바라보았다. 그리고 잠시 후, 다시 식당 안으로 들어갔다.

뤄즈는 고개를 돌려 왼쪽에서 걷고 있는 성화이난을 바라보았다. 그의 오른손이 여러 번 무심하게 그녀의 왼손에 닿았다. 뤄즈는 엉겁결에 얼른 왼손을 주머니에 넣었다.

그가 그녀를 기숙사로 데려다줄 때, 그녀의 걸음은 명쾌했고 예전 같은 아쉬움은 찾아볼 수 없었다.

이렇게 큰 진전이 있으리라고 누가 믿겠는가. 이전의 의혹이 말끔히 풀리고 서로 늦게 만난 걸 아쉬워할 때까지, 뤄즈는 이에 대해 딱히 성취감을 느끼지 못했고 심지어 조금은 괴롭기까지 했다.

그녀는 갖은 생각을 짜내어 자신이 아는 정보로 이야깃거리와 우연을 만들어내고, 그것으로 성화이난의 흥미를 얻어내는 데 확실히 성공했다. 방금 기숙사 앞에서 그는 두 번째로 그녀에게 말했다. "고등학교 때 널 몰랐던 게 정말 아쉽다."

이번에 뤄즈는 성화이난의 웃는 표정에서 진심을 보았다.

"그러게, 나도 참 아쉬워." 뤄즈가 말했다.

성화이난은 웃었다. 그는 그 말을 딱히 문제될 것 없는 그녀의 작은 자아도취라고만 생각했지, 영원히 모를 것이다. 그 한마디는 오늘 끊임없이 이어진 대화 속에서 유일한 그녀의 진실이었음을.

자신이 감독하고 출연한 쇼에서 유일하게 몰입하지 못하는 사람은 뤄즈 자신이었다. 뤄즈가 아쉬웠던 건, 그녀가 방금 성화이난이 느꼈던 '우연의 발견'과 '늦게 만난 아쉬움'에 대한 기쁨을 잃어서였다. 왜냐하면 그녀는 진상을 알기 때문에, 모든 진상을 알기 때문이었다.

만약 정말로 그녀가 연출한 시나리오처럼 대학 교정에서 우연히 성화이난을 만나고, 그의 입에서 '천명을 받드는' 이야기를 들었다면 분명 너무 기뻐서 의자 위로 펄쩍 뛰어오르며 말했을 것이다. "그게, 그게 바로 너였구나……. 황제 폐하를 뵈옵니다! 역적들은 모두 토벌하셨습니까?"

그렇다면 분명 아주 기뻤을 것이다. 심장이 강렬하게 뛰는,

진정한 기쁨이었을 것이다.

지금처럼 기숙사에 앉아 자신의 행동이 과연 그의 마음을 뛰게 했을까 조심스럽게 계산해보는 것이 아니라.

뤄즈는 쫓아다니는 쪽에 적합하지 않았다. 그를 11년간 원망스럽게 질투하고 4년을 구차하게 우러러보았지만, 마치 자신의 진정한 비장의 카드는 거만함이라는 걸 한 번도 생각해본 적 없는 듯했다.

뤄즈는 거만했다. 가정사, 학업, 그리고 애정사에 이르기까지, 그녀가 열심히 발버둥치며 한 걸음 내딛을 수 있었던 건 모두 그녀가 거만하게 고개를 들고 앞을 바라봤기 때문이었다.

아니면 그저 그가 늘 그녀 앞에 있었기 때문이었을지도.

제25장   붉은 진달래

"너 저번에 걔가 잘 지내냐고 물었지? 말해줄게. 걘 아주 잘 지내. 게다가 어떤 여학생을 좋아하게 된 것 같은데 아마 곧 사귀게 될 것 같아."

"그럴 리 없어."

"쉬르칭, 네가 이렇게 멋대로 물고 늘어질 줄은 꿈에도 몰랐다."

"멋대로 물고 늘어지는 거 아냐. 대체 나한테 몇 번이나 말하라는 거야? 내가 잘못이 있다고 해도, 내가 널 걔한테 접근하는 경로로 여겼다 해도, 걘 그렇게 결백하기만 할까?"

"결백?" 장밍루이는 맞은편의 억울하고 분노에 찬 얼굴을 바라보았다. "걔가 널 꼬셨다고 말할 생각은 마."

그는 자신이 대체 긍정적인 대답을 원하는 건지, 부정적인 대답을 원하는 건지 알 수 없었다.

그러나 여자아이는 입술을 달싹일 뿐, 대답하지 않고 낙담한 듯 고개를 숙였다.

"마음대로 생각해. 뭐라고 설명해야 할지는 모르겠는데, 어쨌거나 넌 모를 거야."

장밍루이는 갑자기 짜증이 났다. 맞은편 여자아이는 처음에 알던 밝고 명랑한 쉬르칭이 아닌 것 같았다.

"젠장, 정신 좀 차려. 바보같이 뭐 하는 짓이야! 걘 널 안 좋아하는데 왜 그렇게 자신을 못살게 굴어? 네가 이렇게 멍청한 줄 전에는 왜 몰랐나 몰라."

쉬르칭은 울컥해서 두서없이 말했다. "장밍루이, 네가 보기엔 내가 괜히 억지 부리는 것처럼 보이겠지. 하지만 넌 몰라. 네가 절대로 알 수 없는 일들도 많아. 어떤 느낌들은 말로 분명하게 표현할 필요도 없다고. 난 그냥 알아. 걔가 날 좋아하는 걸 안다고. 설령 걔가 날 가지고 놀았다 해도, 그럼 어쨌거나 착각해서 지어낸 건 아니란 거잖아. 설령 걔가 아무 말 하지 않았어도, 걔가 진짜였는지 거짓이었는지 내가 모른다 해도, 그래도 걘…… 확실히…… 분명 걔가 날 오해하게 만든 거야. 걔가 날 포기하지 않게 만든 거라고. 그런데 걘 아무 일도 없다는 듯이…… 얼마나 지났다고 벌써 그 여자애를 좋아해? 그 경제학부의? 확실해?"

"대체 무슨 얼토당토않은 얘길 하는 거야?"

장밍루이가 일어났다. 자신이 알아들은 것 같기도 하면서 아닌 것 같기도 했다.

그는 쉬르칭을 식당에 남겨두고 밖으로 나왔다가 나란히 걷고 있는 성화이난과 뤄즈를 보았다.

뤄즈는 고개를 숙이고 있었다. 머리카락은 느슨하게 틀어 올려 한 가닥이 내려와 있었고, 예쁘고도 수줍은 미소를 짓고 있었다. 옆에 있던 성화이난도 살짝 고개를 숙인 채 아주 느리게 걷고 있었다. 말할 때는 희색이 가득했다.

아름다운 한 쌍.

쉬르칭은 뤄즈보다 훨씬 예뻤다. 성화이난 옆을 쉬르칭으로 바꾸면 더욱 완벽하게 어울릴 것 같았다.

물론, 예전의 그 자신감 넘치던 쉬르칭이라면 말이다.

장밍루이는 몸을 돌려 식당 문 앞에 있는 거울에 자신의 모습을 비춰보았다. 그는 고등학교 때도 학교의 유명 인사였다. 성적 좋고, 인간관계 좋고, 잘생긴 외모라고는 할 수 없어도 멋쟁이라 불리기도 했다. 바른 생활 사나이였고, 늘 당당하고 축구도 잘했다. 결승전 때 실수를 하긴 했어도 결국엔 두 골을 넣어서 점수를 만회했다. 그런데 왜 이런 어수선한 장점을 다 합쳐도 그는 여전히 이렇게 까만 걸까? 오랜 시간이 흐르는 동안 그의 어깨도 살짝 밑으로 쳐졌다.

장밍루이는 여전히 진심으로 성화이난을 친구로 생각했다. 그는 질투하지 않았다.

만약 시간을 되돌려 처음으로 돌아간다면, 그는 쉬르칭 앞에서 아무런 망설임 없이 대답할 것이다. "걘 정말 좋은 애야. 만

나보고 싶으면 내가 소개시켜 줄게."

그는 정말로 후회하지 않았다. 어떤 일들은 대부분 이미 결정되어 있었다. 아무리 얻으려 해도, 피하려 해도, 정해진 건 정해진 것이었다.

사실 그가 어찌 예감하지 못했겠는가?

"너네 학부에…… 듣기론 성…… 맞다, 성화이난이랬지……. 우리 법학부랑 너네 생물학부 토론팀이 모의 토론을 했었잖아, 그래서 그 이름 알아."

그때도 이상하다고 느꼈었다. 성화이난과 말을 섞어본 사람 중에 그의 이름을 이렇게 모호하게 기억하는 사람은 없었다. 얼굴을 맞대고 모의 토론까지 했다면 아마 평생 잊지 못할 정도로 마음이 흔들렸을 텐데, 어떻게 이렇게 대충 묘사하며 이름까지 더듬을 수 있을까?

하지만 그는 생각이 많은 사람은 아니었기에 여전히 그녀와 대화할 때의 열정과 집중력을 발휘하며 털털하게 말했다. "굉장히 잘생겼지? 걔 521 사랑방의 간판스타야."

"521 사랑방?"

"우리 기숙사 방 번호가 521*이거든. 헤헤, 굉장히 낭만적이지?"

쉬르칭이 웃었다. 그녀의 웃음은 온 산과 들에 피어난 붉은 진달래를 떠올리게 했다. 이유는 알 수 없었다. 사실 그는 진달

---

* 중국어 발음으로 '우얼링', 즉 '사랑해'라는 뜻과 비슷하다.

래가 어떤 모습인지도 몰랐다.

그는 그녀에게 기숙사에서 있었던 재미있는 에피소드를 이야기해주었다. 그의 친한 형제 성화이난 이야기를, 큰형님이 형수를 쫓아다닐 때 괜히 성화이난을 질투했던 이야기를 했다.

"사실 룸메이트로 지내다 보니 걔도 그냥 평범한 사람 같은 느낌이야." 장밍루이는 고개를 절레절레 흔들었다. "걔 폄하하거나 질투하는 건 아냐. 너도 알지, 남자애들은 친구들이랑 있을 땐 아주 평범해. 걔 사람들이랑 아주 잘 어울리고, 자아도취도 없고, 무슨 척하지도 않아. 그런데 기숙사를 나서면 확실히 느껴진다니까. 걔 우리랑 달라."

쉬르칭이 매력적인 웃음을 터뜨렸다. 진달래가 한 그루, 한 그루 꽃을 피웠다. 그때 그는 그저 자신의 뛰어난 말솜씨와 넓은 도량 때문일 거라고 순진하게 생각했다.

그리고 나중의 나중에, 장밍루이는 그녀와 완전히 절교한 후 다시는 문자를 보내지도, 만나지도 않았다. 그는 게시판에서 그녀의 ID를 추적했고, 인터넷에서 그녀의 사소한 작은 흔적들을 검색했다. 바이두에 그녀의 이름을 넣어보고, 구글에서 그녀와 관련될 만한 뉴스를 찾았다. 그러다 마침내, 방문자 수가 아주 적은 그녀의 개인 블로그를 발견했다.

난 꽃이 피는 소리를 들었다.

감히 그를 똑바로 바라보지는 못하고, 고개를 들어 교수님을 바라본 후에 무심하게 시선을 내려 그를 흘끗 보았다. 그런데 그가 별안간 내 쪽을 바라보았다. 있는 듯 없는 듯 줄곧 그에게 머물렀던 나의 눈빛은 순식간에 숨을 곳을 잃어버렸다. 나는 얼굴이 빨개졌음을 알고 얼른 고개를 숙였다.

다시 고개를 들었을 땐 그는 이미 시선을 내리깔고 방금 모의 토론에 대한 교수님의 평가를 재빨리 노트에 받아 적고 있었다. 그런데 그의 입꼬리에 알 수 없는 미소가 걸려 있었다. 너무 멋져서 믿기 어려울 정도였다.

그는 본 거다. 어쩌면 벌써 알아챘을 것이다. 그렇게나 똑똑한 사람인데.

나는 한참을 되새겨 보았다. 그 웃는 얼굴이 무한히 확대되며 다양한 의미가 부여되었고, 심지어 어젯밤에는 침대 위에 누워서도 감히 확신할 수 없었다. 걘 정말로 웃은 걸까?

글에는 온통 '그'에 대한 이야기뿐이었다. 장밍루이는 '그'가 가리키는 사람이 누구인지 더는 모를 수가 없었다.

처음 만났을 때 그들은 붐비는 식당의 같은 테이블에 앉아 있었다. 식당의 텔레비전에서는 〈나비 두 마리〉 뮤직비디오가 나오고 있었다. 두 사람은 텔레비전을 보면서 동시에 입을 삐죽거리다가 푸흡 웃음을 터뜨렸고, 고개를 돌려 서로를 바라보았다.

그렇게나 생생한 표정에 그렇게나 자연스러운 만남이었다.

장밍루이는 다시 돌이켜 곰곰이 생각한 끝에야 비로소 깨달았다. 쉬르칭의 열정적인 모습은 확실히 그가 자기소개를 한 순간부터, '생물학부 1학년'에서, 그가 '걘 우리 521 사랑방의 간판스타'라고 말했을 때부터 시작되었다는 것을. 하지만 당시 그가 어떻게 그리 멀리 생각할 수 있었겠는가? 그들은 함께 자습했고, 함께 배드민턴을 쳤고, 먹거리 골목으로 유명한 후궈쓰護國寺에 가서 함께 간식을 먹었고, 길을 걸을 때는 그녀가 먼저 양산을 펴서 햇볕을 가려주면서도 너 같은 피부색은 햇볕에 타도 달라질 것 없겠다며 투덜거렸다…….

장밍루이는 그들 셋이 어떻게 함께 다니게 됐는지 아무리 머리를 싸매도 생각이 나지 않았다. 그는 어쩌다 처음부터 약속을 하게 된 걸까. "성화이난은 내 형제 같은 녀석이야. 아주 친해. 걔 소개해주는 게 뭐 어렵다고."

사실 세 사람이 함께 있을 때는 그와 쉬르칭이 가장 말을 많이 했다. 하지만 그는 느낄 수 있었다. 쉬르칭은 겹겹이 포장된 긴장감을 유지하면서 말 한마디 글자 하나도 신중하게 골랐고, 자신의 재치 있는 입담을 자랑하려고 했다.

모든 것이 지나치게 비슷했다. 법학 개론 시간에 뤄즈를 만난 순간, 그의 둔한 감각은 마침내 폭발했다. 뤄즈의 위장술은 쉬르칭보다 훨씬 자연스러웠고, 쉬르칭보다 훨씬 깊고 헤아리기 어려웠지만 그는 확신했다. 그는 뤄즈의 눈빛 속에서 쉬르칭을 읽어냈다.

그날, 도서관에서 쉬르칭은 책상에 엎드려 자다가 깨어나서는 밑도 끝도 없이 성화이난에게 물었다. "야, 내 얼굴에 혹시

자국 났어?"

그들은 서로 눈을 마주쳤다. 성화이난이 말했다. "음, 아니."

쉬르칭은 그날 밤 고백했다. 잔인하게도 장밍루이를 통해 성화이난에게 고백했다. 쉬르칭이 말했다. "성화이난은 날 좋아해. 난 오늘 걔 눈동자에서 모든 걸 봤어. 원래는 걔가 보내는 암시를 몰랐었는데, 지금은 알겠어."

장밍루이는 어색하게 농담을 건넸다. "너 진짜 싫다. 괜히 자아도취에 빠지지나 마. 대체 걔가 너한테 무슨 암시를 줬는데?"

쉬르칭은 더 이상 귀찮게 굴지 않고 경멸하듯 웃으며 말했다. "그래, 그럼 내가 가서 말할게."

장밍루이의 예비 여자 친구는 결국 성화이난에게 마음을 고백했다. 그는 기숙사로 돌아가 두말없이 성화이난에게 주먹을 날렸고, 그 일격에 성화이난의 오른쪽 눈이 퉁퉁 부었다.

기숙사 형제들은 다들 어리둥절한 채 얼른 두 사람을 떼어놓았다. 누구도 이유를 알지 못했다. 지금까지도, 장밍루이는 뤄즈 이외의 그 누구에게도 말하지 않았다. 그러나 그는 나중에 성화이난에게 솔직하게 털어놓고 사과했다. 왜냐하면 쉬르칭은 처음부터 끝까지 그 밑도 끝도 없는 사랑을 증명할 아무런 증거도 댈 수 없었기 때문이었다. 성화이난은 웃으며 말했다. "괜찮아."

장밍루이는 도량이 넓었다. 그는 개의치 않고 뭔가에 홀린 듯한 쉬르칭을 굽어보며 말했다. "작작 좀 해. 일어났으면 수업이나 제대로 들어. 내가 걔 대신 너한테 뭐라고 할 자격은 없지만, 자중하도록 해."

"장밍루이, 너만 아니었어도……." 분개한 쉬르칭이 그에게 남긴 마지막 한마디였다.

그가 뤄즈에게 이 이야기를 했을 때 뤄즈는 웃으며 말했다. "그 여자애는 참 행복하겠다. 모든 걸 자기가 보고 싶은 대로 보는 능력이 있으니까."

그런 다음 정중하게 덧붙였다. "장밍루이, 넌 정말 괜찮은 애야. 아주 대인배야."

그는 대인배가 아니었다. 처음 뤄즈를 봤을 때 머릿속을 스치고 지나간 건 경계와 성화이난에 대한 복수였다. 뤄즈가 어떤 사람이건 간에, 최소한 이번에는 그가 먼저 구애를 하겠다는 확실한 준비 자세를 보여주었다. 그 자신도 무슨 논리로 그런 생각을 했는지 모르면서 말이다.

그러나 그날 수업 시간에 물안개 속에 파묻힌 것처럼 멍하니 있는 뤄즈를 보고 문득 불쌍하다는 생각이 들었다.

뤄즈는 좋은 사람이었다. 상처를 받아서는 안 되었다. 그에게서는 물론, 더욱이 성화이난에게서도.

장밍루이는 성화이난을 빈번하게 그녀의 곁으로 밀기 시작했다.

식당 쪽을 돌아보니, 멀리서 쉬르칭이 여전히 목석처럼 식탁 앞에 앉아 있는 것이 보였다.

장밍루이는 알고 있었다. 성화이난의 미소는 늘 의미심장했고, 원활한 말솜씨로 여학생들의 체면을 세워주었으며, 지루한 화제를 교묘하게 바꾸어 대화가 끊이지 않게 이끌었다. 쉬르칭이 잘 때는 무심히 외투를 걸쳐주기도 했다. 하지만 그는 세심하게 장밍루이의 외투를 골라 그녀에게 덮어주면서도 그녀가 실은 그저 자는 척만 하고 있을 뿐이라는 건 간과하고 말았다. 사실 그녀에겐 누구의 외투인지는 중요하지 않았다. 중요한 건 누가 그녀에게 외투를 덮어주었냐였다.

만약 그녀가 일찌감치 결론을 내린 상황이었다면 모든 행동은 꿍꿍이가 있는 걸로 이해될 수 있었다. 장밍루이는 더 이상 추측하고 싶지 않았다. 성화이난이 은근히 여지를 흘린 것인지, 아니면 쉬르칭이 김칫국을 마신 것인지.

그렇다면 자신은 어떨까?

장밍루이는 거울을 차갑게 쏘아보다가 식당으로 성큼성큼 들어갔다.

홀은 이미 썰렁해졌고 날도 아주 쌀쌀했다. 쉬르칭은 얇은 카디건 한 장만 걸친 채 앉아서 고개를 숙이고 있었다.

장밍루이가 외투를 벗어 그녀에게 걸쳐주었다. 쉬르칭은 고개를 들었다. 그를 바라보는 눈빛이 약간 굶떠 보였다.

어째서 일을 이 지경으로 만들었을까? 장밍루이는 미간을 찌푸리며 고개를 돌리고 길게 한숨을 내쉬었다. "너 자신에게 여지를 남겨놓을 순 없어? 내가 너네 팀 팀장이었다면 나도 널

내보내지 않았을 거야. 토론 대회 때 어떻게 넌…… 휴, 쉬르칭, 걔가 그렇게 좋냐? 얻지 못했다고 목숨까지 버릴 셈이야? 평생 다른 희망은 안 가질 거야?"

쉬르칭이 생기 없이 말했다. "미안해."

장밍루이는 한참을 어리둥절했다.

"헐, 내 말은 그게 아니라……." 그는 그녀 앞에 털썩 앉았다. "얼마나 지나야 알아들을래? 너보고 걜 포기하고 날 받아달라는 게 아니잖아. 내 말은, 넓게 생각하라는 거야. 넌 네가 뭘 하고 있는지 알아야 해. 아니면 나중에 후회할 거야."

쉬르칭은 힘없이 웃었다.

"난 정말로 내 마음을 통제할 수가 없어. 좀 거북한 말을 하자면, 네가 진짜로 사랑을 하게 되면 알게 될 거야."

"내가 진짜로 사랑을 하게 되면?" 장밍루이는 돌연 차갑게 웃었다. "사실 너한테 예전부터 물어보고 싶은 게 있었어."

장밍루이는 쉬르칭을 뚫어져라 쳐다보았다. 그녀의 눈빛이 반짝거리기 시작할 때까지.

"쉬르칭, 네가 그렇게 체면이고 뭐고 안 따지는 건 정말 사랑해서야, 아니면 분을 삭이기 힘들어서 그러는 거야?"

장밍루이는 쉬르칭이 충격받은 표정으로 그의 말을 곱씹고 있을 때 다시금 식당을 나섰다.

할 말은 다 한 것 같으니 멋지게 퇴장하자.

문을 나서자마자 찬바람이 가득 불어왔다. 그는 몸을 부르르 떨며 옷을 쉬르칭에게 걸쳐주고 나왔다는 걸 떠올렸다. 사실 처음엔 그저 좋은 마음으로 옷을 걸쳐주고 같이 기숙사로 돌아갈 생각이었다.

그녀를 감동시키려던 게 아니었다. 그는 진작에 포기했다.

다만 마음이 아플 뿐이었다. 아름다운 붉은 진달래는 어쨌거나 한때 그의 마음속에 피었으니까.

젠장, 됐어. 옷은 안 받아도 되지 뭐. 그는 겨드랑이에 손을 찔러 넣고 덜덜 떨며 기숙사 방향으로 걷다가, 별안간 무슨 생각이 떠올라 얼른 몸 이곳저곳을 뒤졌다. 지갑, 휴대폰…… 모두 바지 주머니에 있었고, 외투 주머니에는 딱히 넣어둔 게 없었다.

장밍루이는 무척 낙담했다. 멋진 척하기가 이렇게 힘들어서야. 그는 역시 주인공의 운명이 아니었다.

예전에는 존재감이라는 것에 대해 생각해보는 일이 드물었다. 만약 그날 도서관에서의 일이 아니었다면…….

그는 쉬르칭의 왼쪽에 앉았고, 성화이난은 그들의 맞은편에 앉았다. 쉬르칭의 과 친구 몇 명이 지나가며 그녀를 향해 수상하다는 듯 눈짓을 하고는 성화이난 쪽으로 입을 삐죽거리며 입 모양으로 물었다. "누구야?"

젠장, 장밍루이의 마음속에 그 한마디만 또렷하게 울렸다. 내가 이렇게나 딸리나? 이렇게 대놓고 무시를 당하다니, 오해를 받을 기회조차 없다는 걸까?

제26장

우정 출연

뤄즈와 성화이난은 빈번하게 문자를 주고받기 시작했다.

뤄즈에게 가장 안심이 되는 건 성화이난이 알면 알수록 매력적인 남학생이라는 거였다. 대화를 나눌 때면 때론 냉철하고 예리했고, 때론 소년처럼 능글맞으면서 우쭐거리기도 했다.

아무것도 모른 채 누군가를 좋아했다가, 그 사람의 진짜 모습이 상상했던 것보다 훨씬 좋다면 그건 행운이라 봐야 했다.

하지만 성화이난은 답문자가 빠를 때도 있고 느릴 때도 있었다. 뤄즈는 문자를 기다리다 지치는 경우가 잦았다. 자꾸 휴대폰에서 진동이 느껴지는 것 같아 의심병에 걸린 것처럼 수시로 휴대폰을 들여다보았고, 답장을 할 때는 심사숙고했다. 그의 화제에 맞춰 대답을 하면서 상대방이 다시 대답할 수 있는 여지를 남겨놓아야 문자가 계속 이어질 수 있었다.

그러나 피곤하긴 해도 여전히 달콤했다. 간혹 고개를 돌려 거울을 보면 그 속에는 휴대폰을 품고 바보같이 웃는 여자가 있었다. 익숙한 얼굴에 낯선 즐거움이 걸려 있었다.

거시경제학 시간, 뤄즈가 문자를 보내고 있는데 갑자기 뚱뚱한 여학생이 다가와 말했다. "너네 기숙사의 장바이리 있잖아, 아이고고."

뤄즈는 이 뚱뚱한 여학생을 좋아하는 편이 아니었다. 그녀는 고등학교 시절의 가십 전문가 쉬치차오를 떠올리게 했다. 그녀는 웃으며 못 들은 척했다.

"그러니까 너랑 같이 사는 장바이리 말야. 어휴." 그녀가 다시 반복했다.

어휴는 무슨. 뤄즈는 그녀가 쉬치차오보다 훨씬 짜증 났다. 쉬치차오는 최소한 체면을 신경 쓰면서 가십거리를 듣기 좋아하는 사람에게만 이야기했는데, 이 여학생은 어떻게 피할 수도 없게 달라붙었기 때문이었다.

"장바이리는 대체 무슨 생각이래? 걔 머리가 좀 이상한 거 같아. 그거 알아? 저번에 학교에서 경제학자 포럼 지원자 모집할 때 우리 넷이 한 조로 면접장에 들어갔거든. 걔가 뽑은 질문은 '만약 당신과 당신의 지원자가 파트너로 한 사무실에서 일을 하게 되었는데, 다른 사람들이 같이 포커 치며 놀자고 제안하면 어떻게 하겠습니까?'였어."

뤄즈의 얼굴에는 표정이 없었다.

"그런데 장바이리가 이렇게 대답하는 거 있지. '음, 그럼 이렇게 말할래요. 나도 좀 끼워달라고.'"

뤄즈는 참지 못하고 웃음을 터뜨렸다. 뚱뚱한 여학생은 자신의 말이 드디어 효과를 본 것에 기뻐했다.

이때 마침 장바이리가 다가와 뤄즈에게 과제 노트를 건넸다. 뚱뚱한 여학생은 흠칫하며 옆으로 비켰다.

"나 대신 과제 좀 제출해줘. 난 가서 잠을 보충해야겠어. 네 거 베꼈으니까, 제출할 땐 우리 둘 거 나란히 놓지 마."

요즘 장바이리는 온종일 밤낮이 바뀐 채로 소설을 보았고, 하염없이 인터넷 서핑을 하다가 멍하니 있곤 했다. 기숙사에서 나가는 일도 거의 없이 종종 문자로 뤄즈에게 먹을 것을 사 오라고 부탁했고, 거비와의 데이트도 많이 줄어들었다.

뤄즈는 장바이리에게 거비와 어떤 상태인지 물어보지 않고, 그저 가끔씩 일깨워 주었다. "곧 중간고사야. 서둘러."

"어차피 난 딱히 목표도 없으니 어떻게 돼도 상관없어. 시험만 넘기면 됐지 뭐." 장바이리는 컴퓨터 앞에서 고개를 들고 그녀를 향해 웃어 보였다.

사실 뤄즈도 원대한 포부 따윈 없었다. 다만 앞으로 나아가는 것이 습관이 되어서 어쩔 수 없이 쟁탈에 뛰어들었고, 싸울 때도 다른 사람들보다 훨씬 잘 싸웠다.

마음에 한을 품은 사람은 남보다 강한 원동력을 갖기 마련이었다.

생각이 거기에까지 미치자 성화이난의 이름이 다시금 마음속에 떠올랐다.

문을 들어서던 교수님이 마침 하품을 하며 그와 반대 방향으로 나가는 장바이리를 의심스럽게 바라보았다.

100명이 듣는 대형 강의에서 학생들 이름을 하나하나 기억하기란 어려운 일이었다. 특히 이제껏 본 적 없는 것 같은 장바이리라면 더욱 그랬다.

"참, 뤄즈, 힘내."

장바이리가 문을 나서는 순간, 뤄즈의 휴대폰으로 문자 하나가 날아들었다.

장바이리가 매일 해주는 말이었다. 뤄즈의 발전이라면 그게 뭐든 자신의 즐거움이 되는 듯했다. 그래서 뤄즈는 굉장히 난처했다. 장바이리는 그녀의 상황에 대해 조금도 알지 못했다. 어떻게 설명해야 할지 감도 안 잡히는 데다가, 사실 아직 확실해진 것도 없었다.

"난 사실 아주 simple(단순)한 사람이에요. 그런 conference(회의)는 내겐 참 boring(지루)하죠." 거시경제 교수님은 컬럼비아대에서 온 귀국 학자여서 말할 때 영어를 섞어 썼다. 뤄즈를 포함한 학생들은 이미 적응이 되어서 아무렇지도 않았다.

"자, 그럼 본론으로 들어가서. Basically(기본적으로), 이런 inflation rate(통화팽창률)는 developing countries(개발도상국)에서는 매우 tricky(복잡)합니다. Given(주어진) 국가의 money supply(화폐 공급량)를 봤을 때, 이런 moderate inflation rate(적절

한 통화팽창률)는 실제로는 beneficial(유리한)한 일이죠."

뤄즈는 귀를 문지르며 어쩔 수 없다는 듯 웃었다. 이때, 휴대폰 진동이 울렸다. 낯선 번호로부터 온 문자였다.

"안녕, 뤄즈 맞지? 무턱대고 연락하긴 했는데, 오늘 오후에 시간 있어? 너한테 성화이난에 대해 해줄 말이 있어서."

뤄즈는 문자를 몇 번이고 확인한 후에 천천히 답장을 썼다.

"나도 개랑 그닥 친하지 않아. 중요한 일이 있으면 직접 개한 테 말해. 미안."

문자는 다시 오지 않았다.

뤄즈가 아침에 성화이난에게 보낸 문자도 지금까지 답장이 없었다. 때로는 이렇게 기다리는 것이 너무 어리석게 느껴졌다. 자신은 수업 중이든 과제를 하는 중이든, 문자가 오면 바로 답장을 보냈지만 상대방은 그렇지 않았다.

뤄즈는 휴대폰을 껐다가 다시 켰다. 전원을 다시 켰을 때 문자 몇 개가 와 있기를 바라면서. 하지만 여러 번 반복하다 보니 자신의 구차함이 역겨워져서 아예 휴대폰 배터리를 분리해 책이 가득 담긴 가방 밑바닥에 넣어버렸다. 그녀는 게을렀다. 그러니 그 두꺼운 책을 한 권씩 꺼내며 배터리를 찾을 리 없었고, 휴대폰은 오랫동안 울리지 않을 것이었다.

심지어 휴대폰의 존재를 잊어버릴 정도로.

잠자리에 들기 전, 뤄즈는 휴대폰 배터리를 꺼내 전원을 켜고 알람을 맞췄다. 그런데 정말로 새로 온 문자가 있었다.

"내일 오후 3시에 커피숍에서 보자. 토론팀 일로 너한테 도움을 요청하고 싶어. 꼭 와줘. 휴대폰 배터리가 없어서 친구 폰 빌렸어. 성화이난."

뤄즈는 가장 먼저 아침에 왔던 그 뜬금없는 문자를 떠올렸다. 아침에 온 문자는 M-ZONE 통신사의 번호였는데, 지금 이 132로 시작되는 번호는 차이나유니콤 통신사의 번호였다.

뤄즈는 잠시 생각하다가 문자 하나를 보냈다. "우리 내일 4시에 영화 보러 가기로 한 거 아니었어?"

"? 내가 언제 영화 보자고 그랬어? 영화 보고 싶어?"

"아, 괜찮아. 3시 맞지? 알았어."

뤄즈는 침대 머리맡을 바라보며 잠시 생각하다가 일어나 전화를 걸었다.

이튿날 오후 3시, 뤄즈는 커피숍에 들어섰다. 손님은 아주 적었고, 성화이난도 보이지 않았다. 누군가 그녀에게 손을 흔들었다. 과연, 그날 마트 입구에서 봤던 빨간 재킷의 미녀였다. 뤄즈는 그녀 맞은편에 앉았다.

그 여학생은 세련된 화장을 하고 목에는 골드브라운 컬러의 스카프를 매고 있었다. 미간에는 알아차리기 힘든 노기가 서려 있었다.

"안녕. 난 쉬르칭이라고 해."

뤄즈는 휴대폰과 지갑을 테이블 가운데에 놓고 그녀를 향해 고개를 끄덕였다.

"4시에 영화 보는 거 아냐? 시간 괜찮겠어?" 쉬르칭의 미소에는 도발적인 의미가 담겨 있었다.

뤄즈도 웃었다. "너 정말로 네가 아주 똑똑하다고 생각하는 건 아니지?"

"뭐?"

"넌 휴대폰을 바꿔서 다시 문자를 보냈고, 내가 4시에 영화 보러 가는 거 아니냐고 물으니까 침착하게도 내가 널 속이고 있다는 판단을 내렸어. 즉, 넌 아침에 익명의 문자를 보낸 후 내가 의심할 거라고 추측한 거야. 나중에 네가 성화이난인 척하면서 보낸 문자에 대해서도 반신반의할 거라고. 넌 대담했고, 정답도 맞췄어. 그런데 만약 우리가 이렇게 빙빙 돌려서 질투하는 걸 생략하고, 내가 직접 성화이난에게 전화해서 물어봤다면 어떻게 됐을까? 게다가 네가 문자를 보낸 시간은 마침 커플이라면 서로 굿나잇 인사를 할 시간이었어. 혹시라도 내가 마침 성화이난과 진짜로 문자를 주고받고 있을지 걱정도 되지 않았어? 내가 걔한테 이 일을 얘기하면서 오늘 걜 여기로 끌고 왔다면, 넌 아주 충격이었겠지?" 뤄즈는 천천히 휴지를 접으며 말할 때도 일부러 쉬르칭을 바라보지 않았다. 그러나 곁눈질로는 여전히 상대방의 반응을 주시했다. "허점이 그렇게나 많은데 대체 어디서 온 자신감이야? 꼭 다른 사람인 척을 해야겠으면 장밍루이로 하지 그랬어. 미리 걔랑 말을 맞춰놓으면 내가 알아채기 어려웠을 텐데."

맞은편 사람은 잠시 침묵하다가 말했다. "넌 날 알고, 장밍루이도 알지."

"하지만 난 너에 대해 아는 게 거의 없어."

"그렇게 확실하게 분석했으면서 왜 온 거야?"

"호기심일 거야. 나도 가십거리에 흥미가 많거든."

"그렇게 궁금했으면 어제 아침에 문자로 약속 잡았을 때는 왜 대답을 안 한 건데?"

"진중해야지." 뤄즈는 혼자 웃으며 그녀의 말을 끊었다. "여신님, 핵심이나 얼른 말하지 그래."

"넌 성화이난의 여자 친구야?" 쉬르칭이 그녀를 바라보는 눈빛은 거의 원망에 가까웠다.

"어? 아닌데."

"그럼 방금 왜 커플이라는 말을……."

"아까는 네 입장에서 생각해봤던 거야. 넌 우리가 사귀는 사이라고 생각했으면 사람을 속일 때 좀 더 치밀하고 교묘하게 굴어서 들키지 말았어야지."

"어째서 내가 너희를 사귀는 줄로 안다고 확신해?"

"질문 놀이나 하려고 날 불렀어? 네가 그렇게 생각하지 않았다면, 오늘 날 왜 부른 건데?"

쉬르칭은 고개를 숙였다. 처음의 공격적이던 모습이 뤄즈에 의해 엉망진창이 되었다. 뤄즈는 화면이 어두워진 휴대폰을 바라보며 역시 말을 하지 않았다.

"네 말은, 네가 성화이난의 여자 친구가 아니라는 거지?"

"사실 나도 걔에 대해 잘 몰라. 걘 사람을 안도할 수 없게 만들어. 넌 이제껏 걔가 무슨 생각을 하는지 몰랐을 거고, 걔가 한 말이 진짜인지 가짜인지도 몰랐을 거야."

뤄즈는 신랄하고도 엄숙하게 말했지만 속으로는 진땀을 흘렸다. 거짓말이긴 해도 일부는 진짜였다. 성화이난은 바로 이런 모습 아니던가. 유일하게 다른 점이라면 뤄즈도 그 속에 푹 빠져 있다는 것이었다.

쉬르칭은 그 말을 듣자 숨을 들이켰다.

"그럼 성화이난이 너한테 내 얘기 한 적은 있어?"

뤄즈는 고개를 끄덕였다. 쉬르칭의 예쁜 얼굴은 아주 초췌했다. 화장을 두껍게 해도 눈 밑과 입가에 난 뾰루지는 감춰지지 않았다. 그 피로한 모습에 뤄즈는 동정심이 생겨 차마 모진 말을 입 밖으로 낼 수 없었다.

"성화이난이 그러는데…… 너랑 장밍루이하고 약간의 오해가 있었대."

"오해?!" 쉬르칭의 눈빛이 차가워졌다.

뤄즈는 눈썹을 치켜올리며 그녀의 대답을 기다렸다.

하지만 쉬르칭은 아무 말도 하지 않고, 그저 고개를 숙이며 입술에 일어난 각질을 잘근잘근 깨물 뿐이었다.

"날 부른 건 무슨 말을 하고 싶어서였어?" 뤄즈는 걱정스럽게 휴대폰을 흘끗 바라보았다.

"딱히 없어."

"그래 좋아. 그럼 만약 내가 성화이난의 여자 친구라고 했으면 넌 무슨 말을 하려고 했어?"

쉬르칭은 어느새 냉랭한 표정을 회복하고 비꼬듯 웃었다.

"무슨 만약이 그렇게 많아."

"세상엔 확실히 '만약'이란 없어." 뤄즈는 손가락으로 테이블을 두드렸다. "그렇지만 '하지만'은 아주 많지."

쉬르칭은 쌀쌀맞게 고개를 저으며 다시 입을 꾹 다물었다. 뤄즈는 별안간 짜증이 몰려와 당장 그 자리를 벗어나고 싶었지만, 길게 몇 번 숨을 내쉬며 마음을 가라앉히고 말했다. "설마 걔가 실은 널 좋아한다고 말하려던 건 아니지?"

쉬르칭은 화를 내진 않았지만 목소리가 미세하게 떨리고 있었다. "그럼 또 어째서? 넌 모를 거야. 나한테 증거 내놓으라고 하지 마."

증거?

뤄즈는 불현듯 아가사 크리스티의 소설 『끝없는 밤』이 생각났다.

엘리는 바닥에 앉아 기타를 튕기며 노래를 부르고, 남자 주인공은 옆에서 그를 바라본다.

엘리가 말한다. "당신은 날 사랑하는 것처럼 보이네요."

그때는 이야기가 아직 시작되지도 않은 상태였다. 남자 주인공은 엘리의 유산을 노리고 그녀와 결혼하며, 그녀를 죽이기로 다른 사람과 모의한다. 뤄즈는 사건이 복잡하지도 않은 그 소설을 아주 몰입해서 봤었다. 엘리는 그가 자신을 전혀 사랑하지 않는다는 걸 처음부터 알고 있었을까, 뤄즈는 판단하기 어려웠다. 하지만 그날 밤, 엘리는 남편에게 가정법으로 말한다. "당신이 날 바라보는 모습이, 마치 날 사랑하는 것 같네요."

엘리에게는 남편이 자신을 사랑하지 않는다는 증거가 하나도 없다. 심지어 남자 주인공의 사소한 행동들 모두가 그의 세심함을 보여주는데도 그녀는 안다.

사랑은 일종의 느낌일 뿐이지만 그녀들은 필사적으로 증거를 수집했다. 쉬르칭의 증거는 모두 성화이난의 눈빛에 있었다. 동작 하나와 말투 하나에 있었다. 그는 "널 좋아해"라는 말도, 심지어 "너랑 같이 공부하는 거 참 좋아"라는 말도 하지 않았다. 그래서 그녀가 생각하는 진실을 아무리 크게 떠들어도 아무도 믿어주지 않았다.

눈빛과 표정은 모두 한바탕 오해에 불과했다.

뤄즈는 피곤한 듯 긴 탄식을 내뱉었다.

"증거가 무슨 소용이야, 영수증도 없는데. 개가 아니라고 잡아떼도 네가 잡을 수 있을 거 같아?" 뤄즈는 가장 거칠고도 솔직하게 말하는 걸 선택하고 느릿느릿 말했다. "너넨 혈연관계도 없고, 원한관계도 없어. 연애는 본질적으로 원칙의 문제가 아냐. 개가 널 좋아한다면 왜 인정하지 않겠어? 네가 계속 어리석게 굴면, 난 정말 널 때리고 싶어질 거야."

그리고 약 5분 동안 두 사람 모두 말이 없었다.

"혹시…… 개 전 여자 친구 때문이야?" 쉬르칭은 아까보다 훨씬 침착해져 있었다.

"그렇다면 문제는 훨씬 간단해지겠네. 갠 여전히 전 여자 친구를 좋아해. 네가 아니라."

"한참을 얘기하더니, 결국은 개가 날 안 좋아한다는 걸 믿게 하려는 거였어?"

"쉬르칭." 뤄즈의 표정에는 이미 피로가 가득했다.

두 여자는 멍하니 서로를 바라보았다.

"그 마음 정말 못 삼키겠어? 졌다는 걸 인정하는 게 그렇게 힘들어?" 뤄즈가 천천히 말했다. "넌 그저 인정하기 싫은 것뿐이야."

쉬르칭은 잠시 망연자실하게 있더니 별안간 대성통곡하기 시작했다. 뤄즈는 망설이다가 주변의 궁금해하는 손님들을 보며 쭈뼛쭈뼛 맞은편으로 옮겨가 앉았다. 그리고 쉬르칭의 등을 살살 토닥여주었다. 쉬르칭은 울면서 조그맣게 중얼거렸다. "어째서, 왜, 뭐 때문에……."

커피숍에 비치된 티슈는 섬유 줄기가 보일 정도로 거칠었지만, 뤄즈는 선택의 여지가 없어 티슈를 그녀에게 건넸다. 그리고 휴대폰을 꺼내 전원을 껐다.

약 10분 후, 쉬르칭은 마침내 잠잠해졌다.

뤄즈가 마음을 놓았다는 듯 웃었다.

"왜 웃어?"

"꽃처럼 예쁘네. 내가 남자가 아닌 게 한이다."

"네가 남자였으면 어쩌면 널 좋아했을 수도 있겠어." 쉬르칭은 얼굴 화장이 다 지워져 있었다. 마스카라가 온통 눈두덩에 번져 판다가 따로 없었다. 그러나 그녀의 미소는 찬란했다. 아무 거리낌 없는 미소에 뤄즈도 마음이 동했다. 그녀는 성화이난 앞에서도 이렇게 거리낌 없이 웃었을까?

화장실에서 정리를 마치고 돌아온 쉬르칭은 얼굴이 깨끗해져 있었다. 여드름이 또렷하게 보였지만 눈빛은 맑게 빛났다.

"난 좀 더 생각해봐야겠어." 쉬르칭은 뤄즈에게 미안한 듯 웃어 보였다. "그치만 고마워."

"천만에." 뤄즈가 고개를 저었다.

작별 인사를 할 때, 쉬르칭이 머뭇거리다가 말했다. "사실……."

"뭔데?"

"방금 순간적으로 이런 느낌이 들더라. 넌 말을 할 때든 안 할 때든 진실은 한마디도 없는 것 같다고."

뤄즈가 입을 열려던 찰나, 찬바람이 목구멍으로 불어와 한참 기침을 했다.

"참, 첫 번째 문자를 보낸 번호가 내 번호야. 저장해." 쉬르칭이 손을 흔들며 식당 방향으로 걸어갔다.

뤄즈는 그녀가 떠나는 걸 눈으로 배웅하며 그제야 휴대폰을 다시 켜고 장밍루이의 번호를 눌렀다.

"괜찮았어. 시간도 그닥 길지는 않았고. 너 통화료 빵빵하게 충전해놨나 봐?" 뤄즈는 마음이 홀가분해졌다.

"나중엔 어떻게 됐어? 네가 전화를 갑자기 끊었더라고." 장밍루이가 물었다.

"쉬르칭이 울기 시작했는데 언제 그칠 지 몰라서 그랬어.

M-ZONE 통신망을 그렇게 낭비할 순 없잖아. 그래서 너 대신 전화를 끊었지. 나중엔 별말 없었고 다른 얘기했어. 감정이 누그러진 다음에는 커피숍에서 나갔고."

"고마워."

"괜찮아. 난 지금도 고민 중이야. 이번에 한 일은 덕을 쌓은 걸까, 아니면 못된 짓을 한 걸까."

"당연히 덕을 쌓은 거지. 근데 너 말발 정말 대단하더라. 평소에 말을 너무 적게 해서 터뜨릴 기회만 벼르고 있었던 거 아냐?"

뤼즈는 웃으며 가타부타 말이 없었다.

쉬르칭 앞에서 신랄하고도 매몰차며 날카롭고 엄숙하게 말할 때, 실은 속으로 매우 켕겼고 심지어 양심의 가책까지 느꼈다. 그러나 장밍루이의 존재는 그녀가 지금 선행을 하고 있다고 약간 안심할 수 있게 해주었다.

"뤼즈, 걔 괜찮아지겠지?"

"응, 그럴 거야. 기껏해야 몇 번 더 펑펑 울고, 며칠 고민하다 보면 좋아질걸."

"걔 아주 영리해 보여도 사실은 아주 바보 같아. 너처럼 똑똑하면 좋을 텐데."

"내가 똑똑한 거 같아?" 뤼즈는 우스웠다.

"아니야?"

뤼즈는 자신이 전혀 똑똑하지 않다는 걸 잘 알았다. 그녀의 모든 꾀와 잔머리는 모두 자신의 가련한 자존심을 지키는 데

쓰였다.

어젯밤 그녀는 그 두 개의 익명 문자를 바로 장밍루이에게 보냈다. 장밍루이는 몇 분 후 그녀에게 답장을 보냈다. M-ZONE의 번호는 쉬르칭이고 132로 시작되는 번호는 그가 아는 법학부 친구 거라고.

"어떻게 된 거야?" 장밍루이가 물었다.

뤄즈는 사실대로 말했다. 장밍루이가 곧 전화를 걸어왔다.

"뤄즈, 너한테 부탁 좀 해도 될까?"

뤄즈는 장밍루이의 앞뒤가 안 맞는 말을 천천히 듣다가 질문을 던졌다. "넌 우리 둘이 사람을 구해주는 거라고 확신해? 가능성 있는 커플을 찢어놓는 게 아니라?"

"뤄즈, 네가 성화이난을 모르는 것도 아니잖아."

난 모르겠는데. 뤄즈가 한숨을 내쉬었다. "아니면 내가 네 나쁜 짓을 도와주는 건지도 몰라. 넌 내 손을 빌려 쉬르칭의 마음속에서 성화이난이라는 연적의 자리를 없애버릴 수 있으니까."

"우리 둘이 서로 이득을 봤다고 꼭 그렇게 생각하겠다면 나도 어쩔 수 없어."

"누가 너랑 서로 이득을 봤다는 거야?"

"이렇게 말해볼까. 난 걜 위해서였지만, 내가 걜 좋아했기 때문은 아냐." 뤄즈는 장밍루이가 특별히 '했'을 강조한 것처럼 느껴졌다. "그리고 네가 성화이난을 좋아하는지 아닌지에 대한 대답은 네 마음속에 있어. 난 한 번도 추측해본 적 없고. 난 이미 성화이난과 쉬르칭의 일을 너한테 다 말했어. 내일 걔 만나면 내 말이 맞는지 아닌지 판단할 수 있을 거야. 난 그냥 네가 걔 도와줬으면 해. 난 네 말발과 판단력을 믿어. 다른 사람이었다면 분명 일을 망쳤을 거야. 예를 들면 나처럼."

그는 진지하게 일장 연설을 늘어놓았다. 뤼즈는 말문이 막혀 그저 이렇게 대답했다. "해볼게."

쉬르칭을 처리하는 일은 그다지 어렵지 않았다. 누구든 다 이렇다. 다른 사람 일을 처리할 때는 과감하게 굴면서 단번에 문제를 움켜쥐지만, 막상 자기 차례가 되면 사소한 것에 얽매여서 선뜻 손에서 놓으려 하지 않는다. 장밍루이는 뤼즈의 휴대폰으로 전화를 걸어 뤼즈와 쉬르칭의 '회의' 내용을 조용히 실시간으로 들었다.

쉬르칭이 우는 동안, 뤼즈는 문득 장밍루이가 참 마음을 따스하게 해주는 남자라는 생각이 들었다.

여자의 방식으로 여자를 구원하기 위해 이렇게까지 고민하는 남자는 흔치 않았다. 게다가 그 여자를 얻기 위해서 그런 것도 아니었다.

"어쨌거나, 나한테 밥 사."

"그럼 3호 식당으로 가자. 난 거의 매일 5시 30분에 3호 식당에 가서 갓 구워진 빵을 기다리거든."

"우리 집 강아지랑 똑같네. 나 고등학교 때 매일 저녁 7시마다 집에 가서 밥을 줬거든. 그래서 강아지가 매일 6시 반만 되면 문 앞에 쭈그리고 앉아서 날 기다렸어."

장밍루이는 기분이 좋아 보였다.

잠들기 전, 뤄즈는 쉬르칭에게서 문자를 받았다.

"난 네가 참 부러워, 뤄즈. 나도 걔 앞에서 너처럼 냉정하고 무심하게 구는 강단이 있었으면 좋겠어. 네가 한 말, 나도 모르는 건 아냐. 다만 걔 앞에서는 할 수 없을 뿐이지. 돌이켜 생각해보면 나 진짜로 아주 쪽팔리게 굴었지? 만약 가능하다면 하늘이 나한테 한 번 더 기회를 줬으면 좋겠어. 걔 앞에서 아주 존엄하고 당당하게 말할 수 있게 말야. 아니면 담담하고 아무렇지도 않게 웃으면서 얘기를 나누든지. 하하, 진실이든 거짓이든 말야."

진실이든 거짓이든.

말하는 사람은 별 뜻 없었지만 듣는 사람은 마음이 찔렸다.

제27장

우리 데이트하자

"토요일에 법학 개론 수업 째자. 삼촌이 허우하이後海에 술집을 열었는데, 개업식 날 북적거리게 나보고 오래. 딱히 가고 싶지는 않은데 가는 김에 허우하이 구경도 하면 좋을 것 같아서. 며칠 전에 누가 나한테 할인쿠폰을 한 뭉치 줬거든. 그리고 시단西單의 아이스링크 회원카드도 있고. 참, 그리고 왕푸징 골든 재규어 할인권도 있어. 내가 미리 예약해뒀는데, 어쨌든 같이 가자."

뤼즈는 그 문자를 한참 바라보다가 조심스럽게 답장을 보냈다. "누구누구 가는데?"

몇 분 후, 그녀는 약간 후회가 되었다.

다행히 후회는 오래 지속되지 않았다.

"딱 두 자리만 예약했는데, 뭐가 누구누구야? 넌 또 누가 있었으면 좋겠어?!"

또 시작이다. 성화이난은 간혹 오만방자한 추궁을 하면서 뤄즈에게 애매모호한 착각을 하게 만들었다.

뤄즈는 허우하이에 가본 적 없었다. 토요일 아침, 출발하기 전에 인터넷으로 지도를 찾아보고 버스와 지하철 환승 노선을 숙지했다. 문을 나서려는데 장바이리가 갑자기 침대에서 벌떡 일어나더니 똑바로 앉았다.

"잠깐, 너 어떻게 입었는지 좀 보자."

살짝 물결치며 허리까지 내려오는 예쁜 머리카락, 옅은 회색 캐주얼 셔츠, 겉에 걸친 브이넥 베이지색 스웨터는 허벅지까지 헐렁하게 늘어져 있고, 여기에 무릎까지 올라오는 부드러운 부츠를 코디했다.

"……괜찮아?" 뤄즈는 고개를 기울이며 진지하면서도 약간 쑥스러운 듯이 물었다. 자신이 한때 장바이리의 패션 수준을 무시했다는 건 잊어버린 채. 장바이리는 그녀의 긴장한 모습을 보고 웃음을 터뜨렸다.

"너 자신을 잘 지키도록 해. 걔가 자제력이 약하면 어떡해."

뤄즈는 그 말에 순간 어리둥절했다가 부끄러워서 벌컥 성을 내며 사다리를 성큼성큼 올라가 장바이리의 이불을 홱 젖혔다. 두 사람은 한바탕 웃고 떠들었다. 장바이리가 베개 옆 알람시계를 흘끗 보며 말했다. "약속은 몇 시야? 얼른 가. 기다리게 하지 말고."

뤄즈는 머쓱해하며 사다리에서 뛰어내려 와 의자 위에 놓아둔 가방을 집어 들었다.

"바탕이 좋으면 정말 너무 유용하다니까. 평소에 화장기 없이 맨얼굴로 다녀도 괜찮고, 중요한 순간엔 꾸밀 여지도 있고 말야."

어느 정도 한이 섞인 농담이었다. 그러나 말이 떨어지기도 전에, 두 사람은 모두 천모한을 떠올렸다.

뤄즈는 더 이상 말하지 않고 조용히 밖으로 나가 문을 닫았다. 문이 달칵 하고 닫히는 순간, 안에서 웅얼거리는 한마디가 들렸다.

"뤄즈, 힘내."

그러나 기숙사 문을 열었을 때, 두 손을 주머니에 꽂은 채 유유히 기다리고 있는 성화이난을 보자, 뤄즈는 단번에 기가 죽었다.

너무 거창하게 꾸미고 나온 거 아닐까? 왜 정말로 데이트하는 것처럼 신경 썼을까? 뤄즈는 차가운 문손잡이를 잡은 채로 얼마 전 해피밸리에서 마음껏 웃고 떠들었던 일과 그에게 손을 잡혔을 때 마음속에 퍼진 달콤함을 떠올리며, 자신이 몸에 걸친 것들이 너무나도 우습게 느껴졌다. 평소에는 거의 꾸미지 않고 화장도 하지 않지만 오늘은 세심하게 옷을 매치했다. 화장까진 안 했어도 이미 평소와는 크게 다른 분위기였다.

신경을 썼다 하더라도 아침에 옷을 고를 때의 신중함과 안절부절못함에 그녀의 진심이 드러나 버렸다. 아무리 냉정해져야 한다고 스스로 다짐해도 소용없었다. 그녀는 단지 평범한 여학생일 뿐이었으니까.

뤄즈는 차분하게 그의 앞으로 다가가 눈을 들어 웃었다. 이왕 이렇게 되었으니 꿈을 꾸는 거라고 생각하면 될 것이다. 어쨌거나 청춘이었다. 그녀는 남들처럼 예쁘게 꾸미고 좋아하는 사람과 나란히 걷는 경험을 아직 해본 적 없었다.

항상 여유롭게만 보이는 성화이난이 살짝 얼굴을 붉히며 약간 건조한 목소리로 말했다. "아주 예쁘네."

뤄즈는 겸손해하지 않고 고개를 삐딱하게 기울이며 웃었다. "나도 알아."

그는 그녀의 뻔뻔스러움을 놀리지 않았고, 그녀가 웃을수록 더욱 얼굴을 붉혔다. 그는 목소리를 가다듬고 화제를 돌렸다. "나한테도 네가 입은 거랑 비슷한 회색 셔츠 있어. 네가 이거 입을 줄 미리 알았으면 나도……."

너도 뭐? 뤄즈는 얼떨떨했다. 귓불이 뜨거워졌다. 그녀는 고개를 숙이고 그에게 말했다. "가자."

그가 그녀의 팔을 붙잡았다. "어디로 가? 서문은 이쪽인데."

"하지만……."

"너희 기숙사에서 가장 가까운 건 서문이야."

"하지만 차를 타려면 동문으로 가야 하지 않아?"

"어디로 나가든 똑같지. 이 몸을 따라오라고!"

뤄즈는 더 이상 따지지 않고 온 마음을 다해 그를 따라갔다. 고개를 들어보니 그의 뒷모습은 그렇게나 가까이 있었다. 전에 없이 가까운 거리, 자신도 모르게 코끝이 찡해졌다.

그런데 상대방이 갑자기 돌아볼 줄이야.

"왜 자꾸 내 뒤에서 걸어?"

습관이 되었구나, 생각지도 못한 거였다. 묵묵히 그의 뒤에서 걷는 건 절대로 좋은 습관이 아니었다.

성화이난은 어색한 듯 한숨을 쉬더니 그들이 어깨를 나란히 할 때까지 발걸음을 늦췄다.

뤼즈는 고개를 돌려 그의 살짝 붉어진 얼굴과 반짝이는 눈동자를 대놓고 바라보았다. 왠지 모르게 무척 기뻤다. 고개를 숙이고 한 걸음씩 열심히 걸었다. 한 걸음 내디딜 때마다 발밑에서 꽃이 피어나는 것 같았다.

교문을 나서자 성화이난은 역시나 다시 손을 흔들어 택시를 불러 세웠다. 뤼즈는 한숨을 내쉬었다. 그들은 많은 사소한 부분에서 달랐다. 하지만 이 사소함에 깔린 배경은 수십 년의 운명을 관통하고 있었다.

그녀는 살풍경한 무거운 생각들을 애써 등 뒤로 던져버렸다.

차에서 내렸을 때 가장 먼저 본 것은 우뚝 솟은 성루였다. 위풍당당한 모습은 자연스럽고 거짓이 없었다. 하지만 회색빛 거리 위를 끊임없이 오가는 택시와 버스에 대비된 거대하고 위풍당당한 성루는 오히려 조금 우스꽝스럽게 보였다. 뤼즈가 성루를 눈여겨보자 성화이난이 옆에서 웃었다. "사진 찍을래?"

뤼즈가 그를 흘겨보았다. "참, 난 안 가도 될까?"

성화이난이 잠시 생각하더니 대답했다. "다 왔어. 그럼 넌 벤치에서 기다리고 있을래? 인사만 몇 마디 하고 바로 나올게."

뤼즈는 벤치에 앉아 눈으로 그를 배웅했다. 멋진 뒷모습을 보며 그녀는 몰래 입꼬리를 올려 웃음 지었다. 초겨울의 바람은 그다지 춥지 않았고 미세먼지를 품고 있어 가을바람처럼 상쾌하지 않았다. 등 뒤에 펼쳐진 호수는 잔잔했다. 헐벗은 버드나무 가지가 바람 속에서 느릿느릿 흔들렸다. 그녀는 몸을 웅크려 두 손으로 감싸고 무릎 위에 턱을 괴었다. 최근은 혼돈스러운 시간의 연속이었다. 진짜로 꿈을 꾸는 것처럼, 앞뒤 생각하지도 않고 소심하게 벌벌 떨지도 않고 겹겹의 장애물을 넘을 필요도 없이, 그녀는 그렇게 순조롭게 그에게로 걸어갔다.

하지만 은근히 걱정이 되었다. 마치 물에 비친 환영처럼 손가락만 대도 깨질 것만 같았다.

눈을 떴을 때 마침 그의 신발이 보였다. 이 사람은 그야말로 일부러 나타난 것 같았다. 그녀에게 꿈이 아니라는 걸 알려주려는 듯.

"이렇게 빨리?"

"어, 내가…… 친구랑 같이 왔다고 했거든. 그랬더니 별일 없으면 먼저 가라고 하셨어. 어차피 나도 거기 있는 게 좀 뜬금없는 것 같아서. 누가 대낮부터 술집에 가서 분위기를 띄우겠어?"

그는 양손에 콜라를 한 병씩 들고 있었다. "펩시 아니면 코카콜라?"

"코카콜라."

그는 펩시를 그녀의 손에 건넸다. "여자들은 펩시를 더 좋아하지 않아?"

뤄즈는 의심스러운 눈빛으로 그를 바라보았다. 성화이난은 찔리는 게 있는 것처럼 고개를 돌렸다. 자신의 실언을 후회하는 듯했다.

뤄즈는 뤄양이 대학에 입학한 후 처음 맞이한 겨울방학 때 있었던 일이 떠올랐다. 설을 보내러 집으로 온 뤄양은 그녀를 맥도날드로 데려가 햄버거를 사주면서 멋대로 스트로베리 선데도 함께 주문했다. 그런데 그의 예상과는 달리 뤄즈는 스트로베리 선데를 좋아하지 않았다.

"여자들은 다 딸기 좋아하는 거 아니었어?"

"대학 가더니 여자들의 절친이 된 거야? 어떻게 그런 사소한 소비 패턴까지도 다 알아?"

뤄양이 얼굴을 붉히며 말했다. "에이, 천징이 좋아하니까 그렇지……."

뤄즈는 알겠다는 듯 씩 웃었다. 여자 친구는 곧 여자들 전체를 대표했다.

그래서 성화이난의 난처함을 뤄즈도 순간 눈치챌 수 있었다. 고3 때, 성화이난과 예잔옌은 고도의 감시 하에 있어서 만날 기회가 극히 적었다. 반 아이들은 모두 펩시가 홍두*를 대체할 거라고 우스갯소리를 했다. 성화이난이 매일 친구를 시켜 예잔옌에게 펩시를 한 병씩 선물했던 것이다. 예잔옌은 짙은 파란색

* 고대 문학 작품에서 남녀 간의 애정과 그리움의 상징으로 쓰였다.

병뚜껑을 가득 담은 망사 주머니를 책상 옆에 보란 듯이 걸어
놓았다. 그 주머니는 오가는 학생들과 부딪히며 자랑스럽게 흔
들거렸다.

뤄즈가 굳이 폭로하지 않고 고개를 숙여 병뚜껑을 따려 하는
데, 성화이난이 홱 낚아채더니 뚜껑을 열어 그녀에게 건넸다.

뤄즈는 이 소소한 다정함에 마음속 주저함을 떨치고 말을 이
었다. "어쩌면 펩시가 더 달아서일지도 몰라."

짝사랑하던 소녀 시절, 그녀는 그 파란 병뚜껑들 때문에 낙
담하고 의기소침했지만, 그래도 그런 진심을 질투하고 원망해
본 적은 한 번도 없었다. 게다가 이미 다 지난 일이었다.

그녀는 개의치 않았다. 그가 개의치 않기만 한다면 말이다.

호숫가를 돌며 얼마 걷지도 않았는데 삼륜차 모는 아저씨가
그들을 쫓아왔다. 아저씨는 100위안에 두 사람을 태우고 한 바
퀴 돌아주겠다고 외쳤다. 뤄즈는 너무 비싸다며 상대하지 않았
다. 아저씨는 한참을 주절거리다가 노래를 부르기 시작했다.
그렇다고 그들에게서 멀어진 게 아니라, 삼륜차를 타고 뒤를
천천히 쫓아오면서 한 곡, 한 곡 연이어 노래를 불렀다.

뤄즈가 얼굴이 화끈거려서 옆을 돌아보니, 성화이난이 느긋
하게 그녀를 바라보며 웃고 있었다.

남의 불행을 고소해하는 것 같았다.

"20위안이요." 그녀가 돌아보며 아저씨에게 말했다.

"그건 안 되지, 지금 농담하는 거야? 조금만 더 보태봐. 50위

안, 여기선 더 못 깎아줘." 아저씨도 장난스럽게 웃고 있었다.

"저희 20위안밖에 안 들고 왔어요. 돈 없으니까 그냥 가세요. 다른 손님 받으셔야죠." 흥정에 약한 뤄즈는 그저 얼른 그를 떨쳐버리고 싶은 마음뿐이었다.

"어이구. 아가씨, 남자 친구를 너무 창피하게 만드는 거 아닌가? 달랑 20위안 들고 허우하이에 놀러 왔다구?"

"앤 창피한 줄 몰라요!" 뤄즈는 얼굴이 새빨개진 채 성화이난의 소매를 끌고 앞으로 걸어갔다. 그런데 성화이난이 그녀를 힘껏 품으로 끌어당길 줄이야. 그녀는 깜짝 놀라 얼어붙었다. 성화이난은 아주 자연스럽게 손으로 뤄즈의 어깨를 꽉 감싸더니 크게 웃으며 말했다. "차에 오르시지요, 아가씨. 난 창피한 게 아주 싫거든요."

뤄즈는 어깨가 타들어 가는 것만 같았다. 무슨 말을 해야 할지 알 수가 없어서, 고양이에게 혀를 물린 것처럼 어버버하며 앞으로 걸어갔다.

제28장

마음이 통하는 사람

삼륜차 아저씨는 유들유들한 말솜씨로 각 골목의 이름과 내력을 설명해주었다. 여긴 옛날에 어느 유명인의 저택이었는데 지금은 누구에게 팔렸다는 둥……. 뭐즈는 정신이 아득한 채로 설명을 들었다. 사실 그녀가 더욱 집중하고 있었던 건 삼륜차에서 나는 끼익거리는 소리와 코끝에서 맡아지는 은은한 향기였다.

어째서 그의 몸에서는 늘 세탁 세제 향이 나는 걸까? 빨래할 때 제대로 헹구지 않아서일까? 아마 그 자신도 모르겠지. 그녀는 고개를 숙이고 몰래 웃었다. 이런 하찮은 일까지 신경 쓰다니.

경사가 급한 언덕에 이르자 삼륜차는 힘겹게 올라가기 시작했다. 아저씨는 안장에서 엉덩이를 들고 일어선 채로 열심히 페달을 밟았다. 뭐즈는 끼익끼익하는 소리가 마치 자신의 심장을 마찰하는 것만 같았다. 오십대로 보이는, 귀밑머리가 희끗

희끗한 삼륜차 아저씨를 보고 있자니 차마 가만히 있을 수 없어 조심스럽게 말했다. "저기…… 여기서는 저희가 내릴까요?"

"오? 아가씨, 아까는 남자 친구를 창피하게 만들더니, 이젠 날 부끄럽게 만들 참이야?"

성화이난은 옆에서 참지 못하고 웃음을 터뜨렸다. 삼륜차는 힘든 언덕 구간을 지나 드디어 내리막길에 진입했고, 속도도 훨씬 빨라졌다. 바람이 귓가를 스치며 머리카락 몇 가닥이 볼을 간지럽혔다. 뤄즈는 살짝 토라져서 큰 소리로 말했다. "전 호의였어요."

"그러게 말이야, 내 다 알지. 아가씨는 아주 뜨겁고 선량한 마음과 20위안을 지니고 있다는 걸."

아저씨는 말을 마치고는 호탕하게 웃었다. 뤄즈는 얌전히 입을 다물고 옆에서 히죽거리며 웃는 사람을 흘겨보았다.

"내가 무슨 생각하는지 맞춰볼래?" 그는 여전히 웃음을 그치지 못했다. 그녀는 그의 빛나는 눈동자를 감히 바라보지 못했다.

"넌, 나에게도 오늘 같은 날이 있구나 하고 생각하고 있지."

성화이난은 고개를 끄덕였다. "하지만 난 네가 무슨 생각을 하고 있는지 도통 모르겠어. 넌 고민이 너무 많아."

뤄즈는 어떻게 반응해야 할지 몰라 비닐로 만든 창을 바라보며 솟아오르는 생각을 천천히 억눌렀다. "최소한 한 가지는 맞췄네. 난 정말로 고민거리가 아주 많거든."

"게다가 해명하는 것도 좋아하지 않지. 마치 그러면 가치가 떨어지는 것처럼."

뤄즈가 웃었다. "그럼 난 참 답답하게 사는 거네."

"당연하지."

뤄즈는 말하는 걸 좋아하진 않아도 말을 잘 못하진 않는다고 줄곧 자부해왔다. 그러나 지금, 그녀의 삶에서 유일하게 항상 생각나고 항상 그리워했던 사람이 천천히 그녀에게 접근하려는 걸 보며, 그녀는 갑자기 말문이 막혀 어떻게 해야 그가 다가오도록 적절하게 이끌어줄 수 있을지 몰라 당황했다.

"내 추측에 따르면, 넌 마음이 통하는 절친이 생기길 줄곧 바라왔을 거야."

성화이난은 여전히 흥미롭다는 듯 심리학적인 탐색을 계속했고, 뤄즈는 딴생각에 빠져들었다. 그녀가 원한 건 절친 같은 것이 아니었고, 다른 사람이 이해해주기만을 원한 것도 아니었다. 그녀가 자라온 길에는 언제부터인가 다른 사람이 차단되어 가까운 친척 외에는 성화이난 한 사람만 어렴풋이 남아 있었다. 이제껏 다른 사람을 이해시키려 한 적 없었지만, 다른 사람의 이해를 거절한 적도 없었다. 절친한 친구를 바란 적 없으니 실망하는 경우도 적었다.

어쩌면 그녀가 다른 사람을 실망시켰을 수도 있다. 예를 들면 딩수이징이라든지. 하지만 양심에 찔리지는 않았다.

냉담함은 저항을 위장한 것이었다.

그러나 만약 그 '다른 사람'이 성화이난이라면, 뤄즈는 과분하게도 마음이 통하기를 원하지 않을까.

"마음이 통한다는 건 무책임한 신화일 뿐이야. 우리가 남들에게 무책임하게 과도한 기대를 하게 만들지. 해명하지 않으면 또 어때, 다른 사람이 날 오해한다고 해서 내가 그들이 상상하는 그런 인과*에 떨어지는 것도 아닌걸. 우린 모두 평범한 데다 엄청난 지혜도 없어. 그렇기 때문에 남들이 자신을 이해해주길 바라는 고통 속에 빠지게 되는 거지."

뤄즈는 느릿느릿 말하면서도 정작 자신이 무슨 말을 하는지 알지 못했다.

"아가씨, 그 말은 좀 이상한데? 만약에 아가씨가 살인 누명을 써서 누군가 아가씨에게 복수를 하려 한다고 쳐. 그래도 아무런 해명도 안 할 건가?"

삼륜차 아저씨가 갑자기 끼어들었다. 뤄즈는 그의 말에 압도되어 반박할 말을 찾지 못했다. 사실 방금 너무 혼란스러워서 자신이 무슨 말을 했는지도 기억나지 않았다.

"아가씨, 화내지 마. 둘이 얘기하면서 내 설명은 안 듣길래 끼어든 거니까. 둘이 계속 얘기 나눠요. 방금 내가 한 쓸데없는 말은 들을 필요도 없지. 그래도 아가씨가 확실히 수준이 높네. 내가 말은 거칠어도 이치에는 맞거든."

뤄즈는 인정했다. 아저씨의 말은 아주 진솔했다.

"넓게 볼 수도 있을 것 같아. 사실 살면서 억울함을 당하거나 누군가에게 죽임을 당해도 상관없는 거야. 그에게는 그의 업보

---

* 선악의 업에 따라 행이나 불행을 받는 일.

가 있을 테니 넌 그냥 계속해서 너의 업에 따른 과보를 받으면
돼. 육도윤회의 길은 아직 멀고도 머니까. 다만 우린 어리석은
중생이라, 눈에 보이는 건 이번 생밖에 없는 거겠지. 어떤 일들
은 꿰뚫어보지 않는 편이 나을지 몰라." 성화이난이 적절한 때
에 끼어들어 그녀를 곤경에서 풀어주었다.

뤄즈가 20년 인생을 살아오는 동안 인간관계에 있어 너무
경솔하고 어리석게 굴었던 게 아니었을까 얼떨떨해하고 있을
때, 성화이난이 불쑥 말했다. "너랑 마음이 통하는 사이가 되기
는 정말 어렵다."

잠시 침묵한 후, 그는 다시 말을 이었다. "하지만 그래도 우
리 사이에는 영원히 오해가 없었으면 좋겠어. 너랑 마음이 통
하는 건 보통 사람이라면 불가능할 거야. 하지만, 난 보통 사람
이 아니거든. 이 어려운 임무는 나한테 맡겨."

성화이난은 살짝 얼굴을 붉히더니 말을 마치곤 고개를 돌려
창밖의 골목과 뜨락을 바라보았다. 뤄즈의 눈에 순간 눈물이
고인 건 보지 못했다.

삼륜차 아저씨는 성화이난의 요구대로 삼륜차를 '지우먼 샤
오츠' 먹거리 골목에 세웠다. 성화이난은 비용을 지불하고 뤄
즈의 소매를 잡아끌며 골목 안으로 들어갔다. 뤄즈가 뒤를 돌
아보니, 그들 뒤로 둘셋 짝을 지은 관광객들이 땀을 닦는 삼륜
차 아저씨를 바라보고 있었다. 안타깝게도 아저씨는 몸을 돌
리고 있어서 끝내 아저씨가 어떻게 생겼는지 자세히 살펴볼 수

없었다.

점심 식사로 두 사람은 '지우먼 샤오츠'의 먹거리를 소탕했다. 왕씨네 천엽, 연유튀김, 생크림튀김, 팥소 인절미, 순두부……. 사 온 것들을 한 상 가득 차려놓았는데, 성화이난이 갑자기 물었다. "녹두즙 마실래?"

뤄즈는 땡땡이북을 흔들듯 고개를 세차게 저었다. "쌀뜨물 맛이라던데."

그가 웃었다. "우리 아버지 묘사랑 똑같네."

"맞아, 다들 그렇게 말한다니까."

"그걸 마셔야 인생이 완벽해지는데!" 성화이난은 여전히 포기하지 않고 권했다.

"넌 왜 안 마셔?" 뤄즈가 반문했다.

"……내 인생은 이미 완벽하거든."

"오, 널 보니까 알겠어. 역시 부족한 인생이 더 아름다운 법이구나."

뤄즈는 남은 연유튀김을 다 먹어버렸다. 이제는 더 이상 발걸음을 옮기기 힘들 것 같았다.

"난 역시 똑똑해. 저녁에 뷔페 먹으러 갈 땐 널 꼭 데려가야겠어. 뷔페를 먹는 최고의 경지에 이르렀으니 돈 버는 거잖아." 그는 장난스럽게 그녀에게 찡긋해 보였다.

"어?"

"벽을 짚으며 들어왔다가 벽을 짚으며 나가니까."

뤄즈는 격투 애니메이션 동작을 흉내 내며 손날로 그의 등을 베는 시늉을 했다가 오히려 손을 잡히고 말았다. 두 사람 모두 힘을 꽉 주었다. 처음에는 아무 반응도 없었지만 둘 다 손에 힘을 풀고 나자, 그녀는 그의 손바닥에 잡혀 있던 손가락 끝이 단번에 뜨겁게 달아오른 걸 느끼곤 얼른 손을 빼냈다. "가자."

성화이난은 아주 한참 후에야 목소리를 가다듬고 입을 열었다. "스케이트 타러 가자."

휴게 구역의 유리창 너머로 많은 아이들이 선생님의 지도하에 회전 연습을 하고 있었다. 뤄즈는 그 모습을 넋을 잃고 바라보았다. 정신을 차렸을 때, 성화이난은 이미 스케이트를 다 신고 어쩔 수 없다는 듯 그녀를 바라보고 있었다. 뤄즈는 얼른 앉아서 하얀 피겨용 스케이트를 발 옆에 놓고 신발을 벗기 시작했다.

그가 지켜보고 있어서 뤄즈는 몹시 긴장했다. 속으로는 왜 이렇게 복잡한 부츠를 신고 왔는지 끊임없이 푸념했다. 그녀는 가까스로 왼발에 스케이트를 신고 신발 끈을 매다가 실수로 매듭을 풀지도 못하게 꽉 묶어버렸다. 오른발에 스케이트를 신으려고 할 때, 성화이난이 갑자기 그녀 앞에 반무릎을 꿇었다.

"정말 굼뜨네. 너 뒷구멍으로 대학 들어온 거 아니지?"

뤄즈가 손을 멈추고 그 빈정거리는 말에 넘치는 다정함과 애매모호함을 곱씹고 있을 때, 그는 이미 고개를 숙이고 그녀의 손에 들린 신발 끈을 받아 구멍에 꿰기 시작했다. 간결하고 거침없는 동작이었다.

신발 끈을 묶을 때, 성화이난은 머리를 뤄즈의 무릎에 대었다. 뤄즈는 다리에 힘이 풀리는 것만 같았다. 샴푸 향과 목도리의 세탁 세제 향이 한데 어우러졌다. 꿈결처럼 오랫동안 변하지 않을 것만 같았다.

얼떨떨한 와중에 뤄즈는 이미 그의 손을 잡고 냉기가 감도는 아이스링크 위를 미끄러지고 있었다. 그가 자신의 세 발 달린 고양이*처럼 어설픈 스케이팅 실력을 비웃어도 반박하지 않았다. 어쨌거나 그녀는 정말로 새끼 고양이처럼 순순히 부끄러운 듯 고개를 숙였으니 말이다.

다시금 아이스링크 옆에 앉아 쉴 때, 뤄즈는 갑자기 무척 궁금해졌다. 여러 해가 지난 후에 오늘을 다시 추억한다면 대체 어떤 기분이 들까.

그 기분은 얼마나 오랜 시간이 흘렀느냐에 달려 있었고, 더욱이 그들 두 사람의 최종 결과에 달려 있었다.

"무슨 생각해?"

뤄즈는 그를 흘겨보곤 천천히 말했다. "넌 보통 사람보다 대단하지 않아? 너한테 독심술을 시전할 기회를 줄게."

"넌 20년 넘게 살았는데 내가 널 알게 된 건 2달밖에 안 됐잖아. 나한테 시간을 좀 줘야지." 그는 초콜릿 맛 아이스크림콘을 건네며 자신은 딸기 맛을 베어 먹기 시작했다.

"너 딸기 맛 좋아해?" 뤄즈는 웃음이 나오려 했다. 문득 뤄양

---

* 三脚猫, 쥐는 잘 잡아도 잘 걷지 못하는 고양이. 즉 어설프게 아는 사람을 말한다.

이 했던 말이 떠올랐다. "여자들은 다 딸기 좋아하는 거 아니었어?"

"안 좋아해." 그는 아이스크림을 한 입 삼켰다. "계산하고 나니까 생각났지 뭐야. 넌 딸기 맛을 싫어하고 초콜릿 맛을 좋아한다는 거. 그래서 이건 내가 먹으려고."

뤄즈는 그제야 생각났다. 아까 이야기를 나누다가 무심코 자신은 초콜릿 아이스크림을 좋아한다고 말했었다. 그녀는 눈을 가늘게 뜨고 웃으며 말했다. "고마워."

"참, 너네 중간고사는 다 끝났지?"

"응. 법학 개론 중간 리포트까지 포함해서 다 끝났지."

"그런데 곧 또 기말고사야."

"그러게, 정말 빨라."

"앞으론 같이 공부하자." 성화이난이 갑자기 제안했다.

"좋아. 넌 평소 어디서 하는데?"

"도서관. 넌?"

뤄즈는 진지하게 설명했다. "도서관은 항상 자리 맡아야 하잖아. 환기도 잘되지 않고. 장점이 있다면 책상이 아주 크다는 거지. 난 보통 제1 강의동으로 가. 좀 낡긴 했어도 사람이 적어서 딱히 자리 맡을 필요가 없거든."

"어쩐지, 도서관에서 다른 애들은 많이 봤는데 넌 한 번도 안 보이더라."

"책 빌리러 가는 경우도 드물거든."

성화이난이 의아하다는 듯 물었다. "너 책 보는 거 아주 좋아하지 않아?"

"응, 하지만 직접 사서 보는 걸 좋아하는 편이라. 난 새 책이 좋거든. 도서관의 책은 여러 사람 손을 거친 거라 꼬질꼬질하잖아. 만지면 화끈거리는 것 같아."

성화이난이 갑자기 수상쩍게 웃었다.

"왜?" 뤄즈는 어리둥절했다.

"네가 남자가 아니라 다행이야……." 그는 말을 멈추고 계속 웃었다.

뤄즈는 고개를 갸우뚱하며 잠시 생각하다가 똑같이 웃음을 터뜨렸다. "나보고 순결을 따진다는 거야? 적당히 해, 그런건 중요하지 않아. 도서관에 갓 들어온 새 책이라고 해도 난 싫어."

"그럼 이유가 뭔데?"

"왜냐하면 언젠간 다시 반납해야 하니까. 언젠간 더 이상 내 것이 아니게 된다는 생각을 하면 너무 불안하거든. 그래서 꼭 직접 사서 두 손으로 받쳐 들고 봐. 보다가 좋은 구절은 베껴 적고, 다 보면 책꽂이에 얌전히 꽂아두고 새 책처럼 깨끗하게 보관해. 그치만 이젠 책꽂이엔 더 이상 꽂을 자리가 없어서 지금은 침대 밑에 커다란 상자를 뒀어."

"그걸 소유욕이 지나치게 강한 반면, 안전감은 지나치게 약하다고 해석해도 될까?"

뤄즈가 혀를 날름해 보였다. "넌 심리학이 그렇게 간단한 학문인 거 같아?"

그런데 성화이난도 똑같이 혀를 날름했다. 그녀는 또다시 귓불이 뜨거워지는 것을 느끼며 황급히 고개를 돌렸다.

"그런데 가끔 도서관에서 재미있는 일을 보기도 해. 예를 들면 영화에 나오는 것처럼 남자와 여자가 우연히 부딪혀서 책이 사방에 흩어지고, 그런 다음……." 그는 다시 웃음을 터뜨렸다. "정말 너무 진부하다니까. 1학년 때 장밍루이는 공부하다가 피곤하다면서 서가로 걸어가 둘러보곤 했는데, 매번 그렇게 누구하고 부딪히더라고. 걘 그게 바로 그 말로만 듣던 '운명적인 만남'이라고 했지만…… 안타깝게도, 부딪히는 사람은 죄다 안경 쓰고 교정기를 한 공부벌레 같은 사람이었어. 긴 머리 찰랑거리는 청순한 여학생은 한 명도 없더라."

"그럴 거면 고전 문학 서가 쪽으로 가서 운을 걸어봐야지. 학부마다 여학생들 특징도 다르잖아?" 뤄즈는 문득 장밍루이의 히죽거리는 모습이 떠오르자 웃음을 참을 수 없어 수상쩍게 웃기 시작했다.

"장밍루이의 마음이 이해되긴 하지만, 그래도 진정한 '우연한 만남'이어야 좀 더 멋질 것 같아. 나중에 추억했을 때 하늘이 정해준 인연 같은 느낌이 들 테니까."

성화이난의 말에 뤄즈는 살짝 의기소침해졌다. 그래, 내가 그걸 왜 모르겠어. 그녀는 묵묵히 생각에 잠긴 채 대꾸하지 않았다.

"예전에 내가 예잔옌을 좋아했을 때." 그가 입을 열었다. 뤄즈는 놀라 고개를 돌려 그를 바라보았다. 성화이난의 자연스러운 말 한마디가 그녀의 놀란 모습에 순간 멈추었다. "왜 그래?"

"아니, 그냥…… 화제 전환이 너무 빠른 것 같아서."

그가 그녀 앞에서 예잔엔 이야기를 꺼냈다. 이렇게 아무렇지도 않은 말투로, 아무런 거리낌 없이. 마음속에 바위 하나가 쿵 내려앉았다. 저번에 정원루이가 했던 말과 놀이공원에서의 문자가 만들어낸 추측이 스스로 무너졌다. 그는 이제 이렇게 평온한 말투로 그 애 이야기를 할 수 있게 되었다. 그렇지 않은가?

"그때 걜 좋아하게 돼서 식당에 밥 먹으러 가는 무의미한 행동에도 많은 기대를 하게 됐어. 어쩌면 교실 밖에서의 모든 행동에 기대를 가졌는지도 모르지. 그렇게 해서 우연히 만나게 되면 아주 기뻤지만, 절대로 일부러 여기저기 쏘다니지는 않았어. 사실 많은 애들이 쉬는 시간에 일부러 복도를 걸어다니는 건 마음에 둔 누군가와 마주칠 기회를 높이기 위해서잖아. 하지만 내 생활을 제한하면서 평소처럼 행동하려고 노력하는 와중에 기대가 늘어나면 느낌이 사뭇 달라져. 네가 이해할 수 있을지는 모르겠지만……."

"인연은 일부러 찾아다니는 게 아니라 저절로 찾아오는 것 같아."

"네가 나보다 훨씬 간단명료하구나." 성화이난은 입가에 경련이 나는 표정을 지어 보였다. "문과생 만세."

뤄즈는 아랑곳하지 않았다. "설마, 평소랑 약간의 다른 점도 없었어? 아주 사소한 특별한 행동이라도?"

그녀는 자신이 무슨 대답을 기대하는 건지 알 수 없었다.

"뭐, 아주 약간의 변화는 있었지. 네가 들으면 아마 웃을지도 몰라."

"안 웃겠다고 약속할게."

"걘 저녁 식사를 마치고 운동장에서 친구들이랑 수다 떨면서 산책하는 걸 좋아했고, 가끔 국기 게양대 옆에 앉아 있기도 했어. 난 그걸 알고 매번 저녁을 먹기도 전에 달려나가서 운동장 자리를 맡아놨지. 국기 게양대 바로 옆에 있는 농구대 말야. 친구들은 곧 내가 왜 그러는지 눈치채더라. 그 후엔 아주 고맙게도 내가 자리 맡는 걸 도와주었고. 가끔 복도에서 걜 보게 되면, 스쳐 지나갈 때 난 일부러 옆에 있는 친구에게 농담을 던지곤 일부러 크고 명랑하게 웃었어. 친구들은 그 시절 내가 간헐적인 정신병에 걸린 줄 알았대."

너도 그런 행동을 하는구나? 뤄즈는 소리 내어 웃었다. "그렇게 하는 게 불편하진 않았어? 예를 들면 걔 앞에서 못난 꼴 보일까 봐 걱정이 된다든지? 남자들은 농구하다가 야만적으로 굴거나 욕을 하기도 하잖아. 걔가 옆에 있으면 표정이나 동작이 부자연스러워지진 않았어?"

"아, 그랬지. 슛 쏠 때 꼭 넣어야겠다는 생각을 할수록 불안정해졌고, 시합 때 두각을 보이기는커녕 종종 실수를 했어. 하지만 불편하긴 해도 생각해보면 딱히 나쁘지 않은 느낌이었어."

성화이난이 청량하게 웃었다. 뤄즈는 고개를 숙이고 자신의 발끝을 바라보았다.

원래부터 그렇게 빛나는 그는 실수를 해도 오히려 귀여워 보였다. 거침없이 좋아하고, 거침없이 표현했다. 멋지게 굴든 실수를 하든, 돌이켜 보면 늘 그렇게나 명랑하고 자신감 넘쳤다.

참 좋네. 그들의 사랑은 그렇게나 거리낌 없었다. 사랑은 원래 이렇게 거리낌 없어야 했다.

성화이난이 그녀의 생각을 끊었다. "그건 그렇고, 난 고등학교 때 정말로 널 본 적이 없어."

"그래?" 넌 본 적 있어. 다만 눈여겨보지 않았을 뿐이지. 뤄즈는 계속 이야기해봤자 의미 없다고 느꼈다.

"넌 분명 밖에 나가지도 않고 교실에 틀어박혀 있었을 거야. 우리 맞은편 반의 학생들 몇몇은 매일 복도를 돌아다녀서 확실히 눈에 띄었거든. 그러다가 언젠가는 며칠 연속으로 화장실 갈 때마다 그 애들이 보이지 않아서 단체로 퇴학을 당했나 의심까지 했었지."

그 애들은 눈에 띄어서 며칠 동안 보이지 않은 걸로 실종되었다고 생각했구나. 난 매일 너네 반 문 앞에 쭈그리고 있었는데도 한 번도 등장하지 않은 것 같고 말야. 뤄즈가 웃으며 말했다. "교실에 있는 게 편했거든. 쉬는 시간에 소설이나 만화도 계속 볼 수 있고. 물론, 수업 시간에도 봤지만."

"책을 많이 읽는 건 좋은 거야." 그가 고개를 끄덕였다. "다른 사람의 교훈 속에서 자신의 경험을 흡수할 수 있으니까."

"사실, 책을 보는 건 그런 교육적인 의미가 없을 때가 더 많아. 오히려 난 세상에 답답하게 사는 사람들이 적지 않다는 걸 알게 됐어."

그가 그녀를 진지하게 바라보았다. "사는 게 아주 답답해?"

"나보고 고민이 많다면서? 삼륜차 타고 갈 때 누가 나보고 답답하게 산다고 했더라?"

"설마 아주 친한 친구도 없어?"

뤄즈는 고개를 갸우뚱하며 생각해보았다. 사실 생각할 필요조차 없었지만, 그 자리에서 단호하게 "없어"라고 말하면 혹시라도 변태처럼 보일까 봐서였다. "음…… 없네. 내 말은, 속마음을 털어놓을 수 있는 믿을 만한 친구가 없다는 거야."

"그래서 책을 보는구나?"

뤄즈는 뭐라고 설명해야 할지 난감했다. 성화이난이 그녀를 냉정하고 괴팍하다고 생각할까 봐 두려웠다. 하지만 곧 생각을 바꾸었다. 왜 숨겨야 하지? 그녀는 확실히 그런 사람인 것을.

"그럼 곤란한 상황이나 납득할 수 없는 일이 있을 때, 친구에게 털어놓지 않고 어떻게 해? 책 속에 답이 있어?" 그가 물었다.

"아마 없을 거야. 하지만 최소한 옛날부터 지금까지 나랑 똑같은 고민을 하고 똑같이 답을 찾는 사람들이 많았다는 걸, 난 고독하지 않다는 걸 알게 되겠지. 게다가 앞사람의 경험은 확실히 참고할 가치가 있거든."

그가 다시 웃음을 터뜨렸다. 뤄즈는 그제야 그의 얼굴에 아주 미세한 보조개가 있다는 것을 알았다.

"그래? 그럼 예를 들어 한때 너무너무 사랑해서 서로 헤어지지 말자고 하늘과 땅을 걸고 맹세했는데도 나중에 감정이 메마르는 이유는 뭘까? 이런 것도 책에 답이 있어?"

뤄즈는 그의 말에서 약간의 농담이 섞인 슬픔을 느꼈다. 이유는 추측할 수 있었다.

"까뮈가 이렇게 말했어." 그녀가 천천히 대답했다. "사랑은 불타오르거나 지속된다. 하지만 지속되면서 불타오르는 건 불가능하다."

성화이난은 그 말을 듣고 잠시 침묵하다가 말했다. "음, 우리 아버지 말이 맞네. 책을 많이 보면 확실히 좋은 점이 있어. 쓸데없는 말만 늘어놓는 것보다 훨씬 간단하고 심오해."

뤄즈는 자신의 신발을 뚫어져라 바라보며 천천히 말했다. "우린 일상생활의 잡다한 일들 때문에 어쩔 수 없이 생활의 지혜를 내곤 하는데, 그건 거짓이 아냐. 다만 우리가 어떻게든 설명하고 묘사하려는 것에 대해, 앞사람들이 벌써 훤히 꿰뚫는 말로 설명해놓은 거지. 우리보다 천배 만 배 훌륭하게. 그래서 우린 능력을 발휘해볼 여지가 없어. 모든 일이 전무후무한 건 아냐."

성화이난은 한참을 침묵하다가 기지개를 펴곤 다시금 의자 등받이에 기댔다. "넌 이렇게 조상들의 존재를 느끼고 나면 외롭지 않다는 거야?"

놀림기가 다분했지만 뤄즈는 화가 나지 않았다.

책은 그녀의 야비함에 실망하게도 했지만, 한때 그녀에게 많은 즐거움을 선사했다. 쓸쓸하고 구차했던 소녀 시절, 남들의 찬란하게 빛나는 청춘이 점차 부러워지던 시기에는 일종의 우월감이 솟았었다. 인생의 쓴맛을 모르는 아이를 위에서 내려다보는 노인들처럼 말이다. 그리고 그런 우월감은 모두 책에서 비롯되었다.

물론, 그녀의 가난과 갖은 고생에서도 비롯되었고.

뤄즈는 반박하지 않고 일어나 아이스크림 포장지를 근처 쓰레기통에 버리며 말했다. "가서 한 바퀴 돌아볼게."

제29장

이야기 언니

이날의 비용은 모두 성화이난이 부담해서 뤄즈는 무척이나 미안했다. 상대방의 행동이 그렇게나 자연스러웠는데도 그녀는 여전히 난감해서 어쩔 줄 몰랐다.

'골든 재규어'에 도착한 후, 그들은 각자 음식을 쓸어 담으며 테이블 가득 음식을 늘어놓았다. 뤄즈는 이 틈을 놓치지 않고 조그맣게 말했다. "오늘 고마웠어."

성화이난은 그녀에게 어이없다는 표정을 지어 보였다. "제발, 뭐가 고맙다는 거야?"

괜한 말을 한 셈이었다. 뤄즈는 그가 알 거라 생각하고 조용히 먹으며 더 이상 설명하지 않았다.

"정말로 나한테 고마우면, 어렸을 때 가장 인상 깊었던 사람을 말해줘. 일종의 보답으로."

"왜? 좀 이상하게 들리는데."

"내가 저번에 너한테 나의 꼬마 황후에 대해 말해줬잖아. 네가 지금 이런 성격으로 자라난 건 분명 어릴 때 남다른 경험을 해서일 것 같거든."

"다시 한 번 말하는데, 심리학은 그렇게 간단한 학문이 아냐. 뭐든 어릴 때 상처에 갖다 붙이지 마."

"말해줘. 듣고 싶어. 절대로 안 웃을게." 방금 그녀가 첫사랑 이야기를 해달라고 졸랐을 때와 똑같은 말투로, 약간의 애교까지 섞여 있었다.

뤄즈는 겸연쩍어서 고개를 끄덕였다. "좋아, 내 얘기가 너무 지루하다고만 하지 마."

순간적으로 그에게 그 이야기를 하고 싶다는 충동이 들었지만, 아직은 좀 이른 것 같았다. 지금의 그는 그녀를 이해하지 못하리라. 마음이 통한다는 건 비현실적인 꿈이었다.

뤄즈는 고개를 숙이고 잠시 생각하며 접시 위에 놓인 회를 계속해서 포크로 쿡쿡 찔렀다.

"어릴 때, 내가 아주 우러러보고 아주 좋아하던 언니가 있었어."

그녀의 이야기는 시작부터 재미가 없었다.

"오빠가 아니었네……."

"됐거든!"

성화이난이 짓궂게 웃으며 손을 내저었다.

"다섯 살 때, 할머니의 옛집이 철거되는 바람에 나랑 엄마는 임시로 작은 집을 빌려서 살게 됐어. 도시 외곽에 있는 다가구

단층집이었지. 지금은 개발구역으로 변했지만, 내가 살던 때에는 여전히 흙길이었어. 봄이 되면 먼지가 얼굴 위로 자욱하게 흩날려서 눈도 못 뜰 지경이었지. 친구들이랑 '빨간 불, 초록 불, 하얀 불' 놀이*를 하다가 개똥을 밟기도 했고, 비가 오면 길이 온통 진흙탕이 돼서 걷기도 힘들었어. 살기 좋은 곳은 절대로 아니었지. 그래도 난 늘 그곳이 아주 아름답다고 생각했어. 비가 오면 항상 무지개가 떴는데 주변이 다 단층집이라 무지개를 가릴 건물도 없었거든. 그래서 하늘이 무척이나 넓었어. 아마 그 시절에 평생 볼 무지개를 다 봤을 거야. 커서는 분수 근처에서 불완전한 조각만 볼 수 있었으니까. 그때 무지개는 정말이지 너무 아름답고 완벽했어. 아치형 다리처럼 하늘을 가로질렀거든. 우린 무지개가 시작되는 곳에는 뭐가 있을까 모여서 토론하곤 했어. 그리고 만장일치로 내린 결론은, 하늘의 연못이었지." 뤄즈가 웃다가 문득 정신을 차렸다. "아, 미안. 얘기가 딴 길로 샜네."

성화이난은 진지하게 듣다가 고개를 저었다. "아니, 계속해."

그의 표정이 너무나도 진지해서 뤄즈는 아주 조금 긴장이 되었다.

"내 친구들은 다들 유치원에 안 다녔어. 집에 있는 어른들은 술에 취해 싸우기 일쑤여서 아무도 아이들을 돌보지 않는 상황

----

* '무궁화꽃이 피었습니다'와 비슷한 중국의 놀이.

이었지.

우리 대장은 이야기 언니였어. 언니는 초등학생이었고. 내 기억에 언니는 조금도 예쁘지 않았어. 하지만 언니한테는 친한 친구가 있었는데 아주 예뻤지. 뭐, 이건 그때 받았던 인상일 뿐이야. 지금 생각해보면 단지 항상 치마를 입고 포니테일로 묶은 머리에 빨간 리본이 달려 있어서였을 거야. 아, 그리고 남자애도 있었어. 언니들의 친구였는데, 세 사람은 늘 함께 등하교를 했어. 그러다 나중에 무슨 일이 벌어졌는지 알아? 삼각관계가 되었지 뭐야." 뤄즈가 웃음을 터뜨렸다.

"그날, 언니는 또 우리에게 얘기를 들려주었는데, 정신을 딴 데 팔고 있었는지 앞뒤 말이 연결되지 않았어. 얘기가 끝나고, 난 다른 애들 몰래 언니한테 물었어. '언니, XX와 XX가 언니랑 사이가 나빠졌어요?'

난 딱 알아차렸거든. 그 두 사람의 모습이 오랫동안 보이지 않았어. 가끔 우리 같은 애송이들 곁을 지나갈 때도 이야기 언니를 냉랭하게 힐끔 볼 뿐이었어. 그 여자앤 흥 하고 콧방귀를 뀌며 거만하게 고개를 돌리기도 했고.

이야기 언니도 그땐 아직 어려서 자기 감정을 숨기지 못하더라. 내 오지랖 넓은 질문을 듣고 바로 눈시울을 붉히며 말했지. '내가 어떻게 알아?'

어느 날 밤, 난 다른 여자애랑 같이 이야기 언니가 그 두 사람과 말다툼하는 걸 목격했어. 내 기억에 당시 예쁜 언니의 붉은 머리카락이 신호등 밑에서 반짝이고 있었어. 고개를 쳐들고 북방 사투리로 드세게 따지고 있었지.

우리 두 꼬맹이는 곧장 달려가 우리 여신님을 보호하려고 했어. 하지만 당시 언니들의 대화는 내 이해 범위를 뛰어넘는 거였어.

난 어렸을 때부터 왜냐고 묻는 걸 좋아하지 않았어. 어쨌거나 어른들은 크면 알게 된다고 하잖아. 그래서 난 어른이 되는데 집착했지. 어른이 된다는 건 모든 비밀을 풀 열쇠였으니까. 난 당시에 이해하지 못했던 걸 모조리 또렷하게 기억한 다음, 어른이 되길 기다렸어. 어쩌면 그래서 내가 그 시절의 기억을 특히나 또렷하게 기억하나 봐. 어떤 어른이 그러더라. 사람의 집념은 종종 이렇게 시작된다고. 왜냐하면 아이는 철이 들 수는 있어도 완전히 이해하기란 불가능하니까."

성화이난의 눈빛이 반짝였다. 뤄즈는 그것을 보지 못한 채 말을 계속했다.

"그래서 그때 언니들의 대화에 대해서도 난 왜냐고 묻지 않았어. 하지만 아주 생생하게 기억했지. 무슨 뜻인지 짐작도 못하면서 말야.

이야기 언니가 말했어. '너희 둘이 사귀는 데는 아무 이의 없어. 그런데 너흰 날 왜 그렇게 대하는 거야?' 예쁜 언니가 즉시 반박했어. '아무것도 모르는 척, 아무렇지도 않은 척하지 마. 너 XX 좋아하잖아? 네 속셈을 내가 눈치 못 챌 줄 알았니? 네가 한 그 못된 짓들, 우릴 이간질하려던 걸 내가 모를 줄 알아?'

이야기 언니가 발끈했지. '내가 얠 좋아한다고 누가 그래?'

이때 계속 옆에서 쿨한 척하면서 말없이 있던 남학생 XX가 불쑥 입을 열었어. '정말 날 안 좋아한다고 말할 수 있어?'"

뤄즈와 성화이난은 함께 웃음을 터뜨렸다.

"지금 생각해보면 그때 그 표정과 말투가 얼마나 유치하고 가식적이었는지. 심지어 말다툼을 하는 목적보다는 마침내 텔레비전에 나오는 어른들처럼 신경질적으로 연기를 펼칠 기회가 생겼다는 게 더 중요해 보였어. 그치만 다들 무척이나 진지했다는 건 부정할 수 없더라.

그 두 사람에게도 똘마니가 하나, 딱 하나 있었어. 그래서 나랑 다른 여자애도 전투에 개입했어. 상대는 그 두 사람 곁에 있던 꼬마 똘마니였지. 난 말수가 적은 편이어도 나름 우리 뜨락에서는 신랄한 말발로 유명했거든. 어른들 앞에서는 고양이처럼 얌전한데 애들 앞에서는 매섭게 쪼아대는 그런 애였지. 우리의 말싸움은 기본적으로 '넌 왜 우리 이야기 언니를 돕지 않고 저 사람들 편에 서는 거야', '그러고 싶으니까', '뻥치시네', '가만 안 둔다'의 무한 반복이었어. 그치만 우리 둘은 결국 이겼어. 그것도 아주 멋지게.

하지만 이야기 언니는 상당히 비참하게 패배해서 우리가 찾을 수 없는 곳으로 달려가 펑펑 울었어. 언니는 다른 애들한테보다 나한테 특히 잘해줬으니, 저급한 욕을 퍼붓는 걸로라도 언니를 도와줄 수밖에.

난 지금도 언니가 나한테 해줬던 얘기들이 기억나. 생물 실험을 할 때 늑대 뇌를 볶아서 먹었다가 매일 밤 실험실로 가서 몰래 시체를 먹어야만 했다는 여대생 얘기, 인간을 사랑하게 된 천사가 사랑하는 사람의 목숨을 살리기 위해 1미터가 넘는 자신의 금발 머리카락을 잘랐다가 후광이 떨어졌다는 얘기, 그리고 무지개다리 아랫마을에 살고 있는 세상에서 가장 잘생긴 소년 등등.

난 그 언니를 아주 좋아했어. 언니는 그 얘기들이 모두 무슨 세계 명작집에 실려 있는 거라고 맹세하면서 단지 제목을 다 잊어버렸을 뿐이라고 했어. 사실은 다 언니가 지어낸 꿈이었는데. 언니는 바로 그 인간을 사랑하게 된 천사였고, 언니는 그 사랑하는 소년을 만난 거지. 요즘 말로는 YY소설*이랄까. 네가 이해할 수 있을진 모르겠다. 사실 언니는 내면세계가 굉장히 풍부한 사람이었거든. 단지 너무나도 쓸쓸했을 뿐이었지.

그런데 지금 생각해보면, 언니는 자신의 얘기에 지나치게 빠져 있었던 것 같아. 언니는 점점 괴팍해졌고, 아이들은 언니가 해주는 공포스럽고 음산한 얘기를 좋아하지 않았어. 언니의 학교 친구들도 언니를 아주 좋아하는 것 같진 않았고. 그래서 나만 언니랑 종종 같이 앉곤 했어. 하지만 우리는 여섯 살이나 차이가 났기 때문에 솔직히 친구가 되기는 쉽지 않았지. 난 언니를 쓸쓸함에서 구제할 수 없었어.

반대로 언니는 날 쓸쓸하지 않게 해줬고. 난 언니에게 비밀

---

* YY小說, 주로 인터넷 게시판에 올라오는 허구와 망상, 과장을 섞어 멋대로 지어낸 소설.

을 하나 알려줬어. 아주 오랫동안 다른 사람에게 말할 수 없었던 비밀. 언니가 이 비밀을 다른 얘기로 만들지는 않을까 확신할 순 없었지만, 그래도 난 믿었어. 언니한테 비밀을 맡기면 안전할 거라고.

그러던 중에 어떤 이웃 아줌마는 우리 엄마한테 날 그 언니에게서 떨어뜨려 놓으라고 했어. 언니네 아빠는 정신이 이상한데다 집에 언니를 돌봐주는 어른도 없다고.

다행히 엄마는 내가 언니랑 친하게 지내는 걸 막지 않았어. 사실 지금은 그 언니 얼굴도 떠오르지 않아. 기억나는 건 헤어지기 전 며칠 동안의 일이고. 이사를 가게 된 나는 트럭 조수석에 앉아서 뒤를 돌아봤지. 이야기 언니와 개구쟁이 아이들이 나한테 손을 흔들어줬어. 언니는 울었고 나도 울었어. 언니가 말했어. '뤄뤄, 앞으로 아주아주 출세해야 해. 뤄뤄, 언니가 해준 얘기 잊어버리지 마. 이 언니도 잊지 말고.'

언니는 심지어 내가 세상에서 유일하게 언니를 기억해줄 사람일 거라고도 말했어.

고등학교 때 작문 시간 때마다, 난 서술문이든 논설문이든 엉터리로 꾸며내서 쓰곤 했어. 논거로 든 게 어느 유명인의 사례냐고 선생님이 물으면, 난 어떤 책에서 봤는데 책 이름을 잊어버렸다고 대답했고. 언니한테서 나쁜 버릇을 참 많이 배우긴 했지. 터무니없는 잡생각을 한다든지, 거짓말을 잘한다든지."

뤄즈는 잠시 말을 멈추고 생각에 빠진 듯한 성화이난을 바라보며 말했다. "얘기가 지루하진 않았어?"

성화이난은 정중하게 고개를 저었다. "아니, 전혀."

뤄즈는 안도의 한숨을 내쉬며 웃었다.

"그런데 방금 너도 그 이야기 언니에게 비밀을 알려줬다고 했지? 그건 뭐였어?"

뤄즈는 움찔해서 본능적으로 고개를 저었다. "철부지 어린 시절의 일이잖아. 진작에, 진작에 다 잊어버렸지."

가벼운 저녁 식사 분위기는 뤄즈의 그 뜬금없는 추억 소환에 엉망이 되었다. 하지만 그들이 처음 같이 밥을 먹었을 때완 달리 이번 침묵은 거북스럽지 않았고, 오히려 마음이 통하듯 여유롭고 차분했다.

"작문 얘기가 나와서 말인데, 내 기억에 넌 고등학교 때 작문을 아주 잘 썼던 거 같아."

뤄즈가 돌연 고개를 드는 바람에 성화이난은 깜짝 놀랐다.

"뭐야, 칭찬 한마디 했다고 이렇게 감격하는 거야?" 그가 웃었다.

뤄즈는 눈빛을 거두고 조그맣게 물었다. "본 적 있어? 솔직하게 말해."

성화이난은 긴가민가하면서도 솔직하게 털어놓았다. "그때 학년 국어과 연구팀이 종종 우수 작문을 복사해서 나눠줬잖아. 난 하나도 안 보고 그냥 연습장으로 썼어. 뒷면이 백지라서. 미안."

"미안할 게 뭐 있어? 작문 같은 건 천편일률적인데다 가식적이고 속되잖아." 뤄즈는 고개를 숙이고 황급히 말했다.

"참, 기숙사에 빨리 들어가 봐야 해? 가는 길에 너랑 들르고 싶은 곳이 있는데 괜찮아?" 성화이난이 갑자기 그녀에게 바짝 다가왔다. 눈동자에 진실의 빛이 일렁였다.

이과 건물 꼭대기층. 성화이난은 철문을 몇 번 잡아당겼지만 손에 먼지만 잔뜩 묻었다. 예상치 못하게 철문이 굳게 잠겨서 꿈쩍도 하지 않았다.

"평소엔 안 잠겨 있는데." 그는 한숨을 내쉬며 난처한 듯 뤄즈를 돌아보았다. 뤄즈는 어느샌가 멀리 달려가 꼭대기층 끝에 달린 창문을 열었다.

"여기 안 잠겼어!" 그녀는 기쁘게 웃었다.

그런 다음 창턱으로 기어 올라가 허리를 굽히고 창문 밖으로 빠져나가 가볍게 바닥에 내려섰다.

매섭게 시린 공기가 가슴을 가득 채웠다. 기류 때문에 뤄즈는 순간 숨이 막혔다. 머리카락이 흩날리며 시선을 가렸다. 겨우 손으로 정리하고 눈을 뜨자 화려한 경치가 눈에 들어왔다. 너무나도 급작스러웠다.

이과 건물은 북문 근처에 있었다. 테라스에서 바라보니 학교 안팎은 경계가 분명한 다른 세상이었다. 한쪽은 학교 안에 고요하고 어둠이 깔린 세상으로, 짙게 깔린 나무 그림자가 마치 파도가 멈춘 해수면처럼 먼 곳에서부터 일어나 있었고, 나무들에 가려진 기숙사와 강의동은 마치 해수면에 솟아 있는 섬처럼 고요하고 평온했다. 반면, 다른 한쪽은 상업지구의 불빛으로 환했다. 차량 불빛으로 이어진 보석 강물은 눈부신 건물 사이를 흘러가며 칠흑 같은 밤하늘에 거만하게 대항하고 있었다.

"정말 아름답지?"

성화이난의 호흡이 귓가에 느껴졌다. 그녀는 순간 전율했다. 뒤를 돌아보고 싶었지만 아쉽기도 했다.

"마음에 들어?"

뤄즈는 힘껏 고개를 끄덕였다가 문득 자신이 그를 등지고 있다는 것이 떠올랐다. 참 바보 같았다.

아주 오랫동안, 그들은 묵묵히 두 세상을 바라보며 한마디도 하지 않았다.

"난…… 난 높은 곳에서 아래에 있는 사람들을 내려다보는 걸 아주 좋아해. 이유는 모르겠어. 내 말은…… 정말로 높은 곳에서 바람 쐬는 것만은 아냐. 너도 알지…… 그런 각도에서 상황을 바라보면 아주 분명하게 볼 수 있을 것 같잖아. 사실 나도 확실하게는 모르겠지만."

그가 그녀에게 이렇게 혼란스럽고 묵직한 생각을 토로한 건 처음이었다. 마음이 따스해진 뤄즈는 그 순간을 고이 간직했다.

"나도 그래. 다만 예전엔 어쩔 수 없어서 그랬지."

"어쩔 수 없어서?"

"사람들 사이에선 왠지 거북했거든. 잘 어울리지 못했어. 어쩌면 어릴 때 친구가 너무 적어서였을지도 몰라. 어울리는 법을 잘 몰라서 친구는 갈수록 적어졌고, 그래서 더 이상 집단의 중심인물에게 잘 보이려고 어색하게 굴지 않았어. 나중엔 한 사람하고만 어울리면서 갈수록 아웃사이더가 됐지. 하지만 높은 곳에서 남들을 바라보는 것처럼, 난 능동적으로 위로 기어올라갔어. 그러면서 괴팍하고 소외당하는 아웃사이더에서 서서히 모두의 위에 우뚝 선, 모두와 다른 사람이 돼갔지. 마치 그렇게 하면 속세를 초탈한 듯이 대놓고 고독해질 수 있고, 더 이상 남들에게 불쌍해 보이지 않을 것처럼 말야. 심지어 나 자신도 만족감을 느꼈어. 솔직히 말하면 그냥 습관이 됐던 거야. 그저 체면상 보기 좋게 이런 단순한 상태에 특별한 의미를 부여한 거지. 진짜로 속세를 초탈한 것처럼."

말하다 보니 생각이 엉켜버렸다. 뤼즈는 정신을 차리곤 쑥스럽다는 듯 눈웃음을 치며 말했다. "넌? 소외된 아웃사이더는 아니겠지? 너에겐 선택의 권리가 있었을 테니까."

성화이난은 멀리 남쪽에서 빛나는 등불 쪽을 바라보았다.

"아무래도 넌 날 오랫동안 알고 있었던 것 같아."

뤼즈는 자신의 마지막 한마디가 너무 나갔다 싶어 재빨리 그 주제넘은 말에 대해 사과를 했는데, 눈을 들어보니 그의 약간은 아쉽다는 듯한 온화한 미소가 보였다.

"바람을 너무 오래 쐬면 감기 걸리니까 이제 가자. 네가 마음에 들었다니 다행이야. 난 종종 여기 오는데, 앞으로는 같이 오자."

앞으로는, 같이.

뤼즈가 미소를 지었다. "그래, 약속한 거다."

제30장

꿈에서 깨어나

"오늘은 수업도 쨌고, 티파니와 제이크 만나러 가는 것도 미뤘어. 내일 밤에 별일 없으면 제이크 보러 갈래? 걔가 널 보고 싶어 해."

"좋아." 성화이난이 웃었다.

기숙사 앞 가로등까지 걸어왔을 때, 그는 갑자기 발걸음을 멈추고 등에 멘 가방에서 커다란 종이봉투를 꺼냈다.

"그날 서점 지나가면서 산 거야. 원래는 나중에 주려고 했는데, 오늘 아침에 나오면서 충동적으로 챙겨 왔어. 오는 내내 무거워 죽는 줄 알았네."

뤄즈가 눈을 휘둥그렇게 뜨고 묵직한 종이봉투를 받았다. 총 6권, 칼릴 지브란 전집이었다.

이걸 하루 종일 메고 다녔다고? 머리가 어떻게 된 거 아냐? 하지만 그가 예잔옌을 좋아했을 때는 친구들 모두 그가 간헐적 정신병에 걸렸다고 놀려댔다고 하지 않았던가?

온갖 생각이 몰려들면서 머리가 혼란스러웠다. 화난 표정을 지어야 할지, 기쁜 표정을 지어야 할지 알 수 없었다.

"나…… 난 칼릴 지브란을 굉장히 좋아해……,『모래 · 물거품』도 좋아하고……. 어깨 아프지 않았어?"

성화이난은 뤄즈의 더듬거리는 말에 기분이 아주 좋아졌는지 다정하게 그녀의 머리카락을 쓰다듬었다. 그런 행동이 뤄즈를 더욱 부끄럽게 할 거라는 건 생각조차 하지 않았다.

"좋으면 됐어."

등 뒤에서 갑자기 탕탕탕 하는 소리가 났다. 뤄즈가 고개를 돌려보니, 보라색 모직 코트를 입은 여학생이 자전거를 발로 툭툭 차고 있었다.

여학생이 고개를 들자 얼굴이 드러났다. 정원루이였다.

뤄즈가 살짝 어색해하며 조그맣게 물었다. "자전거 고장 났어?"

"체인이 빠졌어." 정원루이는 그녀를 쳐다보지도 않고 계속해서 자전거 뒷바퀴를 힘껏 걷어찼다. 탕탕탕 하는 소리가 계속 울려 퍼졌다.

"빠진 체인을 발로 차서 끼우려는 사람은 처음 본다." 성화이난은 여전히 웃고 있었지만 눈동자는 살짝 가늘어졌다. 뤄즈는 그가 냉랭해질 때는 정말 무섭다는 걸 처음 깨달았다. 정원루이는 그 말을 듣고 심호흡을 하며 고개를 들었다. 뤄즈와 눈빛이 교차하는 순간, 성화이난은 팔로 뤄즈의 어깨를 감싸더니 그녀를 데리고 갈림길을 돌아 기숙사 문 앞까지 직진했다.

뤄즈는 기숙사 입구 계단에 섰다. 멀지 않은 곳에서 정원루이가 여전히 자전거를 발로 힘껏 걷어차고 있었다. 마치 자전거가 뤄즈라도 된 것처럼 말이다. 작별 인사를 하기가 매우 난처해졌다. 뤄즈는 정원루이에게서 시선을 거두고 성화이난의 다정한 얼굴을 바라보았다.

"무서워하지 마." 그가 말했다.

그의 따스함에 뤄즈는 단번에 기운이 났다. 그녀는 고개를 끄덕이며 품 안의 종이봉투를 꼭 껴안았다. 책의 날카로운 가장자리가 배를 찔러도 하나도 아프지 않았다. 그녀가 웃으며 말했다. "정말, 정말로 고마워."

그는 두 손을 주머니에 찔러 넣고 여유롭게 섰다. "고마워해야 할 사람은 나야. 이렇게 즐거웠던 적 정말 오랜만이거든. 내일 오후에 제이크네로 가는 거지? 오늘은 너도 피곤할 테니까 얼른 들어가서 쉬어."

기숙사 대문이 달칵 하고 자동으로 잠겼지만, 그는 자리를 떠나지 않고 입 모양으로 뤄즈에게 먼저 들어가라고 했다. 그녀는 뒷짐을 진 채 고개를 숙이고 새색시처럼 웃었다. 그러고는 눈을 들어 그에게 고개를 끄덕이곤 몸을 돌려 성큼성큼 들어갔다.

하지만 계속해서 울리는 탕탕탕 하는 소음은 모퉁이를 돌아 복도로 들어설 때까지 포기도 없이 계속해서 등 뒤에서 그녀를 옭아매었다.

뤄즈는 눈을 감고 자신에게 말했다. "넌 잘못 없어."

이튿날 점심때. 뤄즈가 성화이난에게 오후에 만날 시간을 문자로 보내려던 참에 그에게서 먼저 문자가 왔다.

"일이 있어서 못 갈 것 같아. 미안."

갑작스럽고 간결한 문자. 뤄즈는 휴대폰을 손에 쥐고 한참을 멍하니 있었다. 입장이 조금 난처해졌다. 일단 "괜찮아, 그럼 수고해"라고 답장을 보낸 후 고민에 빠졌다. 만약 이번에도 제이크를 바람맞히면 두 아이는 아마 그녀를 창고에 가두고 개를 풀어 물려 죽게 할 수도 있었다.

뤄즈는 전화를 걸었다. 주옌은 상하이에 가 있었다. 주옌은 마침 연락하려던 참이라고, 두 아이가 살짝 열이 나서 보모가 병원에 데려갔다며 오후에 올 필요 없다고 말했다.

양쪽에서 연달아 펑크를 내는 바람에 일은 쉽게 풀렸지만, 뤄즈는 여전히 마음이 공허했다. 기숙사 안을 대여섯 바퀴 돌며 마침내 침착함을 되찾은 그녀는 외출복을 벗고 편한 체크셔츠와 추리닝 바지로 갈아입었다. 그리고 책상 앞에 앉아 단어책을 펼쳤고, 잠깐 쉴 때는 영드 몇 편을 보았다. 5시 20분 정도 되었을 때, 그녀는 니트 외투를 걸치고 3호 식당으로 따끈따끈한 빵을 사러 달려갔다.

식판을 들고 앉으니 장밍루이가 멀리서 걸어오는 게 보였다. 그녀는 입속에 음식을 넣고 우물거리고 있어서 손을 흔들며 눈앞의 자리를 가리켰다. 장밍루이는 그녀가 주문한 음식을 보고 입을 쩍 벌렸다. "너 정말…… 매일 저녁마다 빵을 먹는 거야?"

"너무 맛있어서 일주일에 여러 번 먹으러 와. 그치만 언제 또 질릴지 모르지."

그가 웃었다.

"질린 것 같으면 잊지 말고 꼭 나한테 말해줘."

"왜?"

"아무것도 아냐." 장밍루이는 고개를 숙이고 열심히 죽을 떠 먹었다.

"참, 어제 법학 개론 시간에 너랑 성화이난 둘 다 왜 안 나온 거야? 설마 데이트하러 간 건 아니지?"

뤄즈가 고개를 들고 솔직하게 말해야 할까 고민하고 있을 때, 별안간 휴대폰이 울렸다. 그녀는 차이나유니콤을 위한 찬가를 쓰고 싶을 지경이었다. 매번 그녀가 곤경에 처해 있을 때, 휴대폰은 그녀의 마음을 다 안다는 듯 제때에 울려주었다. 이게 바로 사람을 위한 기술 아닐까?

엄마였다. 뤄즈는 따끈하게 구워진 빵을 우물거리며 전화 저편의 엄마와 입씨름을 벌였다. 전화를 끊었을 때, 장밍루이는 이미 식사를 마친 상태였다.

"너 굉장히 빨리 먹는구나?" 뤄즈는 도저히 믿을 수 없었다.

"네가 통화를 너무 오래한 거거든?"

뤄즈는 약간 미안해졌다. 전화 통화를 하느라 사람을 한쪽에 내버려 둔 건 아주 예의 없는 행동이었다. 그녀는 얼른 빵 씹는 속도를 높이며 입에 시금치를 우겨넣는 것으로 성의를 표시했다. 장밍루이는 찡그린 얼굴로 손을 뻗어 그녀의 젓가락을 눌렀다. "됐어, 그러다 목 막힐라."

뤄즈는 천천히 먹었다. 맞은편 사람은 한가롭게 의자 등받이에 기대 두 손을 머리 뒤에 받친 자세로 눈도 돌리지 않고 그녀를 뚫어져라 쳐다보았다. 뤄즈는 그의 행동에 어리둥절했다.

"너…… 아직 배 안 찼어?"

"날 쫓아내고 싶은 거야?" 그가 발끈하며 그녀를 흘겨보았다.

"아니, 그게 아니라……." 그녀가 손을 내저을 때, 장밍루이는 이미 접시와 젓가락을 모두 식판 위에 모아 자리에서 일어났다.

"됐어, 됐어. 갈게. 난 우리 기숙사 큰형님이랑 성화이난한테 먹을 것도 사다줘야 하거든. 돼지 두 마리라니까."

그를 잡으려고 뻗은 뤄즈의 손이 공중에 멈췄다.

"걘 왜 직접 나와서 먹지 않고?" 뤄즈가 느릿느릿 말했다.

"몰라. 오늘 아침 일어날 때부터 이상했어. 기숙사에 틀어박혀서 하루 종일 워크래프트를 하더라니까. 눈 나빠지는 줄도 모르고. 우리 큰형님은 더 장난 아니었어. 침대 위에서 하루 종일 〈대당쌍용전大唐雙龍傳〉을 보더라고. 점심도 내가 사다준 전병말이로 때웠고. 있지, 이게 다 원거리 연애의 단점이야. 여자친구랑 매일 못 붙어 다니니까 다들 집돌이가 돼서는……."

장밍루이가 뭐라고 더 말했지만 뤄즈는 더 이상 귀에 들어오지 않았다. 그녀는 굳은 얼굴로 빵을 씹으며 굳은 얼굴로 장밍루이와 작별 인사를 했다.

일이 있다고 하지 않았나?

가슴속에 뭔가 팽팽하게 차오르면서 욱신거렸다. 하지만 그렇게 견디기 힘든 건 아니었고, 그저 허공에서 비실거릴 뿐이었다. 뤼즈는 정신없이 식판을 반납하고 기숙사로 돌아와 이어폰을 끼고 계속해서 영드를 보았다. 한참을 노력한 끝에야 비로소 화면이 눈에 들어왔다.

잠들기 전, 성화이난은 잘 자라는 문자도 보내지 않았다. 뤼즈는 무슨 일이냐고 무척이나 물어보고 싶었지만, 생각 끝에 결국 휴대폰 전원을 꺼버렸다.

월요일 아침부터는 정상적으로 수업에 출석했다. 뤼즈의 세상에서 성화이난은 다시금 천천히 사라지고 있었다. 그녀는 손을 뻗어 뭔가를 잡고 싶었지만 헛수고였다. 그녀가 잡을 수 있는 건 문자뿐이었다. 하지만 아무리 생각해봐도 적절한 첫마디가 떠오르지 않았다. 그들이 이미 친해졌다고 생각했지만 한편으로는 인정할 수밖에 없었다. 그가 그녀에게 접근하고자 할 때는 가볍게 걸어오기만 해도 그녀의 미소 띤 인사를 받을 수 있었지만, 그녀가 그를 쫓아가 그의 뒷모습을 앞으로 돌리는 건 그렇게나 어려운 일이라는 걸. 여러 해 동안 그녀는 그렇게 할 용기가 없었고, 지금도 여전히 그러했다.

눈앞에 가로놓인 거리감이 며칠 전까지만 해도 가득했던 달콤한 연기를 흩어버렸다. 이제 그녀는 또렷하게 볼 수 있었다. 그는 여전히 먼 곳에 있었고, 뒷모습뿐이었다.

뤄즈는 사흘 연속으로 저녁에 3호 식당에서 장밍루이와 마주쳤다. 그도 그녀와 마찬가지로 갓 구운 빵을 사기 위해 줄을 서서 기다리고 있었다. 뤄즈는 한 번도 성화이난 이야기를 꺼내지 않았다. 그가 걱정되긴 했지만, 살짝 화가 나기도 했다. 또한 자신이 여전히 그에게 끌려다니고 있다는 점에 실망스럽기도 했다. 아주 옛날부터 줄곧 그래왔지만 말이다.

"참, 성화이난 감기 걸렸어. 요 며칠 어떻게 된 일인지 말도 안 하고, 사람도 무시하고, 밥도 제대로 안 먹고, 아주 심하게 아파……. 그, 너희 둘…… 사실 난 줄곧 몰랐어. 너네 혹시 진짜로…… 하지만…….."

맞은편의 장밍루이가 나름 단어를 고르느라 고심하고 있을 때, 뤄즈는 멀리 전골 코너 앞에 길게 늘어선 줄 쪽으로 천천히 시선을 옮겼다.

감기에 걸렸다고…….

마음속에 꾹꾹 눌러놓은 생각 하나가 제1 강의동에 앉아 과제를 할 때 다시금 떠올랐다. 마음이 너무나 불안정했다. 영어 원서에 빽빽하게 적힌 알파벳은 마치 깨진 글자처럼 전혀 눈에 들어오지 않았다. 그녀는 아예 책을 덮고 책상을 정리한 다음, 가방을 메고 교실 문을 나섰다.

자허이핀 문 앞에 섰을 때, 뤄즈는 문득 한때 업신여겼던 장바이리를 이해하게 되었다. 그녀 같은 외부인이 보기에도 당시 장바이리는 너무나 바보 같았다. 하지만 거비가 그녀에게 잘해주지 못해도, 헌신만 하고 보답을 받지 못해 비웃음거리가 된다 해도, 그때 장바이리는 아픈 남자 친구를 위해 그 늦은 시간에 여기서 김이 모락모락 나는 죽을 사서 안고 있을 때 분명 행복했을 것이다.

뢰즈는 지금에야 깨달았다. 지금의 그녀처럼 분명 행복하면서도 비장했을 거라고.

돼지고기송화단죽, 옥수수호떡, 그리고 동갓볶음. 감기 걸린 사람이라면 담백한 음식을 먹어야 했다. 뢰즈가 기쁜 마음으로 비닐봉지를 가슴에 안고 다급하게 뛰어가는데, 몸이 앞으로 기울어지면서 손에 들고 있던 비닐봉지가 허공으로 날아갔다.

길 위의 보도블록이 하나 빠져 있었는데, 하필이면 뛰다가 그곳에 발이 빠진 것이었다. 앞으로 넘어지면서 무릎을 그대로 바닥에 찍었다. 처음엔 아무런 느낌 없이 살짝 얼얼한 정도였으나, 몇 초가 지나자 뼈를 찌르는 듯한 통증이 무릎을 타고 온몸에 퍼져나갔다. 그녀는 고개를 숙이고 한참을 꾹 참았다. 그러나 눈물이 어느새 뚝뚝 떨어지며 보도블록을 적셨다.

설마 운 나쁘게…… 이대로 불구가 되는 건 아니겠지?

움직일 수가 없었다. 등도 딱딱하게 굳어버린 듯했다. 그런데 하필이면 두 다리는 힘이 빠져서 앉고 싶어도 앉을 수가 없었다. 어쩔 수 없이 그대로 꿇어앉은 채, 가까스로 두 손으로 땅을 짚었다. 눈을 들어보니 하얀 비닐봉지가 멀지 않은 앞쪽에 흐물거리며 땅에 누워 있었다. 죽 용기가 굴러 나오면서 뚜껑이 열려 죽이 사방에 쏟아져 있었고, 그녀를 놀리듯이 뜨거운 열기를 내뿜고 있었다.

뤼즈는 씁쓸하게 웃었다.

그녀가 연출한 수난극은 어쩜 이렇게 제대로일까?

넘어진 곳은 비교적 외진 작은 길이었다. 낮에는 그나마 사람들이 지나다녔지만, 저녁 9시가 넘으면 PC방의 커다란 간판만 환하게 불을 밝힐 뿐, 다른 가게들은 온통 칠흑 같은 어둠으로 덮여 있었다. 여기서 밤새 무릎을 꿇은 채로 있어도 그녀를 주의하는 사람은 아무도 없을 것이었다.

얼마나 오랜 시간이 흘렀을까, 뤼즈는 방금 바닥에 찧은 왼쪽 무릎을 천천히 움직여보았다. 상상했던 것만큼 그렇게 아프진 않았고, 다만 힘이 잘 들어가지 않았다. 그녀는 괴이한 자세로 조금씩 움직이면서 마침내 무릎을 꿇고 머리를 조아린 굴욕적인 자세에서 땅바닥에 앉는 자세로 바꿀 수 있었다. 그제야 비로소 자신이 다섯 손가락으로 겨울밤의 얼음처럼 차가운 보도블록을 필사적으로 짚고 있었다는 걸 깨달았다. 두 손은 이미 얼어서 딱딱해져 있었고, 살짝 구부러진 손가락에서 통증이 느껴졌다.

다시 한참이 흘렀다. 뤼즈는 심호흡을 하곤 일어나 천천히 몸에 묻은 흙을 털어내고 다시 자허이핀으로 한 걸음 한 걸음 되돌아갔다.

그에게 야식을 사다주겠다는 처음의 열정은 이미 연기처럼 사라졌다. 뤼즈의 마음은 밤바람처럼 처량하고 쓸쓸했다. 지금의 모든 행동은 단지 일종의 집념이었다. 보는 사람이 아무도 없어도 기필코 이 연극을 완성하겠다는 긍지의 집념이었다.

아까 뤄즈를 안내한 종업원이 이번에도 자리로 안내하려다가 그녀를 보고 깜짝 놀랐다. 뤄즈는 종업원에게 쓴웃음을 지으며 두 손을 들어 보였다. "넘어져서 다 쏟아버렸어요."

종업원은 예쁘장한 아가씨였다. 뤄즈의 말을 듣고 이해한다는 듯 웃더니 그녀를 문 쪽 테이블로 안내하고 주문서와 연필을 건넸다. 그리고 잠시 후, 김이 모락모락 나는 따뜻한 물 한 잔을 가져다주었다. 뤄즈는 한참을 호호 분 후에야 겨우 한 모금을 마셨다. 그녀는 종업원이 곁을 지나가는 틈을 타 고맙다고 인사했다. 주문한 죽이 나왔다. 뤄즈는 천천히 화장실로 가서 옷매무새를 다듬었다. 거울 속 사람은 그다지 낭패한 몰골은 아니었다. 바지도 찢긴 곳이 없었다. 방금 뼈를 찌르는 것 같았던 통증은 마치 꿈이었던 것처럼 아무런 흔적도 남아 있지 않았다.

뤄즈는 늘 이랬다. 마음의 상처든 바깥의 상처든 누구에게도 보이지 않았다. 그저 속세를 달관하고 총알도 뚫을 수 없을 것처럼 단단해 보여서 딩수이징 무리에게 괜한 누명을 쓰기도 했다. 개의치 않는다고, 해명하고 싶지도 않다고 말했지만, 삼륜차 아저씨는 확실히 말은 거칠어도 이치에 맞았다. 만약 어느 날 누군가 정말로 그런 오해로 생긴 악의 때문에 자신을 칼로 찌른다면, 억울하지 않을까?

모르겠다. 한 번 넘어졌더니 10년은 늙은 것 같았다. 뤄즈는 다시금 죽을 품에 안고 조심스럽게 땅을 보며 더욱 천천히 걸었다.

성화이난의 기숙사 밑에 도착해서야 중요한 문제가 생각났다. 이걸 어떻게 전달하지?

남학생 기숙사 입구를 오가는 수많은 눈빛에 머리가 벌써 저릿저릿해질 지경이었다. 뤄즈는 황급히 장밍루이에게 전화를 걸었다. 신호음이 한참 울렸는데도 전화를 받지 않았다. 젠장, 뤄즈는 속으로 장밍루이에게 호된 저주를 퍼부은 다음 다시 바보처럼 몇 분을 서 있었다. 그러다가 죽이 식을까 봐 다시금 휴대폰을 꺼내 성화이난의 기숙사로 전화를 걸었다.

기숙사 전화번호는 물론 그 선배 언니에게서 얻은 거였다. 어째서 성화이난에게 전화를 걸지 않는지는 그녀도 알 수 없었다.

전화를 받은 건 모르는 목소리였다. 뤄즈는 안도의 한숨을 내쉬었다.

"누구 찾으세요?"

"저, 성화이난의 기숙사인가요?"

"네네네, 잠시만요!"

"바꾸지 마세요!" 뤄즈가 황급히 외쳤다. 전화 저쪽의 상대방은 그녀의 기세에 놀랐는지, 한참 후에야 조심스럽게 물었다. "여협께선…… 무슨 일이시온지?"

뤄즈는 어이가 없어 웃음이 나왔다. 하지만 뭐라고 말해야 할지 몰라 숨을 깊이 들이마셨다. 아무래도 솔직하게 말하는 것이 좋을 것 같았다. 얼른 죽을 전해주자. 다리에 힘이 빠져서 기숙사로 돌아가 잠을 자고 싶었다.

"전 성화이난의 팬인데요, 감기에 걸렸다고 해서 따뜻한 죽을 사 왔어요. 직접 부르기에는 좀 쑥스러워서. 괜찮으시다면 내려오셔서 저 대신 전해주시겠어요? 부탁드릴게요."

뤼즈의 목소리는 맑고 달콤했다. 전화 저쪽에서는 볼 만한 구경거리가 생겼다고 판단했는지 잽싸게 대답했다. "넵, 바로 내려갑니다!"

상대방이 자신을 모른다고 생각하니 뤼즈는 한결 편안해졌다. 그녀는 유리문을 열고 나오는 슬리퍼에 수면바지 차림의 꾀죄죄한 남학생을 바라보며 눈웃음을 쳤다. 그리고 인사를 하며 비닐봉지를 건넸다.

"예쁜 학생, 미리 말해두는데, 우리 넷째는 모든 사람에게 두루 호감을 사는 인기인이라서요. 걜 따라다니는 애들을 채로 걸러서 번호를 매기면 로또 추첨을 해도 될 정도라니까요. 그 마음은 좋은데, 너무 많은 기대는 갖지 마요. 그러다 나중에 속상해지면 큰일이니까요."

상대방이 건넨 농담 반, 진담 반인 말에 뤼즈는 웃을 수도, 울 수도 없었지만 그래도 고개를 끄덕이며 말했다. "고맙습니다. 알겠어요. 부탁드려요."

큰형님은 그녀의 차분한 모습이 의아했는지 그녀를 찬찬히 살펴보았다. "저기…… 이름이 어떻게 돼요?"

"그건 왜 물어보세요? 번호나 주세요. 가서 추첨되기만을 기다릴 테니까."

맞은편에서 천천히 바람이 불어와 불과 30초 전까지만 해도 뜨거운 죽 포장에 닿아 있던 배를 스치고 지나갔다. 뤄즈는 몸을 부르르 떨며 아직 온기가 남아 있는 배를 어루만졌다.

그녀는 고개를 돌려 불빛이 환하게 밝혀진 남학생 기숙사를 바라보다가, 다시 고개를 들어 별이 보이지 않는 베이징의 밤하늘을 바라보았다. 문득 모든 것이 재미없게 느껴졌다.

제31장   비 오는 날

11월 말, 겨울이 왔다. 베이징은 하루 종일 음침한 얼굴이어서 푸른색이 무슨 색인지 잊어버릴 지경이었다.

며칠 전 기숙사에 난방이 공급되기 시작한 후로, 뤄즈는 방에 틀어박혀 도통 나오려 하지 않았다.

저녁 식사를 하지 않은 뤄즈는 남아 있는 간식 중 손 가는 대로 컵라면 하나를 꺼냈다. 절반쯤 먹었을 때에야 비로소 아무 맛이 나지 않는다는 걸 깨달았다. 분말스프를 꺼내지도 않고 컵 안에 남겨둔 채 물을 부었던 것이다. 요 며칠 그녀는 계속 굼떴고 혼란스러웠다. 포크로 기름이 얼룩덜룩하게 묻은 투명한 봉지를 국물 속에서 꺼냈을 때, 뤄즈는 속이 거북해져 온몸에 소름이 돋았다.

고등학교 때, 그녀의 컵라면 제조 속도는 누구보다도 빨랐다. 탕비실 창가에 서서 온수기에서 쪼르르 나오는 물소리를 들으며 잽싸게 액상스프와 플레이크, 분말스프 봉지를 뜯었다. 액상스프 입구를 너무 작게 뜯었을 때는 응고된 액상스프를 힘주어 컵 안으로 밀어 넣어야 했다. 그때 모르는 남학생이 옆에서 그녀가 액상스프 짜는 모습을 찌푸린 얼굴로 보고 있었는데, 그 광경이 아직도 눈에 선했다.

뤄즈는 그 남학생이 끝까지 하지 못한 말이 뭔지 알았다.

확실히, 봉지에서 짜낸 그것의 모습은 똥과 흡사했다. 색깔과 형태…… 그리고 움직이는 효과까지. 다 비슷했다.

하지만 오늘은 그래도 아주 순조로웠다. 날이 너무 추워서 액상스프가 굳어서인지, 봉지를 뜯자마자 사각형 덩어리가 그대로 컵 안으로 떨어져 조금도 재미가 없었다.

컵라면은 여전히 책상 위에 면이 절반 정도 남은 채로 있었다. 뤄즈는 식욕이 없어 휴지를 들고 스프 봉지를 깨끗이 닦은 다음, 손에 들고 이리저리 뒤집으며 안쪽에서 움직이는 분말과 후레이크를 멍하니 바라보았다.

중학교 때, 그녀의 짝꿍에게는 괴상한 습관이 있었다. 그 애는 매일 라면 스프 한 봉지를 가지고 와서는 생수병 안에 넣고 힘껏 흔들었다. 후레이크가 물속에서 위아래로 가라앉았다가 떠올랐고, 물 색깔도 순식간에 연갈색으로 변했다.

그러고는 그 물을 무척이나 만끽하듯이 마셨다. 아주 아껴서 한 모금, 한 모금씩. 눈은 반쯤 감고 있어서 뤄즈의 찌푸린 얼굴은 당연히 보지 못했다.

뤄즈는 결국 참지 못하고 어느 날 대놓고 물어보았다. "어디서 그렇게 많은 라면 스프를 가져오는 거야?"

그 애는 마치 만고불변의 진리를 이야기하는 것처럼 눈을 동그랗게 뜨고 대답했다. "우리 집은 매일 아침 라면을 끓이거든. 몇 개를 한꺼번에 끓이는데 스프를 다 넣으면 짜잖아. 그러다 보니 매번 한두 개씩 남는 거지 뭐."

"그거…… 맛있어?"

그 애가 선심 쓰듯 생수병을 건네며 말했다. "자, 마셔봐."

그 생수병은 가장자리가 이미 하얗게 닳아 있었고, 안에 든 액체는 더욱 눈 뜨고는 볼 수 없을 정도였다. 뤄즈는 생수병 입구에 낀 물때에 오랫동안 시선을 고정했다가 침을 꿀꺽 삼키고 말했다. "아니, 고마워."

남자아이는 상처 입은 눈빛이었지만, 말없이 생수병을 책가방에 다시 집어넣고는 난감한 표정으로 책상에 엎드려 물리 문제를 풀었다.

그 후로 뤄즈는 다시는 그 남학생이 그 음료를 마시는 걸 보지 못했다. 지금 생각해봐도 마음이 쓰렸다. 남에게 피해를 주지 않는 생활 방식을 가지고 그때는 왜 그렇게 입방정을 떨었는지.

하지만 뤄즈는 끝까지 사과하지 않았다. 사과를 한다는 건 2차 가해였다. 그 이야기를 다시 꺼내기보단 아무 일도 없었던 것처럼 행동하는 게 나았다.

그런데 졸업할 때, 짝꿍은 그녀에게 〈닥터 슬럼프〉 한 세트를 선물했다.

"너 애니메이션 좋아하지, 그치?"

뤼즈는 조심스럽게 받아 기쁘게 고개를 끄덕였다.

"시험 잘 봐!" 짝꿍은 괜히 있는 말 없는 말 늘어놓으며 민망해했다. 반 학생들은 거의 다 돌아갔지만 그는 여전히 통로를 막고 있었다.

"너도." 뤼즈가 말했다.

"내가 잘 볼 게 뭐 있어. 직업 고등학교에만 입학해도 감지덕지인걸."

뤼즈는 이럴 때 "길은 한 가지만 있는 게 아냐" 같은 위로를 건네는 건 무의미하다는 걸 잘 알았기에 그저 웃기만 했다.

잠시 침묵이 흐른 후, 짝꿍이 불쑥 입을 열었다. "뤼즈, 너 나 싫어해?"

뤼즈는 놀라 고개를 들었다. "그럴 리가?"

"그래?" 짝꿍은 흥분해서 얼굴이 새빨개졌다. "정말 잘됐다, 나도 널 좋아해!"

뤼즈는 당혹스러웠다. 짝꿍이 뭔가 잘못 이해한 것 같았지만 그 기뻐하는 모습을 보니 말이 목구멍에 막혀 나오지 않았다.

"넌 말수가 적고, 난 늘 이상한 짓만 하잖아. 나 자신도 제어가 안 돼. 자습 시간에는 소란을 피워서 네 공부를 방해하고, 이상한 걸 마셔서 널 거북하게 하고…… 나중에는 그걸 안 마시니까 너도 나한테 전보다 잘 대해줬고 말도 걸어줬지. 무척 기뻤어."

뤼즈는 입을 쩍 벌렸다. 이 괴상한 사고의 흐름을 도저히 따라갈 수가 없었다.

"난 항상 오늘 이렇게 하면 네가 화를 내진 않을까, 내일 저렇게 하면 네가 좋아하진 않을까 추측했는데……. 하하, 사실 넌 날 눈여겨본 적도 없지? 나중에야 알았어. 내가 너한테 말해 줬던 많은 걸 넌 아예 기억도 못 하고 있다는 걸."

짝꿍은 쑥스럽게 웃으며 말을 이었다. "어쨌거나, 넌 내가 본 여자애 중에 가장 뛰어난 사람이야. 꼭 힘내야 해. 난 널 믿어. 넌 가장 대단한 사람이 될 거야."

가장 대단한 사람? 어떻게 그런 과분한 기대를 할 수 있어? 그러나 뤼즈는 아무 말도 하지 않고 그에게 환하게 웃어 보이며, 손에 잡히는 대로 필통에서 몇 년 동안 써온 샤프를 꺼냈다.

"오랫동안 쓴 건데, 가장 아끼는 거야. 행운의 샤프. 너한테 줄게. 시험 잘 보고 앞으로 모든 일이 순조롭길 바랄게."

그녀는 거짓말을 했다. 그녀는 늘 거짓말을 했다. 하지만 짝꿍이 영원히 소중하게 간직할 추억과 그렇게 기쁜 웃음과 바꾸었다고 생각하니 뤼즈는 잘못했다는 생각이 들지 않았다.

게다가 그녀는 무심코 그 남자아이에게 자신의 속마음을 조마조마하게 추측하게끔 만들었지 않았는가. 그것도 그렇게나 오래.

지금의 모든 것은 인과응보였다.

뤼즈는 추억 속에서 걸어 나와 잠시 망설이다가, 굳은 의지를 발휘해 스프 봉지를 따뜻한 물컵 안에 쏟아 넣고 수저로 빠르게 저었다. 그리고 눈 딱 감고 벌컥 들이마셨다.

이상하긴 했지만, 정말 못 먹을 정도는 아니었다.

밖에서 갑자기 비가 쏟아지기 시작했다. 베이징의 초겨울엔 비가 내리는 경우가 드물었다. 그래서 이번 비는 특히나 차가웠고, 뼛속까지 한기가 스며들 것만 같았다.

뤄즈는 창문을 열었다. 밖에서 행인들이 뛰어가며 괴성을 질렀다. 빗소리 가운데 진흙 냄새가 콧속으로 파고들어 왔다. 그녀는 입을 벌리고 억지로 웃어보았다.

웃음이 나오지 않았다.

두 번째였다. 성화이난이 갑자기 증발해버린 게.

나중에 그녀는 용기를 내어 감기는 어떠냐고 그에게 문자를 몇 통 보냈었다. 그의 답장은 없었다. 토요일 법학 개론 시간, 뤄즈가 자리에 앉아 갈팡질팡하고 있는데, 멀리서 그가 들어오는 것이 보였다. 하지만 그는 그녀가 있는 쪽을 한 번도 바라보지 않았다.

뤄즈는 자신이 속이 상한 건지 화가 난 건지 알지 못했다. 지금 그녀에게는 반응 능력이 전혀 없었다.

이보다 더 두려운 건 자신도 어찌할 수 없는 문자 환청이었다. 전원을 껐다가 켰다가, 신규 문자가 없는 걸 확인하곤 다시 껐다가 켰다가…….

노키아 휴대폰은 마침내 먹통이 되었다.

뤄즈, 괜찮은 거지?

그녀는 재부팅되는 화면을 바라보며 입을 벌려 웃어보려고 했다.

몇 초간 저항하다가, 결국 창문을 홱 닫아버리고 기숙사 침대에 엎드렸다. 장바이리처럼 과장된 자세는 아니었지만, 본질적으로는 똑같았다.

대성통곡은 없었다. 다만 눈물이 천천히 흘러나올 뿐이었다. 그녀는 저항을 포기했다. 누군가를 신경 쓸 때, 표면적으로 어떤 척을 하든 다 소용없는 것이었다. 한때 그녀가 업신여겼던 갖가지 감정이 하나씩 제멋대로 떠오르기 시작했다.

만약, 만약에 딩수이징이 정말로 그녀의 생각과 태도를 아주 신경 썼다면, 그렇다면 최근 자신은 딩수이징의 마음을 분명 불편하게 만들었을 것이다. 입장을 바꿔 생각하니 뤄즈는 양심의 가책을 느꼈다.

인과응보.

삶은 역시 영화가 아니었다. 영화에서는 스토리가 전환될 때, 시간과 장소 모두 주인공의 각성에 따라 대반전이 벌어지곤 했다. 물론, 그녀도 각성했다. 그녀는 온통 거짓말과 계산적인 술수를 써서 우회적이지만 용감하게 사랑하는 남자에게 돌진했다.

하지만 역전은 일어나지 않았다.

하늘은 그녀에게 이렇게나 변덕스러웠다. 마침내 용기를 낸 결심과 긍지는 곧장 뿔뿔이 흩어져 버렸다.

그녀는 결정할 수 있었으나 그녀의 말은 정말 식언으로 끝나버렸다.

마침내 울다 지쳤다. 탈진할 정도로 운동장을 달린 것만 같
았다.

눈물을 닦고 잠시 후, 뤄즈는 책상 위 단어집을 펼쳤다.

세상 단어집들은 모두 첫 번째 단어가 'abandon'인 걸까? 많
은 사람들이 용감하고도 의욕적으로 토플, 아이엘츠, GRE 시
험에 접수하며 단어를 제대로 외우겠다고 맹세하지만, 단어집
에서 가장 먼저 등장하는 단어가 '포기'라니.

하지만 뤄즈, 뤄즈, 힘내야 해.

별안간 책상 위 휴대폰에서 진동이 울렸다. 게다가 연속으로
두 번. 뤄즈는 깜짝 놀랐다.

성화이난, 그리고 장밍루이였다. 똑같은 내용이었다.

"지금 어디야? 비가 많이 오는데 밖에서 오도 가도 못 하는
건 아니지?"

그녀는 장밍루이에게 답장했다. "신경 써줘서 고마워. 난 기
숙사에 틀어박혀 있어."

30분 후, 뤄즈는 문 밖에서 기숙사로 뛰어 들어왔다. 문을 연
순간 열기가 얼굴로 밀려 들어왔다. 그녀는 가방을 의자에 던
지고 자신이 살짝 떨고 있음을 깨달았다. 날이 너무 추워서일
것이다. 그녀는 바닥에 웅크리고 앉아 팔을 감쌌다. 머릿속이
혼란스러웠다.

팔을 너무 꽉 잡고 있는 것도 못 느꼈는지, 손을 풀었을 때 팔뚝에 하얗게 자국이 남았다가 서서히 붉어졌다.

그 문자를 받은 순간, 뤄즈는 성화이난에게 답장을 하는 대신 곧장 냉정하고도 재빠르게 플랫슈즈를 비닐봉지에 담아 가방에 넣고, 깨끗한 비닐봉지를 챙겨 우산을 받친 채 만사 제쳐두고 기숙사를 뛰쳐나갔다. 그리고 바짓단을 걷고 슬리퍼 바람으로 빗길을 철벅거리며 기숙사 근처의 커피숍으로 향했다. 멀리서 많은 사람들이 비를 피해 커피숍 입구에 서 있는 것이 보였다. 그녀는 살금살금 옆문으로 들어가 화장실로 직행했다. 발에 묻은 빗물을 닦고, 우산과 슬리퍼를 미리 준비한 비닐봉지에 넣어 가방에 집어넣은 후, 플랫슈즈로 갈아 신고 바짓단을 내렸다.

아주 좋아. 빗속을 뚫고 달려온 것처럼 보이지 않았다. 처음부터 이곳에 발이 묶여 있었던 것 같았다.

그녀가 본 탐정소설들이 그 순간 결단을 내리게 돕고 이렇게 신속하게 행동할 수 있게 했다.

이번 기회는 반드시 잡아야 했다.

휴대폰을 보았다. 성화이난은 또다시 문자를 보냈다. "어디야?"

뤄즈는 답장을 보냈다. "단샹거리 커피숍. 망했어. 지금 비닐봉지 머리에 쓰고 달려나갈 참이야."

발송.

뤼즈는 모두가 아는 것처럼 침착하고 태연한 사람은 아니었지만, 자신이 생각해도 이렇게까지 비상식적인 일을 해본 적은 없었다.

가슴이 두근거렸다. 자꾸 이번이 마지막 기회라는 느낌이 들었다. 얼른 답장해, 얼른 답장해. 그녀는 구차하게 그 자리에서 맴돌았다.

그가 이런 답장을 보낼까 봐 두려웠다. "그럼 천천히 뛰어가. 비 맞은 생쥐처럼."

무심코 고개를 돌려 벽에 걸린 거울을 보니 창백한 얼굴에 감춰지지 않는 초조함과 가식이 눈에 들어왔다. 그녀는 천천히 그 자리에 굳은 채, 거울을 향해 비참하게 웃어 보였다.

그녀는 고작 이 정도였다.

그의 답장이 왔을 때, 뤼즈는 이미 평소 모습을 회복한 상태였다.

"기다려, 곧 갈게."

뤼즈의 냉소가 점차 처량하게 변했다. 그 전에 지나치게 두려워했고 지나치게 기대했기 때문에 지금 느껴야 할 기쁨이 오히려 옅어져 버렸다. 이것이 아마도 그녀의 가장 큰 슬픔일 것이다.

뤼즈는 의자에 앉아 기다렸다. 다들 내리는 비를 바라보는 와중에, 그녀는 손바닥을 들여다보았다.

고개를 든 순간, 성화이난이 옆에 서서 자신을 멍하니 바라보는 모습이 보였다.

뤄즈는 일어나 미소를 지었다. 그는 아주 큰 우산을 들고 있었는데 우산 끝에서는 물이 뚝뚝 떨어지고 있었다. 성화이난은 무표정하게 그녀를 향해 고개를 끄덕이며 천천히 가방을 열어 우비 하나를 꺼냈다. 분홍색 우비, 입이 없는 순백의 고양이 헬로키티가 그려져 있었다. 하늘색 멜빵바지 차림의, 세상 억울한 모습이었다.

뤄즈는 멈칫해서 고개를 들었다. 성화이난의 얼굴에는 희미한 미소가 걸려 있는 것 같았지만 무슨 의미인지 알 수 없었다.

뤄즈는 줄곧 그 고양이를 싫어했다. 영혼이 없어 보이는 그 고양이가 싫었다. 영혼 없이 멍청하게만 보였다.

물론, 더 중요한 이유가 있었다. 뤄즈는 그 우비를 본 적이 있었다.

"비가 너무 많이 와서 우산 써도 소용없어. 우비 입고 이중으로 비를 막아. 사장님, 여기 비닐봉지 있나요? 2개만 주세요. 뤄즈, 신발에 비 안 들어가게 비닐봉지로 감싸. 난 필요 없어. 어차피 다 젖었거든."

그녀는 그에게 어디에서 오는 거냐고 묻지 않았고, 고맙다고도 하지 않았다. 그저 그가 하라는 대로 하며 그에게 이끌려 나갔다. 우비 모자를 쓰니 바깥의 빗소리도 다르게 들렸다. 마치 자신만의 세계에 갇혀 있는 기분이었다. 이 복잡한 마음을 뭐라 말로 설명할 수가 없었다. 그의 문자를 받은 후부터 지금까지 행복하지 않은 건 아니었지만, 우비는 그녀의 피부를 화끈거리게 했다.

그들은 함께 빗물을 밟으며 걸었다. 뤄즈는 우비 속에 숨어 고개를 돌리는 것도 힘들었다. 모자가 자꾸만 시선을 가렸다.

"미안, 신발 다 젖었지?"

성화이난은 발밑을 바라보며 아무 말 없었다.

"감기는 좀 나았어?"

그가 아까보다 누그러진 표정으로 고개를 끄덕였다. 아니, 뤄즈가 반투명한 분홍색 우비 너머로 그가 끄덕이는 모습을 희미하게 보았다는 편이 맞았다.

"왜 아무 말도 없어?" 뤄즈는 미간을 찌푸리며 마음속에서 끓어오르는 언짢음을 억눌렀다.

"딱히 할 말이 없어서." 그가 웃었다. 그 순간, 또 그렇게나 잔잔한 미소였다.

기숙사 문 앞에 도착하자 성화이난이 말했다. "얼른 들어가."

뤄즈는 말문이 막혀 그저 한마디 대꾸했다. "정말 고마워."

"고맙긴 뭘." 성화이난의 표준 미소였다. 뤄즈가 생각이 많은 건지, 그 미소 속에서 악의적인 조롱과 비꼬는 듯한 느낌을 보았다.

뤄즈의 몸이 뻣뻣하게 굳었다. 오기 때문인지, 걸어오는 내내 꾹 참았던 분노로 이렇게 낭패스럽게 떠나고 싶지 않았다. 그들은 그렇게 묵묵히 한참을 서 있었다. 결국 항복한 뤄즈가 마지막으로 고맙다는 말을 하곤 몸을 돌렸다.

그는 이런 날씨에 그녀를 기억했고, 그녀에게 안부 문자를 보냈고, 빗물을 밟으며 그녀를 마중 나왔다.

하지만 어째서……

"안녕." 뤄즈는 의기소침하게 고개를 숙였지만, 얼굴 표정은 여전히 담담했다.

"뤄즈." 그가 마침내 그녀를 불렀다. 살짝 눈웃음을 치며 왼손으로 뒤통수를 쓰다듬는 모습은 평소 그의 진실한 미소와 똑같았지만, 오늘은 모든 것이 달라 보였다.

"왜?"

"있지……, 우비는 다시 돌려줄 수 있을까?"

뤄즈의 머릿속이 갑자기 웅웅거리기 시작했다. 마치 뭔가를 번뜩 깨달은 코난처럼 말이다. 진실을 발견한 건 똑같은데, 코난은 아주 흥분한 반면 뤄즈는 너무나도 당황스러웠다.

"걱정 마. 반드시 돌려줄 테니까. 아주 깨끗하게 씻어서 돌려줄게. 난 헬로키티 안 좋아해." 뤄즈가 눈을 내리깔고 냉담하게 말했다.

성화이난은 아무 말도 없었다. 그녀의 태도가 이상하지도 않은 듯, 그는 눈을 살짝 가늘게 떴다. 미간에 실망 한 줄기가 스쳤다.

"왜." 그가 사용한 건 의문문이 아니었다.

"그냥 그림일 뿐인데 무슨 거창한 이유가 있겠어." 뤄즈는 고개를 저었다.

"그럼 넌 뭘 좋아하는데?" 성화이난의 말투에는 약간의 언짢음이 섞여 있었다.

"난 뭘 좋아하냐고?" 뤄즈는 그의 말투를 알아차렸다. 문득 이 상황이 너무나도 이해되지 않고 굴욕적으로 느껴졌다.

뤄즈, 비가 쏟아지는데 뛰쳐나와서 대체 뭘 하는 거야? 그녀는 눈물을 꾹 참고 웃으며 고개를 기울여 바닥에 고인 빗물 웅덩이를 바라보았다. "어렸을 때, 아빠가 나한테 청개구리가 그려진 초록색 우비를 사준 적 있어. 아주 유치하긴 했지만 아주 좋아했지."

성화이난은 마침내 살짝 의심스럽다는 듯 미간을 찌푸렸다. 뤄즈는 더욱 환하게 웃었다.

"더 중요한 건, 우리 아빠가 다시는 나한테 우비를 사줄 수 없었다는 거야." 그녀는 그를 똑바로 바라보았다. 천천히, 더 이상 웃지 않았다.

그들은 이렇게 비가 퍼붓는 날에 서로를 응시했다. 한참을. 뤄즈는 모든 힘을 이 엉뚱한 전투에 쏟아부었음을 느꼈다. 성화이난이 어두워진 눈빛으로 고개를 돌리는 모습이 보였다.

뤄즈는 몸을 돌려 카드를 찍고 기숙사 안으로 들어갔다.

스스로 뺨을 때린 듯한 기분, 그뿐이었다.

뤄즈는 그 두 뒷모습을 기억했다. 분홍색 헬로키티와 초록색 왕눈이 청개구리.

고3 시절 4월의 어느 날 오후, 2차 모의고사 성적표를 수령

하러 학교에 가는 길이었다. 뤄즈는 교문 앞에서 실수로 넘어져 온몸이 진흙투성이가 되었다. 고개를 들어보니 손을 잡고 걸어가는 분홍색과 초록색이 보였다. 학교 건물로 들어설 때, 여학생은 우비를 벗어서 남학생의 손에 쥐어주며 달콤하게 말했다.

"나 대신 보관해줘. 평생 네가 갖고 있어."

"왜?"

"왜냐면." 그녀의 웃음은 아주 예뻤고 약간의 교활함이 담겨 있었다. "앞으로 비가 올 때마다 네가 날 데리러 오면 되잖아."

왜? 왜냐고?

그는 전 여자 친구의 우비를 가져와서는 차갑게 그녀를 비웃었다. 왜냐고?

다섯 살 때, 눈이 펑펑 내리던 한겨울이었다. 뤄즈는 외할머니 집에서 전화를 받았다. 아빠가 말했다. "뤄뤄, 아빠가 퇴근하면 데리러갈게. 밖에 눈이 너무 많이 와서 걷기 힘드니까 늦어질지도 모르겠구나. 그렇지만 얌전히 있어야 해. 집에 얌전히 있으면 아빠가 새 우비를 사다줄게. 저번에 우리가 백화점 2층에서 본 청개구리 우비 말야!"

"하지만 엄마가 허락해주지 않을 텐데요."

"우리, 엄마 말은 듣지 말자. 겨울에 우비 입으면 또 어때서? 우린 눈 오는 날 입자!"

뤄즈는 전화를 붙들고 기뻐하며 외쳤다. 오후 내내 기대에 차서 외할머니의 주방 안을 뱅뱅 돌다가 대야까지 뒤엎었다.

그러나 아빠는 오지 않았다.
아빠는 죽었다.

제32장

방관자의 청춘

그날 오후, 뤄즈는 책상 앞에 앉아 있었다. 이마에 내려온 머리카락 몇 가닥은 빗물에 젖어 눈앞에까지 힘없이 축 내려와 아무리 넘겨도 넘겨지지 않았다. 감정이 피부 밑에서 이리저리 오갔다. 분노, 굴욕, 의혹, 슬픔, 조금만 방심하면 죄다 떠오를 것만 같았지만 아랑곳하지 않았다. 그녀는 아가사 크리스티의 자서전을 펼쳐 저녁 8시까지 읽었다. 그런 다음 통계학 과제를 하고, 옷을 빨고, 방을 청소하고, 불을 끄고 잠자리에 들었다. 의외로 금세 잠이 들었다. 꿈도 꾸지 않고, 이튿날 상쾌하게 일어나 자습을 하러 갔다.

뤄즈는 종종 사소한 것 때문에 슬퍼하고 탄식하고 감동했지만, 진짜로 큰일이 생겼을 때는 오히려 조금도 동요하지 않았다. 마치 영혼 깊은 곳에 더욱 강한 뤄즈가 있는 것만 같았다. 평소에는 잠복한 채로 그녀가 몸을 차지하고 연약하게 법석을 떠는 걸 지켜보다가, 중요할 땐 두말 않고 육체를 접수하고 영혼을 통솔해 그 민감하고 걱정 많은 뤼즈를 한쪽에 내버려 두었다.

책을 11시 반까지 보니 눈이 살짝 아파왔다. 그녀는 세수와 양치질을 마치고 침대에 누워 잠을 자려고 노력했다.

낮에 효율을 높이려고 커피를 너무 많이 마신 탓인지, 도통 잠이 오지 않았다. 아이팟 셔플을 켰지만,『신개념 4』만 저장해 놓아서 다른 들을 만한 것이 없었다.

『신개념 4』는 들을 수 없었다. 들었다간 미칠 수도 있었다.

장바이리는 아직 돌아오지 않았다. 뤼즈는 이리저리 뒤척이며 딴생각에 빠졌다. 불현듯 고2가 끝나갈 무렵, 계단을 오르내리며『신개념 4』의 챕터 1을 듣는데 아무리 들어도 귀에 들어오지 않던 때를 떠올리자 괜히 웃음이 나왔다. 그렇게 웃고 웃다 보니 어느새 눈물이 흐르고 있었다. 한 번 터진 눈물은 멈춰지지 않았다.

벌써 밤 12시가 넘어 있었다. 뤼즈는 일어나 세수를 하고 옷을 갈아입은 후, 이어폰을 끼고 밖으로 산책을 나갔다.

비는 이틀 연속 내리다가 저녁 무렵에야 그쳤다. 날씨가 무척이나 차가워져 있었다. 뤼즈는 목을 움츠리며 북쪽의 상점가로 걸어갔다. 그쪽에는 아직 불빛이 밝게 켜져 있었기 때문이었다. 문을 닫은 점포도 많았지만, 24시간 영업하는 몇몇 식당에서는 여전히 사람들이 떠들썩하게 웃고 떠들고 있었다. 거리에는 이따금 행인 몇 명이 분주하게 야경 사이를 지나갈 뿐, 가장 북적거리는 건 흩날리는 쓰레기였다.

첸예빌딩 앞을 지나가며 고개를 들었을 때, 새하얀 크리스털 대형 광고가 눈에 들어왔다.

스와로브스키.

뤄즈는 문득 예잔옌이 생각났다.

어쩌면 이제까지 예잔옌을 한순간도 잊지 않았다고 할 수도 있었다. 심지어 천모한의 사진을 지갑 속에 넣어 다니는 장바이리보다 훨씬 더 심하게 말이다.

그녀의 잠재의식에 숨겨져 그 앞에서는 한 번도 언급한 적 없는, 그러면서도 조심스럽게 꼬리만 꺼내 만지작거렸던, 성화이난의 전 여자 친구.

어째서 피해야 했는지는 그녀도 알지 못했다. 어쩌면 자기연민 때문에, 어쩌면 나름의 계략 때문일지도 모른다.

그 동기가 뭔지는 이젠 기억도 나지 않았다.

어두운 동기는 서서히 순결한 위장술과 한 몸이 되어 매일 그녀의 몸에 얇은 막을 덮었다. 시간이 길어질수록 그것을 떼어내는 건 더욱 아파졌다.

문과반과 이과반이 나뉠 때부터 뤄즈는 예잔옌과 같은 반이었지만 딱히 친분은 없었다. 마주치면 인사를 나누긴 해도, 그저 피할 수 없는 상황에서 예의 있게 미소만 지을 뿐이었다. 오히려 뤄즈가 고개를 돌려 벽에 걸린 물리학자들의 초상화를 보는 것으로 인사를 피하는 경우가 더 많았다. 그녀와 예잔옌 사이가 딱히 안 좋은 건 아니었다. 그런 식으로 회피하며 냉담하게 대하는 것이 예잔옌에게만 국한된 것도 아니었다. 사실 뤄즈는 자신이 대다수 사람들과 줄곧 무탈하게 지내왔다고 생각했다.

무탈하게, 막상 그 말을 입 밖으로 내뱉고 나니 촌스럽게 느껴졌다.

당시 뤄즈는 장아이링張愛玲의 책을 본 적 없었고, 그 작가에 대해 아는 것도 거의 없었다. 그래서 무심코 예잔옌 커플이 가장 좋아한다는 '평온한 세상과 고요한 세월*'이라는 말을 들었을 때, 마음이 미세하게 떨리며 선망을 멈출 수 없었다.

안타깝게도 나중에야 알았다. 혼서에 그 말을 적은 사람은 장아이링이 아니라 재능이 뛰어났던 그녀의 무정한 사람이었다는 것을. 격동의 세월에 운명은 순탄치 않았다. 다만 실상을 모르는 후세 사람들이 QQ메신저 상태 메시지로 그 문구를 적으며 한 번, 또 한 번 행복을 뽐내고 있을 뿐이었다.

뤄즈는 이제껏 남들은 어떻게 사는지, 사는 게 어떤지 신경 쓰지 않았다. 하지만 예잔옌 같은 청춘의 진실한 웃음을 볼 때마다 부러웠다는 건 부인할 수 없었다. 때론 뤄즈도 생각했다. 아주 오랜 시간이 지난 후, 젊었을 때 예쁜 옷을 입지 않고 유행

....

* 現世安穩, 歲月靜好, 중국의 작가 후란청이 여류 작가 장아이링과의 혼서에 쓴 글귀. 세월이 평안하고, 현세의 삶이 안정적이고 편안하길 바란다는 의미.

하는 헤어스타일을 하지 않고 햇살 아래 그렇게 즐겁게 웃어보지 않은 걸 후회하게 되진 않을까?

부럽지 않은 것이 아니었다. 그것은 또 다른, 색채가 풍부한 청춘이었다.

뤄즈는 종종 중앙 계단 앞 전신 거울에 자신의 모습을 비춰 보곤 했다. 옷매무새를 다듬기 위해서는 아니었다. 거울 속 여학생은 살짝 창백하고 말쑥한 얼굴에 눈빛은 침착했다. 어쩌면 자아도취일 수도, 자기연민일 수도 있다. 어쩌면 이 두 가지 감정은 근본적으로 차이가 없을지도 모른다. 뤄즈는 품에 시험지 뭉치를 안고 고개를 숙인 채 긴 복도를 지나가는 것을 좋아했다. 그럴 때마다 괜스레 자신이 자랑스러웠다. 여러 해 동안, 이런 터무니없는 긍지만이 그림자처럼 그녀 곁에 묶여 있었다. 마치 그래야 쓸쓸하지 않을 것처럼. 어쩌면 그녀의 긍지는 원래부터 그런 진지한 쓸쓸함에서 비롯된 것인지도 모르겠다. 진실이 뭔지, 그녀는 알지 못했다.

3월 24일, 오전 2교시 수업 시간. 교실 입구에 다다르기도 전에 뤄즈는 안쪽에서 들리는 환호와 박수 소리를 들었다. 예잔옌이 강단 위에 서서 한 무리의 학생들에게 둘러싸여 있었다. 밀색 피부는 살짝 붉게 달아올랐고, 예쁜 얼굴에는 평소의 자신감과 뽐내는 표정에 약간의 수줍음이 담겨 있어 아주 특별한 느낌을 주었다.

뤄즈는 뒷문으로 들어가 셋째 줄에 있는 자기 자리로 갔다. 시끌벅적한 반을 둘러보니 강단에 올라가 시험지를 나눠줄 기회는 없겠다고 생각했다. 자리에 앉으면서 짝꿍인 쉬치차오가 슬그머니 웃는 모습을 보았다. 계속해서 그녀를 힐끔거리는 것이, 얼굴에 이렇게 써 있었다. '나한테 물어봐. 난 아주 많은 걸 알고 있거든.'

뤄즈는 시험지를 내려놓고 가볍게 웃으며 물었다. "무슨 일이야?"

'야'의 발음이 마무리되기도 전에 쉬치차오가 얼른 대답했다. "3반 성화이난이 쟤한테 고백했대."

뤄즈는 흠칫했으나 1초도 되지 않아 계속해서 어색하게 웃으며 말없이 책상 위 필통을 바로 놓았다. 쉬치차오는 그녀를 한참이나 살펴보았다. 뤄즈는 그제야 자신의 표정이 다른 사람에게 짜증을 유발한다는 걸 알았다. 이렇게 엄청난 뉴스에 이런 반응이라니, 쉬치차오가 언짢아하는 것도 이상할 것 없었다. 가십거리를 삶의 핵심 사업으로 삼는 여학생은 이미 입을 삐죽거리고 있었다. 쉬치차오가 자신의 옆자리에 앉는 걸 싫어한다는 건 진작에 알고 있었다. 이유는 아주 간단했다. 뤄즈가 가십거리에 전혀 관심이 없었기 때문이다. 담임은 바로 그 점을 이용해 쉬치차오를 응징했다.

뤄즈는 이 시점에서 해야 할 일을 파악하고 캐물었다. "문자로 고백한 거야?"

"너도 들었어? 어떻게 안 거야?"

곁눈질로 보이는 모든 학생들이 예잔옌의 휴대폰을 돌려가며 보고 있었고, 예잔옌은 허둥지둥 휴대폰을 되찾으려 하고 있었다. 다급해하면서도 행복해하는 눈빛이 그녀의 눈에 들어왔다. 뤄즈는 어깨를 으쓱하며 얼굴에 쥐가 날 정도로 웃으며 말했다. "지금 상황을 보면 알잖아."

"그러네. 글쎄 성화이난이 뭐라고 했게?"

휴대폰이 그들 근처까지 전달되었다. 앞줄의 여학생이 고개를 돌려 휴대폰을 뤄즈의 책상 위에 놓았다. 예잔옌이 달려들었지만 쉬치차오가 잽싸게 휴대폰을 낚아챘다. 그리고 예잔옌은 뤄즈의 옆얼굴에 제대로 부딪혀 버렸다.

눈을 감으면 그때 광대뼈가 얼얼하던 통증이 또렷하게 떠올랐다.

모두가 "괜찮아? 괜찮아?" 하고 물으면서도 크게 웃음을 터뜨렸다. 뤄즈는 얼굴을 문지를 겨를도 없이 황급히 얼굴이 새빨개진 예잔옌에게 물었다. "괜찮아?"

예잔옌은 고개를 저으며 똑바로 일어나 소리쳤다. "이 양심도 없는 것들아. 얼른 이 마님의 휴대폰 내놔!" 쉬치차오가 거의 동시에 목이 터져라 외쳤다. "예잔옌, 예잔옌! 성화이난한테 전화 왔어!"

교실 안이 다시금 떠들썩해졌다. 예잔옌은 휴대폰을 낚아채 밖으로 달려나갔다. 뒤에서 남학생 몇 명이 크게 외쳤다. "예잔옌, 너 절대로 성화이난한테 '애들이 이 마님을 괴롭혀'라고 말하면 안 돼!"

성화이난. 뤄즈는 그 이름을 기억하고 있었다. 당시 그는 고무공을 안고 계단 위에 서 있었다. 석양이 그의 등 뒤로 비추며 그녀의 눈에 따스한 빛깔을 가득 채워주었다. 그가 눈웃음을 치며 그녀에게 말했다. "내 이름은 성화이난이야."

고1, 뤄즈는 그 이름을 다시 듣고 시공간이 뒤틀린 위화감을 느꼈다.

지금 그 이름이 다시금 생생하게 그녀의 귓가에 들려왔다. 뤄즈는 책상 위에 엎드려 이어폰을 끼고 눈을 감았다. 스코틀랜드 백파이프 소리가 바깥의 소란스러움을 덮어주었다.

앨범 제목은 〈아일랜드의 화미조〉였다. 제목이 왜 그런지는 하늘만 알 것이다.

수업이 시작되고 약 5분 후, 예잔옌이 슬그머니 교실로 들어왔다. 많은 애들이 몰래 웃고 있었다. 영어 선생님은 예잔옌을 노려보았지만 아무 말도 하지 않았다. 영어 선생님은 언제나 째지는 듯한 목소리로 진지하고 엄숙하게 말하곤 했다. 그런데 그날은 웬일인지 선생님의 목소리가 너무나 약했고, 교실 아래에서 웃고 떠드는 소리도 들리지 않는 듯했다. 쉬치차오는 끊임없이 뒷자리의 여학생과 쪽지를 주고받았다. 뤄즈는 초조한 마음으로 그 앨범을 다 들을 작정이었다.

수업이 끝나고 다시 쉬는 시간이 되었다. 모두 한껏 고조된 열정으로 예잔옌을 둘러싸고 이것저것 질문을 던졌다. 뤄즈는 고개를 숙이고 조용히 강단에 올라가 글씨를 쓰기 시작했다.

원래는 그냥 말하면 되는 것을, 이런 상황에서 "다들 조용히 해줘"라고 있는 힘껏 소리치고 싶지 않았다. 분위기를 깨는 건 더더욱 싫었다. 분위기를 망치는 건 엄청난 죄였다. 그녀는 모두의 흥을 깨고 싶지 않았다. 수학 선생님의 월말고사 시험지에 대한 요청 사항을 칠판 구석에 자세히 적은 후 몸을 돌렸는데, 한 남학생이 교실 앞문에 서 있었다. 그 순간에는 그녀의 위치에서만 그가 보였다.

"누구 찾는 사람 있어?" 그녀가 물었다.

"아, 그럼 부탁할게. 예잔옌 좀 불러줄래." 남학생은 보기 좋은 부드러운 미소와 그 미소보다 더욱 매혹적인 목소리를 가지고 있었다. 그녀는 고개를 끄덕이며 교실 한가운데 핫스팟을 향해 소리쳤다. "예잔옌!"

원래도 크지 않은 목소리가 교실의 소란스러움에 묻혀버렸다. 여러 번 불렀는데도 아무도 반응하지 않자 뤼즈는 속으로 욕을 퍼부었지만, 그래도 문 앞의 남학생에게는 상냥하게 웃으며 말했다. "잠깐만 기다려."

뤼즈는 예잔옌 곁으로 끼어들어 가 애써 비밀스러운 표정을 지으며 말했다. "문 앞에 어떤 잘생긴 남학생이 널 찾아왔어."

예상대로 모두 다시금 폭소를 터뜨렸다. 뤼즈는 다른 모든 행인 A와 마찬가지로 퇴장한 후, 다시 몸을 돌려 칠판에 수학 선생님이 주절주절 늘어놓은 당부를 또박또박 써 내려갔다.

만약 누군가 정말로 그녀를 주목했다면, 정말로 그녀를 알고자 했다면 분명 알아챘을 것이다. 이제까지 그 어떤 것에도 관심을 보이지 않던 뤼즈가 그날 이례적으로 모두의 앞에서 재미있는 소식에 입이 근질근질하다는 표정을 지었다는 것을. 이모든 것이 그녀의 당황한 마음을 감추기 위함이라는 걸 명확히 보여주었지만, 아무도 눈치채지 못했다.

뤼즈는 칠판에 아주 진지하게 힘주어 글씨를 썼다. 고개를 돌리지도 않았다. 교실 문 앞에는 분명 사람들로 가득하리라. 2분 전만 해도 그녀만 볼 수 있었던 각도에 지금은 사람들이 붐볐다.

그들은 이 학교에서 3년을 지내는 동안 전교생의 얼굴에도 익숙해졌다. 탈의실이든 매점이든, 상대방의 이름과 반은 모르더라도 거리에서 마주치면 그 사람이 한때 자신과 같은 교정을 거닐었다는 걸 바로 알 수 있었다.

그러나 성화이난은 아이스링크에서 진지하게 물었다. "넌 종종 교실에 틀어박혀 있었던 거 아냐? 왜 널 한 번도 못 봤지?"

왜 널 한 번도 못 봤지.

자신이 과연 존재하긴 했을까, 그녀 자신조차 의심스러웠다.

제33장 　　　　　스와로브스키

　'순수'라는 두 글자에 대해 뤄즈는 거의 병적으로 꽂혀 있었다. 학교 남신과 여신의 이야기가 파다하게 퍼질 때도, 뤄즈는 여전히 귀를 틀어막은 채 성화이난 한 사람만 바라보며 오직 그와 관련된 일기를 계속해서 써 내려갔다.

　물론, 항상 완전히 모른 척할 수는 없었다. 피할 수 없는 상황에서 뤄즈도 그들 두 사람을 몇 번 본 적 있었다.

　다행히 아주 기쁘게도, 그 두 사람은 어떻게든 티를 내려는 여느 커플처럼 기회 있을 때마다 달라붙어서 스킨십을 하진 않았다. 모두의 추측과는 다르게 예잔옌은 아주 조용했고, 오히려 성화이난이 더 말이 많았다. 뤄즈는 외진 곳에 있는 행정구역의 꼭대기층 계단 맨 위에 앉아 CD를 들으며 『신개념 4』를 보았고, 그 두 사람은 그녀가 있는 것을 눈치채지 못했다. 두 사람은 5, 6층이 만나는 계단 중앙에 앉아 손을 잡거나 껴안지도 않은 채 수학책을 보고 있었다. 성화이난은 재잘거리며 예잔옌에게 무슨 이야기를 하는 것 같았는데, 뤄즈는 그대로 이어폰을 끼고 엿듣지 않았다.

계속 앉아 있느라 엉덩이가 저렸지만, 그들은 여전히 가지 않고 그녀의 길을 막고 있었다. 뤄즈는 그들을 놀라게 하고 싶지 않아 어쩔 수 없이 계속 앉아 있었다. 바흐의 무반주 첼로 모음곡은 아주 듣기 좋았다. 교재 본문은 이미 아무런 의미 없는 부호가 되어 눈앞을 떠다닌 지 오래로, 머릿속에 들어가지 않았다.

뤄즈는 아예 책을 덮고 턱을 괸 채 조용히 앉아 있었다. 곁눈질로 두 사람이 보였다. 한 명은 분홍색, 한 명은 하얀색, 진지하게 뭔가를 탐구하고 있는 모습이 그렇게나 예뻐 보였다. 뤄즈는 슬프기는커녕, 오히려 아주 홀가분하다는 걸 깨달았다. 그녀는 그들의 사랑을 관대하고도 다정하게 보호하면서 자신을 보호했다.

그런데 마침내 반으로 돌아왔을 때, 뤄즈는 뒷문으로 쉬치차오 무리가 예잔옌을 둘러싸고 있는 것을 보았다. 예잔옌은 무리 한가운데서 큰 소리로 말했다. "서방님이 나한테 수학을 가르쳐줬어!" 모두가 떠들썩하게 "뭔데 뭔데" 하고 묻자, 예잔옌은 잠시 뜸을 들이더니 씨익 웃으며 말했다.

"홀수는 변하고 짝수는 그대로, 부호는 사분면을 본다!*"

....

* 삼각함수의 짝수배 홀수배 공식.

353

포복절도. 모두가 웃으며 장난치지 말라고 한소리 했다.

예잔옌의 뽐내며 뻐기는 모습에, 두 사람이 계단에서 다정하게 머리를 맞대고 있던 예쁜 모습이 순간 산산조각 났다. 뤼즈는 묵묵히 자리로 돌아와 앉았다. 오른쪽 뒤는 여전히 시끌벅적했다. 그녀는 고개를 숙이고 두꺼운 『국어 기초 지식 핸드북』을 펼쳐 앞뒤로 넘겨보았다. 마치 그 안에 대입 시험의 비밀이 들어 있기라도 한 것처럼 말이다.

대입 시험이 끝난 후 여름, 반 아이들은 뜻을 이루었든 이루지 못했든 함께 모여 코가 삐뚤어지게 마시곤 했다. 뤼즈는 그런 자리에 딱 한 번 참석했다. 그녀는 구석에 앉아 아이들이 서로 친하게 어우러지는 모습을 보았다. 부어라, 마셔라 하는 소리가 여기저기서 들렸다. 술기운이 알딸딸하게 오른 예잔옌이 갑자기 그녀 곁으로 다가와 혀 꼬부라진 소리로 말했다. "그 바보가 이번에 1등을 놓쳤지 뭐야."

뤼즈가 웃으며 말했다. "3등도 아주 대단한 거야. 시험 결과는 변화무쌍하잖아. 이과는 원래부터 경쟁이 치열했고."

"있지, 걔가 날 차버리진 않을까? 다른 사람을 사랑하게 되지 않을까? 베이징은 그렇게나 먼데." 예잔옌이 고개를 숙이고 눈물을 떨구었다. 어깨를 들썩이는 것이 애처롭고 가련했다.

뤼즈는 살짝 부러웠다. 예잔옌이 답답함과 슬픔에 짓눌리는 일은 영원히 없을 것이다. 이렇게 통쾌하게 분출할 테니까.

예잔옌의 이런 모습은 뤼즈를 실망시켰다. 이런 예잔옌은 그저 어린 소녀처럼 보였고, 평소의 자신감과 초연함은 찾아볼 수 없었다.

"복이 되든 화가 되든 피할 방법은 없어. 감정이란 건 단언하기 어렵잖아. 넌 그냥 걜 믿는 수밖에 없어." 뤄즈가 담담하게 말했다.

원래는 그저 예잔옌을 위로하기 위해 "넌 걔한텐 가장 특별한 사람이야. 거리는 문제가 안 돼" 같은 말을 하려고 했지만, 모임에서 지나치게 침묵을 지켜서인지 막상 입을 여니 그런 잔혹한 말만 나왔다.

어쩌면 그녀는 질투와 원망을 분출할 기회를 호시탐탐 노리고 있었는지도 모른다.

예잔옌은 그 말에 잠시 멍하니 있더니 눈물을 머금고 웃어 보였다.

"뤄즈, 걔네 엄마가 날 싫어해."

뤄즈는 남들이 예잔옌을 위로하는 말을 많이 들었었다. "걔네 엄마가 보는 눈이 없네, 네가 마음에 들지 않다니. 아들 혼자 노총각으로 늙으라 하지 뭐." 그러나 뤄즈는 씁쓸하게 웃을 수밖에 없었다. 방관자가 무책임하게 분통을 터뜨리는 건 늘 상황을 더 번거롭게 만드는 효과가 있었다.

"누군가를 사랑하면 그의 모든 걸 사랑하게 된다는 건 세상에서 가장 터무니없는 소리야. 너랑 걔네 엄마는 모두 걜 사랑하지만, 서로를 받아들일 필요는 없어. 10년 후에 너네가 결혼할 때나 다시 고부 간의 문제를 걱정하도록 해. 지금은 지금의 시간을 오롯이 누리면 되는 거야. 예잔옌, 네가 초연하게 굴지 않으니까 너 같지 않아."

예잔옌은 한참이 지나도록 말이 없었다.

"초연해야 나다운 거야?"

"그래." 뤄즈는 약간 짜증이 났다. "내 생각에, 걔도 분명 너의 초연하고 당당한 모습을 좋아할 거야. 기운 내."

예잔옌이 갑자기 키득거렸다.

"왜 그래?" 뤄즈가 물었다.

"걔가 뭘 좋아하는지 네가 어떻게 알아? 하하, 됐어. 헤헤, 알았다니깐. 고마워. 이거 봐, 예쁘지?" 예잔옌이 갑자기 눈물을 닦고 활짝 웃더니 옷깃 안쪽에서 목걸이를 꺼냈다.

아름다운 하얀 크리스털, 한 마리의 백조였다.

"걔가 선물로 준 스와로브스키야. 예쁘지? 그치만 날개 한쪽이 긁혀버렸어. 여기. 근데 정말 신기한 건 말야, 걔가 나한테 백조를 줬다는 사실이 아니라, 우리 아빠가 내 생일 때 사줬던 거랑 똑같은 걸 줬다는 거야! 하하, 있지, 난 아빠가 준 걸 하는 게 좋을까, 걔가 준 걸 하는 게 좋을까? 가끔씩 정말로 뜻대로 안 되는 일이 있긴 해도, 사는 건 참 행복한 것 같아. 안 그래?"

뤄즈는 순간 정신이 아득해졌다. 곁에 있는 예잔옌은 환하게 웃고 있었고, 아름다운 눈꼬리에는 심지어 아직 채 마르지 않은 눈물자국이 있었다. 그녀도 따라서 웃으며 말했다. "응, 그래. 즐겁게 살아야지. 부모님이 너한테 그런 이름을 지어주신 건 네가 환하게 웃기를 바라셨기 때문일 거야."

예잔옌은 별안간 고개를 돌려 그녀를 바라보더니 서서히 웃음을 그쳤다. 그 한 쌍의 눈동자는 마치 뤄즈의 영혼을 꿰뚫어 보는 것처럼 무례하고도 집요했다.

뤄즈는 살짝 놀랐지만 피하지 않고 태연하게 그녀를 바라보았다. 시선을 옮기지도, 뭐 하는 거냐고 묻지도 않았다.

"예잔옌, 빨리 오지? 너만 빠졌잖아. 왜 그렇게 굼떠!"

"그래, 너 참 대단하다." 예잔옌의 목소리는 거의 들리지 않을 정도로 작았지만 뤄즈는 들을 수 있었다. 마치 환각처럼.

예잔옌은 친구들에게 불려가 계속 술을 마셨다. 뤄즈는 무척 궁금했다. 어째서 세상의 모든 대화는 더 이상 이어지지 못할 때쯤 누군가 와서 수습해주는 걸까?

그래서 이 세상의 이야기는 끊임없이 나타나고, 하나같이 훌륭하며, 영원히 썰렁하지 않았다.

뤄즈는 손발이 차가워진 것을 느꼈다.

그것이 뤄즈에게 남은 예잔옌의 마지막 인상이었다. 예잔옌이 왜 그렇게 자신을 보았는지 이유는 알 수 없었다. 어쩌면 뤄즈의 인생에서 영원히 풀리지 않을 미스터리가 될 것이다.

뤄즈는 동창회에서 나와 차를 타고 상점가의 룽링빌딩 1층 화장품과 시계 액세서리 코너로 갔다. 그녀의 엄마는 바로 이곳 액세서리 코너의 저우성성* 판매대에서 일하고 있었다.

....

* 周生生, 홍콩 주얼리 브랜드.

뤄즈는 달려가 예전에는 한 번도 주의 깊게 보지 않았던 스와로브스키를 바라보았다.

검정색 판매대에서 반짝이는 크리스털. 하지만 뤄즈는 알고 있었다. 진정한 아름다움은 크리스털이 아니라, 백그라운드에서 비치는 조명이라는 것을.

그녀가 예잔옌의 아름다움과 쾌활함을 질투하지 않는 것처럼, 그녀가 탄식하고 흠모하는 건 예잔옌 등 뒤의 지원이었다.

스포트라이트 조명이 크리스털의 맑고 투명한 빛을 사방으로 발산시켜 줬다면, 예잔옌이 지금의 모습으로 자라게 된 건 자연히 이유가 있을 것이었다.

뤄즈는 원래 자리로 돌아와 엄마를 찾아갔다.

"어딜 구경하다 왔니?" 오후 4시, 쇼핑센터에는 사람이 아주 적었다. 엄마는 기분이 아주 좋아서 사랑스러운 딸의 얼굴을 매만지며 여유롭게 웃었다.

"크리스털이랑 유리 파는 곳에 갔었어."

"네가 말 안 했으면 깜빡할 뻔했네. 요 며칠 쇼핑센터에서 특가 할인 행사를 하고 있어. 저쪽에 크리스털 매장이랑 저기 옥기 매장. 직원 아가씨들이랑 나랑 친한데, 특가보다 좀 더 싸게 살 수 있을 거야. 뭐 선물로 받고 싶은 거 있니? 대입 시험도 끝났는데 너한테 뭘 사준 게 없네."

"됐어, 안 받아도 돼." 뤄즈가 웃었다.

대학에 입학한 후, 성화이난은 줄곧 뤄즈의 마음속에 깊이 잠들어 있었다. 마치 잊힌 것처럼. 그가 예잔옌과 헤어졌다는 이야기를 듣긴 했지만, 뤄즈는 욕심 낸 적 없었다.

뤄즈는 분명 아주 잘 지내고 있었다. 최소한 자신은 그렇게 생각했다. 그런데 어째서 이렇게 쉽게 무너진 걸까?

성화이난은 학생회 선배와 고깃집 문을 열고 나가 두셋씩 짝을 지어 학교를 향해 걸어갔다.

그의 시선에 문득 하얀색 스웨터를 입은 여자아이가 들어왔다. 바람 속에 키가 크고 야윈 뒷모습이 눈에 매우 익었다.

그가 선배에게 말했다. "형, 먼저 들어가세요. 기숙사 친구에게 먹을 거 사다줘야 하는데 깜빡 잊었거든요. 가서 닭날개 몇 꼬치 더 사 올게요."

그 여자아이는 고개를 들어 첸예빌딩을 멍하니 바라보고 있었다. 고공에서 비추는 하이라이트 조명이 그녀의 얼굴 위로 내리쬐며 부드러운 라인을 그려냈고, 반짝이는 눈물 두 줄기가 조명에 빛났다.

성화이난은 그녀 뒤에 서서 똑같이 고개를 들었다. 눈에 들어오는 건 잡다한 카메라와 화장품 광고들이었다.

뤄즈는 멍하니 학교의 어둑어둑한 오솔길을 걷다가, 별안간 등 뒤에서 누군가 바싹 마른 나뭇가지를 밟는 소리를 들었다.

그녀는 황급히 돌아보지 않고 계속 침착하게 두어 걸음 걷다가 돌연 속도를 내 달려갔다. 어느 정도 달리다가 뒤를 돌아보니, 가로등 밑에 매우 낯익은 그림자가 서 있었다.

성화이난이었다.

제34장 　 　 고백

　미친 듯이 뛰는 심장이 천천히 평온을 회복했다. 오밤중의
한기에 이가 달달 떨렸다. 가로등은 주황색 가짜 햇볕을 비스
듬히 내리쬐며 뤼즈의 그림자를 아주 길게, 길게 늘려주었다.
뤼즈의 그림자는 좁은 오솔길을 지나 성화이난의 몸을 가볍게
덮었다.

　그들은 다시금 두서없이 서로를 마주 보았다. 그때 그 비 오
던 날처럼.

　기억 속 그 순간 예잔옌의 눈빛에는 달갑지 않음과 원한이
서려 있었지만 뤼즈는 알지 못했다.

　그리고 지금, 성화이난의 눈빛에는 다정한 연민과 비애가 가
득했다.

　뤼즈는 문득 달려가 그의 눈을 가리고 싶었다. 날 그런 동정
어린 눈으로 보지 말아줘.

그녀는 어렸을 때부터 동정받는 걸 두려워했다. 하물며 그에게라면 더더욱.

"왜?" 뤄즈가 물었다.

"학생회 선배들이랑 저녁 먹고 늦게 나왔는데 우연히 널 봤어. 여자 혼자 기숙사로 가는 게 안전해 보이지 않아서 몰래 뒤를 따라온 거야."

난 그걸 물은 게 아닌데. 뤄즈는 고개를 저었지만 다시 추궁하고 싶지 않았다. 성화이난의 모습을 보아 하니 아무리 명확하게 물어본들 그는 마치 뻔한 걸 묻는다는 것처럼 "뭐가 왜야?"라고 대답할 것이 분명했다.

"그렇다면 정말 고맙네." 뤄즈는 춥고 피곤했다. 이마도 뜨겁게 달아올라 더 이상 물고 늘어지고 싶지 않았다.

"뭐 한 가지 물어봐도 돼?" 성화이난의 말투는 거절하기 어려웠다.

"말해."

"너 나 좋아하지, 그래?"

뤄즈는 고개를 들고 믿을 수 없다는 듯 맞은편 사람을 바라보았다.

"거짓말은 안 하는 게 좋을 거야."

"무슨 뜻이야?" 뤄즈가 낮게 물었다.

"별다른 뜻은 없어. 넌 그래도 솔직하게 말할 거잖아, 그렇지?"

뤄즈는 떨고 있는 것이 찬바람 때문인지 분노 때문인지 분간하기 어려웠다.

하지만 자신이 없었다. 많은 거짓말을 한 건 사실인데, 그가 어떻게 알아냈는지는 알 수 없었다.

의자 밑 가로대 위에 올려놓은 비계 덩어리, 젓가락 세 개, 그리고 그 별의별 궁리들하며.

"무슨 말이 하고 싶은 건데?"

"사실 빙빙 돌려 말할 거 없잖아. 날 안 좋아하면, 나한테 기대나 흥미가 없으면, 이렇게 경계하는 태도를 보일 게 아니라 있는 그대로 말하면 돼."

뤄즈는 등을 곧게 폈다. "내 말을 들을 필요도 없어. 네가 다 추리해냈으니까. 내 대답이 네 뜻에 꼭 부합한다는 보장은 없겠지만."

"너……."

"난," 뤄즈가 숨을 깊이 들이마셨다. "널 좋아해. 정말로."

마침내 고백해버렸다. 머릿속에 몇 년을 맴돌았던 "널 좋아해"라는 한마디는 초겨울 베이징의 깊은 밤, 당사자의 귀찮은 듯한 매서운 눈빛 추궁에 의해 입 밖으로 나오고 말았다.

그 말이 입 밖으로 나왔을 때, 성화이난의 눈동자에는 짙은 실망과 불쾌감이 떠올랐다.

"너도 눈치챘잖아." 뤄즈가 차갑게 웃었다. "내가 널 안 좋아했다면, 네가 내 손을 잡았을 때 바로 뺨을 때렸을 거야. 난 왜 그러지 않았을까?"

한참의 침묵 후에 성화이난은 복잡한 표정으로 물었다. "넌…… 내 여자 친구가 되고 싶어?"

뤄즈는 성화이난이 상상했을 표정을 짓지 않았다. 그 어떤 표정조차 없었다. 놀람이든, 분노든, 어리둥절이든, 심지어 기쁨마저도 없었다.

다만, 살짝 미간을 찌푸렸다. 눈동자에 슬픔이 가득 차올랐다.

이 무슨 개똥 같은 질문일까? 그는 그녀를 농락했다. 그것도 이런 방식으로.

뤄즈는 애써 얼굴을 들고 달콤하게 웃어 보였다.

"넌 나랑 결혼하고 싶어?" 그녀가 물었다.

갑작스러운 질문에 성화이난은 어안이 벙벙해져서 반문했다. "내가 왜……."

그렇게 불쑥 내뱉었다가 허공에서 정신을 차렸다. "그건 왜 물어?"

"하고 싶어, 하기 싫어?"

"너무 먼 미래의 일이잖아, 누구도 단언할 수 없지." 그는 그녀를 보지 않았다.

"난 너한테 '하고 싶냐'고 물었어. 나랑 꼭 결혼할 거냐고는 안 물었거든? 너무 먼 미래의 일이라 누구도 단언할 수 없겠지만, 중요한 건 너한테 그런 마음이 있냐는 거야. 네가 말하지 않은 속마음은 이거겠지. 내가 널 좋아하니까 일단 나랑 사귀어본 다음에 정식 계약을 체결할지 생각해보겠다는 거 아냐?"

뤄즈의 히죽거리는 태도가 성화이난의 화를 돋우었는지, 그는 냉담하게 손을 저었다. "OK, 난 너랑 결혼하고 싶지 않아. 그럼 어쩔 건데?"

뤄즈는 여전히 웃고 있었다. 그들이 서로 알게 된 후로 그녀가 이렇게까지 건방지고 제멋대로인 웃음을 보여주는 건 처음이었다.

"성화이난, 그거 알아? 위대한 마오쩌둥 주석이 이렇게 말씀하셨어. 결혼을 목적으로 하지 않는 연애는 다 수작질이라고."

나쁜 새끼.

뤄즈는 말을 마치고 휘청거리며 몸을 돌려 자리를 떠났다.

문이 열리는 소리를 듣고 장바이리는 깜짝 놀라 벌떡 일어나 앉았다. 복도의 부드러운 불빛이 뤄즈의 얼굴을 비추었다. 얼굴에 눈물자국이 가득한 뤄즈는 때마침 눈물범벅인 장바이리의 눈과 딱 마주쳤다.

장바이리는 놀라서 입을 쩍 벌렸다. 뤄즈는 늦게 들어오는 일이 거의 없었고, 우는 일은 더욱 말할 것도 없었다. 하지만 장바이리는 아무 말 하지 않고 다시 누워 계속 울면서 잠을 자려고 애썼다. 바스락거리는 소리는 점점 흐릿해졌다.

뤄즈는 적절한 시기에 심하게 앓아누웠다.

밤이 깊어 조용해질 때면 기억이 늘 난리를 치며 그녀를 괴롭혔다. 원래는 그날 밤 찬바람을 쐬는 바람에 감기에 걸려 열이 난 거였는데, 그와 동시에 불면증도 시작되었다.

뤄즈의 일상생활은 완전히 산산조각 났다. 한밤중에는 잠이 오지 않아 공부를 하고 책을 보고 CD를 들었고, 낮에는 평소처럼 수업을 들었다.

장바이리가 그렇게 필사적으로 공부하지 말라고 한마디 했지만, 뤄즈는 그저 웃으며 말할 뿐이었다. "낮에 너무 많이 잤는걸. 밤에 계속 안 자고 버티는 사람이 어디 있어? 나 정말 잤어."

"그치만 너 낮에 수업도 듣잖아. 언제 잔 거야?"

"시간 날 때마다 잤지. 졸리면 자고, 안 졸리면 안 자고."

"뤄즈…… 혹시 마음이 울적한 거야?"

"응. 아주 울적해."

뤄즈는 간단명료하게 대답했다. 그 냉담한 얼굴에 장바이리는 더 이상 아무것도 묻지 못했다.

그렇게 며칠 버티지도 못하고 병이 났다. 뤄즈는 몽롱하게 침대에 누워 있었다. 온몸이 쑤시고 힘이 들어가지 않았으며, 목은 잠겨서 말이 나오지 않았다. 왼쪽으로 눕든, 오른쪽으로 눕든, 똑바로 눕든, 어떻게 해도 숨을 쉬기가 어려웠다.

늘 고등학교 시절의 꿈을 꾸었다. 꿈에서 깨면 베개가 늘 눈물에 젖어 있었다.

알고 보니 꿈속에서 울다가 베개를 흠뻑 적시는 건 정말로 가능한 거였다.

원래, 그러니까 원래 그 시간은 아름다운 이야기가 되어 각종 문제집과 산더미 같은 교내 모의고사 시험지 속에 사소한 조각으로 묻혀 있었을 것이다. 그러다 나이가 들면 다시 차분하고 편안한 마음으로 그 꽁지머리를 한 창백한 소녀의 모습을 꺼내 맞춰볼 수 있었을 것이다. 꾹 참아왔던 짝사랑은 그녀에게 절반은 열등감이었지만 절반은 긍지였다. 묵묵히 남학생 뒤를 따라 복도에 교차하며 내리쬐는 햇볕 사이를 지나는 아침, 원래 그녀는 이렇게 아름답게 편집된 완벽한 청춘을 가질 수 있었을 텐데.

뤄즈의 이야기가 비록 겉으로 보이는 것처럼 아름답고 단순하지 않다 해도 최소한 자신에게는 떳떳했다. 그것은 즐거웠다고는 할 수 없어도 절대적으로 순수한 한 사람의 사랑이었다. 최소한 깊은 밤 꿈에서 깨어났을 때, 풍부한 상상력과 기억력으로 채색해 따스하게 품에 안을 수 있었다.

하지만 지금, 그렇게 고집해온 무해했던 짝사랑은 마치 탐욕스러운 감독에 의해 속편이 만들어진 것처럼, 3개월도 되지 않는 짧은 만남은 차마 떠올릴 수도 없는 것이 되어버렸다. 원인이 없으면 결과도 없는 법, 감정은 이렇게 너덜너덜하게 짓밟혀 버렸다.

그 생각만 하면 마음이 뒤집힐 정도로 아파왔다.

얼마나 좋은가, 그녀는 마침내 고백을 했다.

숨을 헐떡이며 새빨갛게 달아오른 얼굴로 6층으로 올라가 3반 문 앞에 선 소녀 뤄즈가 아니었다.

그녀는 차가운 바람 속에 서서 상대방의 짜증 난다는 눈빛

앞에서 알 수 없는 비장함으로 무장한 채 인정했다. 그래, 널 좋아해.

그건 고백이 아니라 자백이었다.

한밤중에 깨어나 숨이 막힐 정도로 기침을 했다. 겨우 기어 일어나 물을 마시는데 손목에 힘이 풀려 바닥에 엎지르고 말았다. 쨍그랑, 바닥이 온통 엉망이 되었다.

다시 주워 담을 수 없는 엎질러진 물이었다.

제35장　　　　　미안해

　　연속으로 사흘 내리 수업을 빠진 뤄즈는 드디어 어느 날, 밤이 아닌 낮에 일어났다. 창밖에 하얗게 쌓인 눈 때문에 눈이 시렸다. 마치 다른 세상에 온 것 같았다.

　　침대 위에 둔 휴대폰에서 갑자기 진동이 울렸다. 엄마에게서 온 전화였다.

　　"뭐뭐, 요즘 잘 지내니? 텔레비전에서 보니까 베이징에 눈이 내렸다더라. 춥진 않고?"

　　"안 추워."

　　사실 뤄즈도 밖이 추운지 알지 못했다. 왜냐하면 줄곧 밖에 나가지 않았기 때문이었다. 장밍루이가 법학 개론 시간에 왜 안 왔냐고 문자를 보내왔길래, 뤄즈는 농담처럼 아파서 죽을 것 같다고 답장을 보냈다. 그리고 그녀를 보러 오겠다는 장밍루이에게 백방으로 핑계를 대서 겨우 막았다. 그런데 저녁 무

렴, 장밍루이가 자허이펀에서 죽을 샀다며 기숙사로 가져다주
겠다고 전화를 했다. 깜짝 놀란 뤼즈는 장바이리에게 도움을
청했다. 뤼즈 대신 아래층으로 내려가 손님을 맞이한 장바이리
는 딱 걸렸다는 표정으로 의미심장하게 웃으며 사실대로 불으
라고 했다.

요 며칠은 바로 이렇게 지내왔다.

"목소리가 왜 그러니? 왜 이렇게 쉬었어, 감기 걸렸니?"

"살짝. 괜찮아, 심각하진 않아. 열도 안 나고, 그냥 기침만 나
와. 걱정 마. 약 먹었으니까."

"네가 약을 제대로 챙겨 먹는 게 더 이상하지. 어쩐지, 어젯
밤에 꿈을 꿨는데, 네가 꿈에서 머리카락을 염색했다가 알레르
기가 생겼지 뭐니. 입술이 〈쿵푸 허슬〉에 나오는 저우싱츠周星馳
처럼 퉁퉁 부어서는 말도 못 하더라니까. 생각할수록 뭔가 이상
하다 싶어서 네 안부도 물을 겸 전화했더니, 역시나 아팠구나."

"엄마와 딸은 마음이 연결돼 있다잖아." 뤼즈가 호들갑스럽
게 웃었다. 하지만 목이 쉬어서인지 오리가 꽥꽥거리는 것처럼
듣기 거북했다. "엄만 항상 내 걱정을 너무 많이 해. 그러니까
그런 이상한 꿈을 꾸지. 미신 같은 거 믿지 마. 꿈은 믿을 만한
게 못 돼. 그치만 차라리 입술이 부었으면 좋겠네. 말하지 않아
도 되게."

"왜?"

"아니. 그냥 목이 아파서."

"애들 둘 수업하는 거 너무 힘든 거 아니니?"

"안 힘들어. 그냥 애들이랑 놀아주는 거거든. 아주 쉬워. 애들도 다 철이 들었고."

뤄즈는 주옌에게 휴가를 신청했고, 주옌은 직접 기사를 보내 뤄즈에게 아교와 보온병에 담은 제비집을 전했다.

"어떻게 안 힘들어, 날 속일 생각 마라!"

뤄즈는 갑자기 기침이 터져 나올 것 같아 얼른 입을 막고 참으며 논쟁을 포기했다.

"엄마 동료 중에 있잖니, 그러니까 네가 방학 때 봤던 그 푸아줌마 말야. 베이징에 아들을 데려다주러 간다네. 아는 사람에게 부탁해서 호텔에 아들 일자리를 구했대. 마침 나도 너한테 가져다줄 게 있지 뭐니. 먹을 거랑 기숙사에서 입을 패딩 조끼랑. 원래는 너보고 기차역에 아줌마 일행 마중을 나갔다가 지하철에 데려다주라고 할 참이었어. 물건도 받아 갈 겸. 그런데 네가 이렇게 아프니 다음에 보내야겠다."

"괜찮아, 기차 시간 알려줘. 문자로 보내줘, 내가 잊어버릴 수도 있으니까. 출근하는 건 좀 괜찮아?"

뤄즈의 엄마는 예전에 판매대에 종일 서 있는 일을 했는데, 작년에 경미한 정맥류가 있다는 검사 결과가 나왔다. 그래서 아는 사람 소개로 플라스틱 금형 공장 직원 식당으로 일자리를 옮겼다. 뤄즈는 엄마가 식당 직원끼리의 인사 경쟁과 시시비비에 대해 이야기하는 걸 들으며 몇 마디 의견을 내거나, 권유하거나, 달래곤 했다.

회사 이야기를 시작하면 엄마는 말문이 터져서 한참 수다를

떤 후에야 전화를 끊었다.

뤄즈는 아직도 기억이 선했다. 다섯 살 때, 엄마는 더 이상 못 걷겠다는 그녀를 업고서 이곳저곳에 진정서를 넣으러 다녔다. 다른 사람에게 위협을 당해도 여전히 안심이 될 정도로 당당했다. 엄마는 한 손에 아이를 잡고 한 손엔 식칼을 든 채 제일경공업국 주임에게 차분하게 말했다. "내가 매일 앨 업고 출근할 겁니다. 줄곧 앨 업고 당신들이 날 죽일 때까지 기다릴 거예요."

세월은 덧없이 흘렀다. 뤄즈는 성인이 되었고 엄마는 늙었다. 그리고 그녀에게 전화로 주저리주저리 잡다한 이야기를 늘어놓기 시작했다. 뤄즈는 엄마가 너무나 적적하다는 걸 잘 알았다. 사십대 여성이, 매일 함께 거리낌 없이 솔직하게 이야기를 털어놓을 수 있는 친구도, 남편도 없었다.

뤄즈에게는 고민거리가 아무리 많아도 희망을 걸 만한 미래가 있었다. 뤄즈의 적적함은 대부분 자기애와 긍지에서 비롯되었고, 물론 억지를 부리는 것도 한몫했다. 그녀는 마음가짐을 바꾸는 것으로 적적함에서 손쉽게 벗어날 수 있었고, 언젠간 누군가 그녀를 쓸쓸함에서 벗어나게 해주리라 기대할 수도 있었다. 하지만 엄마의 쓸쓸함은 실질적이었고, 그 시기 또한 인생의 종점과 결론이 가까워진 때였다. 집으로 돌아와 누추한 공간의 벽면을 마주했을 때, 숨결에는 끝이 없는 처량함이 섞여 있었다.

매주 전화를 할 때면 뤄즈가 일상생활을 보고하는 것에서 점차 엄마가 초등학생처럼 자신의 생활을 이야기하는 것으로 바

꿰어갔다. 뤄즈는 들으면서 맞장구칠 뿐이었다. "응, 응. 맞아. 어떻게 된 건데? 그 사람은 어떻게 그럴 수 있어? 그런 사람이랑은 상대하지 마……."

휴대폰을 켠 뤄즈의 표정은 달콤한 미소에서 점차 씁쓸하게 변해갔다.

그녀는 고개를 들고 눈물을 삼켰다. 최근 그녀의 눈물 지수는 장바이리에 육박했다.

갑자기 휴대폰에서 또다시 진동이 울렸다.

"뤄뤄, 아무리 생각해도 뭔가 찜찜하구나. 그 꿈이 자꾸만 눈앞에서 아른거려. 너 정말 괜찮은 거니? 무슨 일 있으면 마음에 담아두지 말고 털어놓는 게 좋아."

참고 있던 눈물이 마침내 옷깃 위로 떨어졌다.

"엄마, 정말 아무 일 없어."

엄마, 사실 세상엔 엄마와 딸의 마음이 연결되어 있는 일은 없어.

"아이엘츠 준비는 어떻게 돼가니?"

"별 문제없어."

"어…… 정말 괜찮니? 그럼 끊으마."

"엄마, 엄마한테 무슨 일 있는 거지?" 뤄즈가 가볍게 말을 던지며 소리 내어 웃었다.

"꿈에 네 아빠가 나왔다."

창밖에서 부는 바람 소리가 들렸다. 나뭇가지에 남은 말라붙은 나뭇잎 몇 개가 격렬하게 떨리면서도 떨어지지 않았다. 이렇게 겨우 목숨을 부지하는 건 또 무슨 소용이 있을까?

"엄마." 뤄즈는 자신의 떨리는 목소리를 들었다. "아빠랑 결혼한 거, 후회한 적 있어?"

"아니." 전화 너머의 목소리는 그 질문에 오히려 아까보다 훨씬 차분해져 있었다.

"하지만……."

"처음 몇 년간은 세 식구가 그렇게나 행복했어. 비록 나중엔 아빠 없이 그 힘든 나날을 견디며 오늘까지 버텨왔지만……. 물론 지금 생활은 남들과 비교할 수 없겠지만, 그래도 처음 시작했을 때의 좋은 나날은 평생 똑똑히 기억할 거야. 내가 그 사람들을 얼마나 미워하든 상관없이, 그건 별개의 일이니까. 게다가 그런 나날이 없었다면 너도 없었을 거야. 어쩌면, 나랑 네 아빠의 일생은 바로 널 만나기 위해 존재했는지도 몰라."

전화기를 받쳐 든 뤄즈의 눈에서 구슬 같은 눈물이 뚝뚝 떨어졌다. 그녀는 수화기를 막고 감히 아무 소리도 내지 못했다.

"뤄뤄, 솔직히 넌 어렸을 때부터 혼자 앞가림을 잘했지. 난 그게 마음이 아프면서도 자랑스러웠어. 네 엄마 아빠는 능력도 없고 복도 없지만, 하늘이 널 선물로 주었으니 난 아무런 원망 없다. 하지만 네게 줄곧 해주고 싶은 말은 있었어. 네가 내 생활을 짊어지는 건 바라지 않아. 너도 나한테 뭔가 빚졌다는 생각 하지 말고. 네 생활은 네 생활이야. 네가 내 걱정을 안 할 수 없다는 건 아는데, 그래도 너무 마음 고생하면 못써. 가끔은 내가 참 원망스럽다. 너한테 철이 들어야 한다고, 분발해야 한다고

가르치는 것만 신경 썼는데, 결국 널 너무 철이 들고 너무 조심
스럽게 만들어버렸거든. 엄만 너한테 무슨 사고가 난 건 아닌
지, 네가 아픈 건 아닌지만 걱정하는 건 아냐. 늘 생각하지. 우
리 뤄뤄가 기분이 울적한 건 아닐까, 스트레스를 받는 건 아닐
까, 무슨 고민이 있는 건 아닐까? 그렇지만 난 알지. 넌 나한테
한마디도 말하지 않을 거란 걸."

뤄즈는 휴대폰을 꽉 쥔 채 머리를 베개 속에 깊이 파묻었다.

드디어 애써 침대에서 일어나 의자에 앉았다. 뤄즈는 기름진
머리카락을 손으로 한데 모으며 멍하니 창밖을 바라보았다. 벌
써 12월 중순이었다. 대지는 온통 하얗게 변했다. 나흘 후, 그녀
는 베이징어언대학에 가서 아이엘츠 시험을 봐야 했다. 정신을
파는 사이에 손에 든 케임브리지 기출문제에 눈물 몇 방울이 떨
어졌다. 눈물자국이 마르자 쭈글쭈글한 자국이 남았다. 뤄즈는
눈물자국을 바라보며 뜬금없이 웃다가 다시금 입을 삐죽였다.

이번에 앓아누운 건 단지 마음속 응어리를 토해내지 못해서
였을 뿐이었다.

"미안해."

뤄즈는 벽에 걸린 거울을 보며 말했다. 짧디 짧았던 3개월의
시간이 머릿속에 주마등처럼 스쳐 지나갔다.

"미안해."

난 너의 소중한 기억을 이용해서 위장하고 연기하고 보여주
면서 환심을 사려고 했어.

장바이리는 문을 들어서자마자 뤄즈가 고개를 숙인 채 무표정하게 문제를 풀고 있는 것을 보았다.

"밖에 눈 왔어." 장바이리가 말했다.

뤄즈는 대답하지 않았다.

장바이리는 살짝 난처했는지 다시 말을 걸었다. "며칠 후에 아이엘츠 보지?"

뤄즈는 여전히 말이 없었다.

장바이리는 뤄즈를 자세히 살펴보다가, 그녀의 흐트러진 긴 머리 사이에 숨겨진 이어폰 줄을 발견했다. 장바이리는 다가가 이어폰 줄을 잡아챘다. "아가씨, 밖에 나가봐. 눈이 왔다니까!"

뤄즈는 고개를 들었다. 창백한 얼굴 위로 커다란 미소가 떠올라 있었다.

장바이리는 경악하며 반걸음 뒤로 물러섰다. 이 녀석 혹시 미친 거 아냐?

눈앞에 뤄즈가 책상 위에 펼쳐놓은 연습장 위에는 영어가 아닌 글씨만 빼곡히 적혀 있었다.

"리스닝 듣는 거 아니었어?"

"노래 들었어. 글씨 연습하고." 뤄즈는 두 팔을 벌려 장바이리의 허리를 안았다. "장바이리, 난 네가 정말 좋아."

역시 미쳤구나. 장바이리는 손바닥으로 뤄즈의 이마를 한 대 쳤다.

제36장

사실 난 정말 널 믿고 싶지 않아

뤄즈는 하루에 총 8회분의 케임브리지 기출문제 두 권을 풀었더니 머리가 어지럽고 터질 것만 같았다. 저녁 무렵, 뤄즈는 도서관에 책을 반납하려고 옷을 챙겨 입었다. 오랫동안 밖에 나가지 않아서 그런지, 기숙사 밖으로 한 걸음 내딛는 찰나 약간 불안하기까지 했다.

장바이리가 뒤에서 소리쳤다. "좀 더 껴입고 가. 해가 서산으로 넘어갔잖아. 아직 열도 안 내렸을 텐데, 밖은 춥다구."

뤄즈가 웃었다. "해가 서산으로 넘어갔다고? 정말 시골 아낙네가 하는 말 같네."

장바이리가 눈을 흘겼다. "넌 얼른 거울이나 봐봐. 아이고, 웃기는……, 생기라곤 하나 없이 창백하잖아. 좀 무리하게 표현하자면, 애처롭고 가련한 모습이랄까."

뤄즈는 그 말을 듣고 거울을 보았다. 사실 침대에서 일어나 세수를 할 때 이미 봤다. 일주일 새 살이 쪽 빠져서 턱선이 날카로워졌고 안색도 말이 아니었다.

한심하네. 그녀는 입꼬리를 끌어올렸다.

"참, 너 내려갈 수 있으면 오늘 밤엔 네가 직접 내려가서 장밍루이 만나. 아마 널 보면 아주 기뻐할 거야!"

"걔한테 문자 보냈어. 아픈 거 다 나아서 혼자 밥 먹으러 갈 수 있다고. 그러니까 오늘은 안 올 거야."

"뭐야, 쳇." 장바이리가 입을 삐죽거리다가 갑자기 조심스럽게 물었다. "뤄즈, 너랑 그 성화이난이라는 애…… 너 혹시 걔 때문에 아팠던 거야?"

뤄즈는 그 말에 잠시 얼어붙었다가 고개를 들어 천장을 바라보며 진지하고도 느릿느릿 말했다. "내 생각에…… 주요 원인은 온도와 바이러스인 것 같은데……."

장바이리의 베개가 곧장 뤄즈의 뒤통수로 날아왔다.

문을 나서는 순간, 그녀는 장바이리가 조그맣게 중얼거리는 소리를 들었다. "우리 방은 풍수가 너무 나쁜가 봐."

뤄즈가 책을 안고 기숙사 문을 나와 몇 발자국 걷기도 전에, 오솔길에서 예상치도 못하게 성화이난을 보았다. 뤄즈는 순간 놀라서 고개를 들어 감나무 나뭇가지를 바라보았다. 감은 없고, 심지어 잎사귀 하나도 달려 있지 않았다.

성화이난도 그녀의 동작을 따라 고개를 들었다. 바싹 마른 나뭇가지로 조각조각 나누어진 회색 하늘만 보일 뿐이었다.

"……비행기라도 있어?" 그가 머뭇거리며 물었다.

뤄즈가 푸흡 웃음을 터뜨렸다. 이런 만남과 첫마디라니, 그녀는 순간 며칠간 이어지던 가을비와 쓸쓸한 밤바람이 그녀가 아픈 와중에 꾼 꿈이 아니었을까 의심스럽기까지 했다.

"대학에 입학한 후로 널 본 적은 사실 거의 없었어. 하지만 아주 또렷하게 기억하는데, 개강한 지 얼마 안 된 어느 날 오후에 여기서 너랑 마주쳤지. 그때 난 머리에 감을 맞을 뻔했고."

약간 멍한 표정과 차분한 말투. 눈빛은 성화이난을 보고 있었지만 몇 개월 전의 그 바람이 부드럽고 햇살이 따스하던 오후로는 되돌아갈 수 없었다.

그는 또다시 '너도 비계를 싫어하는구나' 때 같은 표정을 지으며 부드럽게 웃었다. "그 여자애가 너였구나."

뤄즈는 고개를 끄덕였다. "미안. 나 먼저 갈게."

"뤄즈, 너…… 아픈 건 다 나았어?"

뤄즈는 그 말에 어안이 벙벙했다. "어."

성화이난이 그녀를 보는 눈빛에는 은근한 미안함과 다정함이 담겨 있었다. 뤄즈는 이해할 수 없었지만 머리를 흔들며 더 이상 생각하지 않으려 했다.

"밖은 추우니까 웬만하면 외출은 자주 안 하는 게 좋아. 건강을 완전히 회복해야지."

"도서관에 책 반납하러 가는 길이야." 뤄즈는 손에 든 케임브리지 기출문제집을 흔들며 말했다. "알겠어. 고마워."

"곧 아이엘츠 시험이지?"

"응. 토요일에 베이징어언대학에서."

"목이 그렇게 잠겨서 스피킹 시험은 어떻게 하려고?"

"아나운서 시험도 아닌데 뭘. 발음만 또렷하면 상관없어."

"그럼…… 힘내." 성화이난이 웃었다. 어딘가 난처한 모습이었다.

뤄즈는 불현듯 아직 처리하지 않은 일이 있다는 걸 떠올렸다.

"아, 맞다. 혹시 지금 급한 일 있어? 괜찮으면 나 1분만 기다려줄래? 만난 김에 너한테 돌려줄 게 있어서."

"뭔데?"

"우비." 뤄즈의 말투에는 딱히 특별한 의미가 실려 있지 않았다. 성화이난은 눈썹을 치켜올리며 뤄즈를 뚫어져라 바라보았다. 뤄즈도 태연하게 시선을 받아쳤다. "기다려. 금방 내려올게."

"책은 내가 들고 있을게. 그거까지 들고 왔다 갔다 하면 힘들잖아. 천천히 가, 맞바람 맞아서 기침하지 말고."

뤄즈는 노골적으로 미간을 찌푸리며 그를 흘끗 보곤 고개를 끄덕였다. "고마워." 그러고는 책을 성화이난의 손에 건넨 후 몇 걸음 뛰어가 카드를 찍고 기숙사 안으로 들어갔다.

성화이난은 손에 든 책을 넘겨보았다. 그러나 뤄즈의 필적은 어디에도 없었다. 간혹 수성 펜으로 쓴 삐뚤빼뚤한 글씨가 적힌 페이지가 있긴 했지만, 딱 봐도 그 전에 대출했던 남학생의 글씨였다. 다만 가장 마지막 페이지를 만져보니 울퉁불퉁한 자국이 느껴졌다. 누군가 그걸 밑에 받치고 힘주어 글씨를 썼는지, 필획이 고스란히 책에 찍혀 있었다. 딱히 할 일도 없었던 그는 희미한 조명에 의지해 그 위에 찍힌 글자가 뭔지 알아보려고 애썼으나, 아무리 뜯어봐도 알아볼 수 없었다.

그는 여학생 기숙사 입구 쪽을 슬쩍 바라보았다가 가방을 열고 샤프 한 자루를 꺼내어 페이지 위를 살살 칠했다. 움푹 들어간 하얀 부분이 흑연 칠이 된 배경에서 떠올랐다.

'망할 자식.'

그는 말문이 막혀 한참을 있다가 저도 모르게 웃음을 터뜨리곤 얌전히 책을 덮었다.

뤄즈가 기숙사에서 나와 그에게 반투명한 봉투를 건넸다. 안에 든 분홍색 우비가 희미하게 비쳐 보였다.

"씻어서 말려둔 거야."

"고마워."

"내가 고맙지. 그럼 갈게."

"그날 밤, 내가 너한테 날 좋아하냐고 물었던 거……."

뤄즈는 이미 어느 정도 걸어간 상태에서 그 말을 듣고 고개를 돌려 그를 똑바로 바라보았다.

"응, 널 좋아해. 그런데 왜?" 말투에 묻어나는 울컥함과 짜증을 숨길 수 없었다.

한참 후, 성화이난이 천천히 말했다. "내가 잘못한 걸지도 몰라. 미안해."

"정말 못 참겠다." 뤄즈가 웃었다. "넌 처음엔 장밍루이가 날 좋아한다고 미안하댔고, 두 번째로는 고등학교 때 날 몰라서 미안하다더니, 세 번째로는 내가 널 좋아해서 미안하다고 하는구나. 네 잘잘못의 기준은 정말 특이한 것 같아."

성화이난은 대꾸하지 않았다.

뤄즈는 원래 그냥 가버릴 생각이었지만, 감정이 격해져 떨리는 두 어깨를 애써 억누르며 차분하고도 느릿느릿하게 입을 열었다. "예전에 네가 나한테 그런 게 따로 이유가 있어서인지, 아니면 순전히 네 사고방식이 변태적이라서 그런 건지 난 모르겠어. 이유가 있다면 왜냐고 묻고 싶었는데, 넌 나한테 한마디도 묻지 않고 바로……."

그녀는 잠시 멈추었다가 억지로 웃어 보였다. "하하, 따지고 보면 사실 네가 나한테 뭘 어떻게 한 것도 아닌데, 그렇지? 도가 지나친 말을 한 것도 아니고, 때리거나 욕을 한 것도 아니고. 그저 날 속상하고 마음 아프게 했을 뿐이지. 그저 느낌상일 뿐이야."

뤄즈는 웃음을 거두고 그를 진지하게 바라보았다. "사랑도 그저 느낌일 뿐이고."

성화이난은 입술을 달싹이며 뭔가 말하려는 듯했지만, 끝내 아무 말도 하지 않았다.

"넌 나한테 이유를 알려줄 생각이 없는 것 같으니까 나도 묻지 않을게. 하지만 딱 한마디만 하자. 내가 거짓말을 했을 수도 있어. 하지만 그런 거짓말은 내 착각과 균형을 유지하기 위해서일 뿐이었어. 난 이제껏 한 번도 도덕적으로 부끄러운 일을 한 적 없어. 단 한 번도." 뤄즈는 한 문장을 마칠 때마다 잠시 멈추었다. 마치 피고의 최종 진술 같았다.

등 뒤로 성화이난이 조그맣게 말하는 소리가 희미하게 들렸다. "사실 난 정말 널 믿고 싶지 않아."

책을 반납하고 나서야 배가 고파 속이 쓰린 것이 느껴졌다. 뤄즈는 6시가 다 되어서야 3호 식당으로 달려갔지만, 갓 구운 빵은 이미 다 팔리고 없었다. 저녁때는 딱 한 번만 굽기 때문에 지금은 하나도 남아 있지 않았다. 그녀는 죽 한 그릇을 주문하곤 잠시 생각하다가, 다시 분풀이라도 하듯 수이주뉴러우*, 라조기와 마라탕까지 주문했다. 목이 아직 다 낫지 않은 데다 코도 막혀 있어서 입에서는 맛이 전혀 느껴지지 않았다.

하지만 그녀에겐 자극이 필요했다.

자리에 막 앉았을 때, 장밍루이가 식판을 들고 신나게 달려와 그녀 곁에 앉았다.

"너 어떻게……."

"저녁 혼자 먹는다며? 그래서 네가 구운 빵 사러 올 거라고 예상했지. 그런데 줄을 설 때 안 보이더라고. 그래서 그 창구 근처에 자리를 잡고 앉았는데 한참을 기다려도 네가 안 오는 거야. 거의 다 팔릴 것 같은데 네가 못 먹을까 봐 다시 가서 몇 개 더 사 왔어. 지금은 다 식어버렸지만. 내가 아저씨한테 다시 데

---

* 매운 쇠고기 찜.

워달라고 할게."

뤄즈는 입을 벌렸지만 말을 하기도 전에 코끝이 먼저 찡해졌다.

"고마워." 그녀는 흰죽에서 모락모락 올라오는 하얀 김에 얼굴을 묻으며 자신의 낭패스러운 표정을 그가 보지 못하게 감추었다. 그런데 장밍루이가 검지를 부들부들 떨며 크게 외치는 것 아닌가.

"뭐야, 뤄즈! 어쩌다 이런 몰골이 됐어? 다 시든 국화꽃보다 비쩍 말라서는, 쯧쯧, 일주일 동안 씻지도 않았지?"

뤄즈는 고개를 들어 그를 매섭게 노려보며 수이주뉴러우 한 조각을 집어 입안에 넣었다. 그런데 그만 산초를 씹어서 혀가 얼얼해지는 바람에 무슨 맛인지 하나도 느껴지지 않았다.

"젠장." 그녀가 우물거리며 말했다.

　　　　편애받는 사람은 두려움이 없다

토요일에도 여전히 눈이 펑펑 내렸다. 뤼즈는 일찌감치 나와 버스를 기다렸다. 도로 상황 때문인지 버스는 아무리 기다려도 오지 않았다. 그녀는 얼른 손을 들어 택시를 잡아타곤 가는 길 내내 속으로 지각하지 않기를 기도했다.

아침에 교정에는 행인이 적었다. 그녀는 교문에 들어선 후 10미터마다 붙어 있는 시험 장소 안내 표지를 따라 앞으로 걸어갔다. 빨간 패딩을 입은 여학생이 달려오더니 혹시 시험장을 찾냐고 쭈뼛거리며 물었다. 두 사람은 함께 고사장으로 향하며 미적지근하게 몇 마디 대화를 나누었다. 하얀 입김이 입 밖으로 나오는 순간 얼굴로 불어오는 눈보라에 휩싸여 휙하고 날아갔다. 뤼즈는 순간 어렴풋이 바람이 소리까지 함께 휩쓸고 간 느낌이 들었다.

"난 관광경영 전공이야. 입학할 때 학비가 무척 비쌌는데, 우리 학교가 아일랜드의 무슨 대학인가, 이름은 까먹었는데 어쨌든 아주 유명한 대학이랑 공동 설립된 거래. 아이엘츠 6점 이상이면 4학년 때 바로 유학을 떠나서 3년만 공부하면 바로 복수 전공 학위를 받을 수 있고, 아일랜드의 그 대학에서 석사까지 할 수 있어. 하지만 나도 6점을 넘겨야겠지. 이번이 벌써 네 번째 보는 건데, 저번엔 5.5점이었어. 정말 아까웠지 뭐야. 하지만 난 아직 영어 4급도 통과하지 못했거든……."

눈이 내려서인지, 여학생의 약간 잠긴 목소리는 텅 빈 교정에서 그다지 크게 들리지 않았다.

뤄즈는 딴생각에 빠진 채 그녀가 부모님 참견이 너무 심하다며 불평하는 이야기를 들었다.

"요즘은 해외 유학을 다녀온 게 몇 년 전처럼 대단한 것도 아니잖아. 내 꼴에 무슨 아일랜드 대학 이력까지 더해지면 딱 봐도 돈 써서 학교 보낸 거라는 걸 다 알 텐데, 이력서에 써봤자 원하는 사람도 없을 거 아냐. 난 엄마한테 졸업하고 고향으로 가서 아빠가 하는 사우나에서 홀 매니저로 일하겠다고 말했어. 조그만 동네 사우나의 홀 매니저를 뽑는데 석사 학위를 요구하다니, 네가 생각해도 한참 잘못된 거 맞지?"

피부색이 까맣게 빛나는 외국인이 추리닝 바지에 반팔 티셔츠만 입고 정면에서 달려오다가, 옷을 단단히 껴입은 그녀들을 보며 웃었다. 새하얀 이가 피부색과 지극히 선명한 대비를 이루었다.

"헐, 말하지 말아봐. 저 흑인 오빠 진짜 멋있다!"

여학생이 말을 마치자마자, 달려가던 외국인이 갑자기 고개를 돌리더니 베이징 사투리가 섞인 중국어로 우렁차게 대답했다. "평범한 외모인걸요, 고맙습니다!"

뤄즈는 실소했다. 곁에 있던 여학생은 한참을 웃다가 다시 울적해했다. "내 영어는 절대로 저 오빠처럼 깔끔해질 수 없을 거야."

고사장별로 줄을 설 때, 그들은 작별 인사를 나누었다. 뤄즈는 손을 흔들며 "파이팅"이라고 했고, 여학생은 털털하게 웃으며 천하에 아무것도 두렵지 않다는 표정을 지었다.

편애받는 사람들은 모두 두려움이 없다. 뤄즈는 마음속에서 부러움이 일었다.

고사장에 들어간 뤄즈는 지시에 따라 무선 헤드셋을 조절한 후, 감독관이 미리 책상에 놓아둔 전용 '미사일 연필'과 지우개를 손가락으로 불안하게 만지작거리다가, 몹시 따분하다는 듯 책상에 엎드려 시험이 시작되기만을 기다렸다. 옆자리 남자는 나이가 적지 않아 보였다. 그가 몸을 기울이더니 싱글거리며 말을 걸었다. "학생, 몇 번째 시험이야?"

뤄즈처럼 늘 온화해 보이는 사람도 갑작스런 질문에 미간을 찌푸렸다. "처음인데요."

"아, 괜찮아 괜찮아. 걱정할 것 없어. 보통은 두 번째 시험부터 갈수록 성적이 좋아지더라고."

뤄즈는 어이가 없어서 웃음이 나왔다.

시험 감독관으로 온 영국인 노부인은 말투가 온화하고 미소가 따스한 사람이었다. 하지만 한 여학생이 시험지를 미리 넘기려던 찰나, 즉시 책상을 치며 큰 소리로 외쳤다. "You!" 날카롭고 엄격한 목소리에 뤄즈는 심장에 구멍이라도 뚫린 것처럼 깜짝 놀라 손에 힘이 풀려 연필을 바닥에 떨어뜨렸다. 안면을 튼 옆자리 아저씨가 그녀 대신 연필을 주워서는 싱글거리며 조그맣게 말했다. "대답이 참 빠르네."

뤄즈는 눈살을 찌푸리며 모른 척했다.

독해 시험이 끝나자, 감독관은 모두에게 시험지를 뒤집어 책상 위에 놓고 움직이지 말라고 했다. 옆자리 남자는 계속해서 그녀에게 눈짓을 보냈다. 자신이 몇 개 베낄 수 있도록 시험지를 뒤집어 달라는 거였다. 뤄즈는 심드렁하게 고개를 다른 쪽으로 돌렸다.

오후 스피킹 시험 때, 뤄즈는 세 번째 순서였다. 문 앞에서 조용히 기다리고 있는데 앞서 시험을 마치고 나오는 수험생과 마주쳤다.

"조심해요, 인도 사람이에요." 그 수험생은 어깨를 축 늘어뜨린 채 한마디 던지고는 낙담한 표정으로 나갔다.

뤄즈는 흐트러진 정신을 급히 가다듬었다.

역시나 시험관은 피부색이 까만 인도 국적의 여성이었는데, 막상 입을 열자 듣기 좋은 미국식 영어를 구사했다. 뤄즈는 제대로 한 방 먹었지만 이 갑작스러운 기쁜 소식에 흥분을 주체할 수 없었다. 두 사람의 대화 속도는 흡사 토론 대회처럼 빨랐고 분위기도 매우 유쾌했다.

뤄즈의 목 상태는 정상으로 회복되었으나, 지금은 무리해서 인지 살짝 잠겨서 말할 때마다 목을 가다듬어야 했다.

시험관이 마지막 질문이라며 입을 열었다.

"기억하는 것과 실제 사실에는 어째서 때로 오차가 생기는 걸까요?"

뤄즈는 아연실색하여 입을 쩍 벌렸다.

그녀는 고개를 숙이고 10여 초간 묵묵히 생각하다가, 고개를 들고 천천히 말했다. "어쩌면 일종의 자기보호겠죠. 사실이 이미 충분히 엉망진창인데, 떠올릴 때마다 자신을 괴롭게 할 필요는 없으니까요."

아주 독단적이고 감성적인 대답이었다. 논리성도 부족했다. 시험관은 몇 초간 멍하니 있다가 그녀에게 지극히 눈부신 환한 미소를 지어 보였다.

그러나 뤄즈는 그 순간 무거운 탄식을 내뱉었다. 이렇게나 맑은 낮, 모든 것이 이렇게나 진짜 같았다. 책상과 의자의 거친 감촉과 어두운 광택, 이런 진짜 같은 느낌은 그녀의 기억 속에 간직한 모든 것을 아주 터무니없게 만들어버렸다. 지나간 모든 것은 과연 진실일까, 꾸며진 거짓일까?

고사장을 나왔을 때는 이미 오후 3시였다. 눈은 언제인지 모르게 그쳐 있었지만, 도로는 더욱 꽉 막혀서 뤄즈는 하는 수 없이 길을 따라 갓 내린 눈을 밟으며 천천히 걸어갔다. 얼마 지나지 않아 매서운 찬바람에 코끝이 얼어붙어 아무 느낌도 나지 않았다.

문득 시험이 끝났는데도 휴대폰을 다시 켜지 않은 것이 생각났다. 화면이 밝아지기가 무섭게 휴대폰에서 계속해서 진동이 울리기 시작했다. 뤄양, 장밍루이, 장바이리, 엄마……. 많은 사람들이 문자로 그녀에게 시험이 어땠냐고 물어보았다. 심지어 쉬르칭에게서도 문자가 와 있었다. 분명 장밍루이가 그녀에게 알려주었으리라. 뤄즈는 마음이 따스해지는 걸 느끼며 걸으면서 고개를 숙이고 열심히 답장을 보냈다. 몇 분 후, 전화가 걸려왔다. 엄마였다.

"뤄뤄, 시험 끝났니?"

"이제 막 고사장에서 나왔어. 딱 맞춰서 걸었네."

"텔레파시지." 엄마가 전화 저쪽에서 웃었다. "어땠어?"

"아주 좋아."

"참, 너네 크리스마스 때 쉬니?"

"크리스마스에 쉬긴 뭘 쉬어. 내가 하버드에 다니는 줄 알아?"

"저번에 내가 말한 그 푸 아줌마가 그러는데, 아줌마 친척이 철도국에서 일한대. 네가 크리스마스 전후로 오면 입석표로 일단 탑승한 다음에 침대칸 학생표로 바꿔줄 수 있다네. 베이징으로 돌아갈 땐 푸 아줌마 일행이랑 같이 가면 되니까 패딩 조끼를 따로 부탁할 필요도 없고, 넌 아줌마 일행을 바로 지하철역으로 데려다주면 돼. 알았지?"

뤄즈는 이런 수다스러운 잔소리에 그저 꾹 참고 웃어줄 수밖에 없었다. "알았어, 알았어."

엄마는 그녀에게 구체적으로 어떤 열차 차장을 찾아가야 하는지 시간과 열차번호까지 주저리주저리 설명한 다음, 혹시 중요한 수업은 없는지 확인하곤 한참 후에야 전화를 끊었다.

12월 24일은 토요일이었다. 뤼즈는 정치 수업과 체육 수업을 째고 금요일 아침에 기차를 타고 가서 일요일 밤에 학교로 돌아올 계획이었다.

올해 12월 24일은 아빠가 돌아가신 지 15년째 되는 기일이었다.

발인하던 광경은 이제 기억에서도 가물가물했다. 집에서 화장장까지 가는 길에 수많은 낯선 친척들을 만났었다. 길고 번잡하던 장례의식 도중 뤼즈는 울기만 했고, 한 아주머니만이 상복을 입은 자신을 보살펴 주었다.

그녀는 그저 울기만 하면 되었다. 아이의 슬픔은 순수하고도 빈약했다. 움직이지 않고 창백한 얼굴의 차디찬 아빠를 보기만 하면, "아빠는 영원히 돌아오지 않을 거야"라는 다른 사람의 말을 듣기만 하면 까무러칠 정도로 울 수 있었다. 울다가 지치면 잠시 조용히 쉬다가, 다시 다른 사람이 몇 마디 건네면 다시 울었다…….

어쨌거나 많은 사람들이 쭈그리고 앉아 뤼즈를 안으며 "불쌍한 것"이라고 한마디씩 건넸다. 그래서 그녀는 계속 울 수 있었다.

그런데 웬일인지 아주머니 품에 안겨 있던 뤼즈가 갑자기 고개를 들었다. 장례식 날에도 많은 눈이 내렸다. 지금 내리는 것보다 훨씬 많이 내렸다.

눈꽃은 하늘의 조각이었다.

뤄즈는 눈을 크게 뜨고 눈송이가 점점 커지다가 눈동자 위로
내리며 눈물을 얼게 만드는 것을 바라보았다. 그런 억눌림과
성대함이 어린 뤄즈의 훌쩍거림을 갑자기 뚝 그치게 했다. 그
녀는 몸을 돌려 사람들 사이의 엄마를 바라보았다. 하얗게 변
한 입술을 덜덜 떨면서 진흙 화분을 내리치고 있는, 몇 번을 내
리쳐도 깨뜨릴 힘도 없는 엄마.

뤄즈는 힘든 나날이 이제 막 시작되었음을 알았다.

그 순간, 슬픔이 가중되며 아이의 어리석은 슬픔과 눈물을
뛰어넘었다.

전화를 막 끊자마자 휴대폰에서 다시 진동이 울렸다.

이번에는 성화이난이었다.

"아이엘츠 끝났어?"

"응, 아주 좋았어."

똑같이 안부를 묻는 말이라도 묻는 사람이 달라지니 그녀는
웃으며 고맙다고 대답했다. 그에게서 그런 질문을 받다니, 특
히나 감동적이었다. 사람의 마음은 영원히 편파적이다.

"보통은 시험을 잘 봤어도 '응, 그럭저럭 괜찮았어'라고 말
할 텐데. 넌 정말 솔직하구나." 성화이난의 목소리는 아주 명쾌
했다.

"그런가." 뤄즈는 입씨름할 기분이 아니었다.

성화이난은 잠시 멈추었다 다시 물었다. "학교로 돌아왔어?"

"가는 길이야. 눈이 너무 많이 쌓인 데다 차가 막혀서 걸어가고 있어. 다행히 베이징어언대학은 우리 학교랑 멀지 않아서."

"내가 데리러 갈게."

"여기 차가 꽉 막혔어. 올 수 있는 건 헬기밖에 없는데 어떻게 데리러 오려고?"

"하, 그러네." 성화이난이 웃었다. 약간 난처했는지, 한참을 말없이 있었다. 뤄즈는 장갑을 끼고 있지 않아서 손가락이 금방 얼어붙었다. 하지만 그녀는 재촉하지 않았다.

"추워?" 그가 물었다.

"응."

"장갑 안 꼈어?"

"응."

"그럼 전화 끊자. 너 감기 아직 다 안 나았지? 목이 아직도 잠긴 것 같은데. 주머니에 손 넣고 녹이도록 해. 시험 성적 잘 나온 거 미리 축하해."

"고마워."

뤄즈는 차디찬 휴대폰을 다시 가방에 넣었다. 앞쪽 사거리는 혼잡하기 짝이 없었다. 행인들은 차량 틈새를 자유자재로 누볐다. 그녀는 이 광경을 멍하니 바라보다가 고개를 숙이고 계속해서 앞으로 걸어갔다.

아무리 모진 상처를 입었어도 상대방이 아프냐고 물어주기만 한다면 살아갈 수 있었다.

맞은편에서 불어오는 바람이 그녀의 얼굴에 남아 있는 미소를 불어 날려버렸다.

제38장

겨울로 달려가는 열차

기차는 달리는 동안 아주 평온했다. 원래 이렇게 철길 소리를 들으며 침대에 누워 잡생각에 빠져 있는 건 아주 기분 좋은 일이었다. 하지만 아래쪽 침대의 아이가 계속 떠들어서 뤄즈는 상당히 짜증이 났다.

아이들은 계속해서 바닥에 침을 뱉었고, 승객들의 신발을 여기저기 발로 찼으며, 다른 사람이 잘 때 외계인이나 알아들을 법한 말을 크게 외쳐댔다.

뤄즈는 문득 고2 때, 여학생들끼리 함께 체육관 관객석에 앉아 기말고사를 기다리던 일이 떠올랐다. 예잔옌은 별안간 어떤 화제에 대해 친구들과 시끄럽게 떠들기 시작했다. 예잔옌은 허리에 손을 짚고 일어나 자신이 아기를 얼마나 좋아하는지 토로하더니, 다시 미간을 찌푸리며 말했다. "난 예닐곱 살 넘은 어린아이가 가장 싫어. 나중에 나한테 아이가 생기면, 네 살까지 키운 다음에 목 졸라 죽일 거야." 모두가 와자지껄하게 웃었다. 조심해, 네가 아이를 죽이면 너네 집 성화이난이 널 죽일 테니까.

뤄즈는 인정했다. 비록 때론 예잔옌의 극단적인 면과 유치함을 몰래 비웃을 때도 있었지만, 그녀의 시원시원한 말을 들으면 자신도 모르게 친근감이 든다는 걸 인정할 수밖에 없었다.

마음속에 남몰래 스쳐 지나간 대역부도한 생각이 다른 사람의 입을 통해 무심하게 터져 나오는 것도 나쁘진 않았다.

아이는 또다시 열심히 카펫 위에 침을 뱉기 시작했다. 그게 끝나자 정확하지도 않은 발음으로 텔레비전 연속극 주인공의 말투를 따라 했다. "다행히도 남길 수 있었군. 나의…… 흔, 적."

마지막 두 글자는 일부러 길게 늘여 뺐다.

대체 뭐람. 뤄즈는 웃겨서 배가 다 당겼지만 새빨개진 얼굴로 감히 웃음소리도 내지 못하고 참고 있었다. 어린아이는 강아지처럼 어딜 가든 자신의 흔적을 남겨놓으려고 했다.

그러나 다시 생각해보니, 누군들 그러지 않을까? 다른 사람에게 인정받기를 갈망하는 것도 다른 사람의 삶에 자신의 흔적을 남기고 싶어서일 것이다. 무시당하고 잊힌다는 건 사람을 주체할 수 없을 정도로 실망하게 만든다. 때로는 이 아이처럼 이렇게 뻔뻔한 방식으로 자신이 존재했다는 걸 간절히 증명하고 싶은 것이다.

하늘이 점점 어둑해지고 있었다. 석양이 느릿느릿 열차칸을 비추었다. 곧 집에 도착할 것이다.

사실 뤄즈는 집이 많이 그립진 않았다. 그녀 나이에 진정으로 고향을 그리워하기엔 아직 멀었다. 어려서 일찍 철이 들긴 했어도 예전 생활에 대한 그리움과 서글픔에 대해서는 아직 청춘의 당당한 꼬리표가 붙어 있었다. 다만 그저 무게를 잡는 모습으로 위장했을 뿐이었다.

뤄즈는 여전히 먼 곳을 향해 나아가고 있었기에 깊은 그리움에 대해서는 아직 잘 몰랐다.

집이 그리운 건, 단지 아이처럼 엄마를 보고 싶어 하는 것에 다름없었다. 아빠의 얼굴은 진작에 흐릿해졌다.

뤄즈는 침대를 내려와 통로 옆 의자에 앉았다. 기차 진행 방향과 반대로 앉으니, 기차가 마치 자신의 잃어버린 시간을 필사적으로 쫓고 있는 것처럼 느껴졌다. 베이징 북쪽의 평원은 텅 비어 있었다. 간혹 가다가 우뚝 솟은 나무가 외로이 잔잔한 고요함을 깨뜨렸다.

이렇게 조용한 시각, 기차는 현재와 미래 사이, 베이징과 고향 사이를 관통하고 있었다. 그녀는 처음으로 모든 기억에서 벗어난 느낌이 들었다. 추억도, 동경도, 추측도, 심지어 감정조차 없었다.

뤄즈는 문득 대역부도하게도 더 이상 엄마의 남은 삶을 책임지고 싶지 않았고, 선대와 지금 세대의 소위 은원이란 것을 더 이상 기억하고 싶지 않았다. 바보처럼 아무런 책임 없이, 긍지와 존엄도 없이 살고 싶었다. 이 기차가 여기서 탈선해 황야에서 폭발하고 화염이 그녀를 깡그리 삼켜버리거나, 영원히 달리며 중국을 벗어나 시베리아를 넘어 북극해로 들어가 얼어붙은 빙하 아래에 완전히 매장되고 싶었다.

열차가 갑자기 브레이크를 잡아 기차칸이 격렬하게 흔들렸다. 뤄즈는 고개를 들어 아득히 먼 곳의 하늘을 기쁘게 바라보았다.

기차는 다시 정상 속도를 되찾았다. 모든 것이 고요했고, 기차가 레일 이음매 부분을 지날 때마다 덜컹거리는 소리가 울려 퍼질 뿐이었다.

문득 아무 상관도 없는 중학교 물리 문제가 떠올랐다. 창밖에는 이정표도 없고 손에는 초시계 하나뿐일 때, 기차 속도를 어떻게 계산할 수 있을까? 그 비밀은 기차가 리드미컬하게 덜컹거리는 소리 속에 있겠지?

뤄즈는 시끄럽게 굴던 아이가 마침내 잠든 것을 보았다.

제39장

산산조각 난 메콩강

기차에서 내리자마자 뤄즈는 목도리를 두르고 플랫폼에 서 있는 엄마를 보았다. 그녀는 캐리어를 내려놓고 달려가 곰처럼 껴입은 엄마를 힘껏 껴안았다. 엄마의 웃는 얼굴이 화가 나서 일그러진 얼굴로 바뀌었다. "뤄뤄, 내가 몇 번을 말했니. 기차역이 이렇게 번잡한데 캐리어를 왜 바닥에 둬? 집 떠나서 몇 년이나 있었다고 포옹은 무슨 포옹이야⋯⋯."

뤄즈는 넉살 좋게 웃으며 엄마와 함께 걸어가 캐리어를 끌고 광장을 가로질러 버스를 타러 갔다.

고향에는 이미 검게 더러워진 잔설이 남아 있었다. 베이징이 이제 막 은빛 눈으로 덮인 것과는 많이 달랐고, 바람도 훨씬 매서웠다.

집에 도착하니 실내가 상상했던 것만큼 따뜻하진 않았다.

"올해 난방이 좀 약하게 들어오더라. 내년부터는 개별난방이 된다니까 좀 나아질 거야. 걱정 마렴." 엄마는 몸을 돌려 안방으로 들어갔다. "온풍기 사났다. 지금 바로 켤게."

뤄즈의 작은 방은 여전히 그대로였다. 딱 보면 엄마가 매일 깨끗이 청소했다는 걸 알 수 있었다. 그녀의 방에는 뚜렷한 특징이 없었다. 침대 위에는 인형도 없었고, 책상과 의자는 모두 흰색이었으며, 침대 시트는 파란색과 회색의 줄무늬였다. 유일한 색채라면 벽에 붙은 커다란 〈슬램덩크〉 포스터가 다였다. 하지만 아쉽게도 그들은 능남팀이어서 푸른색 유니폼이 벽면과 마찬가지로 담백하게만 보였다.

포스터는 초등학교 때 산 거라 세월이 묻어 있었다. 뤄즈는 이런 것을 사는 일이 드물었다. 또래 여자아이들은 삼삼오오 가게에 모여 예쁜 샤프, 볼펜, 수성 펜, 지우개, 별종이, 학종이, 연예인의 대형 포스터 등을 사는 걸 좋아했지만……, 뤄즈는 한 번도 산 적 없었다. 그런데 그날은 갑자기 흥미가 일어서 가판대에서 가장 좋아하는 애니메이션 포스터를 사서는 돌돌 말아 슬쩍 책상 옆에 두었다. 엄마가 보면 혼날까 봐서였다. 그런데 이튿날 아침에 일어나 보니 포스터는 이미 엄마 손에 의해 벽에 붙어 있었다.

오랜 시간을 지나는 동안 때가 타고 누렇게 변색되긴 했어도 포스터는 가장자리가 말리거나 훼손되지도 않았다.

엄마가 온풍기를 밀며 들어왔다. "네 방은 작으니까 금방 따뜻해질 거야. 가방은 이따가 정리하고, 일단 여기 앉아서 몸을 녹이자."

뤄즈와 엄마는 침대 옆에 나란히 앉아 손을 잡고 웃었다.

"베이징은 춥진 않니?"

"여기보단 훨씬 따뜻하지."

"그래, 요 며칠 여기 기온이 뚝 떨어졌어. 바람이 얼굴을 스치면 아주 칼날 같다니까. 우리도 퇴근하고 집에 갈 땐 다들 목도리 안으로 목을 잔뜩 움츠리는데, 그래도 추워서 못살겠더라. 기숙사에 난방은 어떠니?"

"아주 좋아. 기숙사가 작아서 보온 효과가 좋거든. 그치만 며칠 전에 전화로 다 말해줬는데……."

"한 번 더 말해주면 어디 덧나니?!"

"아이고 알았어요, 알았어." 뤄즈는 혀를 내밀며 웃었다.

그러곤 두 사람은 갑자기 이야기를 멈췄다. 뤄즈는 눈을 들어 두껍게 서리가 낀 유리창을 바라보았다.

"내일 아침에 그렇게 일찍 서두를 필요 없어. 15주년이잖아, 할머니 댁 사람들도 분명 올 거야. 그 사람들이 아침 일찍부터 가서 유골함을 꺼낼 테니 우리는 11시쯤 도착하는 걸로 하자. 그럼 마주치지 않겠지. 만나봤자 다들 난처할 테고."

뤄즈는 작은고모의 경계하는 표정을 떠올리며 씁쓸하게 웃었다.

"응. 집에서 차 타고 가려면 9시 반에 출발하면 되겠지?"

"그럴 것 없어. 우리 금형 공장 식당 배송 기사 천 씨가 그러는데 내일 회사 차가 쉰댄다. 날도 추우니까 태워달라고 하면 돼."

"와, 관용차라니." 뤄즈는 과장되게 고개를 흔들었다. "그거 좋네."

"먹을 거 좀 가져다줄게."

"응."

뤄즈는 혼자 온풍기의 빨갛게 달아오른 열선을 바라보며 멍하니 있었다. 방금 얼어서 저릿저릿하던 발이 녹아 간질거리면서도 욱신거렸다.

유골함을 화장장에서 꺼내 제사 음식을 바치고 종이를 태우는 건 법도에 따라 정오가 되기 전에 끝내야 하기 때문에 매일 아침마다 장례식장은 사람들로 매우 붐볐다. 예전에 뤄즈와 엄마는 늘 하루 전에 아빠를 보러 갔었다. 이번 15주년에도 여전히 피해야 했다.

비록 할머니는 이미 돌아가셔서 다시는 엄마를 가리켜 '남편 잡아먹을 상'이라고 말할 순 없었지만 말이다.

밥을 먹고 방으로 돌아와 보니 휴대폰에 문자가 하나 와 있었다.

"크리스마스이브에 저녁 사줄까?" 장밍루이였다.

"나 집에 왔어." 뤄즈가 답장을 보냈다.

"집? 진짜…… 집에 간 거야?"

"실없긴. 집에 일이 있어서 꼭 돌아가야 했거든. 미안, 메리 크리스마스."

"그렇구나……. 메리 크리스마스! 마침 집에 갔으니까 제대로 쉬면서 요양해."

뤄즈는 장밍루이를 떠올릴 때마다 아주 편안하고 아주 따스했다.

마치 뤄양 같았다.

호랑이도 제 말하면 온다더니, 바로 휴대폰에서 진동이 울렸다. 이번에는 뤄양이었다.

"고모한테 들었는데, 집에 갔다고?"

"응, 지금 집이야."

"집에 갔다니 정말 좋네. 부럽다."

순간 얼떨떨했다. 뭐가 부러울까. 집에 와서 아빠 제사 지내는 게 부럽다는 건가?

뤄즈는 웃으며 답장을 썼다. "오빠가 결혼해서도 이렇게 집에 있는 걸 좋아한다면 새언니가 분명 좋아할 거야."

전송이 완료되자마자 저쪽에서도 동시에 문자가 왔다.

"회사에서 야근하느라 죽을 맛이야. 역시 학생이 좋지, 부러워 죽겠다."

뤄양은 분명 자신의 실언을 깨닫곤 재빨리 화제를 전환해 둘러댄 것이리라.

뤄양은 늘 뤄즈가 가장 필요한 시간과 장소에 나타나 그녀에게 "너무 속상해하지 마, 좋은 쪽으로 생각해" 같은 의미 없는 싸구려 위로를 건넸고, 종종 말실수를 하거나 돕겠다면서 오히려 방해를 하곤 했다. 하지만 뤄즈는 그의 서툰 행동을 모두 태연히 받아들일 수 있었다. 어쩌면 가족이라 다른지도 모른다.

그녀가 아무리 만신창이가 되고 용서받지 못할 짓을 저지른다 해도, 가족 앞에서는 결코 부끄러움을 느끼거나 몸 둘 바를 모를 일은 없을 것이다.

주방에서 뭔가를 볶는 소리가 들렸다. 자리에 앉아 있기 따 분해진 뤄즈는 고개를 들어 작은 책꽂이를 뒤지기 시작했다. 거기서 가장 눈에 띄는 건 어째서인지 치우지 않은 『5년 대입 시험 3년 모의고사』였다. 문득 딩수이징 생각이 났다. 만약 자신도 다시 돌아가 재수를 한다면, 다시 P대에 합격할 수 있을까?

뤄즈는 깨금발을 하고 그 문제집을 뽑아냈다. 지리 문제나 한 세트 풀면서 놀아볼까 했는데 문제집이 너무 무거웠다. 순간 손에서 힘이 풀려 문제집이 툭 하고 바닥으로 떨어졌다. 하마터면 머리에 명중할 뻔했다.

문제집 사이에서 빠져나온 종이 몇 장이 천천히 흩날리며 떨어졌다.

그건 고2 때 미얀마로 공익 활동차 갔을 때 썼던 일기였다. 짐 무게를 줄이려고 두꺼운 일기장을 챙겨 가지 않아서, 손에 잡히는 낱장 종이에 일기를 썼었다.

그런데 왜 일기 사이에 꽂혀 있지 않고 문제집 사이에서 나타난 걸까? 알 수 없었다.

황궁은 관광객이 너무 많아서 사진 찍는 것도 힘들었다. 막 호텔로 돌아와 보니 차에서 먼저 내린 2팀 학생들이 로비에 모여 재잘거리고 있었다. 다가가서 물어보니 엽서를 쓰고 있었다.

현지인이 호텔 입구에서 예쁜 풍경 엽서와 인물 엽서를 팔고 있었는데, 내용을 다 쓰면 직접 우표를 붙일 필요 없이 바로 프론트 직원에게 가져다주면 되었다.

나는 딱히 엽서를 쓸 필요가 없었다. 엄마에게 쓰자니 너무 가식적이었고, 뤄양의 주소는 기억이 나지 않았다. 학교에는 절친이라고 할 수 있는 친구가 없었다. 그렇지만 생각 끝에 그래도 한 장을 샀다.

그를 위해 엽서 한 장을 샀다.

메콩강의 아름다운 풍경. 강 끝에 닿아 있는 하늘가에는 저녁노을이 깔려 있고, 구석에는 밝게 빛나는 초승달이 걸려 있어서 무척 마음에 들었다. 원래는 방으로 돌아와 어떻게 쓸지 자세히 고민하려고 했지만, 순간적인 충동에 바로 쓰자고 결심했다. 나는 탁자 틈새로 비집고 들어가 잠시 생각하다가, 일필휘지로 써 내려갔다.

"여긴 아주 아름다워. 이곳에 올 수 있어서 정말 기뻐. 내가 자랑하는 걸 이해해줘. 사실 네가 무척 그리운데, 내가 먼 곳에 있어서만은 아냐. 하지만 난 말할 수 없지."

약간은 투정 부리는 듯한 말, 다 쓰고 나니 손이 벌벌 떨렸다.

받는 사람 주소만 쓰고 보내는 사람 주소는 비워둔 채 호텔 직원에게 건넸다.

그가 몸을 돌리던 순간, 나는 무의식적으로 그를 불러 "Sorry" 하고 엽서를 다시 빼앗아 찢어버렸다. 내가 미얀마에 있다는 걸 모두가 알고 있었다. 엽서 같은 것이 우편함에 들어 있으면 그의 반 아이들이 모두 볼 것이고, 날 가만히 두지 않을 것이다.

게다가 그에겐 여자 친구가 있었다. 다른 사람 눈에 내 엽서의 도덕적인 의미는 단지 고백에 불과한 건 아닐 것이다.

엽서를 찢어 손바닥에 쥐고 있자니 뻣뻣한 종잇조각이 손바닥을 찔렀다.

손안에는 나로 인해 산산조각 난 메콩강이 들어 있었다.

나는 그걸 쓰레기통에 넣었다. 2팀 대장님이 날 보며 열심히 눈짓을 하고 있었다. 그녀는 피부가 까무잡잡하고 크게 웃는 걸 좋아하는 사람이었다.

난 그녀에게 말했다. "It's for a boy. I miss him.(한 남학생에게 주려던 거예요. 걔가 보고 싶어요.)"

"But why did you tear it up?(그런데 왜 찢어버렸어요?)" 그녀가 눈을 휘둥그렇게 떴다.

난 웃으며 말했다. "I made some spelling mistakes.(잘못 쓴 글자가 있었거든요.)"

잘못 써도 아주 심각한 잘못이었다.

"Don't be so nervous.(그렇게 긴장할 것 없는데.)" 그녀가 크게 웃으며 말했다.

조심해야 배를 오랫동안 몰 수 있는 법. 어떻게 긴장하지 않을 수 있을까?

그러나 또 누가 보장할 수 있을까. 어느 날 넓은 바다가 뽕밭이 되어버려서 아무리 조심스럽게 배를 몰아도 나도 모르는 사이에 세월 속에 좌초될 수 있는 것을.

뤄즈는 다 읽고 나서 책상 옆에 한참을 멍하니 앉아 있었다.

고2, 5월의 어느 날 저녁 무렵, 그녀는 교장실로 불려갔다.

교장선생님은 원목 책상 앞에 앉아 있었고, 학생주임 선생님은 책상 옆에 앉아 있었다. 등 뒤 창밖으로 붉은 노을이 가득 깔린 하늘이 보였다. 뤄즈는 편하게 의자에 앉아 피부가 약간 늘어진, 안색도 무척 피곤해 보이는 교장선생님을 향해 예의 바르게 미소 지었다.

"웃으니까 참 예쁘구나."

교장선생님의 서두에 그녀는 닭살이 돋았다.

"널 왜 불렀는지 지금은 말해줄 수 없어. 하지만 먼저 네게 질문 몇 가지를 할 텐데, 대답해줄 수 있니?"

"네." 뤄즈는 이런 비밀스러운 상황이 전혀 두렵지 않았다.

"뤄즈, 문과반 맞지? 장 선생님이 널 추천했단다. 원래는 남학생을 뽑으려고 벌써 후보까지 뽑아놨거든. 개인적으로는 3반의 성화이난이 괜찮은 것 같았고. 하지만 장 선생님이 그래도 널 만나 보는 게 좋겠다고 하시더구나. 나도 너에 대해 약간 궁금해졌고."

뤄즈의 산만해진 마음이 긴급 소집되었다. 밑도 끝도 없는 승부욕이 들끓기 시작했다. 교장선생님이 그녀를 부른 목적이 뭐든 간에, 그녀는 어찌 됐건 성화이난을 이겨야 했다. 만약 이것이 성화이난이 무척 기대했던 일이라면, 그렇다면 그가 원하던 걸 누가 빼앗아 갔는지 그에게 알려주고 싶었다.

이건 처음에 이과반에 있었을 때 전교 1등을 하고 싶었던 것처럼, 그의 주목을 받을 수 있는 방식이었다. 그녀는 뽐낼 수 있을 만큼 예쁘지 않았고, 만나는 사람마다 마음이 가는 활발한 성격도 아니었다. 하지만 그녀는 자신에게도 그에게 자랑스럽게 뽐낼 수 있는 면이 있기를 바랐다.

어쨌거나 조금은 있어야 하지 않겠는가?

게다가 그녀는 상상 속에서 그와 승리를 다투고 있었다. 어린 시절 전부와 청춘의 절반 내내 말이다. 이미 습관이 되었다.

교장선생님과의 대화는 그다지 어렵지 않았다. 뤄즈는 예의 바르고 온화하고 친근하게 막힘없이 술술 대답했다. 다양한 인용과 근거를 제시하면서도 겸손하게 웃는 것도 잊지 않았다.

가식적인 겉모습이 시간과 경험에 따라 층층이 추가되며 두꺼워졌다.

교장선생님이 갑자기 웃음을 터뜨렸다. "성화이난과 다른 후보생들은 안 봐도 될 것 같구나. 네가 면접을 본 첫 번째 학생인데, 너보다 뛰어난 학생은 없을 것 같으니 너로 정하도록 하자."

뤄즈는 어안이 벙벙했다. 알고 보니, 교장선생님은 아직 성화이난을 부르지도 않았던 거였다. 알고 보니, 성화이난은 그녀가 자신을 이겼다는 걸 알지도 못하는 거였다.

재미가 없어졌다.

학생 대사로 미안마에 방문해 공익 활동에 참여하는 일정은 마치 관비 여행 같았다.

뤄즈는 드디어 집안의 경제적 부담을 걱정할 필요 없이 제대로 해외에 나가 놀 수 있게 된 것이다.

기뻐해야 하는 것이 당연했다.

미얀마의 아름다운 풍경은 사진으로 저장되었다. 유일하게 찍지 못했으면서 유일하게 그녀의 마음속에 기억된 건, 산산조각 난 메콩강뿐이었다.

뤄즈는 이불 속으로 들어갔다. 이제 막 들어간 솜이불은 아주 차가웠다. 그녀는 몸을 잔뜩 웅크려 작은 구역을 따뜻하게 덥힌 후, 조심스럽게 몸을 펼쳐 더 넓은 범위를 공략했다.

잠들기 전, 놀랍게도 장바이리에게서 문자가 왔다.

"나 개랑 헤어졌어."

뤄즈는 뭔가 평소와 다르다는 걸 느꼈다. 장바이리는 거비와 여러 번 헤어졌어도 이제껏 그녀에게 문자까지 보낸 적은 없었다.

"진짜야?"

"진짜일 거야. 왜냐하면 거비가 헤어지자고 한 거니까."

그 말에 뤄즈는 어이가 없었다.

"술 마시고 난리 피우지 마. 밤에는 문 꼭 잠그고. 눈이 내려서 아주 추울 테니까 바람 쐬러 나가려거든 너무 멀리 가지 말고 옷 따뜻하게 입어. 감기 들라." 뤄즈는 지금 뭐라고 하든 다 소용없을 거라는 걸 알았기에 그저 조심하라고만 당부했다.

"네가 없어서 다행이야. 안 그랬으면 나 때문에 시끄러워서 죽었을걸."

"또? 넌 널 참 잘 알아. 이번엔 혼자서 음악 들어."

"뤼즈, 고마워."

"자신을 잘 챙기도록 해. 마음의 응어리는 풀리지 않아도 괜찮아. 잘 먹고 따뜻하게 입는 게 중요하니까."

뤼즈는 한숨을 내쉬었다. 다른 사람에게 충고할 때, 그녀는 늘 생각이 주도면밀했고 세상에 초연했으며 무엇에도 연연하지 않았다.

타인의 고통을 짊어질 때 우리는 모두 특히나 굳세어진다.

제40장

어째서 미워하지 않겠는가

뤄즈와 엄마가 장례식장에 도착했을 때, 줄곧 붐비던 주차장에 남아 있는 차는 몇 대 되지 않았다. 교외는 시내보다 훨씬 추웠다. 북풍이 불자 마치 미세한 칼날이 한 번 또 한 번 얼굴을 베고 지나가는 것 같았다. 뤄즈는 장갑을 끼고 있는데도 양손이 얼어 감각이 없었다.

유골을 안치한 건물은 이미 텅 비어 있었다. 로비 접수실의 관리 직원이 나가려다가 뤄즈와 엄마를 보곤 의아해하며 엄마의 손에 들린 서류와 열쇠를 받아 훑어보았다. "사본이네요."

관리원은 다급히 나갈 일이 있는지 잠시 생각하다가 말했다. "어차피 사람도 없으니까 들어가세요. 저는 식사하러 가야 해서, 다 끝나시면 유골함을 제자리에 넣고 문을 잠가주시기만 하면 됩니다."

그는 설명을 마치고 복도 문을 연 다음, 엄마를 향해 고개를 끄덕이곤 나갔다.

확실히 이곳에는 딱히 훔칠 만한 게 없었다. 유골함 외에는.

이 건물은 아주 이상해서 바깥보다 훨씬 음산하고 추웠다. 뤄즈와 엄마는 3층으로 올라가 다섯 번째 방의 네 번째 선반, 여섯 번째 줄 4번 칸을 찾았다. 작은 유리문 안에는 암홍색 유골함이 놓여 있었고, 중간에는 아빠의 젊은 시절 흑백 사진이 끼워져 있었다.

무척이나 잘생긴 아빠는 무산계급 노동자의 낙관적이고 활기찬 기질을 지니고 있었다.

유리문을 열자 안쪽의 작은 전자 녹음기가 작동되며 슬픈 음악이 은은하게 울려 퍼지기 시작했다. 엄마가 사다리를 붙잡았고, 뤄즈는 그 위로 올라가 유골함 바깥쪽에 놓인 도자기로 만들어진 복숭아, 냉장고, 세탁기 모형을 조심스럽게 꺼내 엄마에게 건넸다. 주변 물건을 치운 다음에는 조심스럽게 아빠의 유골함을 두 손으로 받쳐 꺼냈다.

장례식장은 여러 해를 걸친 정비를 통해 지전을 태워 제사를 지내는 장소를 바깥의 먼지 날리는 들판에서 추모 전용 뜰 안으로 옮겨놓았다. 지전을 태우는 전용 황동 화로가 뜰의 담장을 따라 늘어서 있었다. 하도 불에 그을려서 원래의 색깔은 보이지도 않았다.

11시 반. 평소 이곳에 모여 죽은 사람의 환생을 위해 기도를 올려주는 것으로 먹고사는 한 무리의 할머니들도 보이지 않았다. 북풍이 불 때마다 화로에 남아 있는 재가 뤄즈의 발 쪽으로 날아왔다.

그녀는 얼어붙은 손으로 엄마를 도와 과일과 술, 아빠의 위패와 유골함을 놓은 다음, 함께 지전에 불을 붙였다.

열기가 몰려오며 얼어붙어 표정도 사라진 얼굴을 미세하게 데워주었다.

엄마는 역시나 또 울었다. 얼굴은 창백했고, 눈물은 진주알이 떨어지는 것 같았다.

뤄즈는 고개를 돌려 엄마의 수다를 피했다. "돈 가져왔어. 그쪽은 지내기 어때? 뤄뤄는 대학에 입학한 후로 겨울엔 당신한테 못 왔는데, 올해는 특별히 당신을 보러 왔네. 당신 딸은 이제 혼자서도 돈 벌 수 있어. 나도 지금 일이 전에 하던 것보다 훨씬 마음에 들고. 계속 서 있지 않아도 되니까 발도 많이 나아졌어……."

뤄즈는 눈물이 그렁그렁했지만 흘리고 싶지 않았다.

사실, 아빠가 원망스러웠다.

아빠는 엄마에게 잘해주었고, 뤄즈에게도 잘해주었다. 뤄즈와 엄마가 지금 이 지경으로 살게 된 건 아빠의 책임이 아니었다. 하지만 할머니 댁 사람들은 차갑고 냉정했다. 아빠의 죽음도 엄마를 평생 외롭고 힘들게 했다.

세상인심이란. 원망을 세상 모든 사람에게 균등하게 나누면 각자가 짊어지는 책임은 한 번의 한숨보다 더 가벼워질 것이다. 그래서 뤄즈는 아예 그 진한 미움을 조금도 줄이지 않고 아빠와 할머니 댁 사람들에게 전가했다. 한때는, 성화이난에게도.

대학에 입학하던 해, 엄마는 뤄즈에게 돌아가신 외할머니 외할아버지를 보러 가라고 고집했다. 뤄즈는 처음으로 엄마에게 저항했다. 그녀는 누구도 보고 싶지 않았다.

외할아버지는 집요하고 완고했다. 외할머니는 허영 많고 속물스러웠다. 두 사람은 엄마와 아빠의 결혼을 격렬하게 반대했다. 여기에는 당연히 딸을 아끼는 마음이 있었겠지만, 집안 수준이 맞아야 한다는 것과 체면 문제가 섞여 있었을지도 모른다. 외할아버지는 평생을 보수적이고 청렴하게 살아왔기에 평범한 전기 기술자였던 아빠의 이직을 도와주지 않았고, 외할머니는 엄마가 결혼한 후 결연히 관계를 끊어버렸다. 뤄즈의 아빠는 사고로 세상을 떠났고, 외할머니와 외할아버지는 퇴직 후 병환으로 돌아가셨고, 엄마의 친형제 중 뤄양의 아버지만 그나마 정을 베풀어주었다. 골육의 정도 이 정도에 불과했다.

할머니 댁은 엄마 집안의 지위에 빌붙으려다 아무런 성과를 얻지 못했다. 아빠가 죽자 곧장 차갑게 돌아서서 엄마를 남편 잡아먹을 상이라고 욕하면서, 뤄즈를 방에 가두고 엄마를 집 밖으로 내쫓아 버렸다.

할머니 댁의 오래된 집이 철거된 후에는 주택 분배 허가서는 물론, 심지어 남은 판재와 가구들도 고모와 삼촌들이 남김없이 쓸어가 버렸다.

그러니 어찌 미워하지 않겠는가?

지전을 모두 태웠다. 까만 재 아래쪽에 남은 미약한 불씨가 가끔 불꽃을 일으키곤 했다.

엄마는 뒤에서 위패를 정리했고, 뤼즈는 불쏘시개를 집고 조용히 입을 열었다.

"지전을 받을 수 있다면 하늘이 영험하다는 뜻일 텐데, 어째서 우리를 도와주지 않는 거예요?"

"전부터 묻고 싶었어요."

엄마의 입술은 창백했고 허탈해 보였다.

"내가 가져다 둘게. 엄마, 엄마는 짐 가지고 먼저 차에 타고 있어."

"아니, 같이 가자. 무섭지도 않니?"

"뭐가 무서워? 다 죽은 사람인데."

뤼즈는 냉담한 표정으로 엄마의 손에서 위패와 유골함을 받은 후, 열쇠를 주머니에 넣고 몸을 돌려 건물 안으로 들어갔다.

계단에는 뤼즈의 발자국 소리만 울리며 텅 빈 공간에 메아리쳤다.

뤼즈는 계단을 올라가 유골함과 위패, 장식품을 제자리에 두고 유리문의 하얀 커튼을 내린 후에 문을 닫았다.

하지만 곧장 가지 않고 잠시 있다가 다시 문을 열었다.

"아빠." 뤼즈의 눈에서 눈물이 툭 떨어졌다.

"내가 잘못했어요. 내가 한 말은 다 잊어주세요. 엄마를 많이 보살펴 줘요."

그녀는 문을 닫고 열쇠를 꺼내 단단히 잠갔다.

뢰즈는 천천히 계단 쪽으로 걸어갔다. 고개를 돌리니 5호 방의 창문 각도가 마침 쏟아져 들어오는 정오의 햇살을 정면으로 받고 있었다. 빛 속에서 먼지들이 위아래로 둥둥 떠다니며 소용돌이 치고 있었다.

말도 안 될 정도로 아름다웠다. 뢰즈는 정신이 나간 것처럼 다시 멍하니 걸어 들어갔다.

이쪽 유리장은 나란히 놓인 두 유리문마다 붉은 비단 끈으로 연결되어 있었다.

모두 죽은 부부들이었다. 이들은 죽은 후에 자녀들에 의해 이 방으로 옮겨져 유골함에 나란히 놓인 채 붉은 비단으로 연결되었다. 중간에는 부부의 사진이 붙어 있었다.

뢰즈는 유리문 앞에 서서 사진을 한 장씩 살펴보았다.

옛날 사람들은 얼마나 좋은가. 사랑하든 사랑하지 않든 감정을 누적하며 백발이 되도록 서로 떨어지지 않았다.

붉은 비단으로 엮여 살아서도 죽어서도 평생 함께하게 되었다. 아무리 사랑이 없는 관계라 해도, 최소한 마음속에는 영원히 지워지지 않을 낙인이 새겨진 셈이었다. 더욱이 오직 한 마음으로 사랑한다는 것은 소설 속 작가의 환상일 뿐, 사람의 마음은 측정하기 어려웠다. 이렇게 오랜 세월이 흐르는 동안 세상에는 양산백과 축영대* 커플만 배출되지 않았는가?

실내는 너무나 추웠다. 밖에 있을 때부터 이미 발이 얼어서 굳어 있는 상태였는데, 걷다가 자신도 모르게 오른발에 왼발이 걸려서 휘청거리다가 넘어지고 말았다. 겨울이라 많이 껴입어서 넘어진 곳이 그리 아프진 않았다. 뤼즈는 몸을 일으키며 무심코 고개를 돌렸다가 가장 아래층 유리문을 보게 되었다.

유리문은 아주 오래전에 깨진 것 같았는데 파편이 여전히 유리장 안쪽에 남아 있었다. 주의 깊게 살펴보지 않으면 몰랐을 것이다. 안쪽에는 먼지가 잔뜩 쌓여 있고, 가운데 놓인 사진도 한쪽으로 비뚤어져 있었다. 뤼즈는 귀신에 홀린 듯 손을 뻗어 사진을 꺼냈다.

평범한 노부부의 사진이었다. 그러나 노부인의 얼굴은 혼란스럽기 짝이 없었다. 흐릿해진 코와 눈이 원래 있어야 할 자리에서 벗어나 있었다.

뤼즈는 흠칫해서 덜덜 떨었다. 등에 순간 식은땀이 솟았지만 손에 쥔 사진을 떨어뜨리진 않았다.

그녀는 조심스럽게 사진을 원래 자리에 넣어두고 몸서리를 쳤다. 애써 몸을 일으켜 햇살 속으로 들어가 창턱을 짚은 그녀는 숨을 몰아쉬었다.

갑자기 바지 주머니에 넣어둔 휴대폰에서 진동이 울렸다. 처음엔 그저 허벅지에 뭔가가 기어가는 느낌이었는데, 끝내 깜짝 놀라 "꺅" 하고 소리쳤다.

그녀는 덜덜 떨며 휴대폰을 꺼냈다.

"발신자: 성화이난."

....

* 중국판 '로미오와 줄리엣'으로 불리는 비극적인 민간 전설.

"여보세요."

"뤄즈, 수업 안 왔지? 방금 전화했는데, 몇 번이나 서비스 지역이 아니라고 그러더라. 내가 보낸 문자는 받았어? 법학 개론 쪽지 시험. 내가 네 거 대신 써서 냈어."

마음이 순간 안정되었다. 햇살이 그녀의 어깨에 쏟아지며 옆얼굴을 살짝 따스하게 비춰주었다.

"쪽지 시험? 나 수업 안 갔어, 고마워."

"크리스마스를 앞두고 다들 어딘가 정신이 빠진 것 같더라고. 장밍루이도 안 와서 나 혼자 답안지를 세 장이나 쓰느라 손에 쥐나는 줄 알았어."

성화이난의 목소리는 살짝 가식적으로 느껴질 만큼 쾌활했다. 뤄즈는 손을 바꾸어 방금까지 휴대폰을 들고 있던 손에 입김을 호호 불면서 했던 말을 반복했다. "미안, 정말 고마워."

전화 저쪽에 침묵이 흘렀다.

"수업은 왜 안 왔어? 아직도 아파?"

"나 집에 왔어."

"집에?"

"응. 집에 일이 있어서."

"지금 어디서 전화 받는 거야? 왜 이렇게 안 들려, 신호가 안 좋은가 보네."

"나 지금……." 뤄즈의 말이 끝나기도 전에 눈앞의 입구에서 갑자기 어떤 여자가 들어왔다. 동작이 너무 빨라 마치 물 위를 미끄러지는 듯했다. 뤄즈는 깜짝 놀라 비명을 질렀다가, 상대방의 악의적인 눈빛에 비명의 꼬리가 허공에서 뚝 끊겼다. 그녀는 순간 아무 소리도 낼 수 없었다.

"뤄즈? 뤄즈!"

그 여자는 무릎 밑까지 내려오는 새빨간 치마를 입고 있었는데, 안쪽의 풍성한 바지 때문에 정전기가 일어 치마가 다리에 딱 달라붙어 있었다. 상반신은 보라색 꽃무늬 스카프로 감싸 초췌한 얼굴만 드러나 있었다.

"뤄즈?! 내 말 들려?"

여자는 뤄즈를 한참 뚫어져라 쳐다보다가 곧장 왼쪽 유리장 옆으로 다가가 작은 유리문을 찾아 안쪽을 바라보았다. 유리문의 높이는 마침 그녀가 이마를 기대기에 충분했다. 그녀는 그렇게 뤄즈를 등진 채로 조용히 뭐라 중얼거리기 시작했다.

"뤄즈, 괜찮아?"

뤄즈는 정신이 번쩍 들었다. "아…… 괜찮아."

"너 지금 어디야?"

"제1 장례식장. 유골함을 보관하는 건물 안이야."

"거긴…….."

"아빠 기일이야, 오늘이. 15주년이거든. 지금 혼자 유골함을 유리장에 다시 넣고 나오는 중이야. 이 건물에 살아 있는 사람은 나뿐인 줄 알았거든. 그거 알아? 방금 사진을 한 장 봤는데, 사진 속 할머니한테 얼굴이 없더라고. 혼백이 깨진 유리문으로 빠져나가서 지금 날 어디서 보고 있는지도 몰라. 하하. 참, 너 귀신 무서워해? 사실 난 안 무서워. 그런데 여긴 정말 이상한 곳이야. 여기저기 붉은 비단이 걸려 있고. 그런데 어째서 그 할머니는 얼굴이 없을까…….”

뤼즈는 어째서 이런 말을 늘어놓는지 알지 못했다. 목소리는 가볍고 명랑했지만 도저히 멈출 수 없어서 헛소리만 잔뜩 늘어놓았다.

“뤼즈!”

성화이난의 목소리가 너무 커서 뤼즈는 귀가 얼얼했다. 마침내 정신을 차리곤 말을 멈췄다.

“미안, 내가 너무 헛소리를 했지.”

“너…… 안 무서워?” 성화이난이 다정하게 물었다.

친절하고 안정적인 목소리였다. 뤼즈는 허공에 대고 감격한 듯 웃었다. 그가 못 본다는 걸 깜빡했다.

“죽은 사람이 뭐가 무서워.” 뤼즈가 웃었다.

그리고 고개를 돌렸다가 그대로 얼어붙었다.

그 여자기 천천히 고개를 돌려 그녀를 쳐다보면서 손에 들고 있던 주머니에서 검게 빛나는 커다란 가위를 천천히 꺼내는 것 아닌가.

“그런데 여기 산 사람이 있네.” 뤼즈가 중얼거렸다.

제41장

옛 시간에서 온 무녀

뤄즈는 무의식적으로 입구 쪽을 바라보았다. 지금 도망치면 도중에 그녀에게 잡히진 않을까 속으로 계산기를 두드렸다. 이 번에는 정말로 무서워서 눈물이 눈동자 안에서 맴돌았다. 상대 방의 시선을 피하는 것이야말로 현명한 선택이라는 걸 잘 알고 있었지만, 마치 무언가에 홀린 것처럼 뚫어져라 보고만 있었다.

정말로 백 년은 지나간 것 같았다. 뤄즈는 긴장해서 목까지 당겨왔다.

여자는 유유히 몸을 돌려 가위를 들고 두 유리문을 연결한 붉은 비단을 싹둑 자르더니, 가위를 무기 삼아 두 유리문을 사 정없이 깨버렸다. 그리고 안쪽에 놓여 있던 고인을 위해 놓인 물건들을 다 꺼내 바닥으로 내동댕이쳤다. 그러고는 유유히 웃 으며 가위를 주머니에 넣고 천천히 뤄즈를 향해 걸어왔다.

뤄즈는 그녀를 바라보며 천천히 휴대폰을 내려놓았다. 전화 저쪽의 사람은 계속해서 그녀의 이름을 외쳤다.

"딸이지?"

목이 쉬어 있어도 무척이나 아름다운 목소리였다. 말투에서 음산함이란 조금도 찾아볼 수 없었고, 오히려 평범한 어른처럼 들렸다. 만약 그녀의 괴이한 복장과 과도하게 노쇠해 보이는 모습을 무시한다면 젊었을 적 분명 미인이었을 것이다. 한 번 보면 잊기 힘든 날렵한 턱선과 봉황의 눈처럼 가늘고 긴 눈매, 다만 세월의 풍파를 거치며 원래의 모습을 찾아볼 수 없는 것이 아쉬울 따름이었다.

"눈이 아빠를 정말 쏙 빼닮았구나……."

여자는 말하면서 뤼즈의 얼굴로 손을 뻗었다. 뤼즈는 피하지 않았다. 너무 놀라서였을 것이다. 원래도 얼어서 느낌이 없던 뺨에 똑같이 차가운 손바닥이 덮이니 약간의 둔한 촉감만이 느껴질 뿐이었다.

그녀는 갑자기 손을 거두었다. 뤼즈의 시선이 그 손을 따라 내려가 보니, 그녀의 자연스럽게 구부러진 다섯 손가락이 빨갛게 퉁퉁 붓고, 손끝은 차마 보기 힘들 정도로 갈라져 있었다.

"내가 왔을 땐 누가 유골함을 가져갔는지 없길래 계속 맨 뒷줄 유리장 뒤에 숨어서 기다리고 있었어. 그리고 네가 유골함을 들고 들어오는 걸 봤지. 엄마는 잘 계시니? 난 그분을 몰라. 예전엔 네 엄마를 원망하기도 했고, 너희 가족의 처지를 고소하게 생각한 적도 있다. 내가 생각이 짧았지."

그 여인의 나지막하고도 아름다운 음색이 방 안을 떠다니며 공기 중을 맴도는 먼지 사이로 스며들어 갔다. 여인의 말은 몇 마디뿐이었지만 뤄즈는 수백 년을 배회한 목소리를 들은 것 같은 느낌이었다.

뤄즈의 멍한 모습을 보고 여인은 웃었다. 눈가에 패인 깊은 주름이 웃을 때 지는 주름보다 더욱 뚜렷해 보였다. "무서워할 것 없다. 난 귀신이 아니야. 내가 귀신이었다면 진작에 환생했겠지. 좋은 집안에 태어나 다시 삶을 시작했을 거야."

여인은 말하며 밖으로 나갔다. 빨간 치마가 금세 문 밖으로 사라졌다.

뤄즈는 한참을 멍하니 있다가 비로소 손에 쥐고 있는 휴대폰을 떠올렸다.

"여보세요, 아직 전화 안 끊었어? 난 괜찮아."

뤄즈는 약간 미안했지만, 사실 자신의 깃털 같은 한마디가 전화 저쪽의 사람을 살렸다는 것은 알지 못했다.

"너랑 말하던 그 사람은 갔어?"

"갔어."

"무서우면 전화 끊지 마. 문은 잠갔어? 잠갔으면 바로 밖으로 나가. 전화 끊지 않고 있을 테니까 무서워할 것 없어. 얼른 거길 벗어나, 착하지."

뤄즈는 아까의 광경에서 정신이 번쩍 들었다. 전화 저쪽에서 아이를 달래는 것처럼 다정한 목소리를 듣자 느닷없이 목이 메며 눈물이 뚝뚝 떨어졌다. "응."

"방금 교수님이 시험지 내라고 하자마자 다들 벌떡 일어나서는 시험지를 제출하느라 난리였거든. 그 와중에 서로 답을 맞춰봤어. 사실 이번 문제는 너그러운 편이더라. 대부분 빈칸 채우기랑 객관식이었고, 주관식은 한 문제밖에 없었어."

"친구가 나한테 미스터 피자 쿠폰 몇 장을 줬어. 그날 네가 포테이토 골드 좋아한다고 그랬잖아. 원래는 오늘 내가 피자 사주려고 했는데……."

성화이난의 목소리가 계속해서 뤄즈의 귓가를 간질였다. 뤄즈는 성큼성큼 문 쪽으로 걸어가다가 발걸음을 멈추었다. 고개를 돌려 방금 그 빨간 치마를 입은 여인이 자른 비단 끈이 감겨 있던 유리장을 바라보았다.

적혀 있는 두 고인의 이름은 낯설었다. 그런데 유리장 안쪽에 붙어 있는 사진을 본 뤄즈는 깜짝 놀랐다.

뤄즈의 할머니와 할아버지였다.

할머니 할아버지의 유골도 이곳에 보관되어 있었던 것이다. 뤄즈는 빈손으로 붉은 비단을 잡고 엄지로 잘려진 부분을 문지르며 생각에 잠겼다.

"……우리도 수업이 절반이나 지난 후에야 쪽지 시험이 있다는 걸 알았어. 교수님이 중간 쉬는 시간에 시험을 보겠다며 의미심장하게 웃으시더니, 문자를 보낼 사람은 얼른 보내든가 빨리 전화하라고 하시는 거야. 쉬는 시간은 딱 10분이라고. 장밍루이 그 자식은 배터리가 꺼졌는지 전화가 불통이고, 기숙사에도 없어서 못 찾았어. 그래서 너한테도 얼른 전화를 걸었는데, 몇 번이나 서비스 지역이 아니라고 그러더라. 장례식장이 시내에서 너무 멀어서 신호가 약한 건가? 뤄즈, 듣고 있어?"

그가 잔소리를 하기 시작하니 정말 수다스러웠다. 뤄즈는 알고 있었다. 성화이난은 뤄즈가 아직도 방금 그 광경을 생각하고 있을까 봐 일부러 잡다한 이야기들을 늘어놓으며 두려움을 가라앉혀 주려고 노력 중이었다.

"듣고 있어. 방금 건물에서 나왔어." 목소리도 그렇게 공허하게 들리지 않았다.

"괜찮아졌어?"

"햇볕 아래로 나오니까 두렵지 않네."

"그럼 다행이야."

아무도 없는 뜰, 뤄즈는 묵묵히 입구에 서 있었다. 장시간 통화로 휴대폰은 뜨겁게 달아올라 그녀의 왼쪽 귀를 따뜻하게 해주었다.

"성화이난?"

"어?"

"우리 지금 다시 '좋은 친구'가 되는 거야?"

전화 저쪽에서는 침묵만이 감돌았다.

"넌 전에 왜 그런 이상한 일을 벌이면서 날 혼내주려고 했는지 여전히 말해줄 생각이 없구나? 어째서 갑자기 사라졌는지, 어째서…… 나중에 그렇게 아무렇지도 않게 굴었는지. 다시 시작하면 여전히 좋은 친구가 될 줄 알았어?"

성화이난은 여전히 아무 대답이 없었다.

"어쩌면 내가 나도 모르는 사이에 널 아주 화나게 만드는 일을 했을지도 몰라. 그런데 넌 왜 또 전화해서 친한 척을 하는 거야? 만약에 나한테 복수할 새로운 방법을 찾은 거라면, 너도 알잖아……, 난 널……. 어쨌거나 만약 이게 또 다른 복수라면, 세상의 평화를 꿈꿀 생각은 하지도 않는 게 좋을 거야. 계속해서 사람을 가지고 노는 건 너무 잔인하지 않니."

뤼즈는 엄마가 주차장에서 걸어오는 것을 보고 멀리서 손을 흔들었다.

"법학 개론 쪽지 시험은…… 정말 고마워."

전화 저쪽에서 마침내 대답이 들려왔다. "처음부터 지금까지, 넌 나한테 고맙다는 말을 세 번이나 했어."

뤼즈가 담담하게 웃었다. "세 번 고맙다고 하는 거나 세 번 미안하다고 하는 거, 피차일반이네. 게다가 내가 느끼는 고마움은 너의 미안함보다 훨씬 순수해. 아직 점심 안 먹었지? 얼른 가서 먹어. 끊을게."

전화 저쪽에서 거친 숨소리가 또렷하게 들려왔다. 아직 할 말이 남은 것 같았지만 뤼즈는 상대방이 입을 열려던 순간 통화 종료 버튼을 눌렀다.

"엄마!"

"네가 하도 안 나와서 걱정했잖아. 방금 어떤 정신병자 같은 여자가 문에서 나와 저쪽으로 달려가더라. 그래서 너한테 무슨 일이 난 건 아닌가 하고 얼른 와봤지……." 엄마는 어느새 눈이 빨갛게 충혈되어 몇 마디 하지 않았는데도 울음을 터뜨릴 것만 같았다.

"난 괜찮으니까 걱정 마."

엄마는 차에 타자마자 그녀를 품에 안고 머리를 쓰다듬었다. 마치 어릴 때 종종 그녀를 달래며 읊조리던 "엄마가 쓰다듬으면 두렵지 않지요"라는 말처럼 말이다. 뤄즈는 겸연쩍게 옆 운전석에 앉아 있는 천 씨 아저씨를 흘끔 바라보았다.

방금 통화로 달아올랐던 휴대폰의 열기는 여전히 가라앉지 않고 있었다. 뤄즈는 휴대폰을 손에 쥐었다. 휴대폰의 열기가 조금씩 마음속으로 전해지면서 살짝 가슴이 시렸다.

아침에 올 때 천 씨 아저씨는 차에서 줄곧 뤄즈하고만 이야기를 나눴다. 학교 전공이라든지, 베이징에서의 생활이라든지, 그리고 뤄즈의 엄마를 어떻게 알게 되었는지 등. 그러나 점심 때 돌아가는 차에서 세 사람은 모두 말이 없었다.

뤄즈는 천 씨 아저씨가 엄마를 좋아한다고 느꼈다.

그녀의 직감에 천 씨 아저씨는 괜찮은 사람이었다. 하지만 생각을 많이 하고 싶지 않았다.

그건 엄마 자신의 일이었다. 그녀가 해야 할 일은 가는 길에 그녀도 천 씨 아저씨가 마음에 든다고 열심히 표현하는 것이었다.

그러면 정말로 언젠가 때가 올 때, 엄마는 뤄즈가 그 아저씨를 마음에 들어 할까 고민할 필요가 없어질 것이다.

겨울 햇살에는 광채가 없었다. 차창을 통해 얼굴로 내리쬐는 햇살은 가짜처럼 조금의 온도도 느껴지지 않았다. 뤄즈의 생각은 줄곧 아까 본 그 여인을 맴돌았다. 엄마가 뤼즈에게 그 정신 병자와 마주쳤냐고 물었을 때, 뤼즈는 결연히 고개를 저었다.

그땐 너무 놀라서 정신이 나가 있었다. 아까 그 여인은 오른손으로 그녀의 얼굴을 매만졌었다. 노쇠했지만 예쁜 눈동자에 어떤 빛이 감돌았던가. 뤼즈는 마치 뭔가에 홀린 것처럼 그대로 굳어버려 상대방의 눈동자에 넘실거리는 파도를 이해하지 못했다.

그 여인은 마치 과거의 시간에서 넘어온 무녀 같았다. 사진 속 시간에 고정된 젊고 잘생긴 아버지와 눈앞에 나타난 이 괴이하기 짝이 없는 빨간 치마의 여인, 그 모습을 떠올리니 뭐라 설명할 수 없이 친밀한 느낌이 들었다. 곁에 있는 엄마와 천 씨 아저씨, 창밖의 햇빛 모두 시간의 강물 속에서 흐르는, 너무 멀어 손에 잡히지 않는 진짜 세계처럼 느껴졌다. 그러나 뤼즈 자신은 두 눈동자에 그 여인의 저주를 받아 응고된 시간 속에 멈춰버렸다.

뤼즈는 엄마를 속이며 자신에게 말했다. 이건 모두 환각이라고.

집으로 돌아와 엄마와 점심을 먹은 후, 뤼즈는 고등학교에 가보고 싶다고 했다.

"이렇게 추운데 어딜 가?!"

뤼즈는 굴하지 않았다. 엄마가 고개를 저으며 한소리 했다. "일찍 들어와라."

제42장

이야기하는 사람이야말로 신이다

뤄즈는 고등학교에 가보는 걸 그다지 좋아하지 않았다.

그녀에게 학교는 줄곧 잔혹한 곳이었다. 하나씩, 하나씩, 조용히 황량한 시간의 축에 세워져 청춘을 그 좁은 공간과 씁쓸한 분투 속에 고정하고는, 청춘에는 후회가 없으며 결과에 승복한다고 자기기만하듯 말하게 한다. 분명 가장 아름다운 시절에 있는데도 연장자들의 거짓말을 믿으면서 즐거움과 희망을 졸업과 어른이 되는 것에 맡겨야 한다. 학교는 입을 크게 벌리고 한 세대, 또 한 세대를 삼킨다. 과거를 그리워하지도 않고, 뤄즈 같은 불쌍한 사람이 기억을 찾으려 돌아오는 것을 심드렁하게 바라보면서 조금의 온기도 주지 못한다.

전화고등학교는 여전히 교문이 열려 있었다. 토요일이라도 고3 학생들은 나와서 수업을 들어야 했다.

뤄즈의 담임선생님도 여전히 고3 담임을 맡고 있었다. 그녀는 경비실에 서명을 하고 치 선생님을 찾아왔다고 말하니 곧장 들어갈 수 있었다.

마침 오후 1교시 시간이었다. 이번 학번 학생들이 입은 교복은 예전과는 달라져 있었다. 하지만 열린 문틈으로 보니, 교실 안에 앉아 있는 학생들은 해가 지나도 비슷했다.

책상 위에 산처럼 쌓인 문제집과 시험지, 물병, 간식, 바닥에 떨어져 있거나 의자 뒤에 걸려 있는 책가방, 교실 안은 겨울에 오랫동안 창문을 열지 않아 약간 곰팡이 같은 냄새가 문 앞까지 퍼져 있었지만, 안쪽에서 대입 시험 준비에 한창인 아이들은 전혀 이상함을 느끼지 못했다.

학교의 구역 분할은 굉장히 명확해서 각 학년과 행정구역, 실험실 등은 따로 분리되어 있었다. 뤄즈는 한때 머물렀던 장소를 진지하게 걸었다. 바뀐 것 같기도 하고, 그대로인 것 같기도 했다.

걷다 보니 추억에 빠져버렸다.

1층의 그 복도에는 여전히 빛과 그림자가 분명했다. 뤄즈는 한때 그녀 앞에서 걷던 사람이 늘 살짝 고개를 치켜들고 등을 곧게 세웠다는 걸 떠올렸다. 그는 왼손으로 책가방을 들고 오른손은 주머니에 찔러 넣는 것을 좋아했으며, 걸을 때는 뒤통수의 머리칼이 살짝 흩날렸다.

교실 입구의 문패와 표지는 새롭게 바뀌어 있었지만, 입구의 대리석 타일은 친근하고도 익숙했다. 그는 그녀가 예전에 여기서 그를 마주 보며 이야기했었다는 걸 기억하지 못했다. 그때 교실 안은 한창 떠들썩해서 오직 그녀만이 그가 문 앞에 서서 "저기, 예잔옌 좀 불러줄래"라고 말하는 것을 보았다.

6층 여자 화장실도 문이 새것으로 교체되었는데 복도와 문의 색깔과는 그다지 어울리지 않았다. 당시 그녀는 고백하고 싶은 마음을 꾹 참고 결국 이곳으로 뛰어들어 왔었다.

그리고 로비 난간 맞은편의 창턱.

고3 첫 모의고사 성적이 발표되던 날인 3월 24일, 그와 예잔옌의 1주년 기념일이었다. 그는 여느 때처럼 전교 1등을 했지만 이미 중요하지 않았다. 그는 이미 추천 입학시험에 합격해서 P대 생명과학학부에 입학한 상태였고, 예잔옌은 성적 때문에 고민하는 학생이 아니었다. 뤄즈는 문과반 1등을 했지만 그녀의 총점은 가련하기 짝이 없어서 성화이난과 78점이나 차이가 났다.

문과와 이과가 다르다곤 해도, 뤄즈는 매번 그와 같은 과목의 점수를 암암리에 비교하곤 했다. 이번에는 완전히 완벽하게 지고 말았다.

뤄즈는 자신의 모의고사 시험지 묶음을 안고 복도를 걸어가다가 마침 그 창턱 앞을 지나가게 되었다. 성화이난과 예잔옌이 거기에 한가롭게 앉아 복도 가득 모의고사 성적 때문에 참담해하며 우는 학생들을 동정하듯 바라보았다. 이렇게 자유로운 두 사람이라니.

뤄즈는 깊은 상처를 받았다.

그 아픔은 지금도 생생했다. 하지만 시간의 막이 한 겹 덧입

혀져 괴이한 거리감이 중간에 놓여 있었다. 뤼즈는 자조하듯 웃었다. 창문을 통해 운동장의 깃대봉이 보였다.

졸업식 날 생각이 났다. 그녀는 문과반 1등이었고 이과반 1등은 다른 사람이었다. 그녀와 그 키 작은 남학생은 졸업식 때 함께 국기를 게양했다. 곁눈질로 첫 번째 줄에 서 있는 성화이난이 학생들과 아랑곳하지 않고 떠들며 단상에는 눈길도 주지 않는 모습이 보였다. 선생님들은 평소 실력을 발휘하지 못한 성화이난을 안타깝게 생각했지만, 그는 오히려 아무렇지도 않아 했다. 다만, 그는 영원히 모를 것이다. 단상 위의 그 여학생은 그와 함께하는 국기 게양을 무척이나 바랐다는 것을.

굉장히 바라고 바랐었다.

함께 국기 게양에 참여한 남학생은 손에 힘이 너무 없어서 국가 연주가 끝났는데도 국기봉 꼭대기까지는 여전히 거리가 있었다. 두 사람은 다급히 힘껏 국기 줄을 잡아당겼다. 국기는 토끼처럼 깡충깡충 뛰어 올라갔고, 밑에 있던 졸업생들은 웃음 바다가 되었다. 그녀는 얼굴을 붉히며 성화이난 쪽을 바라보았다. 성화이난도 웃고 있었다. 국기를 가리키며 예잔옌을 향해 저것 좀 보라고 말하는 것 같았다.

저것 좀 봐.

성화이난과 그녀의 과거는 너무나 깊게 얽혀 있어서 어딜 가든 떠올랐다. 만약 정말로 그의 부분을 뽑아 삭제한다면, 그녀가 이제껏 걸어온 길은 담백한 흑백 무성영화가 되어버릴 것이었다.

뤄즈는 문득 유감스러웠다. 자신은 왜 다른 사람에게 자신의 이야기를 하지 않았을까?

어렸을 때 그 이야기 언니의 지혜를 뤄즈는 지금에야 깨달았다.

뤄즈도 분명 자신의 이야기를 아주 재미있게 들려줄 수 있었을 것이다. 실제 생활에서는 시간이 그녀를 속박했지만, 이야기 속에서 그녀는 주인이었다. 공간과 시간을 통제하며 사방을 누빌 수 있었고, 자질구레한 일상생활 속에 묻혔던 실마리를 주워 다시금 정리하고 배치할 수 있었다. 듣는 사람의 마음을 사로잡고 눈물을 글썽이도록 만드는 데 자신 있었다.

그러나 그저 생각뿐이었다. 이야기를 한다는 건 어쩌면 상상하는 것보다 쉬운 일이 아닐 수도 있었다. 이야기를 하다 보면 예전에 시간에 묶여 미래를 바라보던 자신에 대한 연민이 생길 수도 있고, 그러면 마음이 아주 괴로울 것이기 때문이었다.

그녀의 이야기는 단지 짝사랑에 불과했다. 세상에서 가장 쉽게 보전될 수 있으면서도 가장 쉽게 부서지는 감정이었다.

짝사랑과 외사랑에는 차이가 있다. 거리에서 어떤 여자가 남자의 소매를 붙잡고 "내 어떤 점이 맘에 안 드는데, 어째서 날 사랑하지 않는 거야!"라고 소리친다면 그건 외사랑이지 짝사랑은 아니었다. 그녀는 자신이 '짝사랑'이라는 단어에 떳떳하다고 생각했다.

최소한, 한때는 떳떳했다.

한때, 그녀는 무덤까지 비밀을 가지고 가겠다고 결심했었다.

눈을 감기만 하면 11월 4일 그날의 점심때가 떠오를 것 같았다. 뤄즈는 학급 전체의 영어 시험지를 품에 안고 아무도 없는 행정구역 복도를 걷고 있었다. 고1 때 그녀는 우등반에 속해 있었다. 이 명문고에 고득점으로 입학한 우등생들이 학급에 가득했기 때문에 모두가 고등학교 입학 이후 맞이한 첫 중간고사에 무척이나 신경 쓰고 있었다. 그때 영어 성적이 가장 마지막으로 나왔다. 국어 성적보다 반나절이나 늦은 거였다.

과목별 성적이 발표될 때마다 다들 자신의 총점을 계산했다. 그래서 영어 성적이 나오기도 전에 반 학생들은 자체적으로 순위권 명단을 이미 만들어놓은 상태였다. 뤄즈는 대강 시험지를 훑어보곤 영어 성적이 등수를 역전시킬 만한 영향을 주지 않으리라 판단했다. 반에서 학수고대하며 성적을 기다리고 있을 학생들을 생각하니 마음속에서 자신이 모두를 능가한다는, 모두를 내려다보고 있는 듯한 우쭐함이 생겨났다.

그야말로 아주 변태적인 생각이었다.

햇살이 왼쪽에 늘어선 커다란 창문으로 쏟아지고 있었다. 빛줄기는 창백하면서도 밝았고, 눈을 찌르면서도 따뜻하지 않았다. 바닥으로 쏟아진 빛은 창살과 벽면을 한 구간씩 나누어놓았다. 그녀는 눈을 감은 채 얇은 눈꺼풀 바깥에 번갈아 나타나는 회갈색과 주황색을 조용히 느끼며 빛 그림자가 교차하는 사이를 통과했다. 별안간, 어릴 때 교과서에 실려 있던 "우리 학교에는 넓고 환한 로비가 있어요"라는 글귀가 떠오르며 '넓고 환한'이라는 표현은 정말로 아름답다는 생각이 들었다. 속으로 되뇌어 보니 기분도 좋아졌다.

바로 그때, 앞쪽 국어과 사무실 문이 열렸다. 담임선생님이 고개를 내밀더니 마침 다가오는 그녀를 보고 손에 들고 있던 종이 뭉치를 흔들며 말했다. "잘됐구나, 마침 도움이 필요했는데. 뤄즈, 잠깐 와보렴."

가끔 그녀는 생각했다. 만약 당시 자아도취에 빠진 것처럼 느릿느릿 걷지 않고 평소대로 성큼성큼 앞을 향해 걸어갔더라면 담임선생님을 마주칠 수 없었겠지. 물론, 그녀는 여기에 '운명적인'이라는 수식을 더할 생각은 없었다.

같은 학교라면 언젠간 마주치는 것이 당연했다. 게다가 그녀가 성 전체에서 가장 우수한 이 명문고로 진학한 것도 바로 그가 여기 있기 때문 아니던가?

사무실 안에서 한 선생님이 자기 반 남학생이 국어에서 140점을 맞았다고 큰 소리로 자랑하고 있었다. 담임선생님은 뤄즈에게 학급 총점 등수표를 60부 복사해 오라고 했다. 사흘 후 있을 학부모 회의를 준비하기 위해서였다. 뤄즈가 등수표를 들고 가려는데 선생님이 다시 그녀를 불렀다. "여기 학년 성적 분포표도 같이 복사해줘."

뤄즈가 받아서 보니 아주 커다란 표였다. 가로축에는 반 번호, 세로축에는 점수대가 써 있었다. 첫 줄에 쓰여 있는 건 '880점 이상'이었다. 첫 시험 총점은 950점이었는데 수학, 국어, 외국어가 각각 150점, 물리, 화학, 역사, 지리, 정치가 각 100점이 었다. 자신의 점수는 딱 884점이었으니 상위권에 오를 수 있었다. 뤼즈는 속으로 기뻤지만 겉으로는 무표정을 유지했다.

그녀는 늘 이렇게 가식적으로 행동하는 것에 능했다.

딱 3개 학급만이 이 칸에 도달해 있었다. 뤼즈가 속한 2반 위에는 '4', 1반 위에는 '2', 3반 위에는 '1'이라고 써 있었다. 다음 칸은 '840~860점'이었다. 이 구간에 속한 각 반의 인원수가 계속해서 표시되었다.

뤼즈는 몸을 돌려 밖으로 나가며 담임에게 말했다. "저희 반이 시험을 잘 봤네요."

담임이 눈을 가늘게 뜨더니 조심스럽게 웃었다. 사무실의 다른 선생님들 앞에서 애써 기쁨을 억누르는 모습이었다. 그러다 갑자기 눈을 뜨고 큰 소리로 말했다. "잠깐만."

담임이 만년필을 꺼내며 뤼즈에게 말했다. "표 위에 몇 글자 더 쓴 다음 복사하자."

뤼즈가 물었다. "뭐라고 쓸까요?"

담임이 3반 첫 줄 위치를 가리키며 말했다. "여기에 써. 성화이난, 921.5점."

제43장

집념이 있기에 만나지 않는다

뤄즈는 차분하게 고개를 끄덕이며 만년필을 받았다. 담임이 가리키는 공간은 너무 좁아서, 이름을 제목과 표 사이에 한 획, 한 획 집중하여 쓰기 시작했다.

성, 화, 이, 난.

아무도 그의 이름 한자를 어떻게 쓰는지 알려주지 않았지만 그녀는 어렸을 때부터 알고 있었다.

그가 말하지 않았던가. 화이난은 남쪽 지역이라고, 그 자신 은 북방 소년이긴 하지만 말이다.

담임이 놀랍다는 듯 눈썹을 치켜올렸다. "어? 그 한자를 쓰 는 줄 어떻게 알았니?"

뤄즈가 웃었다. "저도 모르겠어요. 직감인가 봐요."

고개를 숙여 글씨를 보니, 그의 이름은 모두와 멀리 떨어진 곳에 고독하게 우뚝 서 있었다. 고요하고도 적막하게 보였다.

자랑스러움도 감돌았다.

나중에 뤄즈는 집으로 가는 길에 어째서인지 문구점에 들러 두껍고 비싼 노트 한 권을 샀다. 종이는 약간 바랜 효과를 가한 질감에, 표지는 무광의 중후한 짙은 회색이었다. 그리고 주황색 스탠드 불빛 아래에서 고등학교 시절의 첫 일기를 썼다. 청회색 수성 펜으로 한 번, 또 한 번 그 이름을 썼지만 사무실 안에서 펜을 쥐고 짐짓 침착한 척했을 때의 자태는 취할 수 없었다.

그땐 어째서인지 호기심을 꾹 참은 채 그에 대한 정보를 묻지 않았다. 선생님 앞에서 그의 성적에 대해 일부러 칭찬이나 감탄도 하지 않으면서 그저 고개를 숙이고 무표정하게 그의 이름을 열심히 쓰기만 했다. 힘을 너무 줘서 종이 뒤로 글씨가 비쳐 보일 정도로.

성적표를 나눠줄 때, 다들 길게 탄식하는 모습은 그녀가 예상한 대로였다. 한때 각 중학교에서 이름을 날린 우등생들도 자신의 예리한 칼날을 감추고 약한 척을 하면서 다른 사람 칭찬에 열심이었다. 성적을 확인할 때도 하늘이 무너진 것처럼 비장한 척하며 가식을 떨었다.

뤄즈는 자리에 돌아와 앉았다. 문득 3반 학생들이 그의 성적을 보곤 큰 소리로 호들갑을 떨고 그의 어깨를 두들기며 "너 이 자식, 굉장한데?"라고 말하지는 않을까 무척이나 궁금해졌다. 그럼 그는 득의양양하게 입을 살짝 다문 채 웃으며 겸손한 척을 할까, 아니면 웃으면서 "우연이야, 우연"이라고 둘러댈까?

뤄즈는 다섯 살 때 그를 처음 만났고, 그 후로 11년을 애태

우며 그를 가상의 적으로 생각해왔다. 그런데 그 순간, 그들 사이의 거리는 정말 그렇게나 멀다는 걸 발견하고야 말았다. 다른 사람 눈에 뭐든 잘하는 것처럼 보이는 우등생 뤄즈는 첫 번째 시험 때 우수함과 탁월함, 완벽함은 유의어가 아니라는 걸 깨닫고 말았다. 전에도 그녀는 성화이난의 소식에 줄곧 주의를 기울였었다. 한때는 그와 같은 반이 될 수 있을 거라고 생각했지만, 그는 고입 시험 때 제 실력을 발휘하지 못해서 전화고 합격 커트라인 점수를 겨우 넘겼고, 우등반 진입 자격을 얻지 못했다. 한동안 내심 자랑스러웠다. 심지어 엄마가 다른 사람 앞에서 그녀를 칭찬할 때도 엄마가 아주 생색을 내는 것처럼 느껴졌다.

"뤄즈가 '그 집 애'보다 훨씬 잘났지, 그렇지 않아요?"

그런데 그의 등장에 그녀는 마치 스스로 따귀를 때리는 것처럼 난감해졌다. 엄마가 학부모 회의에 와서 그 성적 분포표 위에 커다랗게 쓰여 있는 이름과 놀랄 만한 성적을 보면 무슨 생각을 할지 감히 상상할 수도 없었다.

하지만 이렇게 등장하지 않는다면 그녀를 11년 동안 집착하게 한 사람이 아닐 것이다.

뤄즈의 고등학교 생활은 지극히 단순하고 무미건조했다. 하루하루가 싱겁지도 짜지도 않게 지나갔다. 등교, 하교, 늘 사람들로 붐비는 122번 버스, 식사, 공부, 샤워, 머리카락이 마를 때까지 다시 공부, 그런 다음 잠자리에 들었다.

하지만 뤄즈가 그의 이름을 쓴 그 순간부터 생활은 지극히 목적성을 띠기 시작했다.

중간고사 후, 뤄즈의 같은 반 학생들은 그에 대해 의견이 분분했다. 뤄즈의 자리는 창가 쪽이었다. 그녀가 창턱에 기대어 멍하니 있을 때 뒤에 앉은 두 여학생이 그에 대해 재잘재잘 이야기하는 것을 똑똑히 들을 수 있었다. 지금 그 두 여학생의 도취된 듯하면서도 부끄러워하던 모습은 기억나지 않았지만, 그들의 달콤하고 귀 따가웠던 목소리는 기억했다. '성화이난'의 '난'을 그렇게나 자랑스럽고도 명랑하게 발음했고, 그렇게나 다정하고 핑크빛이었다.

처음으로 한 사람의 이름과 업적을 듣게 되면, 그는 그때부터 당신의 생활에 빈번하게 등장하게 된다. 뤄즈가 신기했던 건, 그는 그녀의 옆 반이었고 그녀는 끊임없이 그의 소문을 들었는데, 개학 후 지금껏 한 번도 그를 본 적 없었다는 것이다.

어쩌면 봤는데도 그인 줄 몰라봤을 것이다. 다섯 살 때 만난 아이가 어떤 모습으로 자랐을지 누가 알겠는가. 그런데 여자애들은 모두 그가 아주 잘생겼다고 했다. 그 애들의 말이 거짓이 아니라면, 뤄즈는 그를 본 적 없는 게 확실했다. 왜냐하면 그녀가 이 학교에서 본 대다수 남학생들은 모두 그저 그랬기 때문이었다.

중간고사 이후 몇 주 동안, 그의 이름과 소식에 대해서는 특별히 관심을 기울일 필요가 없었다. '성화이난'이라는 이름에 대해 각양각색의 이야기가 넘쳐났다.

예를 들면 농구장을 지날 때면 누군가 "성화이난을 마크

해!"라고 외치는 소리가 들렸다. 뤄즈는 당황하며 고개를 돌려 일부러 농구장을 보지 않았다.

예를 들면 뒷자리의 여학생이 이렇게 말했다. "국어 쪽지 시험 때 성 도련님이 학급 꼴찌에서 3등을 했는데, 고대 시 문제는 아예 빈칸으로 남겨뒀대. 대신 들어온 국어 선생님이 시험지를 들고 큰 소리로 물었다지. '누가 성화이난이지? 대학 안 갈 거야?'"

예를 들면 뤄즈의 짝꿍이 점심시간에 농구 리그 결승전을 보고 와서 말했다. "3반이 이겼어. 우승했다고. 걔네 반 애들이 성화이난을 헹가래 쳤는데, 정작 받아주는 사람은 아무도 없었대."

예를 들면 분단별로 매주 자리를 바꿔서 뤄즈가 문가에 앉게 되었을 때, 한 무리의 남학생들이 떠들며 지나가는 소리가 들렸다. 그때 한 여학생이 큰 소리로 외쳤다. "쩌우진, 성화이난, 너네 둘 이번 주 당번인데 왜 이렇게 늦게 와!"

또 예를 들면 뤄즈의 반 담임선생님은 그 이름을 말할 때마다 한숨을 내쉬었다. 마치 중간고사 총점에서 자신의 반이 1등을 했다는 자랑스러움이 3반의 그 전교 1등에 의해 가려진 것만 같았다.

언제부터인지 모르겠지만, 뤄즈의 머릿속에는 한 가지 또렷한 소원이 있었다. 어쩌면 단기적인 꿈이었을 수도 있다.

당분간은 그를 보고 싶지 않았다.

뤄즈는 교실 밖을 거의 나가지 않았다. 혹시라도 그와 마주칠까 봐서였다. 중간고사가 끝나자, 그녀는 미친 듯이 공부하기 시작했다. 책상을 가지런하게 정리하고, 책가방을 의자 등받이에 걸었다. 책상 서랍 속에는 문제집이 가득 꽂혔고, 책상 위에는 거북이 필통만 올려두었다. 거북이 필통은 착하고 천진난만한 눈동자를 빛내며 그녀가 묵묵히 문제를 푸는 모습을 지켜보았다. 앞머리는 올려도 다시 내려왔다. 그녀는 앞머리를 한 번, 또 한 번 올렸다.

고등학교 1학년의 뤄즈는 남들 눈에는 하루에 다섯 마디도 하지 않는 여학생이었다. 굳이 수식하자면, 깔끔했다. 깔끔한 옷, 깔끔한 포니테일, 깔끔한 표정, 깔끔한 말투.

온통 깨끗한 백지 같은.

그러나 그녀가 미친 듯이 노력하는 이유는 드라마에 나오는 현대판 신데렐라와는 달랐다. 훌륭한 가문의 남자 주인공과 평등하게 마주 설 수 있도록 수련에만 열중하다가, 한 달 후 등장하자마자 주변을 깜짝 놀래기 위해…… 뤄즈는 아직 그를 만나보지 못했으니 좋아한다고도 할 수 없었다.

사실, 솔직히 두려웠다.

그 아름다운 남자아이는 줄곧 활발하고 우호적이었다. 뤄즈는 그 점을 잘 알았다. 비록 기나긴 시간 동안 그 조그마한 환상을 추구하면서 그를 가상의 적으로 삼아 원망과 분노로 자신을 채찍질했지만, 여전히 그 무고하고 순수한 미소는 잊지 않았다. 그녀는 자신을 진한 미움 속에 감쌌다. 미워하는 것이 너그럽게 용서하고 사랑하는 것보다 훨씬 쉽고 직접적이었으며, 그녀에게 살아가야 할 끊임없는 동력이 되어주었기 때문이었다. 그녀는 매일 아침 일어나면 중요한 사명감을 느꼈다.

그러나 마침내 당당하고 씩씩하게 전화고에 합격해 그와 같은 교정을 거닐며 매일 만날 수 있는 가능성이 생기자, 황당하게도 고향에 가까워질수록 두려워지는 나그네처럼 복잡한 마음이 들었다. 게다가 그의 이름이 그렇게나 멋지게 등장하면서, 그녀가 몇 년간 열심히 노력했다는 자부심은 아무런 가치도 없는 것으로 폄하되고 말았다.

아주 간단했다. 그녀는 두려웠다.

뤄즈는 환상이 없는 사람이 아니었다. 때로는 어떤 장면과 느낌에 집착하며 한시도 잊지 못했다.

그래서 그녀는 절대로 일부러 찾아가거나 만나려고 하지 않고 그저 기대했다. 하늘이 다시 다섯 살 때의 그날처럼 아름답고도 인위적이지 않은 만남을 만들어주기를 말이다. 예를 들면 어느 날 옆 반에서 갑자기 영문도 모르는 환호성이 들리는 것이다. "야, 성화이난, 빨리 와서 봐. 이번 시험에서 어떤 여학생이 너보다 점수가 높아. 너 애 알아? 2반 애래."

그런 다음 복도에서 다른 사람이 그녀를 가리키며 말하는 거다. "바로 쟤야, 뤄즈." 그럼 뤄즈는 뒤를 돌아보았다가 한 무리의 남학생들 가운데 성화이난을 발견한다. 그녀가 그를 처음 만났을 때처럼 깔끔하고 잘생긴 성화이난 말이다. 뤄즈는 그에게 그녀의 가장 예쁘고, 그녀가 가장 자부하는, 가장 차분한 미소를 지어 보인 후 몸을 돌려 교실 안으로 들어간다. 그 마음을 저 깊은 바닥으로 완전히 가라앉힌 채. 일종의 작별 인사인 셈이다. 모든 것을 매듭짓는.

이런 상상은 청춘드라마의 플롯보다 훨씬 바보 같았다. 자신이 생각해도 좀 부끄러웠지만, 확실히 그건 그녀의 마음속에 가장 뜨겁게 타오르는 소원이었다.

사람에게는 늘 일종의 의식이 필요한 법이었다. 그 의식은 사람에게 장중함과 숙명이라는 느낌을 주었고, 자신감을 주었다.

시작과 끝은 똑같이 장중하고 완벽해야 했다.

그러나 하늘은 뤄즈에게 그 어떤 희망도 주지 않았다.

중간고사 후 셋째 주에 뤄즈는 그와 마주쳤다.

제44장 　 마음이 깊으면 말하지 못하네

12월 4일.

날씨가 몹시나 추워졌다. 뤄즈는 월동하는 곰처럼 옷을 겹겹이 껴입었다. 정거장에서 버스를 기다리는데 옆 반의 초등학교 동창과 마주쳤다.

동창이 말했다. "몇 번 버스 기다려?"

"122번."

동창이 뭐라고 말을 하려다가 몸을 돌려 그녀 뒤쪽을 바라보았다. 뤄즈도 따라서 고개를 돌렸다. 귓가에 동창이 조그맣게 외치는 소리가 들렸다. "세상에, 성화이난이야."

뤄즈는 그를 보지 않기 위해 얼른 고개를 돌리려 했다. 그토록 오매불망 바라던 '첫 만남'을 위해서였다. 그렇지만 그는 너무나 눈에 띄어서 몸을 돌리자마자 그를 보지 않을 수 없었다.

하얀 스포츠 재킷을 입고 까만 나이키 가방을 멘 뒷모습은 키가 크고 말쑥했다. 노을빛이 연하게 그의 좌반신을 물들였고, 우반신은 그늘 속에 머물러 있었다. 그 잘생긴 모습은 마치, 마치…… 뤄즈는 자신의 만능 비교법이 효력을 잃었음을 깨달았다.

만약 인생에 후회하는 일을 바로잡을 수 있는 약이 있다면, 뤄즈는 그날이 흐리기를 바랐다. 다섯 살 때든 열여섯 살 때든, 햇빛은 그가 사람 마음을 현혹하도록 도와주었다.

그 후 그는 몸을 돌려 정거장 표지판을 바라보았다.

그는 자라나 있었다. 어릴 적 예쁜 얼굴은 더욱 정교하게 아름다워져 있었다. 그렇게 잘생긴 모습은 그녀가 상상했던 것과 똑같았다. 이것보다 더 두려운 일이 있을까?

"쟤가 오늘은 왜 버스를 타고 가지? 평소엔 기사 아저씨가 데리러 오는데. 날이 추워지니까 농구하러 나오는 일이 뜸해져서 볼 기회가 없었는데, 오늘은 운이 좋다야."

뤄즈는 미소 띤 얼굴로 동창의 말을 들으며 오래도록 그를 주시했다.

남학생 셋과 여학생 둘이 걸어왔다. 그중 한 남학생이 그의 어깨를 세게 쳤다. 그들은 웃고 떠들며 가끔 서로 때리며 장난을 치기도 했다. 두 여학생은 성화이난과 대화하지 않고 다른 남학생들과 입씨름을 벌였지만, 눈빛은 자꾸 그에게로 향했다.

뤄즈는 문득 그 분포표에 쓰여 있던 그의 이름을 떠올렸다. 모두와 멀리 떨어진 곳에 고독하게 우뚝 서 있던 그 이름.

사실 그는 전혀 그렇게 보이지 않았다. 최소한, 그는 모두에게 환영받는 사람이었다. 농구 시합 후 공중으로 헹가래질을 당하고 많은 사람들에게 둘러싸이는 성격 좋고 인맥 좋은 소년이었다. 그러나 그의 눈동자에 늘 남아 있는 것만 같던 쓸쓸함과 소원함은 그녀의 착각과 상상이 아닌 것처럼 보였다.

폐지 줍는 할아버지가 삼륜차를 몰며 지나갔다. 그는 몇 걸음 쫓아가 수레에서 떨어진 신문지 뭉치를 주워 수레에 올리고는 다시 무리 속으로 돌아와 계속 이야기를 하려던 참이었다. 그런데 몇 걸음 떼기도 전에 신문지 뭉치가 또 떨어졌다. 주변에서는 아무도 움직이지 않았다. 그는 또다시 달려가 신문지 뭉치를 수레 위로 올렸지만, 길이 울퉁불퉁해서 수레가 흔들리자 신문지 뭉치가 다시 떨어졌다. 신문지 뭉치를 묶은 가느다란 비닐 끈은 더 이상 지탱하지 못하고 금방이라도 끊어질 것만 같았다.

눈앞의 광경이 웃겨서 뤄즈는 하마터면 소리 내어 웃을 뻔했다. 성화이난은 오기에 차서 초등학생처럼 잔뜩 뾰로통해서는, 금방이라도 떨어질 것 같은 커다란 신문지 뭉치를 수레 위로 힘껏 던졌다. 할아버지는 수레의 진동을 느끼곤 뒤를 돌아보았다가, 그제야 상황을 파악하고 목 쉰 소리로 말했다. "고맙네, 젊은이."

그의 하얀 스포츠 재킷에 먼지가 잔뜩 묻었다. 그는 할아버지의 감사 인사에 쑥스러웠는지 뒤통수를 긁적이며 웃었다. 초승달처럼 구부러진 눈은 어렸을 때와 똑같았고, 뤄즈와도 똑같았다. 어쨌거나 방금 그 학생들과 함께 있을 때보다 훨씬 진실하고 기뻐 보였다.

뤄즈는 이유도 모르게 갑자기 당황해서 귓불이 빨개졌다. 그녀는 한 걸음 비켜나 동창 뒤로 몸을 숨겼다. 아무도 그녀의 이 상함을 눈치채지 못했다.

어째서 그는 오만하고 이기적이며, 남들에게 미움을 사는 부잣집 도련님이 아닐까? 혹은 그는 어째서 못생기고 불결한 모습이 아닐까?

그렇다면 일은 훨씬 간단했을 것이다.

그는 다른 버스를 타고 먼저 갔다. 뤄즈는 계속해서 동창과 짜지도 싱겁지도 않은 대화를 나누었다. 공허한 대화가 마음속 깊은 곳의 실망을 덮어주었다.

그의 반짝임과 아름다움은, 122번 버스가 멈춰 섰을 때 그녀가 버스 문에 비친 자신의 보잘것없고 구차한 모습을 보게 만들었다.

11년 동안 부지런히 노력해온 게 원래 이렇게나 우스운 거였다니. 그녀는 일방적으로 부러워했고, 일방적으로 질투했으며, 일방적으로 도전했고, 일방적으로 기억했다. 얼마나 구차한가.

버스 문이 양쪽으로 열리며 문에 비친 뤄즈의 모습을 한가운데에서 둘로 나누었다.

고등학교 1학년 때 네 번의 정규 시험에서 성화이난은 매번 전교 2등을 큰 점수 차로 따돌렸다.

그러나 뤼즈가 고등학교 1학년 때 얻은 가장 좋은 성적은 전교 4등이었다. 비록 1천 명이 넘는 고수들이 운집한 학년에서 자랑스러워하기 충분한 성적이었지만, 뤼즈는 그저 성적표를 접어놓고는 공부할 때도 더 이상 목숨을 걸지 않았다.

정원루이가 전에 물었었다. 뭐 때문에 포기해야 하냐고, 뭐 때문에 단념하냐고.

뤼즈는 그 시절에 이미 알았다. 이유는 없고, 단지 어쩔 수 없는 것만 있을 뿐이었다. 세월을 보내기 위해서는 받아들이는 것 말고 다른 방법은 없었다. 세월을 잘 보내기 위해서는 받아들이는 동시에 이 부득이한 '어쩔 수 없음'을 능동적이고 지혜로운 선택으로 미화해야 했으며, 부득이한 타협을 인생의 커다란 지혜로 바꾸어 먼저 자신부터 철석같이 믿어야 했다.

그는 영원히 모를 것이다. 그녀는 고등학교 1학년 때 모든 미움을 없애버리고 이 실패를 침묵으로 받아들였다는 것을.

그해 여름, 뤼즈는 문과반 지원서를 작성했다.

일종의 도피와도 같았다. 육상 선수와 노래 시합을 하고, 가수와 달리기 시합을 하는 것. 그녀는 그저 많이 힘들지 않을 길을 선택한 것뿐이었다.

그러나 지금 돌이켜 보니 무척이나 다행스러웠다. 다행히 그가 자신보다 그렇게나 뛰어나서, 다행히 그가 자신의 앞쪽을 걷고 있어서 뤼즈는 그의 뒷모습을 달갑지 않게 쫓아갈 수 있었다. 만약 그렇지 않았더라면, 그녀는 어쩌면 저속한 승리를 거둔 후 나아갈 방향을 잃고 모든 기대와 즐거움을 잃어버렸을 것이다.

그리고 더욱 중요한 건, 자신이 매일 그를 생각한다는 것이었다. 그의 얼굴을 확실하게 본 이후로 뤄즈의 감정은 자신도 의식하지 못한 사이에 서서히 변했고, 자신조차 깜짝 놀라 당황할 지경에까지 이르렀다.

뤄즈는, 그를 좋아하게 되었다.

그를 보면 긴장했고, 그다음에는 바보같이 웃었다. 그가 수학 경시대회에 나가 상을 받으면 덩달아 기뻤고, 그가 속한 학급이 농구 리그에서 고전하는 와중에 그가 번번이 수비를 뚫을 때마다 덩달아 초조해졌다. 그녀는 평범하디평범한 여학생이었고, 평범하디평범한 방식으로 한 사람을 좋아하게 되었다.

이 좋아하는 감정은 살면서 처음으로 '다른 사람'의 영예와 치욕, 기쁨과 슬픔을 주목하게 만들었다.

뤄즈는 더욱 말수가 없어졌다.

고등학교 1학년 겨울방학, 밸런타인데이. 뤄즈는 스탠드를 켜고 장문의 일기를 썼다. 그녀는 꾹 참는 방식으로 자신을 괴롭히는 즐거움을 누렸고, 호기심과 미련을 그대로 내버려 두지 않으면서 자신이 그 나이 또래만이 가질 수 있는 우스운 고결함을 유지하고 있다고 느꼈다. 그래야 그녀의 사랑이 뒷자리에서 지치지도 않고 그의 이름을 부르는 여학생들의 사랑보다 훨씬 고결하고 순결해질 것만 같았다.

그런 생각은 잠시나마 위안이 되었다.

고등학교 2학년은 새로운 시작이야, 뤄즈는 자신에게 말했다.

개교기념일 행사에서 그는 학생 대표로 앞에 나가 연설을 했다.

이런 상황에서 사람들은 대부분 손에 든 원고를 꽉 쥐고 긴장한 채 감정을 실어서 읽기 마련일 텐데, 그는 시종일관 그렇게나 자연스러웠다. 마침 당번이라서 구령대 밑에 서 있던 뤄즈는 아무것도 볼 수 없었다. 다만 익숙한 목소리의 인사말이 울려 퍼졌을 때, 눈시울이 불현듯 붉어졌을 뿐이었다.

전에는 이 좋아하는 감정이 혹시 오랜 시간 상상해낸 거품은 아닐까 하는 의심이 조금이나마 들었다면, 그때 그녀는 그에게 환호하는 관중들을 보며 자신이 그를 좋아한다는 것을 확신했다. 그는 그녀가 이런 감정을 가질 만한 가치가 있었다.

왜냐하면 이렇게 확실하게 좋아한다는 감정은 그녀의 분노와 질투 속에서 해탈해 나온 것이기 때문이었다.

그는 무고했고 새로웠고 아름다웠다. 그는 농구 시합이 끝나고 다른 사람들이 모두 강의동으로 돌아갈 때, 봉사부장을 도와 어지럽게 널린 생수병을 쓰레기봉투에 모아 넣는 다정한 소년이었다. 생일 때 반 친구들이 그의 얼굴에 버터케이크를 잔뜩 묻혀놓아도 싱글벙글 웃으며 화내지 않고, 저녁 자습 시간 종이 울리자 검지를 입에 대고 모두에게 조용히 교실로 돌아가라고 하는 반장 나리였다. 그는 뤄즈의 그 자질구레하고 원한 섞인 과거의 일과는 무관했고, 복잡하게 뒤엉킨 은원관계에 얽매이지 않는 사람이었다. 어릴 때보다는 위장술이 조금 늘었지만, 그 웃는 얼굴은 여전히 구김살 하나 없었다.

뤄즈는 한때 그를 그녀가 성장하는 길을 막는 장애물이자 마음속 악마라고 생각했지만, 그가 그녀의 10여 년 인생에서 먼 길 마다 않고 끊임없이 길을 비춰주던 햇살이기도 했다는 건 줄곧 알지 못했다.

제45장 　　　　　　　　결국은 부식될 우리의 청춘에게

뢰즈는 이와이 슌지 감독의 영화 〈4월 이야기〉를 본 적 있었다. 짝사랑 때문에 열심히 공부한 끝에 기적처럼 무사시노대학에 진학한 여학생은 뢰즈 자신보다 훨씬 단순했고 행복했다. 만약 뢰즈가 어리석고 평범해서 그를 그저 끝까지 견지해야 할 목표와 동력으로만 삼았다면 이렇게 꾹 참는 짝사랑은 더욱 탄식만 나왔을 것이다. 그러나 그녀는 그렇지 않았다. 그녀에게는 자신만의 긍지와 책임감이 있었다. '그를 쫓아서 그와 똑같이 강해질 거야'라는 신념은 그저 그녀를 좀 더 즐겁고 힘 있게 나아갈 수 있도록 도와주었을 뿐이었다. 확실히, 그를 생각하는 건 날마다 남몰래 울며 들썩거리던 엄마의 어깨를 생각하는 것보다는 훨씬 쉬웠다.

그는 이렇게 자신 있게 앞서 나갔고, 그녀는 그런 그를 좋아하며 뒤쫓았다. 학업이든 사랑이든 두 가지 모두 소홀히 하지 않았다.

그렇지만 감히 아무것도 말하지 못한다 해도 뤄즈는 여전히 그의 눈길을 끌 수 있을 만한 계기를 찾고 있었다.

고등학교 1학년 초여름, 뤄즈는 매일 오후 수업이 끝나면 운동장 이곳저곳을 걸었다. 그가 운동장에서 농구를 하고 있지는 않을까 보기 위해서였다. 웃기는 건, 그의 학급이 농구를 하는 농구대 근처로는 감히 한 번도 대놓고 가지 못하고 줄곧 피하기만 했다는 것이다. 멀리 떨어진 구석에서 가슴 콩닥거리며 얼굴을 붉히는 건 마치 무슨 기이한 체력 단련 같았다.

가까이 다가가기만 하면 온 세상이 그녀의 의도를 알아차리고 마음을 꿰뚫어볼 것만 같았다.

뤄즈는 매번 그 시절을 떠올릴 때마다 놀라곤 했다. 자신은 정말 바보같이 순수했구나.

문과반 국어 선생님은 3반도 가르쳤다. 그 사실은 뤄즈를 들뜨게 하는 동시에 불안하게도 했다. 뤄즈는 자신이 그보다 유일하게 뛰어난 과목은 작문뿐이라는 걸 알았다. 하지만 그 고리타분한 제목과 하도 많이 써서 너덜너덜해진 논점과 논거들, 찬반 논쟁, 대구와 비유라면…… 그는 거들떠도 보지 않을 것이었다. 그렇지 않고서야 그 유명한 "누가 성화이난이지? 대학 안 갈 거야?"라는 말이 나왔겠는가.

그래서 매번 시험 때마다 뤄즈는 정말 열심히 작문을 썼고, 갖은 머리를 짜내어 그 활기라곤 찾아볼 수 없는 뻔한 전개를 새롭게 창조해냈다. 사고의 범위에서부터 단어 선택과 문장 구성에 이르기까지 심혈을 기울였다. 그 결과, 정석을 벗어나지 않아 고득점을 받으면서도 읽었을 때 뻔하거나 지루하지 않았다. 국어 선생님이 3반에 가서 모범 작문을 읽어줄 때나 우수 작문을 모아 전교생에게 복사해서 나눠줄 때, 그녀의 작문은 그가 코웃음 치며 걸러버리는 고리타분한 글이 절대 아니었다.

그렇지만 그렇게나 공들여 조심스럽게 썼는데도 그는 한 편도 보지 않았다.

그들이 서로 알고 지낸 건 아니었어도 뤄즈가 고등학교 시절 가장 알고 싶었던 건 바로, 그가 자신을 알까였다. 최소한 이름은 들어봤겠지? 그럼 난 어떤 이미지일까? 재능 있는? 근면 성실한? 아니면 생기 없이 축 늘어진 책벌레? 문과반 전교 1등이 누구인지는 들었겠지. 내가 쓴 작문은 봤겠지. 마음에 들었을까?

나중에, 소위 그 첫 번째 데이트에서 그녀는 마침내 해답을 얻었다.

그는 그녀의 작문을 한 번도 보지 않고 뒤집어서 연습장으로 썼다. 수업 시간에 국어 선생님이 그녀의 작문을 읽을 때, 그는 책상에 엎드려 잠을 자고 있었다.

장밍루이가 그랬다. "성화이난은 널 한 번도 눈여겨본 적 없대."

추억 속 시공간에는 조그만 단상들이 아주 많았다. 마치 둥둥 떠다니는 기포처럼, 그리고 그것들은 진실의 바늘에 의해 하나씩 터져갔다.

뤄즈는 걷다가 힘들자, 행정구역 4층으로 뛰어 올라가 창턱에 앉아 몸을 돌려 황량한 운동장을 바라보았다.

그녀는 줄곧 이 창턱이 참 좋았다. 고등학교 1학년 때부터 이곳에 앉아 생각하는 걸 좋아했다. 창턱은 옆으로 돌아앉기에도 충분히 넓어서 그녀는 무릎을 감싸 안은 채 멍하니 밤풍경을 바라보곤 했다. 그러나 안타깝게도 나중엔 어찌 된 일인지 성화이난과 예잔옌이 늘 이곳을 점령해버렸다. 그녀는 종종 근처까지 걸어가서야 어두운 불빛 아래 두 사람의 그림자를 분간하곤 아쉽게 발길을 돌리곤 했다.

이것도 그녀와 그가 어떤 점에선 슬프고도 웃기게 통하는 점이라고 할 수 있을까?

뤄즈는 창밖에 시선을 고정했다. 황량한 운동장에는 낙엽이 바람을 따라 빙글빙글 돌고 있었고, 간혹 황토가 드러난 운동장에 작은 모래바람이 일면서 모래 알갱이가 창문에 부딪히면서 나는 서걱거리는 소리가 들렸다.

그래도 밤이 더 예뻤다. 낮의 모든 건 정말 놀랄 만큼 누추했다. 뤄즈는 문득 깨달았다. 어쩐지 그날 성화이난이 이과 건물 꼭대기층 테라스로 데려가 함께 야경을 봤을 때 그렇게나 익숙하더라니. 전화고의 야경은 사실 쌍둥이 얼굴을 가지고 있었던 것이다.

번화한 시내에 둘러싸인 깨끗한 곳, 반짝이는 수많은 등불의 호위를 받는 블랙홀.

고등학교 2학년 2학기가 시작되었을 때, 성화이난은 예잔옌을 만났다.

뤄즈가 한 번도 빼먹지 않고 쓰던 일기는 열흘 동안 공백을
유지했다.

뤄즈가 괴로웠던 건 그에게 여자 친구가 생겨서가 아니라,
그의 여자 친구가 그녀와는 성격이 판이하게 달랐기 때문이었
다. 그제야 확실히 깨달았다. 자신이 아무리 적극적으로 어필
한다 해도 그녀는 그의 스타일이 아니라는 것을.

그 전에는 청춘이 그곳에 멈춰 있어도 된다고 생각했다. 그
는 태연하게 앞으로 나아가고 그녀는 기쁘게 그 뒤를 쫓으며
그에 관한 모든 것을 조심스럽게 수집하는 것이다. 심지어 일
부 사소한 일은 그녀가 당사자인 그보다 훨씬 잘 알기까지 했
다. 게다가 그들 사이의 연결고리는 이렇게나 오래 지속되었
다. 이런 인연은 어쩌면 뭔가를 의미하고 있을지도 모른다. 소
설 속에서는 다 그렇게 쓰지 않는가? 그녀의 환상은 아무 근거
없지 않았다.

뤄즈는 일기에 이렇게 썼다.

나는 이제껏 자신감이 없었다. 그런데 어째서인지, 아득함
속에서 난 늘 그와 내가 언젠가는 함께하리라는 느낌이 들었
다. 어쩌면 우리는 예전에도 줄곧 함께였는지도 모른다.

그러나 사실상 너무 자신감을 갖지 않는 편이 좋다는 것이
증명되었다.

예전에 여러 번, 뤄즈는 잠들기 전 자신에게 말했었다. "어느 날 당당하게 일기를 펼쳐 그에게 보여주면서 이렇게 말하는 거야. 난 네가 정말로 즐거워하는 건지, 예의를 차리는 건지, 아니면 짜증을 내는 건지 딱 보면 알아. 난 네가 무척 쓸쓸한 것 같아. 네가 날 믿어줬으면 좋겠어. 왜냐하면 난⋯⋯."

뤄즈에게는 또래 여학생들이 품는 핑크빛 로망이 매우 적었다. 방금 그렇게 '패를 꺼내 보이는 것'도 친다면 말이다.

하지만 지금은 필요 없었다. 예잔옌은 그의 은밀한 희로애락을 알 것이다. 예잔옌이 잘 알지 못한다 해도, 뤄즈처럼 남몰래 그를 관찰할 필요는 없었다. 왜냐하면 그가 먼저 그녀에게 알려줄 테니 말이다.

됐어, 뤄즈.

그녀는 일기를 책상 앞에 펼쳤다. 텅 빈 페이지. 하지만 울지는 않았다.

사람의 집념은 부러지거나 꺾이는 것이 아니었다. 반드시 잊겠다고 애써 맹세할 순 있어도, 결국엔 무능하고 한 입으로 두말하는 자신을 질책할 뿐이다.

뤄즈는 다시금 일기장을 펼쳐 조심스럽게 글을 써 내려가면서 문득 초연한 척하는 건 너무나 피곤하다고 생각했다. 자신에게 진실한 건 무척 중요한 일이었다. 안 그랬으면 그녀는 더욱 고독해졌을 것이다.

예전에 고집스레 장바이리에게 강조한 "다른 사람의 이야기에서 행인 A가 되지 마"라는 말처럼, 그녀는 일기에서 그 점을 철저히 실행했다. 3년 동안 쓴 일기에는 예잔옌이 딱 한 번 등장했다. 그 비 오는 날, 분홍색 초록색 우비. 그가 입고 있던 청개구리 우비는 그녀의 아버지가 지키지 못한 약속이었다. 이 얼마나 아이러니한가. 갖가지 감정이 얽히며 뤄즈는 처음으로 일기에 그들의 행복에 대한 깊은 부러움을 표현했다. 그 부러움 속에는 자신의 생활에 대한 무한한 피로감이 있었다.

그건 딱 한 번이었다. 뤄즈는 차가운 유리창에 머리를 기대고 자신의 모호한 그림자를 곁눈질하며 자조하듯 웃었다.

그 일기에는 그가 젓가락 세 개로 밥을 먹었던 것과, 그가 받지 못한 산산조각 난 메콩강과, 그의 몇 가지 고정된 코디와, 고등학교 3학년 때 P대 입학설명회에서 그가 그녀의 곁을 비집고 지나갔을 때 맡았던 세탁 세제와 섬유유연제 향기와, 아침에 그가 무슨 옷을 입고 몇 시에 학교 부근 모퉁이에 나타났다는 것과, 그가 늘 왼손에 들고 있는 책가방과 하얀 이어폰 등 사소한 기록들이 가득 적혀 있었다. 중복된 것이 있어도 그녀는 매번 다르게 썼다.

하나의 내용, 하나의 이름, 하나의 시각.

뤄즈는 3년을 이렇게 살아왔다.

때로 순수한 묘사가 중복되어 무미건조해질 때면 일기에 기도와 소원을 적었다. 자신의 성적과, 자신의 미래와, 또한 그를 위해.

예를 들어 그가 추천입학생 시험을 보러 갔을 때, 그녀는 일기에 소녀 감성을 잔뜩 담아 이렇게 썼다.

　넌 평소처럼 실력을 발휘하기만 하면 문제없을 거야. 안 그래? 넌 이제까지 한 번도 긴장한 적 없잖아. 난 알아.

또, 고등학교 3학년 첫 월말고사 때 그가 이유 없이 전교 3등으로 미끄러졌을 때, 그녀는 일기에 그를 위한 우스갯소리를 잔뜩 늘어놓은 다음, 마지막을 담담하게 마무리 지었다.

　모두가 그렇게 선의로 널 놀리면서 고소해하는 건, 사실 너의 강함에 우리가 진심으로 탄복했기 때문이야.

그녀는 그에게서 많은 색채를 수집했고, 그는 그녀의 수집에 뭔가를 잃기는커녕 오히려 많은 이해와 축복을 받았다.

다만, 그 일기는 아쉽게 되었다.
대입 시험을 앞두고 학교는 고3 학생들이 집으로 돌아가 시험 준비를 할 수 있도록 완전히 방학을 했다. 어수선한 마지막 날, 모두가 바리바리 짐을 챙겨 집으로 돌아갈 준비를 했고, 뤄즈는 크고 작은 짐을 버스에 밀어 넣으며 문득 성화이난에게 이런 기분을 느껴본 적 있냐고 묻고 싶어졌다.
그런데 집으로 돌아와 물건을 정리할 때, 비로소 일기장이 커다란 시험지 한 뭉치와 『황강 문제은행』 한 권과 함께 사라진 것을 알았다.

뤼즈는 당황했다. 커다란 비닐봉지에 잔뜩 담은 각종 시험지며 풀었던 교내 문제집을 교실 뒤쪽 쓰레기통에 버릴 때, 다급하게 서두르느라 일기장까지 함께 버린 걸까?

가슴이 철렁 내려앉았다. 뤼즈는 바닥에 널린 복습 자료 몇 뭉치를 밟고 집 밖으로 튀어나갔다. 큰길에서 손을 흔들어 택시를 잡아타곤, 자신이 낼 수 있는 가장 힘찬 목소리로 말했다. "전화고등학교요, 최대한 빨리요!"

그러나 그녀가 교실 문 앞에 도착했을 때, 장민이 문을 잠그고 있었다.

"장민, 그, 그 쓰레기 더미 있잖아……. 다 버렸어?"

장민이 그녀를 멍하니 바라보았다. "응."

뤼즈는 입을 열 때마다 자꾸 기침이 나왔다. "그러니까, 콜록……."

"침착해." 장민이 멍하니 잠시 생각하다가 말했다. "담임이 오늘 쓰레기가 특히 많다면서 화장실의 커다란 쓰레기통에 쌓아놓지 말래. 그래서 방금 청소 당번이랑 같이 쓰레기를 몽땅 운동장 뒤쪽 쓰레기 처리장에 버리고 왔어. 모든 교실의 쓰레기가 다 거기 모인 것 같던데. 죄다 시험지랑 연습장 같은 거였는데 아주 장관이더라!" 뤼즈는 그 말에 숨을 고를 틈도 없이 곧장 운동장 뒤쪽으로 달려갔다.

하늘은 이미 짙푸른 색으로 변해 있었고 주변도 갈수록 어두워졌다. 종이를 코앞에 대야만 그 위에 뭐가 쓰여 있는지 보일

정도였다. 뤄즈는 산처럼 쌓인 쓰레기 더미 앞에 서서 절망적
으로 이리저리 뒤져보았다. 대부분이 폐지와 낡은 책이었지만
여러 번 지저분한 쓰레기에 손이 닿기도 했다. 절반쯤 남았는
데 뚜껑을 제대로 닫지 않은 밀크 스무디, 찐득거리는 바나나
껍질⋯⋯. 뤄즈는 구역질을 참으며 모든 비닐봉지를 풀어헤쳐
안에 든 자료를 보며 자기 반의 쓰레기인지 판단했다.

"야, 뤄즈! 여기야!"

장민이 언제 따라왔는지, 검정색 커다란 비닐봉지를 가리키
며 그녀를 향해 손을 흔들었다.

뤄즈가 달려갔다. 두 사람은 함께 쓰레기봉투를 뒤집어 쏟
아냈다. 장민은 조금도 거리낌 없이 그녀와 함께 쓰레기를 뒤
졌다. 절반쯤 뒤졌을 때에야 비로소 멋쩍은 듯 웃기 시작했다.
"참, 뤄즈. 근데 뭘 찾는 거야?"

뤄즈는 비닐봉지 세 개를 모두 뒤졌지만 일기장은 그림자도
보이지 않았다. 그녀는 고개를 들고 다급하게 물었다. "이거 세
개가 다야? 더 있어?"

장민은 곰곰이 생각했다. "쓰레기 수거는 내 담당이 아니어
서. 이거보다 더 많았던 것 같긴 한데, 내가 찾은 건 이게 다야."

뤄즈는 가만히 앉았다. 손에 묻은 스무디는 어느새 말라서
찐득해져 있었고, 쓰레기를 뒤지느라 기름과 잉크 때가 묻어서
거뭇거뭇하게 변해 있었다. 그녀는 두 손을 얼굴 앞에 펼치고
거대한 쓰레기 산을 마주 보았다. 그러고는 쓸쓸하게 입꼬리를
올려 웃었다.

"장민, 고마워. 이제 그만 찾을래."

뤄즈는 속으로 생각했다. 못 찾으면 그만두지 뭐, 부담스러웠는데 잃어버리는 것도 나쁘지 않아, 하고. 곧 대입 시험이었다. 그와 같은 대학에 입학할 수 있도록 노력해야 했다. 그저 일기장 한 권일 뿐이었다. 진짜 사람도 아닌데 울 게 뭐 있어.

그래. 울긴 왜 울어. 뤄즈는 바닥에 앉았다. 눈물꼭지는 아직 완전히 잠기지 않은 것 같았다. 코가 시큰거리지도, 마음이 아프지도 않은 상태에서 눈물은 마치 식은땀처럼 예고도 없이 흘러내렸다.

뤄즈에게 그 일기장은 돌아갈 수 있는 열쇠 같은 존재였다. 그런데 지금, 그녀는 돌아갈 수 없게 되었다.

땅에 널려 있는 시험지와 연습장 뭉치들, 어떤 건 이름이 써 있었고 어떤 건 써 있지 않았다. 각양각색의 필적이 주인들에게 버려져 그녀의 일기를 묻어버렸다. 그녀가 3년간 함께 걸어왔던 청춘도 함께 묻어버렸다. 이 쓰레기들은 내일 수거되어 스무디와 바나나 껍질, 그리고 먹다 남은 빵은 함께 썩고 발효되면서 악취가 될 것이다.

뤄즈는 장민 품에 기대어 펑펑 울었다. 장민은 아무것도 묻지 않고 시큼한 땀 냄새가 밴 가슴을 열어 뤄즈를 안고 그녀의 등을 살짝 토닥여주었다.

뤄즈는 이렇게 그녀의 청춘을 운동장 뒤쪽에 유기하고 천천히 썩어가도록 두었다.

가는 길 내내 정신이 어질어질했다. 뤼즈는 마침내 종점에 도착했다. 텅 빈 꼭대기층.

그해 그녀는 이곳에 앉아 『신개념 4』를 외우고 있었다.

벽면은 새로 칠해져 있었다. 구석구석 깨끗하게 칠해져서 그 문장은 찾아볼 수 없게 되었다.

졸업식이 끝난 후, 뤼즈는 혼자 이곳에 와서 볼펜으로 가장 구석진 곳에 진심을 담아 이렇게 썼다.

"뤼즈가 성화이난을 사랑하는 건 아무도 몰라."

제46장　　　　우리는 모두 거짓말쟁이야

　뤄즈가 막 교문을 나서려고 할 때 예상치도 못하게 딩수이징과 정면으로 마주쳤다.

　딩수이징은 커다란 간식 봉투를 들고 하얀 패딩을 걸치고 있었다. 지퍼를 올리지 않아 안에 입은 스웨터에 그려진 커다란 마시마로가 보였다. 많이 길어진 머리카락이 어깨 위에 흩어져 있었고, 코끝은 얼어서 새빨갰다.

　뤄즈는 아연실색했다. 딩수이징은 입을 크게 벌리고 믿기 힘들다는 표정을 지었다.

　"너 왜 여기 있어?" 딩수이징이 그녀를 가리키며 물었다.

　"집에 일이 있어서 잠깐 돌아온 거야. 겸사겸사…… 너도 보고."

　딩수이징의 얼굴에 남극의 빙산도 녹일 정도로 따스한 웃음이 떠올랐다.

뤄즈는 켕기기도 하고 미안하기도 했다.

거짓말은 능력이라고도 할 수 없었다. 만약 자신도 속이고 남도 속일 수 있다면 더욱 완벽할 것이다.

경비원은 딩수이징을 막지 않았다. 그녀가 자유롭게 드나드는 것에 이미 익숙한 듯했다. 뤄즈는 다른 애들이 수업 듣고 있을 시간에 어째서 먹을 것을 사 오는 건지 묻지 않았다. 딩수이징은 공부에 있어서는 이제껏 평범한 길을 간 적 없었고, 다른 사람의 걱정도 필요로 하지 않았다.

두 사람은 로비로 걸어가 창턱 위에 앉았다.

"사실 운동장에서 얘기하는 게 더 편하지만 너무 추워서." 딩수이징이 말했다. "미안, 날 보러 왔는데 수업 째는 모습을 보게 했네."

"괜찮아. 너한텐 다 생각이 있을 테니까." 뤄즈가 미소를 지었다.

딩수이징이 가볍게 빈정거렸다. "생각이 있는 걸로 치면 누가 널 이겨?"

뤄즈는 깜짝 놀랐다. 어째서 말도 몇 마디 나누기 전에 딩수이징의 말투가 이렇게 거친 건지 이해되지 않았다.

잠깐의 침묵, 딩수이징은 고개를 숙이며 말했다. "미안해."

뤄즈가 얼른 화제를 돌렸다. "미술 전공 시험은 언제야?"

"1월. 베이징영화학교가 가장 먼저 시작하고 그다음엔 중앙 미술대학, 이어서 베이징방송학교랑 칭화미술대학이야. 그 전

엔 다롄이랑 상하이의 몇몇 학교 시험도 있었는데, 다 우리 도
시에 별도 고사장이 있어서 거기까지 갈 필요는 없었고."

"그럼 넌 지금 화실에 있어야 하는 거 아냐? 내 기억에 예전
에 쉬치차오도 예술 전공 시험 본다고 시험 전 한 달 동안 학교
수업을 안 들었던 것 같은데."

"나도 학교 거의 안 와. 하지만 내가 갈 수 있는 곳은 딱 두 곳
뿐이라, 한 곳이 질리면 다른 곳으로 가는 거야. 그리고 내가 오
늘 안 나왔다면 어떻게 널 마주쳤겠어?" 딩수이징이 눈을 깜빡
거렸다.

뤄즈는 말문이 막혔다. 하마터면 자신의 거짓말을 잊어버릴
뻔했다. 지금 시기에 딩수이징이 매일 화실에 틀어박혀 시험
준비를 한다는 걸 뻔히 알면서도, 뻔뻔스럽게도 딩수이징을 만
나러 학교에 왔다고 했던 것이다.

딩수이징은 그녀를 난처하게 하지 않고 고개를 돌려서 이번
고3 학생들의 상황에 대해 말하기 시작했다.

"너 혼자 문과를 제패하던 시절은 이제 다시 오지 않아. 지금
문과는 여학생 몇 명이 돌아가면서 전교 1등을 차지하고 있는
데, 걔네들끼리 아주 난장판으로 싸운다니까."

"성적으로 겨루는 건데 싸울 게 뭐 있어?"

"그 어떤 영역이든 다 싸우기 마련이지. 황제의 후궁들을 봐.
지루한 일상이잖아. 누구 처소에는 그 난봉꾼 황제가 들어가고
누구는 황제에게 내쳐지고, 누구는 임신하고 누구는 유산하고,
누구는 아들을 낳고 누구는 딸을 낳고. 이런 것들뿐이잖아. 고

작 몇 십 년밖에 안 되는 짧은 인생에 싸울 게 뭐 있어? 그런데
도 후궁들은 아주 신나게 싸워대지. 그러면서 몇 백 년 후 우리
조국의 드라마 사업에 아주 흥미진진한 소재를 남겨주는 공헌
을 하고 말야?" 딩수이징이 조롱하듯 웃었다. "학생도 똑같아.
예비 당원, 모의 유엔회의 대표단, 뉴욕대학 단기 교류, 물론 가
장 중요한 P대와 T대의 자율 모집도 있고, 각 대학마다 소수 언
어 입학정원도 제한이 있으니 후궁들보다 훨씬 치열하게 싸운
다니까. 네가 전화고에 있을 때보다 훨씬 재밌어졌어. 예전에
너 때문에 재미있는 광경을 많이 놓쳤다야."

"어쩌면 그럴 수도."

"우리 팬 문과반에서 유일하게 볼거리라고는 예잔옌과 성화
이난뿐이었잖아······." 딩수이징은 뤄즈를 흘끔 바라보며 잠시
말을 멈추었다가 다시 이었다. "하지만 아마 넌 관심 없었겠지.
그건 그렇고, 우리 둘이 지금 앉아 있는 창턱은 예전에 걔네 커
플이 종종 앉아서 수다 떨던 곳이야."

뤄즈는 딩수이징이 말을 마치고 재빨리 자신을 흘끔 바라보
는 것을 느꼈다.

그녀는 앉아 있는 대리석 창턱을 내려다보며 웃었다. "그
래?"

두 사람은 잠시 침묵했다. 딩수이징이 불쑥 입을 열었다. "좀
있으면 저녁 먹을 수 있는데, 식당으로 갈래?"

석양이 어느새 등을 비추고 있었다. 뤄즈는 고개를 돌려 석
양을 바라보며 말했다. "난 가봐야 해. 넌? 화실로 가, 아니면 교

실로 가?"

딩수이징은 그녀의 거절에 불쾌해하지 않았다. "교실. 먹을 거 가져다 줘야 해서."

"화실에 있는 시간이 더 많으면서 무슨 먹을 걸 그렇게 많이 학교에 줘?"

"내가 먹을 거라고 누가 그래? 다른 사람 부탁으로 사 온 거야. 지금 가면 애들 다 굶어 죽어 있을걸."

또 새 친구들이 생겼구나, 뤄즈는 생각했다. 어떤 상황에 처해 있든지 딩수이징은 항상 비와 비람을 부르며 절대로 외톨이로 지내지 않았다.

"그럼 1월에 시험 모두 잘 봐."

"고마워. 참, 맞다, 너…… 남자 친구 있어?" 딩수이징은 웃었지만 표정에는 긴장이 서려 있었다.

뤄즈는 고개를 저었다.

"좋아하는 사람도 없어?"

뤄즈가 웃었다. "아까부터 줄곧 나한테 캐묻고 싶었던 거 꾹 참고 있었던 거 아니지?"

"말 끊지 마. 있어 없어? 좋아하는 사람."

"없어."

"없어?"

딩수이징의 안색이 조금씩 차가워졌다. 잠시 기다리는가 싶더니 여전히 가지 않았다.

"왜?" 뤄즈가 물었다. 말을 하려다 마는 모양새가 어딘가 익숙해 보였다.

"진실을 말하면 어디 죽기라도 해? 너네 집안사람들은 다 그런 병이라도 있어? 유전이야?"

딩수이징은 그 말을 남기고 몸을 돌려 달려나갔다. 큰 걸음으로 성큼성큼, 발걸음 소리가 로비 안에 울려 퍼지며 영리한 뒷모습을 따라 서서히 모퉁이로 사라졌다.

뤄즈는 다른 사람과의 대화 도중에 이렇게까지 영문을 알 수 없기는 처음이라 그 자리에 한참을 멍하니 서 있었다.

"우리 집안사람들이…… 뭘 어쨌기에?"

저녁을 먹을 때, 엄마는 뤄즈의 짐을 벌써 다 정리해놨다고 했다.

"어차피 1월 중순에 다시 오잖아. 보름 정도밖에 안 남았다. 캐리어는 거의 비우긴 했는데 그래도 가지고 가. 방학하면 거기에 짐 담아 오고."

뤄즈는 갈비를 뜯으며 고개를 끄덕였다.

잠시 후, 엄마가 다시 입을 열었다. "너 무슨 걱정거리 있지."

뤄즈는 잠시 멈칫했다가 고개를 저었다. "없는데."

"남자 친구는 없니?"

뤄즈가 웃었다. "없어. 내 고민이 꼭 그거여야 해?"

"사실…… 방금 생각났지 뭐니. 예전에 너 고3 때 네 책상 치우다가 종이 몇 장을 봤어. 일단 네 일기를 훔쳐보지 않았다는 점은 확실히 말해두마. 그 종이는 네가 찢어서 문제집 사이에 끼워놓은 거였으니까. 난 그게 연습장인 줄 알고 그냥 흘끗 봤는데, 대충 무슨 내용인지 보곤 더 이상 안 보고 다시 문제집 사이에 끼워놓았어. 어떤 남학생과 관련 있는 것 같던데."

뤼즈는 식탁 위 작은 쓰레기통에 뼈를 뱉었다.

"다 안 봤다면서 남학생이랑 관련 있는 건 어떻게 알았데, 정말 용하네. 엄마는 애초에 지질 탐사를 배우러 갔어야 해. 그럼 아무 곳이나 땅을 팔 필요 없을 거 아냐. 엄마가 한번 쓱 보면 바닥에 뭐가 묻혔는지 알 테니까."

"정말 안 봤어." 다급해진 건 엄마였다. "슥 보기만 해도 키워드가 쏙쏙 들어오던걸."

아이고, 키워드라니……. 뤼즈는 입꼬리를 실룩였지만 아무 말 하지 않았다.

"하지만 난 줄곧 널 믿었어. 너한테 다 생각이 있는 것 같아서 따로 말하지 않고 다시 제자리에 종이를 끼워놓았지."

"응."

"그 남학생, 나중에 어느 대학 갔니?"

"난 엄마가 말하는 게 어떤 일기의 어떤 남학생인지도 생각이 안 나는데? 그런 일이 있었어?"

뤼즈의 표정은 전혀 거짓말하는 것처럼 보이지 않았다. 엄마는 그녀에게 국 한 그릇을 떠주며 이 화제를 어떻게 이어가야 할지 망설였다.

"괜찮은 남학생 있으면 엄마한테 말해줘."

"응." 뤼즈는 푸흡 웃음을 터뜨렸다. "엄마, 엄마도."

엄마는 순간 얼떨떨해하다가 곧장 손을 들어 뤼즈의 귀를 잡아당겼다.

"내일 아침에 기차역에서 푸 아줌마 일행을 만나면 돼. 일찍 자, 자기 전에 뭐 빼먹은 건 없는지 다시 잘 생각해보고."

"응. 엄마, 잘 자."

"그래, 자라."

뤼즈는 엄마의 뒷모습이 갈수록 굽어지는 것을 발견했다.

뤼즈는 코끝이 찡해졌다. "엄마. 있지……, 아빠랑 할머니 식구가 밉진 않아? ……그리고 외할아버지도."

엄마는 웃었다. 내일 기온이 몇 도냐고 묻는 것처럼 평소와 다름없는 태도였다. 엄마는 몸을 돌려 그녀의 이불을 다시 정리해주곤 웃으며 말했다. "난 네 아빠를 사랑해. 난 네 아빠랑 그 집 가족들한테 잘했고, 널 위해 할 수 있는 건 뭐든 했다. 힘들긴 했지만 부끄럽진 않아. 원망하지도 않고."

"뤼뤼, 엄만 너한테 줄곧 미안했어. 넌 아주 열심히 했잖아. 하지만 엄만 항상 걱정이었어. 혹시 내가 널 몰아붙이는 건 아닌가 하고. 넌 아무 말도 하지 않았고, 다른 애들처럼 활발하지도 않았어. 중학교 땐 한동안 웃지도 않았고. 나도 그땐 항상 네 뒤에서 몰래 울었다. 어떻게 해야 할지 몰랐어. 집안 상황도 부담이 컸고, 혹시라도 너한테 안 좋은 영향을 끼칠까 봐 얼마나 걱정이 됐는지. 올 때도 네가 보면 괜히 부담만 주고 고민만 늘어날 것 같더라……. 지금은 네가 대학 다니느라 집에 없잖아.

엄만 집에 오면 바로 네 책상 앞에 앉아서 예전 일을 생각해. 네가 네 아빠랑 할머니, 외할아버지를 원망한다면 그 사람들이 너한테 미안한 일을 했기 때문이야."

엄마는 창문에 두껍게 얼어붙은 서리를 바라보며 길게 한숨을 내쉬었다. "내가 누구를 원망하든, 즐겁게 지내든 아니든 상관없어. 난 그저 네가 원망하지 않았으면 좋겠구나. 그 사람들은 다 죽었잖아. 네가 원망해도 소용없어. 하지만 넌 아직 젊어. 마음이 그렇게 견디기 힘드니? 난 네 아빠와 정이 깊었어. 너도 좋아하는 남학생이 있으면 입장 바꿔 생각해보면 알 거야. 나한테는 원망이 있을 수 없지. 난 줄곧 아주 기뻤어."

뤼즈는 푹신한 베개에 고개를 파묻었다. 눈물이 주르륵 흘러내렸다.

그게 바로 사랑이겠지. 그녀의 감정은 정말이지 너무나 가벼웠다. 자신의 슬픔에 파묻혀 모든 것을 침묵으로 짊어질 수 있다고 생각했지만, 사실은 이제껏 한 번도 충분히 너그럽거나 거리낌 없이 군 적 없이 항상 이해득실을 따지고 있었다.

그녀의 사랑과 미움은 사실은 결국 모두 자신에게 반사되었고, 그래서 그렇게나 깊은 상처를 입게 되었다.

제47장   추억은 방울방울

뤄즈는 낮 기차를 싫어했다.

만약 밤 기차였다면 지금처럼 아래층 침대에 앉아 지루한 말을 늘어놓으며 앞에 앉은 아주머니를 거듭 위로할 필요 없이, 진작 위층 침대로 올라가 잠을 자거나 소설을 보았을 것이다.

푸 아주머니는 살집이 있고 피부가 뽀얀, 영양 상태가 무척 좋은 여인이었다. 아주머니의 아들은 어머니를 쏙 빼닮은 외모에 예쁘장하고 여리여리한 열여덟 소년이었다. 모르는 사람을 만나자 부끄러워하며 배시시 웃었다. 남자아이의 아버지는 키가 아주 작았고 마르고 가무잡잡했다. 피부는 건조하고 각질이 일어나 있었으며 눈꼬리에는 주름이 깊게 파여 있었다. 웃는 경우는 드물었지만 주름은 그래도 확실히 보였다.

정말 한 가족 같지 않네, 뤄즈는 생각했다.

남편과 아들은 통로의 접이식 의자 위에 앉고 아래층 침대에는 뤄즈와 푸 아주머니만 앉았다. 푸 아주머니는 뤄즈의 손을 잡고 말하며 눈물을 뚝뚝 흘렸다. 뤄즈는 "걱정 마세요, 애들은 밖에 나가 경험을 해보는 것도 좋아요. 집에만 계속 있을 수는 없잖아요", "친척이 보살펴 주면 더 걱정할 필요 없죠, 금방 적응할 거예요" 같은, 뇌를 거칠 필요 없는 쓸데없는 말을 늘어놓았다.

남자아이는 직업학교에서 호텔 관리를 전공했다. 지금은 베이징 둥즈먼東直門 부근의 한 대형 호텔에서 프론트 매니저를 하는 사촌 누나의 소개로 같은 호텔에 일자리를 구해서 부부가 함께 아들을 베이징으로 데려다주는 길이었다. 푸 아주머니의 눈물은 기차가 출발한 후부터 지금까지 줄곧 그치지 않았다. 아저씨는 아쉬운 건지 아니면 짜증이 난 건지, 부인을 말리기는커녕 혼자 어두운 얼굴로 창밖만 바라보았다. 뤄즈는 아주머니의 수다를 1시간 동안 들으며 했던 말을 또 하며 대꾸했지만, 결국엔 할 말도 떨어지고 말았다.

"쟨 공부를 열심히 안 했어. 직업학교에 들어간 것만으로도 만사대길이라고 생각했지. 그땐 우리도 딱히 요령이 없어서 좋은 고등학교에 애를 못 보냈거든. 일반고를 보내느니 차라리 직업학교가 나을 것 같았어. 어차피 좋은 대학은 못 갈 거니까. 지금 취업이 얼마나 힘들어. 삼류 대학을 가느니 차라리 안 가는 게 낫지. 봐라, 넌 얼마나 좋으니. 내가 걔한테 여러 번 말했어. 우리 회사 한 씨 아줌마네 집에 우등생이 있는데……."

뤄즈는 대화의 방향이 통제를 벗어나는 것을 느끼곤 재빨리 끼어들었다. "아줌마, 예전에도 저희 엄마랑 아는 사이셨어요?"

"그럼, 제일경공업국에서 일할 때 같은 사무실이었어. 그러다 너희 엄마는 반년도 되지 않아서…… 그때 네 아빠가…… 그 일은 정말 시기상으론 좋지 않았지."

그러니까 우리 아빠가 안 좋은 타이밍에 죽었다는 걸까? 그러나 뤄즈의 표정에는 이상함이 전혀 드러나지 않았다.

"너네 엄마 탓도 있어. 일을 너무 크게 만들었잖아. 우린 그때 다들 네 엄마를 말렸다. 네 외할아버지 쪽은 퇴직하지 않으셨더라도 딱히 힘이 없으니 일단 참으라고. 풍파가 지난 다음 다시 조사하면 억울한 것도 다 사라질 거라고 말이지. 하지만 네 엄마가 안 듣지 뭐냐."

뤄즈는 여전히 말이 없었다.

푸 아주머니에 대해서는 기억나는 것이 있었다. 옛날, 푸 아주머니는 엄마를 도와준 적은 없었지만 그렇다고 우물에 빠진 사람에게 돌을 던지지는 않았다.

푸 아주머니는 살짝 난처했는지 말을 계속했다. "그렇지만 세상이 어떻게 돌아가는지는 똑똑히 봤지. 아무리 세상이 악하고 이치가 통하지 않는다 해도, 착하면 복을 받고 악하면 벌을 받는다는 옛말이 딱 맞더라니까. 봐라, 네 엄마의 인생 후반에 네가 버티고 있으니 얼마나 복이 많니! 나중에 금형 공장 식당에서 네 엄마를 다시 만났을 때 네 엄마가 네 얘기를 하는데, 우리 모두 부러워서 죽는 줄 알았다."

뤄즈는 쓸쓸하게 웃었다. 그녀는 확실히 앞으로 엄마의 삶에 남은 유일한 구원줄이자 희망이었다.

"게다가 예전 제일경공업국 처장님이 바로 지금 우리의 두 번째 책임자가 되었거든…… 듣자 하니 누군가 연합해서 그 사람을 치려는가 봐. 아마 이번 설 지나고겠지. 엄마가 너한테도 말했지? 누가 찾아왔는데, 예전에 공장제도 개혁 때 노후 기자재 폐기했던 일이 아주 핵심 증거라면서 네 엄마한테 자료를 작성하라고 했다더라. 시간이 이렇게 오래 지났는데 그 일을 다시 들추는 걸 보면, 그 사람 아버지 인맥도 이제 안 먹히나 봐. 즉, 위쪽에서 그 사람을 손보려는 데는 따로 이유가 있다는 거지. 아줌마 생각에 이번엔 꼭 그 사람을 넘어뜨릴 수 있을 것 같아. 아주 흥미진진할 게다. 너희 집도 이제 제대로 분풀이를 할 수 있겠지……."

뤄즈는 머리가 웅 하고 울려 멍하니 푸 아주머니를 바라보았다. 묻고 싶은 말이 많았지만, 입술만 달싹일 뿐 입 밖으로 내지 않았다. 왜냐하면 그녀의 잠재의식에서는 아무것도 알고 싶지 않았기 때문이었다.

모르면 곤혹스러움이나 번뇌가 없을 것이고, 난처하지도 않을 것이다.

"……이 일은 아직까진 비밀이야. 나도 조사팀한테 불려 갔었어. 절대로 소식이 새어나가면 안 된다더라. 어차피 곧 벌어질 일이니까. 옛말이 딱 맞지 않니. 복수를 하지 않는 게 아니다, 다만 시기가 오지 않았을 뿐."

푸 아주머니는 계속해서 뭔가를 말하고 있었다. 뤄즈는 일어나 가방에서 물을 꺼내 조용히 마셨다.

이 일에 대해, 엄마는 그녀에게 말해주지 않았다.

어째서였을까?

베이징 역은 여느 때와 마찬가지로 인산인해였다. 뤄즈는 푸 아주머니네 세 식구를 지하철역으로 데려가 노선도를 가리키며 환승 방법을 가르쳐준 후, 그들이 자신과 반대 방향의 지하철을 타는 것을 눈으로 배웅했다.

"도움이 필요하면 연락해." 그녀는 휴대폰 번호를 푸 아주머니의 아들에게 알려주었다. "네가 편한 시간에 내가 둥즈먼 쪽으로 만나러 갈 수도 있고."

뤄즈가 말을 마치자 푸 아주머니의 눈에서 다시 눈물이 뚝뚝 떨어지기 시작했다. 아무리 아쉬워도 자식은 언젠간 자신의 길을 가야 했다.

마침내 지하철이 어두컴컴한 터널 안쪽으로 사라졌고, 뤄즈는 길게 한숨을 내쉬었다.

누군가 뒤에서 그녀를 툭 쳤다.

고개를 돌려보니, 성화이난이 플랫폼의 노란색 선 옆 기둥에 기대어 그녀를 향해 웃고 있었다.

뤄즈는 깜짝 놀라 인사를 하지도, 웃지도 않았다. 푸 아주머니가 가져온 소식에서 아직 헤어나오지도 못했는데 갑자기 그가 눈앞에 등장하다니, 터무니없어 비현실적으로 느껴졌다.

"귀신이라도 봤어?" 그가 웃었지만 안색이 살짝 어두워졌다.

뤄즈를 놀라게 한 건 그의 목소리였다. 감기에 심하게 걸렸는지, 목이 잔뜩 쉬어 있었다.

그 목소리에 그녀는 정신이 아득해졌다. 왠지 어딘가 익숙하게 들렸고, 잔뜩 엉킨 실타래 같은 기억 속에서 실마리 하나가 보이는 듯했다. 그녀는 열심히 손을 뻗었지만 아무리 뻗어도 손에 잡히지 않았다.

성화이난은 잠시 웃다가 그녀가 아무 말 없자 난처했는지, 목을 가다듬고 말했다. "저번에 통화할 때 네가 이번 기차 타고 돌아온다고 했잖아. 난 일요일일 거라고 추측했어. 오늘 저녁에는 마침 숭문문崇文門 부근에서 학생회 부장들이랑 만날 일이 있어서 끝나고 오는 길에 혹시 너랑 마주칠 수 있을까 해서 와봤지. 그런데 네가 다른 사람들이랑 함께 나오잖아. 혹시 다른 사람이 날 보는 걸 네가 싫어할 수도 있어서 줄곧 뒤에서 따라갔어. 다행히 넌 그 사람들을 배웅하더라. 안 그랬으면 내가 널 한참을 미행해야 했을 거야."

"지하철역에서 친구 마주치는 게 뭐 어때서. 그 사람들이 본대도 아무렇지 않았을걸. 네가 괜히 생각이 많았네. 그치만 그래도 고마워." 뤄즈는 담담했다.

성화이난은 웃지 않았다. 그는 잠시 생각하다가 그녀의 캐리어를 자기 쪽으로 끌어당기며 말했다. "가방 무거워? 내가 대신 들어줄게."

뤄즈는 입을 꾹 다물었다. 낮 기차를 타느라 심신이 피곤해서 그와 아무렇지도 않게 화기애애하게 이야기할 마음이 전혀 없었다. 그녀는 캐리어 손잡이를 꽉 잡고 놓지 않은 채 말했다.

"성화이난, 대체 뭐 하자는 거야?"

그의 손이 허공에서 멈칫하다가 천천히 내려왔다.

"내가 너한테 미움을 샀나 보네. 그렇지?"

뤄즈는 어이가 없었다. '어디서 능청을 떠는 거야?' 그 말이 입 밖으로 나오기도 전에 성화이난이 캐리어를 낚아채 갔다. 그는 캐리어를 끌고 출구 방향으로 성큼성큼 걸어가며 말했다.

"지금은 지하철에 사람이 너무 많아. 택시 타자."

뤄즈는 몇 걸음 뒤쫓아 갔다. 주변 사람들이 두 사람을 이상하게 쳐다보았다. 그녀는 더 실랑이를 해봤자 소용없을 것 같아 고개를 숙인 채 그를 따라 밖으로 나갔다.

베이징의 바람은 고향보다 훨씬 부드러웠다. 그들은 한참을 기다린 끝에 겨우 택시를 잡아탔다. 줄곧 바람을 맞고 있었는데도 그녀는 추위가 느껴지지 않았다.

두 사람은 나란히 뒷좌석에 앉아, 라디오 DJ의 홍콩대만식 발음을 들으며 함께 침묵했다. 두 사람은 베이징의 야경 속을 뚫고 지나갔다. 지나간 곳은 때론 번화하고 아름다웠으며, 때론 누추하고 지저분했다. 이 도시는 양극단 사이에서 평온하게 팽창해갔다.

"나중에…… 안 무서웠어? 악몽 꾼 건 아니지?" 성화이난의 목소리는 거칠었다. 그 낯설고도 익숙한 느낌이 다시금 뤄즈를 휩쓸었다.

전날 밤, 어쩌면 장례식장에서 있었던 일이 걱정되어서였는지, 그는 그녀에게 좋은 꿈 꾸라고 문자를 보냈었다. 뤄즈는 답장하지 않았다.

"안 무서웠어. 법학 개론 시험지 대신 써줘서 고마워."

"너 그 말 벌써 네 번째야."

뤄즈는 대답하지 않았다.

학교에 도착했을 때, 미터기가 막 62위안으로 뛰어올랐다. 뤄즈가 지갑을 꺼냈다. 성화이난이 그녀의 손을 막으며 말없이 그녀를 담담하게 바라보았다. 그리하여 뤄즈는 두말하지 않고 바로 주머니에 지갑을 넣으며 그에게 잡힌 손을 빼냈다.

그리고 고개를 숙였다. 해피밸리의 자이로스윙을 생각하자 마음이 여전히 아렸다.

"참, 오늘 크리스마스이브인데. 밥 먹었어?" 성화이난이 기숙사 문 앞에 서서 물었다.

"배가 안 고파서." 뤄즈가 억지로 웃어 보였다. "데려다줘서 고마워. 너 감기 걸린 거지? 그것도 아주 심하게, 맞지? 밖은 추우니까 얼른 기숙사로 돌아가."

성화이난이 한 걸음 앞으로 다가와 그녀를 막았다. "뤄즈, 내가 너무 충동적이었어. 전후 관계를 제대로 따져보지도 않고 너한테 그렇게 대했던 거, 먼저 사과할게."

그는 사과를 할 때도 여전히 이렇게나 차분하고 태연했다.

"뤄즈는 고개를 들고 그의 눈을 똑바로 바라보았다. "전후 관계가 뭔데? 똑바로 말해."

"지금은 말하고 싶지 않아."

"그럼 잘 생각해봐. 전후 관계가 뭔지 분명하게 생각한 다음, 대책도 잘 세워봐. 네가 최종 결정을 내리기 전까지 우린 서로 모르는 사이인 걸로 하자. 넌 나중에 내가 극악무도하다는 결론을 내릴 수도 있잖아. 그런데 그 전에 나랑 관계를 회복하고 역에서 기다려주고, 밥도 샀다가 후회된다고 또다시 내 뺨을 때리면서 서로 잘 모르는 척할 거야? 하하, 천천히 생각해. 난 급하지 않으니까. 평생 생각해도 모르겠으면 다음 생애까지 생각해보든가."

그는 놀란 듯이 눈을 휘둥그렇게 떴다. 부드러운 속눈썹이 주황색 등불 아래에서 보송보송한 윤곽을 드러냈다.

"그래." 그가 그녀의 손목을 살며시 놓았다. "우리 어디 가서 얘기 좀 하자."

뤄즈는 속으로 갈등하며 고개를 숙인 채 입을 다물었다.

"나랑 옥상 가서 바람 쐴래? 저번에 너랑 같이 간 이후로 한 번도 야경 보러 간 적 없거든."

"너 정말 거길 좋아하는구나. 감기에 걸렸는데도 바람을 쐬겠다니." 뤄즈가 웃었다. 그의 잠긴 목소리가 그녀의 마음을 살짝 누그러뜨렸다.

"고등학교 때 야간 자습을 할 때면 나도 행정구역 창턱에 앉아서 야경 보는 걸 좋아했어. 일종의 괴벽이겠지. 그런데 거기랑 거기가 아주 비슷한 것 같아……."

뢰즈가 퍅 고개를 들었다.

무엇인가 그녀의 머리를 치고 간 것처럼 순간 머리가 확 맑아졌다.

"성화이난, 너 고1 때 행정구역 4층 창턱 앞에서 누군가를 만난 적 있지 않아?"

그들은 거기서 말을 나눴었다. 뢰즈가 좋아했지만, 나중엔 그와 예잔엔에게 빼앗겨 버린 4층 창턱.

그들은 놀랍게도 거기서 말을 나눈 적 있었다.

고등학교를 다시 방문한 것과 성화이난의 감기는 공교롭게도 동시에 발생했다. 뢰즈의 머릿속에서 별안간 기억의 조각이 하나로 맞춰지더니, 그녀가 잊고 있었던 옛일이 떠올랐다.

고등학교 1학년 첫 중간고사 전날, 야간 자습을 쉬는 시간이었다. 뢰즈는 복습을 하다가 마음이 답답해져 행정구역으로 빠져나와 창문을 따라 긴 복도를 거닐었다. 간혹 어둠 속에서 커플을 마주치면 조용히 곡선을 그리며 돌아가 다시 창가로 돌아왔다.

그때 그녀는 밑도 끝도 없는 생각에 빠졌다. 만약 이렇게 돌아가는 궤적을 그려놓으면 아이들이 그린 것 같은 서투른 파도 무늬와 비슷하지 않을까?

마침내 상대적으로 조용한 창문을 찾은 그녀는 창턱으로 뛰어 올라가 앉아서는 차갑고도 편안한 유리에 몸 절반을 기댔다. 10월 말 북쪽 지방은 안개가 짙었다. 행정구역의 복도는 칠흑같이 어두웠고, 창밖 멀리 상업 구역에서 전해지는 미약한 광선이 유리창에 얇게 낀 수증기를 희미하게 비추고 있었다. 뤄즈는 손끝으로 그 위에 방정식을 적었다.

그러나 아무리 풀어도 풀리지 않았다. 뤄즈는 짜증이 나서 지워버리곤, 빈 곳을 찾아서 계속 썼다가 다시 지웠다. 얼마 후, 창문의 절반 정도가 꽉 차버렸다.

옆에서 옅은 웃음소리가 들려왔다.

뤄즈가 깜짝 놀라 옆을 보니, 커다란 창의 다른 쪽에 키 큰 남학생이 서 있었다. 불빛이 너무나 어두웠고, 그는 창문을 등지고 있어서 얼굴이 보이지 않았다.

"미안." 남학생의 목소리는 잔뜩 잠겨 있었다. 감기에 심하게 걸린 듯했다. "그러니까 내가 하고 싶은 말은……, 너 황화수소 분자식을 잘못 썼어……."

뤄즈는 당황해서 얼른 식을 고쳐 쓰곤 고개를 돌려 고맙다는 듯 웃었다. 상대방에게는 보이지 않을 거라는 걸 깜빡했다.

"난 화학 잘 못하거든." 뤄즈가 웃으며 말했다. "황화수소에서는 계란 썩는 냄새가 난다는 생각만 하느라 0을 더했지 뭐야."

남학생의 웃음소리는 아주 거칠었다. 기침이 섞여 있는 것이, 감기가 심한 것 같았다.

"창문 절반 빌려도 돼? 난 높은 곳에서 야경 보는 걸 좋아하거든. 그런데 근처에 커플들이 너무 많아서 조용한 곳이 없어."

뤄즈는 기쁘게 동의했다.

그들은 침묵한 채로 멀리 고가도로 위에 차량 불빛이 꼬리에 꼬리를 물며 이룬 눈부신 체인을 감상했다. 멀지 않은 곳에서 한 커플이 내는 소리가 점점 커질 때까지.

뤼즈의 얼굴은 불타는 것처럼 화끈 달아올랐고, 그 남학생도 어색하게 거듭 목을 가다듬었다.

"고등학생이 참 화끈하네." 그가 입을 열어 난처한 분위기를 해소했다.

"신기할 게 뭐 있어." 뤼즈가 웃었다. "초등학교 고학년 때부터 연애하는 애들이 있었는걸."

"애들이 뭘 알아?"

"알지, 알아!" 그녀는 별안간 흥이 올랐다. "사실 아이들끼리 사랑이라고 생각하는 게 더 재밌다구."

성화이난의 아득했던 눈빛은 뤼즈의 이야기를 들으며 별안간 반짝였다가, 순간 다시 어두워졌다.

"너였구나." 그의 말투에는 뤼즈가 알아듣지 못하는 유감스러움이 섞여 있었다.

"연속으로 두 번이나 나한테 〈추억은 방울방울〉을 추천해준 건, 바로 너였어."

당시 뤼즈는 문득 미친 생각이 들어서, 어렸을 때 결혼식에서 알게 된 그 황제 폐하의 이야기를 이 어둠 속에서 얼굴도 모르는 낯선 남학생에게 하고 싶어졌다. 오랜 세월이 흐르는 동안 아무도 그녀의 추억의 무게를 짊어진 적 없었다. 때로 뤼즈는 나무 구멍이라도 찾아서 모든 걸 고스란히 넣어두고 싶었다. 설령 시기가 좋지 않더라도 말이다.

그러나 결국은 소심해졌다. 그녀는 잠시 생각하다가 느닷없이 떠오른 제멋대로인 충동을 억누르며 조용히 말했다. "혹시 〈추억은 방울방울〉이라는 애니메이션 본 적 있어?"

남학생은 뒤통수를 긁적이는 듯했다. "디즈니 거야?"

"아니." 뤼즈는 몸을 돌려 손짓하며 설명했다. "거기에 이런 내용이 있어. 5학년짜리 여자 주인공이 학교가 끝나고 집으로 가는 길이었는데, 그 여자애를 짝사랑하는 남학생이 여자애를 불러 세웠지. 두 사람 모두 난처해하는 상황에서, 남자애는 얼굴을 붉히며 한참을 고민했지만 어떻게 고백해야 할지 몰랐어. 그러다 어째서인지 불쑥 여자애한테 이상한 질문을 던졌어."

"뭔데?"

"맑은 날, 흐린 날, 비오는 날, 넌 어느 쪽이 좋아?"

남학생은 심하게 기침을 몇 번 하더니 대답했다. "비 오는 날."

"……너한테 물은 거 아닌데." 뤼즈는 쑥스러운 듯 창턱을 발로 툭 찼다.

남학생은 기침을 더욱 심하게 했다. 부끄러워하는 건지는 알 수 없었다.

"어쨌거나……." 뤼즈는 이야기를 계속했다. "여자애는 잠시 생각하다가 대답했어. '흐린 날.' 남학생은 무척 기뻐하면서 환하게 웃으며 말했어. '나도 그래!'……그러고는 몸을 돌려 달려갔지."

"끝이야?"

"끝이야."

"아주 낭만적이네."

"응?" 뤄즈는 이해가 되지 않았다.

남학생이 웃었다. "낭만이란 그 뒷이야기가 없는 거잖아."

그들은 돌연 모두 침묵했다. 침묵 속에 숨 쉬는 소리만 들렸다. 창턱 양쪽 끝 사이에 있는 듯 없는 듯이 애매한 공기가 감돌기 시작했다.

뤄즈의 심장이 이유 없이 미친 듯이 뛰었다. 그녀는 당황하며 말했다. "난 교실로 돌아갈게."

남학생의 목소리는 마치 물통에 잠긴 듯했다. "너…… 그럼…… 안녕."

뤄즈는 매우 빨리 달려갔다. 뒤에 있는 사람이 뭐라고 소리쳤지만, 그녀의 탁탁 울려 퍼지는 발자국 소리에 묻혀버려서 잘 들리지 않았다. 텅 빈 복도에 메아리가 울려 퍼졌다. 마치 파도 소리가 오래도록 흩어지지 않는 것만 같았다.

"그런데 마지막에 나한테 뭐라고 소리쳤던 거야?" 뤄즈가 고개를 들었다.

멀리 가로등을 바라보는 성화이난의 표정은 무척이나 부드러웠다.

"네 이름이 뭐냐고 물었어."

제48장   　내가 널 좋아하는 걸 넌 좋아하지

　그는 그녀에게 이름이 뭐냐고 물었다.

　뤼즈는 멍하니 성화이난을 바라보았다. 갑자기 눈시울이 붉어졌다.

　2주 후, 중간고사 성적이 발표되었다. 뤼즈는 성적표 위에 또박또박 '성화이난'이라고 적었다. 그 이름은 햇빛 속에서 자라났고, 그녀와 아주 먼 곳에 서 있었다. 그리고 그 어두운 발코니에서의 작은 에피소드는 그녀에게 까맣게 잊혔고, 성과 없는 기나긴 뒤따름에 외로이 빠져들었다.

　만약 그에게 황제 폐하의 이야기를 해주었다면 어땠을까?

　이야기하지 않았더라도, 만약 그녀가 그의 이름을 말했더라면 또 어땠을까?

　되찾아 올 수 없는 이 가설은 고드름처럼 가슴을 파고들었다. 뤼즈는 마음이 아파 거의 질식할 정도였다.

뢰즈는 눈을 감고 마음속에 울렁거리는 감정을 애써 억누르며 잠시 멈췄다가 물었다. "지금 말해줘. 왜 날 그렇게 대했는지, 네가 말하는 전후 관계는 대체 뭔지."

그런데 성화이난은 어찌할 바를 모르는 표정이었다. "생각이 바뀌었어. 미안. 나…… 지금은 말할 수 없어."

"……다시 한 번 말해줄래?!"

뢰즈는 처음으로 자제력을 잃고 말투마저 변했다. 분노를 통제할 수 없었다.

"지금은 말해줄 수 없어." 성화이난은 처음으로 그녀 앞에서 당황하고 있었다. 그는 그저 고개를 저으며 어쩔 줄 모르는 눈빛으로 그녀를 바라볼 뿐이었다. 마치 잘못을 저질렀는데도 이악물고 인정하지 않는 어린아이 같았다.

"야, 이 자식아, 지금 사람 놀리는……."

뢰즈는 혀를 깨물었다. 덜덜 떨며 입 밖으로 뱉은 욕을 다시 목구멍 뒤로 삼키고 깊이 숨을 들이마셨다. 그런 다음 빠른 걸음으로 성큼성큼 그를 돌아 기숙사 건물로 들어갔다.

조금만 더 그 자리에 있다가는 울어버릴 것만 같았다.

기숙사에 들어온 후에야 캐리어가 아직 그의 손에 있다는 것이 생각났다. 뢰즈는 길게 숨을 내쉬었다. 엄마는 확실히 선견지명이 있었다. 기차역에서 그녀에게 캐리어 같은 건 아무 데나 둬선 안 된다고 말하지 않았던가.

뢰즈가 여전히 멍하니 정신을 차리지 못하고 있을 때, 마침

맞은편 방의 학생이 숙제를 빌려달라며 문을 두드렸다. 크리스마스이브에 혼자 있기가 지루해서인지, 전에 없이 뤄즈를 붙잡고 수다를 떨기 시작했다.

뤄즈는 무덤덤하게 대꾸하며 천천히 어지러운 생각을 정리했다.

푸 아주머니가 했던 말이 한 구절 한 구절 귓가를 맴돌았다. 놀라웠지만 진짜 같지 않았다. 하얀 수증기를 내뿜던 소년의 잔뜩 잠긴 목소리는 오히려 바로 옆에서 들리듯 생생해 그녀는 감히 깊이 생각할 수 없었다. 하루 동안 너무 많은 일을 겪었다. 뤄즈의 머릿속은 마치 기차가 굉음을 울리며 지나간 것처럼 온통 혼란스러웠다.

그러나 그럼에도 불구하고, 복잡한 생각 속에서도 창문에 서린 수증기에 썼던 방정식이 여전히 눈앞에 선하게 떠올랐다. 각 획의 끝에서는 물방울이 흘러내리며 선을 그렸고, 눈앞의 재잘거리는 여학생의 얼굴을 점차 덮어 가려주었다.

그녀가 물었다. "맑은 날, 흐린 날, 비오는 날, 넌 어느 쪽이 좋아?"

그가 말했다. "비 오는 날."

뤄즈의 눈빛에서 점차 초점이 사라졌다. 손 하나가 눈앞에서 이리저리 흔들렸다.

여학생은 뤄즈가 딴생각에 빠져 있던 것을 뭐라고 하지 않고, 다만 수다 떠느라 시간을 오래 빼앗아서 미안하다고 했다.

그리고 숙제를 빌려줘서 고맙다며 리본을 맨 사과를 선물로 건 넸다.

뤄즈는 책상 위에 난데없이 등장한 사과와 멀리 가버린 숙제를 바라보며 한동안 정신을 차리지 못했다. 또 의자에 앉아 잠시 멍하니 있는데 다시금 캐리어 생각이 났다.

뤄즈는 휴대폰을 만지작거리며 이리저리 고민하다가, 결국 장밍루이에게 전화를 걸었다. 성화이난이 기숙사에 있는지 물어볼 생각이었다.

전화가 연결되자마자, 뤄즈는 다른 남학생들이 큰 소리로 떠드는 소리를 들었다. "말해, 크리스마스에 누구랑 798*에 간 거야? 혹시 쉬르칭?"

한참 뒤에야 장밍루이의 약간 난처한 목소리가 들려왔다. "여보세요, 뤄즈?"

뤄즈가 말을 꺼내려는데 갑자기 전화 저쪽에서 큰 소리로 문이 닫히는 소리가 들렸다.

"뭐야?"

"나도 몰라. 전화를 받자마자 성화이난이 캐리어 끌고 밖으로 나가버렸어. 게임 잘만 하고 있던 애가 갑자기 무슨 바람이 들었는지……, 그 캐리어 네 거지? 손잡이에서 네가 예전에 떼어내지 않은 항공편 정보를 봤거든. 그래서 물어봤는데 대꾸도 안 하고……."

....
* 베이징의 예술단지.

뤄즈는 아연실색했다. 휴대폰에서 다시 진동이 울리더니 화면에 표시가 떴다. "연결 대기 중, 발신자: 성화이난."

그녀는 몇 마디로 장밍루이와의 통화를 끝내고 다른 전화를 받았다.

"내 캐리어가 너한테 있는데…… 잠옷이랑 노트북이 다 거기 들어 있어." 전화가 연결된 후, 침묵 속에서 뤄즈가 먼저 입을 열었다.

왠지 전화 저편의 사람이 웃고 있는 것 같은 느낌이 들었다.

"5분 후에 내려와. 지금 바로 가져다줄게."

"그럴 필요 없어." 딱딱한 목소리였다. "마침 룸메이트가 기숙사로 오는 중인데, 밑에서 나 대신 받아서 가져다줄 거야."

그는 몇 초간 할 말을 잃었다. "그럼…… 내가 걜 어떻게 알아봐?"

"내가 말해놓을게. 입구에 서 있는 남학생들 중에 가장 잘생긴 사람이 너라고."

가끔은 뤄즈 자신도 알 수 없었다. 어째서 그녀의 분노와 불만은 늘 히죽거리는 가면을 쓰고 있는지.

그는 끝까지 물러서지 않았다. "만약 잘못 알아보면?"

"지금 시간에 캐리어를 끌고 여학생 기숙사 입구에 서 있는 남학생을 잘못 알아볼 것 같아?"

뤄즈의 말투에는 약간 가시가 돋아 있었다. 하지만 성화이난은 줄곧 성격 좋은 사람이었기에 최소한 표면적으로는 자제할 줄 알았고, 상황을 고려할 줄도 알았다.

뤼즈는 서로가 곤경에서 벗어날 수 있도록 그가 뭔가 상황을 완화시킬 말을 하길 기다렸다.

"상관없어. 네가 직접 내려와서 가져가든지, 아니면 노트북 쓰지 말고 잠옷도 입지 말고……" 그는 잠시 멈추었다가 쏘아붙였다. "다 벗고 자면 되겠네."

뤼즈는 당황해서 생각할 겨를도 없이 전화를 끊어버렸다.

다음 순간, 그녀는 입꼬리가 억제할 수 없이 위로 올라가는 걸 발견했다. 이렇게 허둥대면서 조금도 성화이난답지 않은 행동이 문득 서로의 심장이 뛰는 것을 느끼게 해준 것 같았다.

꼴사납고 보기 드문 그 표정이야말로 어쩌면 진실한 것일 수도 있었다.

이때, 누군가 문을 두드렸다. 위층 심리학과 학생이 설문조사를 해달라고 방문한 거였다. 뤼즈는 그 학생과 몇 마디를 나누고 다시 10분도 안 되는 시간 동안 설문조사 답변을 작성했다. 그리고 답례로 비닐로 만든 장미꽃을 받았다.

그리고 장바이리가 느닷없이 캐리어를 끌고 문 앞에 나타났다.

뤼즈는 순간적으로 고개를 숙이고 여전히 손에 꽉 쥐고 있는 휴대폰을 바라보았다. 방금 통화의 온기가 아직도 또렷이 남아 있었다.

"아이고! 내가 아래층에서 누굴 만났는지 맞춰볼래?"

뛰어 내려가 성화이난의 그 막무가내로 구는 얼굴을 마주하고 싶다는 호방한 마음이 이렇게 캐리어에 의해 사그라지고 말았다.

장바이리는 캐리어를 방 한가운데에 세워두곤 앞에 앉아 침을 튀겨가며 말했다. "성화이난이 거기 서 있는 걸 보고 이상하다 싶었어. 널 기다리는 줄 알았는데, 생각해보니까 그렇잖아. 너희 둘 싸웠지 않아?"

장바이리는 뤄즈가 굳어 있는 것도 개의치 않고 계속해서 말을 이었다. "내가 멍하니 있으니까 걔가 직접 와서 묻더라고. '네가 뤄즈의 룸메이트지?' 아주 예의 바르고 아주 친절하더라. 근데 난 그런 사람이 가장 짜증 나."

장바이리는 건들건들 다리를 흔들며 손에 든 전병을 한 입 깨물었다.

"네가 캐리어를 두고 갔다며 나보고 가져다주라더라. 그래서 내가 걜 훑어보며 말했지. '아, 고맙습니다.'"

고맙습니다.

뤄즈의 눈앞에 장바이리의 표정이 생생하게 떠올랐다.

장바이리는 무심코 그에게 이렇게 말했다고 했다. 뤄즈는 아직도 아픈데, 다행히 어떤 남학생이 매일 밥을 챙겨줬다고. 사실 그런 꿍꿍이가 감춰진 원망과 자랑에는 불의를 보면 참지 못하는 자매의 의리가 담겨 있었다. 뤄즈는 묵묵히 들으면서 마음이 서서히 흐릿해졌다.

"걔 정말 변태 같아. 내 말을 듣더니 웃기 시작하는 거야. 완전 신나 보이더라고. 마음속 바윗덩이라도 내려놓은 것처럼. 나보고 캐리어 잘 갖다주라고, 건강 잘 챙기라고 하더라. 있지, 걔 머리가 어떻게 된 거 아냐?"

뤄즈가 미소를 지었다.

만약 방금 성화이난이 당황해서 말을 제대로 못 했다면, 지금 성화이난이 그녀에 대한 장바이리의 묘사를 들었다는 건 그가 뤄즈의 미련과 아쉬움을 똑똑히 확인했음을 의미했다.

뤄즈의 종잡을 수 없이 흔들리는 마음은 마침내 또다시 그의 손에 잡히고 말았다. 아마 지금 그는 심장마저도 침착하게 뛰고 있을 것이다.

믿는 구석이 있어 두려움을 모르는 사람이 가장 괘씸했다.

뤄즈는 갑자기 추위를 느꼈다. 여전히 비분강개한 장바이리를 바라보며 뤄즈는 어떻게 해야 할지 알 수 없었다. 마음속에 따스하면서도 안타까운 마음이 일어, 그녀는 다가가 몸을 굽혀 장바이리를 살짝 안았다.

"야, 너 뭐 하는……."

"고마워, 장바이리." 뤄즈는 웃으며 휴대폰을 책상 위에 살며시 올려놓곤 다시는 거들떠보지 않았다.

아마 다시는 울리지 않을 것이다. 그녀는 알았다.

바스락거리는 소리가 한참 들렸다. 혼란스러운 꿈결이 점점 옅어지면서 교실의 떠들썩함으로 대체되었다. 뤄즈는 책상에서 상체를 일으켜 멍하니 주변을 바라보았다. 낯선 남학생이 계란파이를 우물거리고 있었는데, 바로 그 비닐봉지에서 나는 바스락거리는 소리가 그녀를 깨웠다. 뤄즈는 모자 달린 검은 외투를 입고 있었는데, 일어나 앉으니 커다란 모자가 눈을 덮었고 모자 가장자리에 달린 솜털이 그녀를 부드럽게 감쌌다.

이번 학기 마지막 법학 개론 수업이었다.

책상에 엎드려 자면서 눌렸던 시신경이 서서히 회복되었다. 뤄즈는 모자를 걷고 계단식 강의실의 마지막 줄부터 맨 앞줄까지 바라보았다. 흐트러진 시선이 점차 한 방향으로 모아졌다. 장밍루이는 저 멀리 세 번째 줄에서 몸을 돌려 일어나 뒷줄 학생과 뭐라고 이야기를 하고 있었다. 그러나 뤄즈의 눈에 가장 먼저 들어온 건 성화이난의 뒤통수였다.

일부러 보려던 건 아니었지만, 눈동자가 습관적으로 아득한 인파 속에서 가장 익숙한 사람에게 자동으로 초점을 맞추었다. 그렇게 오랜 나날을 등 뒤에서 발걸음을 맞춰 따라갔었다. 눈을 감으면 그의 얼굴이 흐릿해질 수는 있겠지만, 그의 뒷모습은 만 명의 사람이 모여 있어도 찾아낼 수 있었다.

이때, 성화이난도 고개를 돌려 장밍루이 무리의 대화에 끼어들었다. 살짝 정신이 딴 데 팔린 것 같은 모습이었다. 그는 몇 마디 하다가 갑자기 교실을 빙 둘러보았다. 마치 누군가를 찾는 것처럼.

뤄즈는 물컵을 들고 일어나 뒷문으로 걸어나갔다.

밝은 불빛과 소란스러운 복도, 사람들, 이 모든 것이 거대한 건조기를 이루고 있었다. 며칠 전 밤에 여학생 기숙사 앞에서 서로 대치했을 때는 말 한마디 한마디가 마음속을 축축하게 적셔주었는데, 지금은 햇볕 아래에 바짝 말라버려 원래의 풍성한 모습을 찾아볼 수가 없었다. 뤄즈는 자신이 녹슬어 버린 부엌

칼 같았다.

뤄즈는 온수를 받는 줄 끝에 서서 머리 위에 꺼져버린 절전
등을 멍하니 쳐다보았다.

그녀의 예상대로 크리스마스 이후 성화이난은 더 이상 아무
런 문자도 보내오지 않았다. 가끔 교정에서 멀리서 그를 볼 수
있었는데 여전히 친구들과 즐겁게 떠드는 모습이었다. 모든 것
이 평소와 같았다.

그의 평소 같은 모습이 그녀의 비정상적인 모습을 조롱했다.
그러나 이번에 뤄즈는 더 이상 이러지도 저러지도 못한 채 초
조해하지 않았다.

그가 설명해주지 않으리라는 걸 그녀는 알고 있었다.

어쩌면 그는 그저 그녀를 매달리게 만들고 싶었는지도 모른
다. 그래서 매번 그녀가 포기하기 직전 적절한 상냥함을 보여
주어 도저히 포기할 수 없게 해놓고, 다시금 승리의 확신을 거
머쥐었다.

그가 그녀를 사랑하지 않는 건, 그녀가 자신을 사랑하게 만
드는 데 아무런 방해가 되지 않았다.

정말 재미없어. 뤄즈는 정신을 차리고 약간 건조해진 두 눈
을 문지르며 고개를 숙이고 온수 꼭지를 열었다. 손등에 물방
울이 튀자 뤄즈는 몸을 부르르 떨었다.

제49장   얻지 못했기에

지루한 수업은 뤄즈가 정신을 팔고 있는 와중에 마무리되었다. 교실은 점점 소란스러워지기 시작했다. 뤄즈는 노트에 황급히 기말고사 시간과 장소, 시험 범위를 적고, 교수님이 '수업 끝'을 선포하는 순간 바로 가방과 코트를 들고 뒷문을 뛰쳐나갔다.

오늘은 한 해의 마지막 날이었다. 저번에 주옌이 자신의 집에서 며칠 머무르며 함께 새해 휴일을 보내지 않겠냐고 제안했었다. 뤄즈는 원래 흔쾌히 대답할 생각이었는데, 장바이리가 며칠 전 쓸쓸한 표정으로 물었다. "뤄즈, 나랑 같이 학생회 신년 파티에 가지 않을래?"

뤄즈는 깜짝 놀랐다. "너 언제 학생회에 가입했어?"

'이제까지 외부인으로서 거비의 심부름만 해주던 거 아니었어?' 뤄즈는 뒷말을 배 속으로 삼켰다.

"난 독서회 회원이야. 학생회에서 이번 파티에 각 동아리 담당자들도 불렀어. 이번에 가는 사람들 많아."

"그런데 왜 내가 같이 가야 해?"

장바이리는 고개를 숙이고 눈동자를 사방으로 굴렸다.

"그게, 천모한도 온다는 얘기를 들었거든."

뤄즈는 자신의 두 어깨가 자제력을 잃고 밑으로 가라앉는 것을 느꼈다. "너 혹시……."

"소란 피우려는 거 아냐. 가서 싫은 내색을 하려는 것도 아니고. 걔가 내 눈치를 보는 사람이었으면 날 차버리지도 않았겠지. 그냥 궁금해서. 정말 너무 궁금해. 걔네들이 같이 있을 때얼마나 잘 어울리는지 보고 싶어. 그냥 보고 싶어서 그래……."

뤄즈는 적절한 시기에 장바이리의 말에 담긴 울먹거림을 제지했다. "알았어, 알았어. 네가 감정을 자제할 수 있다면 같이가줄게."

장바이리가 부리나케 고개를 끄덕였다. "날 믿어."

널 믿는 게 더 이상하지. 뤄즈는 태양혈을 문지르다가 정신이 퍼뜩 들었다. 학생회? 그렇다면…… 그녀는 번복하고 싶었지만 장바이리의 야위어서 뾰족해진 턱을 보고는 차마 거절의 말을 뱉을 수 없었다.

장바이리가 뤄즈에게 문자로 헤어졌다는 소식을 전한 후부터 지금까지 벌써 일주일이 지났다. 장바이리는 밤마다 음악을들으며 도통 잠을 이루지 못했다. 눈이 빨갛게 충혈되었고 그리움에 야위어갔다. 예전에는 거비가 예쁜 여자를 흘끗거리기

만 해도 분노해서 다이어트 대작전을 시작하겠다고 아우성치
던 여학생이, 지금은 진짜로 살이 빠졌는데도 의미를 잃고 말
았다.

가장 두려운 건, 그럼에도 정신을 바짝 차리고 밖에서 거비
를 규탄하는 척하며 고소해하는 오지랖쟁이들에게 연약하면
서도 가식적인 모습으로 아무렇지도 않다고, 괜찮다고 말하는
거였다.

남들 앞에서 즐거운 척하면서.

아무리 기분이 바닥이라도 웃는 표정을 지어야 했다. 누가
괜히 다른 사람에게 웃음거리가 되는 걸 좋아하겠는가?

뤄즈는 두 아이의 수업 시간을 앞당겼다. 밤에 일찍 돌아와
장바이리와 같이 있어주기 위해서였다. 동문 앞에서 찬바람을
맞으며 차를 기다리고 있는데 뤄양에게서 문자가 왔다.

"네 새언니 베이징 왔어. 내일 같이 밥 먹자."

뤄즈의 마음속에 오랜만에 따스한 기운이 흘렀다.

현관에서 신발을 갈아 신는데 집 안이 지나치게 조용했다.
늘 거실을 왔다 갔다 하며 아무도 알아듣지 못할 영어를 재잘
거리던 두 필리핀 가정부도 보이지 않았다. 뤄즈는 예전에 주
옌에게 어째서 필리핀 가정부를 고용한 건지 물어봤었다. 베이
징에서는 홍콩처럼 필리핀 가정부를 저렴하게 고용할 수 있는
것도 아니기 때문이었다.

당시 주옌은 미소를 지으며 중국어를 못 알아듣는 점이 좋아

서라고 했다. 마음이 놓인다며 말이다.

그 대답에 잠시 어안이 벙벙했지만 곧 이해할 수 있었다.

두 아이의 수업이 끝나자, 뤄즈는 꼬마 여자아이에게 이끌려 방으로 들어갔다. 티파니는 아픈 게 낫자마자 주옌과 함께 홍콩에 다녀왔다. 분홍색 작은 옷장에는 전리품이 가득 걸려 있었다. 뤄즈는 침대에 앉아 티파니가 새 옷을 하나씩 꺼내 패션쇼를 하는 걸 지켜보았다. 주옌은 밤에 아이들을 데리고 파티에 참석할 예정이었다. 티파니는 아주 진지했고, 뤄즈는 드레스와 치파오 중에서 뭘 결정해야 할지 아주 열심히 도와주었다.

마침내 결정을 내린 티파니는 신이 나서 목욕하러 갔다. 뤄즈는 무심코 고개를 돌렸다가 조용히 문가에 서 있는 주옌을 보았다. 그녀는 미소를 지으며 딸의 뒷모습을 보고 있었다.

"언제 들어오셨어요? 눈치 못 챘는데."

"정말 오랜만에 만나는 거 같네." 주옌이 웃으며 다가와 뤄즈에게 차를 건넸다.

"한바탕 크게 아팠어요."

"독감?"

"모르겠어요. 반은 찬바람을 쐬어서고, 반은 마음의 병 때문일 거예요"

"무슨 일 있었어?"

뤄즈는 웃으며 그녀에게 자신이 겪은 일을 이야기했다. 그나마 첫 데이트라고 할 만한 나들이에서부터 성화이난의 갑작스러운 돌변, 비 오는 날 그녀를 몰아붙여 고백하게 했던 것과 고향에서 제사를 지낼 때의 기이한 만남…… 그리고 캐리어의 귀환까지.

그리고 창턱 옆에 뒤늦게 도착한 "네 이름이 뭐야?"라는 문장까지.

"대충 이런 상황이었어요." 뤼즈는 잠시 이야기를 멈추고 웃었다. "제가 아주 제대로 차였다고 생각하시면 돼요."

주옌은 한참을 침묵하다가 찻잔에 얼음설탕을 하나 넣고 저으며 물었다. "그 남학생, 정말로 상상했던 것만큼 좋았어?"

뤼즈는 주옌을 바라보았다. 상대방의 눈동자에는 교활한 웃음이 가득했다. 뤼즈는 얼굴을 돌리고 아주 진지하게 생각하다가 천천히 입을 열었다. "무슨 말씀 하고 싶으신지 알아요."

"고등학교 때는 그 애에 대해 잘 몰랐지만, 그 애는 확실히 멋진 사람이었어요. 여러 방면에서 질투가 날 만한 사람이었죠. 모든 사람에게 칭찬을 들으면서 악담을 듣지 않는 것도 이미 대단한 거잖아요. 나중에 저한테 주어진 몇 번의 일대일 접촉을 통해서 걘 확실히 누구에게나 호감을 사는 사람이라는 걸 느꼈어요."

뤼즈는 한숨을 내쉬었다. 눈이 살짝 시큰거렸다. "최소한 제가 좋아하게끔 만들었으니까요."

주옌은 생각에 잠긴 듯 고개를 끄덕였다. "그랬구나. 정말 무사히 자랐구나."

"언니 말투가 좀 이상한데요? 원래는 비명횡사라도 해야 한다는 것처럼 들려요."

주옌은 어째서인지 살짝 난감해하며 망설이다가 계속 웃으며 말했다. "아니, 난, 그러니까, 그런 애는 정말 흔치 않은 것 같아서. 예전에 나한테 그 애에 대해 말해줬을 때 네가 묘사했던 것처럼 조숙하고 세상 물정을 아는 건 종종 자신에게 상처를 입히기도 하거든. 하지만 보아하니 그렇지도 않은가 봐."

"전 오히려 걔가 그렇게 좋은 사람이 아니기를 바랐어요. 그래야 저도 일찌감치 마음을 접을 수 있을 테니까요."

"핑계 대지 마." 주옌이 웃었다. "간파하지 못한 건 간파하지 못한 거야. 내가 장담하는데, 걔한테서 형편없는 부분을 발견하게 되면 분명 지금보다 훨씬 괴로울걸."

주옌은 희미한 저녁노을이 비치는 테라스를 바라보았다. "어쩌면 네가 걔를 좋아하지 않는 날이 올 수도 있겠지만, 한때 그 애를 좋아했던 너 자신을 미워해선 안 돼. 어쨌거나 걘 네 청춘의 전부였잖아. 걔가 별로면 네 청춘은 죽 쒀서 개 준거나 마찬가지 아닐까."

뤼즈가 입을 삐죽거렸다. "정말 정곡을 찌르시네요."

주옌은 뤼즈를 아랑곳하지 않았다. 마치 자기만의 생각에 빠져 있는 것 같았다. 시간이 꽤 지난 후, 그녀는 비로소 뤼즈를 똑바로 쳐다보았다. "넌 왜 걔한테 대체 왜 그런 거냐고 물어보지 않았어?"

"대답을 안 해줘요." 뤼즈는 고개를 숙이고 차를 홀짝였다. 그 또래 여자아이들이 으레 그러듯이 부끄러워서 도리어 화를 냈다. "설령 말해줬더라도 듣고 싶지 않았을 거예요."

"투정 부리긴."

주옌의 부드러운 말투가 뤄즈를 얼굴 붉히게 만들었다. 뤄즈는 딱딱하게 대꾸했다. "인연을 따르는 것뿐이에요."

주옌이 계속해서 웃는 바람에 뤄즈는 속으로 더욱 당황했다.

"예전엔 너도 온갖 궁리를 했었잖아? 감독도 하고 배우도 하면서 여기저기 복선을 깔아두고 말야. 그런데 지금은 아무것도 모르는 척하면서 운명을 따르겠다고?"

뤄즈는 티스푼으로 찻잔을 툭툭 치며 허둥지둥 화제를 돌렸다. "참, 오늘은 집에 필리핀 가정부가 안 보이네요?"

주옌은 대답을 하려다 말고 환하게 웃으며 이제 막 화장실에서 튀어나온 티파니를 바라보았다.

장바이리의 재촉 문자가 연신 도착했다. 뤄즈가 5시에 숨을 헐떡이며 기숙사 문을 열자, 장바이리가 잠옷 차림으로 침대 위에 가부좌를 틀고 앉아 휴대폰을 들고 있는 모습이 눈에 들어왔다.

"어째서 아직까지 잠옷 차림인 거야?"

"뭘 입어야 할지 몰라서."

"드레스코드가 뭔데? 예복을 입어야 하면 난 못 들어갈 거야."

"너무 격식 차릴 필요는 없어. 운동화 신어도 입장 가능한걸."

"그럼 뭐가 문젠데? 그런 거에 너무 신경 쓰지 마. 천모한과 미모를 겨룰 수도 없잖아."

"나도 알아." 장바이리는 반박하지 않았다.

뤼즈는 장바이리를 의아하게 바라보았다. 오늘의 장바이리는 이상하리만큼 차분했다. 그녀는 뤼즈의 의심스러운 눈초리를 받으며 살짝 미소 지었다. 세속을 초월한 듯 창백한 얼굴이었다.

"내가 지금 성모 마리아를 보고 있는 건 아니겠지……. 그렇게 웃지 말아줄래?"

"미안, 방금 갑자기 생각났어. 오늘 밤에 성화이난도 그 파티에 와. 네가 걜 만나고 싶어 할지 모르겠네……."

뤼즈가 씨익 웃었다. "피할 거 뭐 있어. 우리 사이에 별것도 없는데."

그러고는 입꼬리가 거부할 새도 없이 아래로 처지기 전, 얼른 몸을 돌려 책장에 꽂힌 복습 자료를 정리하는 척했다.

장바이리는 그들 사이에 무슨 일이 있었는지 잘 몰랐지만, 그녀는 매일 "뤼즈, 힘내"라고 외쳐주었고, 아침저녁으로 함께 지내다 보니 눈꼬리와 눈썹만 봐도 상황을 대강 짐작할 수 있었다. 뤼즈는 그걸 어떻게 감추어야 할지 몰랐다.

뤼즈는 장바이리가 등 뒤 침대에서 내려오며 조그맣게 중얼거리는 소리를 들었다. "처음에 나도 너처럼 모든 걸 속으로 꾹 참으면서 조용히 있었더라면 좋았을 텐데. 넌 다른 사람을 좋아할 때도 조용하잖아. 아무에게도 들키지 않고, 실패해도 쪽팔릴 일 없고."

뤼즈는 그 말을 듣고는 수납장에 머리를 박았다. "쪽팔릴 거 뭐 있어. 잠깐, 내가 뭘 실패했다는 거야?"

톡 쏘아줄 생각이었는데 아무리 해도 히죽거리는 표정이 지어지지 않았다.

뤄즈는 『메리 스튜어트 전기』를 뽑았다가 다시 꽂기를 여러 번 반복했지만 적합한 위치를 찾지 못했다. 그녀는 결국 포기하고 책을 아무렇게나 책상 위에 던진 후 털썩 앉았다. 그리고 몸을 돌려 차갑게 말했다. "그래, 난 완전 실패했어. 난 내가 결국엔 비참해질 걸 똑똑히 알았던 거야. 그래서 처음부터 너처럼 온 세상이 다 알도록 하지 않았어."

장바이리는 방 한가운데에 서서 잠옷을 절반 정도 벗고 브래지어 끈을 어깨에 걸친 채로, 갑작스런 뤄즈의 말에 깜짝 놀라 당황하며 아래층 침대에 주저앉았다.

뤄즈가 이런 말투로 말하는 건 처음이었다. 얼음 조각이 섞인 분노의 불꽃을 발산하고 있었다.

두 사람은 모두 침묵했다.

장바이리는 "미안해"라고 말하려다가 뤄즈의 얼굴에 떠오른 과장된 웃음을 보았다.

"얼른 옷 갈아입어." 뤄즈는 잠시 멈칫했다가 일부러 아주 활기찬 말투로 말을 이었다. "갑자기 생각났는데, 『오만과 편견』에 이런 대사가 나왔던 것 같아. '감정을 너무 깊이 숨기는 건 때론 나쁠 수 있어. 만약 사랑하는 사람에 대한 감정을 숨긴다면, 그를 사로잡을 기회를 놓치게 될 수도 있거든.' 역시, 명작에서도 네가 맞다는 걸 증명해주네. 열렬히 칭찬해줘야겠어."

장바이리가 웃음을 터뜨렸다. "책 읽는 사람은 역시 말도 술

술 잘하는구나."

그러나 순식간에 표정이 일그러졌다. "……그럼 난 왜 결국
엔 거비를 얻지 못했을까?"

두 사람은 난감해져서 서로를 말없이 쳐다보았다. 뤄즈는 웃
음을 터뜨렸고, 장바이리는 얌전히 일어나 말했다. "네 옷 내가
입어도 돼? 우린 체형도 비슷하잖아."

뤄즈는 옷장을 가리키며 말했다. "알아서 골라. 내 옷은 다
수절하는 사람들이나 입는 것 같다고 그러지 않았어?"

장바이리는 옷더미 속에서 고개를 들고 정색하며 말했다.
"난 확실히 수절 중이야."

뤄즈는 옅게 웃으며 눈을 들어 창밖에 휘날리는 깨끗한 눈을
바라보았다.

그녀가 이렇게 침묵할 수 있었던 건 쪽팔릴까 봐서가 아니었
고, 얻지 못할까 봐 신경 쓰인 것도 아니었다. 다만 오해받기 싫
어서였다. 그녀의 감정에는 너무나 많은 우여곡절이 담겨 있어
서 다른 사람에게 말할 것이 못 되었다. 생각이 열린 방관자만
이 그녀의 완곡한 마음을 선혈이 낭자하게 찌를 수 있었다.

그날, 그녀가 옛날 그 창턱 이야기를 꺼냈을 때 그는 말했다.
"네 이름이 뭐냐고 물었어."

뤄즈는 그제야 홀연히 깨달았다. 마음속에 느닷없이 차오른
괴로움과 내키지 않음은, 바로 얻지 못했기 때문이었다.

말하거나 삼키거나, 모두가 주목하게 쫓아다니거나 아무도
모르게 좋아하거나. 더 훌륭한 방법도, 더 고상한 방법도 없었다.

얻지 못했기에 똑같이 마음이 괴로웠고, 그 아픔은 조금도
다르지 않았다.

제50장

산에 비가 내리려는데

결국, 두 사람 모두 가장 심플하고 캐주얼한 하얀 셔츠와 청
바지를 입었다.

"쌍둥이 같지 않아?" 장바이리는 머리를 묶으며 문에 걸린
전신 거울을 보고 미소 지었다.

"난 너랑 쌍둥이처럼 보이기 싫은데." 뤄즈는 단호하게 대답
하며 바로 머리에서 고무줄을 뺐다. 긴 머리칼이 흩어지며 허
리까지 내려왔다.

두 사람은 기숙사를 나서며 외투를 걸쳤다. 건물 문을 열자
마자 바람에 흩날리는 눈송이가 얼굴을 정면으로 공격해왔다.
눈은 점점 더 많이 내렸다. 하늘의 갈라진 틈새로 떨어지는 분
말처럼, 주황색 가로등 불빛 속으로 펑펑 쏟아졌다.

학생회 파티 장소는 교류센터 건물 2층이었다. 장바이리는
수시로 시계를 보며 뤄즈를 끌고 빠른 걸음으로 지름길로 향했

다. 북문으로 바로 연결된 자갈길이었다. 길가의 관목은 오랫동안 가지치기를 하지 않아서인지 잔가지가 무성하게 뻗어 있었다. 간혹 뤄즈의 외투를 스칠 때면 흔들리며 깨끗한 눈을 떨어뜨렸다. 구불구불한 길을 따라가자 교류센터의 불빛이 보였다. 2층의 창문을 보니 일렬로 환하게 불이 켜져 있었고, 사람 그림자가 아른거렸다.

뤄즈는 죽으러 가는 사람처럼 엄숙한 표정의 장바이리를 흘끗 보았다. 이번에는 하늘이 그녀에게 수습할 수 없는 처참한 결말을 안겨주어 완전히 정신을 차릴 수 있기를 기대했다.

비록 자신의 결말도 처참하기 이를 데 없겠지만 말이다. 뤄즈의 인생은 거대한 지각변동을 겪었다. 그녀는 열이 나고 목이 쉰 상태로 절벽 밑에서 기어 올라와 숨을 몰아쉬면서도 여전히 앞으로 나아가야 했다. 가면이 성화이난에게 뚫려 너덜너덜해졌다 해도, 숨어서 다시 색을 입히며 계속해서 버텨나가야 했다.

한바탕 앓아눕고 슬퍼하는 것으로 바로 건너편 기슭에 닿을 수 있다면 얼마나 좋을까. 성불하든지 악마가 되든지, 어쨌거나 이렇게 난처하고도 연약하게 가운데에 서 있지는 않을 테니 말이다. 그 사람을 좋아하는 건 여전히 좋아하는 거였고, 자신이 닿을 수 없는 건 영원히 닿을 수 없었다.

뤄즈는 멍하니 고개를 들었다가 최신 산악자전거를 끌고 자신과 반대 방향으로 걸어가는 정원루이를 보았다. 정원루이는 진한 보라색 패딩을 입고 온몸을 꽁꽁 싸매고 있었다. 얼굴은 목도리에 가려져 가늘고 긴 눈만 밖으로 드러났다. 숨을 쉴 때마다 하얀 수증기가 목도리 위쪽으로 뿜어 나오는 모습이 마치 안에서 불이 붙은 것 같았다.

뤄즈는 그녀와 눈이 마주치자 살짝 고개를 끄덕이며 웃었다. 그리고 그녀가 먼저 지나갈 수 있도록 장바이리를 잡고 옆으로 비켜났다. 저번에 정원루이와 마주쳤을 때는 마침 뤄즈와 성화 이난의 그 꿈 같은 데이트가 마무리되는 시점이었다. 그때 정원루이는 원한에 사무친 것처럼 자신의 자전거를 시끄럽게 발로 탕탕 치고 있었다. 마치 저주를 거는 마녀처럼. 그게 진짜였다면, 정원루이는 성공한 셈이었다.

그런데 한참을 기다려도 정원루이는 그들 곁을 지나가지 않았다. 뤄즈의 아래로 깔린 시선에 발끝 앞에 멈춰 선 자전거 바퀴가 들어왔다. 의아하여 고개를 드니 정원루이가 앞에서 기이하게 웃고 있었다.

살짝 부어오른 하얀 얼굴이 목도리 뒤에서 조금씩 드러나더니, 턱이 움직이면서 진홍색 목도리의 가장자리를 눌렀다. 뤄즈는 그녀의 비뚤어진 입술이 살짝 열리는 것을 주목했다.

"하핫."

비웃음이었다. 심각하고도 분명한 비웃음이었다. 정원루이는 다 웃더니 씩씩하게 고개를 돌려 멀리 걸어갔다. 산악자전거는 자갈길을 구루룩거리며 경쾌하게 굴러갔다.

뤄즈가 여전히 영문을 몰라 어정쩡하게 있는 와중에 오히려 옆에 있던 장바이리가 직설적으로 소리쳤다. "미쳤어! 정신병원에서 설날이라고 휴가 나왔냐?"

뤼즈는 고개를 저으며 장바이리를 끌고 계속해서 길을 걸었다. 장바이리가 별안간 놀라 외쳤다. "생각났다, 아깐 왜 생각이 안 났는지 몰라. 개잖아!"

아직 멀리 가지 않은 산악자전거가 잠깐 멈추었다가, 재빨리 그녀들 뒤쪽의 굽은 길로 돌아 관목 뒤로 사라졌다.

"개 맞아, 32동의 아이언맨."

뭐? 뤼즈는 몹시 흥분한 장바이리를 어리둥절하게 바라보았다.

"컴공과 여자앤데 32동 기숙사에 살아. 너도 알지? 32동은 전부 이공계 여학생들이잖아. 아, 그건 됐고, 어쨌거나 어느 날 밤에, 아마 한두 달 전이었을 거야. 한밤중에 갑자기 건물 밑 풀밭에 여학생이 하나 나타났어. 어디서 가져왔는지 모를 쇠망치를 들고는 있는 힘껏 낡은 자전거를 때려 부수고 있대. 쇠망치로 자전거를 치면서 대성통곡을 했다나. 엄청난 기세였다지. 자전거는 형체도 알 수 없게 부서지고 타이어와 체인이 풀밭 위 사방에 널린 모습이 금방이라도 트랜스포머가 소환될 것 같았대. 다들 좋은 구경거리가 계속될 줄 알았는데, 어떤 남학생이 눈치도 없이 캠코더를 들고 근접촬영을 시도한 거야. 여학생은 깜짝 놀라 울면서 도망갔는데, 누군가 걜 알아보고는 사진을 학교 게시판에 올렸지 뭐야. 아깐 내가 정신이 없어서 몰랐는데, 분명 개야. 틀림없어."

뤼즈는 문득 정원루이가 그 자전거를 자신으로 삼아 실컷 부쳤을 것 같다는 생각이 들었다. 그런 생각에 살짝 몸서리가 쳐졌다. 그녀는 외투를 꼭 여미며 말했다. "그 얘기는 그만하고, 얼른 가자."

그러나 장바이리는 뤄즈에게 팔짱을 끼고 아직 흥이 가라앉지 않은 듯 계속해서 이야기를 늘어놓았다. 신이 난 그 모습을 보니 뤄즈는 어렴풋이 몇 개월 전으로 돌아간 듯한 기분이 들었다.

몇 달 전, 장바이리가 거비와 헤어지지 않았고 뤄즈도 성화이난을 만나지 않았을 때였다.

그리고 정원루이도 고등학교 때처럼 소동을 부리지 않겠다고 맹세했었다.

지금은 모든 것이 반대 방향으로 나아가고 있었다.

장바이리는 동아리의 아는 사람에게 부탁해 뤄즈에게 초청장을 받아주었고, 두 사람은 건물 안으로 들어가 곧장 2층으로 올라갔다. 계단 입구에 많은 학생들이 전화를 하며 바쁘게 들락날락하고 있었다. 검정색 미니드레스를 입은 여학생이 다급하게 뤄즈 곁을 스쳐 지나갔다. 달콤한 복숭아향 향수 냄새가 뤄즈의 콧속으로 파고들었다. 향수의 주인공은 금빛 하이힐을 또각거리며 어느새 멀어져 갔다. 대리석 바닥과 구두굽이 부딪히며 듣기 좋은 소리가 났다.

뤄즈는 장바이리를 향해 어깨를 으쓱해 보였다. "우리 차림새가…… 너무 편하게 입고 온 것 같네."

그러나 장바이리는 그녀의 말에 전혀 귀를 기울이지 않은 채, 입구의 사람들 너머로 시선을 고정했다.

찬란한 크리스털 샹들리에 아래에 등이 훤히 파진 새하얀 미니드레스를 입고 머리카락을 빈틈없이 틀어올린 여학생이 그들에게 등을 돌리고 서 있었다. 그리고 그녀 앞에 서 있는 사람은, 바로 짙은 회색 양복을 입고 3월의 봄바람처럼 따스하게 웃고 있는 거비였다.

장바이리는 그 모습을 뚫어져라 바라보았다. 얼굴에 표정이라고는 전혀 찾아볼 수 없었다.

파티장의 인테리어는 좀 괴상했다. 아치형 천장에서 사방으로 빛을 발하는 크리스털 샹들리에 주변에는 놀랍게도 초등학교 파티에서나 볼 법한 색색의 셀로판지 테이프가 겹겹이 둘러 있고, 벽등 위에는 오색 풍선이 걸려 있었으며, 입구 양쪽 벽에는 '福복'자가 거꾸로 붙어 있었다. 파티장 입구 근처 절반은 다기능 홀처럼 작은 무대가 차지하고 있었는데, 밤에 여기서 공연이 있는 듯했다. 안쪽으로 쭉 들어가니 각종 음료와 음식이 놓인 기다란 탁자 네 개가 나란히 붙어 있었다. 여기가 파티의 주요 구역이었다. 홀 가장 안쪽에는 반원형 좌석 구역이 있었다. 의자들이 두 개의 원형 테이블을 반원으로 둘러쌌고, 각 테이블마다 열대여섯 개의 의자가 놓여 있었다.

뤄즈는 이렇게 동서양이 결합된 스타일을 속으로 한참을 따져보다가 장바이리를 잡으려 손을 뻗었는데, 고개를 돌려보니 파티장을 둘러보는 사이 장바이리는 어디론가 사라져 있었다.

뤄즈는 혹시라도 파티장 한가운데에서 바삐 오가는 간사들에게 방해가 될까 봐 구석으로 물러났다. 별안간 뒤쪽에서 한 남학생이 살짝 쉰 목소리로 외치는 소리가 들렸다. "거 부장님이 찾으세요!" 뤄즈는 무의식적으로 뒤를 돌아보았다. 멀지 않은 곳에서 성화이난이 간사에게서 등을 돌린 채 간사의 부름에 골치 아픈 듯 입을 벌리곤 손등으로 이마를 닦고 있었다.

그러고는 아주 성화이난다운 모습으로 간사에게 웃으며 말했다. "알았어. 이따가 찾아갈게."

뤄즈는 기둥 옆에 기대어 별안간 웃음을 터뜨렸다. 이렇게 밝음과 어둠으로 대비되는 모습이란. 내키지 않아 하는 사교와 남 앞에서의 가면을 보니 문득 그가 무척 귀엽게 느껴졌다.

이번에는 좋아하기 때문에 귀엽게 느껴진 것이 아니었다. 뤄즈는 고등학교 시절에도 사람들 앞에서와 뒤에서의 그의 태도 차이를 종종 관찰할 수 있었다. 자신이 남들보다 그를 더 잘 안다고 느낄 때마다 속으로 기쁨과 위안의 복잡한 기분이 들었다. 지금, 그녀는 잠시 혼란스럽게 뒤얽힌 감정을 내려놓고 마치 우연히 재미있는 거리 풍경을 포착한 행인처럼 상황을 방관했다.

"다만 다른 남학생보다 약간 성숙하고 잘생긴 젊은이일 뿐이야." 뤄즈는 주옌도 분명 이렇게 말할 것이라 생각했다.

그러나 뤄즈는 이 젊은이를 좋아했다.

뤄즈는 얼른 그 생각을 지웠다. 장바이리와 영혼의 쌍둥이가 되기는 정말 싫었다.

그 커플은 파티장 중앙에 서 있었다. 오늘의 거비는 더할 나위 없이 멋있었다. 장바이리가 전에 말해준 바로는 학생회에 문제가 있어서 한바탕 소란이 일었는데, 거비는 마침 승리한 쪽이라고 했다. 그런데 이번에는 또 선녀 같은 새 여자 친구도 데려왔다. 소꿉친구에서 연인으로 발전했다는 소문이었다. 겹경사를 맞이한 거비의 얼굴에 걸린 그 특유의 부잣집 도련님 같은 미소는 여느 때보다 훨씬 진실해 보였다.

뤄즈는 성화이난이 거비에게 다가가 등을 두드리는 것을 보았다. 천모한은 프로 모델처럼 아주 우아하게 서서 성화이난에게 살짝 미소를 지어 보였다. 눈부시게 아름다웠다.

그들은 이런저런 인사말을 나누다가 더는 할 말이 없어진 듯 보였다. 이때, 거비가 웃는 얼굴로 홀을 쓱 훑어보며 새로운 화젯거리를 꺼내려다가 갑자기 먼 곳을 보곤 안색이 확 변했다. 그의 표정은 재빨리 원래대로 돌아왔지만 천모한은 놓치지 않고 그의 시선이 머물렀던 홀 구석을 바라보았다. 다시 고개를 돌렸을 땐 더욱 찬란한 미소가 걸려 있었다. 약간 얄밉게 느껴질 정도로 찬란했다.

뤄즈도 그들의 시선을 따라 바라보았다. 거비 뒤쪽으로 몇 미터 떨어진 테라스 옆, 장바이리가 주변에서 쏟아지는 고소해하는 시선을 못 본 척하며 밖의 풍경을 바라보고 있었다. 뤄즈는 그제야 장바이리가 기숙사 침대에서 내려오지 않고 밍기적거릴 때의 내면 갈등을 이해할 수 있었다. 차인 걸로 유명한 전여자 친구의 신분으로 더 이상 자신과 상관없는 학생회 내부 행사에 참가하기까지 얼마나 큰 용기가 필요했을까.

뤄즈는 파티 후반부라도 장바이리 곁에 있으며 이 몇 사람의 시선에서 벗어나게 해야겠다고 생각했다. 그런데 장바이리에게로 걸어가는 중에 갑자기 맞은편에서 남학생 몇 명이 허둥지둥 뛰어오더니 전선이 얽힌 음향설비를 무대 쪽으로 옮기며 길을 막았다. 그들이 지나가기를 인내심 있게 기다리다가 다시 고개를 들었을 땐, 테라스 옆에 있던 사람이 보이지 않았다.

뤄즈는 놀라서 눈을 휘둥그렇게 떴다. 어쩌면 좋을지 당황스러웠다. 긴 머리카락은 정전기 때문에 등 뒤에 딱 달라붙어 상당히 불편했다. 뤄즈는 두 손을 머리 뒤로 올려 순식간에 머리카락을 뒤통수에 돌돌 말아 올렸다. 문득 목 언저리에 차가운 손가락이 스친 듯한 느낌이 들어 흠칫하며 몸을 돌렸다.

성화이난이었다. 뤄즈의 목에 붙은 기다란 머리카락 한 가닥이 그의 오른쪽 집게손가락에 감겨 있다가, 그녀가 몸을 돌리자 손가락 사이로 휙 빠져나갔다.

"그…… 머리카락 하나가 빠져 있길래." 성화이난이 어색하게 말했다.

"어." 뤄즈는 눈을 내리깔고 머리를 다시 푼 후, 두 손을 뒤로 올려 다시 감아올렸다. 때마침 간사가 또 멀리서 성화이난을 불렀다. 성화이난은 대답을 하곤 뤄즈에게 말했다. "오늘 너도 올 줄은 몰랐어. 이따 공연이랑 게임이 있을 테니까 재미있게 즐겨. 그리고 파티 끝나면 남은 일 처리하고 너랑 얘기 좀 하고 싶은데."

뤄즈는 몇 초간 생각하다가 천천히 말했다. "그럼 가서 일
봐. 그리고 파티가 끝난 다음엔……" 뤄즈는 문가에 서 있는 장
바이리를 흘끗 바라보았다. "얘기할 기회가 있을지는 상황을
봐야 할 것 같아."

성화이난은 발걸음을 멈추고 잠시 멍하니 있다가 알겠다는
듯 웃었다.

"그래. 그럼 너희도…… 너무 오버하진 말고."

그는 경쾌하게 몸을 돌려 멀찍이 걸어갔다. 뤄즈 혼자 남겨
둔 채.

한참을 시끌벅적하게 떠들고 나서야 관객들은 비로소 하나
둘 자리에 앉았다. 무대 위 두 원형 테이블 자리도 선생님과 학
생들이 꽉 채워 앉았다. P대 학생회에는 세 위원회가 있고 각각
위원장과 회장이 있었다. 위원회마다 한 무더기의 직함과 직급
이 있었는데, 성화이난은 집행위원회 15명의 부장 중 하나였
다. 거비가 속한 청년단위원회는 학생회와는 별개인 독립된 거
대한 조직이었다.

뤄즈는 구석에 앉아 방대한 조직 모임을 옆에서 구경하며 장
바이리에게 말했다. "초등학교 때 소년선봉대 대대 본부 생각
이 나. 내가 참여했던 마지막 권력의 중심이었는데."

장바이리는 그저 웃기만 할 뿐 묵묵히 무대 위의 두 진행자
를 바라보았다.

"그 성모 마리아 같은 미소 좀 거둘 수 없어? 마치 이미 하늘

518

나라에 온 느낌이야."

장바이리는 기숙사에서 출발할 때만 해도 웃고 떠들더니 지금은 목소리를 잃은 인형처럼 가만히 앉아 있었다. 폭풍 전야의 고요함 같았다. 만약 장바이리가 옷을 갈아입고 핸드백을 챙기는 걸 직접 보지 못했다면, 뤄즈는 그녀가 황산이라도 몰래 숨겨 와 쏠 준비를 하는 건 아닐까, 허리춤에 폭탄을 차고 모두와 함께 죽으려는 건 아닐까 의심했을 것이다.

파티의 개막은 중국의 여느 행사처럼 길고 지루했다. 진행자의 익살스러운 농담은 썰렁한 분위기만 남겼다. 뤄즈는 바보 같다는 걸 뻔히 알면서도 그렇게 할 수밖에 없는 한 쌍의 아름다운 남녀에게 점차 동정심이 들기 시작했다. 개막 순서에는 학생회 의장의 신년사와 청년단위원회 서기의 신년사, 부총장님의 신년사, 학생회 감독위원회의 연간 업무 보고 등이 포함되어 있었다. 뤄즈는 하품을 하고 반쯤 눈이 감긴 상태에서 성화이난을 보았다. 그는 무대 뒤쪽 부장들 사이에 군계일학처럼 서 있었는데, 마침 그도 하품을 하고 있었다.

그들은 서로의 아직 닫히지 않은 입을 보았다. 성화이난이 웃기 시작했지만 뤄즈는 웃지 않았다. 그녀는 묵묵히 그를 바라보았다. 두 눈이 겨울밤의 별처럼 차갑게 빛났다.

파티장 전체가 어두워지며 무대 위의 알록달록한 조명만 남았다. 문예 공연이 시작되었다.

공연이 이어질수록 뤄즈는 잠이 쏟아졌다. 아래쪽에 총장과 서기까지 버티고 앉아 있으니, 장내 분위기는 가식적이기 짝이 없었다. 학생들의 공연에는 다채로움이 드물었다. 그럼에도 사람들이 주목하는 이유는 딱 하나였다. 공연자가 자신의 친구 또는 적대 관계에 있는 사람이었기에, 그들이 무대를 빛내거나 망신당하는 걸 기다리는 것이었다. 곁에서 유일하게 말이 통할 만한 사람인 장바이리는 이미 고요함에 빠져들어 마치 열반에 이른 것 같았다. 뤄즈는 어두운 파티장을 쓱 훑어보았다. 거비는 없었고, 천모한도 없었고…… 성화이난도 없었다.

그녀는 조용히 이어폰을 끼고 잔머리로 살짝 귀를 가린 후, 인터넷에서 다운받은 〈쓰르라미 울적에〉의 끝부분 내레이션을 듣기 시작했다. 사실 이어폰 속에서 여자가 뭐라고 중얼거리는지 전혀 알아들을 수 없었지만, 그런 느낌이 좋았다. 쓸쓸한 여자 목소리가 그녀를 주변과 격리시켜 주었다.

그리고 예전에 있었던 모든 일과도 격리시켜 주었다.

또 1년이 시작되네, 뤄즈는 생각했다.

조명이 갑자기 밝아졌다. 학생들은 하나둘 일어나 긴 테이블 위에 차려진 뷔페 음식을 향해 걸어갔다. 원형 테이블 쪽의 높으신 분들도 젓가락질을 하기 시작했다. 장바이리는 그녀에게 손을 흔들며 말했다. "화장실 다녀올 테니까 먼저 먹고 있어. 이따 너 찾아갈게."

뤄즈는 고개를 끄덕이며 일어나 저려오는 엉덩이를 문지르며 테이블 쪽으로 성큼성큼 걸어갔다.

화려하게 차려입은 미인들은 음식을 빨리 먹을 수가 없었다. 게다가 혈기 왕성한 사람들은 꼭 남들이 먹을 때 와서 말을 걸곤 했다. 예를 들면 그녀 옆에 있는 1학년 여학생은 수다쟁이 선배의 말에 호응하면서 어떻게든 치킨 날개를 조심스럽고도 우아하게 먹으려 하고 있었다. 뤄즈는 동정하듯 가볍게 한숨을 내쉬고 레몬차 한 잔을 따른 후, 접시 위에 디저트 여덟아홉 조각을 담았다.

몸을 돌릴 때 하마터면 다른 사람과 부딪힐 뻔해서 뤄즈는 조심스럽게 접시를 잡았다. 다행히 레몬차만 카펫 위에 조금 흘렸을 뿐 심각하진 않았다. 아무 문제없다는 걸 확인한 그녀는 비로소 똑바로 서서 눈앞의 사람이 누군지 보지도 않고 "정말 죄송합니다" 하고 말했다. 그대로 상대방을 돌아 좌석 구역으로 갈 생각이었다. 그런데 상대방이 살짝 옆으로 이동해 그녀를 막아섰다.

상대방이 뭐라고 말하고 있는 것 같았지만 음악 소리가 너무 커서 잘 들리지 않았다. 게다가 손을 뻗어 이어폰을 뺄 수도 없어 멍하니 고개를 들어 상대방을 쳐다보았다.

이목구비가 또렷한 남자였다. 왼손에는 양복 재킷을 들고 밝은 회색 셔츠를 입었으며, 서른 살쯤 되어 보였고, 얼굴에는 웃음이 걸려 있었다.

"당신이 아주 진지하게 먹는다고요." 그가 다시 한 번 말했다. 뤄즈는 이번에는 알아듣고 씨익 웃으며 계속해서 앞으로 걸어갔다. 그 남자와 어깨를 스치며 지나갈 때, 상대방이 갑자기 손을 뻗어 그녀의 왼쪽 귀를 덮고 있던 옆머리를 들어 올렸다. 그는 이어폰을 보고는 알겠다는 표정을 지었다.

뤄즈는 미간을 찌푸리며 옆으로 한 걸음 비켜났다. 머리카락이 그의 손바닥에서 흘러내렸다.

그녀는 자리로 돌아와 케이크를 천천히 먹어치우고 따뜻한 레몬차를 홀짝홀짝 마셨다. 이곳에서 벗어나고 싶었지만 장바이리는 여전히 그림자도 보이지 않았다.

화장실에 30분이나 있다니.

원형 테이블의 높으신 분들은 어느새 철수해 있었다. 그들이 떠나자, 학생들은 훨씬 활발해져서 수시로 왁자지껄 웃고 떠들었다. 뤄즈가 초조하게 장바이리를 찾고 있을 때, 시선이 다시금 그 남자에 닿았다. 그는 마침 거비와 대화 중이었다. 두 사람은 각자 와인 잔을 들고 차분하게 이야기를 나누고 있었는데, 그 모습이 무척이나…… 국산 드라마 같았다. 왠지 모르게 눈에 거슬렸다.

그 남자는 등에 눈이라도 달려 있는지, 멀리 떨어져 있는데도 그녀의 눈빛을 느끼곤 고개를 돌려 손에 든 와인 잔을 들어 올리며 미소로 인사했다. 만약 거비가 그런 행동을 했더라면 진작에 웃음을 터뜨렸을 테지만, 그 남자의 일거수일투족은 지극히 자연스러웠다. 가히 기품이 남다르다고 할 만했다.

역시 나이는 그냥 먹는 게 아니었다. 거비는 보통 남학생들 중에서도 성숙한 편이었지만, 그 사람 앞에서는 풋내기에 불과했다. 뤄즈는 그렇게 생각하며 재빨리 인파 속으로 섞여 들어갔다. 곁눈질로 거비가 방금 그 남자가 누구와 인사한 건지 의심스럽다는 듯 찾는 모습이 보였다.

뤄즈는 파티장을 나가 여자 화장실 입구에서 장바이리를 불렀다.

"장바이리?" 문 하나가 열렸다. 뤄즈는 고개를 숙여 은색 하이힐을 바라보았다. 큐빅이 불빛을 영롱하게 반사하고 있었다.

천모한의 목소리는 아주 달콤했는데 딱히 특징은 없었다. 머리부터 발끝까지 완벽하게 치장되어 있었고, 웃을 때도 빈틈이 없었다. 마치 기자회견을 하는 여배우 같았다. 뤄즈는 살짝 아쉬움을 느꼈다. 역시 사진 속 긴 머리를 휘날리던 소녀가 훨씬 날렵해 보였다.

뤄즈는 천모한을 처음 보는 척하면서 그녀를 향해 고개를 끄덕였다. "네, 걜 찾고 있는데요."

"누구세요?"

"걔 룸메이트요. 장바이리 어디 있는지 아세요?"

"거비 주변에서 찾아봐요." 천모한은 웃기 시작했다. 입가에 득의양양한 미소가 걸려 있었다. 그녀는 와인색 핸드백을 열어 화장품 파우치를 꺼내 거울을 보며 마스카라를 칠했다. 뤄즈는 그 뒤에 서서, 거울 속에 왼쪽과 오른쪽 얼굴을 계속 비교해보는 천모한을 바라보며 장바이리의 말이 얼마나 수준이 낮았는지를 깊이 느꼈다. 눈앞의 이 여자는 아무리 봐도 장바이리의 이야기 속에 존재하던 그 세속에 더럽혀지지 않은 미인처럼 보이지 않았다. 미인이라고 화장하면 안 된다는 법은 없지만, 뤄즈는 천모한의 눈꼬리와 눈썹에 담긴 경박함과 사나움을 도저히 용인할 수가 없었다.

뤄즈의 얼굴에 희미한 미소가 떠올랐다. 천모한은 예민한 사람이어서 곧장 굳은 얼굴로 뤄즈를 바라보았다. "왜 웃어요?"

뤄즈는 억울하다는 듯 눈을 크게 뜨고 물었다. "옆 칸* 주변에서 찾아보라면서요. 근데 옆 칸은 남자 화장실이거든요. 남자 화장실에서 본 거예요?"

뤄즈는 말을 마치자마자 몸을 돌려 살기가 감도는 화장실을 뛰쳐나왔다.

자리로 돌아오자마자 성화이난이 들어오는 것이 보였다. 뤄즈의 위치는 꽤 은폐되어 있었다. 그녀는 이어폰을 끼고 팔꿈치를 무릎에 짚은 채 두 손으로 뺨을 감쌌다. 하지만 눈빛은 이마 앞에 흩어진 앞머리 사이로 그를 끈질기게 좇았다.

성화이난은 사람들 속에서 여전히 그렇게나 눈에 띄었지만 거비와는 달랐다. 그는 온화하고 내향적이었다. 누구에게나 환심을 사면서도 능글맞지 않았다. 주옌의 말이 딱 맞았다. 자신이 아무리 억울하고 내키지 않는다 하더라도, 그 이유 때문에 성화이난을 조금이라도 부정해본 적 없었다. 그녀의 마음속에 그는 완벽했고 만능이었다. 비록 사람들에게 등 돌리고 쓸쓸하게 웃는 순간도 있었지만, 그런 그는 그녀의 마음을 더욱 생생하게 끌어당겼다. 그가 다음 순간 아무렇지도 않게 사람들의 관심의 초점이 될 수 있다는 것을 그녀는 이제껏 한 번도 의심한 적 없었다. 심지어 이제까지 그 완벽한 아름다움 뒤에 얼마

....
* 중국어로 '거비'와 발음이 같다.

나 많은 고초가 있었을까 생각할 필요도 없었다. 그는 마치 태어날 때부터 그렇게 태어난 사람 같았으니까. 모두가 우러러보는 태양처럼, 아무도 태양이 왜 빛을 발하는지, 언젠간 빛이 사그라지는 건 아닌지 생각하지 않는 것처럼 말이다.

뤼즈는 미소를 지었다. 왠지 모르게 샛노란 민소매 원피스를 입은 촌뜨기 같은 자신이 떠올랐다.

"여러분 나이에 이렇게 차려입고 어른들 파티를 따라 하는 걸 보니, 참 재미있네요." 뤼즈는 누군가 말하는 소리에 이어폰을 뺐다. 오른쪽으로 한 칸 떨어진 자리에 아까 그 낯선 남자가 앉아 있는 걸 보고 저도 모르게 멍해졌다.

"내가 한 말 못 들었죠? 다시 말해줄게요. 이런 장소에서 가장 사람들 눈길을 끄는 건 사실 저런 여학생들이 아니에요." 그는 입구 쪽으로 입을 삐죽거리며 거비 곁에서 곱게 웃고 있는 천모한을 가리켰다.

뤼즈는 예의 있게 대꾸해야 할지 말지 망설여졌다.

"정말로 남들의 주목을 끄는 건 당신 같은 여학생이죠. 단순한 옷차림이 주변과는 어울리지 않아도, 자기만의 세계가 있는 것처럼 보이니까."

'역겨워요.' 뤼즈는 그 말이 입 밖으로 나오지 않도록 애써 참았다.

그러나 이 남자에게는 그래도 저급한 로맨스 소설에서 베낀 것 같은 그런 말을 그렇게까지 역겹게 들리지 않게 하는 능력이 있었다. 그건 인정할 수밖에 없었다.

뤼즈는 곰곰이 생각하다가 마지못해 웃으면서 쏘아붙이고 싶은 충동을 억누르고 다시금 이어폰을 꼈다.

높으신 분들이 모두 자리를 떠나자, 파티장의 사람들도 무리를 지어 나뉘기 시작했다. 1학년 간사들은 뷔페 테이블 부근을 배회했고, 2학년 이상 핵심 간부들은 커다란 두 원형 테이블 주변에 모여서 소문을 떠들고 잡담을 나누며 술잔을 부딪쳤다. 그들이 무슨 이야기를 하는지 뤼즈는 잘 들리지 않았지만, 사람들이 계속해서 거비에게 술을 권하는 것은 보였다. 천모한은 옆에서 딱히 막지도 않았다. 거비는 술을 몇 잔 마시자 얼굴이 새빨갛게 달아올랐다. 주변 사람들은 그의 새로운 연애에 대해 이러쿵저러쿵 떠들기 시작했고, 천모한은 부끄럽다는 듯 고개를 숙였다. 거비는 웃고 또 웃으며 사람들이 권하는 술을 거절하지 않고 받아 마셨다. 테이블 주변을 왔다 갔다 하던 남학생들 중 하나가 저도 모르게 자꾸 천모한의 가슴 쪽으로 시선을 던졌다.

뤼즈는 미간을 찌푸렸다.

결국은 미인을 얻으셨구만. 거비의 웃음은 처음에 장바이리가 그녀에게 자랑했던 '소년처럼 순수하고 기쁜 미소'가 아니었다.

그저 평범하기 짝이 없는 득의양양함이었다. 심지어 어딘지 모르게 쓸쓸하기도 했다.

그 순수한 기쁨은 어쩌면 장바이리 같은 소설 애호가의 환각일 수도 있었다. 뤼즈는 길게 한숨을 내쉬었다. 그런데 오른쪽 귀에 꽂혀 있던 이어폰이 느닷없이 누군가에게 뽑혔다.

"뭐 들어요?"

그 남자는 아직도 안 가고 있었다. 뤄즈는 그가 이어폰을 자기 귀에 꽂고 진지하게 듣다가 다시 빼는 모습을 괴물 보듯 바라보았다. 그는 잘 알겠다는 듯 그녀에게 웃어 보였다. "다니엘 파우터 좋아하나 봐요, 나도 그런데. 이건 그가 2005년에 코카콜라 광고 주제곡으로 만든 거였죠."

뤄즈는 한참을 멍하니 있다가 비로소 이어폰을 떠올리곤 줄을 당겨왔다. "그런데 누구세요?"

"이제야 내가 누군지 흥미가 생겼나 봐요." 남자의 웃음은 자신만만했다. 뤄즈에게 아무리 고결한 척해봤자 소용없다고 말하는 듯했다.

"구 대표님."

뤄즈는 고개를 들었다가 뜻밖에도 성화이난을 보았다.

제51장

Drama Queen(무도회의 황후)

　구 대표라고 불린 남자는 편안하게 뒤로 기대어 한쪽 팔을 등받이에 올린 채 눈썹만 실룩일 뿐, 말없이 옅게 웃으며 고개를 끄덕였다. 성화이난의 자기소개를 기다리는 듯했다.

　그러나 성화이난은 더 이상 말을 잇지 않았다. 구 대표 앞에서 그는 거비보다 좀 더 침착하고 대범했지만, 그래도 여전히 털을 곤두세운 커다란 고양이처럼 보였다. 그는 곧장 뤄즈와 구 대표 사이에 앉아 손을 뻗어 그녀의 오른쪽 이어폰을 빼냈다. "뭐 듣고 있었어?"

　정말이지 친밀하고 자연스러운 태도였다. 뤄즈는 신경이 쓰여 고개를 숙였다.

　"나도 이 노래 좋아하는데. 예전에 조깅할 때 아이팟 터치로 반복해서 들었어. 질릴 정도로 들어서 전주만 들어도 울렁거릴 정도로. 근데 넌 나한테 이 노래 좋아한다고 말한 적 없는데."

뤄즈는 묵묵히 그를 쳐다보았다. 그가 갑자기 바짝 다가오더니 그녀의 귓가에 조용히 속삭였다. "협조 좀 해. 난 지금 네가 빠져나올 수 있게 도와주는 거라고. 저 사람은 이번 신년 파티 스폰서인데 가족기업 도련님이래. 높은 사람들은 다 갔는데 저 사람은 왜 아직도 안 가고 있는지 모르겠다."

"그러니까." 그의 숨결이 귓가에 쏟아지자, 뤄즈는 온몸에 닭살이 돋으며 살짝 이상한 기분이 들었다. 옆으로 피하자 그는 오히려 더욱 바짝 다가왔다. "그러니까, 너도 스폰 받는 여대생이 되고 싶지 않으면 저 사람을 멀리하는 게 좋아."

뤄즈가 실소했다. "나 같은 외모의 여대생을 스폰하는 부자 본 적 있어? 여기 미인들이 잔뜩 있는데 날 선택한다고?"

뤄즈는 구 대표에게 들리지 않도록 최대한 말소리를 죽이며 고개를 옆으로 돌렸다.

"저 사람? ……네 분위기가 마음에 들었을지도 모르잖아."

"바보냐."

"누가 알겠어. 널 마음에 들어 하는 게 저 사람이 바보라는 증거일지."

"난 너 말하는 거야." 뤄즈는 그의 손에 든 이어폰을 빼앗아 고집스럽게 화면을 몇 번 눌러 랜덤 플레이 모드로 바꾸어놓았다.

성화이난은 짜증 내지 않고 오만하게 웃었다. 마치 승리를 만끽하는 열 살짜리 소년처럼, 오른쪽의 구 대표를 은근히 훑어보며 시위하듯 팔을 뻗어 뤄즈의 왼쪽 어깨를 감쌌다.

뤄즈는 순간 몸이 얼어붙었다. 어깨의 따스한 촉감이 가장 먼저 그녀의 마음을 누그러뜨렸지만, 이어 진한 원망과 분노, 슬픔이 솟아올랐다. 그녀는 천천히 왼손을 들어 그의 손등을 잡아 옮기곤 정지 버튼을 눌렀다. 이어폰 속에서 〈Scarlet's Walk〉 실황 음원이 시작될 때 나는 날카로운 고음 부분에서 소리가 뚝 끊겼다.

"너……."

뤄즈가 말을 다 내뱉기도 전에, 저쪽의 술자리 테이블이 그녀의 시선을 끌었다.

빨간 그림자가 테이블 옆에 불쑥 나타나더니, 천모한을 적대적으로 흘겨보고는 가식적인 웃음을 지으며 거비에게 하이톤으로 말했다. "너네끼리 술 마시면서 왜 난 안 부르냐? 술로는 장바이리를 당할 사람이 아무도 없다면서? 거비, 저번에 우리랑 술 마시기 겨룰 때 기억나? 네 그 장바이리가 어찌나 널 감싸고도는지, 혼자 다섯 명을 장렬하게 상대했잖아. 장바이리는 어디 갔어? 오늘 안 왔을 리가 없는데?"

소란스럽던 테이블이 삽시간에 조용해졌다. 천모한의 안색은 마치 지하 굴속에서 기어 나온 것처럼 차가웠다. 거비는 고개를 숙이고 있어서 표정이 잘 보이지 않았고 반박도 하지 않았다. 이미 술에 잔뜩 취한 건지 어떤지는 알 수 없었다. 빨간 옷의 여학생이 웃으며 주변을 둘러보더니 갑자기 크게 외쳤다. "장바이리! 이리 와, 지켜주는 건 네가 최고잖아? 네 남자가 또 꽐라가 됐다야!"

뤄즈는 그제야 장바이리가 어느새 와서 조용히 구석에 앉아 있는 것을 발견했다. 구경꾼들의 표정은 가지각색이었다. 그러나 다들 팔짱을 끼고 구경만 할 뿐, 누구도 끼어들지 않았다.

더욱 재미있는 건 구 대표의 변화무쌍한 표정이었다. 그는 먼저 신속하게 빨간 옷 여학생의 눈빛을 따라 고개를 돌려 오른쪽 뒤에 앉아 있는 장바이리를 바라보았다가, 다시 고개를 돌려 뤄즈를 보았다. 놀라움과 난처함이 섞인 표정이었다. 마치 방금 자신의 아들이 친아들이 아니라는 사실을 전해들은 모양새였다.

장바이리가 천천히 일어났다. 평온하고 침착한 표정이 정말로 라파엘의 그림에서 걸어 나온 성모 마리아 같았다. 그녀는 한 걸음 한 걸음 어둠 속에서 조명이 내리쬐는 테이블로 걸어와 빨간 옷의 여학생에게 억지로 웃어 보였다. 꾹 참고 있는 듯한 창백한 얼굴에서 왼쪽 눈을 깜빡이자 눈물 한 방울이 툭 떨어지는 것을 모두가 똑똑히 지켜보았다. 장바이리가 조그맣게 말했다. "난 걔 여자 친구가 아냐."

거비는 바로 이때 고개를 들었다. 뤄즈는 깜짝 놀랐다. 거비의 붉게 충혈된 눈동자에서 눈물이 흐르고 있었던 것이다.

장바이리는 입을 다물고 상냥하게 웃은 후, 거비 앞에 놓인 술잔을 들어 고개를 젖히고 한 번에 털어 넣었다. 요 며칠 새 급격히 야위어서인지 장바이리의 아래턱에서 목까지 아름다운 곡선이 만들어졌다.

"술을 잘 못하면 조금만 마셔야지. 기분 좋은 건 알겠는데 그래도 몸 생각하는 게 더 중요해."

장바이리는 말을 마치고 돌처럼 굳어버린 주변 사람들을 남겨둔 채 파티장 출구를 향해 걸어갔다. 하얀 셔츠가 그녀의 메마르고 가련한 뒷모습 윤곽을 그려주었다. 지금 보니 더없이 단호하고 시원스러웠다.

정말 기막힐 정도로 훌륭한 광경이었다. 사전에 리허설도 없었다는 걸 뤄즈는 믿을 수 없었다. 그러나 멋진 척을 하려면 다른 사람의 뒷마무리가 필요한 법이었다. 뤄즈는 즉시 일어나 구 대표를 지나 장바이리가 방금까지 앉아 있던 자리로 가서 그녀가 남겨두고 간 파란색 패딩을 집어 들고 출구를 향해 달려갔다. 성화이난도 손발이 척척 맞는 것처럼 뤄즈가 자리에 두고 간 복슬복슬한 하얀 외투를 들고 그 뒤를 따라나갔다.

장바이리가 교류센터 정문을 나서자마자 뤄즈가 바로 뒤따라왔다.

"됐어, 연극도 다 끝났으니 외투 입어. 내가 전부터 말했지? 너한텐 천부적인 코스프레 재능이 있다니까. 정말 성모 마리아의 현신 같았어."

장바이리는 옷을 받아 입고 뤄즈를 보며 웃었다. 웃고 웃다가 뤄즈의 품으로 뛰어들어 울기 시작했다.

그래, 마침내 속세로 내려와 육신이 되었네. 뤄즈의 마음도 원래의 자리로 돌아갔다.

"너 이번에 정말 모질게 굴었어." 뤄즈는 그녀의 등을 살짝 토닥이며 가만히 말했다.

장바이리의 질투심과 거비의 바람기는 누구나 다 아는 사실이었지만, 오늘 이후로 장바이리는 자신의 성모 마리아 같은 이미지를 모두에게 알린 셈이었다. 거비의 마음속도 포함해서 말이다. 일주일 전 거비가 헤어지자고 했을 때 장바이리는 울거나 난리를 피우지도 않았고, 심지어 그들이 헤어진 걸 모르는 간사가 도와달라고 찾아왔을 때도 여전히 전심전력으로 도와주었다. 이 점은 거비를 크게 감동시켰다. 오늘 거비의 붉게 충혈된 눈동자는 뤄즈에게 사실 거비에게도 미안한 마음이 있었다는 걸 알려주었다. 장바이리는 그런 난리를 피우고 나서야 마침내 한 게임을 만회한 셈이었다.

"난 성모 마리아가 아냐." 장바이리는 눈물이 그렁그렁한 채로 뤄즈를 향해 장난스럽게 웃어 보였다. "난 절대로 손 놓고 있지 않을 거야. 걔가 누굴 사랑하든 가만두지 않겠어. 어쨌거나, 걔네 둘이 잘 지내는 건 절대로 두고 보지 않을 거야!"

장바이리는 뤄즈를 풀어주며 뒤에서 외투를 들고 있는 성화이난을 향해 큰 소리로 말했다. "뤄즈는 좋은 애야. 얘한테 미안한 짓 하기만 해, 내가 가만두지 않을 테니까!" 그러고는 멋지게 성큼성큼 자리를 떠났다,

성모 마리아가 되는 편이 더 나았을 텐데, 뤄즈는 생각했다. 뤄즈는 마지못해 몸을 돌려 성화이난을 향해 난감한 듯 허리를 반쯤 굽히고 공손하게 말했다. "미안, 쟤가 지금 제정신이 아니라서. 대인배의 아량으로 그냥 우스갯소리로 넘겨줘. 하지만…… 난 확실히 좋은 애이긴 해."

썰렁한 농담으로 상황을 마무리한 후, 뤄즈는 그의 손에 들

린 외투를 낚아채 파티장을 완전히 떠날 생각이었다. 그런데 성화이난은 손을 풀지 않았다. 뤄즈는 모자 쪽을 잡고 그는 옷자락을 잡은 채 두 사람은 잠시 대치했다.

뤄즈는 고개를 들어 성화이난의 웃음기 없는 얼굴을 바라보았다. 그는 여전히 셔츠를 입고 있었고, 넥타이는 이미 느슨해진 채였다. 호흡에 하얀 수증기가 섞여 있었고, 귀와 코끝은 얼어서 빨개져 있었다.

"안으로 들어가도 될까? 좀 춥다."

그는 아무것도 들지 않은 빈손으로 뒤통수를 긁적였다. 그 무해한 웃음에 뤄즈는 살짝 놀랐다. 손에 힘을 풀자, 상대방은 바로 그 틈을 타 외투를 채갔다. 뤄즈가 다가가 빼앗으려 하자, 그는 팔을 돌려 외투를 등 뒤로 감추었다. 그녀는 헛손질을 하며 균형을 잃고 비틀거리다가 그의 가슴에 코를 박고 말았다.

코가 시큰거리는 통증에 눈물이 솟았다. 눈물이 앞을 가려 고개를 들었어도 그의 얼굴이 또렷하게 보이지 않았다.

"성화이난, 너 날 가지고 놀다 죽일 셈이야?"

제52장　　　　　　평균대

　뤼즈는 흘리는 눈물이 아파서인지 아니면 다른 이유 때문인지 명확하게 말할 수 없었다. 다음 순간, 그녀는 그의 품으로 끌어당겨졌다. 뺨이 그의 넥타이에 닿았다. 매끄러운 감촉은 따스하지 않았고, 심지어 그녀의 눈물보다 더 차가웠다. 그는 외투를 쥔 팔로 그녀의 등을 감고 다른 한 손으로는 그녀의 뒤통수를 받치며 조심스럽게 꽉 안았다. 마치 작은 동물을 쓰다듬는 것 같았다.

　"내가…… 미안해."

　그의 목소리가 위쪽에서 전해졌다. 뤼즈는 순간 정신이 번쩍들어 그의 품에서 벗어나려 애썼지만 벗어날 수 없었다.

　"원래는 네 잘잘못의 기준이 아주 특이하다고만 생각했어. 자꾸 이상한 일로 사과를 하니까. 그런데 넌 사과하는 방식도 참 특이하구나."

그는 그녀의 쌀쌀맞은 조롱에 대꾸하지 않고 가만히 팔을 풀더니 그녀의 손목을 잡았다.

"얼어 죽겠다. 들어가서 얘기하자." 그는 그녀가 저항하지 못하도록 그녀를 꽉 잡아끌며 문 안으로 들어섰다.

뤄즈는 줄곧 고개를 숙인 채 묵묵히 그의 뒤를 따라갔고, 가는 내내 주변에서 무수히 많은 탄성을 들었다. "세상에! 너네들……." 성화이난이 놀라움과 호기심으로 가득한 주변 학생들을 어떤 표정으로 대하는지 그녀는 조금도 알고 싶지 않았다. 그녀는 다만 고개를 숙인 채 긴 머리가 얼굴을 더 많이 가릴 수 있도록 노력할 뿐이었다.

그런데 파티장의 광경은 그녀 처지를 잠시 잊게 해주기 충분했다.

테이블이 뒤집혀 있었다. 사람들 대부분이 뷔페 구역에 모여 수군거렸고, 엉망진창이 된 테이블 곁에는 빨간 옷의 여학생 혼자 서 있을 뿐이었다. 성화이난이 입구에 있던 후배 간사에게 무슨 일이냐고 물었다.

"선배는 못 보셨죠? 방금 정말 간 떨어지는 줄 알았어요. 저희가 여기서 젤리 퍼즐 게임을 하고 있는데 갑자기 엄청난 소리가 나더니 접시랑 그릇이 바닥에 쏟아졌어요. 다들 놀라서 멍하니 있는데……." 여학생은 손으로 가슴을 부여잡고 힘겹게 숨을 몰아쉬었다. 갑자기 뒤에 있던 남학생이 끼어들었다. "거비 부장님 여자 친구분이랑 류징 선배가 싸우기 시작했어요. 그러다 류징 선배가 테이블을 엎었고요."

뤄즈는 고맙다는 표정으로 그 남학생을 바라보았다.

성화이난이 뤄즈의 손을 힘껏 쥐며 말했다. "어디 도망가지 말고 나 기다려."

그는 말을 마치자마자 무리 속으로 성큼성큼 걸어갔다. 뤄즈의 외투를 여전히 꽉 쥔 채였다. 중요한 인질이라도 잡은 모양새였다.

뤄즈는 운명을 받아들이듯 벽에 기대어 구경거리가 시작되기를 기다렸다. 주변에서 수군대는 소리에 자연스레 귀가 기울여졌다. 수다스러운 여학생이 옆 사람에게 조그맣게 속삭였다. "야, 청년단 선생님들이 다 가버려서 아무도 안 말린 거야?"

뤄즈는 성화이난과 남학생 셋, 여학생 둘이 그 '폭풍이 휩쓸고 간 자리'를 향해 걸어가는 것을 보았다. 여학생들은 달려가서 류징이라는 빨간 옷 여학생을 위로했고, 남학생들은 의자 위에 취해 널브러진 거비를 부축해 일으켰다. 성화이난이 천모한의 어깨를 두드리며 자리를 뜨라는 눈치를 줬다. 뤄즈는 그제야 천모한의 미니드레스에 검붉은 흔적이 또렷하게 묻어 있는 것을 발견했다. 누가 와인을 끼얹은 건 아닌가 싶었다.

천모한이 갑자기 흑흑 울기 시작하더니 억울하다는 듯 성화이난의 품으로 뛰어들었다. 성화이난은 깜짝 놀라 뒷걸음질을 치더니 재빨리 뤄즈 쪽을 바라보았다. 그의 눈빛에 처음으로 당황스러움이 가득했다.

뤄즈는 놀라서 입을 쩍 벌렸다가, 그가 당황하며 자기 쪽을 바라보자 오히려 푸흡 하고 웃음을 터뜨렸다. 그녀는 더욱 과장되게 웃으며 곤경에 처한 성화이난을 똑바로 바라보았다.

하하하, 이건 오늘 밤에 있었던 모든 일에 대한 그녀의 평가였다.

성화이난이 마치 농구 시합 중에 심판에게 파울을 하지 않았다고 증명하듯 팔을 벌린 채 높이 들어 올렸다. 뤄즈의 외투가 천천히 흘러내려 그의 팔 가운데에 걸렸다. 천모한이 그의 품으로 뛰어들었을 때, 그의 손이 그녀의 등에 고스란히 드러난 맨살에 닿았다. 그는 머리칼이 쭈뼛 서서 자리에 그대로 굳은 채 그녀에게서 풍기는 향수 냄새를 맡고만 있었고, 멀리서 지켜보던 뤄즈는 고소하다는 듯 즐겁게 웃었다.

성화이난은 미간을 찌푸리며 조용히 말했다. "저기, 학생. 진정해요. 여기 사람이 이렇게나 많은데 본인과 거비를 난처하게 만들고 싶지는 않죠?"

천모한은 우느라 들썩이던 어깨를 멈추더니 천천히 그의 품에서 철수했다. 그러고는 손으로 눈앞을 살짝 가리며 눈물을 닦는 시늉을 했다. 그러나 성화이난은 그녀의 마스카라 사이로 똑똑히 보았다. 그녀는 애초부터 울고 있지 않았다.

이때, 가벼운 웃음소리가 들렸다. 학생회 의장이 아까부터 히죽거리며 한쪽에 서 있던 것이었다.

성화이난은 그냥 지나칠 수 없어 사람들 사이로 들어가 의장에게 말했다. "어떻게 하면 좋을까요? 어쨌거나 소문 나면 좋을 게 없을 것 같은데요." 의장은 이제 막 몽유병에서 깬 것처럼 느릿느릿 말했다. "몇 사람 더 불러서 류징이랑 거비, 그리고 그

선녀 같은 여자 친구도 다 보내버려요!"

주변의 다른 간사들도 꿈에서 깨어난 것처럼 일어나 잔해를 치우기 시작했다. 의장은 웃음을 거두고 큰 소리로 말했다. "시간도 늦었으니, 오늘의 신년 파티는 여기까지 하죠. 문예부 사람들은 모두 남아서 뒷정리를 끝낸 다음 결산 진행해주세요. 다른 학생들은 일찍 돌아가서 쉬시고요. 모두 새해 복 많이 받으세요."

아까까지만 해도 둑을 쌓은 것처럼 사건 현장과 거리를 유지하고 있던 사람들은 순간 와르르 흩어졌다. 뤄즈의 시선은 흩어지는 사람들의 그림자에 가려졌다. 그녀는 자신도 가야 하는 건지 따져보았다. 그녀는 얇은 셔츠를 꽉 쥐어보곤 인상을 찌푸리며 다른 사람들에게 방해가 되지 않도록 근처 자리를 찾아 앉았다.

그의 품에 이끌려 안긴 그 순간부터 지금까지 미친 듯이 뛰는 가슴은 내내 잠잠해지지 않았다. 뤄즈는 가슴께를 손으로 가만히 누르며 가만히 눈을 감았다.

하지만 쿵쿵거리는 심장박동 소리가 이성을 완전히 삼키지는 못했다.

봐, 또 시작이야. 또 똑같은 짓을 하는 거야. 그녀는 심호흡을 하며 자신에게 경고했다. 뤄즈, 너도 머리가 있다면…… 알잖아, 너는…….

너도 머리가 있다면 말야, 뤄즈.

아무도 널 갖고 놀지 못해. 너 자신이 원하지 않는 이상. 이런 일이 무한 반복되게 할 수는 없어.

그녀가 초점 잃은 눈으로 걱정거리를 생각하는 중에, 어떤 그림자가 다가와 그녀의 눈앞을 막았다. 성화이난은 몇 분도 되지 않아 청소 전쟁터에서 빠져나와 웃으며 그녀에게 말했다. "가자."

"남아서 도와줘야 하는 거 아냐?"

"돕긴 뭘 도와?!" 성화이난이 낮은 소리로 중얼거렸다. 뤼즈는 문득 2시간 전에 간사를 등지고 툴툴거리던 그 얼굴이 대놓고 눈앞에 등장하는 것을 보았다.

뤼즈는 마침내 자신의 외투를 돌려받곤 재빨리 입었다. 옆에서 성화이난도 패딩을 걸쳤다. 밖에는 어느새 눈이 그쳐 있었다. 기온이 낮지 않아서 그다지 두껍지 않게 한 겹 쌓여 있었다. 뤼즈는 아무도 밟지 않은 곳을 열심히 골라 자신의 발자국을 남겼다.

"내가 볼 때 넌 확실히 순결을 밝히는 사람이야. 봐, 책 볼 때도 꼭 새 책으로만 봐야 하고, 눈밭도 남이 밟지 않은 곳만 디디잖아."

뤼즈가 웃었다. "참, 아까……."

사실 그녀도 뭘 물어봐야 할지 몰랐다. 학생회 상황에 대해서는 전혀 아는 게 없었다. 성화이난은 어깨를 으쓱하곤 뤼즈를 달래주었다. "심각한 건 아냐. 파벌끼리 마찰이 있었던 거거든. 다들 째째하지, 참 할 일도 없어."

"너한테도 영향이 있는 거야?"

그는 의외라는 듯 눈썹을 치켜올렸다가, 뭔가를 깨달았는지 곧장 기분 좋게 웃었다.

"걱정 마, 그럴 일은 없어. 난 균형을 잘 잡을 거니까. 어차피 그냥 어울려 노는 건데 뭐."

말 속에 무의식적인 오만함과 자신감이 스며 있었다. 뤄즈는 마음이 간질거렸다. 이런 모습의 성화이난은 보기 드물었다. 늘 언행이 완벽한 사람은 내면의 진정한 자부심을 드러내는 경우가 거의 없었다.

그렇다면 이건 그녀가 그에게 특별하다는 걸 증명하는 걸까?

뤄즈는 그런 생각을 멈출 수 없었고, 특히 더욱 신랄한 자조를 멈출 수 없었다. 이렇게 된 상황에서도 자신의 지위를 추측해보려고 하다니.

짝사랑이 습관이 되었고, 구차하게 구는 것이 뼛속까지 배어 있었다. 아무리 뼈를 깎고 독을 치료해도 깨끗하게 없어지지 않았다.

"사실." 그는 잠시 조용히 있다가 입을 열었다. "전엔 좀 짜증이 나 있었어……, 학생회 일 때문에."

뤄즈는 말없이 조용히 그의 다음 말을 기다렸다.

"그런데 가장 짜증 났던 건, 다른 사람이 내가 짜증 내는 게 당연하다고 여기는 거였어." 그는 앞을 바라보며 자조하듯 웃었다. "나랑 거비의 선배들하고는 관계가 좋진 않지만 우리 둘은 그래도 친했거든. 일이 벌어진 후로 거비가 몇 번이나 먼저 같이 한잔하면서 스트레스나 풀자고 했었는데, 난 딱히 스트레스받는 일이 없었어. 그래서 그냥 갤 피해 다녔지."

뤄즈는 성화이난의 담담한 말에서 대강 상황을 파악할 수 있었다. 학생회의 이번 새해는 그다지 평화롭지 못했다. 신년 파티 협찬은 원래 성화이난의 대외연락부에서 해결했는데, 12월 중순의 중요한 시기에 그 전자제품 수출 회사가 갑자기 협찬 철회를 통보해왔다. 회사의 변명은 이랬다. 계약을 체결했던 담당자는 이직을 했고, 계약은 결재가 내려지지 않았기 때문에 효력이 없다는 것이었다.

효력이 없으니 당연히 돈을 보내지 않았다.

그러나 진짜 원인이 따로 있다는 건 모두 알고 있었다. 바로 학생회 의장 때문이었다. 명의상 협찬은 모두 이미 정해진 절차를 따라서 진행되었다. 성화이난의 대외연락부를 끌어들이긴 했지만 실제로는 의장이 직접 교섭하고 처리했다. 그런데 이렇게 협찬이 철회되자, 성화이난은 모두의 손가락질을 받는 희생양이 되었다. 성화이난은 이렇게 대놓고 말할 수 없는 내용을 청년단위원회 선생님께 보고할 수 없었다. 어쩌면 그쪽이 자신보다 상황을 더 잘 알고 있을 수도 있었다.

억울한 누명을 계속 쓸 수밖에 없었다.

P대 학생회 의장직은 짭짤한 자리였다. 명목상 더없이 영광스러우면서도 엄청난 이익이 따라왔기 때문이다. 졸업해서 취업을 하든 대학원에 추천 입학으로 들어가든, 그 직함을 달고 있으면 기본적으로 프리패스였고, 직권의 채찍을 이용해 의장은 중요한 학교 프로젝트의 명줄을 쥐고 흔들 수 있었다. 부수

입과 커미션이 꽤 두둑했기 때문에 해마다 의장 선거 때가 되면 파벌끼리 물밑 경쟁이 치열하게 벌어졌다.

매년 대학 신입생의 3분의 1이 앞다투어 학생회로 들어가 간사로 활동하며 심부름을 하고 물건을 나르고 전단지 나눠주는 일을 했다. 2학년이 되어 부장이 될 때까지 버티는 사람은 몇 없었지만 말이다. 학생회에서 버티려면 능력과 끈기도 중요했지만, 가장 중요한 건 밀어주고 끌어주는 전임 부장이나 더 높은 사람이 있느냐였다. 반 학기가 지나면 잠깐의 열정을 품고 학생회에 뛰어들었던 간사들 중 탈퇴할 사람은 탈퇴하고 일탈할 사람은 일탈했다. 몇 안 되는 남은 사람 중에 딱 한 사람만 부장이 되었고, 나머지는 우정을 고려하여 부부장으로 임명되었다. 그건 딱히 의미 없는 직함이어서 그만두고 떠나는 것이 보통이었다. 그럼에도 학생회에는 인력이 부족하지 않았다. 해마다 새내기 간사들이 대거 들어왔고, 이들은 부부장들보다 훨씬 말을 잘 들었으며 속여 넘기기도 훨씬 쉬웠다. 2학년 부장들은 2학기에 의장단 선거에 참여하게 되는데, 그중 행운아 네다섯 명은 3학년 때 부의장이 되었고, 4학년 학생회 의장은 바로 이 네다섯 명 부의장 중에서 선출되었다.

피라미드 같은 계층이었다.

이 세상에서 위로 올라가는 건 결코 쉬운 일이 아니었다. 누군가 위쪽으로 뛰어오를 수 있도록 밀어주지 않는 한. 예를 들어 지금 학생회 의장은 성적이 엉망이어서 비인기 전공에 입학했지만, 집안 배경이 좋아서 청년단위원회 선생님들과 좋은 관계를 유지했다. 선거 전에 유권자들에게 쏟아부은 돈과 식사 대접 횟수도 가장 많았다. 그런데 새해가 되기 전, 남쪽 지방의 입학사정관으로 있는 의장 아버지가 기율검사위원회에 걸려 비리 혐의를 조사받았다. 그 와중에 경비 협찬을 제공한 몇몇 회사의 재무 문제도 얽혀 있는 것이 밝혀져, 협찬 회사도 몸을 사리게 되었다.

새해를 맞이해 준비한 몇 가지 행사가 거기에 묶여 차질이 생기자 청년단위원회의 선생님들도 발등에 불이 떨어졌다. 의장을 계속 쓸 수도, 감히 경솔하게 건드릴 수도 없었다. 현 의장은 그리하여 동결 상태가 되어 꼭두각시 황제와 같은 처지가 되었다.

그런데 거비가 이 상황에 그 가족기업 협찬사를 찾아와 급한 불을 꺼주었다. 거비가 따르던 부의장 무리와 지금 의장은 치열한 암투를 벌이던 중이었는데, 거비의 행동은 꼭두각시 황제의 뺨을 세게 갈긴 셈이었다. 그래서 오늘 파티장이 그렇게 난장판이 된 거였다. 의장은 옆에 서서 소란을 지켜보았고, 나서서 상황을 진정시키지도 않았다. 오늘 중요한 역할을 맡은 인물은 거비였고, 선생님들은 마침 모두 자리에 없었다. 이 망신스러운 국면이 1초씩 늘어날 때마다 의장의 기분은 더욱 좋아졌다.

성화이난은 길게 한숨을 내쉬었다.

"짜증 나. 별것도 아닌 일을 다들 너무 진지하게 군다니까. 다음 학기 선거가 끝나면 난 그만둘 거야."

그의 아이 같은 말투에 뤼즈는 미소가 지어졌다. 하지만 이 길고 담담한 하소연 앞에서, 그녀는 무슨 대꾸를 해야 할지 정말 알 수 없었다. 그가 자신은 충분히 균형을 잡을 수 있다고 말하리라 믿었지만, 사실 그녀도 알고 있었다. 성화이난은 그럴 생각이 없었다.

그래서 그냥 웃을 수밖에 없었다.

갑자기 다시 눈발이 날리기 시작했다. 성화이난과 뤼즈는 불빛이 환히 밝혀진 교류센터를 나와 뤼즈가 올 때 지나온 그 자갈길을 걸었다. 아주 오랫동안 두 사람 모두 말이 없었다. 온 세상에 보슬보슬 눈 내리는 소리와 자박자박 발걸음 소리만 남았다.

"너…… 아직도 날 좋아해?"

뤼즈는 방금 눈밭에 발이 푹 빠졌다가 그의 말을 듣고 바로 걸음을 멈추었다. 마치 뒷덜미를 잡힌 고양이처럼 그 자리에 굳어버렸다. 온 세상에서 유일하게 움직이는 것은 그들 두 사람의 호흡에서 나오는 하얀 수증기뿐이었다. 세차게 뿜어져 나온 수증기는 금세 옅게 흩어지며 사라졌다.

학생회에 대해 이야기하다가 갑자기 이 주제로 넘어오니 뤼즈는 순간 정신이 멍해졌다. 등 뒤에서 성화이난이 다가오는 것이 느껴져 재빨리 앞으로 성큼 내딛었지만 그에게 손을 잡히고 말았다.

"나 이거 수작부리는 건가?" 그는 그녀의 손을 들어 입가에 대곤 살짝 입을 맞췄다. 그러더니 자신의 품으로 그녀를 꽉 끌어안았다. 뤼즈는 외계인이라도 본 것처럼 눈을 휘둥그렇게 뜨고 그를 바라보았다. 그는 더는 참지 못하고 웃음을 터뜨렸다.

"만약 내가 너랑 결혼하고 싶어 한다면 이건 수작부리는 거 아니지, 그렇지?"

성화이난은 여전히 돌처럼 굳은 뤼즈와 그녀의 무섭게 반짝이는 눈동자를 보며 더 이상 에둘러 말하지 않기로 결심했다.

"뤼즈." 그는 자신 있게 웃었다. "나……."

"하지 마!"

뤼즈의 고함 소리가 나뭇가지 위에 새로 쌓인 눈을 놀라 떨어지게 했다.

제53장　　진실이 무엇이든

　　그의 말이 도중에 끊겨버렸다. 눈앞의 여학생은 비명을 질렀다. 그는 뤼즈가 이렇게 당황하는 걸 처음 봤다. 그러나 뤼즈는 소리를 빽 지르곤 말없이 그저 그를 빤히 바라보았다. 샹린댁*처럼 이따금씩 눈동자만 움직이는 것이 그나마 그녀가 살아 있다는 걸 증명해주고 있었다.

　　"난……." 그녀가 불쑥 입을 열었다 멈칫하고는 다시 웃었다. "걱정 마, 난 아무것도 안 들은 셈 칠게. 방금 아무 일도 없었고."

　　"아무 일도 없었다고?"

　　"너, 너도 천천히 한 달간 생각해봐. 그래도 마음이 변하지 않으면 다시 와서 나한테…… 아까 하고 싶었던 말을 해줘. 신중하게 생각하고."

---

　*　루쉰의 소설 『축복』에 나오는 기구한 운명의 여인.

마치 그녀가 방금 한참을 고민한 결과인 듯했다.

성화이난은 오기를 부렸다. "다시 생각해볼 필요 없는데."

"아니, 아냐. 넌 냉정해야 하고, 생각해야 해. 반드시 생각해 봐야 해." 그녀는 힘껏 손을 빼내어 한사코 손을 흔들며 뒷걸음 질을 쳤다. "방금 따져보니까 넌 기본적으로 한 달에 한 번씩 태 도가 확 바뀌더라. 너한테 달마다 며칠씩 특별해지는 날이 있 는지는 모르겠지만, 그래도 네가 다시 진지하게 생각해봤으면 좋겠어. 난 네가 무섭거든……."

"달마다 특별해지는 며칠은 너한테나 있지……." 성화이난 이 얼굴을 붉혔다.

"확실히 나한테는 매달 며칠씩 특수한 날이 있긴 해." 뤄즈 는 계속 웃고 있었지만, 그는 그녀의 웃음이 가까스로 얼굴에 걸려 있다는 걸, 부들부들 떨려서 금방이라도 떨어질 것 같다 는 걸 분명히 볼 수 있었다. 심지어 웃는 표정 아래에 어떤 슬픔 과 두려움이 감춰져 있는지도 엿본 것만 같았다.

성화이난은 한 걸음 다가가 그녀를 잡아끌었지만 그녀는 뒷 걸음질을 쳤다. 그는 뤄즈의 눈동자에 또렷하게 담긴 당혹스러 움을 보았다. 그녀는 정말로 그를 무서워하고 있었다.

그는 손을 늘어뜨리고 억지로 웃어 보였다. "미안해."

뤄즈는 더 이상 숨지도, 예전처럼 그의 '미안해'를 비웃거나 조롱하지도 않고 그저 제자리에서 고개를 숙였다. 발끝으로 눈 밭을 살짝 문질러 기다란 흔적을 남겼다.

"난 상처가 나았다고 해서 아픔을 잊는 사람이 아냐." 뤄즈의 목소리는 아주 가벼웠다. 예전엔 무슨 말을 하든, 그에게 분노했을 때에도 차분하게 농담을 하며 그를 조롱했었다. 지금처럼 그에게 약한 모습을 보인 적은 없었다.

"넌 잠깐 열정적이었다가 다시 문자 하나 없이 며칠을 사라지지. 철벽을 치면서 사람을 멀리해놓곤 다시 만날 땐 아무 일도 없었던 것처럼 오랜만에 만나는 것처럼 굴고. 난 그런 거 못 견뎌." 뤼즈가 씁쓸하게 웃었다. "하지만 진작에 알고 있었어. 넌 내가 널 좋아한다는 걸 확신한 거야. 네가 손짓만 하면 내가 예전 원한을 풀고 네 옆에서 좋은 친구 역할을 해줄 거라고."

그것도 아주 완벽하게, 기꺼이.

"넌 너무 독선적이야, 성화이난."

가벼운 목소리였지만 한 마디 한 마디가 비난이었다.

열정에 찬물이 끼얹어져서인지, 그녀에게 가로막혀 말하지 못한 말은 마치 삼켜지지 않은 만두처럼 가슴에 꽉 막혀서 성화이난을 갈수록 견딜 수 없게 했다. 그도 더 이상 거짓 웃음을 짓지 않고 약간의 불쾌감을 띠며 말했다. "설마 내가 예전에 했던 행동을 정신착란이라고 생각하는 건 아니지?"

그의 말속에 담긴 기분을 알아챈 뤼즈는 슬픈 표정을 거두고 고개를 들어 받아치며 비웃었다. "혹시 넌 네가 과거를 묻지 않는 걸 두고 내가 만세 삼창이라도 해야 한다고 생각하는 거야?"

성화이난은 점점 난처해져 표정 관리가 되지 않았다.

"오늘 확실히 말해줘. 내가 대체 뭘 잘못했고, 넌 또 뭘 마지못해 용서해준 건지. 네가 어떤 큰 은혜를 베풀었는지 알아야 내가 감사히 받을 거 아냐."

뤼즈는 뒷짐을 지고 그를 바라보았다.

성화이난의 얼굴에 순간 무력감이 스쳤다. 방금 그 학생회의 난장판을 설명하면서도 그의 얼굴에 이런 무력감과 피로는 나타나지 않았었다.

"내가 이제까지 아무 말 안 한 건, 내 힘으로 네가 억울하다는 걸 밝혀내면, 일의 자초지종을 굳이 네가 알 필요는 없을 거라고 생각해서야. 널 이해한다고 말할 순 없지만, 최소한 이건 확실히 알아. 넌 절대로 저자세로 설명하거나 변명할 사람이 아니라는 걸. 내가 널 비난하고, 네가 누명을 벗고, 그런 과정을 지나고 나면 자존심과 감정 모두 상하게 될 것만 같았어. 난…… 소중하게 지키고 싶었어……, 우리 사이의……."

그는 더 이상 말을 잇지 못했다. 핵심 단어를 고민하다가 다시 눈을 들어 고뇌하는 눈빛으로 뤼즈를 바라보았다.

그녀는 순간 마음이 누그러졌다. 그 말에 감동할 것만 같았다. 코끝에 맑은 눈이 떨어져 내렸다. 촉촉한 느낌에 문득 그 비오는 날이 떠올랐다.

"네가 정말로 소중하게 생각했다면 예전에 그렇게 날 대하지 않았을 거야. 감정은 이미 상했고 자존심도 너덜너덜해졌어. 우린 예전 상태로 못 돌아가. 그런데도 못 할 말이 뭔데?"

성화이난은 그 말에 살짝 멈칫했다.

"하하, 그래." 그는 약간 될 대로 되라는 식으로 웃으며 커다란 나무에 등을 기댄 채 고개를 저었다. "내가 다 망쳤네, 그렇지?"

뤄즈는 가타부타 말이 없었다.

"그래서, 누가 나한테 그랬어. 네가 고등학교 때부터 날……
짝사랑했다고. 그거 진짜야?"

뤄즈는 그의 첫마디가 이 질문일 줄은 생각지도 못해서 어깨
를 미세하게 떨며 눈빛을 피했다.

"핵심을 말해."

"먼저 대답해줘……. 그게 사실인지." 성화이난의 얼굴이 약
간 달아올랐다.

"그게 무슨 상관인데?"

"전에는 날 좋아한다고 인정했으면서, 왜 이 문제는 그렇게
버티는 거야?"

뤄즈는 씁쓸하게 웃으며 옷깃을 꽉 여몄다. "아니. 이건 달라."

"고등학교 때 나한테 여자 친구가 있었어서?" 성화이난의
얼굴에 알겠다는 표정이 떠올랐다.

뤄즈는 그 말에 어처구니가 없었다. "그거랑 그게 무슨 상관
인데?"

"그럼 왜 대답을 안 해?"

뤄즈는 다시 침묵했다. 눈동자에 빛이 일렁였다. 성화이난은
입을 열려다 뤄즈가 고개를 돌리는 걸 보았다. 눈물이 떨어지
는 걸 본 것만 같았다. 그는 무척 놀라 무의식적으로 손을 뻗어
닦아주려다가, 그녀의 얼굴에 손이 닿자마자 밀쳐지고 말았다.

"핵심만 말해." 뤄즈의 목소리가 갑자기 차가워졌다.

성화이난은 손을 거두고 씁쓸하게 물었다. "그럼 넌 혹

시…… 날 짝사랑해서 줄곧…… 예잔옌을 질투했었어?"

뤄즈는 그가 상상했던 것처럼 당황하거나 억울하다는 듯 눈을 크게 뜨지도 않았다. 그가 짝사랑에 대한 질문을 하기 시작했을 때부터 그녀의 대답 속도는 아주 느렸다. 말 한마디 할 때마다 마치 어떻게 대답해야 할지 대책을 세우는 것처럼 오랫동안 생각했다. 성화이난의 실망감이 말과 표정에서 드러났다.

"그런 적 없어." 뤄즈는 여전히 고개를 숙인 채 천천히 대답했다. 차분한 어조였다.

"없다고?"

"없어."

"그럼…… 부러워한 적은? 질투를 악의가 담긴 거라고 생각한다면, 부러워하는 건……."

"조금은 부러워했을 수도 있어." 뤄즈는 갑자기 고개를 들어 멀리 교류센터의 어렴풋한 불빛을 바라보았다. "하지만 걔가네 여자 친구여서는 아냐."

대답을 천천히 하는 건 거짓말을 꾸며내기 위해서가 아니라담담해지려고 노력하느라였다. 성화이난은 그 점을 아는지 아까보다 풀어진 목소리로, 마치 아이를 달래듯이 말했다. "그럼뭐가 부러웠는데?"

뤄즈는 고집 센 아이처럼 웃으며 말했다. "크리스털이 아주밝게 빛나는 건 빛을 반사하기 때문이야. 난 그 뒤를 비춰주는불빛이 부러웠어."

뤄즈는 성화이난의 눈빛에 의심의 구름이 가득 껴 있는 걸 보고 약간의 설명을 붙였다. 그가 왜 이런 자잘한 것에 흥미를 느끼는지 알 수 없었다. 자신을 비난한 이유가 뭔지 말하기 싫어서 질질 끄는 걸까, 아니면 자신도 모르게 궤도를 이탈해 갑자기 그녀를 이해하고 싶다는 생각이 든 걸까?

이해? 뤄즈의 웃음이 참담해졌다. 사실 그들 사이에는 수없이 많은 산과 강이 가로막혀 있었던 것 같다. 그는 눈치채지 못했지만, 뤄즈는 그것들을 똑똑히 보았다. 그 흔들거리는 삼륜차 위에서 그가 진지하게 약속했을 때 그녀는 고개를 돌려버렸다. 감동 말고도 슬픈 예감이 떠오른 것처럼.

약속의 유일한 용도는 언젠가 자신에게 따귀를 때리기 위한 거였다.

"춥다. 빨리 말해."

"미안. 내가 우물쭈물하는 건, 문득 너한테 솔직히 말하기가…… 너무 면목 없는 것 같아서 그래."

"널 짝사랑하고 있냐는 질문까지 했으면서, 더 면목 없을 게 뭔데?"

성화이난은 움찔했다.

"내가…… 예잔옌하고 헤어진 다음에." 그는 힘겹게 말을 이었다. "대학 1학년 겨울방학 끝 무렵, 그러니까 개학 전에 걔가 널 찾아와서 너한테 우리가 헤어진 이유를 울며 털어놨어. 그런 다음 너한테 중요한 편지와 하얀 크리스털 백조 펜던트를 주면서 개학하면 나한테 전해달라고 했었지? 그런데 넌 그러지 않았어. 오히려 걔한테 내가 편지를 보지도 않고 펜던트와 함께 쓰레기통에 버렸다고 말했지. 맞아?"

뤄즈는 한참 후에야 생각났다. 그 말을 듣자마자 고개를 홱 들어 충격과 억울함, 심지어 분노가 극에 달한 표정으로 그를 바라보았어야 했다는 것이. 그러나 그녀의 자세와 표정은 조금도 변화가 없었다. 조용히 고개를 숙인 채였고, 감정은 갈수록 차분해졌다.

"설마…… 사실이야?"

뤄즈가 고개를 들었다. "고작 그것 때문이야?"

"넌 그게 사소한 일 같아?"

"네 말은, 내가 중간에서 농간을 부려서 너희 둘을 갈라놨다는 거야?"

"그래."

"넌 그걸 언제 안 건데?"

"……우리가 아이스링크에 갔던 날 밤."

뤄즈는 고개를 기울이며 생각하다가 웃었다. "아, 그래서 이튿날 티파니네 가자고 해놓고 날 바람맞힌 거구나."

성화이난은 약간 거북해하며 대답하지 않았다. "어떤 증인이 나한테 그렇게 말해줬어."

"증인?" 그녀는 웃음을 참으며 물었다. "누군데?"

"뤄즈, 난 그냥 네 한마디만 듣고 싶어. 정말인지 아닌지."

"누군데?"

"말해줄 수 없어……."

"누군데?" 뤄즈는 미소를 지었다. 담담하고 온화한 표정이었다.

성화이난은 평온한 말투로 말하려고 애썼다. "누가 말한 건지는 알 필요 없잖아……."

"마지막으로 물을게. 누구야?"

"좋아." 성화이난이 어깨를 으쓱했다. "딩수이징이라고 했어."

뤄즈의 눈빛은 물결조차 없는 잔잔한 호수 같았고 바닥조차 보이지 않을 정도로 깊었다.

"알겠네. 그럼 너도 예잔옌에게 사실을 확인해봤겠구나?" 뤄즈는 혼자 고개를 끄덕이며 몸을 돌려 자리를 떠나려고 했다. 성화이난이 몇 걸음 앞으로 나아가 그녀를 잡았다. "이게 다야?"

"그럼 어떻게 해야 하는데? 내가 눈물범벅이 돼서 내 말 좀 들어보라고, 사실은 그게 아니라고, 정말 그런 게 아니라고, 제발 날 믿어달라고 사정해야 해? ……응?"

뤄즈는 입꼬리를 올리며 비꼬듯 웃었다.

"근데 내가 왜 변명해야 하지? 넌 무죄추정도 몰라?" 뤄즈는 말하면서 손짓까지 했다. "죄를 고발하려면 증거를 대야지. 문자든, 통화 기록이든. 내놓은 증거가 전혀 없는데 내가 왜 네 앞에서 쓸데없는 말을 해야 해? 입만 열면 무슨 얘기든 다 꾸며낼 수 있는 법이야. 허무맹랑한 일을 어떻게 반박해야 하는데? 그럼 나도 물어보자. 예잔옌의 고등학교 시절 친한 친구 명단에 나 같은 사람이 있었어? 그렇게 중요한 물건을, 어째서 굳이 나한테 전해달라고 한 건데? 걔한테 내 전화번호가 있기는 해? 걔 네 여자 친구였고, 너랑 같이 P대에 입학한 너희 반 남학생들과도 사이가 좋았잖아. 왜 자기가 친한 애들한테 전해달래지 않고 하필이면 나한테 편지를 준 건데?"

뤼즈의 말은 한 마디 한 마디 설득력이 있었다. 그녀는 그의 손을 뿌리치고 계속해서 앞으로 걸었다.

"나한테 알려주면 안 돼? 어째서 넌 처음부터 쭉…… 짝사랑에 대해서 대답하지 않는 거야?"

뤼즈는 이미 어느 정도 걸어갔다가 그의 질문을 듣고 다시 몸을 돌렸다. 그 질문은 그녀가 언급할 수 없는 약점이었다. 방금 반박을 하느라 온몸에 응집된 분노의 기운은 순식간에 흩어지고, 눈동자에는 다시금 감정이 솟아올랐다.

"짝사랑에 관한 것도 딩수이징이 말한 거야?"

"그래……, 걔네들 다 그렇게 말했어."

뤼즈는 눈을 반쯤 감았다. 흐릿해진 눈빛은 그를 지나 먼 곳을 향하고 있었다.

"그럼…… 그 말을 들었을 때, 기분 좋았어?"

성화이난은 입술을 달싹였다. 기분이 좋았을까?

진정한 '핵심'을 그들은 처음부터 소홀히 하고 있었다. 한참을 빙빙 돌면서 그는 짝사랑에 대한 대답에만 집착했고, 그녀가 관심을 갖는 건 바로 이 문제였다.

"네가 짝사랑 때문에 그런 일을 했다고 듣지 않았다면, 난 기뻤을 거야."

뤄즈는 잠시 말을 멈추었다가 불쑥 물었다. "넌 왜 예잔옌의 우비를 가지고 날 마중 나왔어?"

"역시 넌 예잔옌의 우비를 알고 있었구나."

"그 분홍색 우비는 다들 알아. 예잔옌은 반에서 자기 연애 얘기를 떠드는 걸 무척이나 좋아했으니까. 큰일이든 작은 일이든." 뤄즈는 턱을 들어 올렸다. 입꼬리가 살짝 위로 치켜 올라가며 곡선을 그렸다. 눈빛에도 도발적인 빛이 감돌았다. "내가 우비를 알고 있는 것도 죄야?"

성화이난은 어안이 벙벙해져서 대꾸했다. "걔가 그런 얘기 하는 걸 좋아했다고?"

"몰랐어?" 뤄즈는 웃으며 그 이야기를 계속하지 않았다. "그래서 예잔옌의 우비는 나한테 복수하려고 가져왔던 거구나? 걔 대신 분풀이를 하려고? 게다가 자초지종도 묻지 않고 말야."

"내가…… 너무 충동적이었어. 하지만 복수는 아니고, 걜 위해서도 아니었어. 나도 잘 모르겠다. 걔네들이 그랬어. 넌 위장하는 데 뛰어나다고. 하지만 그 우비로 네 진짜 모습을 볼 수 있을 거라고."

네 진짜 모습을. 뤄즈는 하마터면 소리 내어 크게 웃을 뻔했다.

"사실 복수라고 해도 잘못된 건 없어. 넌 분명 그 즉시 예잔옌을 믿었을 테니까."

뤄즈는 담담하게 말했다. 나와는 상관없다는 어른스러운 태도가 성화이난을 무척 난처하게 했다.

"그러니까 넌 아무것도 잘못한 게 없어. 난 이해해. 만약 내 남자 친구나 엄마가 나한테 그런 일을 말해줬다면, 나도 무조건 그들 말을 믿었을 거야. 네가 나한테 와서 물어봐 줬다는 것만으로도 난 아주 고마워."

"뤄즈, 이건 친하고 말고 하는 것과는 상관없어."

"죽어도 증명할 방법이 없는 일인데, 어떻게 친소 관계와 상관없겠어?"

뤄즈는 손을 흔들며 지극히 이해한다는 미소를 지어 보였다.

뤄즈가 앞으로 걸어갈 때 걸음마다 눈밭에 뽀드득 소리가 났다. 보송보송한 외투는 그녀의 뒷모습을 동화 속에서 집으로 돌아가는 길을 찾는 작은 동물처럼 보이게 했다.

성화이난의 머릿속이 순간 새하얘졌다.

"뤄즈!" 그가 불쑥 말했다. "사실 네가 딱 한마디만, 네가 아무 일도 하지 않았다고 한마디만 해주면, 난 어쩌면…… 어쩌면 널 믿을 수 있을 거야."

"난 아무 일도 하지 않았어."

뤄즈가 몸을 돌리고 담담하게 말했다. 성화이난은 어찌할 바를 몰라 당황했다. 피가 끓어올라 붙잡으려고 내뱉은 말이 그녀의 한마디에 꺼져버렸다.

"그래서 넌 믿어? 내가 지금 말했잖아." 그녀가 웃었다. "넌 안 믿어. 날 믿었다면 내가 뭐라고 말해주길 요구할 필요도, 나한테 힘들게 증명을 요구할 필요도 없었어. 왜냐하면 네 마음이 알려줬을 테니까. 그런 일은 신경 쓸 가치도 없다고."

성화이난은 갑자기 자신에 대한 혐오감이 일었다. 그는 분명 토벌한 쪽이었고, 질문한 쪽이었다. 그런데 지금은 어째서 생 트집을 잡으며 헛소리만 늘어놓는 애처럼 보이는 걸까?

"넌 고등학교 때…… 어떻게 날 좋아하게 된 거야?" 그는 별 안간 자신이 알고 싶은 문제를 잡고 필사적으로 매달리기 시작 했다.

진실이 무엇인지에 대해 그는 더 이상 관심이 없었다. 그는 단지 묻고 싶었다. 그녀가 자신을 그렇게나 오랫동안 좋아했다 면, 그녀는 대체 자신의 무엇을 좋아한 걸까. 그들은 서로를 모 르는데, 그녀는 어째서 자신을 좋아한 걸까? 그리고 그녀가 정 말로 좋아했다면, 자신에 대한 추억을 꽉 안고 있으면서 현실의 자신은 왜 이렇게 거부하는 걸까? 마치 그가 진상을 알게 되는 것이 그녀에겐 결코 좋지 않은, 엄청난 굴욕과 슬픔인 듯했다.

뤄즈는 잠시 걸음을 멈추었지만 고개를 돌리지도, 대답하지 도 않고 다시 계속해서 앞으로 걸어갔다.

"만약에 이 모든 일이 일어나지 않았다면, 옛날에 그 창턱 앞 에서 네가 도망가지 않았다면, 우린 어쩌면…….'

성화이난이 말을 마치기도 전에 갑자기 눈앞이 까매지면서 이마가 차가워졌다. 그는 깜짝 놀라 옆에 있는 키 작은 소나무 를 붙잡고 느닷없이 이마로 떨어진 눈덩이를 털어냈다.

몽롱한 시야에 뤄즈가 여전히 눈덩이를 던지려는 자세를 취 하고 있는 것이 보였다. 온 힘을 다해 던진 것 같았지만 갓 내린 눈은 부드러워서 그녀의 분노를 완전히 전해주지 못했다.

"너…….'

"······때로는 말야." 뤄즈는 고개를 숙이고 약간 떨리는 목소리로 울컥 올라오는 감정을 애써 자제했다. "때로는, 너한테 무슨 말을 해도 소용없다는 생각이 들어. 정말 흠씬 때려주고 싶다고."

뤄즈는 금방이라도 울음을 터뜨릴 것 같아 얼른 표정을 거두고 고개를 돌려 성큼성큼 자리를 떠났다.

성화이난의 마음은 조금씩 차분해졌다. 굳어진 등근육도 서서히 풀어졌다. 머리를 흔들어 머리카락 위에 묻은 눈을 털어내며 얼어붙은 양손을 슬그머니 패딩 주머니에 넣었다.

눈앞에 보이는 여학생의 뒷모습은 처음처럼 가냘프고 쓸쓸해 보이지 않았다. 그녀는 살짝 고개를 들고 한 걸음 한 걸음 힘있게 내딛고 있었다. 편안하고도 명쾌한 걸음걸이였다. 성화이난은 고개를 숙였다가 패딩 지퍼 사이에 긴 머리카락 한 가닥이 끼어 있는 것을 보았다. 절반은 지퍼 사이에 끼인 채, 절반은 바람을 따라 흩날리고 있었다. 손을 뻗어 잡아당겼지만, 머리카락은 아무리 해도 빠지지 않았다.

제54장

지금은 실패했지만

새벽 3시, 장바이리는 조심스럽게 문손잡이를 돌려 살금살금 방 안으로 들어왔다가 뤄즈가 무릎을 안고 아래층 침대 위에 앉아 있는 것을 보았다. CD 플레이어 화면에서 반짝이는 불빛이 그녀의 얼굴을 비추고 있었다.

"아직 안 잤어?"

"어디 갔다 와?" 뤄즈의 목소리에는 졸음기라고는 전혀 없었다. "전화했더니 계속 꺼져 있더라."

장바이리는 미안하다는 듯 웃으며 더듬더듬 말했다. "배터리가 없었어. 난…… 새로 사귄 친구랑 나가서 놀다 왔고."

"새로 사귄 친구? 새벽 3시까지 놀았다고?" 뤄즈는 CD 플레이어를 아예 꺼버렸다. "너 미쳤어?!"

"정말이지…… 잘 통했거든."

"남학생이지?"

"남자인데…… 학생은 아냐."

"……아저……씨?"

"아저씨도 아니고…… 올해 서른한 살인데…… 나쁜 사람은
아냐."

마지막 한마디에 뤄즈는 있는 힘껏 장바이리에게 눈을 흘겼
다. 그녀에겐 보이지 않을 거라는 걸 알았지만 말이다.

"다음에 그런 일이 있으면 조심해. 넌 정말로 네가 천하무적
인 줄 알아?"

장바이리가 쿡쿡 웃기 시작했다. "뤄즈, 너 점점 말이 많아진
다. 내가 걱정돼서 지금까지 기다린 거야?"

뤄즈의 입꼬리가 올라갔지만 목소리는 여전히 딱딱했다.
"내가 잠이 안 오는 건 너랑 상관없어. 얼른 잠이나 자."

장바이리는 세수와 양치질을 하고 옷을 갈아입은 후, 한참을
꾸물거리다가 침대로 기어 올라갔다. 뤄즈의 추측은 틀리지 않
았다. 마음이 싱숭생숭한 장바이리가 얌전히 잠들 리 없었다.
그녀는 위층 침대에서 시체처럼 5분간 누워 있다가 갑자기 벌
떡 일어나 아래층의 뤄즈에게 조그맣게 말했다. "자?"

"떠들고 싶으면 빨리 해."

장바이리는 바보같이 웃기 시작했다. "그거 알아? 사실 그
사람…… 바로 올해 우리 학교 스폰서야. 아까도 그 파티에 왔
었고."

"아, 그러니까 너의 그 성모 마리아의 후광을 보고는 널 주목
한 거구나?"

"아무렇게나 갖다 붙이지 마. 우린 오늘 밤 사건에 대해서는 한마디도 안 했어. 그 사람은 나와 걔네들을 못 봤을걸……."

"구 대표님, 맞지?" 뤄즈는 망설임 없이 장바이리의 말을 끊었다.

'그렇다면 축하해. 그 사람은 너의 성모 마리아 후광을 처음부터 끝까지 뒤집어썼으니까.' 그러나 그녀는 그 말을 꾹 참았다.

"정말 상상도 못 했네. 그 사람이 너랑…… 그 남자 무슨 종교 콤플렉스 있니?"

뤄즈는 차분하게 말하려고 무척이나 노력했다. 그 남자가 파티장에서 집요하게 말을 걸었던 것도 황당한데, 이번에는 장바이리에게도 눈독을 들이다니! 설마 그녀가 장바이리와 쌍둥이 자매꽃 취급을 받은 걸까?

정말 너무나도 자존심 상하는 일이었다.

"너 그 사람 알아?!" 장바이리가 흥분해서 난간을 두드렸다.

"다른 건 둘째 치고, 일단 말해봐. 그 사람이랑 어떻게 알게 됐는데?"

장바이리는 가만히 침대에 누워 한참을 말없이 가느다랗게 한숨을 내쉴 뿐이었다.

젠장, 뤄즈는 속으로 중얼거렸다.

"그 사람이 없었더라면 내 콧물은 고드름이 됐을 거야." 장바이리의 첫마디가 충분히 설명해주었다. 그녀가 떠벌리기는커녕 오히려 망설였던 건, 소녀의 부끄러움 때문이었다.

장바이리는 오솔길을 묵묵히 걸어가며 가방에 휴지를 챙겨오지 않은 걸 후회하고 있었다. 멈추지 않는 눈물은 소매로 닦아내면 되었지만 콧물은 어쩐다? 찬바람이 얼굴로 불어오니 눈물 흔적은 금방 말랐지만, 덕분에 피부는 달라붙은 것처럼 당겨져서 표정을 짓는 것도 어려웠다.

그녀가 소매로 콧물을 닦아야 하나 망설이고 있을 때, 갑자기 등 뒤에서 남자 목소리가 들려왔다. "학생, 잠깐만요. 이 길이 황실 정원으로 통하나요?"

"무슨 황실 정원이요? 이 길은 아니에요. 학교 담장을 넘지 않고서야 이허위안*으로 가는 길은 없어요." 그녀는 감히 고개를 돌릴 수 없었다. 콧물이 그렁그렁한 채로 고개를 돌렸다간 좋은 일이 없을 것이 뻔했다.

"이허위안이 아니라…… 듣자 하니 학교 동문에 아주 예쁜 보호 건축물이 있다던데, 원래는 황실 정원의 일부였다네요. 석가산과 호수가 있는……."

"저쪽이요." 그녀는 왼손을 뻗어 아무렇게나 가리켰다. 여전히 고개는 돌리지 않은 채였다.

등 뒤의 남자는 잠시 침묵하다가 웃음을 터뜨렸다. 웃음소리가 정말 듣기 좋았다. "왜 계속 날 안 쳐다봐요? 내가 얼굴 없는 귀신이라도 마주친 건 아니죠?"

장바이리는 힘줄이 튀어나올 정도로 숨을 참다가 결국엔 포

....

* 頤和園, 중국 베이징에 있는 황실 정원.

564

기하고 조심스럽게 물었다. "저기…… 혹시 휴지 있으세요?"

남자는 가까이 다가가 그녀의 팔을 가볍게 툭툭 쳤다. 장바이리가 받아 들고 보니 옅은 회색 손수건이었다. 질감이 굉장히 좋았다. 엄청 비싼 손수건일 것이리라. 비록 모르는 로고였지만, 좋은 물건은 만져만 봐도 알 수 있는 법이었다.

어쨌거나 지금 그녀는 무척이나 절망적이었다.

"그게…… 혹시…… 휴지는요? 그러니까, 한 뭉치에 1위안짜리 신상인* 같은 거요! 이건 안 쓸게요……."

얼른 꺼지든가, 휴지를 내놓으시든가. 더 이상은 버티기 힘들다고요!, 하고 장바이리는 속으로 울부짖으며 비틀비틀 지극히 왜곡된 자세로 손수건을 등 뒤의 남자에게 건넸다.

"없는데. 꾸물거리지 말고 받아요. 손수건은 학생한테 준 거니까."

남자의 목소리에는 웃음기가 섞여 있었다. 약간 놀리는 것 같기도 했지만 여전히 호의적이었다. 장바이리는 마음을 굳게 먹고 손수건을 펼쳐 일단 내숭을 떨며 눈물 흔적을 닦았다가 잽싸게 콧물을 풀었다. 노력 끝에 소리를 내지 않는 것에 성공했고, 다시 신속하게 손수건을 주머니에 집어넣곤 고개를 돌려 상대방에게 고맙다는 웃음을 지어 보였다.

그리고 그 자리에 굳어버렸다.

주황색 가로등 밑에 검은색 외투를 입은 멋진 남자, 미간에

---

* 心相印, 중국의 보편적인 휴지 브랜드명.

는 점잖고 너그러운 분위기가 감돌았다. 그는 그녀를 향해 모든 걸 꿰뚫어보는, 짓궂으면서도 선량한 미소를 짓고 있었다.

장바이리는 갑자기 아주 오래전, 그 불량배들을 쫓아낸 검정 승용차와 그 멋있는 척하던 소년이 떠올랐다. 그때도 이렇게 주황색 가로등 밑이었고, 그녀가 난감한 상황에 처했을 때였고, 이런 검은 그림자였다. 그녀는 엉엉 울음을 터뜨리며 무릎을 감싸고 주저앉았다. 이번엔 정말 수습할 방법이 없었다.

그녀는 성모 마리아도 복수의 여신도 아니었다. 그녀는 단지 평범한 장바이리였다. 너무 평범해서 그 남학생이 그녀에게 "헤어지자"라고 말했을 때, 담담하게 고개를 돌리고 떠날 수도 없었고, 멋지게 뺨을 갈기며 분풀이를 할 능력도 없었다. 고자세를 취하고 싶었지만 못나게도 눈시울이 그렁그렁해져서는 그에게 왜냐고 물었다. 그는 천모한 이야기는 꺼내지 않은 채 그저 미안하다고, 이유는 없다고 했다. 그러나 그녀는 한사코 한 가지 질문에 집착했다. 왜냐고.

그는 어쩔 수 없다는 듯 말했다. "네가 정말 알고 싶다면 지금이라도 지어내서 얘기해줄게."

이유조차 말해주지 않았다.

남자는 그녀의 곁에 쭈그리고 앉아 어깨를 가볍게 토닥이며 어처구니가 없다는 투로 말했다. "콧물을 닦은 것뿐이잖아요? 쪽팔릴 거 없어요."

"저 차였어요." 장바이리가 훌쩍이며 말했다. "어떤 게 더 쪽팔리는 건지는 저도 모르겠어요. 사실 가장 쪽팔리는 건 이거 같아요. 제가 걜 굉장히 사랑한다는 걸 온 세상이 안다는 거요."

그가 다정하게 그녀를 토닥이며 말했다. "온 세상이 뭘 알아요? 하루는 24시간뿐인데, 그 시간을 쪼개서 당신 신경 쓸 사람은 아무도 없어요. 그러니까 당신도 전 남자 친구를 바라보는 데 시간을 낭비하지 말아요."

그는 그녀 곁에서 천천히 걸었다. 장바이리는 아주 부끄러웠지만 콧물을 닦은 손수건을 다시 꺼내 코를 풀었다. 하지만 이번에는 그를 피하지 않았다.

"누구세요?" 장바이리는 코가 막혀서 감기 걸린 목소리가 나왔다.

"구즈예라고 해요. 올해 학생회 스폰서 대표로 오늘 파티에 참가했어요."

"전 장바이리예요." 그녀가 신이 나서 말했다. "지금 2학년이고, 경제학부 소속이에요. 방금 저도 그 파티에 있었어요."

"잘됐네요. 방금 파티가 열렸던 곳으로 날 데려다줄 수 있을까요? 차를 거기에 주차해놨거든요. 분위기가 지루하길래 혼자나와서 걷고 있었는데 길을 잃었지 뭐예요. 교정 길이 너무 구불구불 복잡해서 헷갈리더군요. 당신을 만나서 다행이에요."

장바이리는 웃으며 대답했다. "문제없어요." 그의 차는 교류센터 빌딩 뒤뜰에 주차되어 있었다. 그녀는 그가 아우디 쪽으로 걸어가는 것을 보았다. A6인지 A8인지까지 구분하진 못해도 로고의 동그라미 네 개는 알았고, 거비가 그녀 앞에 처음 등장했을 때 탔던 차라는 것도 알았다. 망할 놈의 눈물. 손수건은 그녀의 손안에서 쭈글쭈글하게 뭉쳐졌다.

그가 차 문을 열며 시계를 흘끗 보더니 말했다. "돌아가고 싶지 않으면 새해까지 아직 3시간 정도 남았으니까 같이 나가서 한잔하는 건 어때요?"

장바이리는 뤼즈 앞에 맹세했다. 당시 자신은 확실히 고민을 했다고. 그런데 그 남자가 마치 소년처럼 두 손을 항복하듯이 번쩍 들고 말하는 것 아닌가. "나 나쁜 사람 아니에요. 이상한 아저씨도 아니고."

그녀는 즉시 결연히 고개를 끄덕였다. 혹시라도 고개를 늦게 끄덕여서 괜히 튕긴다고 생각할까 봐서였다.

사실 그들이 간 곳은 술집이 아니었다. 그는 갑자기 생각을 바꿔 술집은 너무 난잡해서 적절치 않으니, 그녀에게 가고 싶은 곳이 있냐고 물었다. 장바이리는 한참을 생각하다가 말했다. "하겐다즈 어떠세요?" 말을 마치자마자 한겨울에 너무 바보 같은 말을 한 것 같아 혀를 깨물고 싶었다. 그녀는 그가 거절하길 바랐고, 그가 비웃을까 봐 걱정되었다.

그런데 구즈예가 아무렇지도 않게 웃으며 대답할 줄이야. "갑시다."

갑시다.

장바이리는 그의 태도에 무척이나 감동했다. 거비는 늘 그녀에게 비아냥거렸다. 그녀의 말은 죄다 틀렸다는 듯이. 그래서 그녀는 구즈예가 "갑시다"라고 말하는 모습이 너무나 침착하고 너무나 남자답다고 느꼈다. 사실 그녀도 그와 무슨 이야기를 해야 할지 몰랐다. 다만 그 앞에서는 무척 안심이 되었다. 그는 그녀보다 훨씬 나이가 많아서 거비 같은 남학생이 가진 초조함과 날카로움은 이미 보이지 않았고, 신사다운 것과 연약함, 패기와 멋있는 척하는 것을 구분할 줄 알았다.

"평소에 공부 말고 뭐 하는 걸 좋아해요?"

장바이리는 자신에게 취미라고 할 만한 것이 있는지 열심히 생각해봤지만 결론은 매우 실망스러웠다. "웹소설 보기, 게시판 눈팅하기, 한드 보기, 그리고 연예 기사 사이트 들어가는 것도 좋아하고요……."

그런데 구즈예가 비웃기는커녕, 오히려 흥미진진하게 질문을 던지는 것 아닌가. "무슨 소설 좋아하는데요?"

장바이리는 더욱 난처해졌다. 그녀는 자신이 XX 장르의 대표작 또는 XX년도 노벨문학상 수상자의 초기 작품 같은 걸 좋아하길 바랐다. 이렇게 온화하고 예의 바른 남자와 마주 보고 앉아 있으면, 이런 주제로 이야기를 나눠야 하는 거겠지? 하지만 그녀는 그래도 솔직하게 말하기로 결심했다.

"로맨스 소설이요. 특히 대만의 초기 로맨스요."

혹시라도 무시당할까 봐 천모한 앞에서 줄곧 숨겨왔던 그 말을 마침내 떳떳하게 말할 수 있었다. 말하면 또 어떤가. 그녀는 생각했다. 품위가 있는지 없는지 남들이 판단할 것 뭐 있어?

그가 아리송한 표정으로 그게 뭐냐고 물을 줄 알았는데, 놀랍게도 그는 미간을 찌푸리며 고민스럽게 한숨을 내쉬었다.

"그 문고본으로 나오는 로맨스 소설 말이죠? 알록달록 화려

한 표지의?"

장바이리는 고개를 끄덕였다.

"나도 그거 굉장히 재밌던데. 어떡하죠, 혹시 날 비웃는 건 아니죠? 서른한 살 다 큰 남자가?"

그의 잔뜩 찡그린 모습은 연기를 하는 것처럼 과장됐지만 상당히 귀여웠다. 장바이리는 말문이 막혀 한참 있다가 가만히 말했다. "사실…… 그런 걸 좋아하신다니까 약간…… 변태 같아요…….."

그녀의 솔직함이 그를 웃게 했다.

"대학 때 여자 친구가 그런 걸 아주 좋아했어요. 난 그런 포켓북이 왜 그렇게 사람을 홀리는지 줄곧 의심스러웠죠. 표지만 봐도 머리가 아프던데. 그땐 업무 스트레스가 상당했어요. 남들은 가족기업이라고 하면 내가 무슨 부잣집 도련님인 줄 알고, 유흥업소에서 접대하고 돈이나 찔러주면 된다고 생각하더군요. 심지어 당시 내 여자 친구까지도 그렇게 생각했고. 사실, 짜증 나는 일이 무척 많았어요. 돈이 아무리 많아도 내 것이 아니었죠. 아버지는 나에 대한 기대치가 무척 높았고, 삼촌들도 다들 알력 다툼에…….." 그는 잠시 멈추고 물 한 모금을 마시곤 그녀를 바라보았다.

"얘기가 딴 곳으로 샜네요. 이런 말을 왜 했을까요? 어쨌거나, 내 여자 친구는 항상 엉뚱했어요. 책을 받쳐 들고 소파 구석에 파묻혀서 울다가 웃다가 했어요. 그 친구는 조금도 예쁘지 않았고 몸매도 통통했지만, 난 그 애의 단순하고 천진난만함을 참 좋아했어요. 다만, 시간이 지나다 보니 그런 단순함이 마치 딸을 기르는 것 같은 느낌이 들더군요. 그 애는 일을 하거나 성장할 계획도 없이, 나라는 나무에 기대고만 싶어 했어요. 그땐 나도 돈이 없어서 나무도 아니었는데 말이죠. 난 지쳤어요."

"그리고 헤어졌어요. 우리 집엔 그 애가 두고 간 책이 스물 몇 권이나 남았고, 그게 당신이 말한 대만 로맨스 소설인지는 모르겠네요. 아주 오랜 시간이 지나고, 어느 날 문득 그 애 생각이 났어요. 그때 내가 만나던 여자들은 모두…… 아, 이런 건 말하지 않아도 되겠죠. 어쨌거나 난 그녀가 무척 그리웠어요. 그래서 아무 책이나 들고 보기 시작했죠. 책은 솔직히 재미있었어요. 암투 같은 건 그리 많지 않았고 현실 생활보다 훨씬 과장된 것이, 확실히 여학생들의 구미에 딱 맞았죠. 그런데 더 중요한 건, 내가 거기서 그 평범하면서도 단순했던 내 여자 친구를 봤다는 거예요."

장바이리는 길게 한숨을 내쉬었다. "죄송해요. 전 위로를 할 줄 몰라서요."

"왜 날 위로하려고 해요?" 그가 웃었다. 시선은 멀리 둔 채, 사람 전체가 추억에 잠겨 있었다.

장바이리가 웃기 시작했다. "그 말을 제 룸메이트가 들었어야 하는데. 걔가 굉장히 독설가거든요. 하지만 말에 일리가 있어요. 좀 쌀쌀맞긴 해도 마음은 좋은 사람이에요."

"룸메이트요?"

"네. 사실 오늘 밤에 저랑 같이 파티에 갔었어요. 전 전남친의 파티를 망쳐버리려고 갔던 거고요."

그녀의 뒷마디 말에 그는 빵 터지고 말았다. "학생회 파티를 말이죠? 어찌 됐든 나도 그 파티의 스폰서인데. 그래서 결국 망쳤어요?"

"아뇨." 그녀는 고개를 저었다.

그때, 장바이리는 자신이 무심히 남을 이용해서 사람을 죽이는 상황을 연출해 결국 파티를 망쳐버렸다는 걸 아직 모르고 있었다.

"예전에 전 생각 없는 사람의 전형이었어요. 할 줄 아는 거라곤 딱 세 가지였죠. 울기, 소란 피우기, 헤어지자고 말하기. 오늘…… 뤄즈는 제가 드디어 똑똑해진 것 같대요. 하지만 전 그렇게 되기 싫어요. 제가 변한 것 같아요."

장바이리는 입을 벌려 웃고 싶었지만 입꼬리가 밑으로 처져서 얼른 표정을 거두었다. 그녀는 파티장 밖을 아무 목적 없이 30분 동안 걸으며 계속해서 되뇌었다. 사랑은 대가 없는 희생 아닌가, 도와주는 거 아닌가, 그가 잘 지내기만 하면 되는 거 아닌가. 그런데 자신은 왜 이러고 있을까? 학생회에서 그는 자신의 도움 덕에 벼슬길에 올랐지만, 그 고생스러운 나날이 지나고 산꼭대기에 올라 뭇산을 내려다볼 때 그와 나란히 서 있어야 하는 사람은 마르고 얼굴이 누렇게 뜬, 평범한 용모의 조강지처가 아니었다. 보라, 파티장에서 그 아름다웠던 커플을. 자신은 어째서 빚이라도 독촉하는 것처럼 마음에 두었던 걸까? 자신이 너무 이기적이었을까?

그렇지만 장바이리는 솔직히 좀 원망스럽긴 했다. 자신의 모든 걸 완전히 털린 것만 같았다. 그에게 이미 모든 걸 줘버렸으니 맨손으로 다시 일어나기란 불가능해 보였다.

그러다 류징을 만났다. 류징이 장바이리에게 타격을 줄 기회를 어찌 그냥 놓치겠는가? 거비는 류징을 이용한 적 있었다. 장바이리는 울고 난리를 쳐서 거비의 사죄와 회심을 얻었지만, 썸을 탄 당사자인 류징은 학생회에서 표몰이가 끝나자 거비에게 버려진 카드가 되었다. 기세등등하면서도 냉정하지 않은 류징 앞에서, 장바이리는 태어나서 처음으로 지능이라는 게 생겼다. 장바이리는 한껏 가련한 척을 하며 류징의 화력을 파티장의 천모한에게로 집중시키는 데 성공했다. 하지만 마지막에 조용히 류징에게 말했다. "난 너랑 달라. 거비의 새 여자 친구와 비교해도 걘 아직 내가 더 걱정되나 봐. 이게 다 내가 너무 잘해 줘서겠지."

류징은 마침내 분노했다. 장바이리의 추측은 틀리지 않았다. 류징은 자신을 이용해 천모한에게 타격을 입히려고 했으며, 장바이리를 난처하게 하고 천모한의 체면을 깎으려고 했다. 학생회에서 거비와 장바이리를 모르는 사람이 어디 있겠는가? 거비는 계속해서 위로 올라가려는 사람이었고, 류징은 차츰 주류에서 밀려나고 있었다. 아무도 2학년 부회장을 신경 쓰지 않았고, 그녀도 자연스레 남들을 신경 쓰지 않았다. 그러니 소란을 일으키는 게 뭐 대수겠는가?

장바이리가 원한 건 바로 이런 장면이었다. 거비가 그녀를 배신했다는 걸 모두에게 알리고 싶었고, 그녀가 거비에게 온 정성을 다했다는 걸 거비 자신을 포함한 모두에게 알리고 싶었다. 지금도 여전히 원수에게 덕을 베풀고 있다는 것도. 그녀의 이런 행위는 옆 사람이 보기엔 여전히 어리석기 짝이 없겠지만, 동정표를 따진다면 분명 몰표를 얻었을 것이다.

그리고 가장 중요한 건 장바이리의 마지막 승부수였다. 거비에게 아직 양심이 있다는 것과, 거비가 그녀를 완전히 사랑하지 않은 건 아니라는 것.

설령 사랑하지 않았다 해도, 장바이리가 거비와 함께 걸었던 세월은 전부 개밥으로 버린 건 아니었다.

"그리고…… 그리고 연락처를 교환했어. 그 사람은 날 데려다줬고."

"아주 좋았겠네." 뤄즈가 나른하게 말했다.

"길에서 우연히 새로운 친구를 사귀었는데 이렇게나 마음이 잘 통하잖아. 그러니 당연히……."

"야, 서른한 살이면 딱 매력이 충만할 때야. 청춘과 성숙함 모두 갖췄지, 상냥하고 돈 많지, 멋지고 자상하지. 그걸 '새로운 친구'라고 요약하다니, 정말 갖다 붙이기도 잘한다."

"작작 좀 해. 참, 그 사람이 다음에 너도 같이 불러서 밥 먹재."

됐거든. 뤄즈는 그녀의 이어폰을 괴롭히던 남자를 생각하니 머리카락이 곤두서는 것 같았다.

"사실…… 그 사람이 정말로 괜찮다면 말야, 내 생각엔 너도……." 뤄즈가 망설이며 입을 열었지만 결론을 내지 못했다.

위층의 장바이리는 뤄즈가 한참 동안 말을 잇지 않자 결국 제대로 몸을 일으켰다.

"좋은 사람이야. 하지만 난 거비를 사랑해."

뤄즈는 말문이 막혔다. 처음으로 장바이리의 고리타분한 사랑 선언을 조롱할 용기가 사라졌다.

장바이리는 급수실에서 그 회색 손수건을 세심하고 부드럽게 빨아 와 침대 난간에 널어두었다. 산뜻한 세탁 세제 향기가 은근히 베개 옆으로 전해졌다. 그 두 사람은 모두 가로등 밑에 서 있었지만, 똑같은 장면에서 똑같이 마음이 움직일 수는 없었다. 세상에는 확실히 '너 아니면 안 돼' 같은 일이 있는 법이었다. 모든 남자를 주황색 가로등 밑으로 끌어와 똑같은 포즈를 취하게 해도, 장바이리는 아마도 대체 어디가 좋은지 모를 거비만을 사랑할 것이다.

"참, 뤄즈. 그 성화이난……."

장바이리가 입을 열었지만 한참을 지나도 대답이 없었다. 이상함을 느끼곤 고개를 내밀어 아래쪽을 바라보았다. 뤄즈는 휴대폰을 훑어보고 있었다. 화면의 하얀 불빛이 그녀의 얼굴을 비춰주었다. 표정이라고는 전혀 없었다.

한참 후, 뤄즈는 그제야 조용히 입을 열었다. "자."

창밖으로 다시 깨끗한 눈이 흩날리기 시작했다. 그들은 상대방이 이미 잠들었다고 생각했지만, 눈물로 흐릿해진 순간, 다른 이의 흐느낌을 들었다.

너를 부르는 시간 〈1〉

暗戀.橘生淮南

초판 1쇄 발행 2020년 7월 30일

지은이 │ 바웨창안
옮긴이 │ 강은혜

펴낸이 │ 조미현
책임편집 │ 황정원
디자인 │ 나윤영

펴낸곳 │ (주)현암사
등록 │ 1951년 12월 24일 · 제10-126호
주소 │ 04029 서울시 마포구 동교로12안길 35
전화 │ 02-365-5051
팩스 │ 02-313-2729
전자우편 │ dalda@hyeonamsa.com
홈페이지 │ www.hyeonamsa.com
블로그 │ blog.naver.com/hyeonamsa

ISBN 978-89-323-2066-3 04820
ISBN 978-89-323-2068-7 (세트)

*이 도서의 국립중앙도서관 출판예정도서목록(CIP)은 서지정보유통지원시스템 홈페이지
(http://seoji.nl.go.kr)와 국가자료공동목록시스템(http://www.nl.go.kr/kolisnet)에서
이용하실 수 있습니다. (CIP제어번호 CIP2020029404)
*책값은 뒤표지에 있습니다. 잘못된 책은 바꾸어 드립니다.
*달다(DALDA)는 (주)현암사의 장르소설 브랜드입니다.